范小青

赤脚医生万泉和 /

The collected works of Fan xiaoqing

范小青文集

〔长篇小说〕

山东人民出版社

全国百佳图书出版单位 国家一级出版社

图书在版编目（CIP）数据

赤脚医生万泉和/范小青著.—济南：山东人民出版社，2015.8（2015.9重印）
（范小青文集）
ISBN 978-7-209-08878-7

Ⅰ.①赤… Ⅱ.①范… Ⅲ.①长篇小说－中国－当代 Ⅳ.①I247.5

中国版本图书馆CIP数据核字(2015)第049994号

赤脚医生万泉和
范小青 著

主管部门 山东出版传媒股份有限公司
出版发行 山东人民出版社
社　　址 济南市胜利大街39号
邮　　编 250001
电　　话 总编室（0531）82098914
　　　　 市场部（0531）82098027
网　　址 http://www.sd-book.com.cn
印　　装 北京富达印务有限公司
经　　销 新华书店

规　　格 16开（170mm×240mm）
印　　张 21.25
字　　数 322千字
版　　次 2015年8月第1版
印　　次 2015年9月第2次
ISBN 978-7-209-08878-7
定　　价 53.00元

目录

第一章 谢万医生大恩人

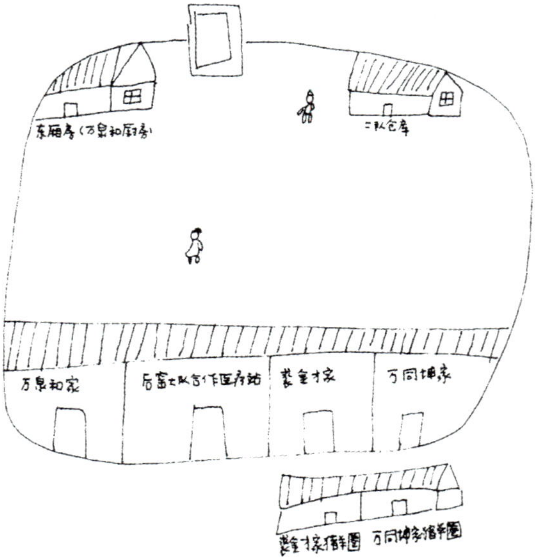

我家院子

有了这张平面图，你们就可以很方便地找到我的位置。我就是图中左边第二间屋门口的那个人。从平面图上你们看不到我的模样和其他一些具体情况，我的情况大致是这样的：十九岁，短发，有精神。

这个位置不只是我在我们院子里的位置，这还是一个人在一个村子里、在一个世界上的位置。如果要想知道我在村子里的位置，还得画一张全村的图，这个村子叫后窑大队第二生产队。如果要想知道我在这个世界上的位置，事情就更复杂了，我们先要知道这个世界叫什么。但那是完全没有必要的，因为世界叫什么跟我们没有关系，更何况，这世界上根本就没有人想知道我的位置。

还是回过来说院子里的我。院子里空空的，有几只鸡在刨食，但哪里有食，躲在地底下的小虫子都被它们扒出来吃了。鸡它们对吃食无望，便无聊地仰脸看看万泉和。万泉和就是我。我两腿劈开骑坐在一张长条凳上，样子很像个木匠，两手推着刨子，一根木棍夹在刨子里。明天要开镰了，队里先放一天假，让大家准备好收割的家什。我家的镰刀柄不好使，我要刨一根新木柄装在镰刀上。我刨来刨去刨不圆，可我还是有耐心地刨着。因为我相信只要功夫深铁棒磨成针，更因为我的理想就是当一名香山帮的木匠。香山帮木匠的祖师爷是蒯祥，据说北京的故宫就是他造的。我并不知道故宫是什么样的，有多么了不起或者没什么了不起，但是村里人说起香山帮木匠的时候，都是很尊敬的口气，还会咽唾沫，他们说木匠不用面朝黄土背朝天地种田，还能到处游走，看风景，还吃香的喝辣的。我觉得那样的生活很舒服。

还有一个人也在平面图上，那完全是为了图的效果添上去的，有他没他，图一样成立，但是有了他图就丰富起来，生动起来，也更真实一点，他是富农裘金才。金庸的武侠小说里有两个姓裘的人物，一个叫裘千仞，一个叫裘千仗，是两兄弟。但那个时候我们那地方没有人知道金庸，也没有人知道裘千仞和裘千仗。姓裘也没有什么了不起。我们村里除了姓万就是姓裘，还有少数其他的姓，一点也成不了气候。

裘金才是富农。我们的这座院子从前就是他家的。从图上你们也能看出来，院子的规模比较大，房间的开间又阔又高，要比一般人家造的房子气派得多，廊柱横梁都是很粗的楠木。这是一座典型的南方农村的大宅，我们这一带的人称它为印式房屋，因为它像一方印一样正正方方，只有地主和富农能造起来。裘金才其实应该是地主，他们原来还有几百亩地，可他家的老地主好赌，在裘金才七岁的时候，老家伙已经把万贯家产赌得差不多了，最后剩下这座院子。老地主终于过足了赌瘾，他吊死了自己，到底给裘金才留下了几间屋和几亩地。这点家产田地够不上当地主了，裘金才就成了富农。大家那时候还跟裘金才说，裘金才啊，你要谢谢你爹呢。裘金才唯唯诺诺，有气无力，说话的声音永远憋在嗓子眼里，他说，我爹要是不死，再继续赌，我就是贫下中农了。

其实富农和地主并没有多大的差别，要拉出来批斗都是一起批斗，很少有哪一次说，今天只斗地主不斗富农；地主和富农的家庭财产也受一样的处理。所以无论裘金才是地主还是富农，他在他家的院子里，只能住其中的一间，另外三间大屋加上西厢房和门房间，都充公，由公家支配。在过去的许多年里，裘金才的嘴巴像被人用麻线缝住了，封得紧紧的，从没见它张开来过。偶尔有一两次，他喝了一点酒，才敢将嘴巴露开一条缝，嘀嘀咕咕说自己不合算。但是他说也没用，合算不合算，不是他说了算的。

充了公的房子队里派给谁家住，这些年里已经几经变化，到我画这张图的时候，就变成了图上这模样。

我画这张平面图的时候，裘金才大概四十多岁，他的儿子裘雪梅去年结了婚，媳妇是外村的，叫曲文金，娘家成分是贫农，但她的舌头短筋，所以嫁给了富农的儿子裘雪梅。曲文金说话口齿不清，人倒是长得雪白粉嫩，笑眯眯的很随和，只要她不开口，人家都会觉得裘雪梅占了个大便宜。今年开春曲文金生了，是个儿子，取名叫裘奋斗。曲文金在太阳底下奶孩子，裘金才在院子里走来走去。以前他是很少在院子里出现的。现在裘金才变得眉飞色舞起来，对什么事情也有了兴趣，他看万泉和刨来刨去也刨不成一把镰刀柄，就嘲笑说："除非你能拜到万老木匠为师。"

我本来想把曲文金也画在图上，但是后来放弃了这个想法，因为这只是一张平面图，就算画了曲文金，也画不出她的样子。曲文金嫁过来的时候是梳着两条辫子的，后来她把辫子剪了，头发剪得很短，说是坐月子方便一点。以我的绘画水平，要在平面图上画现在的曲文金，别人说不定连她的性别也分辨不出来。

我在交代画不画曲文金的事情，裘金才却因为兴致比较好，想跟我说话，他嘲笑了我一遍，见我没有反应，他又嘲笑我说："可是万老木匠不可能收你当徒弟。"

拜万老木匠为师是我一直以来的心愿。要实现我的理想，不拜师肯定不行，我不是天才，我只是个一般的人，但我希望我在木匠方面有点天赋，只是目前还没有被发掘出来。

裘金才嘲笑我，而且嘲笑了一次不够，还要再嘲笑一次，按理我应该生气，但我没有生气，我觉得他也怪可怜的，从我认识他以来，他从来都不敢嘲笑别人，别说嘲笑别人，就连他自己的笑，也都是很苦的笑。现在他有点得意忘形，拿我作嘲笑对象，我也可以原谅他，只是希望他不要落在别人手里，尤其是像裘二海那样的干部手里。我不在意裘金才的嘲笑，我说："那也说不定，也许万老木匠觉得我有培养前途呢。"裘金才见我中计，赶紧说："那你要不要让你爹去跟万老木匠说说？"我说："我爹说等他空闲了就去找万老木匠。"裘金才正要继续往下聊，曲文金从屋里跑出来，说："爹，爹，我爹来了。"因为口齿的问题，曲文金将这句话说成了"刁，刁，我刁奶呢。"不过我和裘金才都听懂了。裘金才赶紧跟着曲文金进了屋，去招待亲家。

裘金才家的大堂门，你们在图上能够看到，和我家一样，是对着这个院子的，还有宽宽的走廊遮着。但是到裘金才家去的人，无论是本村还是外村的，一概不走大门，都是从后边的门进去。这没有什么，只是表示富农是夹紧屁眼做人的。我们院子里另一个富农万同坤也是这样的习惯。虽然院子是共用的，但他们在院子里的活动不多，因为院子前面是正门，正门里有许多人进进出出。这许多进进出出的人，都是来找我爹的。我爹叫万人寿，是大队合作医疗站的赤脚医生。

正说到我爹，就有人来找我爹了。这次来的这个人叫万全林，虽然他也姓万，但和我们家不是亲戚，假如硬要扯上关系，只能说五百年前是一家。万全林抱着一个孩子跌跌撞撞地跑到了，他几乎是跌进了我们的院子，一边喘息一边喊："万医生，万医生！"我抬起头还没有来得及回答，万全林已经从我的眼睛里看到了答案，他急得叫起来："万医生出诊了？这怎么可以呢，这怎么可以呢？"他说的话很奇怪，什么叫"怎么可以"，赤脚医生当然是要出诊的，无论刮风下雨，无论天寒地冻，只要有人叫，随时随地背上药箱就要出诊。但万全林就是这样的脾气，他总是以自己的事情为大。不过我是了解他的，也体谅他的心情，没跟他计较，只是重复地嘀咕了一句："我爹出诊了。"万全林嚷道："那我家万小三子怎么办？那我家万小三子怎么办？"

万小三子就是他手里抱着的那个孩子，他正在抽筋，嘴里吐出白沫，半边脸肿得把左眼睛压闭上了，剩下的右眼在翻白眼。他已经蛮大的了，大概有五六岁，万全林抱不动他了，想放下来，可万小三子的脚刚刚着地，就大声嚎叫起来，万全林只得又把他抱起来，哭丧着脸可怜巴巴地对我说 ：“万泉和你帮帮忙，万泉和你帮帮忙。”我心里也很急，但是我只能说 ：“我怎么帮忙，我又不是医生，我不会看病。”万全林急得说 ：“没有这个道理的，没有这个道理的，你爹是医生，你怎么不会看病？”我说 ：“那你爹是木匠，你怎么不会做木工呢？”万全林说 ：“那不一样的，那不一样的，医生是有遗传的。”我说 ：“只听说生病有遗传，看病的也有遗传？没听说过。”我竟然说出“没听说过”这几个字，把我自己都吓了一跳，这是我们队长裘二海的口头禅，我怎么给学来了，还现学现用？万全林说 ：“听说过的，听说过的，万医生，万医生，救救我们家万小三子，你看看，你看看——”他把万小三子抱到我面前，凑到我的眼睛边上，说 ：“万医生，万医生，你看看，你看看，他就是我们家的万小三子，大名万万斤，你不救他谁救他？”我只好把身子往后仰了仰说 ：“我不近视，你凑近了我反而看不清，还有，我要纠正你，我爹是医生，我不是医生。”万全林摆出一副流氓腔说 ：“你不救万小三子是不是？你不救万小三子——我就，我就——我就抱着万小三子跳河去。”我想笑，但到底没有笑出来，因为万小三子确实病得厉害，我说 ：“那倒不要紧，你跳河我会救你的，我会游泳。”

万全林抱着越来越沉的万小三子，几乎要瘫倒下来了，这时候万小三子却振作起来，竖起身子趴在他爹的耳朵边说了几句话，又舒舒服服地在他爹的两条胳膊上横躺下来。万全林赶紧说 ：“万医生，万医生，你帮我治万小三子的病，我让我爹收你做学徒。”

万全林的爹就是刚才裘金才说的万老木匠，他要万全林接他的班，可是万全林不喜欢做木匠，倒是万人寿医生的儿子万泉和喜欢做木匠，一心想拜万老木匠为师，可万老木匠又瞧不上他，说他不是做木匠的料。这会儿万全林跟我说让他爹收我为徒，我立刻来了精神，但仍有些怀疑，半信半疑说 ：“你爹会听你的话吗？”万全林咬牙说 ：“不听我的话我就不把他当我爹。”我的心里像是放下了一块沉重的石头，顿时轻松起来，舒展开了眉头说 ：“那好，那我试试看，但我不能保证，因为我不是医生，我不会看病的。”可万全林却坚信我会看病，他说 ：“不管你是不是医生，不管你会不会看病，只要你一出手，我们家万小三子就有救了。”

他这个人有点固执，我不再和他说话，先按了按小三子瘪塌塌的肚子，问 ：

"他吃了什么？"万全林说："哪有吃什么，吃屁。"我说："但是我好像记得前几天你们来看我爹，看的什么呢？"万全林说："那两天来看拉肚子。"我想起来了，说："是偷了集体的毛豆吃吧。"万全林说："你不知道啊，拉得不成样子啦，眼睛只剩两个塘了。"我说："我爹不是给治了么，现在不是不拉了么。"万全林说："万医生啊，你知道拉的什么啊？"我说："我跟你说了我不是万医生，我爹是万医生，他出诊去了。"万全林说："可你也是万医生呀，你是小万医生，万小医生，总之，你也是姓万的呀，你知道我们家万小三子拉的什么？"我想了想，除了拉屎，我不知道万小三子还能拉出什么来，便摇摇头说："不知道。"万全林说："拉的就是毛豆呀，吃下去的毛豆，完完整整地拉出来了，一粒一粒的，全是生毛豆。"我说："当然是生毛豆，难不成还会煮熟了？"万全林说："吃下去就拉出来，也太亏了，什么营养也没有吸进去，偷也白偷，吃也白吃。"我觉得话也不能这么说，就跟他分析说："虽然吃进去毛豆拉出来也是毛豆，但毕竟吃的时候是有味道的。"我说毛豆的时候，想起了毛豆煮熟后的香味，咽了一口唾沫，害得万全林和万小三子也咽起唾沫来。万全林说："后来两个眼睛就看他凹下去，肚子就看它鼓起来。"我说："后来呢？"万全林说："后来就来看了万医生，服了万医生开的药，就不拉了。"万全林这不是废话么，生毛豆都拉出来了，还能拉什么？我又问他："再后来呢。"万全林说："再后来，再后来就耳朵痛，脸也肿起来了，万医生，万医生，这个脸，肿得像屁股。"我很烦他老是叫我万医生，我严肃地跟他说："万全林，我不是万医生，我爹是万医生，你再叫我万医生，我就不管万万斤了。"万全林果然被我吓住了，赶紧说："万医生，我不叫你万医生了，你快给万小三子看病吧。"我说："你刚才的意思，是不是说，我爹用药用错了，万小三子吃了我爹的药，肚子倒是不拉了，但耳朵痛了，脸肿得像屁股？"万全林一听我这样说，慌了，赶紧说："不是这样的，不是这样的，万医生的药是绝对不错的，可是，可是后来就耳朵痛了。"我说："耳朵痛了以后，又找我爹看过吗？"万全林直点头，说："看过的，看过的，又看过三次了。"他摸了摸万小三子的额头，担心地说："万医——呵不对，万那个——你摸摸，他头上烫。"我说："你的意思，我爹没有本事，看了三次也没有看好，还发烧了。"万全林更慌了，语无伦次地说："不是这样的，不是这样的。"我说："我爹说是什么病吗？"全万林说："万医生说是，中什么炎。"

我想了想，知道了，我说：“是中耳炎吧？下河去的吧，耳朵进水了吧。”万全林说：“没有下河，根本就没有下河，万小三子还不会游泳，不给他下河。”这下我给难着了，说：“没有下河？耳朵里没有进水？那是什么东西呢？我就不知道了，万万斤，我告诉你，你的耳朵，要用东西看的，光靠我的眼睛看不清，但是东西都叫我爹装在药箱里带走了。”为了证明我没有瞎说，我把我爹的一只旧搪瓷杯拿给万小三子看看，我说：“你看，这里只有一点酒精和一支体温表。”我再指指桌上一只袋子说：“那里还有一点药水棉花。”

刚刚安静了一点的万全林，毛躁又发作了，连声说：“那可怎么好？那可怎么好？”万小三子左眼紧闭，右眼滴溜一转，一骨碌从万全林手里滑下来，拉开抽屉就拿出一把放大镜，竖到我面前。我一看，这是我爹的放大镜，我说：“咦，你个贼脑瓜子倒厉害。”接过来，揪住万小三子的耳朵望里照了照。万全林在一边连声说：“是不是，是不是，是炎吧，红的吧，是炎吧？”

我没有作声，放下放大镜，到灶屋去拿了一把生了锈的镊猪毛的镊子过来。万全林一看就急了，说：“这是什么？这是什么？”我也不理会他，先往猪毛镊子上倒点酒精，又划根火柴，绕着镊子烧了几下。万全林看懂了就抢着说：“我知道的，我知道的，这是消毒。”我拿消过毒的猪毛镊子伸进万小三子的耳朵，只“咔”的一声，就有一个东西从耳朵里掉出来了，掉在我的手心里，我将它放到万小三子的手上，说：“看看吧，就是它。”那是一颗毛豆，又胖又烂，半黑半青，已经发了芽。万小三子赶紧将毛豆扔到万全林手上，拿自己的手心在裤子上死劲地擦，一边碜着牙说：“恶心死了，恶心死了。”万全林却宝贝似的欣赏着他手里的这颗毛豆，他仔细地看了又看，还数了数，结果他说：“发了七根芽。”这时就听万小三子放了一个响屁，万全林高兴地说：“通了，通了。”他看了看万小三子的脸，又说：“咦咦，脸不肿了，脸不肿了。”脸其实还肿着，只是万全林感觉它不肿了，万小三子也感觉不肿了，他的手拍了拍自己的脸，指了指自己的耳朵，问我：“要不要擦点紫药水？”我说：“你也可以当医生了。”就给他耳朵里擦紫药水，一边说：“你嘴巴吃了不够，还用耳朵偷吃毛豆？鼻孔里有没有？屁眼里有没有？”万小三子说：“屁眼里的留着给万医生吃。”万全林冲我哈哈大笑，万小三子的耳朵刚一好，他就神气起来，这种人就是这样。我说：“你笑什么，万医生又不是我。”

万全林走出去的时候，注意到我们院子门口又有了药茶缸了，就舀了一碗药茶咕嘟咕嘟地灌下去，又叫万小三子来喝，说："不苦的，香的。"可万小三子不要喝，他耳朵不疼了，嘴巴就老卵起来，说："香不香，掏屎坑。"万全林说："你不喝白不喝，我再喝一碗，算是替你喝的。"他就是喜欢占便宜。这口药茶缸，我爹每年从芒种开始一直搁到立秋，里边是我爹自己炮制的中草药汤，用来消暑健脾的。有人经过，就喝一碗，也有人怕苦，建议我爹搁一点糖精，被我爹骂了，就不敢再瞎提建议了。万全林喝了一肚子的药，饱得直打嗝，转身再找万小三子，万小三子早就不见了踪影，气得万全林大骂道："小棺材！"刚才因为万小三子耳朵里有颗毛豆，就把他急得上跳下蹿的，这眼睛一眨，毛豆没了，他就开骂了，而且还骂得那么重那么毒。不过农民骂人向来是不知道轻重的，你不能跟他一般见识，更不能追根究底。如果追根究底，要弄清楚"小棺材"是什么，那就麻烦了。小棺材就是小孩子死了躺在里边的那个东西。骂小棺材，不就是意味着咒小孩死了躺在棺材里吗？那可万万使不得。可农民就习惯这样，开出口来就骂人，也不知道自己牙齿缝里有没有毒。大人相骂，骂得这么毒也就算了，可骂小孩也这么毒，何况还是自己的小孩，你跟他们真没商量。

下一天一早，上工的哨子还没有响，万全林就来了，他夹着一卷纸，踏进医疗站的门就说："万医生万医生，我给您送锦旗来了。"我爹万人寿双手去接的时候，万全林犹豫了一下，还是将纸卷移了个方向，交到我手里。万人寿说："这是锦旗吗？这是一张红纸头。"他用手指蘸了唾沫到纸上碾了一下，手指头就红了，万人寿说："蹩脚货，生报纸染的。"万全林说："本来我是要买锦旗的，可是锦旗卖完了，我就买了红纸，请蒋先生写了这个条子，蒋先生说，一样的，只要意思在，锦旗也好，纸联也好，都是一样的。"万人寿冷笑说："锦旗卖完了？锦旗卖得完吗？"

拿在我手里的纸条子往下挂，字就展现出来了，站在对面的万人寿看得清楚，念了出来："妙手回春，如华佗再世；手到病除，似扁鹊重生——横批：谢万医生大恩人。"万人寿凑到我的脸前，狐疑地看了看我，说："你？你万医生？"我说："爹，你万医生。"万全林脸朝着我爹说："万医生，你忘了，万泉和也姓万呀。"万人寿先是有点发愣，但很快就发现了问题，他指着纸联子说："不对呀，不对，一副联子里怎么能有两个相同的字呢？"万全林也愣了愣，说：

“哪里有两个相同的字？”万人寿说：“两个手字嘛，妙手回春，还有手到病除，不是两个手字？”万全林看了看，看到了两个“手”字，他又想了想，说：“是呀，是蒋先生写的。我以为蒋先生很有水平的。”我说：“其实也不要紧，一个人总是两只手嘛，写两个手字也可以的。”万人寿说：“你不懂的，你又不懂医，又不懂诗，不要乱说话。”万全林说：“万医生懂医，万医生才懂医呢？”万人寿说：“比我还懂吗？”我见我爹真生气，赶紧打岔说：“万全林，你答应我的事情怎么说了，你爹同意了吗？”万全林说：“我现在不叫他爹了。他宁可收万小三子为徒，也不收你为徒。”我很泄气地看了看自己的手。万全林说：“我很同情你，要不这样吧，等万小三子学会了，再让他收你为徒。”我觉得他的话有点不可思议，我说：“那要等到哪年哪月？”万全林说：“那也总比没个盼头要好。”

队长裘二海吹着上工的哨子一路过来，走到我们院子门口，停下来朝里望望，然后走了进来，他欣赏地看了看我，说：“小万，昨天你医了万小三子的病，记你半个人工。”我还没吱声，万全林倒急了，说：“我没有说记工分，我没有说记工分。”裘二海说：“你当然没有说，你说了也没有用，你又不是队长，你也有资格说谁记工分谁不记工分？没听说过！”万全林又急，说：“这样也可以记工分啊？这样也可以记工分啊？”裘二海指指对联上的字说：“照你写的这样，记一年的工分都够了。”万全林说：“这不是我写的，是蒋先生写的。”裘二海说：“没听说过！劳动了不给报酬？在我领导下，没听说过！”万全林还在心疼这半个人工，好像是从他家拿出来的，还在啰唆：“真的可以吗，真的可以吗？”裘二海不耐烦，一挥手说：“我说可以就可以。”裘二海一般都是这样说话，因为他是领导。可万人寿也不乐意了，说：“我昨天看了七个病人，还出一个诊跑了十几里地，回家天都黑了，才记一个人工，他坐在家里倒拿半个人工。”裘二海说：“万医生你傻不傻，他是你儿子，他拿的工分，就是你的工分，你跟他计较？没听说过！”万人寿说：“不是谁跟谁计较的问题，我才是我们后窑大队的赤脚医生，万泉和不是医生。”裘二海说：“你不是一直叫嚷合作医疗站人手不够吗，万泉和帮你一个忙不是好事吗？”裘二海很阴险，他抓住了我爹的七寸。我爹平时老是强调，他一个人忙不过来，别的大队至少两个、甚至有三四个赤脚医生，我们后窑只有他一个人，他很辛苦，他太辛苦。所以现在裘二海以其之道反治其身。这下我爹急了，说：“我只是说说而已，我只是说说而已，我的意思是要让你们知道，我一个人就能抵得上人家三四个人。”我爹一急，连心里话都说出来了。

我这才知道，原来我爹平时的抱怨，其实是在撒娇呢。裘二海看起来早就了解了我爹，比我还了解，所以他不再理我爹的茬了，我爹又不是他儿子，他才不会因为我爹发嗲就去哄我爹，他还是对我有兴趣，脸又转向了我，说：“小万哎，你倒是个当医生的料哎，学都没学过，就会治疑难杂症？”我爹“哼”了一声，又想说话了，可裘二海似乎知道我爹要说什么，就摆了摆手不让他说，拍了拍我的肩对我说：“小万，先忙过夏收，改天再跟你谈——现在要上工了。”他走了，哨子声也跟着远去了。

裘二海又叫“霸王裘”，霸道出了名的，方圆七八个村庄的人都知道。一猫惊三庄，他比猫厉害多了。但他跟我说话的时候，却很温和，对我也挺关注挺照顾，给我记半个人工，分明是没有道理的，却满足了我的虚荣心，正如我爹万人寿说的，他一天看那么多病人才记一个人工，我夹了一粒毛豆子出来，倒记半个人工，这算什么道理呢。但裘二海说的也有道理，什么是道理？裘二海嘴里出来的就是道理。只是不知道他为什么要给我记人工，也不知道他改天要跟我谈什么。

这一天队里割稻，我割了一天稻，回家的时候，我爹万人寿坐在那里还盯着墙上的红纸看，我跟他说：“今年的稻子减产了。”万人寿头也不回，好像没有听到我在说什么，他不关心粮食产量，仍然盯着墙上的对联，说：“我还是看来看去不顺眼，从前觉得蒋先生的字还是可以的，现在看看，这叫什么字，连文理都不通了——你看看，什么谢万医生大恩人。”我说：“爹，蒋先生应该写万人寿医生大恩人，他偷懒，少写了两个字，其实这是写给你的，你是万医生。”万人寿说：“难道你以为是给你的？当然是万人寿医生，虽然他没有写人寿两个字，但我心里就是这么想的。”我说：“我心里也是这么想的。”

吃晚饭的时候，我爹万人寿起先一直闷头吃，看也不看我，我几次跟他说话，他都爱理不理，可他后来忽然说：“你真以为你是医生了？”因为万人寿是低着头说话的，而且嘴里嚼着饭，口齿不清，我愣了一愣才反应过来，赶紧说：“我没有，我不以为我是医生，我要当木匠。”万人寿说：“可是人家不收你做学徒。”我说：“我可以再等等，也许有一天万老木匠肯收我了呢。”万人寿叹息一声，说：“虽然老话说龙生龙，凤生凤，老鼠生子打壁洞，但是万泉和你给我记住了，你不能当医生。”听了我爹的话，我正中下怀，因为我并不喜欢当医生，正在我暗自庆幸的时候，我爹又说了：“万泉和，幸亏你没有本事学医，你要是有本事学医，我们就从父子变成天敌了。”我说：“那也不可能，我就算学医，也不可能成为爹你的对手。”我爹万人寿骄傲地笑了笑说：“在这个问题上，你还算比较聪明的。”我也笑了笑。我爹一高兴起来，又继续说：“大家都知道，医不三世，不服其药，你要是当了医生，人家都以为你继承了我的本事，都来找你看病，就麻烦大了。”我没敢问为什么麻烦大了。

等队里的稻子割得差不多，场也基本上打下来，粮食也差不多晒干了，在挑公粮前的一天，裘二海碰到我，就拉住我说：“小万，我答应你的事情要兑现的。”我不记得我向他要求过什么，更不知道他答应过我什么，我愣了愣，不知怎么回答他。裘二海说：“你记性就这么差？就是你要当医生的事情嘛。”我一听就急了，赶紧说：“裘队长，我没有要当医生。”裘二海亲切地笑了，说：“小万，别不好意思，想当医生有什么不好，又不是想当地富反坏右，我支持你，我给你撑腰，大队那边，我去替你争取。”我说：“我真的没要当医生，我爹也说我不能当医生，我爹说，我要是当了医生，他会气死的。”裘二海说：“说你老实，你真老实，你不知道你爹说话，话从来都是反着说的，你跟了他二十年，你都不知道他的脾气？”我想了又想，一边揣摩裘二海的意思，一边努力回忆我爹的脾气，裘二海看出了我的为难，安慰我说：“退一万步说，就算你爹不希望你当医生，但你放心，我会让你当的——”

在裘二海说话的过程中，我注意到他的脸上渐渐地露出一些警觉的神色，边说话还边四下看看。其实他作为一个领导干部，在队里从来都是大声说话的，他说话从来都像在骂人。但此时此刻，裘二海竟像一个四类分子，小心翼翼四处观察一番后才压低嗓音跟我说：“小万，广播里在说‘炮打司令部’，我也听不明白是要炮打哪个司令部，现在是毛主席领导，不会是要打毛主席吧，怪吓人的。”我说：“不是打毛主席，是打资产阶级司令部。”裘二海说：“我不管打谁的司令部，但是总之是会有事情了。”我不知道会有什么事情，也不知道有了事情又会怎么样，裘二海批评我说：“小万，你没有政治头脑，你想想，你出身不好，事情一来，会倒霉的，你要是学了医，人家总会给点面子，无论什么人，打炮的也好，被炮打的也好，都会生病的，生了病，都要请医生，所以医生总是不能全部被炮打死的。”我说：“裘队长，我的出生不就是我爹？我爹是医生，我就可以不怕了。”裘二海说：“你爹和你不一样，你爹是从历史上过来的，有历史问题，你当医生就不一样了，你的历史是清白的，你是清白的医生。”我想说“我爹要是不清白，我怎么会清白呢”，可是我没有说出来，因为这时候有人从大队部跑过来，喊裘二海去大队开会。裘二海边走边回头吩咐我：“小万，我回头有时间再找你谈。”我点着头，但心里说，最好你不要找我谈了。

我实在不知道裘二海凭什么说我想当医生，难道我从万小三子耳朵里夹出一粒毛豆就说明我想当医生、就说明我能当医生吗？难道裘二海是因为感激我吗？但万小三子又不是他的儿子，他凭什么要替万小三子感谢我？我思来想去，还是不能明白，也无人可问，只是希望裘二海天天开会，很忙，就把这事情给忘记了。

裘二海确实忙起来了，他的变化也很大，因为在后窑大队他最先弄明白了炮打司令部的问题，所以现在他已经是大队革委会主任了。本来他只管一个小队，现在要管一个大队，他顾不上我的事情了。我又开始暗自庆幸了，不料我还没高兴上几天，大队革委会主任裘二海又看到我了。那天我在地里劳动，他在地头上招呼我过去，说：“小万，叫你爹万人寿说话注意点，少来封资修。”我说：“我爹只会看病，他不会封资修。”裘二海说：“不会？群众揭发，万人寿说宁治十男子，莫治一妇人，宁治十妇人，莫治什么。”这道理我听我爹说过，我补充道：“莫治一小儿。”裘二海说：“对，莫治一小儿，你听听，这是什么话？”我说：“这是封资修吗？谁说的？”裘二海说：“我说的。”我一听是裘二海说的，就知道是个道理，赶紧说：“那好，我回去跟我爹说，叫他少说话。”裘二海说：“他少说得了吗？少说得了他就不是万人寿了——就这样吧，队革会送你去学医。”我愣了愣，裘二海立刻知道了我的心思，他又和颜悦色地对我说：“并不是你学了医你爹就不当医生了，那要看你爹有没有问题，要看审查的结果。”我说：“要是结果没有问题呢？”裘二海说：“结果没有问题，你们父子俩都当医生，本来我们大队赤脚医生就比别的大队少嘛，想让我们后窑大队落后于别人？没听说过！”

其实早先后窑大队也是有两个医生的，一个就是土生土长的我爹万人寿，靠家传的秘方和医术，加上自己的勤学苦练，再加上长期在农村和病人打交道的经验，方圆几十里，也算是个名医了。另一个是从乡卫生院自愿下乡来支持农村合作医疗的涂医生，他叫涂三江，念过五年医科大学，在城里的医院工作过两年，又到公社卫生院工作，然后又到大队的合作医疗来了。他自己说，人家是人往高处走，我总是人往低处走，走到最后，走得和万医生一样了。其实涂医生和万人寿还是不一样的，他是带薪到合作医疗来工作的。万人寿是赤脚医生，没有工资，看病记工分，每天记十分人工，是队里的最高工分。

奇巧的是，万医生和涂医生都擅长伤科，虽然在农村的合作医疗站什么病都得看，但伤科医生是最受欢迎的。万涂两个医生一土一洋，一中一西，如果配合得好，真是天衣无缝。可是万医生和涂医生合不来，先找万医生看了的，下回涂医生就不给看，先找涂医生看了的，下回万医生也不给看，两个人顶着牛，谁也不服谁，你守在医疗站，我就出诊去，我守在医疗站，你就出诊去。

后来县里搞赤脚医生模范评比，万医生报名，涂医生也报名。万人寿说，你不可以报名的，你不是赤脚医生。涂三江说，我怎么不是赤脚医生，我在大队合作医疗站上班，我就是赤脚医生。万人寿说，你是穿鞋医生，你还是穿皮鞋的医生，一个月拿四十几块钱工资，算什么赤脚医生。涂医生说，四十几块钱算什么，我大学同学，在县里市里的医院，加工资都加到五十几了，我主动要求到合作医疗站来，结果加工资也没轮上。万人寿说，你哭什么穷，我一个工分才一毛三分钱，你替我算算，你做一年，我要做几年？涂医生说，我们做医生的，是治病救人，不谈钱不钱。万人寿说，好，我们不谈钱，就谈治病救人。涂医生说，谈治病救人我就怕你吗？你连医学院的门朝东朝西你都不知道，江湖郎中，市井之徒，还谈什么治病救人。万人寿就冷笑说：“昔欧阳子暴利几绝，乞药于牛医；李防御治嗽得官，传方于下走。谁谓小道不有可观者欤。”涂医生听不懂，朝万人寿翻眼睛说，你这东西能治病吗？万人寿说，听不懂了吧，说的就是治病。涂医生说，你翻老黄历？那我也跟你翻翻你的老黄历，三小队沈毛英明明得的是美尼尔氏综合症，你说人家神经病，害得沈毛英要投河，多亏了我的诊断，她才没有投河。万人寿说，你诊断？你光打雷不下雨，你治好她没有？你给她吃了多少西药，有用没有？最后还是我让她吃独活煮鸡蛋，吃了八个鸡蛋就好了。涂医生说，那是你治好的？那是鸡蛋补好的，人家几年都没见过一点蛋花星子了，一下子八个鸡蛋夯下去，营养到了，别说头晕眼花，连肺痨都治得好。

万人寿和涂三江就这样互相揭短，互相拆台，还自我吹嘘，最后谁也没评上模范。评选结果出来以后，后窑大队的干部因为比兄弟大队少拿到一面锦旗，少到县里登一回主席台，很不高兴，大有责怪他们的意思。可万人寿和涂三江都说，锦旗有什么用，又不能当药吃。他们是医生，在他们的思想中，药比饭还重要呢，何况锦旗乎？平时他们两个你争我斗互不相让，但在这个时候，他们就一致了，他们宁可不要锦旗，要药。

涂医生是大队合作医疗刚刚成立的时候下来的，两个人顶了一年多，最后我爹到底把涂医生给气回去了。涂医生现在坐在公社卫生院的门诊室里，有病人来，他先看一看病历的封面，看看是不是后窑大队的人，如果是，他就问，给万医生看过吗？甚至是后窑邻近队里的人，他也要问清楚。起先有的农民还不知道这一套，说找万医生看过的。涂医生就说，万医生看过的，我就不看了，你还是请万医生继续。后来大家都知道了这里边的秘密，都统一口径说没看过，一伤了，就赶紧来找涂医生了，知道涂医生科班出身，医术高，讲科学。涂医生听了，笑着说，知道就好。

后窑大队的合作医疗站就剩下我爹万人寿孤家寡人，找万人寿看病的病人吹捧他说，科班出身有什么用，还是万医生经验丰富，拿眼睛一看就抵得上公社卫生院的X光。万人寿说，X光你们照去拍。病人说，我们不拍，只要万医生说不拍，我们就不拍。万人寿微微含笑。其实顶走了涂医生后，万人寿有好一阵适应不过来，心里若有所失，觉得很无聊，蔫不拉叽的，到我把万小三子耳朵里的毛豆夹出来、万全林送来那副对联、裘二海又给我记了工分等等以后，我爹的精神更是受到了沉重的打击。

那天从地头回来，我把裘二海的意思告诉了我爹，他果然顿时就急了，一急之下，他从家里找出一支东北人参，跑到裘二海家。裘二海和他老婆裘大粉子都不在家，他就给了裘二海的娘，跟裘二海的娘说，让裘二海千万不要送万泉和去学医。裘二海的娘虽然老了，思路倒还清楚，后来她跟裘二海说，我觉得奇怪，要是他想送万泉和去学医，送我一支人参还有道理。他们瞒着裘二海的媳妇裘大粉子，娘儿俩偷偷地享受了我爹的人参。

裘二海第三次找我谈话的时候，我还假模假式地推三托四，裘二海终于失去了伪装的耐心，露出了他的本来面目，骂起粗话来 ：“放屁！放屁！万泉和你敢抵抗大队革委会？ ”我赶紧说 ：“裘主任，我没敢抵抗革委会，可我真的当不来医生。”裘二海说 ：“你爹是医生，你会当不来医生？ ”我说 ：“可我爹说，我当医生也必定是个庸医。”裘二海说 ：“你的话是放屁，你爹的话更是放屁，为什么他能当你就不能当？没听说过！ ”我回答不出来，裘二海问得有道理。裘二海又说 ：“小万你真被你爹给蒙蔽了，他要是不想让你当医生，为什么要给我娘送一支人参？ ”我说 ：“他送人参是让你别送我去学医。”裘二海大笑起来 ：“你爹有那么傻啊？没听说过！ ”我说 ：“我爹有时候我捉摸不透他。”裘二海说 ：“你简直不是你爹的儿子。”我挠了挠头皮，裘二海这话，村里也有别人说过，我不知道他们从哪里看出来我不像我爹的儿子，我也没有敢问我爹，这牵涉我娘的名声，也牵涉我爹的脸面，所以我就只当笑话听听。裘二海骂了我几句以后，态度又好了一些，他又劝我说 ：“小万你不要犯傻了，还是当赤脚医生好，不劳动，不晒太阳，不受风吹雨打，还可以记工分。”裘二海把赤脚医生的工作说得太轻巧了，赤脚医生怎么不劳动呢，给人看病也是劳动呀，而且太阳也是要晒的，也要受风吹雨打。不过，裘二海的话虽然有些偏颇，但他的话已经打动了我。

本来我一心要当木匠，并不是因为我热爱木匠这个工作，而是因为木匠的日子比种田的日子好过，我这个人比较懒，贪图省力，你们可能已经看出来了。可现在看起来，学木匠的希望比较渺茫，我就审时度势及时改变了自己的初衷，决定接受裘二海的安排。我的心动了，口也就松了，我问裘二海 ：“那我怎么学医呢？上学吗？ ”我的口一松，裘二海基本上就大功告成了，下面的事情对他来说，怎么都行，他稀松平常地回答我说 ：“上什么学呀，去公社卫生院跟那里的大夫学学就行了。”我说 ：“那是进修吧。”裘二海又马马虎虎地说 ：“就算进修吧，就进一阵子修吧。”我说 ：“一阵子是多少日子？ ”裘二海说 ：“计较那么清楚干什么，一阵子就是一阵子，差不多了你就回来当医生。”

就这样我被裘二海推上了学医的道路。裘二海在群众大会上宣布这件事情的时候，我爹当场就跳了起来，指着裘二海大骂，说裘二海敲诈了他七支人参。直到这时候，我爹的心思才真正地被看清楚了，他确确实实不想让我学医。

本来群众也许会相信我爹的揭发，但是我爹急于求成，说话太夸张，把一支人参夸张成了七支，群众不再相信我爹，他们觉得我爹肯定拿不出七支人参，裘二海和裘二海他娘，也不像受用了七支人参的样子。所以群众听了我爹这话就哄笑起来。这种哄笑我听得出来，是嘲笑。站在我爹一边的只有一个人，她就是裘二海的老婆裘大粉子。裘大粉子仗着裘二海是干部，跟裘二海一样凶，真是有夫妻相。这会儿裘大粉子却笑眯眯地走到我爹身边，轻轻抚摸我爹的背，说："万医生，你送错人参啦，你把人参送给我多好。"万人寿气鼓鼓地说："我去的时候你不在。"裘大粉子说："你送人参给那个老货，他们是猪八戒吃人参果，糟蹋了你的人参，还糟蹋你一片心意。"万人寿说："你不早说，人参早让他们吃掉了。"裘大粉子说："吃掉就吃掉吧，你就当弄错了，人参喂了猪，人就别跟猪生气啦。"万人寿说："我才不跟他们生气。"裘大粉子说："你还说不生气呢，你的脸都被他们气白了，你不心疼自己，我还心疼你呢。你是医生，你是有知识的人，你别跟他们乡下人一般见识，听话，啊。"裘大粉子安慰着我爹，像在对一个几岁的小孩子说话。群众又想哄笑了，但这回他们憋住了笑，因为裘大粉子说变脸就变脸，他们敢嘲笑我爹，却不敢嘲笑裘大粉子。

群众虽然憋住了笑，但他们心里都觉得我爹不可理解不可思议，哪有当爹的不希望儿子有出息？虽然做赤脚医生也不算多么了不起，但是在农村，除了当干部，再除了出去当兵，还能有什么比当赤脚医生更出息的？许多大队有年轻的赤脚医生，他们都是大姑娘心中暗暗喜欢的人，想起他们来，她们心里就甜滋滋、痒酥酥的。可惜我们大队没有年轻的赤脚医生，只有一个老医生万人寿。我要是学了医，当了赤脚医生，倒是年纪正当好，相貌也不错，说不定会有许多美好的故事。所以我早就不再坚持自己要当木匠的一贯想法了，我兴致勃勃地听凭裘二海安排，虽然我不知道他为什么要安排我。只是我爹气急败坏的样子让我和大家都很吃惊，一个群众说："万医生怎么啦，老话说教会徒弟饿死师傅，万医生是不是怕万泉和学了医，他就没饭吃了？"另一个群众说："不可能吧，这个徒弟又不是别人，是他的儿子呀，他怎么会吃自己儿子的醋？"我爹听了这些议论更来气，一向知书达理之乎者也的我爹，变得像个泼妇，他提着自己皱巴巴的脸皮说："吃醋，谁吃醋，吃谁的醋？他？万泉和？我吃他的醋，你们不要叫我笑掉自己的大牙。"我爹很瞧不起我，但他是我爹，我不好跟他计较，倒是群众有点替我抱不平，觉得我爹太骄傲了，跟自己儿子都要计较。不过群众想虽是这么想，却也不敢对我爹说什么不恭的话，因为一会儿他要是肚子疼了或者咳嗽了，他还得找我爹看病。

我爹气势汹汹，气就有点岔，卡住了自己的喉咙口，他停下来，运了运气，因群众的反对而被堵塞了的思路重新又畅通了，他觉得自己找到了一条极好的理由，我爹说："不行，万泉和文化水平太低。"群众立刻又哄哄地反对我爹。我爹这个理由实在不能成立，我虽然文化水平不高，但好歹也念到初中毕业，是正经拿到了初中毕业证书的。在我们村里，跟我年纪差不多的一群人，我算是较高的水平了，像隔壁裘金才的儿子裘雪梅比我大两岁，念到初二就辍学了，再隔壁万同坤的女儿跟我同年，连一天学也没上过，是个文盲。当然，我能念到初中毕业，完全是我爹坚持的结果，要不是我爹逼我，我是念不下去的，功劳归于我爹万人寿。现在他却把他的功劳归成于我的罪过，我理解我爹他是对我严格要求高标准，他可能觉得，一个人要当医生了，初中的文化是不够的。

我正这么想着，已经有群众比我反应快，他接着我爹的话头说："万医生，你这话不对，万泉和初中毕业，你自己才高小毕业，你怎么说万泉和水平低呢。"我爹愣了一愣，又说："万泉和不光文化水平低，他也不聪明，他从小就笨，反正，反正，他是很愚蠢的，他五岁还口齿不清，他七岁还尿——"又有一个群众打断了我爹的话说："万医生，你的话倒提醒了我，我想起来了，万泉和小时候不光不笨，他还是鬼眼呢。"这位群众的话引起了大家的记忆，全场立刻兴奋起来，他们回忆的是我小时候发生的一些事情。乡下流行一种迷信的习惯，凡是大肚子女人，想要知道肚子里的孩子是男是女，只要这个念头一出来，出门时随便拉住一个小孩子问他，阿姨肚子里是弟弟还是妹妹，小孩子金口，他说弟弟那必定是个男孩，大家兴高采烈，他要是说妹妹，大家就只当没听见，打着岔就走开了，如果有人要追问，别人就会说，小孩子懂个屁，说话不算数的，就过去了。据说在我三岁那一年，村里有个大肚子女人拉住我问弟弟还是妹妹，我的回答是"弟弟妹妹。"我口齿不清，说的是"其其妹妹。"但大家听了都很振奋，最出奇的就是，那个大肚子女人结果真的生了一对龙凤胎。后来据说在好几年里，小小年纪的我，被大家请来请去看肚皮，甚至很远的地方也有人来请我，但可惜我不是鬼眼，我看不见阿姨肚子里的孩子是男是女，可怜的我还太小，连什么是男什么是女都还不知道，我怎么可能说得准呢。只是他们要我说，我就瞎说一下，如果说准了，他们日后就会来我家感谢我和我爹，如果说不准，他们也会骂我几句，这是正常的。但也有的人就不正常，比如有一个男人，他相信我的话，以为他老婆肚子里的是“其其（弟弟）”，结果生下个女孩，他就骂他老婆，还踢她，说是她的肚子有病，把一个男孩变成了丫头片子。这才是愚昧愚蠢的表现。这些事情我都不知道，根本也不可能记得，都是大家在以后的日子里慢慢地说出来的。那时候我已经长大，懂事了，我关心的是后来这事情是怎么收场的，怎么后来就没有人来找我看肚皮了呢？大家说，后来你就长大了呀，长大了怎么还能看，长大了你的眼就是瞎眼，长大了你的嘴就是臭嘴，再也不是金口了，谁要听你臭嘴里吐出来的东西啊。原来是这样。现在许多年过去了，又有人提到往事，大家都把我小时候的鬼眼跟眼前的事情联系起来，就更觉得我应该学医。

我们队里的人都不喜欢裘二海，因为自从他当了干部以后几乎没有做过什么对头的事情，但在这件事情上，裘二海却得到了群众的支持和拥护。裘二海架着二郎腿，吸着烟，不急不忙地听着群众对他的赞扬，还时不时地瞄一眼我的孤立无助的爹，他还批评那个说话的群众道：“什么鬼眼？你敢搞迷信？那是神仙眼！”大家一致赞同裘二海的话，改口称我是神仙眼。

大家七嘴八舌的时候，我却一直暗中关注着裘二海，并不是我这个人阴险，实在是因为我不能明白而又很想弄明白裘二海到底为什么对我学医这么重视，这么坚持，连我爹骂他他都不回嘴，这要是在平时简直是不可想象的事情。但此时此刻裘二海就是那么大将风度地架着二郎腿，慢悠悠地吸着烟，好像在告诉我爹，也告诉所有的人：万泉和学医，就这么定了，就是我说的，我说的话就是道理。可我爹也是个倔头，他也和裘二海一样的态度，只不过他和裘二海的作风以及表现方式不同，他倔着脑袋站在那里，脸涨得通红，虽然不再说话，但他的红脸和他站立的姿势也一样在告诉裘二海，告诉所有的人：我就不许万泉和学医，就这么定了，谁也别想让万泉和学医。双方就这么一软一硬，一胸有成竹一气急败坏地僵持着。

群众倒是不着急，反正开会是记工分的，会议散得早，队长还会赶着大家再去干活呢，最好能熬到太阳下山。他们吱哩哇啦地说着与之有关和与之无关的事情，快快乐乐轻轻松松地消磨着时间。

可就在这时候，情况突然发生了变化。我首先注意到的是裘二海悠悠荡荡的二郎腿忽然放下了，这是因为会场上忽然窜进一个人来。也就是说，这个人一进来，裘二海的言行就立刻发生了变化，他的二郎腿架不住了，他吸烟的姿势也不那么老卵了，脸上的表情更不那么骄傲了，更令我惊讶的是，进来的这个人，是个小孩，他就是万小三子，大名万万斤。

万小三子一进来，他的小小的三角眼先环视了一下会场，然后就跑到我爹万人寿面前，说："万人寿，我跟你说——"他爹万全林喝断万小三子说："小棺材，你说什么呢，万人寿是你喊的？"万小三子朝他爹翻了个白眼，说："他不叫万人寿吗？我喊错人了吗？"万小三子是小霸王，他几乎就是裘二海的小翻版，但比起裘二海来，他除了霸道，还更多一点凶险，只是他现在人还小，还不到十岁，长大起来肯定要比裘二海厉害几个跟斗。

万全林气得不轻，抬起手来要揍万小三子，裘二海却挡住他说："万全林，要文斗不要武斗，你要是打万小三子，我就批斗你。"万全林收起手，骂道："小棺材，你嘴巴放干净了再说话！"万小三子说："我喊的是万人寿，万人寿这三个字不干净吗？"万全林气得"扑扑"地吐气，却拿他没办法，只好不做声，黑着脸退到一边。

万小三子摆平了他爹，回过头来对万人寿说："万人寿，我有话跟你说。"大家都静了下来，想听他跟万人寿说什么，万小三子却凑到我爹万人寿的耳边，嘀嘀咕咕，鬼鬼祟祟，大家被他们吸引去了，都在疑惑他们，但我的注意力仍然在裘二海身上，我看到裘二海的脸色红一阵青一阵，本来填满了霸气的眼睛里现在竟是空空荡荡的，里边什么东西也没有了。这情形使我立刻敏感到问题出在万小三子那里，我赶紧把我的注意力转到万小三子身上。

不幸的是，我虽然能从老奸巨猾的裘二海身上看出某些变化，从一个乳臭未干的小孩身上我却什么也看不出来，我觉得自己很丢脸。只见万小三子咬着我爹万人寿的耳朵说了几句话，我爹跳了起来，脸色大变，变着变着，变着变着，最后说了一句"我不管了"，竟然一甩手走了。

随着万小三子的闯人再度热闹起来的会场一下子又冷了场，就在大家面对突如其来的变化目瞪口呆的时候，万小三子"噼里啪啦"地乱拍了拍手，让大家安静下来，然后他跳到桌子上，抬起两条胳膊，朝大家挥了挥，说：“就这么样了，散会吧。”群众哄堂大笑，都拿眼睛去看裘二海，准备他大发脾气呢，万全林开始也跟着幸灾乐祸地笑了几声，后来忽然想到闯祸的是他的儿子，他笑不出来了，张开的嘴像冻僵了似的不能动弹了。

最后的结果大大地出乎大家的意料，裘二海不仅没有对宣布散会的万小三子发威，反而低眉顺眼地点了点头，声音也降低了好几度，说：“开了半天，是该散会了。”

结果就是我糊里糊涂地走上学医的道路。

第二章

万里长征万里梅

在我去公社卫生院进修的前一天，我在整理行装，我爹在一边冷嘲热讽，他说了许多晦气的话，我没有跟他计较，任由他去说。可我爹说着说着，忽然间就停下了，他的神情振奋起来，注意力集中到了院子里。我知道，我爹知道有病人来。

果然来了病人。天长日久，我爹的耳朵已经练得像顺风耳，不光听得远，还能听得很准确，是不是病人，他从来人的脚步声中就能够判断出来。

来的病人是个女的，叫万里梅，是八小队的一个新娘子。其实也不能算是新娘子了，已经嫁了两年多了。但大家仍然叫她新娘子是有道理的，因为她结了婚一直生不出孩子，腰身也一直不变，穿的仍然是结婚时做的一些花衣裳。换了其他女的，结婚后马上生小孩，生了小孩腰身就变粗了，那些花衣裳就再也穿不下，只好压箱底，等到女儿长大起来，再拿出来修修改改给女儿穿。可万里梅不仅穿着结婚时的衣裳，她还喜欢在村子里走来走去炫耀，大家都在地里劳动，衣服又脏又破，一身臭汗和烂泥，却有一个人穿着花衣服在田埂上走来走去，有太阳的时候还打一把洋伞，就像一只花蝴蝶在飞。大家喊她新娘子，当然是带有嘲讽的意思，还含有大家的心理不平衡，因为别人要劳动，她却可以不劳动在田埂上走来走去。不过万里梅好像听不出别人讽刺她的意思，有人喊她新娘子，她就乐呵呵地答应，她还特别喜欢关心东家长李家短的事情，后来有人给她起了个绰号叫她“话梅”。

万里梅不劳动是有原因的，她有病，一犯病就拿手捂着胸口喊 ：“喔哟哟气上来了，喔哟哟气上来了。”就来找我爹万人寿看病了。这是一种农村常见的被大家称作心口痛的病，其实是胃气痛，很多人都有这种病，但没有哪个像万里梅这样犯得频繁，许多人一般一年才犯上一次，有的两三年犯一次，他们只是在犯病的时候回家爬到床上躺一下，喘一口气，胃气下去了，就爬起来下地劳动。也有了解自己病情的人，甚至都不用回家，发起来了，就在田埂上蜷起身子像只虾子一样躺一会，等胃气过去了，就好了，就继续劳动。

万里梅的病好像特别重，隔三差五，就会来一次，所以她不能下地，倒是三天两头要跑合作医疗。我爹看到别的病人都是胸有成竹舍我其谁的样子，但唯独万里梅来了，他的头就大了。真是万里梅心疼，万人寿头疼。

这一次万里梅照例又是叫喊着进来的，她躬着腰，苦着脸，嚷道 ：“喔哟哟气上来了，喔哟哟气上来了。”她坐到我爹面前的凳子上，刚要开口说话，我爹皱一皱眉，朝她摆了摆手，说 ：“你不要说话，我最烦话多的病人，有本事的医生，是不用听病人说话的。”其实我爹的话是有问题的，中医讲究望闻问切，其中的“问”，就是要问病人的各种情况。当初涂医生在的时候，我爹为了炫耀自己，还给涂医生背诵明朝一个什么人发明的十问歌，开头两句我还记得 ：“一问寒热二问汗，三问头身四问便——”我爹不喜欢病人讲话，他就不能从病人那里得到有用的情报，他以为自己只要一望一闻一切就足够了，但是他没有想一想，如果能够再加上病人的自述，再对照一下，那不是更全面吗？可我爹这个人太骄傲，他说不要就不要。万里梅很服从我爹，虽然她是个“话梅”，平时话很多，可我爹叫她别说她就不说了，她咽了口唾沫，把要说的话也咽下去了，这些话咽到她胃里以后，不消化，她的胃气更痛了，所以她最后还是忍不住说 ：“万医生，我痛煞哉。”她说的是废话，不痛煞哉谁会来找医生。我爹正给她切脉，说 ：“叫你不要说话。”万里梅很想乖乖地听我爹的话，但她忍了又忍，实在还是忍不住说 ：“可是，可是，万医生，今天的痛，跟上次不一样啊。上次在这里，今天在这里——”她的手胡乱地按着肚子，一会儿按按上面，一会儿又按按下面，自言自语地说 ：“咦，奇怪了，又换了地方。”我爹说 ：“你哪次的痛是一样的？”万里梅说 ：“所以我说我要死了，他们还不相信。”我爹骄傲地说 ：“你在我手里想死也不容易。”我爹让万里梅躺下，开始按她的肚皮，我爹只一按，万里梅就“扑赤”一声笑了出来，我爹说：“你到底痛不痛？”万里梅说：“痛的，痛的，你看我汗都痛出来了。”我爹说：“那你还笑得出来？”万里梅又是“扑赤”一声笑，说：“嘻嘻，我痒，嘻嘻，我怕痒。”我爹按住一个地方问：“这里痛不痛？”万里梅说：“痛，嘻嘻，痛，嘻嘻，痛，嘻嘻嘻——”她终于躺不住了，一翻身坐了起来，捂着肚皮大笑起来：“痒死我了，痒死我了。”我爹阴沉着脸等她笑过。可万里梅笑了两声，却又哭起来，眼泪像断了线的珍珠一颗跟一颗地掉下来，她还边哭边嚎：“痛啊，痛啊，气又上来了，气又上来了，心口痛啊。”我爹说：“除了心口痛，还有哪里痛？”万里梅说：“喉咙也痛啊，下巴也痛啊，脸也痛啊——”她的眼泪说流就流，哗啦啦地流。我爹说：“喉咙下巴脸，那是放射性的痛，不是真的痛，你不要太紧张。”

这期间我一直没作声，看起来是因为我插不上嘴，我毕竟不懂医，但其实我是在用心体会呢，因为我就要学医了，以后我也会碰到万里梅、张里梅、王里梅。所以我不做声用心地看着我爹查病。我看得出我爹有点为难，因为万里梅常来看病，又老是犯病，还越发越频繁，显得我爹很没本事。我爹皱着眉说：“你哇喳哇喳吵得人不能安心给你看病。你说说清楚，到底是不是心口痛？”万里梅说：“是的，是的，是心口痛。”她拿手指着胃部，说：“就是这里，就是这里，心口痛。”我忍不住插嘴说：“这不是心口，是胃。”

这么多年来，我经常看我爹给人治病，但我从来没有对我爹的工作插过一句嘴，我爹有时候还挖苦我是个闷嘴葫芦。但今天不一样了，今天我觉得自己应该说点什么，好显得我也是有一些水平的。只不过原来我以为要等到我学成归来再说话的，没料到我忍不住提前开了口。

我一开口，我爹就恼了，我爹说：“你也开口？你说的什么呢？学究论书，屠夫论猪！”我吃了一闷棍，就立刻闭上了嘴。倒是万里梅替我说了一句话，她说：“万泉和，呵不，小万医生说的对，不是心，是胃。”我爹一听更生气了，说：“难道我连你是胃气痛都不知道？难道我说你是心脏病吗？”万里梅见我爹生气了，又赶紧安慰我爹：“万医生，万医生，你是知道的，你什么都知道，你是我的救命恩人，要不是你，我恐怕早已经给它痛死了。”我爹脸色好些了，他拿白眼把我推远一点，才回头继续给万里梅诊病，我被他用眼光推远以后，心里多少有点失落，虽然万里梅说我爹是她的救命恩人，但据我所知，万里梅刚嫁过来没几天，就来找我爹看病，看了两年多了，我爹并没有治好她的病，这是事实。当然，这个事实并不能说明我爹没有水平，只能说明万里梅的病比较顽固，既然是顽固的病，就会比较复杂，也许“心口痛”只是一个假象呢，但我只敢胡思乱想，并不敢说出来。

我爹又给万里梅开药了，我伸头一看，我爹开的还是那几种药，小苏打、复B等等。万里梅喝了药，脸色苍白地蜷着身体躺下来，大约才过了一两分钟，药性还没有到呢，她就“忽”地坐起来说：“咦？好了？不痛了？”她的脸色也渐渐地转红了，又说：“呀万医生，我就说你是神医，真的神哎。”我爹奇怪而不解地看着她，他没有想到药性来得这么快，他本来是应该骄傲的，现在却有点不知所措了，他支支吾吾含糊不清地说：“越人非能生死人也，此自当生者，越人能使之起耳。”我和万里梅都没有听懂。

我爹想把他的疑惑丢开，可他怎么也丢不开，疑惑就像一条蚂蟥一样死死地盯住他，怎么甩也甩不掉。我清清楚楚看见那条蚂蟥盯在我爹的腿上，血从我爹的腿上淌下来，我还看见我爹用手去拽它，可我爹一拽，蚂蟥成了两半，一半仍然盯在我爹的腿上，另一半又盯住了我爹的手，我急了，大声说：“不要拽，要拍。”可我爹并没有听到我的喊声，因为我根本没有喊出声来，我只是在心里喊，我爹怎么听得到我的心声？现在我爹心里的疑惑越来越大，万里梅心口已经不疼了，但我爹没有放她走，我爹说：“你等等，我再问你几个问题。”我爹出尔反尔，他一向讨厌病人多话，这会儿却又主动问诊了，我就知道，我爹头又疼了。万里梅的心口疼明明不是小苏打治好的，它说来就来说走就走，望、闻、切我爹都做过了，我爹还是捉摸不透它，所以我爹只好自打嘴巴问诊了。

我留了个心眼，注意我爹问些什么问题，我也好偷着学他一招招，可结果却让我目瞪口呆。我爹问：“你恶心不恶心？想不想吐？”万里梅脸红了红，扭捏了一会，说：“万医生，我还没怀上呢？”我爹皱了皱眉，批评她说：“你要是怀上了，全公社的人都会知道——我问你，你是不是经常发脾气？”我爹这样问，我也感到有问题，万里梅这个人，天生的好脾气，心口痛得在地上打滚，她还笑呢，她发什么脾气？好在我爹也已经认识到他的错误问题，摆了摆手，收回了这个问题。我见我爹接连的两个疑惑，都疑得远了一点，没有疑在正路上，我都觉得有点丢脸。正担心我爹再问出第三个不符合实际情况的问题，我爹果然就问出来了：“你眼睛看东西模糊不模糊？”万里梅好像没有听懂，一时没有反应，过了一会，才眨了眨眼睛说：“我看得很清楚，万医生，连你脸上的皱纹我都数得清。”气得我爹朝她挥挥手说：“走吧走吧。”万里梅谢过我爹就走，走了几步她又回头说：“对了万医生，我做梦时眼睛也很好，我还看得见水里的小鱼呢，小川条鱼，真的，这样长，这样细，好多好多。”这是万里梅的另一个特点，她喜欢做梦，还喜欢讲梦。我想起我爹以前给我说过梦经，便活学活用说：“梦见水里有鱼，就是你要坐船出门了。”万里梅又惊讶又惊喜地看着我问：“是的吗？是的吗？我坐船到哪里去呢？”我差一点说，你坐船到城里去看病罢，但想想这样说不厚道，就没有说出来。我爹不屑地朝我们看看，说：“你这是胡说八道。”停顿了一下，又说：“不过身体有病的人，做梦能做出来，万里梅，你有没有梦见臭鱼烂虾和茅坑里的脏东西？内经上说，胃病者，会看到这些东西。”万里梅努力地想了想，说：“我看见一个人从船上掉到河里。”我爹微微皱眉，好像不解，自言自语道：“肾气虚？肺气虚？”万里梅来了精神，问我爹：“那我要做什么样的梦，就是身体好呢？”我爹说：“梦见人家造房子会长命百岁。”我爹是自相矛盾，刚才他说我胡说八道，现在他自己算不算胡说八道呢。万里梅相信我爹，便连声地说：“那我要回去做个造房子的梦，那我要回去做个造房子的梦。”我想说“梦是你想做就能做的？”但我没有说，因为我也想做个造房子的梦呢。我爹见她如此浅薄，生气地哼了哼鼻子，不再说话了。

万里梅走后，我爹坐在那里愣了半天，我也不敢上前惊动他，我知道他在生自己的气，他不仅治不好万里梅的心口痛，两年多了，他连万里梅到底是什么病都没搞清楚。

后来我爹出诊去了，我继续整理我的行装，我看到我爹桌上搁着一本又黄又旧的书，我拿过来看看，是一本《黄帝内经》，我不知道这是什么书，但我知道是封资修，而且还是一本写了错别字的封资修。我从来只知道有皇帝，怎么书上会印成“黄帝”呢，但我来不及想这个错别字的问题，我的心怦怦跳着，封资修的东西早些时候都烧了，烧的那天晚上，我们都到大队部门口去看热闹，火光冲天，劈里啪啦，很好看。但有一个从前在外面做过事的人，还跟我们吹牛，说这不如放焰火好看。可我爹这里怎么还藏着一本呢？我发现我爹在书的某一页折了一个角，我就朝那个角看了看，许多字我都不认得。这个角是这样写的 ：“肝病者，两胁下痛引少腹，令人善怒 ：虚则目䀮䀮无所见，善恐，如人将捕之，取其经，厥阴与少阳，气逆，则头痛耳聋不聪颊肿，取血者。”我没有看懂，只是隐约感觉到，我爹刚才问万里梅的那几个奇怪的问题，就是从这上面来的。我还发现我爹在书里夹了一些纸片，我随便看了看，其中一张纸片上抄的是唐伯虎的一首诗。唐伯虎我知道，说书人说“三笑”就是说的唐伯虎，连老太太都喜欢他，但是我不喜欢唐伯虎，他太风流了，女人才喜欢。我爹不知从哪里抄来一首唐伯虎的诗 ：宝塔尖尖三四层，和尚出门悄无声。一把蒲扇半遮面，听见响声就关门。我念了两遍，字倒都认得，但是意思不懂，我看到我爹还在诗的下面写了四个字 ：小儿尿闭。我就更糊涂了，但糊涂的事我是不喜欢去弄清楚的，就让它糊涂吧。我把《黄帝内经》藏了起来，心想，封资修到底是个害人的东西。

第二天裘二海让队里的拖拉机送我去公社卫生院，天气阴沉沉的，早晨搞得跟下晚似的，还有风，风一吹过，路两边的桑树地里，沙沙地响。我胆小，凑到拖拉机手耳边说 ：“裘其全，你开快点。”裘其全不高兴了，说 ：“你嫌慢？你来开？”我说 ：“我不是嫌你慢——”正说话，“沙沙沙”的声音又来了，我赶紧去望桑树地，还真给我看到一个人影，我吓出一身冷汗，赶紧跟裘其全说 ：“桑地里有人跟着我们。”裘其全说 ：“我们又不是大姑娘，跟着我们干什么？你不要吓唬我啊。”我说 ：“我没有吓唬你，我是看到一个人，但是个子不高。”裘其全问 ：“男的女的？”我想了想，其实这个人影只是在我眼前晃了晃，每当我想仔细看，他就晃过去了，我根本没有看清楚，但为了证实我的话是真的，我瞎说道 ：“女的，是个女的。”我这话一说，裘其全立刻就“噢”了一声，说 ：“是她呀。”我说 ：“是谁？”裘其全说 ：“上个月背娘舅背死一个女的，前湾村的，年底就要结婚了，背死了。”我其实已经听说过这件事情，当时听的时候，并没有觉得很害怕，因为在我家的院子里，有很多人在，毕竟场合不一样。现在听了，身上就有点哆嗦，背上和颈脖子那里一阵阵发凉。

背娘舅是我们这一带的强盗干的事情，有人在路上走，他从后面悄悄上来，用绳子往你颈脖子上一勒，背起来就走，走一段，你就死了，他就把你的东西拿走。我们这地方很适合强盗做这种事，因为我们是半农半桑地区，也就是说，我们的这片土地，大概有一半是要种桑树养蚕的，你走到东走到西，都逃不开桑树地，有的桑树已经长了好多年，长得比人都高了，强盗往桑树地里一躲，谁也看不见他，他就可以突然袭击，让你毫无准备就死去了。有一个背娘舅，背死一个人，结果拿到几个鸡蛋，是那个死人从路边农民家的鸡窝里顺手偷来的。

这会儿我听裘其全说背娘舅，就下意识拿手摸了摸自己的脖子，一边赶紧回头朝后看，看看有没有背娘舅要勒我的脖子，结果背娘舅倒没有看到，却看到了万小三子。

万小三子正无所事事地跟在我们后面晃悠，我让裘其全把拖拉机停下，跳下车去，挡住万小三子说："刚才原来是你在桑树地里捣鬼啊。"万小三子说："桑树地又不是你家的。"我见他一副无赖的样子，差点刺激他说："前湾村那个女的，不是你背死的吧？"可话到嘴边我却没有说出来，因为我忽然才想起，万小三子是个小孩子，才七八岁吧，他怎么可能背得动一个大人？可不知为什么。我每次看到万小三子的时候，虽然他那么矮小，我却从来都没有把他当成小孩。尤其是经历了裘二海送我学医的事情，我更觉得万小三子蹊跷，我忍不住问他："万万斤，在我学医的事情上，你到底跟裘主任说了什么，你跟我爹说了什么？"万小三子一副听不懂的样子，说："什么什么？你说的话糊里糊涂我听不懂。"我说："万万斤你在装腔作势，你肯定知道什么。"万小三子说："万泉和，你看看清楚我是谁啊，我是万小三子万万斤，我是一个小人呀，我才几岁你难道不知道，你把我当成大人了？"我哑口无言，万小三子说得有道理，他还是一个孩子，村里无论大事小事都不可能是由一个孩子来决定的，一定是我自作聪明，瞎敏感，把事情硬栽到万小三子身上。我这么一想，就觉得自己有点难为情，我说："对不起，万万斤，因为我总想不通裘主任他为什么——"万小三子一挥手："嘿，想不通就不要想了罢，想那么多累不累啊？"这个万小三子，你说他是个小孩，他确实是个小孩，但有时候他说出来的话，你觉得他是个七老八十的看透了人情世故的老和尚，我趁着自己的想法说："万万斤，以后你不会出家吧？"万小三子听不懂了，问我："出家？什么叫出家？"我坏笑说："出家就是当和尚。"万小三子说："什么叫和尚？"我赶紧收起了坏笑，再一次哑口无言，还觉得自己无地自容，怎么和一个小孩去讲这种事情。万小三子一副大人不计小人过的宽容态度，对我说："好了好了，走吧走吧。"

就这样村里人送走了万泉和，等万泉和再回来的时候，他就是万医生了。我爹为此气得差点生了病，但我爹不能生病，他要是生了病，村里那么多的病人怎么办？

我到公社卫生院进修，偏偏就跟了涂医生，我端个凳子坐在涂医生背后，看涂医生怎么看病。涂医生的身后，平白无故地多出一双眼睛，浑身不自在，说："你能不能坐远一点。"我说："坐远了我看不见你开的方子。"涂医生说："方子？方子你找你爹看看就行了。"我说："是我爹叫我来跟涂医生学的。"涂医生说："你爹才不会让你跟我学呢——不说他，说他我就气不顺，还是说你——万泉和，你听好了，你跟我学可以，以后人家问起来，你跟谁学的医，你要说是跟涂医生学的。"我说："我确实是跟涂医生学的。"涂医生说："你还要说清楚，是涂医生教会了你当医生。"我说："好的，只要不改我姓万，怎么都可以。"涂医生说："你还休想跟我姓涂呢？"

涂医生还记恨着我爹，但他却跟我说，他还感谢我爹万人寿呢，正是因为他实在忍受不了万人寿的所作所为，一气之下回来了，他现在提了科副主任，工资也长上去了，碰到老同学，脸上也有了光彩，家庭条件也改善了，不过他紧接着又说："你爹万人寿现在老了吧，老糊涂了吧？"他的话让我感觉到他仍然还惦记着我爹，我赶紧说："我爹没有老糊涂，他还是赤脚医生。"涂医生却不相信我的话，冷笑说："是吗？那他为什么要叫你来学医啊？"我说："不是我爹叫我来的，是裘主任叫我来的。"涂医生说："是呀，裘主任对你这么好，裘主任是你亲爹嘛。"我赶紧纠正他说："不是的，万人寿才是我亲爹。"涂医生说："你自己撒泡尿照照，你像万人寿的亲儿子吗？"村里人都说我不像我爹的儿子，现在连涂医生也这么说，我有点生气，但我又不能生气，现在我跟涂医生学医，心里又紧张，时间又紧迫，我没有多余的时间去生气。

其实我一直没好意思说出我的真实水平，我本来初中是毕不了业的，毕业证书是我爹找了校长才拿到的。校长那段时间得了前列腺，一天要跑几十趟厕所，我爹格外卖力地给他治病，后来校长的病被看好了，我的毕业证书也拿到了。我觉得我爹用前列腺换毕业证完全违背了他这一辈子所坚持的原则。我爹从医这么多年也从来没有出现过这种事情，等到碰到我的难题了，我爹竟然可以放弃他做人的原则。他们竟然还说我不是我爹的儿子。我愧对我爹，但到底我是拿到了毕业证书，给我爹长了脸。

但是现在我就有点亏了，我的初中水平其实没有达到初中水平，但涂医生却是拿我当初中水平来看待，碰到我学不来弄不懂的事情，他就讽刺我，你还初中毕业呢，我看你小学生都不如。我不好作声，我到公社卫生院的时候，连针都不会打，天天捏着个茄子当作人的胳膊往里刺，我都刺烂了几十个茄子了，临到真给人打针的时候，针还没有沾上人的皮肤，我已经把针筒里的药水都打掉了，药水没有进到病人的皮肉里，却打在了病人的裤子上。涂医生挖苦我说，万泉和，你真阔气，你真像你爹啊。他先前说我不像我爹，这会儿他又说我像我爹了。总之他说什么话都要牵上我爹，当然是在批评我的时候，更当然了，他总是在批评我，在我跟他学医的时间里，他几乎没有表扬过我，所以他也几乎天天在提及我爹万人寿。

我在学习期间也回去过一两次，我爹万人寿已经知道我是在跟涂三江学医，我爹问我涂三江有没有刁难你，我说没有。我爹很生气，说，你不像我万人寿的儿子，受了气愿意往肚里咽，我就不咽。一个说我像万人寿的儿子，一个说我不像万人寿的儿子，他们两个人，总是一个往东一个往西，走不到一起。

我跟涂医生学医这一段时间，涂医生基本上天天在数落我爹的不是，但有时候他也会认真地跟我分析病情、交代后果，这样的时候，我就觉得涂医生像个医生样子了，他的话让我肃然起敬。可每次我刚刚肃然起敬的时候，涂医生的话题又回落到我爹身上，他说："你回去以后，要好好指点你爹万人寿。"我吓了一跳，赶紧说："我爹我指点不了的，我爹做了几十年医生了。"涂医生说："村里无大树，茄棵称大王，你知道'茄棵称大王'是什么意思吗？"我当然知道，但我不想说，我说出来，就意味着我在奚落我自己的爹，我摇了摇头，说："我不知道。"涂医生认真地看了看我，说："原来你是个傻子？我说呢，万人寿能生出什么好东西来。"你看，这会儿他又承认我是万人寿的儿子了。

有一天我在公社卫生院看到了万里梅，我觉得很奇怪，万里梅一向对我爹十分崇拜和依赖，她有病从来都是找我爹看的，难道我爹没能治好她的心口痛，她到底对我爹失望了？我觉得我爹有点丢脸，连及我也有点不好意思见她，正想着是不是要避开她，万里梅却眼尖，已经看见了我，赶紧过来跟我打招呼："万医生，万医生！"我躲避不过了，只好停下来，她的声音好大，害得旁边有好几个医生护士都看着我，我赶紧对万里梅说 ：“你别喊我万医生，我还在学习，还不是医生。”万里梅说 ：“我看见医院里穿白褂子的都喊医生，为什么喊你就喊不得？”我只好把话题扯开去，问她 ：“你来看病？”万里梅捂着心口说 ：“是万医生叫我来验的，是你爹万医生。”我说 ：“叫你验什么？”万里梅说 ：“验肝功。”我知道她说错了，肯定是验肝功能，我闷了一闷，不知道我爹葫芦里卖什么药，我也不好多问，我不能表示出丝毫地对我爹的怀疑，我只是告诉万里梅，验肝在什么地方，就赶紧跑到二楼伤科门诊去，坐在涂医生身后跟他学医。

我没有告诉涂医生我爹让万里梅来验肝，因为我爹一向瞧不上公社卫生院，他倒不是和这个医院有什么过不去，就因为医院里有涂三江，他就连带把这个医院也恼上了，这是我爹心胸狭窄，但我当面不敢跟他说，只是背后——不对，背后我也不敢说的，背后说了，也会传到我爹耳朵里，世上没有不透风的墙，我只能在自己心里说说。如果涂医生知道我爹让他的病人来公社卫生院查病，涂医生就会觉得我爹输了，他赢了，我爹丢脸了，他长脸了。如果是这样，这一天我必定又会遭到他更多的奚落和嘲讽。但我心里毕竟还是牵挂着我爹的这个老病人，后来抽空子我跑到楼下化验室，万里梅已经走了，带走了化验单子。但我知道万里梅是不识字的，她怎么找得到自己的化验单呢？化验室的医师听我这么问，不高兴地说 ：“你以为我们是干什么吃的，她不识字，我识字呀，我不会把她的单子交给她吗？”她这样一说，我就觉得是我错了，每天来公社卫生院看病的大部分是农民，而上了点年纪的农民，大部分是文盲，公社卫生院自会自负其责的，我瞎操的什么心呢。

可奇怪的是这回还真给我操着了。过了两天，我竟然看到我爹陪着万里梅一起来了。远远地看见了我爹，把我吓了一大跳，我还没来得及反应过来，我爹已经站在我面前了，指责我说 ：“万泉和，你看看你们这个医院，什么混账医院？”他手里捏着一张纸扬了又扬，把他对涂三江的怨气全部扬了出来。我一看，正是一张化验单，但是上面病人的名字却不是万里梅而是另一个人的名字。我爹气道 ：“你们知道农民不识字，也不会替她找一找她的化验单，弄一张别人的化验单给她，幸亏我细心，碰上你们医院这样不负责任的医生，还不弄出大事情来？”我知道他说的“不负责任的医生”就是说的涂三江，我没有接嘴，我不好附和他，涂三江是我的老师。我爹见我不吭声，继续 ：“你们这个医院，滑天下之大稽，你们这种单位——”他一口一个你们医院你们单位，我好冤，这哪里是我的单位，要是我的单位倒好了，我还从农民变成正式职工了呢。

尽管我爹批评我，我却不好辩解，我赶紧平息我爹的气愤，我说：“我去化验室问一问。”我爹手一摆，说：“没你的事。”话音落下，有个穿白大褂的男医生走过，我爹的脸色顿时变了变，对我的态度也好了些，对我说：“你去忙你的吧，我会带着万里梅验肝的。”我也不敢多说什么，点了点头，正要走开，又听得我爹“哎”了一声，我回头一看，我爹的脸色有点诡秘，眼色还四处观望着，鬼鬼祟祟地问我：“喂，姓涂的在几楼门诊？”我说：“涂医生伤科，在二楼。”我爹松了一口气，嘴上却又批评道：“想得出来的，姓涂的到底是个不负责任的东西，伤科放二楼，伤科能放二楼吗？让伤了腿脚的人怎么上去？给人添麻烦？”

我到了二楼伤科，因为心里有事，脸色就不太自然。涂医生看了我一眼，说：“今天怎么啦？”我说没什么。虽然涂医生是我老师，但万人寿是我爹，我毕竟应该更多一点站在我爹这一边，至少不能让我爹在他的老对手面前丢脸，所以我闭紧嘴巴。因为有秘密在嘴里出不来，把脸都憋红了，涂医生看在眼里，记在心里，他没有再问我什么，一如既往地工作，过了一会儿他要上厕所了，我担心他会到楼下去上，赶紧说：“涂医生，楼下的厕所坏了。”涂医生奇怪地看了我一眼，我们在楼上门诊的医生护士从来不会舍近求远跑到楼下去上厕所，我真是此地无银三百两。但涂医生似乎没有在意我的多此一举，只说了一句：“我不到楼下上厕所。”就走出去了。我不知道他有没有起疑心，我怕他真的下楼了，我就跟出来，看涂医生到哪里上厕所，还好，涂医生不是仙人，他哪里知道我心里的秘密，他是在二楼上了厕所，我赶紧退回来，等涂医生进来，就一切顺利了。涂医生也确实很快就进来了，但事情却远远没有了结，才刚刚开始呢。涂医生看了看我，不动声色地说：“我问过了，楼下的厕所没有坏。”我脸一红，说：“是吗，可能又修好了。”涂医生仍然不动声色地说：“你跟踪我上厕所干什么？”护士和病人都朝我笑，我的头恨不得钻到地底下去。涂医生说：“万泉和，谢谢你，我知道你是在暗示我，楼下有什么问题了。”我的妈，我真笨，我总是好心办坏事，我总是适得其反，我不想让涂医生知道我爹来了，结果偏偏引起了涂医生的怀疑，涂医生还感谢我的提醒，好像我是他的忠实走狗。他现在起身了，要到楼下去看个究竟。我慌慌张张地跟着，结果我一跟事情就更麻烦，后来我爹在很长一段时间里都记恨我，他毫不怀疑地认定是我出卖了他。当然，如果换了是我，换了我是我爹，我也会这样怀疑的。因为我爹的怀疑太有道理了，他来公社卫生院，是本着对病人负责的好意，但他不想让涂三江知道了笑话他，所以他要躲着涂三江，好在化验室在一楼，涂三江在二楼，一般门诊时间，二楼的医生是不会跑到一楼去的，而我爹来的时候，被我撞见了，这没有什么，我爹并不紧张，因为我爹知道我是他儿子，不会出卖他，这样他在楼下陪万里梅化验过就走了，涂三江是嘲笑不着他的，但偏偏涂三江跑下楼来找着他了，我还跟在后面看热闹，不是我出卖还有鬼出卖啊？

那天我跟在涂医生背后，看涂医生在一楼的走廊里，一个科室一个科室地朝里边探头，最后他终于看到了化验室门口的长椅上坐着的我爹万人寿。

那时候我爹万人寿还得意地跷着二郎腿，一晃一晃的，忽然间他看到涂三江的阴险的胜利的笑脸，我爹的脸开始发胀，显现出紫红色，接着他又看见了涂三江背后的我，我爹的脸更是涨成了紫青色，他没等涂三江的嘲笑从他的嘴里跑出来，狠狠地瞪了我一眼，站起来一甩手就走掉了。

涂三江冲着我爹的背影摇头啧嘴，满脸是得意的笑容，连声说："把病人扔掉自己就走了？把病人扔掉自己就走了？"万里梅说："你是说万医生吗？他不会的——"这时候化验室里喊了："万里梅，万里梅单子出来了。"涂医生上前接了，我乘机瞄了一眼，发现上面全是（–）。涂医生问万里梅："万人寿说你什么不好？"万里梅说："肝功。"停了一停又补充说："还有能。"涂医生说："你哪里痛？"万里梅说："我心口痛。"我赶紧补充说："就是胃气痛。"涂医生白了我一眼，说："心口痛和胃气痛，我分得清。"他把化验单子塞到万里梅手里，说："肝功能正常，回去吧，回去给万人寿看看，他又失算了。"

万里梅拿了单子去追我爹万人寿，我和涂医生一起上二楼回伤科门诊，我试图替我爹说上几句，可涂医生没有让我说出来，因为他的嘲笑已经如阵风一样扑打过来了，塞住了我的嘴。他说："不怕不识货，就怕货比货，你跟我学，你的选择是清醒的，你走对了路。"我嘴上不出声，心里拼命想，我又没有选择跟你学，是你们叫我跟你学的，但我不敢说出来，我没有这个胆量，就算我有这个胆量，我也不好意思说。我这个人又懦弱又善良，可能你们早就看出来了。

也不知怎么搞的，在以后一段日子里，后窑大队来公社卫生院看病的人多了起来。他们在医院里看见了我，有点不好意思，想躲开。我知道他们的心情，他们本来是相信我爹的，一般都不到公社卫生院来，现在来了，就说明他们不怎么相信我爹了。其实这也没有什么，我不是我爹，我的心胸没有那么狭窄，我也不会去挑拨离间告诉我爹。凡是想躲开我的人，我就先躲开，假装没看见他们，让他们心理上好过一点。

但是也有人并不害怕被我看见，他们不光不怕我看见，还主动来找我说话，来讨好我，我知道这些人是比较聪明的，因为他们想利用我的关系在公社卫生院找个好医生，另外，他们还要告诉我，村里人都说我爹万人寿老了，有点犯糊涂，把人家的胃病当成肝病治，后来事情还闹大了，万里梅的男人万贯财跑到合作医疗站，责问我爹，胃病为什么要吃肝药。他怪我爹的肝药清火清得万里梅身上没了热气，生不出孩子，竟然要我爹陪他一个孩子。荒唐。我爹怎么陪他一个孩子？

幸好万里梅坚定不移地站在我爹一边，她把万贯财臭骂一顿，赶了回去。我们那一带的乡下女人都怕男人，她们给男人生了几个儿子几个女儿，还从田头做到灶头，从鸡叫做到鬼叫，还被男人又打又骂。而万里梅呢，一天到晚捂着个心口，穿着花衣裳在田埂上走来走去，既不生孩子，也不劳动，还敢骂男人，真是无法说得清。还有一点也是奇怪，万里梅跟村里所有的人是笑呵呵的，从不恶声恶气，但唯独跟自己男人说话，就凶相毕露了，吓得万贯财屁滚屁流逃回家去。

万里梅多少帮我爹挽回了一点影响，可我爹让万里梅验肝功能这件事情村里人是怎么知道的呢？万里梅是我爹的忠实病人，她决不会说我爹老糊涂。不是万里梅，难道是涂医生？我也不相信涂医生会做这种事情，他会当面嘲笑我爹，但他不至于在背后跟别人一起阴损我爹，何况现在他们之间已经不存在竞争和比较了。所以我想来想去，这件事情如果没有别人说出去的话，就是我说出去的，或者是我爹说出去的，因为知情人只有四个，我，我爹，涂医生，万里梅。既然我在心里已经把万里梅和涂医生排除了，剩下就是我和我爹了，而我和我爹是更不可能的。

但是，问题在于，我虽然相信我自己，我爹却不一定相信我，所以我得找到真凶，摆脱自己的干系。

下晚的时候我回了一趟家。这一天正是农历七月十五，过去在这一天，村里家家户户要烧纸钱给鬼过节，一到晚上，村里就会东一堆西一堆鬼火闪闪。可现在不行了，破了四旧，破了迷信，谁敢烧纸给鬼过节，谁就会被打成死鬼，让别人给他烧纸。所以我进村的时候天虽然已经黑了，村里却一星一点鬼火也没有，死静死静的，但家家户户的门也都紧闭着，这么热的天，我不知道他们把门关这么紧干什么，难道怕鬼拿不到钱来索讨吗？真迷信。我走到我们院门口，发现我们的院门也紧闭着，我从门洞朝里张望，就看到曲文金慌慌张张地拿着一些黄草纸，正在点火呢，就有一股白烟冒了出来。我一想，这富农裘金才也忒胆大了，竟敢让曲文金烧纸过鬼节，这么一想，我的心就跟着曲文金慌张起来，听到它在“怦怦”地跳，好像我是富农的媳妇，好像我是富农他本人。我正要敲门阻止他们的迷信行为，就听到院墙上有人喊道：“哈——呔！抓住了！”紧接着“碰”的一声响，一个黑影从天而降，掉在了院子当中。曲文金吓得大喊：“刁，刁，我刁快奶哪——”（爹，爹，我爹快来呀！）我从门洞里已经看清了，从墙上下来的黑影是万小三子，只见他反背着双手，围绕着火堆转圈子，口中念叨说：“拿去用吧，拿去用吧，天气热，拿去买块棒冰吃。”曲文金说：“没有乓乒（棒冰）的，那泥（里）没有乓乒的。”万小三子说：“那就买酸梅汤。”曲文金吃不准那边有没有酸梅汤，哆哆嗦嗦地向万小三子说：“万小三已，万小三已，我本奶也没有想烧已（纸），可戏，可戏我波波（婆婆）托梦给我了，我波波说，她勒戏（热死）了，要买把蒲扇——”我就好笑，曲文金跟万小三子啰唆什么呢，万小三子是个小孩，他懂个屁，心里正嘲笑万小三子，却见万小三子微微点头道：“噢，原来是要买蒲扇，那就拿去买蒲扇吧。”曲文金说：“本奶我也不想浪她买蒲扇的，我已家的补扇都歪（坏）了，补了几个洞，还没有喜（舍）得买呢，可我波波说，要戏不给她买蒲扇，我家奋斗要尿床尿到喜发（十八）岁。”我急了，隔着门缝说：“迷信，迷信，曲文金你迷信，死人不要用蒲扇的，小孩尿床我爹会治，拿根针——”话还没说完，就感觉肩上被拍了一下，我一回头，顿时三魂吓掉两魂，是裘二海龇牙咧嘴地站在我身后呢。

裘二海阴险地笑了笑，指了指我们的院子，悄悄地说：“冒烟呢。”我大声说："他们烧晚饭呢。"我之所以很大声，是想让曲文金他们赶紧准备对付裘二海。裘二海说："他们烧晚饭给鬼吃啊——万泉和，你想通风报信也来不及了，烟已经冒出来了，纸已经烧着了。"话音未落，他就擂起门来。门被擂开的时候，正好裘金才从屋里朝院子探头探脑，曲文金赶紧把他往里边推，一边回头跟裘二海说："不怪我刁，不怪我刁，他不己刀（知道）的，喜我己己（自己），喜我己己——"裘二海还没有来得及判断曲文金到底说的什么，紧跟在后面进来的万全林已经大骂起来："小棺材！小棺材啊——"我们顺着万全林的目光，就看到万小三子正冲着墙角一堆纸灰小便呢。他这泡尿又急又大，还带着泡沫，散发着刺鼻的骚味，我真没有闻到过小孩子的小便有这么骚的。万全林见万小三子冲着火堆小便，大急大怒，骂道："小棺材，你找死啊？"想想不解恨，又说："你不要你的小八吊了！"万小三子流氓腔地晃晃自己的小八吊，说："我不要了，你喜欢你拿去玩吧。"万全林一蹦过来，万小三子一蹦逃开，仍然晃着他的小八吊说："你自己有一个了，还要我的干什么，你要两个干什么？"万全林说："我不跟你耍流氓，我告诉你，朝火堆小便，膀胱要得炎，小便小不出，憋死你。"万小三子说："膀胱是什么？"万全林说不清，就拍着自己的屁股支吾说："膀胱，膀胱。"万小三子拍手跺脚地大笑起来："你是万人寿啊，膀胱是屁股，万人寿才会说。"

我气不过了，本来是曲文金裘金才的错，竟敢给鬼烧纸钱，万小三子好心替他们浇灭了惹事的火种，结果万全林骂万小三子，再结果呢，却又引到我爹身上，我觉得太不公平。我说："万万斤，这事情跟我爹无关，你怎么攻击我爹？我爹什么时候说过膀胱是屁股？"万全林揭发说："你不在的时候，万小三子还说你爹说胃就是肝，肝就是胃，还害得万里梅的男人来找你爹要孩子呢。"我心下大白，气得说："万万斤，原来是你，原来是你在破坏我爹！"

破坏我爹名声的真凶竟是万小三子。这是万小三子的爹万全林揭发的，不能有假，但我心下还是有些疑惑，万小三子是个小孩子，才几岁？他怎么能够做出这么阴险的事情，更令我不解的是，他为什么要做这样的事情呢？

可惜的是，没等我解除这些疑惑，裘二海已经开口了，裘二海一开口，就没有我说话和思想的余地了。裘二海一开始气势汹汹要抓裘金才搞迷信的现行，后来却一直没有说话，裘金才和曲文金溜走的时候他明明看见了，也没吭声，这会儿他把矛头对准了我，气势汹汹地说："万泉和，你回来干什么，难道想跟你爹学医不成？"万小三子的气焰比裘二海更嚣张，纠正他说："你不叫他万医生吗？"裘二海愣了愣，辩解说："我是打算要叫他万医生的，可他现在还没有学会呢。现在就叫万医生，是不是太早了？"万小三子说："我说过太早了吗？"裘二海脸色憋得有点发青，但他不敢发作，到底还是叫了我一声"万医生"，但他的声音夹在嗓子口里，不像人说话，像猫叫。裘二海像一只被老鼠吓破了胆的猫，当然，这只老鼠就是万小三子。

对了，从我进院子到现在，我还没看到我爹呢。我不再理睬万小三子和裘二海，赶紧进屋找我爹。现在我可以摆脱我的干系了，我没有说我爹坏话，坏话是万小三子说的，怪不着我。可最后我才发现我的努力全是白费的，我爹见我进屋，就像没看见似的，并不理我，他也根本不知道院子里发生了一些什么事，他真是一个两耳不闻窗外事一心只读圣贤书的封资修。但我不跟我爹一般见识，我大度地说："爹，我回来了。"我爹仍然不理我，嘴里哼哼唧唧地念着："夫一人向隅，满堂不乐，而况病人苦楚，不离斯须。"我虽然听不懂，但我知道，这是我爹在告诉我，他很瞧不起我，从前涂医生在这里的时候，我爹也经常这样哼哼。

我听不懂我爹的哼哼唧唧，倒是听到了万小三子五音不全的歌声阴魂不散地缭绕在我们院子里："天大地大不如党的恩情大，爹亲娘亲不如毛主席亲——"我简直对万小三子怀了疑。先是在我学医的问题上他鬼鬼祟祟地又是找裘二海又是威胁我爹，现在他又这样攻击和贬低我爹，他到底是万小三子还是哪个冤魂附体来找我爹寻仇？

我爹也不知交了什么霉运，竟栽在万小三子手里，就在我跟涂医生学习的那段日子里，我爹的人气就一直在下降。涂医生现在开心得很，他无论是开心的时候或者不开心的时候，总是拿我爹说事，现在他说："万泉和，用心学吧，以后后窑的天下就是你的了。"这是涂医生难得没有提到我爹万人寿的一句话，但实际上这句话还是冲着我爹去的，如果天下都是我的了，那还要我爹干什么？

就这样，我在涂医生对我爹万人寿的攻击和数落声中，开始和结束了我的学医生涯。

第三章
我爹死去又活来

我进修完了从公社卫生院回来的那一天，大队正在合作医疗站门前的场子上开批斗会，斗万人寿和裘二海。我过去一看，急了，赶紧说："搞错了，搞错了，斗我爹还可以理解，怎么可以斗队革会主任呢。"没有人理睬我，只有万小三子一边啃着山芋茎，一边在大人的腿缝里钻来钻去，后来他钻过我身边的时候，我拉住了他，说："万万斤，万万斤，他们怎么可以斗裘主任？"平时很少有人喊万小三子的大名，万小三子乍一听到有人喊万万斤，一时都没有反应过来，嘎本嘎本地咬了几口山芋茎后才想起来自己是叫万万斤，他点了点头，告诉我："早就换主任了，现在裘二海不是主任了。"我还是不解，问他："可是，可是，斗他们什么呢？"万小三子说："这个我就不知道了，你要问他们大人了。"旁边有一个大人说："万人寿用糖衣炮弹打中了裘二海。"万全林正在前面揭发万人寿和裘二海，他说："万人寿说，不以我喜，不以你悲——"万人寿说："错，是不以物喜，不以己悲。"万全林说："我不管的，反正是你说的，你说不要因为别人开心你就开心，不要因为别人不开心你就不开心，是不是，是不是？"万人寿皱了皱眉头，说："你的理解，稍有些偏差，但也大差不差，基本上是对了。"万全林说："那是当然，我们革命群众开心的时候，你怎么会开心，我们革命群众不开心的时候你就最开心了。"新任的队革会主任万继忠说："毛主席教导我们说，凡是敌人反对的，我们就要拥护，凡是敌人拥护的，我们就要反对。毛主席还教导我们说，革命群众开心之日，就是反革命分子难受之时。"

大家就配合万继忠喊口号："打倒反革命分子万人寿！"万继忠朝大家摆了摆手说："万人寿是封建余孽，就喊打倒封建余孽，别乱喊。"万人寿说："还是万主任政策掌握得好。"

其实那天斗的是三个人，还有一个人叫胡师娘，她年纪虽然不大，大概才跟我差不多，但是她搞迷信活动已经有好些年了，我听人家说，她七岁就会跳大仙。当时我心里还想，比我还差一点，我三岁就有鬼眼了。那天他们把胡师娘揪来和我爹和裘二海站在一起斗，我爹硬是不同意，我爹坚决不肯与她为伍。我爹耍赖说，让我和她站在一起？我不参加了。胡师娘嘲笑我爹，说她和我爹是半斤对八两，乌龟对王八，她还嘲笑裘二海只有一两轻骨头，充其量是王八下的一个蛋。我爹更生气了，转过身把屁股对着斗他的人。人家没办法了，最后只好让胡师娘先滚回去，下次再斗。谁也没想到，胡师娘这一滚，竟然滚得不见了，她逃走了，逃离了后窑村，谁也不知道她到哪里去了。当然，许多年以后，她还会回来兴风作浪，但此是后话了。

所以那天我在批斗会现场并没有看见胡师娘，只有裘二海是和我爹万人寿并排站着，但裘二海的气色比万人寿差远了，他脸色灰黄，两腿打软，而我爹万人寿却面色红润，两眼放光，还是时不时地纠正别人的讲话，以证明自己的正确。所以我竟然没怎么心疼我爹，倒是觉得裘二海挺冤的，我端了张凳子到裘二海屁股后面，说："裘主任，你坐下说吧。"裘二海往下坐，凳子却被万继忠一脚踢开了，裘二海一屁股坐在地上。万继忠说："你倒想坐了，我还一直站着呢。"裘二海说："我生病了。"万继忠说："你生病了，哪里不舒服？"裘二海说："我肚子痛。"万继忠说："我虽然不懂医，但我会治肚子痛，只要给你肚子上一脚，你就不痛了。"一旁的万人寿急了，赶紧说："万主任，你不能踢他的肚子。"万继忠说："为什么？他有喜了？"万人寿说："他肚子痛，我已经开药给他服下，马上就见好，你要是踢了他，他的肚子又痛了，还以为我下的药不管用。"万继忠愣了一愣，说："那你的意思，不能踢他的肚子，是要我踢他的头，踢他的屁股？"万人寿说："头和屁股都不能踢，你没听说过牵一发而动全局吗？"万继忠说："你的意思，我不能踢他？万人寿我告诉你，不踢是不可能的，毛主席他老人家说，反动派不打是不会倒的。"万人寿说："你实在要踢，就踢我吧。"万继忠说："你也要踢，他也要踢，谁也逃不掉。"万人寿说：“我知道，我的意思是说，应该踢他的那一脚，也踢到我这里好了。”万继忠看了看万人寿，又看了看裘二海，说：“怎么说的？鱼亲鱼，虾亲虾，乌龟亲的是王八，你们的阶级感情很深啊，裘二海，你怎么说？踢你的那一脚，踢到他身上，你同意不同意？”裘二海赶紧点头：“我同意，我同意。”万继忠就抬起一脚，他是想踢万人寿的，可不知怎么踢到了旁边一个革命群众身上，革命群众哇哇地哭起来，万继忠很生气，说：“我踢万人寿，你凑过来找死啊？”革命群众说：“我站着一动都没动，你自己踢上来的，还怪我？”万继忠似乎愣住了，他的眼睛白翻白翻，好像在想什么重要的问题，想了一会，他想通了，他说：“裘二海，既然万人寿愿意替你挨一脚，那这一脚就交给你了，你替我踢他两脚，你记住了，一脚是踢你的，一脚是踢他的，分量你自己掌握。”裘二海赶紧拍万继忠的马屁，说：“当然当然，这种事情哪用得着麻烦万主任亲自动脚。”话音未落，他拉起一脚，踢在万人寿肚子上，万人寿“唉哟”一喊，喊声未落，第二脚又已经跟上来了，又踢在肚子上，万人寿又“唉哟”一声，蹲了下去。有人说：“裘二海你踢得太重了。”裘二海说：“万主任说了，阶级敌人你不打他就不倒。”万继忠说：“不是我说的，是毛主席他老人家说的。”裘二海踢过万人寿，万继忠就宣布批斗会结束，大家去游村。万人寿站不起来了，万继忠叫两个人架着他走，裘二海低着头走在旁边说：“对不起万医生，我肚子痛，不然就让他踢我了。”万人寿挣扎着说：“我的药性该到了，你这时候已经不痛了。”裘二海揉了揉肚子，脸色一下子好起来，但刚一好起来后马上又不行了，“哼哼”着说：“唉哟，唉哟——”万人寿道：“你少装腔，小心我揭发你。”裘二海说：“万医生大人大量，我不是装给你看的。”万人寿说：“你装给谁看也是装，你装像了，人家就以为我的药不灵。”裘二海说：“但我至少少挨了一脚呀。”万人寿生气地说：“你挨一脚，和我的药，到底哪个重要？轻重不分的东西！”大家跟在他们后面走，有人敲锣，有人打鼓，有人喊口号，乱哄哄的，鸡飞狗跳，气氛像过年一样热闹。

我没有跟他们去游村，可我刚刚走进医疗站的院门，万继忠也跟进来了，我觉得奇怪，说：“咦，万主任你没有去游村？”万继忠说：“万医生，你帮我看看眼睛。”我还不习惯人家叫我万医生，愣了一愣，万继忠见我分神，又补充说：“万医生，我蹲坑没有带草纸，用报纸擦了屁股，眼睛就不行了。”我朝他的眼睛看了看，说：“你的眼睛怎么了，看上去好好的。”万继忠说：“一点也不好，我看出来的你，是两张脸，不知道哪张是真的，哪张是假的。”我说：“怎么会呢，你刚才开批斗会的时候很清楚的嘛，你怎么没有看到两个我爹和两个裘二海呢？”万继忠说：“要不是眼睛有问题，我踢你爹的那一脚怎么踢到别人身上去了？”我想了想，说：“但是你还是分得清的，你没有把裘二海看成我爹，也没有把我爹看成裘二海嘛。”万继忠说：“天地良心，我那是凭感觉在主持工作。”我说：“既然你感觉这么好，没有眼睛也不要紧。”万继忠说：“本来我也这么想，可后来想想还是不行，看你两张脸不要紧，看毛主席他老人家也两张脸那就不行，哪个是真毛主席哪个是假毛主席都搞不清？”我说：“你们叫我当医生，说是叫我给贫下中农看病的，可你是革命干部，革命干部的病我不知道该不该我来看，你也许应该到公社卫生院去看病。”万继忠说：“公社卫生院我也要去的，但你先帮我看一看，到底是什么鬼。”

我就把万继忠的眼皮往下翻，再往上翻，又拿了手电筒照万继忠的眼睛，又让他自己转眼珠子，先朝左转，再朝右转，再四面翻转，万继忠转了转，就转不动了，说：“眼睛好酸。”我说：“病人要配合医生。”万继忠只好再转，后来他转得眼泪都淌下来了，我才说：“好了，不用转了，你还有什么不舒服吗？”万继忠说：“有，有，我头痛、恶心，要呕吐——”正说着呢，就“呕”了一声，吐出些脏东西来，我弄来些灶灰把脏东西掩盖了，我还想把它们扫掉，可是万继忠不让我弄干净，说他的眼睛比脏东西要紧，我也想说他，你刚才批斗我爹和裘二海的时候怎么不呕吐，不过我不会说出来的，他的眼睛都这样了，我不能再对他说那样的话，我脱口说：“你的眼睛，麻烦大了。”万继忠说：“是不是要瞎了？什么时候会瞎？”我说：“我说不准，反正早晚要瞎。”万继忠赶紧闭了闭眼，又张开来，说：“那怎么办？那怎么办？”我说：“你等我爹游村回来给你看。”万继忠说：“你落后形势了，你不知道你爹被禁止行医了。”我有点不解，说：“禁止行医？什么意思？”万继忠说：“就是不许他给人看病了。”我顿时听到自己脑袋里“轰”的一声响，我的妈，给人看病是我爹的命，不许他看病不是要了他的命吗？我赶紧问：“为什么？”万继忠说：“他是封建余孽。”我不知道封建余孽是什么，刚才在批斗我爹的时候，他们也说他是封建余孽，我生气地对万继忠说：“这怎么可以，这怎么可以？”我一着急，说话竟有点像万全林了，不断地重复着说同一句话："谁说不许我爹看病？谁说不许我爹看病？"万继忠说："是'文化大革命'说的，你要找'文化大革命'算账吗？"我说："我不要找谁算账，不许我爹看病，村里人病了怎么办？"万继忠狡猾地笑起来说："咦，你忘记你自己啦，现在你是万医生了哎，万医生，万医生，嘿嘿万医生，要是你跟了你娘姓，你就不是万医生了。"我更加生气了，我对万继忠说："你就是喊我一万遍万医生，你的眼睛我也是看不了的，如果我爹不能看，你还是到公社卫生院去看吧。"万继忠也生气了，说："你这也治不来，那也说不准，你算个什么医生？"我无赖地说："是你们喊我医生，我又不要做医生。"万继忠终于没有耐心跟我纠缠了，他觉得还是自己的眼睛要紧，至于谁当医生，谁不当医生，他现在顾不上了，他说："这个问题改天再谈。我先要去看医生，看真正的医生。"

我看着万继忠走出合作医疗站的院门，在院门那儿他没有看清楚门槛，差点绊了一跤，正好撞上了守在门口的万小三子，万小三子跟他说了几句话，万继忠的脚步就停下了，等他重新再走的时候，他的脚步看上去更踉跄了。

下晚游村的人都散了，我爹万人寿回来的时候肚子还痛，而且痛得更厉害了，他自己按了按肚子，说："怎么裘二海的肚子痛传染给我了。"我想说不是裘二海传染的，是裘二海踢的，但我还没有说出口，我爹又在夸他自己了："我的独门秘方到底有效用的，裘二海结石痛，我炒熟了钻心虫给他吃，果真见效。"我吓了一跳，说："爹，是稻子里的钻心虫吗？"我爹说："除了稻子里，其他哪里还有钻心虫，你给我捉几只来看看。"我爹自己肚子痛得汗都出来了，还不忘记嘲笑我。他好像根本不知道自己一头汗呢，我正想告诉他，问他要不要擦一擦，可还没来得及说，就有一个病人进来了，我一看，又是万里梅。但万里梅不像往常那样一脚就跨进来，而是站停在门槛那里，身子在外面，先将头探进来，朝里看了看，然后跨进一只脚，又犹豫，好像想退出去，但是心口痛又让她不能退出去，她一只脚门里一只脚门外地站在那里了。我分析她的心情，可能是因为我爹被禁止看病了，她想找我爹又不敢，而我呢，虽然学医回来了，但她还不敢太相信我，所以她一会儿看看我爹，一会儿又看看我。我爹说："你不用看万泉和。"万里梅脱口说："是的，是的，我也是这么想的——"但她这么说了，又觉得得罪我了，赶紧朝我看，又要把话说回去："不过，不过——

万医生，小万医生你——”我爹不耐烦地打断她说：“不过什么，不过我告诉你，只有万医生，没有小万医生。”万里梅一吓，赶紧收回盯在我脸上的目光，又重新去看我爹万人寿，我爹坐下来准备给她看病，万里梅说：“万医生啊，我痛煞哉，我今天要痛煞哉——”我爹摆手不让她说，我爹道：“我最烦抢着说话的病人，你要知道，好的医生，是不用病人说话的。”他给万里梅把了把脉，眼睛闭了一会，又睁开来，然后他叫我也去给万里梅把脉。我爹刚才还说“只有万医生，没有小万医生”，这会儿倒要叫我去把脉了，我爹真是个不诚实的人，心口完全不一。其实在我爹给万里梅把脉的时候，我已经看了看她的病历，我注意到自从发生了验肝的风波以后，我爹或多或少受到一些影响，开的方子也犹豫了，既要当胃病治，又要当肝病治，一会儿开胃药，一会儿又开肝药，连我爹都没有把握了，我心中更是一点底也没有。我心慌意乱地去把万里梅的脉，起先我连脉都找不着，慌得头上汗都出来了。我爹生气地挖苦我说：“万泉和，是不是万里梅没有脉啊？”他一生气，还没来得及治万里梅的心口痛，自己的肚子又痛起来了，“唉哟唉哟”直叫唤。

事情也是奇怪，我爹的肚子一痛，万里梅的心口就不治而愈了，她起先还不敢相信，她惊奇地咂了咂嘴，咽了口唾沫，再用手按自己的胃，不痛，又用力按，还是不痛，万里梅奇怪地说：“咦，咦，不痛了？咦，咦——”我爹说：“你不痛了，你倒害我痛死了。”他话虽说得难听，但还是挣扎着给万里梅开了一张药方，说：“你这病，适合吃中药，拿我的方子到镇上芳草堂去配药，按照方子上写的方法，回去煎了吃。另外，你多吃甜的东西，少吃盐。”万里梅一慌说：“我腰子病吗？腰子病不能吃盐。”我爹说：“谁说你是腰子病，你的肝脏有点小问题，病刚刚起来，不严重，要坚持服我的药。”我心下实在疑惑，万里梅都病了两三年了，我爹竟说万里梅的病刚刚起来？我不由地偷偷地看了我爹一眼，我爹说：“你看什么看？”我赶紧拍马屁说：“我重新认识爹。”我爹捂着肚子还骄傲地笑了。

我趁我爹进里屋，赶紧把万里梅的病历记录拿过来看了看，我爹写着：肝亏损。开的药方是些红枣、红糖、食醋等，尽是些好吃的东西，看得我唾沫都快流出来了。可我心里琢磨了一阵，总觉得有些不对劲。我追进里屋，忍不住说：“爹，你没犯糊涂吧——”我不知道我爹怎么会说万里梅肝脏有病，她连一点点肝病的症状都没有，她也不乏力，精神好得很，甚至还亢奋；她也没有食欲不振，她只是心口痛，右腹并不痛，也没有肝病患者常有的腹泻，总之我怎么看也看不出万里梅肝上有病。我爹听我说他糊涂，立刻瞪我一眼，我慌了，赶紧说：“我是说、我是说你给他们气的，给他们气糊涂了？”万人寿说：“气？什么气？”我说：“就是那个，刚才他们那个，万继忠他们还踢你。”万人寿道：“你说游村啊？那有什么好气的。我气的是你，跟那个姓涂的庸医学了几个月了，屁的长进也没有。”我说：“我是中西医结合，而且，而且，涂老师也不是庸医。”万人寿说：“反正我和姓涂的中间，肯定有一个是庸医，你觉得姓涂的不是庸医，那你爹是庸医？”我说：“爹不是庸医，爹是名医良医。”万人寿说：“年纪轻轻就学得这么滑头——唉哟！”万人寿又说动了真气，肚子愈发地痛了，“唉哟唉哟”地叫了几声，就骂起万继忠来了。

我听他骂万继忠，才想起了万继忠的眼睛，赶紧说：“爹，万继忠的眼睛不行了。”万人寿说：“怎么不行了？”我说：“好像是青光眼。”万人寿说：“那你开了什么药没有？”我说：“没有什么药好开，我叫他到公社卫生院去看。”万人寿说：“在我这里的病人，不到万不得已，我不会叫他们去公社卫生院。”我说：“万继忠已经到了万不得已了。”万人寿说：“我不相信，刚才他眼睛还好好的。”他一边说一边走了出去，我知道他是去看万继忠，因为我听到我爹边走边说：“虽然你踢我，我还是要去看你。”

半个小时以后我爹万人寿脸色死灰死灰地回来了，一句话也没说，就爬到床上去躺了。我说：“爹，饿了吧，弄晚饭吃吧。”万人寿有气无力地说：“万继忠吊死了。”我吓了一大跳，腿都打软，但还知道赶紧往万继忠家去。

大家都在万继忠家给万继忠送终，万继忠的家属在哭，万小三子在人群里钻来钻去，看到我来了，万小三子过来拉住我的裤腿说：“他是给我吓死的。”我说：“万万斤你瞎说什么。”万小三子说：“是给我吓死的，他说有两个毛主席，一个真的一个假的，他说天安门上那个毛主席是假的，我亲耳听见他说的，我说我告诉人了，他问我告诉谁了，我说我谁都告诉了，现在人人都知道你说毛主席是假的，他就吓死了。”我说：“你瞎说，万继忠是吊死的，根本不是吓死的。”万小三子说：“你不懂的，他是吓死的。”我说：“万万斤，我问你，你是在哪里跟他说话的？”万小三子说：“就在你家门口。”我说：“那就对了，既然是在我家门口说的话，那如果他吓死了，怎么还会跑回家去解下裤带上吊呢。”

万小三子说："你算什么医生，你一点也不懂，人死了还会活过来，你知不知道？万继忠吓死了，又活过来，但回到家里他还是吓，就吊死了。"我被万小三子说住了，再也无法反对他。

万全林窜过来揪住万小三子要打，万小三子说："你打，你敢打，我就说你的事情。"万全林说："我有什么事情？"万小三子说："你跟万继忠是一路的，万继忠说有两个毛主席，你说有两个谁，要不要我说出来？"万全林慌了，说："我说什么，我什么也没有说。"嘴上还硬着，手里却放松了，万小三子赶紧溜到远处，站定了，但作出随时要逃走的架势。万全林大骂道："你个小棺材，长舌婆，恶讼师，我操你八代的祖宗！"万小三子却在远处开唱了："天大地大不如党的恩情大，爹亲娘亲不如毛主席亲，千好万好不如社会主义好，河深海深不如阶级友爱深。"

这一年万小三子八岁，他唱歌和他说话一样，舌头很灵，口齿很清，但他有个毛病，就是五音不全，自己又全然不知，还以为自己的音很准呢。这个毛病今后会一直跟着他。天色渐渐地暗下来，公社的干部已经赶在路上了，看热闹的群众渐渐地散去，留下万继忠家属凄凄悠悠的哭声和万小三子五音不全的歌声交织着一起飘荡在黑夜里。

我回家的时候，心神很不宁，无端端地眼皮乱跳，脚步也是深一脚浅一脚，好像走在一个陌生的地方，完全不熟悉脚下天天走过的路。回到家，家里一点声息也没有，连灯也没点，我拉了电灯开关，电灯没亮，知道断电了，就摸黑点了油灯，到床边拿油灯往床上照了照，我爹万人寿闭着眼睛，他感觉到了亮光，想睁开眼睛却睁不开来，就闭着眼睛半口气半口气地说："万、泉和，你竟然、也做、万医生，我，我——"他一口气上不来，我赶紧拍他的背，他喘出一口气，继续说："我实在、气啊，闭不上眼、啊，我、死不瞑目、啊。"我说："爹，你说什么呀，什么死不瞑目？你白天还好好的，挨了斗，游了村，还看了病人，还给死去的万继忠出了诊，你怎么会一下子躺倒了呢？"我爹说："你给我把把脉。"我有点发慌，问："左手右手？"我爹说："随便。"我想起来了，说："男左女右。"就抓起我爹的左手把脉，结果却是抓的右手，我心慌得乱跳，连左手右手也分不清了。我爹说："把到没有，是不是死脉？"我用力咽了几口唾沫，想让乱跳的心平静下来，可是它平静不下来，我爹却像催命鬼似的又催了："把到了没有？把到了没有？是死脉吧？”我只能乱七八糟地感受了一会，说：“我没有把到，没有死脉，也没有活脉，我把不到你的脉。爹，你是不是累了？累了你就躺着不说话了。”我爹闭着眼睛摇头。我又说：“爹，你是不是饿了？饿了我弄东西给你吃。”我爹这会儿喘过气来，说话也连贯了，他说：“还有一件事情我要跟你交代清楚，万里梅不是心口痛，她的肝上有病症，因为刚犯起来，一般的人查不出来，时间久了会加重，到加重了再查出来再治，就为时过晚了。”我只知道我爹的命都快没了，我脑袋里一团糨糊，我都差一点想不起谁是万里梅了，为了安慰我爹，我嘴上说：“我知道了。”脚步却已经放出去，到了东厢屋灶间看看，锅里没有东西，米囤子也见了底，我又回过来说：“爹，锅里没东西，要不舀一口凉水你先喝起来，我去地里挖几个山芋。”我爹说：“你糊涂了，这是什么月份，山芋还没有长出来呢？”我说：“长出来了，虽然小一点，我看见万小三子在吃。”你爹说：“你别去挖山芋了，听我说话，我要是死了，就是内脏出血死的，到时候你看看我的肚子是不是鼓胀起来，如果是鼓胀了，那就肯定是内脏出血，我这个肚子，也算给万医生你留一个实践的机会。”他到这时候还不忘记嘲笑我，又补了一句：“哼哼，万医生，你？”我说：“爹你又不是万万斤，你乱说什么呢，我还是要去挖点山芋来给你吃。”

可是等我从自留地上挖了几个不成熟的山芋回来，我爹万人寿已经走了。他的肚子果然肿胀的像一面鼓，鼻孔里淌出一点血，但不算多，也不很红，就那样淡淡的一丝，挂在鼻子边上，像天冷以后淌出来的鼻涕。

我一脚跳到院子里像疯狗一样狂叫乱喊起来：“你们快来啊，我爹死了——”曲文金刚好经过，她起先以为我在发疯，还想骂我一句，但她看了我一眼，被我的脸色吓住了，大着舌头哆哆嗦嗦地朝自己家里喊：“快奶哪，快奶哪，万医心喜哪（万医生死啦）！”紧着是裘金才从自己家跑了出来，听到我和曲文金的叫喊，愣了一愣，转身跑进我家，扑到我爹的床前，把一根手指放在我爹的鼻子上。我爹的鼻子里再也没有气息出来，连一丝丝也没有了。裘金才“哎呀”一声，两手一拍自己的屁股，这一拍，竟将自己拍到了地上，坐在那里爬不起来了。

消息迅速地传开去，刚才还在万继忠那里给万继忠送终的群众，现在都过来送万人寿了。在万继忠那里，只有万继忠的家属在哭，这里就不一样了，许多群众都哭起来，裘二海的老婆裘大粉子坐在地上，两手拍打着地皮，将地皮拍得“啪啪”响，她边哭边唱道：“万医生啊万医生，你白天还好好的，怎么说走就走了，万人寿啊万人寿，你个没用的东西，你说走就走了啊——”群众中有人听不过去，都朝她怒目而视。裘二海现在不是队革会主任了，就有人敢说裘大粉子了，有一个人忍不住说：“哎，你怎么骂人呢？”裘大粉子说：“我是气呀，我是伤心，我是难过，我是心痛万人寿，万人寿你个没用的东西，你也配叫万人寿？一万个人的寿命都在你身上，你说走就走啦——”她唱着唱着，万全林送的那副对联连同横批一起从墙上掉落下来，我说：“我说的吧，我说的吧，它不是给我的，它是给我爹的，现在它要跟我爹走了。”万全林想说什么，却张了张嘴没有说出来，后来他把对联拣起来，盖到万人寿身上。裘大粉子继续哭唱：“万人寿呀万人寿，我知道你是被万继忠和裘二海踢死的，本来万继忠是要踢裘二海的，万人寿你个没用的东西，你去替裘二海受一脚干什么？裘二海不是什么好东西，他当队革会主任的时候，也踢人，他跟万继忠是一路的货色，他们是畜生，你是人，人为什么要被畜生踢死啊？万人寿啊万人寿，你个没用的东西，你以为裘二海让万泉和学医是安什么好心啊？你要是活过来我就告诉你他为什么要让万泉和学医——”裘大粉子哭着唱着，晕过去了，大家惊呼，我过去掐了她的人中，她醒过来，又继续哭唱。裘二海在家里生病，听说出了事情，也赶过来了，见老婆裘大粉子在这里发疯，要拉她回去，裘大粉子说：“你给我走开，当年我要是嫁给万人寿了，就没你的事了。”裘二海说：“你要是嫁给万人寿，万人寿这几岁就死了，你不是克夫么。”裘大粉子气道：“我是要克夫，万人寿走了，你也快了。”裘二海气得肚子又痛起来，说：“什么神医名医，连个肚子疼都治不好，屁个名医。”万全林说：“人不在了，你就说这种话，人在的时候，你那么吹捧他。”裘二海说：“是他叫我吹捧的。”裘大粉子又强悍地哭唱起来：“万人寿，你个没良心的东西，你个没用的东西，你说走就走啊，你都不回头看我一眼，你真的怕我是克夫命啊？”万全林说：“算了算了，你虽然不是克夫命，但万医生倒是个克妻命，要是你当年跟了万医生，那早年死掉的，就不是万泉和他妈，而是你了。”裘大粉子似乎被这句话镇住了，哭声渐弱。

几个壮劳力连夜摇船到镇上的棺材铺，买回一口杉树皮棺材，搁在万人寿脚跟头。我的脑子里堵得满满的，心里也堵得满满的，想哭，却找不到个出口哭出来，等大家走后，我含着一肚子的泪水趴在我爹的棺材上睡了。

我做梦了，梦见我爹万人寿指着我说："庸医杀人，庸医杀人啊！"我急得大叫："爹，我没有杀你！我没有杀你！"接着就是乱哄哄的一片了，我睁眼一看，天已经亮了，群众都已经到了，他们来帮我下葬我爹万人寿。万全林说："万医生，你爹死了，你还睡得这么香？"我说："我正在和我爹说话呢，被你打断了。"他们给我爹万人寿穿上寿衣，抬到棺材里，躺平了，但是棺盖还没有钉上，按我们这地方的风俗，要到了坟地下葬时才最后往棺材盖上钉洋钉。

吹鼓手也来了，送葬的队伍就出发了，天气阴沉沉的，桑树地里沙沙沙一片乱响，我不知道是不是有好多鬼来欢迎我爹了。吹鼓手吹奏着哀乐，走到村口的时候，就看到涂三江涂医生站在那里，好像是专门等在这里的，问我："万泉和，谁死了？"这时候我的眼泪忽然就找到了出口，奔涌出来了，我只会淌着眼泪拿手指着棺材，却说不出话来。涂三江已经意识到了，但他不愿意相信，说："难道是你爹？是万人寿？"他"哈"了一声又说："万人寿也会死？"过来推开没有钉洋钉的棺盖朝里看。大家说，别看了别看了，看来看去，万医生死不安心。涂三江却已经笑出声来了，边笑边说："万人寿啊万人寿，你听说我要来合作医疗陪你上班，你就吓成这样，你用这样愚蠢的办法来躲我啊？"我拉了拉涂三江的衣襟，说："涂老师，我爹不知道你要来。"涂三江说："你懂什么？你爹是个人精，早就知道我要下放来了。"我说："可是我爹是死了，被裘二海踢死的。"裘二海一听，急了，赶紧说："是万继忠踢的。"说了之后，可能想到这话不是事实，又补了一句："是万继忠叫我踢的，不能怪我。"我说："反正是被你们踢死的。我爹自己也说，他是内脏出血死的。"涂三江按了按万人寿死去的肚子，说："是内脏出血，但他没有死，他怎么可能死，我们还没有决出高下呢。"涂三江朝送葬的队伍扬了扬手："回吧，回吧。"队伍不动。涂三江的声音厉害起来："怎么啊？你们想活埋万人寿？"

谁都不敢活埋万人寿，队伍就往回走了，吹鼓手想再干点活，但他们不能再吹奏丧乐哀乐，要吹喜庆的曲子呢，似乎还没有到时候，因为毕竟万人寿还是死在棺材里，并没有活过来。队伍回到了合作医疗站，涂三江叫大家把万人寿抬出来，朝他嘴里吹了几口气，又给他打了一针，等了好一会，万人寿也不见动静，我觉得涂医生的行为有些怪异，赶紧把他拉到一边，说："涂老师，我爹他确实是——"涂三江却把我扒拉到一边，脸对着万人寿说："万人寿啊万人寿，我知道你想和我争个高低，我说你没死，你还偏要死给我看。"万人寿依然不动，涂三江说："拿水来灌。"我很想我爹万人寿能够活过来，听涂医生的话拿了水来，涂三江掰开万人寿的嘴，硬是灌进去，可万人寿硬是死着，怎么也灌不进去，水顺着嘴角往外淌，涂三江又叫拿针来刺，群众看不下去，说："涂医生，就算你从前是输给万医生，但现在这么折腾一个死人太过分了。"涂三江不服，说："谁说我输给万人寿？你叫他起来我要亲口问问他。"后来他坐定了，慢慢地想了想，最后他点了点头，长长地叹了一口气，说："唉，他是死了，死透了，我是没本事救活他了。"涂三江的话音未落，就看见我爹万人寿双眼睁开，嗓子里"嘿"了一声，脸上似笑非笑，他活过来了！

群众惊呼的惊呼，拍手的拍手，有的吓得逃走，逃走了又小心翼翼回来探望，吹鼓手终于又有活干了，他们又开始吹奏，这回吹奏的是"天大地大不如党的恩情大"。涂三江说："哈，你个老东西，你到底中计啦。"涂医生骂我爹老东西，我说："涂老师，你是知识分子，你怎么骂人，你怎么骂我爹？"涂三江说："知识分子要接受贫下中农的再教育，要向贫下中农学习，贫下中农骂人，我也要骂人，那才叫触及灵魂，改造世界观。"

我爹万人寿活过来了，但因为大脑缺氧时间过长，全身瘫痪，也不会说话了，除了偶尔会听到他不明不白的"嘿"一声，除此之外，他活着的似乎只有眼睛，因为他的眼睛会动，眼皮会眨巴，至于他的脑子到底清楚不清楚，因为他不说话，别人都不知道，只有他自己知道。涂三江拉了拉万人寿的手，说："我知道你，要和我斗，不惜牺牲自己的儿子。"我说："涂老师，我没有牺牲啊。"涂三江说："你不懂的，他叫你来跟我学医，他知道你学不好医，以后就可以笑话我涂三江水平臭，是不是，是不是？"万人寿不说话，光是眼睛眨巴眨巴。涂三江又说："万泉和是不怎么样，他是我的学徒，可他也是你的儿子呀，你看看你的儿子，差点把你给活埋了。"万人寿仍然不说话，只眨巴眼睛。

也是后窑大队合作医疗不该绝，万人寿倒下了，正好涂三江下放了。加上我进修学医也学出来了，合作医疗的力量反而加强了一点。涂医生说，这一次公社卫生院下放走了一大批医生，但他们的下放待遇不一样，有的带薪有的不带薪，根据每个人的问题性质而定。涂三江性质严重，这一次不给他带薪了，所以他这次下来，跟前次的下来，本质上是不一样的，他现在真正是赤脚医生，和另一个赤脚医生万泉和一样，看病记工分，看一天，记十分人工。

涂三江一肚子的怨言，老是说，我不合算的，我不合算的，你们记工分，还有自留地。后来大队烦他不过，给他划了一块自留地，但他也种不起来，丢给裘金才去种了。

现在那张平面图要作一点小小的修正，本来左边第一间是合作医疗站，左边第二间是我和我爹的屋子，现在涂医生来了，把医疗站那一间的后半部分隔出一块，涂医生就住里边。我前面已经说过，富农裘金才家的房子开间很大，要比一般农民家的房子大得多，即使把合作医疗站隔掉一点，医疗站也还是宽敞的，医生的桌子、大药柜、放医疗器具的条桌，两张病床，凡是原来的所有东西，还仍然放得下。病人进来了，也没觉得地方狭窄多少，只是到涂医生的房门口前朝里探探头，说，涂医生干净得来。

这是农民瞎说的，他们没话找话，恭维一下医生。其实涂医生是最不爱干净的，他虽然医大毕业，在公社卫生院工作多年，却没有养成讲卫生的习惯，而且很懒，还很抠门，这跟他带不带薪没有关系。他从前带薪的时候，就很小气，有一回货郎担来了，他嘴巴馋，买了一些糖，又怕别人看到了要分他的糖吃，就等到合作医疗站关了门才拿出来吃，但是有个病人正好这时候撞上门来，涂医生来不及将糖吐出来藏好，就将糖鼓在嘴里给他看病。病人说："涂医生你的嘴巴子怎么了？"涂医生含着糖块含含糊糊地说："我牙疼，牙床肿了。"但是他说话的时候一不小心糖块从嘴里掉了出来，涂医生赶紧用脚把糖块踢开，说："没有什么，没有什么。"

我没有料到的是，我刚刚修正了那张平面图，却很快又不符合实际情况了，因为在短短的时间里，除了涂医生之外，我们院子里又增添了好些人口。先是曲文金生了二胎，是一个女孩，叫裘奋英。接着知识青年屠海平和莫知来了，队里把他们安排在墙门间，也就是你们看到的图上紧挨着院门的那一间，原来是队里的仓库。说是仓库，其实也没有什么东西，更没有什么贵重东西，放了几只写着队名的栲栳而已。来了知青，就让他们住。再接着，又来了一户下放干部，男的叫马同志，女的叫黎同志，两个小孩，一个男的叫马开，一个女的叫马莉，还有一个老太太，开始大家以为是他们的奶奶，后来才知道是外婆。村里人奇怪，说，哪有娘跟女儿过的？她没有儿子吗？再后来知道老太太有三个儿子。村里人更是称奇，说，到底是城里人啊。马同志一家五口，也放到我们的院子里。这样就不对头了，本来还显宽敞和安静的院子，现在变得拥挤而杂乱。

这样的情况只维持了一个多月，又改变了，因为马同志和黎同志提出来，让他们一家五口挤住东厢房，简直就是受虐待。尤其是夏天到了，东厢房朝西，他们一家就像生活在一只狭小的火炉里，不是闷死也是烤死。马同志生气地说，他们不是自己要求下放的，是毛主席叫他们下放的，队里如果不对他们好一点，他们要去报告毛主席。万继忠死后复职重新当上队革会主任而后又当了大队书记的裘二海最怕有什么事情惊动毛主席他老人家，赶紧作了调整，调整以后，也就是现在了，我们的院子是这样的情况：

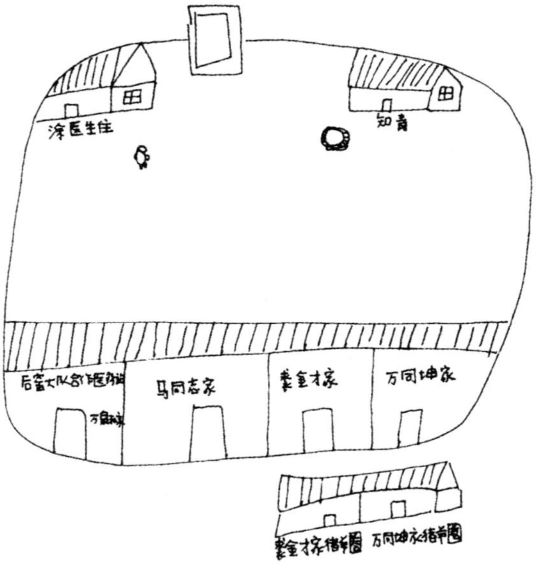

这样的改变结果是出人意料的。你们从图上就能看出来，富农倒不吃亏，无非就是院子里人多一点。本来富农也不怎么在院子里活动，除了曲文金，因为她是外嫁来的，没有这个习惯，其他富农家的所有人员，从小就习惯像老鼠一样窝在房子里，不出来见太阳，进进出出也都是走的后门。所以对他们来说，院子里挤进再多的人，也没有什么大的影响，下放干部和知识青年也还说得过去，受影响最大的是大队合作医疗站以及医疗站的赤脚医生。

赤脚医生有三个人，我爹万人寿、涂医生和我。我爹虽然现在躺在床上手脚不能动，也不说话，但他活着，眼皮会动，眼睛会眨巴，你不能保证也不敢肯定他是好不了了，说不定哪天他就好了，就站起来继续当医生了。当然，说我爹万人寿现在还是赤脚医生的，也只有我一个人，我只是想让我爹继续享受每天十分人工的报酬。可是队里没有这么傻，协商下来，他们给我爹万人寿记两分人工。我觉得我爹有点丢脸，小孩子干活还给五分人工呢。但涂医生却说，太没道理了，躺在床上还给人工？

我们三个人，加上医疗站，只分到一间大房和一间东厢屋，涂医生气鼓鼓地搬进了东厢屋，我和我爹万人寿住在医疗站隔出来的后半间里。所以多半的时候，我和涂医生在外间看病，我爹万人寿就躺在里间眨巴眼睛。眨巴到后来，我爹的眼皮竟然能眨巴出声音来了。此是后话。

我们医疗站的地方小了一点，但那也是形势的需要造成的。正如马同志所说，知识青年也好，下放干部也好，都是毛主席的号召，我们不能不要他们来，不仅要他们来，还要欢迎他们来，来了还要安顿好，好让他们在农村把心安下，把根扎下。我们当医生的理解大队的难处，虽然工作场所小了，但我们知道大队对我们医疗站还是很重视的，因为过了不久大队又给我们增添实力了，又派来了一个赤脚医生，他是从部队复员回来的，叫吴宝，有人说他当的就是卫生兵，有人说不是，总之大队叫他来当赤脚医生，他就来了。其实我知道吴宝没有当过卫生兵，因为他头一次打针的时候，我偷偷地观察过，我看出来他根本就没有打过针。我没有当众说穿他，私下里跟他说："吴宝，你连针都不会打，怎么可以来做赤脚医生？"吴宝笑了笑，回答我说："连你都在混，我为什么不能？"我就哑口无言了。但是吴宝很聪明，手特别巧，只打了两三次针他就很熟练了，已经比我打得好了。所以好多人不找涂医生打针，也不找我打针，就找吴宝。吴宝对我和涂医生说："好像你们两个是医生，我是护士。"幸好吴宝是本大队人氏，不用住在医疗站。

吴宝当兵没满三年，连党也没入就回来了，因为犯了男女问题的纪律。吴宝从部队所在地带回一个漂亮女人，一回来就结婚了。吴宝的女人我见过，到底长得有多么漂亮，我说不清楚，因为我从来都不敢正眼看她，只是听到她有一口标准的普通话，像中央人民广播电台的播音员。吴宝的爹妈还怪吴宝的女人耽误了吴宝的前程，但吴宝跟他们说，我犯生活错误，又不是跟她犯的，怪不着她。

我们院子里多了不少人，但人太多了说不清楚，还是拣比较重要的人说。就说涂医生吧。虽然涂医生对下放的事情心里有不平衡，但涂医生这次来，是断了后路来的，不像前一次还带着薪水，还留着后路。这一次他死心塌地了。他本来还想把老婆和小孩子都带下来，可他老婆不肯。难得有时候，涂医生的老婆带着女儿到乡下来，帮涂医生洗洗床单，打扫屋子，他老婆总是皱着眉头嚷："脏死了，脏死了，恶心得来，恶心得来，你再这样脏，下次我不来了。"涂医生说："没办法，乡下就是这样的。"他老婆却不同意他的说法，她说："一样的乡下，你看人家裘金才家里，多干净，干净得像城里人。"涂医生说："他们不一样，他们是富农。"总之不管怎么说，不管涂医生扎根农村的想法是真是假，涂医生的二次下乡，是在后路被切断的情况下下来的，所以他想不扎根恐怕也由不得他了，他已经从一个城里人、一个城里医院的医生，变成了一个农民，变成了一个赤脚医生。现在涂医生把根扎在我们大队的合作医疗站，时机是很成熟了，后面既没有了退路，前边也没有了阻挡。这个阻挡就是我爹万人寿。我爹躺在床上不会说话，只会眨巴眼皮，说不定他心里还在和涂医生作斗争，比高低，说不定他还想再把涂医生气走，但是事实上他做不到了。涂医生在公社卫生院并没有多大的名气，来到我们后窑大队，他称王称霸是绰绰有余了。吴宝刚来的时候，涂医生还紧张了一阵子，但很快他就知道吴宝没什么真本领，就是手巧，打针不痛，群众也就是喜欢让他打个针，看病一般不叫他看。吴宝也知道他们的心思，不过他这个人比较开朗，不会计较，再让他打针的时候，他照样打得好。不像有些小心眼的人，知道你不相信我，不让我看病，打针的时候就给你打痛一点。吴宝不会这样的。

我爹万人寿虽然躺在床上，但是涂医生扎了根，我和吴宝又是连根长在这里的，所以也可以说，我们后窑大队的合作医疗站，呈现辉煌的时期来到了。

第四章 刘玉来了又走了

日子过得飞快，大家都觉得万医生该找对象结婚了。当然，万医生是我，万泉和，而不是我爹万人寿。给我介绍的对象叫刘玉，和我同大队不同小队，过去不认得，经过介绍以后就认得了。刘玉是有点背景的，她舅舅在公社食堂烧饭，经常见上级领导，还和领导握手。刘玉和我谈上后，她舅舅经常和人说起，我外甥女有对象了，他是个医生。大家听了都蛮受用的。我庆幸当初还是听了裘二海的话去学了医，不然刘玉她舅舅只能说，我外甥女有对象了，他是个农民，那样就不大好听了。

我有对象了。有对象和没对象的感觉是不一样的，我很想把我的感觉说出来跟大家一起分享，但我又想到一件事情，在说我的对象之前，我不能忘了我的媒人，我得先说过我的媒人再说我的对象，这样比较合情合理，也比较有良心。

在春天的一个上午，天气很好，心情也好，我背着药箱到九小队去给一个被锛头锛伤了屁股的人换药，回来的时候就听到树上有喜雀叫，我正想着呢，今天会有什么喜事，就听到涂医生在里边喊我。这时候我刚刚踏进院门，我不知道他坐在房间里边，是怎么知道我回来了的，但他确实能够知道我的一滴一点的动静，我应声跑进去，涂医生指着躺在病床上挂盐水的病人说："她要小便。"我就去把痰盂端过来，背对着她，所以我没有发现她是谁。听着她的小便滴滴答答地打在痰盂里的声音，我无意间看了一眼她放在床头的病历，忽然才发现是万里梅。这个名字一下子照亮了我的记忆，我爹在临死之前跟我交代的就是万里梅，我爹那时候都快没命了，还在挂记着这个万里梅。万里梅的心口痛已经好多年了，可我记起我爹最后说她是肝病，我赶紧看了看涂医生的诊断，涂医生写道："胃不适，嗳气，腹泻三天，轻度脱水。一年前公社卫生院肝功能检查正常。腹部检查：肝未见肿大。诊断：胃肠炎。"

我发了一会愣，又慢慢地记起了万里梅的一些情况，就是我爹死去的那天，也就是我学医归来的那天，万里梅又来找我爹看病，那时候我爹已经被"禁止行医"，但我爹没有理睬禁止令，依然替人看病，他还叫我替万里梅把了脉，还问我万里梅是什么病，我说不出来，我爹嘲笑我是涂三江的学生。

我跑到里间看看我爹，我爹一如既往地躺在床上眨巴眼睛。很奇怪我爹白天总是醒着的，虽然他不知人事，但他知道白天和黑夜，晚上你去看他的时候，他总是闭着眼睛睡着了，拿灯照他也不肯睁开来。我说："爹，万里梅又来了，涂医生说她是胃肠炎。"我爹不说话，只是眨巴着眼睛，我不知道他是什么意思。我又说："爹，要是涂医生看得对，你就眨一下眼皮，要是涂医生看得不对，你就眨两下眼皮，好不好？"我的话音未落，我爹的眼皮就不停地眨巴起来。我看不出他什么意思，有点急，又说："爹，你眨一下，或者眨两下，就可以了，不要多眨，多眨我看不懂。"可是我爹不听我的，依然连续不断地眨巴眼睛，我觉得我爹真是无药可救了。我叹了一口气，就从里间回出来了，涂医生斜了我一眼，说："又打什么小报告？"我老老实实地说："我爹给万里梅看过病。"涂医生说："你以为一个医生有老病人是很光荣的事情吗？"我知道一个医生有老病人并不光荣，这说明他一直没治好这个病人，但是如果反过来想一想呢，是不是也能说明另外一个问题，为什么这个病人老是生病却没有死去呢，就是因为医生这么多年一直替他看病治病嘛，这个道理很简单，可涂医生为了贬低我爹，却把最简单的道理给否定了。我心里替我爹抱不平，嘴上就忍不住说："其实我爹就是说不出话来，他心里明白。"涂医生愣了一愣，说："心里明白有什么用，说不出话来，明白也等于不明白。"停顿一下，他又教训我说："此一时彼一时的道理你都不懂吗？难道她上次来看你爹和今天来看我，这病是一样的吗？"我被问住了，涂医生说的也有道理，一个人的长相不会变，但一个人生的病却是会变的。我就哑口无言再也不好替我爹说什么了。

我们说着话，万里梅的盐水已经挂完了，我替她拔掉了针头，她坐起来，穿好了鞋，但并没有急着走，她说："谢谢涂医生，谢谢万医生，挂了水，我觉得好多了，肚子也不难过了。"涂医生说："药用下去了罢。"好像那药是他做出来的。万里梅点着头，这时候，外面树上的喜鹊又叫了，万里梅高兴地说："果然叫了，果然叫了，万医生，我昨天晚上做了一个好梦，我看到自己在穿一件旧衣服，可是奇怪呀，衣服破破烂烂，可是纽扣全是新的，都是有机玻璃的纽扣，好漂亮哎。"我莫名其妙地看着她，我不懂梦，从前我爹会解梦，可现在我爹即使懂他也解不出来了。万里梅又说："我婆婆说,为是好梦哎。"我说："是你的身体要好了吧？"万里梅笑道："不是身体的事情，我婆婆说，旧衣新扣娶媳妇。"我听到"媳妇"两字，心里猛地一跳，可随即又暗淡下去，这是万里梅做的梦，又不是我做的梦，我又没有做到旧衣新扣，跟我有什么关系？万里梅却笑眯眯地看着我说："万医生，梦真的很准哎，果然媳妇就来了——我给你找了一个对象。"

我应该奇怪万里梅的好梦怎么会应验到我的身上，但此时我根本不可能去研究这个问题，我一听到有对象，心里顿时一慌，还回头看了一下，以为人已经到门口了呢，没看到人，我更慌了，赶紧问："哪里的？她是谁？"好像问迟一点，她就会逃走了。但话一出口我感觉自己的脸有点发烫，其实我应该先客气一下，假装推托一下，说说其他话题，说自己并不着急，说自己还小呢，甚至说自己要以事业为重等等，然后再慢慢地迂回曲折地探问。可也许因为我太想找对象了，现在一下子对象到了我跟前，我反而猝不及防，就显得很急吼吼了。好在万里梅和其他人并没有嘲笑我的急吼吼，也许他们认为我应该急吼吼，我再不急吼吼，他们倒要替我急吼吼了。

万里梅介绍的就是刘玉，就是我现在的对象。我们很快就谈起来了，而且谈得热火朝天，农闲的时候，刘玉几乎天天要来合作医疗站看我。

刘玉是个开朗活泼的姑娘，跟谁都谈得来，裘金才对她评价是"韭菜面孔，一拌就熟"。虽然这个评价不低，但是我看得出来，他还是更中意自己的大舌头媳妇曲文金，他听到曲文金喊他"刁、刁"的时候，总是眉开眼笑。但是一个富农，一个当着人面放屁不敢出声硬要将屁憋回肚肠里去的富农，怎么可能当众眉开眼笑呢？裘金才确实是笑了，他是躲起来笑的，他有时候跑到东厢房将脸藏进去屁股露在外面，他的脸在里边无声地大笑。不知道的人，会跟过去朝涂医生的房间看，以为里边有什么西洋镜。只要有人一跟过来，裘金才的表情立刻恢复正常，低眉顺眼，哈着腰走开了。跟过去看的人探了探头，没有发现涂医生屋里有什么东西，就奇怪道，裘金才，你看什么？没有什么嘛。

裘金才的这个秘密别人不一定知道，但是我知道，因为我是他的邻居，我跟他太熟了，当然我爹万人寿也跟他熟，比我更熟，但我爹现在躺在床上，看不见裘金才，他只能躺在那里想象裘金才是怎样眉开眼笑的。

还是说刘玉。我对曲文金没有兴趣，虽然她常常当着我的面解开衣襟喂孩子，但是对一个医生来说，这没有什么了不起，何况她一出声我就忍不住要笑，比如她总是将“我奶奶胀痛”说成“我来来酱葱”。太好笑了。只是为了照顾她的脸面，我才忍住了笑。我不可能对一个时时令我发笑的女人有什么兴趣。好在现在刘玉来了，她口齿清晰伶俐，每次来到，总是未见其人先闻其声，她的笑声早早地就从门外传进来了，院里的没精打采的鸡们顿时打起了精神。涂医生的态度连鸡都不如，他“哼”一声，说：“骨头没有三两重。”我爹在里间眨巴着眼睛赞同涂医生的话，可惜我们不知道。就算知道了，也是不敢相信，因为我爹跟涂医生，从来不会对同一件事情产生同样的想法。这次是例外。

刘玉进了院子，看到我在忙碌，她就来帮我。我们的灶屋现在搬到走廊上来了，正如前面的图上所示，我们的灶屋现在不能叫灶屋只能叫灶廊了。灶廊在马同志家和合作医疗站之间的过道上。虽然富农家的走廊比较宽大，但砌了一口灶，又搁了一张起灶需用的桌子，走廊就有点挤了。刘玉把我推开，自己站到那张桌子边去切菜。如果下雨了，她就要将身子往里缩一点，否则她会被雨打着的。刘玉一边切菜一边跟我说：“万医生，你也会烧饭啊？”我说：“刘玉你别叫我万医生吧。”刘玉忽闪着又长又好看的眼睫毛说：“你就是万医生嘛。”我们才说了两句话，吴宝就从医疗站的那间屋走出来，他贴着刘玉的背心穿过来，外面又不在下雨，他完全可以从院子里走过，可他非要从走廊上走，分明是想揩刘玉的油。果然刘玉说了：“吴医生你干什么挤来挤去。”吴宝说：“你猜呢。”刘玉想了想，说：“你肯定想看看我今天做什么菜，菜好的话，你就不回家吃饭了。”吴宝说：“刘玉你真聪明，那你猜得出我喜欢吃什么吗？”刘玉一扭身子，长长的眼睫毛就乱颤起来，她说：“我又不是你老婆，我猜不出。”吴宝凑到刘玉耳朵边上说了两个字。刘玉笑了说：“豆腐？你喜欢吃豆腐？”她举手作了一个要打吴宝的姿势，说：“馋猫。”话都说完了，他该走开了，我看他还有什么借口继续站在刘玉身后。可吴宝仍然站在刘玉身后，几乎就贴着刘玉的身体，他又有主意了，他握住刘玉的手，说：“我来教你切菜吧，萝卜应该这么切——横切萝卜竖切菜。”他手把手地教刘玉切菜，刘玉嘻嘻嘻嘻不停地笑，他们混乱的时候，刘玉打翻了手边的一个钵头，钵头里有两条泥鳅，是我用曲文金的话题从裘金才那里换来的。昨天裘金才锛田锛到两条泥鳅，用稻草穿了，开开心心提回来，给我看见了，我就跟他说曲文金，他一高兴，说：“万医生，我不喜欢吃泥鳅，泥土气，送给你吃吧。”现在两条泥鳅从钵头里翻出来，滚掉在吴宝的脚下，刘玉指着吴宝的脚喊道：“吴宝，泥鳅，吴宝，两条泥鳅！”吴宝道：“怎么会有两条？吴宝只有一条泥鳅，哪里来的两条。”刘玉开始一愣，后来她很快就明白了，就脸通红地骂道：“吴宝你坏死了。”吴宝说：“怎么坏呢，是只有一条啊，不信你看看？”刘玉说：“我才不要看呢。”刘玉洗菜淘米都要用水，她要去挑点水来，吴宝说：“我帮你去挑吧，你们女人，豆腐肩胛铁肚皮。”刘玉问道：“什么豆腐肩胛铁肚皮？什么豆腐肩胛铁肚皮？”我也不知道什么叫豆腐肩胛铁肚皮，我和刘玉一样正等着听吴宝的回答呢，涂医生在医疗站里喊我了：“万泉和，万泉和，光知道吃！”我进去一看，又是万里梅在挂水，又要小便，我帮她把痰盂端过来，她看到我，笑着问我：“万医生，刘玉好看吧。”我还没说话，涂医生就抢着说了：“好看也不是给别人看的。”万里梅好像没有明白涂医生说的什么，她停了一停又说：“万医生，你说刘玉是不是百里挑一？”我赶紧说心里话：“是的是的。”万里梅更高兴了，说：“万医生，本来刘玉她舅舅已经准备把刘玉介绍给一个镇上人，供销社的，有正式工作呢，是我把她抢过来的。”我又赶紧说心里话：“谢谢你了。”万里梅说：“要说谢谢，还是应该我谢谢你，还有涂医生，还有吴医生，还有你爹万医生，没有你们，我已经死了。”我看她精神虽还可以，但脸色并不太好，而且前两天刚挂过水，今天又来挂水了，肯定又有什么地方不对了，我犹犹豫豫地说：“你今天，今天又哪里不舒服？”涂医生说：“她耳朵听不清。”我不知道耳朵听不清是什么，是耳朵有病？我记起我爹以前说过耳聋跟肺气有关系，那是不是肺部有病呢？我说：“耳朵听不清也要挂水吗？”涂医生白了我一眼，他觉得我多事，说：“她自己要求挂水。”万里梅也赶紧说：“我不舒服了，就到合作医疗站来挂水，挂了水，回去就好多了。”现在我们有涂医生做主，轮不着我来诊断，但我心里老是牵挂着万里梅的病情，尤其是她介绍了刘玉给我做对象，我对她差不多像亲人一样亲了。

后来刘玉进来了，手里端着切好的萝卜块，说：“吴医生出诊了。”涂医生只当不认得她，板着脸问她：“你哪个小队的，看什么病？”刘玉笑道：“涂医生，你连我都不认得啦，我是刘玉哎。”涂医生说：“刘玉？谁是刘玉？”刘玉把自己的脸凑到涂医生眼前，她的眼睫毛都快扫到涂医生的眼睛了：“涂医生你凑近了看看我的脸，我就是刘玉啊。”涂医生说：“我是远视眼。”刘玉就往后退退，站定了说：“现在涂医生你看得清我的脸了吧？我是刘玉，涂医生你昨天还认得我，还跟我说话的呢。”涂医生还是坚持不认得她，说：“昨天？昨天我是出诊了，出到你家了？”刘玉笑得弯了腰，去勾在涂医生肩上，拍着涂医生的肩膀说：“哎哟，哎哟，笑死我了，人家说你们知识分子呆，真的是呆哎。”涂医生并没有动，也没有躲开，但口气很不屑地说：“神经病。”刘玉赶紧道：“没有啊，没有啊，涂医生，我没有说你神经病，我只是说知识分子有点呆，呆就是书呆子气，是书生气，不是神经病啊。”能说会道的涂医生居然有点目瞪口呆了，我觉得过意不去，赶紧过来说：“刘玉，你拿萝卜干什么？”刘玉说：“噢，我来问问你，萝卜是红烧还是白烧？”我说：“随便。”刘玉说：“红烧吧，昨天是白烧的，天天吃白烧太淡味了。”我说：“好呀，红烧好。”涂医生说：“没有酱油了。”刘玉说：“我到代销店去拷酱油。”刘玉一边说话，手里仍然端着萝卜，跑到我和我爹住的里间，我跟着她问：“刘玉你干什么？”刘玉没有来得及回答我，她已经跑到床边，对着躺在床上的我爹喊了一声：“爹。”我说：“爹，爹，你听见没有，刘玉喊你爹啦！”我爹不说话，也不动弹，但他的眼皮急速地眨巴起来。刘玉说：“我知道爹的意思，他叫我以后常来。”我说：“再以后呢？”我爹的眼皮仍然在急速地眨巴，刘玉看了看，说：“再以后，再以后就、就嘻嘻。”

刘玉就去大队的代销店拷酱油了。涂医生说：“我就知道她会红烧萝卜。”我奇怪地看着涂医生：“你怎么知道？”涂医生说：“她好去拷酱油呀。”其实我已经听出了涂医生的言外之意，涂医生的意思是说，刘玉想找个借口跑出去一趟，其实也不是刘玉想出去，是吴宝要她出去的，吴宝去出诊了，他要刘玉跟她同路走。但是我假装不知道涂医生的意思，我想把话扯到万里梅的病情上，我说：“涂医生，万里梅的病是不是——”涂医生却打断我说：“刘玉拷酱油怎么还没拷回来？”我说：“女人走路慢的。”涂医生气道：“又不是小脚女人，她这种走法，一路上的蚂蚁都给她踩死了。”我说：“也许碰到熟人在说话吧。”涂医生说：“她是喜欢说话，看见谁都有话说。”我说：“是呀，所以裘金才说她韭菜面孔。”涂医生说：“我不管她什么面孔，我肚子饿了，她不回来怎么烧饭？”我想说涂医生你怎么忘了钟点，早饭才刚刚吃过不到一小时呢，怎么已经要吃中饭了？虽然我没有说出来，但涂医生却已经感觉到自己的问题了，他弥补说：“我今天也不知怎么了，哪个饿死鬼投胎来了。”我觉得他有点尴尬，替他圆场说：“早饭的粥太稀了，两碗粥就像两碗水。”涂医生看了看我，说：“你真是你爹的儿子。要多蠢有多蠢。”

我爹在里屋生气地眨巴眼睛，不过我们并不知道。

过了片刻涂医生又忽然“啊呀”了一声，说：“我倒忘记了，七队有人叫出诊。”说话间他就背着药箱也去出诊了。有个还在挂水的病人急了，说：“涂医生，那我呢？”涂医生说：“万医生不是在吗？”他把病人交给我也是对的，这个病人只是有点感冒，只是挂点盐水，盐水挂完了，我替他把针拔了就行，我的医术再不行，这点小事还是能办到的。

刘玉还没有回来，曲文金倒来了，她是抱着裘奋英来看病的，裘奋英跌了一跤，小腿前侧的皮划破了，有血流出来，裘奋英杀猪般地大哭，曲文金急得舌头更大了，说：“万医心，万医心，解么办，解么办？”我跟裘奋英说：“你哭的声音越大，血流得越多啊。”裘奋英果然被我吓住了，不敢哭了，但又控制不住，哭就变成了抽搐，我又说：“裘奋英，你这样一抽一抽的，我不好帮你洗伤口。”裘奋英说：“我不哭了。”她果然说到做到，就不哭了，瞪着眼睛看着我清洗她的伤口，那个伤口像一个嘴巴，又像一个眼睛，血糊糊的，曲文金吓得闭上了眼睛，说：“我不敢干（看）的，我不敢干（看）的。”我洗过裘奋英的伤口，给她抹了点紫药水，再用纱布捆了一下。说：“好了。”曲文金睁开眼睛说：“就好了？”裘奋英一点点小伤口，就擦破点皮，但我能够理解当妈妈的心疼孩子，所以我安慰曲文金说：“又没有伤筋动骨，两三天就好了。”曲文金还有点不放心，说：“要不要吃土霉素？”她虽然是农村妇女，却也懂一点药，我说："其实是不要吃的，你要是不放心，吃一点也可以。"我就开了几颗土霉素，曲文金看了看，觉得太少了，说："万医生，你多开一点。"我说："又不是五香豆。"但还是给她多配了几颗。

曲文金前脚走，马莉后脚就跨进来了，马莉说："万泉和，你刚才吓唬裘奋英，我听见了。"我说："人家都叫我万医生，我不让他们叫，他们还非要叫，你一个小孩，倒叫我万泉和？"马莉说："我不小了，我长大了。"我有点欺负她说："你长大了？长大了你怎么不结婚？"马莉被我说住了，有点窘，但过了一会她就恢复了正常，跟我说："万泉和，我看见涂医生在路上和刘玉说话。"这我没有料想到，我以为吴宝会在路上和刘玉说话。马莉又说："不过不是说话，是翻眼皮，刘玉的眼睛里有沙子吹进去了，涂医生帮她翻出来了。"我说："噢。"马莉说："这有什么。"我看了看马莉，我不知道这个十一二岁的小丫头说的什么，更不知道她心里想的什么，反正我也不会去关心和研究她的心思。马莉见我不吭声了，又说："吃土霉素会坏牙的。"我说："你怎么知道？"马莉说："我妈说的。"我说："你一个小孩，倒懂得多。"马莉说："我跟你说过，我不小了。"

我和马莉在说话，刘玉回来了，她拷来了酱油，就去烧红烧萝卜，油锅响起来的时候，马莉说："萝卜有什么好吃。"我说："你家有什么好吃的？"马莉眨了眨眼睛，没有说话，转身走了，过了一会，她端了一盆红烧带鱼过来了，喷香的味道直扑我的鼻子，我咽了好几口唾沫。马莉说："送给你吃。"我说："这怎么可以？"马莉说："没事，我家烧了好几碗呢。"放下带鱼就走了。我觉得不过意，赶紧追到马莉家去，我要跟他们说声谢谢。我说了谢谢以后，马莉的外婆先是愣了一愣，随后过去揭起碗罩一看，碗罩下空空的，外婆魂飞魄散，脱口说："没得命了！"马莉朝我翻个白眼，说："万泉和，你走你走，你不要赖在我家。"她拿手来推我。马莉的外婆说："没得命了，我们家十多天没开荤了。"马开躺在床上看一本连环画，一直不说话，忽然间就跳了起来，冲到隔壁医疗站，把那碗带鱼端回来了。

马同志和黎同志回来的时候，我听到外婆在跟他们说："我揭开碗罩一看，没得命了，那碗带鱼真的没有了。"马莉从家里跑了出来，跑到医疗站门口，恶狠狠地看着我，又看着刘玉。

刘玉烧好了萝卜，跟我说她家里有事要她回去，不在医疗站吃午饭了。涂医生和吴宝倒是在吃饭的时候准时回来了，他们没有碰上刘玉，涂医生跟吴宝说：“你白跑一趟了。”吴宝说：“我是特意来向万医生请个假的。”我说：“你向我请什么假，要请也向涂医生请。”吴宝说：“不是给我自己请假，是给刘玉请假，我邀请她到我家吃饭，万医生你没有意见吧？”我明明有意见，但只能硬着头皮充好汉说：“没有。”吴宝说：“我就知道万医生不会有意见，万医生人好。”涂医生说：“你人也不错啊，刚认识就邀请人家回去吃饭啊。”吴宝说：“我家女人烧的北方菜可好吃了，我跟刘玉一说，她就馋了。”吴宝将鞋上沾的泥在门槛上蹋了几下，涂医生说：“现在蹋干净了有什么用，走到家又脏了。”吴宝说：“嘿，那倒是的。”就不再蹋了。

吴宝走后，我先喂饱我爹，出来见涂医生还没吃饭，我说：“涂医生，你别多想，刘玉就是去他家吃个饭。”涂医生朝我看了看，没情绪地说：“你懂什么，我是替你考虑。”我不知道应不应该说“谢谢涂医生”。涂医生忽然“哎哟”了一声，站起来背上药箱就走，我说：“涂医生你要出诊？”涂医生说：“我倒忘了，早晨十队的阿土来喊过。”他边说边往外走，我在背后喊他：“涂医生，你还没吃饭呢。”涂医生头也不回地说：“我不饿。”其实我知道涂医生的这一套花招，也算是老一套了，有什么事想跑出去了，就说有人喊出诊。

刘玉第二天来，就跟吴宝说：“吴宝啊，我还想吃。”吴宝说：“你想吃哪道菜？”刘玉说：“韭菜炒螺丝肉好吃。”吴宝道：“那个你不能吃，是我吃的。”刘玉说：“为什么你吃？为什么你吃？”吴宝只是坏笑，刘玉就连声地追问，吴宝笑道：“我吃了，泥鳅就站起来了。”刘玉还问：“泥鳅怎么会站起来，泥鳅又没有脚，泥鳅怎么会站起来？”

他们说话，我就想象，想象中我就闻到了韭菜炒螺丝肉的鲜香味，害得我简直垂涎三尺了。我爹躺在里边，我不知道他有没有淌口水，我也顾不得他老人家了。我看到涂医生气得脸都白了，手指滴滴答答地敲打着桌子，可能正思忖着说什么话去刺激他们呢，外面就有一阵乱七八糟涌进来一群人，其中至少有三四个人都在叫着“唉哟哟”，剩下的人七嘴八舌地诉说病情，根本就不知道到底是哪一个人生了病，到底是生的什么病。嚷了好半天，才弄清楚了，病人是外村的一个姑娘，走路时摔了一跌，把一条手臂扭反了过去，倒支在半空中下不来了。先送到公社卫生院，可姑娘怕疼，又胆小，怎么也不肯让医生给她扭过来。后来听人说，后窑合作医疗站的涂医生擅长伤科，就由大人陪着来了。可人是来了，却仍然不肯让涂医生给她治，涂医生的屁股还没离凳子，距她七八尺远呢，她就哇哇大叫起来。气得涂医生说："走吧走吧，另请高明吧。"就见吴宝手里提了根细稻草过来了，将姑娘的母亲喊到一边，如此这般吩咐了一下，姑娘的母亲将信将疑，但还是照着吴宝的吩咐做了。她把女儿领到涂医生住的东厢屋里，替女儿解下裤带，换上稻草扎在腰里，然后把女儿一人留在那里，自己出来带上了门。吴宝弄来一面响锣，出其不意猛地击锣，这姑娘本来正担心稻草绳系不住裤子，猛一惊吓，就以为稻草绷断了，赶紧伸手去提裤子，这一伸手，扭过去的手臂一下子就扭了回来。

这一伙人乱哄哄地走后，刘玉扭着吴宝的胳膊晃来晃去，说："吴宝吴宝，我的手臂要是扭了，我可不听你的馊主意。"吴宝嬉皮笑脸道："你要是扭了手臂，稻草绳都不给你。"刘玉说："稻草绳不给我，我拿什么系裤子呀？"吴宝笑道："你那裤子，还用系吗？"刘玉就去捶打吴宝的背，说："吴宝你坏，吴宝你坏。"

虽然对于刘玉和吴宝的事情我采取掩耳盗铃的方式，但事情最后还是暴露在光天化日之下了，他们两个居然跑到谷场边的稻草堆里睡觉，被一个妇女看到了，尖叫起来，他们被捉住了。

大队书记裘二海暴跳如雷，立刻布置开批斗会，我听人家说，他一直背着手在村里走来走去，说："没听说过，好大的胆子，敢睡万泉和的女人？！"好像万泉和是他的儿子而不是万人寿的儿子。

批斗会我没有去，听说就是放在事发现场开的，就在他们睡觉的草堆旁边。去参加批斗会的人回来告诉我，说刘玉和吴宝并排站着，刘玉还把自己的头靠在吴宝的肩上。裘二海让吴宝坦白整个过程，吴宝说："过程么，你和你们家裘大粉子什么过程，我们就是这样的过程，不如听你说说呢。"吴宝嬉皮笑脸，还和一个看热闹的新媳妇打情骂俏，他说："你要是老盯着我看，你会怀上我的孩子。"害得人家新媳妇满脸通红。旁边的人呸他，说人家新媳妇肚子里已经有孩子了，吴宝就笑道："那孩子生下来也会像我。"新媳妇说："不可能的，怎么可能呢。"吴宝要想凑到新媳妇耳边说话，被裘二海喝住了，吴宝就站回原地，跟新媳妇挤眉弄眼地说："你过来，我告诉你怎么可能。"新媳妇差一点真要过去了，后来才发现她是不能过去的，就站定了不动。吴宝“嘘”了一声，说：“现在人多不方便，晚上我们在竹林里见，我告诉你。”大家都笑，吴宝得意地摇晃着身子，刘玉拉他说：“吴宝你站好，严肃点，这是开批斗会呀。”

那天我伺候我爹吃喝拉撒的时候，发现我爹的眼皮眨巴得比平时厉害些，可惜他说不出话来，我也不知道他想说什么，我不知道他知不知道刘玉的事情，我也不知道他如果知道了刘玉的事情会是什么样的想法，会不会跟我的想法一样？我的想法就是，如果刘玉以后不再和吴宝那样了，我也是可以原谅她的。但是我的想法遭到了几乎所有人的反对，首先就是我的老师涂医生，他激愤地指责我太不像个男人。还有一个人的激烈反对也是我料想不到的，他就是裘金才。裘金才你们是知道的，除了跟他谈曲文金，他会有兴趣多说几句，除此之外，村里的事也好，世界上的事也好，无论大事小事，重要的事和不重要的事，他都不会插嘴的，他的嘴和他的屁眼一样夹得紧紧的。但是在我对刘玉的态度问题上，他生气了，忍不住插嘴了，他说：“万泉和，想不到你愿意做十三块六角。”十三块六角是乌龟背上的纹路，他竟然骂我是乌龟，他都忘记自己是什么了。但裘金才的想法和涂医生基本一致，也和绝大部分群众的意见一致。他一直是喊我万医生的，现在他生了气，连万医生也不喊了，我还听见他在他的儿媳妇曲文金面前阴损我，他说：“文金文金，你想得到万泉和是这样的人吗？”但曲文金的回答让我倍感温暖，她说：“其实万医心也没有错，因为万医心喜翻（欢）牛（刘）玉。”

吴宝不再做赤脚医生了，他来医疗站取他的一些用品。我倒觉得有点对不起他，我试图和他说些什么，安慰一下他，他却攻击我说：“万泉和，你配不上刘玉。”在场的人听了都很生气，希望我发一次火，但是我没有发火，我倒是担心，合作医疗站少了一个医生，多少会影响工作，不管怎么说，吴宝看看小毛病，给人打打针还是可以的，他打针一点也不疼，尤其给小孩子打针，他会逗小孩子，引开他们的注意力，通常他们还没来得及哭呢，针已经打好了。吴宝虽然是犯了错误，但他犯的不是医疗上的事故，而是生活错误，犯生活错误，为什么要取消他工作的资格呢？我不知道这里边有没有政策可寻，有没有必然的道理。这是裘二海的决定。在后窑这个地方，大事小事都是裘二海说了算的，他就是政策，他就是道理。但这里边有两点特别让人觉得奇怪：其一，裘二海对我的事情好像特别的关心，谁得罪了我，就像是得罪了他自己，他甚至比我还急还气；其二，吴宝抢了我的女人，我居然还在替他惋惜，按理我应该恨死了吴宝，咬他两口都不解气，但是我居然没怎么恨吴宝，而且这件事情，基本上就是在我的眼皮底下渐渐萌芽渐渐发展成为一件事情的，或者说我是亲眼看着他们走到一起去的，我虽然说不清他们是在哪一天勾搭上的，但我知道很早，从刘玉一来我们院子，他们的心就走到一起去了。每次刘玉借口来看我，其实是来看吴宝的。

现在吴宝走了，大家都以为刘玉也不会再来了，不料第二天刘玉就来了。刘玉走到我面前，说："万医生，我爹让我传话给你，我爹他本来要来看你的，可他没有脸来。他叫我过来让万医生骂，我爹说，万医生你也可以打我。"看得出来刘玉是尽量想说得沉重一点，但她的声音太好听，太轻柔，再沉重的话在她嘴里说出来，都像说说笑笑。我说："我不会骂你打你的。"刘玉说："可本来我是跟你谈的，后来我却跟吴宝那样了，万医生你肯定嫌弃我了，是不是？是不是？"我说："你要跟吴宝结婚吗？"刘玉说："不会的，吴宝有女人，吴宝说，他要对她的女人负责，他把她从老远的地方带过来，他不会对她不负责的。"涂医生冷笑说："那他对你负不负责呢？"刘玉彻底放弃了表现得沉重一点的想法，干脆笑了起来，说："嘿嘿，我不一样，我是自己情愿的，你们可能不知道哎，我从小就喜欢当兵的人哎。"涂医生本来准备冷笑或冷嘲热讽的嘴已经张开了，听了刘玉这话，他的嘴张在那里不会动了。可刘玉却"咯"地一声笑起来，这一笑就"咯咯咯"地笑不停了。我说："刘玉，你笑什么？"刘玉说："我想起吴宝说的话。"我问："吴宝说什么？"刘玉说："吴宝说，嘻嘻，吴宝说，嘻嘻——"涂医生不耐烦了，打断她道："吴宝说嘻嘻？你神经病啊？"刘玉说："吴宝不是说嘻嘻，吴宝说，嘿嘿，吴宝说，嘿嘿——"她又变成嘿嘿了，但刘玉到底没有忍得住，她说："吴宝说，他是宝，我是玉，我们是宝玉良缘，是《红楼梦》里的，嘻嘻嘻，红楼梦。"涂医生说："还不懂装懂呢，人家《红楼梦》里是金玉良缘，你们还想红楼梦呢，做大头梦吧。"刘玉仍然是笑，笑着又换了一个话题说："吴宝说我像一条蛇。"我是最怕蛇的，听到她说蛇，还说得那么轻软，我浑身一哆嗦，就起了一身鸡皮疙瘩。听刘玉继续说："我说我怎么是蛇呢，你才是蛇呢。"她忽然想起了什么，转向我问道："万医生万医生，你还记得吴宝说他只有一条泥鳅吗？就在这个地方说的，我在切菜，打翻了钵头，泥鳅就掉出来，然后吴宝就说他只有一条泥鳅。”我说：“我不记得了。”刘玉看了看我，笑了起来，说：“嘻嘻嘻嘻，万医生，我知道你的心思，你明明记得，却说不记得了，你吃醋了吧。”涂医生把听筒“碰”地摔到桌上，把两个来看病的病人吓了一跳，其中一个说：“刘玉，你烦不烦，把涂医生烦得都不肯看病了。”刘玉歉意地向他们笑笑，拉起我的手说：“万医生，我想跟你说点悄悄话，不想给他们都听见。”我被她拉着手，出来，站到院子一角，刘玉却不说话了，光是忽闪着长长的眼睫毛看着我。我说：“刘玉，你要跟我说什么？”刘玉还是不说，光是笑，后来她又叫我猜，她说：“万医生，你猜猜。”我猜想她可能是要跟我说对不起之类的话，却又不好意思说出来，其实她完全不必要的。对她和吴宝的事情，我心里虽然也有点气，但我想一个人难免会犯点错误，犯了错误，不应该揪住不放，应该允许人家改正，我就是这么想的，更何况，刘玉对我也很好的，还帮我做事情，烧饭，陪我说笑，她一来，我们的院子都会亮堂起来，所以我可以原谅她，我赶紧阻止她说：“不要紧的，不要紧的，没什么。”不料刘玉一听我这话脱口就说：“万医生，你已经知道了？你已经猜到了？”从她的口气里，我才感觉出她要跟我说的不是对不起，她有别的话要跟我说，但我猜不出来了，本来人家就说女人的心思难猜，何况刘玉这么一个心思灵活多变的女人。刘玉也知道我猜不出来，就说：“万医生，我今天来过之后，以后就不再来了。”我一慌，问：“为，为什么？”都有点结巴了。刘玉说：“我爹要把我嫁人了。”我有点懵，想了一会，也没有理清楚头绪，刘玉又说了：“我爹说，我不仅把他的脸丢尽了，还把万医生的脸也丢尽了。”我下意识地摸了摸我的脸，说：“没有，没有。”刘玉说：“所以我爹要立刻把我嫁出去。”现在我听明白了，赶紧问：“嫁到哪里？”刘玉说：“反正，反正，我也说不清楚那个地方叫什么名字，反正不是我们大队，也不是隔壁的隔壁，很远的一个地方，那个人姓吕——不是驴啊，是吕，两个口叠在一起的那个吕。我爹说，叫我滚得远一点，因为那里的人不知道我和吴宝的事情。”我更慌了，都语无伦次了：“可是，可是，可是我没有——”刘玉说：“可我爹说，要是你不是医生，不是万医生，我还是可以嫁你的，但你是万医生，我就不能嫁你了。”我差一点想说，那我就不当医生好了，我本来也是不想当医生的，但这话我没有说出口，因为刘玉没等我说出来，她已经抢先说了，她说：“我爹说了，万医生不当医生是不可能的，我爹说，涂医生是迟早要走的，不管什么人来我们队当医生也都是迟早要走的，最后留下来的只有万医生，没有了万医生，我们就麻烦了——万医生，我没骗你，我爹真是这么说的哎。”我简直很惊讶，我觉得我有许多想不通的问题，可刘玉等不及我想通了再说话，她一个人迫不及待地霸占了所有的说话权力，她又说：“所以我爹要我滚远一点，我要是不滚远一点，他以后生了病就等死，他不来医疗站看病，不能见万医生。”

其实刘玉虽然是丢了脸，但说到底农村里这样的事情也是经常发生的，就像裘大粉子，当初也是脚踩两只船的，要不是裘二海先下手为强，说不定我爹娶的就是裘大粉子，那也就没有我了。要有也只有一个我的同父异母兄弟。我还知道，我妈死后，裘大粉子也在我爹床上睡过，裘二海也知道，也没怎么样，裘二海还和我爹是好朋友，裘二海还积极地送我去学医呢。

我们虽然站在院子角落里，但其实我们的对话大家都听见了，我毕竟不能说出这么没出息的话来。刘玉又拉了拉我的手说：“万医生，那就再见了。”然后她松开我的手，又回头朝院子里所有正在偷听我们说话的人扬了扬手，笑着又说了一声“再见”。

当刘玉的身影消失在院门口以后，我心头一堵，腿一软就蹲了下来，眼泪也不争气地流出来，曲文金端一张凳子给我，让我坐下来哭，她就站在我边上，把我的头按在她的胸前，像哄他们裘奋斗裘奋英一样，说：“好了好了，乖乖，不哭了。”马莉走过来，粗鲁地拉开曲文金，把我的头按到她自己的胸前，回头问曲文金：“万泉和为什么哭？”曲文金说：“本来刘玉要嫁给他的，现在刘玉不嫁给他了，他就要哭。”马莉说：“那有什么，我嫁给他好了。”曲文金说：“你不行，你还没长大。”马莉说：“那有什么，等我长大了嫁给他好了。”她拍着我的头说：“不哭，不哭，乖，乖啊，不哭。”曲文金笑起来说：“小老卵。”

我还能说什么，刘玉走了，我却感受到了曲文金的温暖和马莉的温暖，两个人的温暖加起来难道还不如刘玉？我说不清楚，我也不会做这样的加法，但我也不好意思再哭了，我擦了擦眼泪，说：“没有女人怎么啦，没有女人也一样过日子。”马莉高兴地拍了拍我的肩说：“这就对啦，不过，万泉和你尽管放心，你会有女人的。”

第五章 万泉河水清又清

有一天涂医生刚出去不一会，有个人就偷偷地闪了进来，我一看，是万全林。他前一阵跌了跤，一直是涂医生给他治的，所以我说：“万全林你不巧，涂医生刚刚出去。”万全林赶紧压低了嗓音说：“我知道，我知道，我在门角落里守了一会，看他出去，我才进来的。”我说：“你干什么？”万全林说：“我想，我想请万医生看看。”我说：“你等一等吧，我还没吃饭呢，肚子好饿。”万全林却急了，说：“万医生，万医生，你快点好不好？”看他很急，问道：“你急什么？”他说：“我怕涂医生回来了。”我不明白。万全林朝外面看了看，回头压低声音鬼鬼祟祟地说：“我这脚，让涂医生看了一个多月了，一点没见好，还越来越痛。”我放下饭碗，替他看了看，发现伤口是长起来了，但水肿很厉害，我也不知道是什么问题，只好问万全林：“涂医生怎么说的？”万全林说：“涂医生说是皮外伤，就是给我上点药。”他说了，又觉得自己没把事情说清楚，赶紧补充道：“万医生，我觉得涂医生没有看准。”停一停，又补充道：“万医生，我知道涂医生是你的老师，但是有时候老师也会输给学生的，就像那时候我们家万小三子耳朵里的毛豆，你爹万人寿医生说是什么炎，还是你一眼就看——”我赶紧“嘘”了一声。万全林朝里间看了看，说：“你爹听得见吗？”我说：“我也搞不清楚，他不说话，谁也搞不清楚他听得见还是听不见。”万全林信服地点点头，压低了声音说：“都一个多月了，要是皮外伤，还不好呀？”我说：“你要是说涂医生没看准，我恐怕也看不准了。”万全林说：“不会的，不会的，我们都知道万医生有鬼眼的，要不然，你也没有学过医，怎么就能当医生呢。”万全林真不会说话，但我知道他是好心说错话，我没跟他计较，我又翻了翻他的腿脚，摁了摁伤口，万全林杀猪般地嚎起来。裘金才曲文金还有马开马莉他们听到万全林的叫喊，都过来看热闹。我本来是想糊弄他一下，就把他打发走的，不料现在大家都围过来了，我只觉得头发一阵发麻，涂医生都弄不来的事情，我怎么能弄？可我已经无路可退，我挠了挠发麻的头皮，其实是为了让自己镇定一下，马莉尖声说：“万泉和你手指甲全是黑的，好恶心，去洗手。”我嫌她烦，但也只得去洗了手，心里一边盘算着，根据万全林的这种叫法，我觉得可能骨头上有问题，但是皮肉包得好好的，我看不见骨头上的问题。我鼓了鼓勇气，就拿刀将他的皮肉划开来，我拿刀划他皮肤的时候他都没有杀猪般地叫，这让我更坚定了自己的猜测。曲文金他们也没想到我会动这么大的手术，看到我拿刀划开了万全林的腿肉，露出了白花花的骨头，就大惊小怪地“哎哟哎哟”起来，大舌头曲文金连声地说：“吓吓（煞）我了，吓吓（煞）我了！”我说：“你们哎哟什么，这就是一个普通伤口呀，你们真没见过世面。”其实万全林的腿伤很严重，而且这么划开皮肉见骨头也确实是蛮瘆人的，我这么说，一方面是安慰万全林，更主要是安慰我自己，我看到皮开肉绽心里就打抖，如果他再紧张起来，脑子混乱，不配合，我就无法治他的伤。我这么说了，围观的几个人果然不吭声了，为了显示自己也是见多识广的，他们沉着冷静地看我行医。不出我所料，万全林果然是腿骨出了问题，一根小骨头断裂开了，像一根刺一样刺在他的肉里，他怎么不要杀猪般地嚎叫？我从来没有治过这样的骨科病，但现在大家看着我，我只得硬着头皮把他的骨头弄平了，再拿针缝好伤口，绑上伤药，固定好。

围观的几个人这时候才透出一口气来，不约而同地拍着胸，说：“喔哟哟，喔哟哟，害怕得来，害怕得来。”万全林说：“你们真是胆小，我不害怕，我一点也不害怕。”他一瘸一拐地往外走，走了几步，就停下来，奇怪地“咦”了一声，说：“不疼了？”我说：“骨头帮你弄直了，不再刺肉了，就不疼了。”万全林说：“已经好了？”我说：“没有好呢，你回去养几天，别干活了。”万全林说：“我知道了。”到门口的时候，又回头说：“我不会碰到涂医生吧？”

万小三子已经长成个毛头少年，嘴唇那里生出点黄黄软软的小绒毛了，他跟着他爹来医疗站，他爹进来看腿的时候，他在院子撵鸡追狗，搞得鸡飞狗跳，但我们没听见，因为那时候他爹正在嚎叫。等他爹万全林从医疗站溜出去，万小三子还不想走，他要等裘金才和曲文金都忙活去了，就在院子里欺负裘奋斗。裘奋斗长得有点奇怪，身子小，但头很大，脸也大，脸上有很多肉。万小三子捏住他的两边脸蛋，把他提起来，裘奋斗肯定是很痛，但他眼泪噙在眼里却不掉下来，也不吭声。裘奋英看不过去了，走到万小三子背后，伸出两只手对准万小三子的两个腰眼呵痒痒，万小三子怕痒，腰里一软，手里就没劲了，裘奋斗挣脱出来，仍然不吭气。裘奋英说："哥哥你快跑！哥哥你快跑！"裘奋斗偏不跑，犟头犟脑地瞪着万小三子，万小三子倒没了趣，说："不跟你玩。"裘金才从屋里出来，裘奋英告诉他万小三子欺负哥哥，裘金才拉了孙子孙女的手，说："叫你们少到院子里来，叫你们在屋里待着。"两个小孩不吭声，就被拉进去了。

我批评万小三子说："万万斤，这就是你的不对了，人家裘奋斗好好的又没有惹你，你为什么要欺负他？"万小三子说："什么种子开什么花嘿什么阶级说什么话，万医生，你什么阶级？"我还是批评他说："万万斤，你小孩子不要乱说，什么阶级不阶级，你不懂的。"万小三子说："万医生，你给我听着，你以后别再叫我小孩小孩的，我长大了。"我"嘻"了一声，嘲笑他说："小孩总是说自己长大了，一个你，一个马莉，马莉还说要结婚呢。"万小三子愣了一愣，说："马莉要结婚，她跟谁结婚？"我见他认真了，更觉得小孩子好笑，我说："结婚呢，热昏吧，你见过十岁的小孩结婚？你以为是旧社会，童养媳啊？"万小三子说："不对，马莉不是十岁，她是十二岁，跟我同年，比我小一个月零五天。"我说："你倒弄得清楚，你弄这么清楚干什么？查户口？"万小三子总是一脸流氓腔调，但我问他把马莉的年龄弄那么清楚干什么，他忽然收敛起流氓腔，甚至还红了一红脸，说："你懂个屁，不跟你说。"就跑了出去。

一个星期以后，万全林又来了，他还是守在门角落等涂医生出去后才进来的，他的腿骨已经长好了，不疼了，我替他再换了一次药，跟他说："好了就好了，你别多说了。"我不想他出去给我吹牛，说涂医生的本事不如我，就像上次我夹出了万小三子耳朵里的毛豆，他就说我爹不如我，害得我爹吃我的醋。其实我心里明白得很，夹毛豆完全是因为我不懂医，你想一个不懂医的人，听说一个人耳朵痛，能怎么办？也只能扒开他的耳朵看看吧，这一看，就看巧了。而万全林的腿呢，和万小三子的耳朵一样，我也只是扒开来看一看而已，可是因为裘金才曲文金他们看热闹，我有英雄主义思想，才硬着头皮弄了这一手。

好在万全林也不笨，他知道我的意思，跟我保证说："我知道，我知道，我要给涂医生一点面子，再说了，下次生了病，还是要找他的呀。"万全林这一次说到做到，不仅自己闭紧了嘴巴，还吩咐家属不要张嘴，但是他却忘了他家还有一个最难缠的家属，那就是他的小儿子万小三子。万小三子向来喜欢添油加醋，结果一传十，十传百，事情越传越远，还越传越神，弄得大家看见我，都格外的客气，有人竟还恭喜我，又说起我的鬼眼。

后来涂医生也渐渐地听到点风声，听出点意思，却不肯直接问我，就拐弯抹角地跟曲文金探听，涂医生假装想不起来了，说："万全林？哪个万全林？我怎么不记得万全林？"其实我知道他记得万全林，知道哪个是万全林，因为他的眼睛恶狠狠地盯着我，盯得我身上直起鸡皮疙瘩。最后涂医生总算点了点头，说："到底是我教出来的。"他能这样想，我心里轻松了一点，赶紧谦虚地说："涂医生，名医看病头，庸医看病尾。"不料马屁拍到马脚上，我把话说反了，常言应该是"庸医看病头，名医看病尾"，我的意思，分明就是在骂涂医生庸医说我自己是名医呀。涂医生气得哼了一鼻子，说："你少来你爹那一套。"他又牵连上我爹了。又说："万泉和，你到底想证明你是我的学生，还是你是你爹万人寿的儿子？"我说："我既是涂老师的学生，又是我爹万人寿的儿子。"涂医生听了笑起来，说："你说的倒是事实，不过我要警告你，你虽然行医还可以，但是你对女人实在是不了解。"

我知道他在说刘玉，但我假装不知，我看到裘金才在院子里晒被子，我就去逗他。因为我知道裘金才的心思，有时候我高兴，有心情，就逗裘金才说曲文金，或者我没有心情，情绪不好，我也会逗裘金才，好像跟他说了曲文金，他高兴，我也会跟着高兴起来。这会儿我避开涂医生，去跟裘金才说："裘金才，你和你家媳妇很有缘哎。"裘金才说："咦，你怎么知道？"我说："这是明摆着的嘛，你叫裘金才，你媳妇叫曲文金，你们的名字里都有一个金字。"裘金才最乐意听这句话，我一说，他准上钩，果然他就说："是呀，文金说她生下来的时候，本来大人要给她起个名字叫文英的，后来算命先生说她命里缺金，就叫文金了。”我说：“其实她就算不叫文金也不要紧。”裘金才明知故问道：“为什么？”我就明知故答道：“因为你的名字里有金呀，她嫁到你家，就不缺金了嘛。”裘金才乐呵呵地说：“那倒也是，不过，还是多一点金好。”

自从刘玉不再来，另外有一个人倒是常常来了，他就是万小三子。他的到来当然跟刘玉没有关系。我不知道是不是因为我替他爹万全林弄好了腿骨，或者他又想起当年我夹出了他耳朵里的毛豆，总之他现在替代了刘玉三天两头跑合作医疗。其实，万小三子就算天天来，也代替不了刘玉，再反过来说呢，就算他从来不来、永远不来，他也无法从我心里走开。这些年来，万小三子一直是我心底里的一个谜，这个谜到现在也没有解开。

我开始接近万小三子，一想到他当年居然能把万继忠吓死我就浑身起寒毛疙瘩。万小三子聪明机灵，我刚一开始关注他，他就敏感到了，他恶狠狠地对我说：“万医生，我警告你，不要干涉我的人身自由。”万小三子对村里任何人都是想喊什么就喊什么，甚至对裘二海这样的干部，他也可以直呼其名，但对我却是例外，他从来没有直呼过我的名字，从一开始就喊我万医生，无论他对我是满意还是不满意，他永远都这么喊我。他的这个习惯，以后还将一直进行下去，进行到底。

我说：“万万斤，我怎么干涉你的人身自由了？”万小三子说：“我到合作医疗站来管你什么事。”我说：“我没有管你呀，你爱来就来，你只希望你不是因为生病才来。”万小三子还想说什么，就看到马莉从她家里出来，万小三子丢开了我，迎到马莉面前，踮了踮脚，一脸茫然地说：“咦，前几天你还跟我一样高，现在你怎么比我高了。”马莉蔑视地拿眼睛往下瞄了瞄他，说：“我可以这么看你，怎么，你不服？”万小三子说：“高就是高，是事实，有什么服不服的，我只是奇怪，你是怎么长的，长得这么快？”马莉弄怂他说：“我吃大便的，你吃不吃？”万小三子只说了一句：“你骗人。”就再也没话了，我也觉得奇怪，万小三子一张嘴，能把活人说死，把死人说活，怎么到了马莉面前，就那么笨嘴拙舌。马莉丢开他就往外走，万小三子紧跟在后面追问：“马莉，马莉，你到哪里去？”马莉回头白了他一眼，说：“我到哪里去要向你报告吗？你是谁？队长？书记？”万小三子说：“要不要我陪你去？”马莉再次蔑视他说：“你要当我的跟屁虫？你还不够资格。”说罢，马莉撇撇嘴，两条长腿一颠一颠，哼哼着什么，扬长而去，把万小三子一个人扔在空空的院子里很没趣。

也该是裘奋斗倒霉，偏偏这时候从屋里跑出来，被万小三子逮个正着，万小三子正要下手的时候，裘奋英追了出来，一看哥哥又要吃苦头，这回小姑娘一改喊爷爷喊妈妈救命的老办法，赶紧跑到万小三子跟前说 ："万小三子哥，你放开我哥，我陪你去找马莉姐。"裘奋英简直是个仙人，她这话一出口，万小三子的手立刻松开了，眼睛直盯着裘奋英，嘴张着，好像一个中风病人，就要流口水了。裘奋斗被放开了，却倔着头不走，恶狠狠地盯着万小三子，他虽然比万小三子小好多岁，也吃过万小三子很多苦头，却一点也不怕他。万小三子说 ："我让你走了，你自己不走不能怪我啊。"裘奋英说 ："万小三子哥，你要答应以后不再欺负我哥。"万小三子不仅点头，甚至还有点低三下四的样子，说 ："我答应了嘛。"裘奋英说 ："可是你说话不算数的。"万小三子想了想，伸出手给裘奋斗，说 ："我们拉钩，拉钩就是讲和，讲和了我们就是兄弟，兄弟和兄弟是不会打架的——"他回头略带讨好地问裘奋英 ："奋英你说对不对？"可是裘奋斗不理他这一套，把手反背在后面，就是不伸出来，不跟他拉钩。万小三子没法了，他也下不来台，就对裘奋斗说 ："你看你看，一个男人，这么小气，我总共才踢过你一次屁股捏过你两次脸，七队的周小扁，我天天扁他，他还给我送桑枣吃。"裘奋斗坚硬如铁，就是不给他下台。万小三子恼了，威胁裘奋斗说 ："怎么，你不肯讲和，不肯讲和就是想挨打，你讲不讲和？不讲，我就再打！"裘奋斗脸皮都没有扯一扯，眉头也没有皱一皱，他像一尊小铁塔，竖在那里就不准备再动弹了，他是恨万小三子恨到骨子里了，我在一边看在眼里，心里倒有点害怕起来，本来我是见了万小三子头疼的，现在我觉得可能裘奋斗比万小三子更厉害一点呢。还好，他们还都是小孩子。

万小三子一心惦记着去找马莉，宁可咽下这口气，不跟裘奋斗一般见识了，他催促裘奋英 ："马莉到哪里去了？我们去找她吧？"可怜的裘奋英，我是看出来了，她哪里知道马莉到哪里去了，可是为了救哥哥，她豁出去了，勇敢地说 ："走吧。"

等裘奋英带了万小三子走后，裘奋斗还站在院子里一动不动，我过去拉他，我说 ："奋斗，万小三子走了。"裘奋斗眨动着小眼睛，不说话，防范警惕地瞄着我，他真是裘金才的嫡亲孙子。

万小三子追没追上马莉，追上了马莉他们又说了些什么，这些我都不知道，后来马莉回来了，但不是和万小三子裘奋英一起回来的，是被她的爸爸马同志带回来的。马同志走在后面，马莉走在前面，所以要说是带，更像是押，只是押人的马同志一脸惶惑，而被押的马莉却像个宁死不屈的英雄。

进了院子马同志就对黎同志说："你说这个小孩，撞着什么鬼了，把自留地上的蔬菜都给拔了。"马莉立刻反驳说："没有都拔，只拔了一小块。"马同志说："小一块也不能拔，那是我们的菜地呀，拔了我们吃什么？吃白饭？吃酱油泡饭？"马莉说："白饭就白饭，酱油泡饭就酱油泡饭，有什么了不起。"马同志说："你愿意吃白饭你可以吃，但是家里其他人不能跟着你一起吃白饭。"马莉翻了翻眼皮说："所以我只拔了我的那一块地。"马同志说："你的地？你小孩子哪里有地？"马莉说："那是队里分给我们五个人的地，不是给你一个人的，也不是给你们四个人的，要不是我们家有五个人，你不可能拿到那么多地。"马莉真是人小心眼大，什么都知道。现在轮到马同志语塞了，事实也是这样，马莉只是在那块自留地上拔掉了五分之一的蔬菜，想种一些另外的什么种子下去，正好被马同志发现了，马同志并不知道她要种什么，但肯定不是蔬菜。现在马同志和黎同志都拿马莉没有办法，马莉真不讲理，差不多就是一个女的万小三子。马同志和黎同志你看看我，我看看你，最后黎同志说："马莉，自留地是公家给我们种蔬菜留着自己吃的，不允许种其他东西，上次七队的老周种了向阳葵去卖，犯了投机倒把的错误。"马莉说："我又不种向阳葵。"黎同志赶紧趁热打铁追问："那你种什么？"马莉没有上当，警惕地闭紧了嘴巴。马同志生气地说："马莉，你不听我们的话？我叫裘书记来跟你说，裘书记会告诉你，自留地是用来干什么的。"马莉冷笑一声，说："裘书记，裘书记我怕他吗？"她连裘二海都不怕，真拿她没办法了，最后马同志和黎同志只得求助于万老木匠，把他们的自留地用高高的竹篱笆围起来，马莉人小，爬不进去，但马莉并没有放弃，她改变了行动方案，回到院子里，在院子的一角，洒下了种子。

种子渐渐地发芽了，再过些日子这芽就像小树一样地慢慢长粗起来，但谁也不认得这是什么东西，马莉天天看着它们一点一点地长起来，马同志和黎同志也叫我过去看过，我也看不出来。涂医生是从来不参与院子里的事情的，除了刘玉在的那一阵，他还有点兴趣，刘玉走了以后，他要不就是出诊，要不就是守在合作医疗站的屋子里，连门槛都不肯跨出来，他觉得乡下人的事情太琐碎，没意思，不想掺和。可有一天涂医生不知怎么就走到了院子里的那个角落，他一看，奇怪起来，就喊我了："万泉和，万泉和，你过来看。"我跑过来，涂医生说："你不认得这是什么？"我又看了看，还是不认得。涂医生说："我白教了你，这是山茱萸。"山茱萸是一种中草药，我没有见过，怎么会认得它呢，我虚心接受涂医生的批评，但是涂医生是西医，什么时候教过我中草药呢？再说涂医生怎么会教我识别中草药呢，他对我爹经常给病人开中药方子一直很不以为然，连嘲带讽的。涂医生见我不说话，又说："你看看你自己，要基础没基础，要态度没有态度。"涂医生回到自己住的东厢屋，过了一会出来，手里拿了本书，递给我，说："睁大眼睛好好看看。"我一看，是一本《常用中草药》，我翻开一页看了看，里边全是介绍中草药的，每一个药名下面，都有关于这种药的介绍和图画，我很快找到了山茱萸，发现它的叶子有点像梅叶，还有果实，果实画得不清楚，看上去有点像鸡头米，关于它的文字介绍是这样的：山茱萸（枣皮、萸肉），栽培或野生小乔木，果肉入药。性能：酸涩温。补肝肾、固精、敛汗。用法：治肝肾虚弱、腰膝酸软、头晕、耳鸣、阳痿、遗精、小便频数、自汗、盗汗、月经过多。用量：2 ～ 4 钱。我认真地看了两遍，觉得书上画的山茱萸和马莉在院子里种的山茱萸不一样，我拿着书问涂医生："涂医生，这里画的不一样，马莉种的是山茱萸吗？"涂医生说："蠢啊，山茱萸是多年生乔木，像树一样，有的要长几十年上百年，最快的也要一两年才结果子，果肉才是药。"我明白了，我指了指马莉种的山茱萸，说："我知道了，它们才刚刚开始生长。"涂医生看了我一眼，说："我怎么老觉得你是个傻子。"

马莉和马开跟着爸爸妈妈下乡以后，一直在乡下的学校念书，但自从马莉种了山茱萸以后，她就开始逃学，常常不见了人影，一去就是老半天，要不就是蹲在院子里守着她种的山茱萸，一蹲又是老半天。老师见马莉不上学，就来找马莉的家长说话，老师一进院就看到马莉蹲在那里，赶紧问她："马莉，你怎么不上学？"马莉朝老师翻了个白眼，说："你上的课不好听，我不要听。"马莉的话正好被走出来的马同志听见了，马同志很生气，他们家是城里的干部人家，马莉和马开在学校填的表格上家庭出身一项都是填的革命干部。虽然马同志是犯了错误的干部，但表格上没有让写明犯没犯错误，所以他们总是毫不客气地填上革命干部，可革命干部的小孩哪有像马莉这样的，马同志气得脸都白了，但他是个老实人，他是不打小孩的，他气得不行就往地上一蹲，双手抱着头，倒是从来不管闲事的涂医生看不过去了，跑到院子的角落里，用脚去踢马莉种的山茱萸，一边踢一边说 ：“别种了，没有屁用的，长不大的，这里的土壤不适合种——”涂医生的话音未落，就听得马莉大喝一声 ：“涂三江，你给我住腿！”涂三江万没想到有人会喊他涂三江，他听惯了大家拍马讨好的喊法——涂医生涂医生，这会儿听到凶巴巴的涂三江三个字，他还以为不是喊的他呢，一时愣住了，闷了半天才回过神来，气道 ：“你，你说什么？你喊我什么？”马莉说 ：“我喊你涂三江，怎么，难道你不叫涂三江，涂三江，我告诉你，不许你碰我的东西！”涂三江这会儿彻底地明白过来了，说 ：“你喊我涂三江？涂三江是你喊的？你喊喊万泉和也就算了，你竟然喊我涂三江？！”马莉蹲下去，小心地扶持着那几棵被涂医生踢歪了的山茱萸，嘴上还在说 ：“我就喊了，你能拿我怎么样，你就是涂三江，涂三江！”涂三江气得不轻，指着马莉说 ：“你给我喊回去，你得重新喊过，你得喊我涂医生，要不，要不——”马莉说 ：“要不怎么，你打我？你打好了，你试试。”涂医生愣了愣又说 ：“没见过，没见过城里小孩这么不讲理的，你要是我的女儿，我打死你！”马莉说 ：“我才不做你的女儿。”涂医生说 ：“你比我女儿啊，差远啦！”马莉冷笑一声说 ：“你女儿好啊？好她怎么不来看你，几年也不来看看你！”涂医生一下子被击中了，他像触了电似的浑身一哆嗦，话也说不出来了。马莉却不放过他，还说 ：“你得了吧，你女人和你女儿，她们都不要你了。”涂医生眼看着就着了一个小孩子的道，他的思路不由自主跟着马莉的思路走，说 ：“不可能，你瞎说！”马莉说 ：“怎么不可能，她们就是不要你，你是乡下人，她们看不起你。”涂医生说 ：“你瞎说，我不是乡下人，我是医生。”马莉说 ：“你是赤脚医生，就是乡下人，你女人是城里人，她要跟你离婚！”这时候一直蹲在地上抱着头生气的马同志“忽”地跳了起来，扑到马莉面前，抓住马莉就说 ：“我从来不打人的，我从来不打人的，但是现在我一定要打你了！”说时迟那时快，一个身影窜了过来挡在了马同志举起来的手掌下面，说 ：“你敢打？”万小三子出现了，他救出了马莉，拉着马莉就要往外跑，马莉却不领他的情，甩开他的手，从嘴角缝里漏出一句 ：“多管闲事多吃屁。”万小三子赶紧拍马屁 ：“马莉，你到我家的自留地上去种，我跟我爹说。”马莉这才露出了笑意，说：“你爹听你的？”万小三子说：“当然，不光我爹，我妈，还有我两个哥哥，他们都听我的。”马莉不信，万小三子急了，回头对裘奋英说：“你说，你告诉马莉。”裘奋英说：“马莉姐，万小三子家万小三子最大。”裘奋英大概觉得这句话还不够分量，又补充说：“马莉姐，万小三子哥说了，为了马莉姐的事情，他宁可得罪天下人。”马莉“扑哧”一声笑了，终于正眼瞧了万小三子一眼，说：“想不到你还挺忠的。”万小三子像条忠实走狗，朝马莉点着头，呵着嘴，就差没有吐舌头了。

马莉把山茱萸种到了万小三子家的自留地上，但她并没有因此对万小三子好起来，她仍然爱理不理，高兴的时候，才拿正眼看他一下，不高兴的时候，吆来喝去。万小三子总是百折不挠屁颠屁颠追随在她后面。还幸亏裘奋英起了不小的作用，帮着万小三子拍马莉的马屁，马莉对裘奋英的话似乎还比较听得进去。万小三子也总算说话算话了，从此再没有欺负过裘奋斗。

马莉自从在万小三子家的自留地种上了山茱萸，山茱萸长势喜人，马莉的心情也越来越好，她又循规蹈矩地去上学了，落下的功课很快就补上去了，老师又来家访了，这回是来表扬马莉的。老师觉得马莉如果再努一把力，就有希望考上公社的片中。上片中不是一件容易的事情，每个大队都有小学，但七八个大队才有一所片中，并不是所有小学毕业生都能上片中，那时候上片中像当兵一样光荣而艰难。老师来家访说，马莉现有的水平，要上片中还不是十拿九稳的，还要再加一把劲，老师希望家长能够配合学校，让马莉的情绪稳定一点，把心思都用在学习上。虽然老师是来说好话的，但马莉却并不喜欢老师来，老师来的时候，她就跑出去了，她一边跑过院子一边在唱：“万泉河水，清又清，我编斗笠送红军——”前几天来放了露天电影《红色娘子军》，是芭蕾舞，里边有这首歌，放过电影马莉就开始唱了，天天唱出来唱进去，但是她只唱了这两句，就停下来，从头再唱：“万泉河水，清又清，我编斗笠送红军——”又停下，又重头唱，马开嫌她烦，说：“你不会唱就不要唱，老是翻来翻去就会这两句，烦人。”马莉不理他，继续唱自己的歌：“万泉河水，清又清——”裘奋英一直伺机拍马莉的马屁，她虽然比万小三子小得多，也没有万小三子那么机灵聪明，但她毕竟是个女孩，也许女孩子和女孩子之间，会有更多的相通的东西，她忽然对马莉唱的内容有了新发现，她找到了拍马莉马屁的好机会，裘奋英说：“马莉姐，马莉姐，万泉河水就是万泉和医生，一样的万泉和（河）哎。”马莉开心地说：“你听出来了？”裘奋英知道马屁拍准了，一激动，一兴奋，也跟着马莉一起唱起来：“万泉河水，清又清——”哪知马莉立刻拉下脸来，厉声说：“裘奋英，不许你唱，这是我唱的。”裘奋英第二个马屁拍到马脚上，被马踢了一脚，踢痛了，却不知道为什么。但不管她知道不知道为什么，她都不会再唱“万泉河水清又清”了。

我好像说了太多马莉的事情，其实马莉跟我没有关系，跟我们大队合作医疗更没有关系，她是个小孩，小孩做事情，就是没理可寻无理可讲的，等她长大了，自会知道自己的荒唐，我们现在不说她了，还是说合作医疗站的事情，说我们的病人。

说到病人我心里就压上了一块石头，这块石头就是万里梅。万里梅虽然给我介绍了一次不成功的恋爱，但我还是很担心她的病，我想不明白怎么会有这样的事情，病了好多年，好也好不起来，坏又坏得拖拖拉拉。万里梅的身材开始发生变化了，她胖了起来，每次来合作医疗看心口痛，她都要转一下身体，向我们展示一下她的新身材，她说：“我胖了吧，我婆婆说我是药胖。”万里梅已经吃下去那么多的药，而且她还要继续吃药，也不知道哪一天是个尽头。不过万里梅并不像我这样灰心，她一如既往信心百倍，乐观开朗，她来合作医疗站的次数越来越频繁，每次来了，总是先安慰我，说一定给我介绍对象。但我知道她可能有点心有余而力不足了。起先几次我还很寄希望于她，希望她哪天出现的时候，身后跟着一个像刘玉那样的姑娘，可后来我渐渐地知道她做不到了。

万里梅现在不仅心口痛，还拉肚子，还头晕，还有嗳气，还有恐惧，还有耳朵听不清，最近的一次她来，又说眼睛模糊了，看不清东西，涂医生也对她爱莫能助了。涂医生指着自己的脸说：“你眼睛看不见吗？你看看我是谁？”万里梅“咯咯咯”地笑起来，说：“涂医生，你真逗，我连你都不认得了，我还是死了吧。我闭了眼睛也能认出你来。”涂医生说：“你那是听我的声音听出来的，如果你不听我的声音，你知道我是谁吗？”万里梅说：“但是我听到了你的声音呀，我就知道你是谁了。”涂医生生了气不说话了，过了一会，他把我拉出来，说：“你爹说过什么？”他这么没头没脑的问题，我愣了一愣才意识到他是在问万里梅的情况，我赶紧说："我爹说万里梅是肝上的病，因为刚犯起来，一般的人查不出来，时间久了会加重，到加重了再查出来再治，就为时过晚了。"涂医生"哼"了一声，说："一般的人查不出？他算是不一般的人？"我没敢吭声，涂医生又说："可是肝功能检查是正常的嘛。"我说："那是几年前查的了。"涂医生说："亏你说得出，我会相信几年前检查的结果吗？"涂医生从口袋里摸出几张化验单，朝我扬了扬，我一看，都是万里梅的肝功能检查，又都是正常。原来涂医生瞒着我带着万里梅去验过肝。涂医生为什么要瞒着我呢。难道他怕我知道？我有这么厉害吗？我想了想，才想通了，涂医生不是怕我，他是怕我爹，他是不想让我爹知道他涂三江竟然沿着我爹的思路在走路。他不让我知道，是怕我报告我爹，我爹知道了，就会嘲笑他。想到这儿，我开心地笑了一声，我爹虽然躺倒不干了，但他的威慑力还在，涂医生还提防着我爹，我真为我爹骄傲。

涂医生见我莫名其妙地笑出声来，知道我不怀好意，但又抓不住我的把柄，只好对万里梅耍态度："一会儿耳朵，一会儿眼睛，跟你说不清，挂水吧。"耳朵听不清也挂水，眼睛模糊也挂水，挂水是涂医生的灵丹妙药，好多病人，到涂医生这里一挂水，病情果然好转，果然减轻，所以下次来的时候，如果涂医生不在，他们就对我说，我要挂水，跟涂医生一样的水。其实根本不用他们说的，涂医生的这一招，我早已经学会了。

万里梅又挂上了水，等针打进去，水滴得正常了，她的气色也好些了，躺在床上情绪高涨地说："万医生，你怎么不着急呢，我都替你急死了。"我知道她说的是我找对象的事情，我喜滋滋地说："不用着急了，我又有一个了。"万里梅一听，显得很失落，甚至有点失望，情绪也低落下去，怏怏说："谁给你介绍的？"她不问我的对象是谁，却问媒人是谁。

我的新对象叫裘小芬，我也像喜欢刘玉一样喜欢她，虽然她没有刘玉漂亮，她的眼睫毛比刘玉的眼睫毛短得多，也疏淡得多，我要不是凑近了看，几乎就看不清她到底有没有眼睫毛。但是我这个人老实，刚刚开始谈对象，怎么好意思凑得那么近去看她的眼睫毛？所以对我来说，裘小芬到底有没有眼睫毛我暂时是不知道的，只有等到结婚以后，我才能近近地看她，才能知道她的眼睫毛的情况。但我现在很心急，因为自从我们谈起来以后，我的眼前老是忽闪着刘玉的长长的眼睫毛，像两把扫帚扫着我的眼睛，也扫着我的心，害得我老是心神不宁，有几次和裘小芬说话时都走了神，我在心里恶毒地骂刘玉是扫帚星，我还朝地上吐唾沫，用脚去踩，这是我们乡下恨一个人时可以采取的最恶毒的办法之一。可我越是这样做，刘玉的眼睫毛越是来烦我，刘玉越是来烦我，我就更急不可待地要看一看裘小芬的眼睫毛。急中生智，我忽然想起一件往事，我记得那一天马莉告诉我，说涂医生在路上给刘玉翻眼睛，刘玉眼睛里进砂子了，我就迫切地希望裘小芬眼睛里也进一粒砂子，这样我就可以替她翻眼睛，就可以近距离地看她的眼睫毛了。

我终于逮住了这个机会。这天刮风，风卷着砂土飞扬起来，我跟裘小芬说，我去九队出诊，我顺路送你回去。那时裘小芬刚进我们院子，我就要带她走，她觉得有点奇怪，但还是比较信任我，因为至少我们可以同走一段路。但是涂医生狐疑地看看我，说："万泉和，你有没有搞错，今天九队有出诊吗？"我一边支吾说："有的，有的——"一边朝涂医生挤挤眼睛，暗示涂医生，我是为了和裘小芬一起出去找借口的。涂医生并没有理解我的暗示，但他还是支持了我，没有戳穿我的把戏，我很感激他。

我和裘小芬迎着风往外走，果然不出我所料，没走几步，砂子就进了眼睛，但没有进裘小芬的眼睛，却进了我的眼睛，我赶紧说："我眼里进砂子了。"我想这也是一样的，只要裘小芬来替我吹眼睛里的砂子，我就能看清楚她的眼睫毛。可是裘小芬是个没主意的人，见我眼泪直淌，就急得直跳脚，说："怎么办呢，怎么办呢？"我说："你不会吹砂眼吗？"裘小芬说："我不是医生。"我说："吹砂眼又不一定非是医生的，我们队里好多人都会吹，你只要翻开我的眼皮，从这一侧往那一侧吹气就行。"裘小芬胆战心惊的样子，好像我眼睛里进去的不是一粒砂子，而是一只老鼠。她犹犹豫豫地靠近来，我抓紧时机想看清楚她的眼睫毛，可是砂子硌得我眼睛好疼，根本就睁不开来，眼泪水还不争气地拼命往外涌，遮住了我的目光，别说裘小芬的眼睫毛就在我跟前，就是刘玉的眼睫毛来了，我也不能看了。我只听见裘小芬一边嘟哝着："我胆小的，我胆小的——"一边翻我的眼睛，朝里吹气，她嘴上说胆小，手脚却粗重，拨弄我的眼睛，好像在用锛头锛泥巴，我忍不住说："你轻一点。"裘小芬说："我轻的，我轻的。"可下手更重了。我吃不消了，赶紧打消了馊主意，跑回医疗站，让涂医生帮我把砂子弄了出来。砂子使我的视力暂时受了影响，再看裘小芬时，别说她的睫毛，连她的眉毛都看不清了。真是偷鸡不着蚀把米。

现在万里梅在医疗站挂水，水进了她身体，病情缓解，她舒服地躺着，人家都在地里辛苦劳动，她却有足够多的时间来盘问我关于裘小芬的情况。但我说一句，她就顶一句，比如我说：“小芬小巧玲珑。”她就说：“矮子肚里疙瘩多。”我反过来将她的军说：“小巧玲珑不等于矮，她不矮的，她的腿蛮细蛮长的。”她就说：“长脚鹭鸶？长脚鹭鸶寡妇相。”我气得背过脸去，不想跟她说，她却叫喊道：“万医生，万医生，你还没说完呢。”我只好又说：“小芬手灵，人勤，田里做到房里，堂屋做到灶屋，锄头换到针头，鸡叫做到鬼叫。”万里梅撇了撇嘴，说：“苦命做煞胚。”转而又怀疑道：“她有那么能干吗？人家都在劳动，她怎么老是来看你？”

我知道万里梅心态有问题，因为裘小芬不是她介绍给我的，她心里失落，就不实事求是，对裘小芬横挑鼻子竖挑眼，哪里都不满意。别说我心里不高兴，连另一个也在挂水的病人也听不下去了，他自己已经病得很重，气喘得厉害，痰都快把他噎死了，他还顾得上替我抱不平，他朝万里梅瞪眼睛，上气不接下气地说：“万里梅，你跟人家裘小芬是前世冤家吗？怎么人家样样都不好？”万里梅认真地说：“你错了，我跟裘小芬无冤无仇，但我要对万医生负责任，万医生对我这么好，从前他爹万医生也对我那么好，我要报答万医生，所以我要对万医生负责任，随随便便马马虎虎的人，我不让她进万医生的门。”我一听心发慌，觉得她有可能破坏我的婚姻大事，赶紧说：“裘小芬不是随随便便马马虎虎的人。”万里梅说：“我怎么知道？我看都没看一眼，我怎么知道她怎么样？”听她的口气，她已经不是我的一个病人，而是我妈。我心里不乐，但表面还是装得很信任她，很在意她，我虚情假意地说：“万里梅，下次你来看病，我叫小芬来让你看看。”我以为万里梅会满意一点了，可她仍然不满意，说：“怎么可能，她不要劳动？原来是个懒女人。”她自己不劳动，还说别人懒，我朝她哭笑不得，说：“她不懒的，她在队里拿最高工分，拿九分人工呢。”一般的妇女最多也只能拿到八分，裘小芬其实也是拿八分人工，但我为了堵住万里梅的嘴，夸大了裘小芬的能力，我以为这样说了，万里梅就再没什么好说的了。万里梅果然愣了一愣，但她很快又有对策了，她皱了皱眉说：“她拿九分人工？

怎么可能，我们后窑最高的妇女都拿八分，她怎么可能拿九分，她跟队长是亲戚吗？”我所有的伎俩都用上了，算是黔驴技穷了，却拿万里梅一点办法也没有，她那里还方兴未艾呢。正好这时候裘小芬自己撞上来了，她的性格和刘玉不同，刘玉那时候是未见其人，先闻其声，而裘小芬却不怎么吭声，她人已经站到合作医疗站门口了，我们谁也没有发现她，她就那么无声无息地站了一会，还听了听我和万里梅的对话，也仍然没有站出来说话，最后还是万里梅先发现了她。

万里梅挂完了水，拔了针头坐起来，一眼就看到站在门口的裘小芬，她朝她友好地笑了笑，说："来看病啊？哪里不舒服啊？"裘小芬说："不看病。"我们这才回头发现了裘小芬，我一激动就说："小芬，等你半天了。"裘小芬朝我浅浅地一笑。她的笑也不像刘玉，刘玉是那种灿烂的彻底的从骨子里头笑出来的笑，裘小芬的笑很温和，也比较浅，看她笑的时候，我总是捉摸不透她的笑是从哪里笑出来的，但我感觉不是来自她的内心深处，最多只是从脸皮后面笑出来的。当然这话我不能说出来，更不能往心上去，每个人都有自己的个性，裘小芬不是一个阴险的人，她的笑浅一点深一点是无所谓的。我甚至有点埋怨自己，为什么一看到裘小芬就要拿她和刘玉作比较，连她的笑我都要挑剔，这是我的不是。

万里梅一听说这个人就是裘小芬，立刻收起了笑容，尖起眼睛浑身打量裘小芬。裘小芬倒沉得住气，任她去看，她仍然浅眯眯地笑着。在这一点上，她也不像刘玉，刘玉要是不自在了，会马上说出来——咦，怪了，我又说到刘玉了，刘玉真是个扫帚星，赶也赶不走她？

万里梅见裘小芬不搭理她的挑衅，就主动攻击了，她将裘小芬上下打量了一遍，不满意地撇了撇嘴说："上看头，下看脚，身上衣裳随便着——你看看你的头，梳得什么样子？"又把裘小芬的手指并拢了看看，然后抓过来让我看，说："万医生你看看，手指缝这么大，败家漏财的。"万里梅竟然当面这么说裘小芬，我虽然知道她并不是恶意，至少她的恶意不是对我的，但裘小芬是我的对象，对裘小芬的恶意就是对我的恶意，我觉得我不能再客气了，就说："万里梅，你自己病得这么麻烦，就多管管你自己的身体，少管管别人的事吧——"我口气激烈，脸色也不好看，可万里梅对我永远是和颜悦色的，她朝我点头说："万医生，你说得对，别人的事情我才不管呢，我要管好我自己的身体，但是万医生的事情我是一定要管的，我哪怕自己命不要了，我都要管。”我急得说：“这没有道理的，这没有道理的。”万里梅说：“怎么没有道理？我这条命是你——”她说到一半，忽然就停了下来，一停下来，屋子顿时就静了，大家就听到一阵古怪的声音，吭哧吭哧的，开始我们都不知道声音从哪里发出来，正要四处寻找，就听涂医生大喊一声：“不好！”我们说话的时候，涂医生一直心事重重地看着墙发呆，但他比我们灵敏，“吭哧”声一出来，他就意识到出问题了，是那个哮喘病人病情危急了，一口痰堵住了他的气管，只有出气没有进气，眼看着他的脸色越来越紫，渐渐地紫得发黑了，喘得身体一仰一合，一仰一合。涂医生赶紧把他扶起来，拼命拍他的后背，但是痰拍不出来，反而呛得更厉害了，涂医生到底是有经验的，脸色发白连声道：“不好了，不好了，要出事情了——”我更是慌得手脚冰凉而麻木，嘴里机械地道：“那么怎么办，那么怎么办？”涂医生说：“快把他的痰弄出来。”看起来他想用手去抠他的痰，一根手指已经送到病人的嘴边，可是想了想又觉得手抠不是个办法，又把手指收了回去，我一急之下，想起从前在公社卫生院学过的知识，赶紧把病人放平了，凑上去用我的嘴对准他的嘴，我还听见曲文金和裘小芬同时在说：“你干什么？你干什么？”万里梅不懂装懂地说：“人工呼吸。”我一边在心里嘲笑着她们，一边用劲吸卡在病人嗓子里的痰，病人嘴里一股痰腥味腥得我差点呕吐起来，我只好捏着自己的鼻子，屏住呼吸，只觉得肚子里翻江倒海，连肠子都要翻转了，我一狠心，把嘴尖了一直伸到了他喉咙口，死劲一吸，就感觉一块滑腻腻的东西“嗖”地一下到了我的嘴里，我“哇”地一下吐在了地上，一口又黄又浓的痰就趴在大家的眼前。明明是一口脏东西，但大家还忍不住去看它，看了一眼不够，还要再看，我想去漱漱嘴，就听到裘小芬在问：“这是什么，这是什么？”曲文金说：“戏胆，戏胆（是痰）。”万里梅说：“怎么是胆，是痰。”我就看见裘小芬按住了自己的喉咙口，说：“这是谁的痰？”我指了指喘过气来的病人说：“他的。”我的话音未落，裘小芬立刻尖声叫道：“恶心得来，恶心得来，恶心死我了！”接着又听她“哇”的一声，吐了出来，她吐的东西好多，有一大摊，我下意识地一看，这是她吃的早饭呀，稀饭已经化开了，是白糊糊的一摊，但是萝卜干还没消化掉呢，还是一整块一整块，黄兮兮的。我差点想跟她说你吃的是咖喱萝卜干吧，可裘小芬还在恶心，还要吐，她已经把早饭都吐出来，肚子里再也没有东西。她还能吐什么呢？我想弄杯水给她压压翻腾的肚肠，不料我的水还没有倒出来，就听裘小芬“嗷”了一声，转身就跑，我在后面喊：“小芬，小芬，你到哪里去？”没有回答。一时间，合作医疗站里也是寂静一片，连一直在“呼哧呼哧”喘粗气的病人，呼吸也平静下去了。

也许大家都已经意识到了什么，可我没有。我没有意识到发生了什么问题，我还善解人意地想，裘小芬当着大家的面呕吐，还让大家看到了她吐出来的咖喱萝卜干，她可能有点不好意思，就逃走了。但她还会来的。我见大家有点沉闷，就劝慰大家说：“小芬难为情了。”说话的时候，我又想到了刘玉，如果今天是刘玉碰上这样的事情，刘玉当着大家的面把萝卜干吐了出来，刘玉才不会难为情，她一定会哈哈大笑，笑得大家骨头都会发麻发酥。我又不合时宜地想起了刘玉。可是裘小芬不是刘玉，我为了批判自己的可恨的联想，赶紧又替裘小芬补充了一句，我说：“她面皮薄。”我说这话的意思，其实就是在心里反过来批评刘玉面皮厚。可是大家听了我的话，并没有反应，他们面面相觑，没有人回答我的话，只有涂医生“哼”了一鼻子。

那时候我还不知道裘小芬从此就一去不复返了。

过了些日子，又有人给我介绍了一个对象，叫许琴英。琴英不是我们后窑村的人，她是公社供销社的营业员，虽然还是农业户口，但她的工作比农民要好得多。介绍人跟我说，要不是你当医生，琴英是不肯跟你的。琴英却知书达理地对我说，她找对象主要不是看工作而是看人品，还看长相。她这么说，我听了很高兴。虽然我对她的长相稍有一点点意见，但因为她的为人好，她还说我长相好，就把我的这一点点意见全给抵消了。

我全心全意地进行着我的第三次恋爱。现在我们的恋爱地点跟前两位对象不一样了，那时候刘玉和裘小芬总是跑到我们合作医疗站来，当着大家的面，谈也不好谈，想亲热一点也不好做。现在我们到公社去，我们可以避开大家的眼睛，想干什么就可以干什么。可偏偏这一阵合作医疗很忙，天气越来越冷，感冒咳嗽发烧的人特别多，我几次想溜都被涂医生喊住，好几次跟琴英约定了时间见面我都没能去成，琴英在冷风里抖抖簌簌等我一个多钟头，最后她生气了。我跟她说明情况解释我的为难之处，琴英懒洋洋地说：“我无所谓的。”其实我听得出来，她是有所谓的，我只好保证说：“下次再也不会让你空等了。”

可是我的保证得不到保证，病人总是不合时宜地把我绊住了，他们真是饱汉不知饿汉饥，总是坏了我的好事。

有一天我又和琴英约好了，下午去供销社接她下班，再陪她一起回家，正好见见她的父母亲。这件事情被我早早地宣传出去了，大家都为我高兴，曲文金还嘱咐我要备礼品上门。可我身上没几个钱，思来想去，不知道什么东西最价廉物美。马莉过来塞给我两个大鸦梨，往左边口袋放一个，往右边口袋放一个，我问她干什么，她说送给我对象吃的，叫我一定要交给琴英。我觉得马莉好像一下子长大了，我谢过马莉，小心地揣着梨就出发了。

可是这一天我又没能准时出现，我刚要出门时，来了一个重病号，我和涂医生一起把他送到公社卫生院，等病人抢救过来，一切安置好了，天都黑了，我赶到供销社，哪里还有琴英的影子。我猜测琴英可能直接回家去了，我就按照琴英先前告诉我的地址，去找琴英的家。

琴英的家在离公社大约十里地的一个村子里，我胆战心惊地走在天寒地冰的黑夜里，心里总有些不好的预感，觉得要发生什么事了。路上我经过一个坟堆，坟堆很大，我走了很长时间也没有走出来，我估计是鬼打墙了，便停了下来，运了运气，想看看月亮和星星以辨别方向。可是天上没有月亮，也没有星星，天上阴沉沉的和地上的坟堆一样。渐渐的，风声中似乎有人在喊我的名字，我以为是琴英，刚要张口答应，忽然间就一个激灵，想起老人常说，夜里经过坟堆如果听到有人叫喊名字千万别答应，那是鬼在叫你呢，你一答应，他就把你索去了。我紧闭了嘴巴，坚决不答应，却又担心真是琴英在喊我，我不答应她，她会不会生气？心里就这么犹豫着，害怕着，最后我终于找到了去往琴英家的路，在黑下来的天色中隐隐约约看到了琴英家的房子时，我心中一喜，脚下就踩空了，掉进琴英家门前的河里，冻成了一个块冰，爬了半天才爬上岸来，这时候天又下雪了，我顶着一身的冰雪，摸到了琴英的家，我去敲院门，发现院门开着，我心中又一喜，可还没喜过瘾呢，一只大黑狗窜了出来，它并不汪汪大叫，只是对着我张开了大嘴，喉咙口有呼噜呼噜的声音，我惊吓之中又想起会叫的狗不咬人的老话，更是三魂吓掉了两魂，赶紧想逃开。可我不能逃开，这是琴英的家呀，我是要进去，而不是要逃开。我只得壮着胆涎着脸皮对大黑狗说："你别咬我，我是你家自己人。"大黑狗不相信我，我又低三下四地说："我是你家的女婿哎。”大黑狗不再呼噜了，侧着脑袋看了看我，它竟然相信了我，身子歪了一歪，给我让开了一条路。这时候屋里的人听到院子里的动静，就开了房门出来了，借着屋里照出来的灯光，我看到的是一个老太太，我估计她是琴英的妈妈，我想向琴英的妈妈介绍一下我自己，可是我冻得上下牙齿直打架，根本就说不出话来，我又穿得破旧，琴英的妈妈以为我是个叫花子，她又把琴英的爸爸叫出来看我。他们很可怜我，琴英的妈妈说：“唉，这么冷的天，还出来要饭？”琴英的爸爸说：“你跟我来吧。”他们把我引到他们的灶屋暖和暖和，还给了我一碗剩粥，粥虽是剩的，却很热，我又饿又冷，狼吞虎咽地吃掉了那碗粥，浑身才暖了一点。这时候我就听到了琴英回来了，我听到她妈妈跟她说：“英啊，来了个叫花子，大概掉在河里了，身上都是冰，在灶屋给了他一碗粥。”没听到琴英的回答，过了片刻，琴英和她妈妈一起走在灶屋门口探了探头，琴英看到了我，顿时呆住了，我一激动，刚想喊她，可她忽然转身就走，我急了，喊道：“琴英，琴英！”琴英的母亲奇怪地问道：“英，这个叫花子认得你？”琴英说：“我不认得他。”我大急，又说：“琴英，你不认得我了？我是万泉和呀！”琴英冷冷地说：“万泉和？谁是万泉和？”琴英的母亲才想起来，说：“英，万泉和？他们给你介绍的那个对象不是叫万泉和吗？”琴英说：“妈，你搞错了。”琴英拉着她的母亲走了，把我一个人撂在灶屋。灶屋里暖和，我身上暖了，心却更凉了。

我的手被口袋里的什么东西搁着了，才发现马莉给我的两个大梨竟然还在口袋里。我走出灶屋，看到琴英家房间里灯亮着，但是门关得铁紧，我没敢再去敲他们的门，我把两个梨掏了出来，放在琴英家门口，我闻到了梨的清香，咽了口唾沫，喃喃地说：“琴英，不好意思，没有什么东西给你，只有两个梨。”我就一个人孤零零地往外走，大黑狗倒很热情，默默地送了我一段路，最后我看不见它了。

我回到家，天已很晚了，曲文金他们还没有睡，还在等我的好消息呢，但一看我走进去时的模样，他们好像什么都知道了，什么话也不说了。倒是我觉得不过意，我安慰他们说：“没事的，虽然我跌在河里了，但琴英还会来的，我还给她送了礼。”曲文金问我送的什么东西，我说：“是两个梨，两个很大的梨。”曲文金尖叫起来：“万医心，你要喜（死）哪，哪有相亲送泥（梨）的？”

裘金才不怀好意地看了看我，说："万泉和，送梨就是分离的意思嘛，你是有意送的吧，你嫌琴英长得不好看是不是，我早就看出来了。"我正张口结舌，马莉"嘻"地一声笑，心满意足地回家睡觉去了。

不知道是不是因为我送了梨，琴英果然又离开了我。

日子过得真快，自从刘玉走了以后，自从裘小芬和许琴英的事情没有成功，我先后又谈了几个，其中还有两个几乎是同时期的，但这不能怪我品德不好，脚踩两只船，而是两个介绍人为了争先，在差不多的时间一起找上门来了。我这个人你们知道的，心肠软，不好意思回绝别人的好意，就答应两个都见一见。开始我想得很简单，两个人放在一起，总可以产生一个比较，我就拣比较好的那个就行了。可是见了面后，我就不知道选择哪个了。坦白地说，两个我都喜欢，我无法拿她们作比较，如果硬要作比较，我就不由自主地将她们分别地与刘玉作比较，该死的刘玉，到现在还阴魂不散。当然，我虽然会拿她们分别和刘玉作比较，但我只是比较出她们和刘玉的不同，不会比较出她们不如刘玉的地方，我总是看别人的优点多于看别人的缺点。所以在那一段时间，大家都说我交了桃花运，两个大姑娘三天两头轮番着来找我，让一直心事重重愁眉不展的涂医生，也露出了难得的笑容。我还问过涂医生，问他喜欢两个中的哪一个，涂医生朝我看看，说："你都挑花眼了。"其实我知道他也花眼了，他也说不出到底哪个比哪个更好些。在相当长的一段日子里，我们合作医疗站就像一朵盛开的花儿，美丽的蝴蝶们老是往这里飞。幸好吴宝早就走了，要不然不知道他又制造出多少个刘玉来。

可是虽然吴宝走了，有一个人却常常来，他就是一直担任着大队支书的裘二海。他也像一只花蝴蝶，闻到这儿有花香，就扑闪扑闪翅膀来了。当然，他闻到的香，是姑娘们身上发出来的，而姑娘们闻到的香，是我身上发出来的，她们是来闻我的，最后却被裘二海闻了去。

其实那时候我很傻，我并不知道这其中有什么必然的联系，我只是奇怪，为什么我的对象最后总是会走掉。好像是刘玉的病传染给后面的几个人了，几乎每次都是和刘玉一样的经历，开头她们都是高高兴兴来找我的，但最后她们又如出一辙地抛弃了我。这些失败的经历说出来让我脸红，不说也罢。

我不断遭遇挫折，有点泄气了，但万里梅一点不泄气，她一如既往地热心替我张罗对象。有一天她又带来了好消息，我就赶紧替她打上针，等水滴得正常了，万里梅就可以说话了，正在这时候，马莉一阵风地跑进来，进来了却又不吭声，也不看别人，只是瞪着两只死鱼样的眼睛死死地盯住万里梅。我正急等着万里梅说出最关键的内容，想快点把马莉打发走，所以我赶紧说："马莉，你有事情吗？没有事情你出去玩吧，这里是合作医疗站，闲人多了影响病人休息。"马莉说："我怎么没有事情，我有事情。"我正要问她有什么事，马同志已经追了进来，一看马莉果然在，气道："叫你复习功课，你又跑到这里来，这里又不是戏院，有什么好玩的。"马莉说："我肚子痛。"马同志说："你刚才还好好的，怎么一会儿就肚子痛了？"马莉说："我就是痛了。"回头冲涂医生说："涂三江，我要挂水。"马同志急了，说："涂医生你别听她，她说谎，她没有生病，她肚子不痛。"马莉说："你怎么知道我不痛？你是我肚子里的蛔虫吗？"马同志说不过她，气得一转身出去了，边走边嘀咕："我不管你了，随便你吧。"马同志走后，马莉也不说肚子痛了，她就坐在一边，仍然瞪着万里梅。我们知道这个女孩是一个女的万小三子，不好惹，都不再去注意她，我心里急着等万里梅的下文，可万里梅偏偏闭上了嘴，不说话了，好像忘记了她刚才已经说到最关键的时刻了。我想提醒她，催促她，但又不大好开口，刘玉走的时候，我还嘴硬说，没有女人怎么啦。现在我知道没有女人的日子真的不怎么啦。我发现万里梅一直在偷偷地瞄着马莉，我估计是因为马莉在，她不想说，我就设法赶马莉走，我说："马莉，你不上学吗？"马莉说："你别找借口赶我走，我一走，万里梅又要给你介绍对象了。"马莉真是个小人精，她什么都知道，而且还一副无赖的样子，我们正拿马莉这个小孩没办法，另一个小孩裘奋英进来了，她趴在马莉耳朵边上说了什么，马莉愣了一愣，瞪了大家一眼，转身就走，裘奋英紧追在她背后也走了。

马莉走后，合作医疗站里安静了一会，我想这下万里梅该继续往下说了，可等了又等，万里梅还是不说，我实在忍不住了，就提醒万里梅："你刚才说到哪里了？"万里梅却有点茫然地看了看我，答非所问地说："奇怪了，这个小孩一进来，我就觉得胸口闷，气透不过来。"我赶紧给她听听心脏，心脏好好的，没有什么异常，我说："没什么，很正常。"万里梅不理我，只顾自己说："这个小孩属什么？我跟她相克？"再也不提给我找对象的话题了。

我因此恨上了马莉。进进出出我看见她就扭过头去，我甚至还像女人那样朝她翻白眼，可让我生气的是，我越是不理她，她越是要来跟我套近乎，她像一个被我害死的冤魂追逐着我的脚后跟，我怎么甩也甩不掉。

从此马莉好像一直躲在什么地方守候着万里梅，万里梅一来她就出现了。可我也学乖了，把马莉挡在了门口，不让她进来，我栓上门，有人敲门我得问清楚了是谁才开门。马莉被我关在门外，就坐在台阶上反复地唱："万泉河水，清又清，我编斗笠送红军。万泉河水，清又清，我编斗笠送红军。"我气得拉开门走了出来，马莉朝我翻个白眼，说："你到底出来啦。"我说："马莉，你在这里唱歌，吵得很，里边病人有意见。"马莉说："谁有意见，是万里梅吗？"我赶紧说："不是万里梅，不是万里梅。"马莉"嘿"地一声笑起来，说："万泉和万泉和，我还以为你老实，哪知你这么狡猾——"她大概终于觉得玩够了，站起来说："好了，不影响你了。"拍拍屁股走了。

我赶紧回进来，告诉万里梅马莉走了，然后就眼巴巴地盯着万里梅的嘴，但盯着盯着，我发现万里梅不仅没有说话，连眼睛都闭上了，她的脸色煞白，像死了似的，我惊慌失措地尖叫起来："涂医生，涂医生！"万里梅竟然晕过去了。

马莉忙中添乱又跑来了，手里捏着一颗黑色的像药丸又不像药丸的东西，掐开了万里梅的嘴，硬要送进去。万里梅被她掐醒了，一睁眼就看见马莉举着一颗黑乎乎的东西叫她吃，顿时吓得魂飞魄散，万里梅怕马莉如怕鬼，对马莉手里的东西，她不敢吃，又不敢不吃，眼巴巴可怜兮兮地看着我。我很生马莉的气，我说："马莉，人命关天，你怎么拿人家的性命开玩笑？"马莉生气地说："万泉和，你狗咬吕洞宾，不识好人心。"我不跟她一般见识，我说："马莉，你小孩子不要管大人的事好不好？"马莉说："我不是小孩子，我长大了，我会做药。"我觉得马莉太荒唐，正想指责她，可我没有来得及说出口，因为万里梅又一次晕过去了，我猜想这一次她是被马莉的药吓晕过去的。合作医疗站里一片混乱。

涂医生带着万里梅去了城里的大医院，这回总算确诊了病因，万里梅得的果然是肝病，她的肝已经硬化。气得涂医生大骂公社卫生院，他忘记了那曾经是他为之骄傲的地方。可城里的医生说不怪公社卫生院的检验，有些肝病查肝功能确实查不出来，尤其是肝硬化，有的要到相当严重的程度才能被发现。

万里梅已经到了相当严重的程度了，她还不肯住院，跟着涂医生一起回来了，涂医生跟她说，你这是得了富贵病，要么回家补补营养，要么到城里医院去住院，我这里没有那么好的药，治不好你的。他不说自己没那么好的本事，只说医疗站没有那么好的药。万里梅考虑了一下，她没有钱住院，与其向人借钱看病，不如回去拣好吃的吃起来，吃到哪天算哪天。

万里梅家从此就开始多养鸡鸭，每天让万里梅吃鸡蛋，过几天就杀鸡宰鸭，有时候小猪还没长大，万里梅就馋了，也杀了吃。万里梅的家里人，公公婆婆男人小叔子个个跟着万里梅享口福，害得村里人眼红嘴馋。这话传到我耳朵里，我都恨不得跑去做万里梅的家里人了。

我虽然不能去做万里梅的家人，但我可以想象，我可以每天想象万里梅家桌子上的那些美味的鸡鸭猪蛋。可是每当我尽情想象的时候，马莉就跑来捣乱，她像一只绿头苍蝇，老是在我眼前绕来绕去，我挥之不去，赶之不走，心里烦恼透了。

正是小学生参加片中升学考试的时候，可马莉不复习功课，马同志和黎同志心急如焚，到考试前一天，干脆连人也不见了，马同志和黎同志在家里意外地查到马莉有一包书，竟然全是医学方面的书，有《新针疗法》《农村医生手册》《中医临证备要》等等，马同志将这些书抱到合作医疗站来，让我和涂医生看，他以为是我和涂医生借给她的，可是我和涂医生都不知道这些事情。马同志说："这个小孩子，不知道她到底要干什么，要想当医生？可是她还小呀，还要念书呢，不好好念书怎么能当医生呢。"马同志说者无心，我却是听者有意，我还做贼心虚地觉得马同志是在指桑骂槐说我呢。

第二天马莉倒是去了考场的，但她肯定考不好。按这样的情况，她小学毕业就没书念了。马莉不是农村孩子，不能小学毕业就让她参加劳动，所以马同志和黎同志生气归生气，最后还费了很大力气把她弄进了片中。

后来我才从万小三子那里得知，那几天马莉用她自己种出来的山茱萸，又到镇上的中药房买了些别的什么药材，根据书上的介绍将它们一起碾成粉，加了水，做成了利肝药丸，也就是她拿来要让万里梅吃的那个东西。当马同志和黎同志到处找她的时候，万小三子知道她在哪里，但万小三子不会说出来的，他对马莉绝对忠诚，就像裘奋英对万小三子绝对忠诚一样。

第六章 一片树叶飘走了

吴宝犯错误离开后窑合作医疗站，他的人生不仅没有跌落下去，反而还高升到公社文艺宣传队去了。他到了宣传队，又犯了几次错误。可他天生是个乐呵呵的人，无论到哪里，无论做什么事，都开开心心，跟大家相处得好，他这样的脾气，就是犯错误，人家也跟他板不起面孔来。再说他犯错误犯得多了，大家也都习惯了，也不再计较了，如果有一阵吴宝不犯错误了，大家还反而觉得心里不大踏实，觉得要出什么事了。

吴宝在宣传队带着大姑娘唱歌跳舞演戏，如鱼得水，可放光彩了，宣传队搞得如火如荼，远远近近的地方都来邀请他们去演出，着实给我们公社长了脸。公社专门拨给吴宝一条机帆船，让他的宣传队就开着船来来往往，开到哪儿演到哪儿。后来吴宝的船也终于开到后窑来了。

在吴宝的船开来之前好些天，后窑村的女人家们就已经激动起来，连一向不喜欢吴宝的曲文金也嚷嚷着："刁，刁，叫点消晚饭（早点烧晚饭）。"裘金才忙颠忙颠，半下午就烧好了晚饭，其实这一天吴宝的船还没有来呢，曲文金和裘金才配合得天衣无缝地搞演习呢。

到演出的那一天，全村的人都出动了，连我都忍不住去了。可涂医生不想去，是我和曲文金加上裘奋英连拖带拉地把他弄去的。一路上，我们大家欢欣鼓舞，他却完全心不在焉，走路也走得飘飘的，他的脚好像不是踩在泥地上，而是踩在棉花上，连裘奋英一个小孩子都看出来，她说："涂医生，你像一片树叶子哎。"

涂医生听到裘奋英这么说，停了下脚步，看了看自己的脚，又看了看路边的桑树，嘴里嘀咕了一句话，不过我们都没有听清楚他说什么。涂医生继续往前走，仍然走得像飘着的树叶，但他的心思已经被裘奋英拉回来了一点，因为他已经知道要批评我了："万泉和，人家抢了你的女人，你还去看他，你真有脸。"我说："裘支书说了，今天杀猪，男客有肉吃有酒喝。"我说话的时候，看到涂医生咽唾沫了，涂医生一咽唾沫，我也忍不住，赶紧也咽了一口，可咽了一口，又滋出来一口，又咽了一口，又滋出来一口。涂医生说："原来你不是看戏，是看肉啊。"我想说："你难道不是？"可我没敢说，本来是皆大欢喜的事情，看戏吃肉，过年都没这么开心，别让我多嘴搅得大家不开心吧。

我们又急又喜来到大队部，很多人都比我们早到了，我们已经排不到好位子了，曲文金和裘奋英很着急，直往人缝里钻，可我跟涂医生不着急，她们想看戏，我们的心思不在戏上。按照村里的规矩，逢到有大事，集体杀猪买酒，女人是没得吃的。既然她们于吃无望，也就干脆将希望全部寄托在吴宝身上了。但我们是男客，看到村部的食堂灯火通明，听到猪的号叫和窜前窜后的人群，我们的眼睛都跟着大发光明了。

在临时搭建的戏台旁边，吴宝正在跟村里的女人打情骂俏，他看到了我，就笑着招手让我过去。我一眼就看出他的坏笑，我本来是不应该过去的，不光不应该过去，我还不应该理睬他，但不知怎么的，他这手一招，我就麻木了，就不由自主地过去了。吴宝跟我握握手，说："万医生，听说你谈对象谈了一个排了。"我说："我没当过兵，不知道一个排有多少人。"吴宝说："一个班十一个人，一个排三个班，你算出来没有？"我算了算，觉得吴宝说的数字不准确，我说："不到一个排，连一个班也不到。"吴宝和女人们都笑，我不知道他们笑的什么，是笑我算错了，还是笑吴宝说错了，但是我看出来女人的笑都是从心眼里心底里跑出来的，吴宝一来，她们就笑得这样灿烂，个个眼睫毛乱颤。一说到眼睫毛，我就想到刘玉，一想到刘玉，我心里就有点酸，如果真像吴宝说的那样，我有一个排的女朋友，那刘玉就是排长，可惜这个排长跟着吴宝跑了。我很吃醋地跟一个大姑娘说："你们当心一点，吴宝要跟你们犯错误的。"大姑娘笑问我："万医生，什么叫犯错误？"我回答这种问题不拿手，得想一想再说，吴宝已经抢先了："万医生没有犯过错误，你问他，他怎么知道。"我听出来吴宝是在嘲笑我，我也不服，就学着吴宝的口气说：“吴宝朝你笑，你也朝他笑，你就会怀上吴宝的孩子。”这是吴宝经常跟女人瞎开的玩笑，我拿来攻击一下吴宝，哪料这个大姑娘一下子翻了脸，去把她妈妈叫了来，她妈妈责问我说：“万医生，我们一直以为你是正派人，你怎么会是这样的人？”她还叫她女儿去把爸爸喊来，气势汹汹，难道要打我？我真冤，为什么吴宝怎么说，怎么做，人家都不气他，我学着他说了一句，人家就跟我计较没完？

幸亏这时候出事情了，大家才把我搁到了一边。

出了一桩天大的事情：早早就被绑着的那头猪，居然逃跑了。猪跑了，猪的号叫声变成了全村人的嚎叫，起先大家乱哄哄到处追猪找猪，后来又有人提议大家静下来，肯定能够听到猪发出的声音。为了猪，这些不懂纪律性的农民，还真的安静下来了，紧紧地闭上了自己的嘴，怕小孩子闹的，还捂住小孩的嘴，就像电影里躲避日本人的样子。一下子全村都静悄悄的了，可是猪一点点声音也没有，它比人更安静，它比人更沉得住气，简直就像隐藏在革命队伍里的特务。

我不知道最后有没有逮到它，要是逮不到的话，它就变成了一头野猪了。我只知道猪跑了，大家快要哭了，我也要哭了。裘二海光知道骂人，还踢了两个人，却一点办法也没有。

时间已经不早了，戏也该开演了，吴宝请示裘二海要不要开始，裘二海连吴宝也一起骂了，裘二海说：“你聪明面孔笨肚肠，蠢得像头猪，没肉吃还看个屁戏！”想想不解气，又说：“看你细皮嫩肉粉嘟嘟，我恨不得把你当猪吃了。”吴宝脸上笑眯眯的，脚下却不由自主地往后退，他不会以为裘二海真要吃他吧。

是继续找猪还是开始看戏，发生了争执，女人要看戏，男客张嘴就骂，还揪住她们的头发，好像是她们放跑了那头可恶的猪，场上一片混乱。

就在这时候，有一个人物出现了，他就是经常在关键时刻跳出来的万小三子。原来万小三子小小年纪承担起了重任，那只猪逃走了，他已经请人将自家的一头老母猪宰了，大家稍等片刻，已经消失的幸福就又回来了。

万全林像扑一只野兔子似的上去想扑住万小三子，堵住他的嘴，但是万小三子比野兔子快多了，他逃开了。很快万小三子的娘和他的两个哥哥，抬着一桶香喷喷的红烧猪肉来到了现场。

万全林痛哭起来，像个女人，他边哭边说：“我的老母猪啊，你已经给我生了几十窝的小猪崽，你是我的心头肉啊，你是我的乖乖肉啊，万小三子却把你宰了拿给大家吃，万小三子不是人，他是个小畜生，他比你还畜生——”可他哭他的，他念叨他的，没人理他，男客们灌酒吃肉，一片呼啸声，把万全林的那一点点哭声不知道淹到哪里去了。

万全林眼泪汪汪地看着大家香喷喷地吃着他的心头肉，后来他实在看不下去了，伸手抓一大块肉往嘴里塞，边嚼边说："有的让他们糟蹋，你不如我来吃了你，我吃了你，你还是我的肉。”旁边的人急了，提意见说："万全林，不带用手抓，用手抓，谁抓得过你？”另一个人就没有这么有修养，他干脆学着万全林，丢掉筷子，改用手抓。

对于吃肉，我当然也是不甘落后的，但是我闻着飘出来的猪味觉得有点不对头，站在我身边的吴宝只尝了一口，就吐了出来，说："不对，不对，没烧熟。”但是他的话除了我听见，别人根本就听不见，听见了也不会有人理睬他。吴宝赶紧去跟涂医生说，涂医生咂了咂嘴，没品出什么不好的意思，他朝吴宝白了白眼，没理他，继续吃肉。吴宝又看了看我，我说："你别看我。”吴宝说："万泉和，你是医生，你要负责任。”我心里“别”地一跳，像是被一根刺刺着了，又痛又难过，我硬着头皮扯着嗓子说："大家等一等再吃，再回回锅吧？”大家只是拿眼睛瞪我，嘴却没有停下来的意思。我又犹豫着说："这猪好像没有熟，吃了会不会出毛病啊？”这下子不好了，我看出来所有的人都想吃了我，有一个人说："万泉和，别怪我不叫你万医生，你叫我们不要吃，你嘴巴里是什么东西？”另一个人说："他叫我们不要吃，好让他一个人吃！”我的嘴巴里确实藏着一块肉，刚才我正要把它咽下去的时候，吴宝阻止了它，现在它就在我的嘴里，堵住了我的嘴，也堵住了大家的正确思想。我声嘶力竭的叫喊，比万全林刚才的哭声更没有市场。

一头两百多斤的老母猪，片刻之间就连骨头都被嚼碎了咽下肚去，大家却不能满意，纷纷批评万全林夸大了猪的分量，他们不觉得这头老母猪有两百多斤，两百多斤怎么会如此不经吃？有许多人在打嗝，但他们打出来的并不是饱嗝，而是酒嗝，他们也不是因为酒喝多了，而是因为很长时间不喝酒了，他们的胃已经不太适应酒。猪的异味和酒的异味混杂在现场，让大家兴奋不已。

演出开始了，音乐声响起来，宣传队最漂亮的女演员丁秀慧站到了舞台的右角边，她就要报幕了，最最激动人心的时刻就要到来了。丁秀慧的嗓音又软又绵，一直能绵绵地渗到人的骨头里去，让人的骨头都变成麻酥糖。我早已经做好充分的心理准备，准备着让自己变成一块麻酥糖呢，却见丁秀慧光是张了嘴，却没有声音发出来，我就着急，一着急我就站了起来，就在我站起来的那一瞬间，丁秀慧却倒了下去，她的身材虽然苗条轻盈，但是倒台的声响却无比的大，"轰"的一声，把全场的人都惊呆了。

吴宝从舞台的一侧奔出来，我也从台下跳上台去，我们看到丁秀慧口吐白沫，浑身抽筋。吴宝急得问我说："万医生，万医生，这是怎么了，她得了什么病？"可怜我哪里是什么万医生，我急得大喊："涂医生，涂医生——"我没有听到涂医生的回答，却听到有人在大喊："涂医生，涂医生，你怎么啦？"我朝台下一看，竟然看到涂医生也和丁秀慧一样，口吐白沫倒了下去。

大家本来是喊涂医生的，不料涂医生也倒了，就开始喊我了，场上就是一大片重重叠叠的"万医生、万医生"，我心慌意乱，跟裘二海一样手足无措，但我不会像裘二海那样骂人，我只会问他们："怎么办？怎么办？"大家说："你是医生，你问我们？"台上台下大乱，所有的人都慌了阵脚，裘二海更是手足无措，就骂我："万泉和，你眼睛戳瞎啦，你的本事活在狗身上了？快给他们看病啊！"我慌慌张张地朝丁秀慧看了看，我说："抽筋了，吐白沫了，羊、羊癫疯啊？"吴宝伸手朝我头上用力一支，说："羊你个头，他们中毒了！快送医院！"万小三子学着吴宝的样子支了支裘二海的头说："送医院也来不及了，你快点叫公社派救护车来。"

幸亏有吴宝和万小三子临危不乱现场指挥，中了毒的村民很快得到了救治，没闯下大祸，可大家还是惊吓得不轻，一头养了多年的老母猪，已经下了几十窝的猪崽，它已经老得不能动了，它的肉比老牛筋还厉害，就这样两百斤半生的带着肉绦虫的肉，让这么多人吞下了肚，我想起来浑身就哆嗦就起鸡皮疙瘩。我没有中毒，我得感谢吴宝，是他及时地阻止了我将那块肉咽下去的。所以，我再一次原谅了吴宝，虽然他不能把刘玉还给我。

中毒严重的涂医生等人都住进了公社卫生院，我在医院陪着他们，看到盐水瓶里的盐水一滴一滴地滴进他们的身体里，冲淡了老母猪的毒性，他们的气色也渐渐地好了一些，我总算放了点心，正想出去透透气，忽然就发现一直病快快没精打采躺在病床上的涂医生眼睛发亮了，人也竖了起来。我赶紧顺着他的目光看了一看，原来同病房的万一喜的老婆带着女儿来看万一喜，女孩子十多岁了，很嗲爸爸，整个病房里，就听她“爸爸爸爸”喊个不停，涂医生的目光就是被他们吸引去了。看着看着，涂医生忽然间就有点不对头了，他摸摸索索地从身上摸出一封信来，对着大家扬了扬，说：“我也有女儿，这是我女儿给我写的信，我昨天收到的。”万一喜他们完全摸不着头脑，不知道涂医生是什么意思，涂医生就当着他们的面有滋有味地看起信来。

其实我知道，这是一年多以前的信，从这封信以后，涂医生的女人和女儿再也没有来过信，更没有来乡下看过他，他住的东厢屋里，都快生蛆了，老八脚在地上横行霸道，我叫他弄弄干净，他总是说，等她们来，她们来了会帮我打扫的。可是她们一直没有来。

好像就是从这次吃老母猪开始，我发现涂医生老是走神，常常答非所问或者指鹿为马。当然这可能是一个渐变的过程，后来我曾经细细回想，好像从万全林腿伤那时候，涂医生已经有点心非所用了，只是起先的时候我没有注意。我这个人反应总是比较慢，等我注意到，情况就已经很严重的了，他竟然把痔疮止痛膏当成眼药给病人擦，病人不识字，擦掉了一管，眼睛还没有好，就带着用完了的痔疮止痛膏壳子又来开药。涂医生不在，病人就把痔疮止痛膏的空壳子给我看，我看到了吓了一大跳，没敢吭声，另外开了眼膏给他回去擦，病人还不相信我，说要配涂医生开的那一种，我只好骗他说这种药暂时缺货，才把病人哄走，赶紧把痔疮止痛膏的空壳子藏起来，等涂医生回来。我想拿出来告诉他，但犹豫了半天，我没有这么做，我怕伤了涂医生的面子，惹得他更不高兴。

涂医生现在常常躲在自己的东厢里屋不出来，也不知道他在里边干什么，有病人来了，我叫他，他总是慢吞吞的，有时候干脆不理我，我就追到他的窗口，朝里边张望，看到他好像在写什么东西，我再喊他，不停不息地喊，他才不情不愿地出来，怪我说，这点小病你都看不来，你还算跟我学过医？

我不知道如果哪天我把痔疮止痛膏的事情告诉涂医生，涂医生会有什么反应。但是我想，也许我当初的决定错了，导致了后来涂医生更大的差错。

事情本来并不复杂，就是我们医疗站所在的二小队的一个男孩子，叫万小弟，三岁，肚子哇哇。就这么简单。在乡下小孩子肚子哇哇是很多的，可能是蛔虫，也可能受了凉，吃了脏东西，什么可能都有。他们没有文化，他们家的大人也没有文化，没有文化就不懂道理，不懂知识，尤其不懂卫生知识，你要是跟他讲知识，说不能吃不干净的东西，他就会嘲笑你，说，吃得邋遢，成得菩萨。如果你跟他讲冷与热的问题，他们又会嘲笑你，跟你说，冬穿夏衣，赛过皇帝。也有的时候,他们身上什么地方害了疮,就自己吐一口唾沫抹一抹。说，馋唾不是药，处处用得着。他们就是这样生活的。小孩子肚子痛喊几声哇哇，大人也不理睬，过一阵他们自己好了，又到处乱跑了，如果哇哇的时间长一点，一直没有见好，大人才会带过来让医生看一看，配点药吃一吃，最严重的也就屁股上打一针，很快又会好起来，第二天就看见他又活蹦乱跳了。所以小孩子肚子哇哇在乡下是件很平常的事情，谁也不会很当回事情。

万小弟喊肚子哇哇的时候，家里大人都在地里劳动，也听不见，等他们劳动回来已经很累了，听到万小弟喊肚子哇哇，都没有力气理睬他，他爹万水根甚至还怪他没事找事，朝他屁股上打了一巴掌。万小弟的妈妈万月珍说，小人不诈病。她知道儿子是真的肚子哇哇，但她也没有力气去关心他，就说，弟弟，蛔虫肚皮饿了,熬一熬,等吃饱饭就好了。万小弟就熬着,他已经痛得吃不下饭，但是大人告诉他，他吃饱了蛔虫也饱了，就不咬他了，他只好硬着头皮吃下去，但是吃下去了，还是哇哇，脸色也有点发青了，大人这才抱到合作医疗站来。

已经是黄昏头了，涂医生又躲到自己的东厢屋里不肯出来了，我守在他的窗口说："涂医生，你出来看看，万小弟肚子痛了一天了。"涂医生不吭声，我再说："涂医生，你出来看看，万小弟的脸都发青了。"这么追着喊了好多遍，才听到涂医生有气无力地声音说："我自己也肚子痛，我看不动了，你看吧。"我只好自己替万小弟查肚子，万水根说他吃不下饭，我估计是小孩胃不安，就这里按按，那里按按，不管我按到哪里，万小弟都是连哭带叫地喊哇哇，我又按不出个名堂来，在我的手下，万小弟人小，浑身软绵绵的，肚皮倒是硬邦邦的，我只好又去涂医生的窗口问涂医生："涂医生，涂医生，万小弟肚皮硬邦邦的，是不是不消化？"涂医生说："你觉得不消化，就给他开点消化药。"我说："我开了药，不知道开得对不对，你看看。"涂医生"哼"了一声，我知道他答应替我看药方，就从窗口伸进去，可涂医生并没有接，只是又"哼"了一声，也不知道他看了没有，只一两秒钟，他就说："好吧好吧。"我就里抽出了药方，回来给万小弟开了药，让他回去吃药。万水根捧着药，像捧着一颗救星回去了。

过了一个多钟头，我们都睡了，万小弟又被抱过来了，我看到万小弟的脸色更加不对劲了，青里泛紫，我有点害怕了，赶紧再去喊涂医生，万水根也在涂医生的窗外说："涂医生，药吃下去没有用，他还是痛。"万月珍说："涂医生，你出来看看我们弟弟，我们弟弟要痛死了。"涂医生半天没有回音，我说："要不我再看看。"这时候涂医生开口了，说："药性哪有那么快，又不是仙药，你们回去再等等，等药性到了，自然会好的。"万水根和万月珍很听涂医生的话，也觉得自己太着急了，又抱着万小弟回家，哪知这一回万小弟怎么也不肯走，一边喊哇哇，一边死死拉住涂医生的窗棂，死活不松手。涂医生在里边说："还有这么大的力气，没事。"有涂医生这话，万水根和万月珍也放心了，硬掰开了万小弟的手把他抱走了，万小弟瞪着绝望的眼睛，哭喊着："哇哇呀，哇哇呀，我不要走，我不要走，哇哇呀——"万小弟张大嘴哭的时候，我看到他的舌头又紫又青，我从来没有见过这样的舌头，我赶紧又到涂医生窗下，告诉了涂医生，涂医生闷了一阵，才说："他要是再来看，你喊我。"

万小弟走后，院子里又沉静下来，我却再也睡不着了，万小弟临走前的哭喊和他的绝望的眼神，让我胆战心惊。我总觉得要出什么事了，这么想着想着，就觉得耳边有敲门喊人的声音，爬起来一看，没有人，再躺下，又觉得有人来了，再爬起来，又没有，这么折腾了小半夜，终于有点困了，我刚刚迷糊过去，又听到了声音，我以为又听错了，决定不理睬这个声音，但是声音越来越响，真的有人敲门喊人。我听到喊声中有喊涂医生的，有喊万医生的，也有喊救命的，我赶紧爬起来一开门，看到万水根抱着脑袋耷拉着的万小弟，万小弟差不多已经没气了。我狂敲一阵敲开了涂医生的门，涂医生出来一看，脸色顿时紧张起来，问："怎么弄到现在才来？"万水根哭丧着脸道："来过几次了，你们说胃痛不要紧。"涂医生张了张嘴，我从来没有看见过他这么惊慌失措，语无伦次地说："是胆道蛔虫啊！谁说是胃痛？谁说是胃痛？"自问了两遍，发现自己的思路不对，赶紧说："快去弄船，要机帆船，马上上县医院！"万水根愣了片刻，把万小弟交给万月珍，自己转身奔了出去，万月珍已经开始哭了，她几乎抱不动万小弟了，我的两条腿也软得迈不开步子，只会傻站着，涂医生骂道：

"万泉和，你站着等死？"我赶紧接过万小弟抱紧，涂医生到医疗站取了些急救的用品，一起出来，万水根已经喊来两个壮劳力，船也已经到了，大家上了船，万水根拼命加大马力，马达声震得安静的夜都抖动起来。这时候我们都希望万小弟能像刚才一样又哭又闹，可万小弟一点声息也没有，涂医生给他打了针强心针，针打下去大约一两分钟后，万小弟吐出一口气，张开了嘴，对着我喊了一声："妈妈，哇哇。"头一软，歪到一边，万小弟就这样去了，我看到有两条蛔虫从他的鼻子里钻了出来。万月珍一看，"嗷"了一声，就晕过去了。

万小弟死了，船也不用再往县城开了，但也没有转回头，马达熄火了，船就这样飘浮在河面上，既不向前也不后退，没有一个人说话，万水根的手仍然扶着舵，他的眼睛低垂着，看着我手上的万小弟，过了好半天，他扔开了舵，"呜"的一声抱着自己的头蹲了下去。

如果换了一个强悍的农民，他这时候也许会打我，打涂医生，如果他打我，或者打涂医生，我们都会觉得好受些，可万水根是个老实人，他不会打人，也不会骂人，甚至都不会满怀仇恨地瞪着我们，他只是抱着头"呜呜"地哭，像一条被人欺负了的狗，有说不出的哀怨。

涂医生虽然也惊慌。但到底比我镇定一点，他先掐了万月珍的人中，把万月珍弄醒过来，然后说："回吧。"队里请来帮忙的两个劳动力，都听涂医生的话，把船头调转了，万月珍从我手里抱过万小弟，低低地抽泣着，一切竟都是那么的安静。

回到队里，万水根夫妇把死去的万小弟抱回去了，我和涂医生回合作医疗，涂医生一头扎进了自己屋里，关紧了门，一点声音也没有。我流着眼泪，跑到我爹床前，我爹一如既往地闭着眼，他晚上总是闭眼睡觉，似乎再大的事情也打扰不了他。我坐在他的床边，哭诉着说："爹，爹，你醒醒吧，你起来吧，还是你做医生吧。"我爹不理我，我就继续说着，可我爹仍然不理我，始终不理我，我说到最后，嗓子又干又痛，我借着微弱的灯光，看到我爹的眼角，滴下一滴水来，我说："爹，你哭了。"

天还没有亮，敲门声又响起来了，我去开院子门，是万水根来了，我先是吓了一跳，以为他来算账了，我往后退了退，心里在想，你要是算账，就找我算账，我本来也不是当医生的料，借这件事情我就不当了，最好不要让涂医生受过。但是万水根两眼无光，好像没有看见我，他直直地走到马同志家门前，怦怦地敲马同志家的门，马同志一家被吵醒了，爬起来问什么事，万水根“呜呜”地哭着说：“马同志，黎同志，弟弟死了。问你们讨几个洋钉钉小棺材。”马同志拿出一包洋钉交给万水根，万水根谢过马同志，又哭着走了。我听到黎同志在和马同志说：“他的意思，是想告诉我们，赤脚医生误事了，他还会到别人家借东西的。”

黎同志的话是有道理的，到了天亮的时候，二小队所有的人都已经知道了这件事情，不过他们并没有到合作医疗站来说什么，他们只是挨个地跑到万水根家去看躺在那里穿上了新衣服的万小弟，女人陪着万月珍哭一通，男人陪着万水根抽掉一根大铁桥烟，然后离开，然后又来一些人，再离开，再来，离得比较近的其他几个小队也有人来看。

两天以后，万小弟就葬掉了。葬掉了万小弟，事情也就慢慢地过去了。过了些日子，听说万月珍有喜了，他们要再生一个孩子，来替代万小弟，如果能够再生个儿子，那就更好了，万小弟的阴影总会渐渐消去的。大队合作医疗也没有因为万小弟的事情就变得门庭冷落，大家该看病的还是来看病，只是回避着万小弟的话题。但是万小弟的影子在我心里却拿不掉，我老是在半夜里惊醒过来，因为万小弟老是出现在我的梦里，对着我喊“妈妈，哇哇。”我惊醒过来，出了一身冷汗，我去找涂医生，我站在他的窗口说：“涂医生，万小弟老是来找我。”涂医生也没有睡着，他气鼓鼓地说：“他不光找你，也来找我。”我说：“那怎么办？”涂医生说：“我还想问你怎么办呢。”

其实那时候农村里生病死人也是常有的事，但万小弟的事件把我和涂医生都吓着了，现在我们变得草木皆兵，一点小病，明明有把握看的，也让人家到公社卫生院去，到县医院去，甚至要叫他们到城市里的大医院去，开头几次，把病人吓得不轻，后来他们渐渐发现，是我们两个赤脚医生被吓着了，小心为妙。只是这样一来，他们麻烦了很多，浪费了他们的钱，还耽误他们挣工分。不过农民虽然有想法却不敢说出来，他们只是希望赤脚医生渐渐地忘掉万小弟，恢复正常的工作，因为还有更多的病人等着他们呢。

下放干部马同志也是老胃病，痛得止不住的时候就打阿托品，平时都是涂医生替他控制药量的，但现在涂医生胆小如鼠，不敢自己开药，我们一起把马同志送到了公社卫生院，结果却因为公社的医生不了解情况，把药量弄大了，造成马同志药物中毒，出现幻觉，他弯腰站在医院的病床上不间断地做着插秧的动作。马莉和马开放学后赶来，马同志正在床上插秧呢。马莉到底还小，不知道事情的严重性，看见平时很严肃很拘谨的父亲在床上这样折腾，不由哈哈大笑起来。马开比马莉懂事多了，他骂马莉说："你还笑得出来，爸爸要死了。"马莉说："呸，你才要死呢，有万泉和在，谁也死不了。"马开跟她争，说："万泉和个屁，万泉和把万小弟都看死了。"马莉说："你才放屁，万小弟是涂三江看死的，跟万泉和没关系。"涂医生在一边听了脸上青一阵红一阵，想说什么却说不出来。马莉和马开在病房里吵成一团，最后被赶了出去，我追出来想劝劝他们，马开却很瞧不起我，理都不理我，一甩手就走了。马莉对我说："万泉和，你把本事弄好了，再不要看死人了。"我想跟她说我学不好本事，但是看着马莉瞪大的眼睛，我都不敢这么说，我感觉到马莉身上有一种气势，让人害怕，我赶紧咽了一口唾沫，没有再说话。我们又回到病房，马同志的病情经过治疗稳定下来了，不再插秧，躺平了，但情绪还是有点激动，打了睡觉的针也不想睡，嘴里说："我去罱河泥，我去罱河泥。"两只手就做罱泥的动作，一夹，又一夹，又一夹。最后药性到了，他才睡过去。

马同志的病虽然把我和涂医生都吓了一下，但回去的路上，我却意外地发现涂医生的情绪很高涨，我不知所以地看了看他，他兴奋地说："万泉和，你看见惠医生了吗？他坐在门诊室里了。"我不知道谁是惠医生，涂医生又说："惠医生是内科的，当初也是跟我同一批下放的，现在他已经回来了，在门诊了。"我把涂医生的话想了又想，也想不明白惠医生回来坐门诊跟涂医生有什么关系，他为什么这么高兴。

我们到家的时候，万小三子正在院子里和马莉说什么，裘奋英守在一边，像个忠诚的卫士，看到我们回来，马莉对万小三子挥了挥手，说："行了行了，别啰嗦了，走吧。"万小三子很听话，乖乖地走了，裘奋英也跟了出去。她现在是半步不离万小三子，也许是跟万小三子跟习惯了，离开了万小三子，她心里就不踏实。万小三子走后，马莉跟我们到合作医疗站，但她并没有进来，只是站在门槛上，朝里边看着，说："万泉和，你不在家的时候，我帮你喂你爹吃饭的。"我这才猛地想起了我爹，因为万小弟的死，害得我总是提心吊胆，神魂不定，一有病人来，就怕他死去，送马同志去公社卫生院的时候，一路上心里就念叨着，你不要死啊，你不要死啊，竟把我爹给忘记了，要不是马莉，马同志活过来，我爹倒要饿死了。我赶紧拍马莉的马屁，我说："马莉，你要红蝴蝶结吗，下次货郎担来了，我买了送给你。"马莉说："你才要红蝴蝶结呢。"我说："你不要红蝴蝶结，那你要什么？"马莉说："我要，我要——"刚才还一脸凶巴巴的，说了两遍"我要"，她的脸一下子红了，撒腿就跑，连跑边说："我偏不告诉你，我偏不告诉你。"

我纳闷了一会也就算了，小孩子的事情你不能跟她认真的。我赶紧进屋看我爹，我爹眼皮眨巴得很厉害，我知道我爹想听我说马同志的事情，我就说了，说到马同志阿托品中毒在床上插秧，我爹的嘴角流下了一缕口水，我替他擦了，继续说："后来，后来给他打了安眠针，他还罱河泥呢。"我爹继续眨巴眼睛，我跟我爹说："爹，吓死我了，阿托品中毒会这样子的啊？"我爹还是拼命眨巴眼睛，我说："不过爹，这次不能怪我，不是我打的针，也不能怪涂医生，是公社卫生院的医生打的。"我爹仍然不满意，我又说："爹，我知道，你是怪我们没有向公社卫生院的医生提供情况。"我爹这才停止了眨巴眼睛。

自从马同志生病、涂医生送了马同志去公社卫生院、再回来，这一去一来以后，涂医生的情绪发生了很大的变化，他每天一早就开门迎接病人，甚至还知道把自己和自己的屋子打扫得干净一点，真是太阳从西边出来了。总之，我看得出来，涂医生的工作热情又回来了。我虽然不知道涂医生的变化因何而生，从何而来，但看到涂医生高兴，我也高兴，涂医生工作积极性高，我的工作积极性也高，我们的合作医疗站又开始呈现新气象。不过在我的感觉中，这种新气象和早先的辉煌似乎有些不同的味道，不同在哪里，我说不太清楚，但有一点是肯定的，涂医生的工作比过去更加认真负责，凡是病人需要去公社卫生院拍片、化验或者作其他什么仪器检查的，他都亲自陪着去。这样涂医生三天两头就跑公社卫生院，病人很不过意，老是觉得欠涂医生太多，涂医生却乐此不疲。有几次我也觉得涂医生来来往往太辛苦，我提出来由我送病人去，涂医生却坚决拒绝，不要我去。

这天下晚，病人都走了，我坐在合作医疗站门口，目光穿过我们院子的大门看到有一个人在路上奔过来了，渐渐地近了，我才看出来是涂医生。他一路狂奔着进来，最后差不多跌进院子来了，还没站定就气喘吁吁大声说："万泉和，万泉和，马同志上调了。"我没听清楚，吓得心乱跳，我以为马同志自杀上吊呢，赶紧问："在哪里，在哪里？"涂医生说："在县委，听说安排在县委办公室。"我这才知道马同志是上调而不是上吊，松了一口气，我也感到高兴，但我没有涂医生高兴得那么厉害，涂医生简直有点手舞足蹈，我不知道涂医生兴奋的哪回事，就像上回他看到他从前的同事惠医生又坐在门诊里那样，我觉得他的兴奋有点莫名其妙。但是很长时间里涂医生一直沉着脸，不开心，现在好不容易开心了一点，我要赶紧乘势让他更开心一点，我拍马屁说："涂医生，上次马同志发病，幸亏你及时把他送到医院，不然他要是胃穿孔了，上调也调不成了。"涂医生朝我翻翻眼睛，我又说："我们后窑村，离不开涂医生。"不料我这一说，涂医生的脸色一下子就变了，他"呸"了我一口，说："你个乌鸦嘴，呸你的！"情绪眼看着又低下去了，我好心又办坏了事，赶紧闭上乌鸦嘴，不敢吭声了。

老话说，好女怕缠郎，但这是讲大人的，这老话难道对小孩也起作用？本来马莉是看不上万小三子的，她对他吆来喝去，但万小三子百折不挠，马莉居然渐渐地接受了万小三子，她不再排斥万小三子，而是经常和万小三子一起嘀嘀咕咕，不知想搞什么鬼。一个男万小三子已经够大人受的，再加上一个女万小三子，真不知他们会闹出什么麻烦来。好在我知道他们的目标不是我，这一点我可以稍稍放心。

他们的麻烦说来就来，万小三子裹挟着一股歪风进来了，他满脸通红，不停地咳嗽，咳得好像马上就要断气了。我和涂医生都紧张起来，万小弟的阴影虽然渐渐离去，但一遇风吹草动，又会重现出来，现在看到万小三子上气不接下气，我们的眼前，就出现了万小弟的样子，尤其是我，我就眼睁睁地看见万小弟倒在我怀里说："妈妈，哇哇。"

裘二海和马莉也已经紧跟着追进来了，他们不怀好意地看着涂医生给万小三子作检查。涂医生赶紧给万小三子量体温，体温表拿出来一看，涂医生吓了一跳，说："三十九度了？你咳了多长时间了？"万小三子一直在咳，无法说话，涂医生拿听诊筒听他的后背，他一边听，万小三子一边咳，我看他恨不得把心肺肚肠子都一起咳出来，连我也忍不住要咳起来了。涂医生的听筒随着万小三子一起一伏的后背起伏了一会，他脸上有点疑惑，嘴上说："咳得这么凶？热度这么高？肺上倒没什么，像急性支气管炎，我这里没有特效药，叫你家大人送你到公社吧。”我正想着是不是要赶紧通知万全林，不料万小三子却从凳子上一跃而起，拍手拍脚地哈哈大笑说：“涂三江啊涂三江，你什么医生啊，我就是喝了一杯烫开水，你就说我支什么炎——”马莉笑道：“支气管炎。”万小三子说：“涂三江，支你的气管支你的炎去吧”现在他不是咳得上气不接下气，而是笑得上气不接下气了，躺在那里挂水的万里梅和另一个病人也被他感染了，忍不住跟着笑起来。裘二海生气地说：“涂医生，你这个医生是怎么当的？”明明是万小三子捣乱，裘二海却批评涂医生，这太不公道。裘二海怎么总是站在万小三子一边，我觉得裘二海和万小三子之间，有很大的问题，这事情从裘二海送我学医就开始了，就埋伏在那里了，但到现在我也没弄明白。

涂医生气道：“万小三子，你过来，替你查查心肺，我看你是烂心烂肺了。”万小三子说：“你才烂心烂肺，你要是有好心好肺，怎么把万里梅治成这样？”裘二海也紧跟着说：“是呀，没听说过，万里梅本来就是个胃气痛，村里哪个没有胃气痛？怎么给你治得人都变了一个人？”我想冲裘二海说，你当然会这么想，万小三子怎么想，你就怎么想。可涂医生并不清楚这其中万小三子和裘二海的关系，他只知道生气，一气之下，一甩手走出去了。

我赶紧跑出来找涂医生，涂医生正坐在门槛上出气，我很于心不忍，说：“涂医生，你别生气，不要跟万小三子一般见识。”我以为涂医生会批评我，他才不会跟万小三子一般见识呢，哪知涂医生却抱着脑袋长叹一声说：“万泉和，我是不能再待下去了。”我惊得张大了嘴。涂医生又说：“万小三子说得对，我烂心烂肺，我要走了，等一会你跟裘支书说一下，我走了。”他说话间真的就站了起来，拍拍屁股，就往外走。我开始以为他说气话，现在看他真的走了，我不知道他要到哪里去，赶紧追问：“涂医生，涂医生，你到哪里去？”涂医生回头看了我一眼，这一眼，看得非常复杂，以我的智力，我还解不开这其中的内涵，他看过我这一眼后，情绪平静了些，他对我说：“万泉和，万里梅的病你不要再给她治了，别说你治不好，就是你爹爬起来也治不好她了。”我用心地记下了涂医生的话，我又想起我爹临死前跟我交代的也是万里梅，事情就是这么巧，不过我爹的吩咐和涂医生的吩咐是不一样的，不过从内心来说，我更喜欢涂医生对我的吩咐。涂医生又说：“万泉和，我房间里的东西，你随便拿好了。”我说：“这怎么可以，那是你的东西。”涂医生说：“我不要了，但是我的日记本，你不要看，替我收起来。”我愣了一下，这个承诺我很难做到，如果我看到了涂医生的日记本，我不敢保证我不看他的日记，哪怕偷偷地看上两眼也好，看看涂医生在想些什么。我的犹豫让涂医生立刻认识到他的话是白说的，所以他改了口说：“你要看也可以，你就看那本蓝皮子的，黄皮子的不要看。”我心里正在想，那我也做不到，有两本日记本，为什么我只看一本呢？涂医生又看穿了我的想法，再一次改口说：“如果你一定要看黄皮子的，也可以，但你看了不要跟别人说，更不要给别人看，好不好？”我终于老老实实地说：“好的。”但是我想涂医生他不应该相信我的老实，我看了以后万一忍不住说出去，那就是出卖涂医生了。涂医生再一次看出了我的想法，他又退了一步说：“就算你告诉别人，也没什么，你想说你就说好了，反正我走了，我不再是后窑大队的赤脚医生了。”我这才猛然惊醒，大急，上前扯住他的衣襟，说：“涂医生，涂医生，你不能走，你走了，我怎么办？”

涂医生没有回答我该怎么办，他坚定地扒拉开我的手，走了。

他走的时候，空着两只手，什么东西也没有带。我感觉我是在做梦，我掐了掐自己的肉，好疼，不是做梦。

涂医生像一片树叶随风飘走了。

我给涂医生的承诺还是做到了，我看了他的日记，但是没有告诉别人。我才想起来，自从万小弟出事以后，涂医生老是躲在自己屋里不出来，好像在写什么东西，现在知道就是写的这个，我也没想到涂医生竟有这么多的话要对着纸头说。涂医生记录的大部分内容都和他看病有关系，谁谁谁的病情怎么样，他是怎么治的，治了以后情况怎么样，凡是没有认真记录下来的，他都一一补上了，我很佩服涂医生的记忆。涂医生在补记病历的时候，也记下了一些和看病没有直接关系的一些事情，那就是记在黄皮子本子里的内容，我看到其中的一件事情，和马莉有关，这件事情我起先已经忘记了，现在看了涂医生的日记，我又回忆起来了。就是那一次涂医生去踢马莉种的山茱萸，马莉说涂医生的老婆和女儿都不要他了，涂医生很生气，跟马莉辩论，哪知涂医生在日记中写道：“马莉怎么会知道我的事情？林雪和我离婚带走了女儿的事情，难道真的被她知道了？如果她知道了，那肯定马同志黎同志也都知道了，如果马同志黎同志都知道了，那肯定有更多的人都知道了，可他们却从来不跟我提起，他们是同情我可怜我？还是马莉这死丫头随口乱说的，我踢了她的山芹荚，她有意咒我？总之这事情竟被她一屁弹中了，我心里很痛，很难过，欢欢走的时候，哭着喊我，可是现在她肯定有了新爸爸，欢欢，你还记得你自己的爸爸吗——”这是一次。还有一次和我有关，涂医生写道：“为什么万里梅每次来都要说给万泉和介绍对象的事情？今天又说了一个，什么什么的，说得我心里很烦，她怎么就不替我考虑考虑——当然，也不能怪她，她哪里知道我现在的情况，我真是哑巴吃黄连。”再有一次，这一次涂医生的字不那么潦草，端正起来，他说有人给他介绍对象了，是镇上的一个营业员，见过面，年轻，长得也好，水淋淋的，他很想告诉我，可是我怕他听了难过，就没有说。看了涂医生的这一个日记，我才想起为什么每次万里梅跟我说找对象的事情，涂医生都会有些异常，原来他自己正在处对象呢。

后来我听说涂医生在很长的一段时间里天天坐在公社卫生院的台阶上，等待原单位把他招回去，最后他终于如愿以偿回到了公社卫生院，和惠医生、也和其他许多下放了又回来的医生一样，回到自己的岗位。涂医生重新又坐到了伤科门诊室里，有个病人好多年不见他，一下子见到了，竟然哭了起来，说：“涂医生，你总算回来了，我有救了。”他这话说出来，其他医生听了肯定不高兴，但农民就是这样，直来直去，说话不会太在意别人的感受，有时候他们根本就不知道别人有什么感受。

大家都知道是万小三子气走了涂医生，全大队的人都恨上了万小三子，也恨裘二海，没有裘二海的撑腰，万小三子不可能这么猖狂。但我还是觉得奇怪，涂医生怎么会被万小三子气走呢，当年他被我爹气走还情有可原，毕竟我爹是个有水平的医生，万小三子只是个半大不大的孩子，名声也不好，涂医生怎么会跟他认起真来呢？难道涂医生真的认为自己水平不行，没资格当赤脚医生吗？如果真是这样，他不能当赤脚医生，难道就能回到公社卫生院当医生吗？我想来想去，所有的道理都是不通的。

我这个人，你们也许已经看出点眉目来了，我不聪明。

第七章 万小三子究竟是谁

涂医生走了，合作医疗站只剩下我一个人了，就像当年涂医生第一次走了，留下我爹，成为孤家寡人。但是这情况既一样又不一样，因为我爹他虽然一个人，但他是医生，他有能力一个人扛起合作医疗站。可我不行，我两腿发软，甚至想哭起来，我是谁别人不知道可我自己知道。

涂医生离开的当天，马莉就没有去上学，她守在合作医疗站，看到有病人来，她就热情地帮着我张罗。我已经全然没有了心思，更没有了主张，来了病人，我慌张失措，都不知道该怎么办了。倒是马莉沉着冷静，学着涂医生和我先前的做法，先让他坐下，再把体温表从酒精瓶里抽出来，甩一甩，就给他量体温，如果是小病人，她也知道拿一枝肛门表塞到小孩的屁眼里，一切的事情似乎都由马莉包办了，剩下我站在一边呆呆地看着。

万小三子也没有去上学，他也守在这里，马莉干什么，他就跟在边上，想帮一把手，马莉烦他了，说："万小三子，你的任务完成了，走吧，别在这里碍手碍脚。"万小三子显得有点委屈，说："我替你完成了这么重大的任务，你就让我多待一会吧。"马莉说："少废话，你要上学的，上学去！"她自己不上学，倒知道要万小三子去上学。万小三子没法子，他不敢不听马莉的话，就上学去了，走了几步，又回头问："马莉，你哪天上学？"马莉说："这不用你管，该上的时候我会去的。"万小三子又吃了一闷棍，才乖乖地走了。我不知道他们说话中用的什么暗号，万小三子替马莉完成了什么重大任务，只知道现在病人多的时候，我实在忙不过来，马莉还真帮了我不少忙。

但这件事情没有能维持几天，被黎同志发现了，黎同志管不了马莉，赶紧把马同志从县上叫了回来，其实马同志也一样管不了马莉。他们这对夫妻，都是温和懦弱的老实人，打小孩都不会，骂小孩也不会，只会和小孩讲道理。可小孩子懂什么道理啊，跟他们讲道理，等于对牛弹琴，甚至连对牛弹琴都不如。但马同志和黎同志就是这样一遍遍地弹着琴，马莉像一头蛮牛，对于马同志和黎同志的琴声，她一个耳朵进一个耳朵出，根本就没当成一回事。倒是我觉得有点对不起马同志黎同志，但他们丝毫没有怪我的意思。他们越是不怪我，越是跟我客气，我就越是愧疚，越是觉得自己连累了马莉和她一家人。

所以，我觉得我有责任让马莉去上学。马莉不太好对付，我得想一个主意对付她。过了一天，万里梅又来看病了，我牢牢记得涂医生临走前给我的交代，死活不给她看病，万里梅心生一计，用介绍对象来诱惑我，我是经不起美人计的，美人还没来呢，我已经中计了，答应给万里梅看病，但我没有别的办法，只好听着她的指挥又给她挂水。我在给她找药水、准备针头的时候，万里梅就坐在床沿上，和等待看病的万木中说话，万木中扶着自己的头苦恼地说："我头重脚轻，不能站起来，一站起来，两只脚像踩在棉花上，就要跌倒。"万里梅说："你把舌苔伸出来我看看。"万木中就伸出了舌头，万里梅细致地看了看，说："舌白，苔厚腻。"万木中"咦"了一声说："万里梅，你说得很准哎。"万里梅受到鼓舞，又说："你是个做煞胚，劳动过度了，你这个病，不要看的，打几只麻雀吃麻雀脑子，一吃就好。"万木中惊讶地张大了嘴，过了一会才说："嘿，我到公社卫生院，医生也叫我吃麻雀脑子，可是我找不到麻雀。"万里梅叹息一声，说："人都吃不饱，麻雀怎么抢得过人，它们都跑到别地方去了——捉不到麻雀，你叫万医生给你开点半夏天麻汤吃。"万木中说："咦，万里梅，你都会看病了？"万里梅说："久病成医，我病了这么多年，也快成半个医生了，要是万医生再教会我打针，我也可以当赤脚医生了。"万里梅说得不错，现在她每次来合作医疗站看病，多半是自己动手，除了打针不行，其他事情都可以自己解决了，开什么药，吃多少分量，多长时间一个疗程，她都清清楚楚。我正这么想着，就听到万木中说："万医生这里一个人忙不过来，你可以来帮万医生的忙了。"万木中的话让我心里突然一亮，对付马莉的点子就这么产生了。

等万木中走后，我跟万里梅商量，请她挂好水后别走，留下来帮我做点事情。万里梅一听，急了，赶紧摇头摆手说：“万医生，万医生，你不要乱开玩笑啊，我怎么能当医生呢？”我说：“你先别推托，我不是要你当医生，我是要你配合我演一出戏。”我把马莉不肯上学的事情告诉了她，也把马同志和黎同志的担心说了，万里梅说：“我知道了，你要告诉马莉，我来帮你做护士了，这里不需要她，她就可以去上学了。”我说：“正是这样。”万里梅想了想，说：“小孩不上学是不好，可是，可是，万医生你知道的，我看见马莉这个小丫头，心就会发慌，你再叫我对她说谎——”我见她要推托，赶紧说：“用不着你说谎，你不要说话，你只要每天都来这里，接连来几天就行了。”万里梅说：“也好，我正好多挂点水，挂了水回去，总会舒服一点。”就这样我们说定了。

马莉一会儿就来了，一开始我并不说穿，让她照样帮我做事，马莉一开始也没有察觉出什么，后来万里梅的水挂完了，却一直不走，马莉有点奇怪了，问她：“你怎么还不走？”万里梅心一慌，不知怎么说，我赶紧替她解释，我说：“马莉你不知道吗，大队让万里梅来当我的助手了。”马莉显然不能相信，上上下下地打量着万里梅，万里梅一慌张，原先商量好的对词忘得差不多了，只是说：“他们是这么说的，他们是这么说的。”马莉撇了撇嘴，说：“你学过医？”我又赶紧说：“万里梅是久病成医，她懂不少医学方面的知识呢。”马莉“哼”了一声，不理我，直接去和万里梅说话：“你懂？你懂什么？我考考你——大脖子是什么病？”万里梅慌了一慌后，看了我一眼，慢慢镇定下来，说：“是甲状腺。”马莉“哼”了一声，说：“算你蒙对了，我再问你，甲状腺是怎么生出来？”万里梅有了第一次的回答，现在更镇定了些，赶紧说：“要吃海带。”她虽然回答得有些偏差，但意思是对的。当然如果马莉问她怎么防治甲状腺，她这么回答，更是天衣无缝了。马莉知道她的意思没错，找不出她什么茬来，回头瞪了瞪我，说：“万泉和，这是你的主意吧？”我赶紧说：“不是不是，大队看我这里人手紧，是他们提出来的。”我之所以说“大队”而不说裘二海也不说其他具体的人名，因为我不能让她抓住把柄。只是含混地说“大队”，她就无法去找“大队”对证。马莉停止了喧闹，静下来想了想，最后说：“既然这样，我也可以放心去上学了。”我心里一喜，但还是狡猾地作出无所谓的样子，说：“你想上学了吧，到底是学生嘛，肯定惦记学校了嘛，那么多同学在一起，多好玩。”马莉朝我笑了笑，没有说话。

马莉到底还是个小孩，她对医学方面的知识也懂得不多，她问万里梅的那几个问题,都是最平常最简单的问题,要是马莉再问得深一点,比如再问一下“为什么要吃海带”，万里梅就要穿帮了。

马莉终于要去上学了，黎同志过来感谢我，给我送了一碗红烧带鱼。黎同志走后，我正对着那碗诱人的红烧带鱼咽唾沫，马莉来了，拍了拍我的肩，说：“万泉和，你骗骗我妈的带鱼还差不多，你想骗我，差远啦，我答应去上学，只是不想让你为难而已，但我有一个条件，不管怎么样，你要好好地守在这里，不许撤退。”我心里一惊，觉得小小年纪的马莉把我的五脏六腑都看穿了。为了先把马莉哄去上学，我嘴上答应她，其实我心里有另外的想法。

马莉去上学了，万里梅也可以回去了。万里梅前脚走，后脚我就关门，哪知门还没关上，就有病人来了，他发现我要关门，立刻紧张起来，说：“万医生，万医生，你还没关呢，我就来了。”我不好意思把他拒之门外，心慌意乱地给他看了看，配了药，让他回去吃两天，如果还不见好，就到公社卫生院去。这个病人走后，我刚刚关上门，又有病人来敲门了，我躲在里边不吱声，病人敲了半天，奇怪地说：“咦，我刚才碰到钱大，他还说万医生在呢，怎么一眨眼就不在了？”他又敲门，并开始喊万医生，我心怦怦乱跳，咬紧牙关不出声。隔壁曲文金听到了叫喊声，从自己家里跑出来，问：“万医生不在吗？”那个病人说：“刚才还在的，怎么一会儿就关了门？”曲文金先是奇怪地“咦”了一声，也帮着一起敲门，喊我，我仍然不应答，曲文金的声音就有点急了，大着舌头喊起了裘金才：“刁，刁快奶呀。”裘金才闻声出来，听说我不见了，也过来敲门，敲了敲，停下来，趴在门缝上往里看，嘴上说：“看不清，看不清，不知道在不在里边。”那个病人说：“在里边的，在里边的，钱大刚刚配了药走出去，我就进来了，没有撞见万医生走出去呀。”他这一说，大家没声音了，我躲里边都能感觉出外面的气氛紧张起来，他们沉闷了一会，曲文金说：“万医心会不会,会不会？”裘金才替儿媳妇说了另一半：“他会不会出什么事了？”稍一停,又说：“我们一起轰门吧,把门轰开来看看。”果然三个人一齐喊着“一、二、三”，就开始用身体轰门了，我再不出去，他们要把医疗站的门都轰烂了。我只好开了门，说：“你们干什么呢。”三个人的身体同时往里一冲，互相拉扯着才站稳，先是齐齐地愣愣地看着我，看了一会，才发现我好好的，曲文金拍着胸口说：“万医心,你吓吓（煞）我了,你吓吓（煞）我了。”裘金才也说：“你既然在里边，为什么喊你不答应？”我说：“我，我——我——”我不知道该怎么回答他们，我不能说我不当医生了，我要是说了，他们肯定大惊小怪，可我要是不说，他们是不会罢休的，何况，这个病人还眼巴巴地看着我，等我给他治病呢。我只好骗他们说：“我身体不舒服，睡下了。”曲文金一听，就来摸我的额头，摸了摸我的额头，又摸摸她自己的额头，想了想，说：“好像，好像戏有点勒（热）,不会豁（发）消（烧）了吧？”我赶紧说：“我觉得有点发烧，难过。”曲文金就对那个病人说：“万医心从奶不心病，从奶没听他说难过，现在他说难过了，肯定是很难过了，你还戏不要还（烦）他了，到公社卫生院去看吧。”病人很听曲文金的话，点着头说：“那好，我就去公社看病。”他还对我说：“万医生，对不起，你生病了我还来烦你，我走了，你睡吧。”我心里很不过意，觉得不应该欺骗这样善良老实的人，差一点就说，我是骗你们的，但话到嘴边，硬是咽了下去，我继续装腔，“哼哼”了一声，说：“等我好了再给你们看病。”其实我完全是嘴不应心，我心里想的，完全是另一回事。

病人走后，曲文金和裘金才让我赶紧进去休息，说有病人来他们会告诉他们的，我重新关上了门，过了一会，曲文金又来敲门，送来了两碗面条，下面还卧着两个鸡蛋。

我喂过我爹，自己也吃掉了曲文金的面条和鸡蛋，天还没黑尽，我思来想去，最后拿定了主意。开门看看院子里没有人，我赶紧溜了出去。我跑到裘二海家，裘大粉子说裘二海不在家，她也不知道他到哪里去了，我就一路寻找一路打听，大家见我急着找裘二海，不知道出了什么事情，都问我，但我不会说的，无论人家怎么问，我都不能说。最后我在万菊花家找到了裘二海。我进去的时候，裘二海和万菊花两个人面对面坐着，脸都红红的。裘二海大概没想到我会追到这里来，有点恼了，说：“万医生，你有什么要紧的事？”我不好当着万菊花的面说，就向裘二海使眼色，裘二海明明接到了我的眼色，却假装不知，说：“有事就说，支支吾吾的干什么？”倒是万菊花明白，赶紧说：“哎呀，灶头上还煮着山芋呢,要煮焦了。”起身就走出去。裘二海阴险地看了看我，问：“你怎么知道我在这里？”其实是有人指点我的，但我不好出卖人家，我只好说："你不在家，我就到处找你，瞎撞撞过来看看的，正好看到你在。"裘二海显然不相信我的话，但他也拿我没办法，就不再追问这件事情了，说："你急着找我什么事？"我说："涂医生走了。"裘二海说："呸，这事天下都知道了，要你来告诉我？他的户口还是我给他迁的呢。"我说："我是说，涂医生走了，合作医疗站只剩我一个人了。"裘二海说："一个人？一个人怎么啦？"我说："一个人不行了。"裘二海说："没听说过！一个人为什么就不行了？从前你爹不也是一个人吗？"他这话说得不错，但幸亏我爹没听见，我爹听见了会气死过去，我怎么能和我爹比？我说："裘书记，涂医生走了，我连针都不敢打了，打针的时候，手会发抖。"裘二海说："没听说过！你这么依赖涂三江，你是涂三江的学生，还是他的孙子？"我想说我连涂三江的孙子都不够格的，但我还没说出口，裘二海就很不耐烦了，挥了挥手说："万医生，我对你是讲客气的啊，你不要没事寻事，到时候我可不管你是医生还是什么东西，我会对你不客气的。"我希望裘二海对我不要讲客气，就赶紧说："裘书记，你不要客气，你另外换人做赤脚医生吧。"裘二海说："没听说过！万医生，你想刁难我？我哪里得罪你了？"裘二海又盯着我看了半天，开始猜测我的心思，他说："万医生，如果你对报酬有想法，我们可以商量，但是你的人工已经是最高的了，不能给你十一分人工，要不，给你爹再加一分人工？"我说："我不是为人工。"左说右说我还是坚持我的想法，这时候万菊花在屋门口探了探头，我不知道是万菊花的原因还是裘二海见我真的铁了心，最后他让了步，说："好吧，我重新物色人，但是新医生来之前，你不能关合作医疗站的门。"我见事情有希望，也让了一步，答应他说："好，但是裘书记你要尽快。"裘二海说："好吧，我尽快。"他说完这句话，就站了起来，意思是要尽快赶我走了。他既然答应了我，我也只好走了，我走出来的时候，万菊花朝我笑笑，那笑容里边，有很复杂的内容，我分析不出来，我只是听人家说，万菊花的男人到城里摇大粪去了。

有了裘二海的应承，我重新开门看病，暗暗希望这一阵病人少一些，但偏偏生病的人一天比一天多，我只好采取三天打鱼两天晒网的战术，关门的时候，就让曲文金或裘金才告诉病人，我去进药了，或者我送别的病人进城了，等等，总之我是能躲则躲，能避就避，引起了大家的不满，也引起了曲文金裘金才的怀疑。我其实是有意这样做的，我希望事情能够反映到裘二海那里，让他生我的气，抓紧时间重新物色人选。可是一等二等左等右等，裘二海那里一点消息也没有，我到处打听，也没听说他派谁去学医了，我等不及了，就去大队部找他，大队会计听说我找裘支书，脸上怪怪的，问我："万医生，你找裘二海？"我点了点头，才注意到他没有说你找裘支书，却是直呼裘二海的大名，我正有点奇怪，大队会计又说了："万医生，你是真的不知道？"我听出了他话里的意思，赶紧问他："知道什么？"他说："裘二海出事了，公社调查组正在查他。"我心里一惊，又问："是哪方面的事？"会计诡秘地摇了摇头，不再说下去了。

我回来后，心里更不踏实了，去问裘金才知不知道裘二海出事了，裘金才一听我的问题，赶紧夹着尾巴逃了进去。我又问曲文金，还是曲文金好，她告诉我，听说大队账目上有问题。我急得说："他贪污了？贪污了多少？"好像是我爹贪污了，曲文金奇怪地看了看我，说："我不已刀（知道），你也别说戏我告诉你的。"我点了点头，我原以为裘二海会是生活作风问题，不料却是经济问题，只是我没有心思去考虑裘二海到底是什么问题，我的心情十分沉重，裘二海出了问题，我的事情怎么办？

我无法可想，跟马莉说："马莉，你帮我打听打听，裘支书的问题搞清楚了没有。"马莉说："你打听裘二海干什么，他跟你有什么关系？"我怕马莉又有什么新花招，没敢告诉她为什么，就搪塞说："我跟他没什么关系，我只是打听打听而已。"马莉的眼睛里立刻浮出一层怀疑，我当时心里就有点打鼓。

艰难地熬了一阵，裘二海使了不少手段，他的问题就不了了之了，说是大队的账目虽然有点混乱，但裘二海个人并没有贪污，最后给了个党内警告处分，没有撤职，他还是大队书记。我好高兴，赶紧去找他，裘二海见到我，说："万医生，你没带听诊器吧？"我说："没带，我是来——"裘二海打断我说："你什么时候回去，我跟你过去，你替我听听心脏，这一阵心老是乱跳。"我想他可能是审查时受到了惊吓，我赶紧拍他的马屁说："裘书记，不用你跑了，一会儿我回去拿听诊器过来帮你听。"裘二海满意地笑了笑，我见他高兴，赶紧问："裘书记，上回你答应我，要另外派人去学医，派了没有，学好了没有？"裘二海直摇头，说："没听说过！万医生，你开什么玩笑，我们后窑有医生，为什么还要派人学医啊？"我见他耍滑头，急了，说："裘书记你是书记，你不能像万小三子那样无赖。"裘二海一听万小三子的名字，脸上顿时有点慌张，说：

“什么万小三子，万小三子说我什么了？”我发现一提到万小三子裘二海神色就变化，我有意刺探他一下，我说：“你别以为我不知道，万小三子都告诉我了。”裘二海果然更慌了，急不择词地说：“万医生，你不要误会，万小三子确实是觉得你有本事，我也觉得你——”他大概觉得我没有本事，但为了配合万小三子，就瞎说我有本事，但瞎话到嘴边又实在说不出来。

我没想到我这一诈，倒把真情给诈了出来，原来又是万小三子在捣鬼，我赌气说：“万小三子又不是你儿子，你这么听他干什么？”我这话一出口，裘二海脸都歪了，急吼吼地说：“万泉和，我一向尊重你，喊你万医生，今天我不喊你万医生了，我要喊你万泉和了，万泉和你给我听着，你再胡说八道，我就，我就叫你当不成——”他大概想说他就让我当不成赤脚医生，可话到嘴边，发现这正是我所要求的，才赶紧住了嘴，又气又急，脸都涨紫了。我乘胜追击而且带着要挟的口气说：“裘书记，你要是不想说万小三子，我们就不说万小三子，但是你得答应我的要求。”裘二海听了我这话，竟然露出了一副视死如归的样子，朝我挥了挥手，说：“这事情，没得商量！”

我从大队部回来，又思来想去，从从前想到现在，问题好像都出在万小三子身上，那天在万菊花家裘二海明明已经答应我，可万小三子一参与进来，裘二海就出尔反尔了。这个万小三子，这世里我可没有得罪过他，我还帮他从耳朵里夹出臭毛豆，我还帮他爹万全林治好了腿伤，他怎么就这么跟我过不去？难道前世里我欠下了他的什么债？我想不明白，就去找他，万小三子嘴上长了一个疔，痛得脸都歪了，我赶紧叫万全林找来一块碎碗片，将万小三子的疔割开来，挤出脓水，万小三子很配合我，他知道我怕蟑螂，就自己跑到灶屋去捉来一只又肥又大的蟑螂，撕开它的屁股，将红兮兮的蟑螂肉贴在自己嘴上，我看着都恶心，万小三子的脸却已经正过来了，笑眯眯地跟我说：“万医生，我知道你要来找我。”我说：“原来都是你在捣鬼。”我看着那半只死蟑螂在万小三子嘴唇上一翘一翘的，忍不住要发笑，但是想到万小三子的可恶，想到我们的话题的严肃，我就板了面孔等待他的回答。万小三子说：“万医生你别不识好人心，我都是在帮你。”我说：“你要是真的想帮我，你就别让我再当赤脚医生了。”万小三子说：“那不行。”我说：“为什么？”万小三子说：“说来话长。”他要慢慢地从头给我说起，我不想听故事，我只想有结果。可我急他不急，还拉张凳子让我坐下，他跟我面对面地坐着，很有耐心地说：“万医生，你先听完我的故事再说吧。”

万小三子就从头给我说起了。

万小三子说：“其实事情经过你都知道，我七岁的时候第一次出场，我耳朵痛，我爹万全林请你爹万人寿帮我看了几次，你爹说我是得了中耳炎，他放屁，给我打针吃药消炎但是没有用，我的耳朵越来越痛，脸肿得像个屁股，把眼睛挤得比屁眼还细，后来你拿了一个镊猪毛的镊子就把我的耳朵给治好了。你是不是觉得我在骂自己是猪？也可以这么理解，我这个人从小就无所谓，别说猪，你骂我什么我都可以笑纳，不是我皮厚，是我从小就具备了大将风度，要不然，怎么会有我的今后？我的今后，是呀，我现在还只是初中生，说我的今后还太早了些，可是我的今后肯定是灿烂辉煌的，你不信也得信。现在还是说你吧，万医生，那天你用镊猪毛的镊子镊出我耳朵里的一颗发了芽的毛豆，就在毛豆被你夹出来的一刹那，我的耳朵通气了，就立刻有个声音在我耳朵里说：万泉和医生。”

我打断了万小三子的叙述，说：“那有什么，你耳朵痛，我替你夹出了毛豆，你耳朵不痛了，你当然以为我是医生，为什么？因为你是个小孩，你才几岁，你什么也不懂。”万小三子承认我的话，他点了点头，说：“我承认我是什么也不懂，但我对自己耳朵里的声音还是懂的，我知道什么叫万泉和医生，那就是说，你万泉和要当医生。”我气得说：“这没有道理，这没有道理。”万小三子又点头，说：“也许是没有什么道理，但是从此以后，这个声音就一直守在我的耳朵里，只要我心里有一点点觉得你不是医生，我的耳朵就痛起来，我就得赶紧念叨，万泉和医生，万泉和医生，咦，一念叨，耳朵就不痛。”我急得说：“你瞎说，你把我当小孩子骗，你以为我会相信你？”万小三子觉得嘴唇上的死蟑螂快掉下来了，他赶紧用手将它按牢一点，又说：“别说你了，我自己都觉得我是在骗人，但事实真的就是如此。所以我不得不把自己的全部心思都放在让你当医生这件事上。”我生气地说：“万万斤，从前你还小，我不跟你计较，现在你已是初中生了，你这么胡说八道，我不跟你客气了。”万小三子说：“我知道你不肯相信我，因为你还没有听完我要说的话呢，你还是耐心一点，听我往下说——刚才我说到哪里了？对了，说到你夹出了我耳朵里的毛豆，我的耳朵顿时通气了，就听到一个声音：万泉和医生。其实，在这之前我爹为了救我，已经低三下四地喊过你无数声万医生，你却不领情，还叫我爹不要叫你医生，因为你爹万人寿才是医生，我爹只好改口叫你小万医生，可你还是不答应，臭架子搭的不小。当时我虽然耳朵很痛，但心里还知道气愤，我在心里赌咒发誓地说，你就是医生，你就是医生，你一定就得是医生。"

我忍不住了，又想插话，因为万小三子明明在说谎，他先前说是毛豆夹出来耳朵通了才有个声音说万泉医生，现在又说毛豆还没有夹出来耳朵还在痛的时候他就在想万泉和医生了，这是自相矛盾。但万小三子不给我机会，他拿手指往嘴上"嘘"了一声，阻止了我插话，他继续说："但是，虽然我耳朵里有这个声音，可你万泉和确实不是医生，你爹万人寿才是医生，这是一个我无法否认的事实。这件事情要是碰在别人身上，恐怕很快就拉倒了，只要我的耳朵好了，我管他谁是医生呢。可这事情偏偏碰在我身上了。我这个人，你们以后会慢慢知道，凡是我要想做的事情，就一定要做成，做不成我是不会罢休的。那一年我七岁，就是因为耳朵这样一件小事，就一心要想让你当医生，说起来真的很莫名其妙，我娘告诉过我，碰到说不清的事情，就把它叫作缘分。其实缘分只是个屁，我才不相信缘分，我只相信我自己，一切决定于我这个人。这就是我，今后还有很多很多的事情都是在我莫名其妙心血来潮的情况下做成的。虽然你不是医生，但我有信心改变这个事实。你们看我的吧。"

就从那一天起，我开始了漫漫长征路。长征路的彼岸，就是你万泉和成为万医生。

我只有七岁，但是已经有了足够多的脑子，比猪脑子那一大堆还多。我是分两步走的。因为你爹万人寿是医生，他又是你的爹，他永远压在你的头顶上，所以，要让你当医生，就先要灭掉你爹万人寿的威风，让你爹万人寿丢脸、出丑，没面子。这就是我的第一步计划。

我第一步计划里的第一招，就是我爹万全林送给你的那副对联。这是我的主意，是我让我爹去买锦旗的，可我爹小气，把锦旗换成了纸对联，我很不满意，但当时我没有跟我爹计较，只是把这件事情记在账上，我会在以后的某一天跟我爹算总账的。下面的事情你们也已经知道，这副对联对你爹万人寿的打击是很大的，但是并没有把他打倒，主要是你没出息，你为了讨好你爹，拍你爹的马屁，竟然对你爹说，爹，这副对联是送给你的。而你爹万人寿，居然也不知羞耻地说，那当然啦，难道你以为是给你的。

我过高地估计了对联的作用，没想到对联在起了一定的作用以后很快就失去了它的作用，好在我有的是办法，第一招不行，我再用第二招。我的第二招其实你们也知道了，就是让裘二海给你记工分。这一招果然引起了你爹万人寿的不满，他虽然嘴上说是因为不公平才不满的，但事实上，他已经感觉到了来自他儿子的压力和竞争。这些招数虽然小，但我相信一点一点积累起来最后会起到很大的作用。只是有一点你可能会对我产生怀疑，裘二海又不是我爹，凭什么我说什么他就听我的，我让他给你记半个人工，他就给记了，这不奇怪吗？连我爹还对我的话打折扣，把锦旗换成了红纸头，裘二海倒会是对我唯命是从？这当然奇怪，这也是一个谜，我会解开来让你知道的，但现在还不到时候。现在不说我和裘二海的事情，先说我怎么继续对付你爹万人寿。那一天大家下地割稻子，我一个人在村里晃荡。其实我是故意晃荡给别人看的，好让别人觉得万小三子百无聊赖，其实我是别有用心，蓄谋已久想找你爹万人寿的错头。”

我被万小三子的阴谋吓出一身冷汗，赶紧问：“你没把我爹怎么样吧？”万小三子大度地挥了挥手安慰我说：“你放心，我只是一个七岁的小孩，能把你爹怎么样？我在村子里晃荡晃荡，就看见了裘癞痢。他一边走一边往头上挠痒，我知道裘癞痢又要找你爹万人寿去看他的癞痢头了。”我赶紧说：“我爹已经给他治得好多了。”万小三子承认说：“好是好多了，但还没有彻底好，所以裘癞痢又找你爹，他想彻底治好，就让我有了可乘之机。我跟裘癞痢套近乎，恭维说他的癞痢头已经不怎么癞了，我问万人寿医生给他用什么药治的，裘癞痢告诉我，万医生用的是一种叫润肌粉的东西，是万医生自己用草药配制的。”听到这儿，我的心怦怦地跳起来，紧张得大气都不敢出，万小三子看出了我的紧张，拍了拍我的膝盖，说：“你猜对了，但是不用紧张——我偷了我家的辣椒粉，拌在你爹万人寿的润肌粉里，结果裘癞痢回去一擦，痒倒确实不是痒了，结果痛了个半死。很快大家就知道了，你爹万人寿用辣椒粉给裘癞痢治癞痢头。”

万小三子这一招是很阴毒的，他给我爹造成了恶劣的影响，那一阵村里有不少人中了万小三子的奸计，当然也有好心人不忍伤万人寿的心，就委婉地说，万医生是有水平的，但毕竟年纪大了。这样说，也是他们给我爹面子。但传到我爹耳朵里，他一样的生气，我爹万人寿认为他是不会老的，当然就更不可能输给别人，哪怕是自己的亲生儿子，他也是要争一个高低的。

听到这儿我又说："可是我不和我爹争高低。"万小三子说："这跟你没关系，所有我做的这些缺德事，都是我在想方设法让你当医生。没有人知道我的想法，我只是一个七岁的小孩，虽然大家骂我小棺材，虽然我有点邪，但我的心思人家怎么会知道呢？你还记得在宣布你学医的群众大会上，你爹上跳下蹿地反对，后来我趴在他耳朵边上说了几句话，你知道我对你爹说的什么吗？"我依稀地记起了这个情形，我摇了摇头说："你咬着他的耳朵说，我怎么听得见。"

万小三子满意地笑了笑，说："我跟你爹万人寿说，你要是不让万泉和学医，裘二海就要在群众大会上宣布，万泉和是他的儿子。"我跳了起来，就跟当初我爹在会场上跳起来脸色大变一样，我也脸色大变，又急又气道："万万斤，说话要有证据！"万小三子说："可这话不是我说的，是裘二海说的，裘二海手里捏着证据呢，要不然那一天你爹怎么甘心甩手就走了呢？"

我哑口无言。但我决不相信万小三子的话，那时候他才几岁的一个孩子，什么辣椒粉，什么谁是谁的儿子，他能搞得懂吗？就算他搞懂了，这么多年过去，他还能记得这么清楚、叙述得这么有条有理吗？我非常怀疑他这些话的可靠性，可万小三子不理睬我的疑惑，他继续讲他的故事："我的第一步基本上达到了预想的效果，第二步的难度就大得多了，因为第二步我要对付的是裘二海。我虽然有点坏，但毕竟人微言轻，我在村里说话，连屁都不如，连蚂蚁都不会理睬我。那么村里有谁人大言重说话算话呢，当然就是裘二海了。我知道，只要裘二海开口，你就能当医生。但是要想让裘二海听我的话，可不是一件容易的事情，对付裘二海不能像对付你爹万人寿那样，我得做好更充分的准备。所以，我开始在暗中研究裘二海。我研究裘二海的第一步，就是偷偷地跟踪他。

跟踪裘二海，我发现了一个秘密，裘二海喜欢到女人家里去，凡是这个女人的男人进城摇大粪或者上工地开河去了，裘二海就会偷偷地跑进她家去——"我听万小三子说到这儿，又忍不住插话了："他不光到女人家里去，他还把女人叫到大队部。"我这么说，并不是落井下石乱栽赃，我是有事实根据的，因为有一次裘二海竟然忘记了大队办公室的广播开着，结果全后窑大队每个小队的大喇叭里都传出来裘二海和一个女人在说话，因为是广播里的声音，大家听得出裘二海，却听不分明那个女的是谁。结果在很长时间里，后窑的人一直都在互相猜疑，互相争吵，有人是互相推诿，你说是我，我说是你，但也有人反过来，互相争夺，两个女人都说是自己，最后还打了起来。而这两个为了争夺裘二海打起来的女人中有一个还是军婚，这可把裘二海吓坏了，摆平了这件事情后，他收敛了一阵，可不多久又旧病复发了。

万小三子不喜欢我打断他的思路，朝我摆了摆手，继续说："我开始并不知道他进去干什么，我毕竟还是个小孩嘛，我在窗下偷听他们的说话，我听到裘二海说，我的乖乖宝贝，我的心肝肉。我也不知道这是什么意思。有一次我惹我妈生气了，我妈骂我说，万小三子，你个小棺材，你一点不像万全林的儿子，你倒像裘二海狗日的儿子。我妈的话似乎给了我一点启发，我问我妈，儿子是怎么生出来的？我妈又骂我，不回答我，倒是我爹告诉了我，他说，就是男人和女人睡觉生出来的。我说，那就是裘二海和我妈睡觉生了我？我妈气得拿起扫把打我，我逃开，但没有逃远，因为我还没有弄清楚一些事情呢。我站在院子里，乘机往我妈身上栽赃，我对我妈说，我知道，我就是裘二海的儿子，你看看我的脸，我的眼睛是三角眼，裘二海也是三角眼，我的鼻子是鹰钩鼻，裘二海的鼻子也是鹰钩鼻。我妈更急了，大声地骂我放屁，我说，妈，你别难为情了，我亲眼看见裘二海爬到你的床上，还跟你说，我的乖乖宝贝，我的心肝肉。这话被我说中了，我妈愣住了，脸顿时红了，半天才回过神来，大骂道，小棺材，你放屁，你还没有生下来，你怎么会看见？你怎么会听见？你看，我妈不打自招了，可我心里倒多了一份负担，本来我是乱栽赃的，不料一栽就栽了个准，难道我他妈的还真是裘二海的种？我对着镜子照了又照，否定了这个想法，我和裘二海，根本不可能，一点相像的地方都没有。但我先不管这些，既然你裘二海有把柄在我手上，我就不怕你不让万泉和学医。我去找裘二海，你还记不记得，那时候裘二海还不是书记，是队革会主任，老支书生了病，公社正在考虑换谁接替支书，裘二海觉得他自己希望很大，所以那时候他得小心一点，我正好抓住了这个机会。"

他的故事越说越好听，越说越精彩，我想紧闭我的嘴巴继续听他说，可当我一听到"机会"两字，我又忍不住了，又一次打断他说："万万斤，你不实事求是，你那时候才七岁，你怎么会抓住机会。你连什么是机会你都不懂。”万小三子说：“咦，万医生，你的脑子蛮灵光嘛，我承认，我七岁的时候并不懂什么叫机会，但你没有发现事物发生了变化吗？现在给你讲故事的人不是七岁的万小三子，而是中学生万小三子，而且是一个聪明过人的中学生，当初我也许不懂什么叫机会，但现在回想往事，我知道那就叫机会。”万小三子是个雄辩家，我说不过他，只好继续听他说故事。

“我找到裘二海，他正在大队召集会议，我有意鬼鬼祟祟地把他拉出来，对他说，裘二海，我喊你一声爹好吗？裘二海看着我，不知道我什么意思，盯着我研究了半天，可怜的裘二海，他怎么知道我的心思，面对一个七岁的孩子，他第一次显得那么手足无措，他说，万小三子，你什么意思？他问了一句，脸色突然警惕起来，赶紧又补了一句，谁叫你来说这个的？我说，反正是有人叫我来的。裘二海脸色更难看了，看上去他要揪我的衣服了，但他被我眼睛里的凶险吓住了，缩回了手问，谁？谁叫你来说这些屁话的？是你爹？我赶紧洗脱我爹，我说，不是我爹。裘二海想问是你妈吗？但他没有问出来，我就替他说了，也不是我妈。裘二海似乎松了一口气，说，那到底是谁？我说，你别管他是谁吧，你到底要不要我喊你爹。裘二海说，凭什么你要喊我爹？我说，凭你是我的爹呀。裘二海一听，脸色更是大变，他张口想骂我，但那些脏话到了嘴边却被吓回去了，因为他忽然想到，要是他骂了我，这件事情就等于公开了，虽然裘二海在整个后窑大队十三个生产小队都可以耀武扬威无法无天，但这个谁当支书的节骨眼上他得提着点小心，所以他不敢骂我，更不敢叫我滚，他低三下四低声下气地对我说，万小三子，你先回去吧，改天我到公社开会，带一个皮弹弓送给你。我一听他这话，再一看他的神态，我知道我的阴招起作用了，我才不要他的皮弹弓，我朝他翻了个白眼，他也是个聪明人，也看出来我不稀罕皮弹弓，他以为我要别的东西，就问我，万小三子，你想要什么你尽管说。那我就不客气地直奔主题了，我说，你知道万人寿用辣椒粉擦人家的癞痢头吧？裘二海点头哈腰地说，我知道我知道。我说，你既然知道，还让他当医生啊？裘二海苦着脸说，可是万人寿要是不当医生，就没有医生了呀。我说，不是有万泉和吗，万泉和不是医生吗？裘二海疑惑地看着我，小心翼翼地说，万泉和？万泉和他不会看病呀。我说，这个问题很简单嘛，你送他去学，他就学会了。裘二海到这时候才彻底明白了我的意思，他寻思了半天，反复把握着其中的分寸，权衡着里边的利弊，他自言自语道，万泉和学医？万泉和学医？这也没有什么呀，他爹本来就是医生，他爷爷也是医生，他爷爷的爹也是医生，他为什么就不能当医生呢。虽然他是自言自语，但我知道他是有意说给我听的，他在讨好我，更主要的是他已经权衡出了事情的利弊和轻重，在让万泉和学医和让他的丑事暴露这杆秤上，他找到了准心，调整了天平，我乘机说，既然没什么不可以，那就赶紧让他去学呀。裘二海说，那就学罢，有多大个事。于是裘二海就找了你，让你去学医。事情的经过就是这样。"

我听了万小三子的叙述，愣了半天，虽然他说得头头是道，滴水不漏，但我总觉得哪里不对劲，可我又捉摸不出问题在哪里，我想了半天，说："后来呢？"万小三子说："后来的事情你都知道了。"我说："我不是说后来，我是说现在，现在你耳朵里还听到有万泉和医生吗？"万小三子凑到我面前仔细地看了看我的脸，说："你打蛇打在了七寸上。"我说："你耳朵里早已经没有万泉和医生了，现在你为什么又重蹈覆辙不许裘二海派别人去学医？"万小三子指了指自己的耳朵，说："现在我的耳朵确实是没有那个声音了，但是现在马莉嘴巴里有那个声音，你知道吧，马莉嘴巴里的声音，就是我耳朵里的声音，就是我心里的声音，这个你懂吗？"我张口结舌，被他彻底地击垮了。

我才明白了之前的一些事情，但是现在不是从前了，现在万小三子是为了马莉，是马莉要我继续当医生，永远地当下去，万小三了捧了马莉的热屁当香山芋，可害苦了我。我真够倒霉的，好像我这一辈子就被这一男一女两个小魔头劫持了。

第八章：命中还有一个女万小三子

无论万小三子和马莉是劫持我还是绑架我，我高低死活都不能再当医生了，但是我又没路可走，裘二海不听我的，当然他也未必愿意听万小三子指挥，但他屁股上的屎被万小三子攥在手心里，万小三子紧紧攥着裘二海的臭屎，也不嫌脏不嫌臭，为的就是随时可以要挟他。裘二海是什么样的人物，他怎么能受万小三子的要挟？怪他自己不走运，头一次是升迁的关键时刻，这一次偏偏又碰到了被审查账目的事情，所以裘二海再怎么猖狂一世，却两次栽在万小三子手里。他这一栽二栽的不要紧，却害得我计划一落空再落空，我又思来想去，最后终于让我想起一个人来：吴宝。

我无法可想，便低三下四去求吴宝。吴宝在公社文化站排练节目，一大帮男男女女都混在一起，吴宝透过人群的缝隙看到了我，他并没有走过来，只是冲我点了点头说："万泉和你来啦？"女队员都看着我，我很高兴，赶紧给吴宝和其他几个男的递上烟，吴宝说："万泉和，你也抽烟了？"我说："我不抽烟，我是专门买了给你抽的。"吴宝看了看烟的牌子，说："红金，万泉和你出手蛮大方的。"我知道吴宝的话里有嘲讽的意思，但我没有在意，我是来求他的，他再怎么嘲讽我，他哪怕骂我，甚至打我，我都得忍着。我点头哈腰地说："吴宝，我有点要紧事情来跟你商量。"别人没兴趣听我的要紧事情，都走开了，吴宝看了看我，很瞧不起我说："万泉和，你能有什么要紧事情？"我说："涂医生回来了。"吴宝说："我知道，我在公社卫生院看到他了，怎么，你要找他吗？”我说：“我不找他，我找你，吴宝，我是来求你的，你能不能回到后窑大队医疗站？”吴宝说：“你到底撑不下去了。”我说：“我早就撑不下去了——要么你回去，要么我关门。”吴宝说：“你关门好了。”我说：“吴宝你别这样事不关己，你毕竟也做过赤脚医生，你对后窑医疗站总有点感情的吧。”话一出口，我就看到吴宝脸上的坏笑，我想我说坏了，说到感情了，触到他的心境了，他可能会翻脸生气，当初就是因为他跟刘玉有了感情才被赶走的，我真是哪壶不开提哪壶，不料吴宝不仅没生气，还兴高采烈地跟我说：“在后窑医疗站那一阵，闷也闷死人了，也就是跟刘玉那一段还有点儿意思。”我支吾了一声，硬着头皮说：“刘玉、刘玉她现在经常回娘家哎。”其实我根本就不知道刘玉一丁点儿的消息，自从刘玉嫁走以后，我再也没有见过她，她回不回娘家我才不知道呢，但是我为了拉回吴宝，居然想拿刘玉来诱惑他，我觉得我有点无耻，但我也只能这么做了。可是吴宝比我更无耻，他说：“万泉和啊万泉和，你是真笨还是假蠢，刘玉都是两个孩子他妈了，黄脸老太婆一个，你以为我还会对她有兴趣？”我愣了，吴宝又说：“你喜欢你自己拿去用吧，我省给你了。”他说女人像说一件东西，可是女人还是喜欢他，我也不知道这是为什么。我说：“吴宝，我们不说刘玉了，还是说你吧，你要是不回来，我真的就关门了。”

吴宝的心事却已经走开了，不再听我说医疗站的事情，什么关门开门，他都不往心上去，他眼睛骨溜溜地转了一会，忽然说：“万泉和，我还是关心关心你的事情吧——”话音未落，他就大声地喊起来：“李铁梅，李铁梅——”一个姑娘应声过来了，我正奇怪她怎么会叫李铁梅，和《红灯记》里的李铁梅一样的名字？她自己先自我介绍了：“我是演李铁梅的，吴老师就喊我李铁梅了。”吴宝笑道：“李铁梅，现在我们要编《红灯记》的下部了。”李铁梅信以为真，激动地问：“怎么编，怎么编，唱什么戏？”吴宝朝我一挤眼，又对李铁梅说：“下部该李铁梅谈对象了。”他指了指我，又说：“李铁梅，他就是你的对象。”李铁梅也搞不清哪里是戏哪里是真实的人生，说：“那你叫什么呢？”我也一样搞不清，回答说：“我叫万泉和。”李铁梅咯咯地笑，说：“笑死我了，笑死我了，你叫万泉和，你不是叫李玉和啊？”我老老实实地说：“李玉和是李铁梅的爹。”吴宝说：“不是亲爹。李铁梅是领来的。”李铁梅说：“吴老师，他到底演什么角色？”吴宝说：“演你的对象。”李铁梅说：“那他后来牺牲了没有呢？”我赶紧说："李铁梅，你搞错了，吴宝是要给我介绍对象。"李铁梅仍然纠缠在戏里戏外，想了想，说："是呀，吴老师要编《红灯记》下部，下部李铁梅是该找对象了。"吴宝推了我一下，说："万泉和，机会我可是给你了，你自己把握吧。"我一急，说："我还不知道她叫什么呢？"李铁梅赶紧说："咦，我叫李铁梅呀。"她始终沉在戏里走不出来。我虽然觉得她没有刘玉聪明可爱，眼睫毛也没有刘玉的长，但模样还说得过去，我心里很激动，但还硬是表现得若无事事，我略带勉强地冲吴宝点了点头，说："那就试试吧。"吴宝也点了点头，对李铁梅说："你叫朱凤芹。"

朱凤芹这才清醒过来，说："吴老师，你原来不是在说戏啊？"吴宝说："人总不能一天到晚都演戏，你也不小了，我给你介绍对象呢。"朱凤芹一听，眼泪"哗"地就下来了，赶紧用手捂住脸，边哭边偷偷地从手指缝里朝外看，我开始以为她要看我呢，后来才发现她是看吴宝。吴宝说："你哭什么，要你嫁人，又不是要你嫁鬼。"朱凤芹哭得上气不接下气地说："我——不——要——，我——不——要——，吴老师——吴老师——我生是你的人，死是你的鬼——"原来她也是吴宝的女人。吴宝笑道："你就这么看不上我们万医生，我们万医生也是一表人才，他还会给人看病呢。"我咂巴咂巴滋味，没有咂巴出讽刺的意思，我赶紧谦虚地说："我不行的，吴宝，还是你回去当医生，我当你的助手，你比我聪明。"话一出口，我立刻就后悔，我说的是真话，但这真话怎么能当着李铁梅的面说出来呢，刚才李铁梅还说生是吴宝的人，死是吴宝的鬼，我再说吴宝聪明，她就是烧成了灰也要变成一只灰蝴蝶飘飞在吴宝的身边了，我还有什么可指望的？

果然，李铁梅听了我的话，愣愣地看了吴宝一会儿，"嗷"地一声尖叫道："吴老师，我死也不嫁人。"吴宝笑眯眯地说："你不嫁就不嫁吧，你去把李奶奶叫来。"李铁梅赶紧就跑了。我就直往她跑走的方向看，我想李奶奶虽然是李奶奶，但她的年纪也许并不大，宣传队里的姑娘就没有年纪大的，上回演沙奶奶的那个，才十九岁呢。吴宝看着我说："你别着急，有一会呢，李奶奶今天没来排练，要到她家去喊来。"我说："我不急，反正我也没事。"吴宝说："你坚决不在合作医疗站干了？"我刚才还乐滋滋的，一听合作医疗，心里又烦起来，我沮丧地说："我坚决的，可我关不掉门。"吴宝说："关不掉？我去替你关。"他见我发愣，又轻巧地说："这事情太简单了，你现在就给我转身，从这里走出去，回家，到了家，把门关上，就这点事情，不简单吗？"吴宝这话虽然说得嬉皮笑脸，但我听了心里却一震，吴宝说得有道理，世界上哪有关不掉的门？关键看你是不是铁了心要关，铁了心要关，总是能关掉的。我是蓄足了力气跑到公社想把吴宝拉回去的，结果却被吴宝轻轻一推就推开去了。吴宝这一推，让我知道我该怎么办了，我不需要再多说什么，转身回家，把合作医疗站的门关上。

我要转身走出去的时候，马莉跑了进来，她见我急匆匆地往外走，拦住我问："万泉和，你干什么？"我说："我回去。"马莉说："吴宝说什么了？"我已经拿定了主意，也懒得再告诉她吴宝说了什么，我只是简单地说："我回去，关门。"马莉瞪着我说："万泉和你是来求吴宝的吧，吴宝不肯，你就要回去关门了。"我说："你既然知道了，就不要再用阴谋诡计了。"马莉说："那不可能，对付你，我永远都要用阴谋诡计。"我十分严厉地说："马莉，你到底想干什么？"马莉见我这么严厉，"吃吃"地笑了起来，说："我不想干什么呀，我没想干什么呀。"吴宝走了过来，走到马莉身边，一手搭在马莉的肩上，说："小丫头长这么高了。"他不说我也没在意，马莉几乎天天在我眼皮底下晃来晃去，她长高不长高，我是没有感觉的，吴宝一说，我才认真地看了马莉一眼，这一眼一看，把我吓了一跳，马莉居然已经和我差不多高了，我吓得往后退了一步，在我的心里，马莉还是个黄毛小丫头呢，怎么一下子就长成个大人样了？只见马莉不动声色地从嘴里吐出几个字："吴宝，把你的爪子拿开。"一向受女孩子欢迎的吴宝好像有点意外，他大概还从来没有碰到过这样的事情，他平时对付女孩子有一套又一套的办法，这会儿却显得有些手足无措，他好像在考虑要不要把手拿开，不拿开吧，马莉的话搁在那里像一根针在刺他，刺得他很痛，乖乖地听话拿开吧，他又觉得很没面子，就在他犹豫不决的时候，马莉又说了："吴宝，难道还要我说第二遍？"吴宝讪讪地笑了一下，似乎是有意无意地把手拿开了，这只手和另一只手搓了搓，坏笑着说："马莉你放心，这么搭一搭，不会生出小孩来的。"马莉说："那也不一定，万一生出来，算谁的呢。"马莉真是个小孩，什么也不懂，这种玩笑也能跟着吴宝乱开？我赶紧制止她，我说："马莉，我们走吧。"马莉却不走，她不知道吴宝的厉害，还要跟吴宝继续斗嘴，说："吴宝，你们家吴媛媛几岁了？"吴宝一听马莉提到他的女儿吴媛媛，一脸的坏笑赶紧收了起来，警惕地说："你问她干什么？我干什么要告诉你？"马莉说："我也不用你告诉我，我都知道，吴媛媛明年就上小学了，上了小学她就可以谈恋爱了。"吴宝说："你胡说什么，上小学怎么谈恋爱！"马莉阴险地一笑，说："你怕她不会啊，不会有老师呀，你不是老师吗？你要是不肯教，我可以教她，我教她怎么谈恋爱，怎么谈一个丢一个。"吴宝脸色大变，厉声说："马莉，你开什么玩笑，我们家媛媛还小呢。"马莉说："我不开玩笑，我说到做到。"吴宝赶紧想停止话题，可为时已经过晚，马莉已经刹不住车了，说："吴宝，你放心，我已经和你家媛媛一起玩过几回了，好漂亮的小姑娘，保证人见人爱。"一向厚颜无耻从容不迫的吴宝竟被马莉的小流氓腔拿住了，听到这句话后，他脸色灰暗，愣了半天，没再说一句话就闷闷地走开了。我批评马莉："你怎么能够拿一个小孩子来说事情，吴媛媛是吴宝和他老婆的心头肉，你说吴媛媛，不是戳人家的心境么？"马莉说："我就是要戳他的心境，要戳得他痛，那么多人的痛苦都是他造成的，我就是要让他难过，让他气闷，看他还老不老卵。"我说："马莉，你是女小孩，不要说粗话。"马莉不理我，自顾自说："我以后见他一次说一次，说得他没脸活下去。"我知道马莉的驴脾气，不跟她继续说吴宝了，就换了个话题问她："马莉，你怎么跑到公社来了？"马莉说："万泉和，你别以为我是来找你的，我参加农高中摸底考试，考完了出来，听人说你在宣传队，我就来找你了。"她一边说一边挽起我的胳膊走在公社的街道上，有些人朝我们看着，他们并不认得我们，但是从他们的目光中我知道他们觉得有点奇怪，说我们是父女吧，我不见得有那么老，说我们是对象吧，马莉又太小了，我觉得太别扭，把马莉的手拉开，马莉偏又勾上来，说："怎么，万泉和，我拉你的手不行？"我不敢和她多说，她是个给根竿子就往上爬的人，我可不能把这个竿子给了她，让她爬到我的头上。

我们一起到公社卫生院，去看涂医生，涂医生见到我，说："万泉和，正好你来了，本来我要让人带信给你呢，我要结婚了，你来吃喜酒吧。"我有点惊奇，一下子想起了涂医生曾经给我看过的日记里的内容，我脱口说："是那个营业员吗？"涂医生一听顿时沉下脸来说："万泉和，你胡说什么，什么营业员，哪来的营业员？"我说："咦，你在日记里写的，我看了你的日记才知道的，你还说——"涂医生手指着我说："万泉和，你再胡说，我跟你不客气！"

我还想跟他争辩几句，马莉抢在我前面对涂医生说：“怎么怪万泉和？要怪就怪你自己，你为什么不说清楚你是复婚。”我这才知道原来涂医生是要复婚了，应该祝福他，我激动地搓着手说：“太好了，太好了！”大家都笑起来，有个病人说：“倒像是你要复婚，这么激动。”我说：“我不可能复婚，我还没结婚呢。”大家又哄笑，马莉生气地说：“干什么，干什么，欺负老实人啊？”涂医生为了报复我，就跟我说：“万泉和，听说你的合作医疗站三天打鱼两天晒网，还听说你把巴豆霜当成黄连素，你想拉死人？你倒还有脸撑得下去？”我其实也可说涂医生把痔疮止痛膏当眼药给人擦，但我心地善良，不会说出来，我说：“我是撑不下去了，所以来看看涂医生有没有办法。”涂医生一听我这话，好像受到了惊吓，身子一缩，人都矮下去一大截，他矮在那里说：“万泉和，你回去吧，我没有办法的。”马莉气道：“涂三江，好歹你也在后窑待过几年，一点感情也没有，狼心狗肺。”涂医生说“你怎么骂人呢？”涂医生的几个病人也帮着涂医生批评马莉：“你这个女小孩，说话这么难听，简直不像女孩子。”马莉直朝他们翻白眼，说：“我像不像女孩子管你们屁事。”她又来拉我，说：“我们走，不求他们。”我说：“不求涂医生不行。”马莉把我的手一丢，差点把我推了一个趔趄，凶巴巴地说：“没出息的东西。”我哭丧着脸说：“我是没出息，我是没本事。”马莉的脸色又暖和过来，过来轻轻地拍了拍我的肩说：“没事没事，万泉和，你放心，我会帮你的。”她的话引得大家大笑起来，尤其涂医生笑得厉害，他还边笑边说：“马莉你干脆喂点奶给万泉和吃——”马莉说：“我就喂他，你也管不着，你也吃不着。”涂医生毕竟有点怵马莉，还是回头对付我说：“万泉和啊万泉和，当初你就不该答应裘二海出来学医，现在弄得要个黄毛小丫头来喂你吃奶，我的脸可都给你丢尽了，你爹万人寿的脸也给你丢尽了。”我可以把这些话吃下去，可马莉吃不下去，她把涂医生和其他的病人攻击了一顿，拉着我就走了。

虽然马莉拍着我的肩说她会帮我，可她也只是说说而已，她要上学，她正面临升高中的紧张阶段，再说了，就算她不上学，她也帮不了我，从当医生的角度讲，她的水平比我更臭，这是肯定的。当病人出现在我眼前，眼巴巴地看着我的时候，当病人希望我准确诊断、开出好药，当病人求我救命的时候，她在哪里呢？她能干什么呢？

我山穷水尽了，我下决心关门也关不了，我想躲也躲不起来，因为我即便关了门，躲在家里不吭声，还是会有人来敲门，曲文金和裘金才他们也还是会帮着病人一起来喊，直到最后把我弄出来为止。我无处诉说我的苦恼，别人要我救他们的命，可谁来救我的命？

我给我爹喂饭的时候，意外地发现我爹的眼皮眨巴得比平时厉害些，我心里一动，死马当作活马医吧，我跟我爹说："爹，你有办法救我？"我爹的眼皮眨巴了一下，我觉得我爹是在答应我，我心头大喜，赶紧说："爹，这个赤脚医生我要是继续当下去，我怕要出事情。"我爹的眼皮又眨巴了一下，我觉得我爹是赞同我的说法，我再说："爹，可是你知不知道，我不能不当，我关了门，他们照样来敲门，我躲起来，他们照样把我揪出来，他们一定要我继续当下去，他们也是没有办法，我要是不给他们看病，就没有人给他们看病了。"我爹又赞同了我的想法。其实，当我开始和我爹说话的时候，我心里并没有明确的想法，只是心里的苦恼无处说，就对着一个不会说话的人诉说了，但说着说着，我发现我爹虽然不会说话，但他听得懂我的话，他还会用眨巴眼皮来表达他的意思，一旦我意识到这一点，我顿时欣喜若狂起来，我突然间产生了一个大胆的几乎是无法无天的想法，我说："爹，这个世界上，只有一个人能帮我了。"我爹明白我说的这一个人就是他，但我爹这回没有赞同我的意见，他不停地眨巴眼睛，是在表示反对。但我顾不了许多了，我说："爹，我求你了——"我差不多要给我爹磕头了，我说："爹，我继续当赤脚医生，碰到一般的普通的病，我自己知道的，我自己有把握的，我就不来烦你，但是碰到我不懂的病，我就要求你了，我把我的诊断和开的药说给你听，你要是觉得对头，你就眨巴一下眼皮，你要是觉得不对头，你就拼命眨巴眼皮，多眨几下，我只要看到你眼皮乱眨，我就知道我错了，我就让他们上公社卫生院去。"我爹听了我的话，半天也没有反应，我急了，"扑通"一下跪到我爹面前，说："爹，爹，你是我亲爹！"过了好半天，我爹的眼皮，终于郑重地眨巴了一下，我激动得一下子跳了起来，却不知道说什么好，最后憋出一句，和刚才那句是一样的："爹，爹，你是我亲爹！"

从此以后，我给人看病时多了一个习惯，看着看着，就要往里间跑。有时候刚刚拿听诊器往病人的胸口一放，就立刻丢下听诊器，对病人说，你等一等。

我就往里间去。这必定是我听到他的心脏里有我听不懂的东西了，或者病人是被抬进来的，病得不轻了，按道理我可以让他们赶紧送走，直接上大医院去看，但我还是会往里间跑一下，看到我爹的眼皮拼命眨巴几下，我就出来了，心安理得地对他们说，送大医院吧，别耽误了性命。谁也不敢耽误谁的性命，他们就抬走了。这样我心里也没有多少负担，毕竟不是我做的主，是我爹做的主，你们可以认为我这个人怕负责任，可我就是这样的人，我负不起责任，只好把责任推到躺在床上光会眨巴眼皮的我爹身上。时间长了，我对我爹的眼皮产生了依赖，有时候碰到一些小毛小病，我自己完全有把握，别说是我，就是在这里挂水的万里梅也知道给开什么药，怎么治疗，但我还是会跑进去看我爹眨一下眼皮，再回出来的时候，我的心就踏实了。

不久大家就发现了我这个奇怪的习惯，但不知道是什么缘故，也有人好奇地想跟进来看，我只好说，你别进来，我爹要小便，或者说，我爹要大便。他们就点头说，万医生你快去吧。但其实这里边是有漏洞的，因为我爹并没有叫喊我，他根本就不会出声，想喊也喊不出来，我怎么知道我爹什么时候要小便要大便呢，只不过因为大家相信我，也知道我爹的苦，就没有往深里去怀疑，他们会安心地在外间等候。后来时间长了，慢慢地他们会根据我进去的时间长短来判断我爹是大便还是小便，有时候他们急着要去劳动，怕扣工分，见我起身就会问我，这回你爹是小便还是大便，我就根据他的病情的难易和轻重回答是大便还是小便，但也有的时候我是说不准的。因为这不仅取决病人病情的难易轻重，还取决于躺在床上的我爹的态度，有的时候我说了几遍病人的情况，我爹也不理睬我，他的眼睛一动不动，既不眨一下，也不眨两下，更不是拼命地乱眨，有时候我觉得是因为我没有说清楚病情，只好回出来再问诊，问了再进去，病人觉得奇怪，说，你爹拉肚子吗？我只好搪塞过去。也有的时候，我明明已经将病人的病情说得清清楚楚了，可我爹仍然不反应，我就没办法了，急得团团转，外面的病人也着急了，以为我爹便秘，要是我爹老是便秘，以后他们看病就要耽误更长的时间。

这一段时间里，我就是这样牛牵马绷地继续当着赤脚医生，虽然好歹也让我抵挡了一阵，但这样弄神弄鬼的，弄得自己心里七上八下很狼狈，尤其是当我爹死活不肯表态的时候，我心里倍觉孤独，老是想起我们合作医疗站辉煌的时候，心里就酸酸的，后来就想到刘玉，想到刘玉走了，再也没有回来，心里就更酸，我还想涂医生，想到涂医生，我的心也会酸，这么多人我都想过来了，就是不想马莉，就算想到马莉，我的心也不会酸。不过这也不奇怪，马莉还是个小孩子，她不能让人想起她就心酸。

这期间马莉家也陆陆续续开始走人了，先是马同志调到县委去工作，接着是马开当兵走了，马莉考上了公社的农高中，农高中的学生是要住校的，这样马莉家就剩下黎同志和外婆了。可奇怪的是，农高中所有的学生都住校，偏偏马莉不肯住，她天天往返，风雨无阻。学校老师和家里大人都想不通马莉为什么要自找麻烦，也都劝过马莉，但这些话对马莉来说，连耳边风都算不上。马莉就是这样一个人。从前她是这样一个小人，现在慢慢长大了，但还不算太大，她就是这样一个半大半小的人，主意比天还大比地还硬，谁也拿她没办法。

现在马莉每天的清晨和傍晚都走在乡间的小路上，真是自找罪受。可她不光自己受罪，还害得黎同志提心吊胆，整天不踏实。马莉每天从家到公社，再从公社到家，单程就要走近二十里地，如果放学放得晚一点，基本上就是走夜路了。农村的夜路，又没有灯，又没有人，只有狗咬的声音和风的声音，两种声音加在一起，是很骇人的，胆小的人还会听到另一种声音，那其实是自己的脚步声，但在他们听起来，就像鬼在后面追他们。马莉不怕，黎同志很怕，她就吓唬马莉说："马莉，你天天走夜路，真的不怕？要是换了我，我吓也要吓死了。"马莉嘲笑她妈妈说："哪有大人胆子这么小的，干脆你叫我妈妈得了。"黎同志一计不成再换一计说："马莉，有件事情我不知道应不应该跟你说，跟你说吧，怕吓着了你，不跟你说吧，又怕你在不知情的情况下被吓着了。"马莉说："反正你是要让我吓着，不如你先说出来吧。"黎同志就说了出来。她说的就是我们那一带的一个传说，夏天在九里桥上有鬼乘凉，他们都坐在桥栏上，听到有人过来，就"扑通扑通"往河里跳。几乎所有曾经在夜晚往来于九里桥的人都听到过"扑通"声，我们那一带没有人不相信这样的迷信。但是如果人走路的声音比较轻，鬼没有听见，他们就不会往河里跳，这样人走到桥上，就撞上鬼了，回来就会生病，严重的还会被鬼索命带走。所以，大家晚上要过九里桥，远远地就会弄出很大的动静来，或者脚步声加重，走得蹬蹬蹬，前面的桥面桥栏都跟着震撼起来，鬼感觉到了，就往河里跳，如果有几个人，他们就会说话，让鬼听见，如果是一个人单独走夜路，他就咳嗽，甚至大声地自言自语，也有人唱歌壮胆，有人停下来撒一泡尿，因为据说鬼也怕臭，他们闻到尿毛臭，就会走开。虽然大家都有一套对付鬼的办法，但是在夏天的晚上经过九里桥的时候，心里总还是寒丝丝的，万一碰上胆子大的鬼，或者碰上不讲道理不讲规矩的鬼，你弄出声音他也不走，这就麻烦了。马莉的妈妈拿这个迷信来吓唬马莉，她刚说了个开头马莉就笑了起来，说："这个故事我听过无数遍啦，有一次我还特意试验过，我轻轻地走上桥，他们果然没有发现我，还坐在桥栏上聊天呢，你知道后来怎么样？"黎同志想吓唬马莉的，结果却被马莉吓着了，她脸色苍白地问："后来怎么样？"马莉说："后来我就拍他们的肩说，喂，老兄，让让路啊。"黎同志紧张得张大了嘴，半天合不拢。马莉为了安慰黎同志，让她别怕，就抓了几颗大蒜塞到嘴里嚼起来，喷出来的大蒜味差点把黎同志熏晕过去，马莉说："这下你放心了。"黎同志说："吃大蒜挡鬼，这是迷信。再说了，这么生吃大蒜，你心里辣得不难过吗？"马莉说："当一朵花插在头上也行啊。"马莉虽然人小，在农村时间也不长，倒已经很了解乡下的风俗，而且从此以后，她竟然爱上了吃大蒜。不喜欢大蒜味的人，跟她说话都要离远一点。唯有万小三子变化最快，他原先也是最恨大蒜味的，但自从马莉开始吃大蒜，万小三子也就和大蒜结下了不解之缘。以至于多年以后，马莉早就不吃大蒜了，万小三子却上了瘾，不吃不行了。

黎同志二计不成再生三计，她的三计不再是鬼了，既然鬼吓不倒马莉，黎同志就说人了，她说："马莉，其实什么鬼不鬼的，都是假的，老话说，鬼吓人，吓不死，人吓人，吓死人。你要提防的不是鬼，而是人。"可马莉既不怕鬼，也不怕人，她说："人既然不是鬼，那就更不用怕他了。"马莉已经上高中了，她应该懂得一个女孩子走夜路的危险，可马莉就是浑然不知，她一点也不怕在漫漫长路上碰到坏人。黎同志严厉地说："马莉，你要是个男孩子，我也不用这么担心，一个女孩子家，要是出了那样的事情，一辈子就毁了，你知道不知道轻重？"马莉不仅不知道轻重，还"咯咯"地笑起来说："我的妈，你真会想象。"黎同志说："我不是瞎想象，如果真的碰上了，你以后怎么办？你还有脸活下去吗？"这话有点危言耸听了，这和黎同志一贯的风格也不一致了，黎同志向来温文尔雅，从来不会说出这么带有刺激性的话来，她实在太担心女儿，又太拿女儿没办法了，才会改变了自己的风格。但黎同志能为了女儿改变风格，女儿却不会为了妈妈改变风格，马莉真是个没心没肺的家伙。她就是这样嬉皮笑脸对付着妈妈一颗焦虑担忧的心。

就这样马莉坚持天天往返，她不能在学校上夜自修，就把作业带回家来做，每天要少睡好几个小时，连我都忍不住要嘲笑她傻，她却过得有滋有味道，时间好像还绰绰有余，竟然还能常常跑到合作医疗站来帮我料理一些事情。黎同志和马同志都担心这样下去马莉的功课会败得一塌糊涂，马同志从县里请假回来和黎同志一起去了趟农高中，结果他们得到的信息却让他们稍稍放了点心，马莉的学习蒸蒸日上，成绩如日中天，考试的排名一次比一次往前排，到学期结束的时候，她的综合分数已经到了全班第三名。不仅马同志黎同志觉得不可思议，开始连老师也有些不解，最后老师认识到一个事实，他说："马同志，黎同志，这个孩子开智了。"

马莉来往于学校和家的路上，并不是一帆风顺的，她也碰到过惊险。有一次马莉告诉我，在路上有个人一直跟着她，她走得慢，他就跟在后面慢慢走，她走得快，他的脚步也快了，后来她跑起来，他也在背后跑，马莉说："我就知道，我被盯上了。"我听马莉说到这里，心都抖起来，可马莉却依然一副没心没肺的样子，不仅自己笑，还不忘记嘲笑我说："万泉和，吓着了吧。"我急得嘴脸都麻了，说："马莉，这可不是开玩笑的！"马莉朝我翻个白眼，说："谁跟你开玩笑啦？你个胆小鬼，连听故事的胆量都没有，你去死吧。"我被她说得有点不好意思，只好说："你小孩子，不懂事情。"马莉说："你从前说我是小孩，现在还说我是小孩，你眼睛瞎啦，我都比你高了。"我得意起来，说："不管你长多少高，反正你永远比我小，我就可以叫你小孩。"马莉的脸突然间莫名其妙地红了红，但很快恢复了正常。一恢复正常，她又凶起来，说："万泉和，我告诉你，你再叫我小孩，我跟你不客气。"她一生起气来就说要跟我不客气，我也知道她就那么几招，我不怕她的威胁，倒是担心她每天在路上会受到些什么威胁，所以我言归正传说："还是说你的故事吧，后来那个人怎么了？"马莉说："你不问我怎么了，倒去问那个人怎么了？"我说："我是说，他追上你了吗？"马莉说："呸，凭他两条蛤蟆腿，想追上我还没那么容易。"我松了一口气说："让你逃走了。"马莉横眉竖眼地道："我逃走？我凭什么逃走？我还要停下来等他，问问他干什么跟着我。”我吓了一大跳，马莉真敢拿羊往虎口里送。马莉意犹未尽地说：“我就停下来，可我停下来，他也停下来，我不走，他也不走，我等不到他走上前来，我就想了个办法，在路边躲起来，让他看不见，他一看不见我，果然急了，几步就追了上来，我从又桑树地里跳出来，挡在他面前，我说：“喂，我们谈个对象怎么样？”我大惊失色，语无伦次地说：“马、马莉，你怎么，你怎么能——”马莉不理我，继续回顾自己的得意之举：“听说我要跟他谈对象，这家伙吓得屁滚尿流逃走了。”

我不知道马莉碰到这些事情时是不是真的如此轻松，大家既拿马莉没办法，又对她心存疑虑，不知道马莉为什么要这么辛苦天天回家。其实这件事情跟我关系不大，对我来说甚至还是件好事情，因为马莉回到家，还有闲暇时间来帮帮我。但是我天天看到黎同志担惊受怕的脸，所以我也千方百计想从马莉那里打听出一点道理来，好让黎同志和马同志对症下药。

可马莉是个没道理的小孩子，从小就这样，她是个女的万小三子。这期间我还想到了万小三子，如果由万小三子出面，是否能刺探到马莉心中的隐秘呢？但万小三子已经离开了后窑大队，他初中毕业没有上高中，跟着他的爷爷万老木匠走四方做木匠去了。

过了些日子，马同志家又出现了一次变化，这一次的变化，也是马同志一家自从下放农村以来的最大的也是最后的变化了，黎同志也上调了。这就意味着马同志一家，完成了下放劳动的任务，又从乡下回到城里去了。这个和知青们和涂医生一样曾经打算一辈子扎根农村的家庭，现在就要连根拔走了，拔得匆忙而快乐，也应该拔得利索而干净。

但最后他们却没有能拔干净。你们肯定已经猜到，你们肯定猜对了，就是马莉。

这个家庭在离开农村的前一天晚上，开了一个家庭会，马开因为当了兵，没有回来，但他对这件事情也发表了自己的看法，他认为下放劳动本来就是大人的事，小孩子跟下去本来就多余，现在大人都回城了，小孩更没有必要再留在农村，马同志把马开的信念了一遍，他们是想拿当兵的哥哥的威势来压马莉。马莉冷笑说：“什么思想，还当兵呢，这么落后。”马同志说：“这不是落后，这是面对现实。”马莉又“哼”了一声说：“这是多管闲事，他再多管我的闲事，我报告他们首长。”马莉的话把马同志和黎同志都吓坏了，马同志赶紧说：“这跟你哥哥没关系，是我们叫他这么写的，你有意见就对我们提。”马莉没想到她的爸爸妈妈这么不经吓，她知道下面的事情好办了。果然，接下来马同志和黎同志已是溃不成军，但他们还是硬着头皮要想把会开到底。

天已很晚，马莉瞌睡连天，要睡觉了。但她的爸爸妈妈不能让她睡觉，明天一早，他们家的船就此要开往城里，船上有没有马莉事关重大，这时候她不能睡，他们自己也很累很困了，但还硬撑眼皮继续做说服动员工作。马莉呵欠连天，却不能睡觉，她有些烦躁，但她是个很机灵的小孩，她想起“好汉不吃眼前的亏”的老话，就赶紧对马同志和黎同志说：“好吧好吧，你们说了半天的大道理，我不接受也得接受，毕竟你们是大人，我听你们的，明天上船我们一家一起走。”马同志和黎同志本来是准备彻夜不睡攻坚的，不料这么快就攻下来了，他们简直是喜出望外，两个人异口同声地道：“马莉好，马莉到底是懂事的孩子。”马莉说：“我长大了嘛，长大了当然要懂事。”

你们肯定已经猜到马莉使的是缓兵之计，这谁都看得出来，只有马同志和黎同志看不出来，不是因为他们笨，因为在他们眼里，马莉还是个小孩子，他们不会想到一个孩子有那么多心眼。马莉使缓兵之计，是因为她要睡觉，不想和爸爸妈妈再费口舌，不如先美美地睡上一觉，天大的事明天早晨起来再说。

这一夜他们睡得特别踏实，是全家下放以来，最踏实的一夜，连每天晚上的狗叫都没有听见。第二天一早，队里的锣鼓声就响起来了，全小队的人都来帮马同志家搬家，家具不多，一会就上了船，然后是各家各户送东西，几个鸡蛋，一袋大米，还有酱肉腌鱼之类塞得船上东一个包包西一个袋袋，到处都是，马同志和黎同志又感动又难过，说不出话来，只听见外婆一个人的声音：“没得命了，没得命了。”炮仗也放过了，船就要开了，大家这才发现马莉不在，马同志黎同志回想起来，一早起来就没见马莉，因为沉浸在离乡的激动之中，他们先前都忽视了马莉，现在到处找也找不到了，最后才发现门上贴了一张纸，正是马莉贴的，马莉的条子很简单：“我去上学了，你们不要来找我。我喜欢农高中，我决定不转学，等念完了高中再说。”

马同志和黎同志面面相觑，最后在大家的劝告下，他们的船起航了。看得出来，马同志和黎同志是留恋乡村的，但是他们和涂医生和知青一样，早晚是要走的。

马莉到底是留了下来，大人们的离去，对她好像没有什么影响，她一如既往每天上学、放学，有空闲的时候，就来帮我的忙。她心安理得地按照自己的意愿过日子，日子似乎很正常地进行着，好像什么也没有发生过。

其实马同志和黎同志并没有放弃对马莉的工作，他们回城后不久，把工作和家里的一些事情都安排好了，又下乡来了，他们还是决定再花一点力气把马莉拉回去。但这一次他们变换了手法，没有直接跟马莉正面冲突，而是从侧面先去了解马莉的想法，然后进行分析推测，最后他们一致认为马莉可能是谈恋爱了，因为只有恋爱中的女孩子，才会不顾一切，才会自毁前程。

马同志和黎同志轮班对马莉进行跟踪，他们终于发现确实有个男同学几乎每天都伴随着马莉一起上学放学。他家在后窑东边的一个大队，从他的家到农高中，不必经过后窑，但他每天都舍近而求远，先走到后窑村前的九里桥，在桥头等待马莉，等马莉到了，他们就一路说说笑笑往农高中去，晚上回来也是这样，男同学先走过自己的大队，再走到后窑的桥头，然后在桥头和马莉分手，看着马莉走进自己的村子，才回头离去。

马同志和黎同志终于找到了问题的根源，他们暂时没有跟女儿把事情摊开，而是先到公社，托人把那个男同学从农高中约出来，约到一家面店，请他吃一碗面，边吃边做工作，他们准备得很充分，他们有许多合情合理实事求是的话要说给他听。可结果马同志和黎同志辛苦准备的那些话根本就没有用得上，那个男生一走进这场合，就明白了事情，他说，你们不用做工作的，我们不是小孩子了，我们自己会处理自己的感情问题。然后男同学吃掉了那碗面，就走了。把马同志和黎同志撂在那里发呆。

现在马同志和黎同志只有背水一战了，马莉从农高中回来了，马同志和黎同志端开了架势，可谁也开不了这个口，马同志想让黎同志先说，黎同志又想让马同志先说，两个人你看我我看你。倒是在一边的等着看结果的曲文金急了，说："马妮（莉），你爸爸妈妈说你在谈（胆）恋（念）爱。"马莉"啊哈哈"地大笑起来，说："我知道你们找过周海平了，你们还请他吃一碗面，是猪肝面，三两的，可惜了，还不如买给我吃呢。"马莉又乱笑了一会，笑够了才说："谁说我谈恋爱，没有证据不要乱说啊。"黎同志说："周海平自己都承认了，他还说，自己会处理感情问题呢。”马莉翻了翻白眼，不屑地说：“感情问题也有各种各样的嘛，有相亲相爱，还有单相思嘛——”黎同志赶紧说：“你的意思是说，周海平单相思？”看得出来他们稍稍地松了一口气，但马上又觉得不对头，马莉的话里有破绽，黎同志说：“不对，如果你不喜欢周海平，怎么会让周海平放着宿舍不住，天天陪你上学放学？”马莉对黎同志的问题更感不屑了，她轻描淡写地说：“他愿意，怪得着我吗？”马同志也发现了里边的问题，板起脸严肃地说：“马莉，你是在利用周海平？”马莉笑道：“爸爸，别说得那么难听嘛，什么利用不利用，我只是找个人陪陪罢。”话说到这儿，大家都明白了马莉的花招，她假装喜欢周海平，让周海平误会，然后心甘情愿地陪她走路。我早已经说过，马同志和黎同志都是老实人，他们不能接受女儿的这种行为，马同志说：“马莉，你这么做太不道德。”黎同志也说：“我们家的人，从来不会这样对人，怎么到了你这儿，稀奇古怪的事情就都出来了？”马莉说：“大概我不是你们亲生的，我是从厕所里捡来的吧。”马同志和黎同志面对这么个女儿，既百思不得其解，又黔驴技穷，最后他们终于要放弃了。

我虽然知道马莉是女的万小三子，狡猾得很，但还是没想到她会使出这一招美人计来解决自己的难题，我倒是有点担心她的那个同学周海平，以后要是发现了马莉的诡计，会怎么样，会不会想不开，会不会出问题？不过，现在还不到揭开谜底的时候，还是让周海平暂时地沉浸在爱情的快乐中吧。

马同志和黎同志看起来是要彻底放弃了，他们临走前到大队部跟干部们告了别，他们和干部说了什么我没听见，我只看见裘二海送他们出来，一直把他们送到守在河埠头的船上，这个河埠头就在我们院子门前，只要我们的院门开着，我坐在家里就能看见。

送下放干部的船第二次离开了我们村的河埠。

马同志和黎同志走的时候，马莉已经去上学了，等她从学校回来，屋里早已经空空荡荡，没有人给她做饭，马莉一点也不悲伤，她高高兴兴地给自己做饭，嘴里唱着“万泉河水清又清，我编斗笠送红军”。还没等到马莉把饭吃上嘴，裘二海就来了，他站在马莉家门口喊：“马莉，马莉。”我们听到了都跑出来，我们，你们都知道，仍然是指我、裘金才、曲文金，还有裘奋英。裘奋斗也在家，他也听到了叫喊声，但他没有出来，他似乎从小就不合群，热闹的地方他都不去，他很孤立，不知道他的内心孤独不孤独。

我们出来就听裘二海跟马莉说："马莉，你们家已经离开了后窑，这间屋子，本来是队里分给下放干部住的，现在下放干部走了，队里就要收回屋子了。"裘二海这句话一说，分明是要赶马莉走。马莉没着急，倒是别人替她着急了，先是曲文金，后是裘金才，再是裘奋英，他们三个人，总是站在同一条战线，他们异口同声地要替马莉说话，但是裘二海没让他们说出来，他对他们挥挥手说："你们靠边站站。"我在一瞬间里也觉得裘二海做事情有点人走茶凉的味道，有点不够意思，所以我也想替马莉说话，但话刚到嘴边，我忽然聪明起来，我想，下放干部马同志和黎同志又不是今天刚走，今天是他们第二次走了，如果队里要收回房子，应该在他们第一次走了之后就收了，怎么会拖到今天才说出来？马同志和黎同志离开前曾经去找过裘二海，我不知道他们跟他说了什么，但是从裘二海现在的态度看起来，我猜出来收房子是马同志和黎同志的主意，他们是想借此手段逼马莉走，马莉无处可走，那就只能回家。想到这儿，我啊哈了一声，为自己的聪明感到自豪了。马莉瞥了我一眼，说："你啊哈什么？"我不好说出来，只能又啊哈一声，马莉说："裘二海，是我爸爸妈妈叫你这么做的吧？"原来马莉也猜到了这一招。裘二海被点穿了，并不觉得尴尬，他的脸皮反正厚得很，他说："你别管是谁的主意，我们公事公办，既然户口已经走了，房子就得收回来，要不然，像涂医生，像知青他们都可以霸着队里的房子不还，那还成什么规矩？"马莉又朝裘二海翻个白眼，说："我肚子饿了。"转身就跑进去，端了一碗饭出来，连吃边说："要不，我边吃你边说？"裘二海也换了个思路说："你要是不肯退房，那就是租房，你得付租金。"马莉不假思索地说："可以，你说，要多少？"裘二海没料到马莉会这么爽快地答应付房租，他顿了一顿，赶紧挥挥手收回了自己的建议，说："算了吧，房租很贵的，你付不起。"裘二海的话再次露了馅，这个主意看起来也是马同志和黎同志出的，他们只给了马莉基本生活费，如果马莉付了租房费，她就没有饭吃了。但是马莉宁肯没饭吃，也要继续住这个房子，她当场就从身上掏出一点钱来，放到裘二海手里，很瞧不起裘二海说："你喜欢钱，给你钱。"结果束手无策的倒是裘二海了。当然我也跟着着急，我说："马莉你做事情欠思考，你把吃饭钱付了房钱，你吃什么？"马莉说："我饿不着，不仅饿不着，还会吃得饱饱的。"我莫名其妙地看着她，更觉得她像个小妖怪。果然马莉紧跟着就说出了很妖怪的话，她说：“有什么好奇怪的，我有你们这样的好邻居、好领导，还怕饿着吗？我早就想好了，一三五，吃万泉和的，二四六，吃裘二海的，星期天嘛，你们就别跟我客气，我自己想办法。”裘奋英在旁边插嘴说：“马莉姐，星期天吃我们家的。”曲文金和裘金才连连点头，我和裘二海只好面面相觑，一向自以为百战百胜的裘二海彻底败下阵去。

其实裘二海也是受了马同志黎同志之托才这么做的，既然马同志黎同志自己都没能说服马莉，裘二海败下阵去也是意料之中的事情，他到底也没好意思收马莉的房钱。但马莉倒厚着脸皮三天两头跑到我这里来蹭吃蹭喝，我说：“马莉，你一个女孩子肚量真大，我和我爹两个人加起来都吃不过你。”马莉说：“我正在长个子，当然要多吃一点，不然长得像你这么矮怎么办？”

听说周海平后来发现了马莉是在利用他，他生了气，很伤心，再也不陪马莉走路了。但是很快又有另一个男同学接替了周海平的工作，他和从前的周海平一样，每天陪马莉上学放学，周海平告诉他，马莉是在利用他，他还批评周海平用情不专。

马莉的情绪一直很平稳，功课也蒸蒸日上，她是农高中这一届同学中少有的几个被学校寄于高期望的学生，但是最后的结果却出乎所有人的预料，马莉没有考好，她的分数刚好够上最低档次的本科，马莉说：“上这种烂本科，我还不如去上专科呢，专科能学到真本领。”最后马莉放弃了本科，自作主张填了一所三年的医专。

马莉走的那一天，对我说：“万泉和，我吃了你的，你不要耿耿于怀，我会还给你的。”

第九章 我的医生生涯的终结

万里梅已经不成人形了，脸肿得像——我都不好意思说——像屁股，眼睛都被挤成了一条缝，看人看东西，都得费劲地将眼睛撑开来才看得见，两条胳膊和两条小腿，像四段藕，又肥又圆。她还来叫我挂盐水，我不敢再挂了，她就算一下子给我十个美人计我也不敢了。进去问我爹，我爹还没等我开口，眼皮就急速地眨巴起来，我想等他停下来再问他几句，可他就是不停，一直眨巴，一直眨巴，我知道事情不好了，赶紧出来跟万里梅说："我送你去公社吧。"万里梅说："公社我不去，到他们那里还不如在你这里。"以前每次来她都这么说，我这个人脾气软，心也不硬，她坚持了我就不坚持，但这一回我看我爹的眼皮如此狂乱地眨巴，我知道不能再听她的了，我硬起脾气和心肠说："那就不去公社，我们到城里大医院去看。"万里梅只是想来挂两瓶水减轻点痛苦，没想到我会这么说，愣了一会儿，我以为她又要拒绝我，可她忽然掉下了两滴眼泪，说："万医生，我是要到城里去看看了。"

我赶紧整理一下东西，心里有一点隐隐的不好的感觉，也不知道这一走要到什么时候回来，我去拜托了曲文金和裘金才照顾我爹。万里梅听说我要送她上城里的大医院，也知道自己的病麻烦了，赶紧差人去告诉家里，万里梅的男人万贯财很快赶过来了。队里派了一条机帆船，把我们三个先送到公社，再搭上了乡村的班车，就进城了。

我们坐到车上，车还没开，我无意地朝车窗外一看，正巧看到涂医生急急忙忙地跑过来，在车下东张西望，我喊他："涂医生，你也进城吗？"涂医生跑上我们的车，说："我不进城，我正在上班，听说你要陪万里梅进城，我告诉你，你去市第六人民医院，他们有专门的肝病门诊。"我心里动了一动，好像有个口子被打开了，在很短的时候内，我想起了许许多多的往事，想起从前的万里梅是个年轻漂亮的新媳妇，她总是说说笑笑，还给我介绍对象，我还想起我爹在很早的时候说过，万里梅可能是肝脏上的问题，因为刚起病，症状不明显，容易被忽略，可是几年过去了，万里梅的病被我们这样治那样治，不仅没治好，还越来越严重，我想着，都不敢再看万里梅的脸，一看她的脸，我就觉得她快要死了。我心里很害怕，也很后悔。涂医生见我不吭声在那里发愣，他不满意地说："万泉和，你别不当回事，万里梅的病很严重了。"涂医生的口气和态度都很严厉，他这一说，万里梅没吓着，万贯财倒吓着了，呜的一声哭了起来。万里梅生气地说："你哭什么，我也不是说死就死的。"万里梅就是这样一个奇怪的人，她对别人都很好，又热情又客气，我把她的病治成这样，她还惦记着给我找对象呢，可她就是对她的男人态度不好，而万贯财也是个奇怪的人，他娶了一个病歪歪的女人，这么多年一直生病，不能劳动，还要花钱治病，万贯家财都用在她身上了，也没能给他生个儿子，连女儿也生不出来，他却还是那么怕她，被她教训来教训去都俯首帖耳毫无怨言，真是老话说得对，卤水点豆腐，一物降一物。

涂医生见他们打岔，赶紧把话题拉回来说："万泉和，你知道第六人民医院在哪里吗？"我说："我不知道。"涂医生又气道："你不知道你也不会问一问我，你就是这样度死日？"万里梅倒来帮我了，说："涂医生，你放心，没问题的，下了车我们会问的。"涂医生叹了一口气，从口袋里拿出一张小纸条交给我，说："万泉和，如果不顺利，你可以去找这个人。"我看纸条上写着一个人的名字，就问："他是谁？"涂医生说："你去找他就是，说涂三江叫你去找的。"我噢了一声，车就要开了，涂医生赶紧下车，站在车下，向我们挥挥手，车就开起来，涂医生的身影越来越小，最后成了一个小黑点。不知怎的，我心里有点难过，好像生离死别。

车刚刚开出一段，万里梅又开始说她的梦了，她梦见天上有许多鸟飞来飞去，还哇哇地叫，万里梅说，她现在也知道解梦了，看到鸟在空中飞着叫着，家主婆就要死了。万里梅朝万贯财指了指，说：“万贯财，我就要死了。”万贯财急了，说：“不对的，不对的，你做错了。”万里梅说：“你才做错了呢，我做的梦你又没有看见，你怎么说我做错了梦？”万贯财急得话都不会说：“我不是说你错了，我说你错了，是你说错了，是你想错了，要我做这样的梦，你才会死，你自己是不会做自己死的。”万里梅想了想，笑了起来，说：“这倒也是的，要是我自己做梦自己死了，倒是大富大贵呢。”我心里想，这个万里梅，都病成这个样子了，还这么有闲心。

我们按照涂医生的指点来到第六人民医院，挂号的队伍排到了院子里，万里梅已经站不动了，万贯财扶着她到里边的长椅上坐着等，我站在队伍里，队伍缓慢地往前移，我听到我前边的两个人在说话，一个说，这样排下去，今天的号肯定挂不上了，另一个说，有的人天不亮就来排队了。我听了他们的话，看看这长长的队伍，正不知怎么办才好，就见万里梅由她男人搀扶着过来了，跟我说：“万医生，这样子排下去，今天挂不到号了。”我说：“是呀，我正在想怎么办呢。”万里梅说：“不如我们排在这里，你去找那个人，就是涂医生叫你找的那个人。”我这才想起身上还有涂医生的纸条，我听从了万里梅的布置，去问询处打听纸头上写的那个人，问询处的人看了看我，说：“你找他什么事？”我赶紧说：“挂号。”问询处的人白了我一眼，说：“他是院长，管你挂号的事？”我听了吓一跳，就不知怎么办好了。问询处的人看我为难，他想了想说：“你们是从乡下来的吧？”我说是，他又犹豫了一会儿，说：“这样吧，你去打院长办公室的电话，试试看吧，他办公室的分机号是56，不过你别说是我告诉你的，你也不要用我这里的电话，你到里边随便找一个电话，拨56就行了。”我谢过他，赶紧去打电话，电话通了，果然就是那个涂医生介绍的院长，他问我谁叫我来找他的，我说：“是涂医生。”院长似乎愣了片刻，但随后马上笑了起来，说：“哈，涂医生，是涂三江吧？”我赶紧说：“是，是涂三江涂医生。”院长说：“他终于肯来找我了。”我不知说什么好，但我似乎听出来涂医生和这个院长之间先前也是憋着一口气的，就像涂医生和我爹那时候。这就听得院长说：“你姓什么？”我说：“我姓万，叫万泉和。”院长说：“好吧，我吩咐一下，你到那个暂停的窗口去。”我不解地问：“暂停的窗口小门关上了，我怎么挂号。”院长说：“你是涂三江教出来的吧，叫你去你就去。”我这才想明白，院长会让那个窗口打开来的。我就赶紧跑到暂停的窗口，另外的几条长队伍里的人看到我这样，就嘲笑我，一个说，这个人大概不认得字吧。另一个说，他大概想看看有没有空子可钻。再一个人说，也说不定这个窗口忽然就开了。又一个人说，不可能的，这个窗口永远是暂停的。就在他们的议论中，窗口忽然打开了，露出一张女人的笑脸，对我说："你是李院长介绍的姓万的吧？"我赶紧点头。她又说："你挂什么科？"我说："肝病。"她让我报了万里梅的名字，就给我一张病历，说："到三楼吧。"就在这过程中，其他队伍里的人发现这个窗开了，只听得一阵混乱的噢噢声，反应快的人如潮水般地涌了过来，一下子又排出去好长的队伍。可是当我一拿到病历，这个窗口的小门就咔嗒一下关上了，窗口里那个笑眯眯脸也消失了。其他队伍里的聪明人，都上了当，他们再回原来的队伍时，后面的人就不依不让了，这些人只好再跑到队伍最后面重新排队。他们偷鸡不成反蚀把米，都骂起娘来，骂我开后门，骂医院看人头，我还听到一个人在说我，这个人，看上去憨巴拉叽的，却不知他屁眼这么精，我缩着脖子低着脑袋赶紧溜走了。

挂上了号，这才是万里长征走了第一步，来到肝科门诊一看，里里外外凳子上坐满了人，走廊里也站满了人，有的像万里梅这样病重的人找不到位子坐，又站不动，干脆就瘫坐在地上，我一看这情形，恐怕等起来也不是一两个小时，我说："要不，我再去找李院长。"万里梅比我懂事，她说："算了，你已经麻烦过人家了，反正我们号已经挂到了，挂到号的人，他们都要看的。"我说："早知道只能麻烦一次，还不如挂好了号再麻烦他。"这回不等万里梅说话，万贯财已经说了："但那样挂号就挂不到了。"其实即使他不说，我自己也已经意识到我的思路不对，他再指出来，我就更知道自己是顾此失彼。万里梅不高兴了，批评她男人说："在万医生面前，没有你说话的份。"万贯财果然就不说话了，低着头站在一边。万里梅说："万医生，你还没吃早饭呢。"我说："你们也没有吃呀。"话一出口我知道又错了，万里梅哪里还吃得下东西。果然万贯财哭丧着脸跟我说："万医生，我们里梅，几天没吃东西了，她吃不下。"我说："我去买大饼油条，买猪油大饼，里边有很多猪油，你肯定吃得下。"万贯财拼命地咽唾沫，可万里梅一听到"猪油"两字，就反胃了，要呕吐，我赶紧说："你要呕吐，那我不说了，我不说猪油大饼了。"万里梅一边空呕一边还说："你说好了，你说好了，我呕吐是因为我太饿了，我喜欢吃猪油大饼，万医生，你快去买来吃吧。”我眼泪差一点掉下来，我知道万里梅是为了让我和她男人吃上猪油大饼才这么说的，为了不辜负万里梅的希望，我去买猪油大饼了。

我从三楼下到二楼的时候，经过伤科，看到伤科门前的走廊上蹲着一个年老的农民，手里捏着病历卡，正在“呜呜”地哭，旁边的人只顾着排队看病，也没人管他，我停下来，去拉他，他不肯起来，仍然蹲着，我说：“老伯伯，你哭什么呢？”老农民说：“我天不亮就来了，比我晚来的都看上了，他们不叫我的号。”我看了看他挂的号，是 115，我去问伤科门口的那个护士，现在看到几号了，护士说看到 205，我说：“咦，这就奇怪了，那个老伯伯 115 号，怎么没有叫到他？”护士白了我一眼，说：“我怎么知道，也许叫他的时候，他走开了呢。”老农民蹲在地上边哭边说：“我没有走开，我没有走开。”护士本来不想理他，但是看我站在边上不走，只好把他手里的病历接过来看了看，说：“115（念腰腰 5）？ 115 我怎么没有喊过，我喊了十几遍，你耳朵聋不聋？”老农民一把眼泪一把鼻涕地说：“我不是腰腰 5，我是 115 呀。”护士更气了：“乡下人，乡下憨胚，你懂不懂规矩，腰腰 5 你都听不懂，腰腰 5 就是 115。”我这才弄明白了事实真相，赶紧跟护士打招呼，我说：“对不起，护士同志，他是农民，不知道城里的叫法，现在他记住了，腰就是 1，1 就是腰。”护士这才消了点气，说：“那就进去看吧。”老农民说：“我记住了，腰就是 1，1 就是腰。”我见他进去了，本来想去买猪油大饼了，但忽然间又放心不下，这个农民老伯伯，大概从来没有进过城里的大医院，会不会进去看医生又碰到麻烦呢，这么一想，我又折了回来，想追进去，护士说：“你干什么？你是他什么人？儿子？”我只好骗她说：“不是儿子，是侄子。”护士“哼”了一声，把我放进去了。

我进来，看到一个中年男医生皱着眉头看着老农民，老农民胆战心惊的根本不敢说话，大概他被腰腰 5 和 115 吓坏了，不知道应该怎么说话了。医生说：“你说话呀，你看病不说话，叫我怎么看？”老农民说：“我，我说什么？”医生说：“你哪里不好？”老农民想了想，才小心翼翼地说：“我，我 1 疼。”医生不解地扬了扬眉毛，说：“1？ 1 疼？ 1 是什么？ 1 在哪里？”老农民又想了想，想过之后，才小心翼翼地指着自己的腰说：“这里，这就是 1，医生，我的 1 疼死了。”医生气得脸都白了，说：“我一上午已经看了上百号病人，累也累死了，你还捉弄我？”老农民结结巴巴地说：“医、医生，我、我没有捉、弄你，我不、敢捉弄你。”医生气道：“那你明明是腰疼，为什么要说1疼？”老农民委屈地说：“护、护士说、说了，腰就是1，1就是腰。”医生“忽”地站了起来，手指着门说：“你给我出去。”可怜的农民老伯伯，不知道自己犯了什么错，惊慌失措，我赶紧替他解释：“医生，医生，你别生气，他不识字，没文化，不会说话，你原谅他吧。”医生瞥了我一眼，消了消气，才坐下来替老农民看病，他快速地按了按他的腰，老农民喊了几声疼，医生就在病历上龙飞凤舞地写了一行字，就把病历塞回到老农民手里，老农民说：“好了？”医生也不答他，只是朝外面喊：“下一个。”我赶紧接过病历，仔细辨认，才认出来，原来医生让他上针灸科针灸去。我知道我是逃脱不了了，我逃脱了，这农民老伯伯还不知会闹出什么事呢。我干脆带着他找到了针灸科，向针灸科的医生交代好，才放心走出去，谁知还没走到门口，又听到了针灸科的一个女医生在吆喝：“针灸，针灸你不懂么？”我回头看时，就见农民老伯伯傻子似的站在医生面前，不知道自己应该干什么。女医生手执针灸的长针，在老农民面前扬着，厉声说：“脱裤子！”老农民呆了一呆，赶紧解裤带，裤带一解，手一松，整条裤子都掉了下来，一直褪到脚跟，他里边连短裤都没穿，就这么下半身光溜溜地站在了女医生面前。女医生恼怒地叫了一声：“畜生！”老农民光着屁股，茫然地看看我，又看看女医生，不解地说：“打针还要问出生？我，我出生贫农。”女医生尖声骂道：“老畜生！”老农民说：“老出生？我，我家三代贫农，医生，真的，我没骗你，我家三代贫农，我爷爷——”女医生脸涨得通红，“噢”地叫了一声，转身跑了出去，边跑还边喊：“流氓，流氓——”

你们都看出来了，幸亏有我，才把事情给平息了，要不是我心地善良多管闲事，他说不定真的被当成流氓抓起来了呢。即便是有我，也还折腾了大半天，最后才将老农民安顿到病床上，由另一个男医生来给他针灸。

我得走了，老农民趴在床上，腰里扎着七八根针，针上还烧着艾蒿叶，白烟缭缭绕绕地腾起来，老农民的眼睛穿过白色的烟雾巴巴地看着我，看得我心里好难过，我在他的目光下，一步一步往后退，我还自言自语道：“不行，不行，我还有万里梅呢。”

我们一直等到下午快傍晚了，才挨到万里梅看病。医生是个老年的医生，一脸的疲惫，他看了一天的病，方形的脸，现在都挂成个长脸了，本来门诊室里外吵吵闹闹，现在大家看到医生的脸都变成这样了，都不敢大声嚷嚷了，乖乖地等着护士叫号。

老医生把我带去的厚厚的一叠病历翻了翻，因为内容太多，字迹也不清楚，他根本来不及看，就干脆扔开了，直接问起诊来。他一问，万里梅就一答，老医生对万里梅的回答还是满意的，他似乎看出这个病人自己也懂一点医道，但是当老医生问到她的病情是不是夏轻秋重时，万里梅却答不出来了，有点尴尬。我半天都没说上话，这会儿赶紧插话说："医生问你，你的病是不是夏天轻一点，秋天重——医生，我替她回答，她的病，不分春夏秋冬，说来就来，说走就走。"老医生开始一直没有注意我的存在，现在听到我说话，才回头拿刀子样的眼光剜了我一下，说："说走就走？她病成这样子，你还说她的病说走就走？你什么人？家属？"万贯财赶紧也插上来说："我是家属，他不是家属。"老医生又横了我一眼，说："不是家属你多什么嘴？"万里梅赶紧说："医生，他是万医生。"老医生似乎不相信我是医生，又问了一遍："你是医生？"我说："我是大队合作医疗站的医生。"老医生刀子样的眼光更厉害地剜了我一下，又发难了："你是医生？你是怎么给她看病的？"我说："我，我——"我一言难尽，不知道该怎么总结这么多年来给万里梅看病的情况。万里梅赶紧说："我不舒服了，就去挂水，万医生给我挂了水，我就舒服一点。"老医生仍然盯着我，我心里越来越慌，老医生说："你给她挂水？"我说："是的。"老医生猛地一拍桌子，这突如其来的一声，把在场所有人都吓了一大跳，紧接着他厉声喝道："你是医生？你还敢说你是医生，她腹腔里全是水了，你还给她挂水？你想灌死她？"我慌得腿都打起抖来，万贯财也急了，过来拉着我说："万医生，万医生，我们没有得罪过你呀。"万里梅把她男人的手拨开，说："你退后。"万贯财后退一步，但嘴里还嘀咕着说："我早就说他不行的，我早就说他不行的，你还不信，弄到——"万里梅瞪他说："你闭嘴，弄到什么？我死了吗？"老医生又拍了拍桌子，还要说什么，竟然噎住了气，说不出来了。我惊慌失措地问："现在怎么办，现在怎么办？她要死了吗？"老医生刚刚回过一点气来，却又被我的话问闷住了，他气地说："她要不要死，这要问你了！你有本事给她挂这么多水进去，你就有本事知道她死不死！"我的额头上冷汗直冒，还是万里梅出来替我说话，她说：“不能怪万医生的，是我让万医生给我挂水的。”我心里才一感动，老医生却更是暴跳如雷，说：“姓万的，你没有资格当医生，病人说什么你就做什么，你是医生还是她是医生？”老医生骂我，我没有回嘴，因为他骂得有道理，我无言以对，回想这么多年，我给万里梅挂了多少水进去，她的病却是越挂越重，我还有什么好说的。

老医生骂了我，情绪慢慢地平稳了些，但他别过脸去不想看我，对着万里梅，嘴里一字千钧地吐出两个字：“住院。”我们三个人都愣了一愣，过了一会，万里梅试探地问老医生：“能不能不住院，开点药回去吃。”老医生情绪又激动起来，大着嗓门说：“你要不要命？”老医生一声喝问，大家都没了声息。

万里梅住院了，万贯财还想跟我一起回去拿点东西再来，又被住院部的护士骂了，护士说以万里梅现在的情况看，是说去就去的，你要是不怕见不上最后一面你就回去拿东西。万贯财被吓着了，往地下一蹲，“呜呜”地哭起来，我手足无措，想把他拉起来，他却赖着不肯起来，说：“万泉和，万泉和，你把我害得好苦啊！”万里梅躺在床上，听到男人这么说，气得“腾”地一下坐起来说：“你嘴巴放干净点，万医生哪里害到你啦，是你生病还是我生病？”万贯财低声下气地说：“你生病不就等于我生病吗，害你就是害我呀。”他的话是有道理的，可万里梅觉得他没有道理，骂他说：“你光知道放屁，连句人话也不会说。”我含着眼泪走出病房的时候，万里梅在背后说：“万医生，万医生，刚才忘了告诉你，我又帮你物色了一个，前进大队的，漂亮煞人，你肯定喜欢，等我出院回去，我就领你去，这回你不要再挑剔了，你已经三十多了呀。”我觉得眼泪要下来了，赶紧当作没听见逃了出来。

其实我哪里挑剔了，但每次谈对象谈不成，大家就说我眼界太高，队里像我这般年纪的人，早都结了婚生了孩子。我也知道大家是想安慰我，才说是因为我太挑剔造成的结果，其实——其实我也不知道到底是什么原因，这也是我这些年来百思不得其解的事情——只是现在我来不及去想我的婚姻问题，我急急忙忙赶回去，我要赶紧去通知万里梅的家里人。

没想到万里梅家里正发生着重大的事情，队里分田到户了，谁家分哪块地是抓阄的，万里梅家抓到的一块地离村子很远，中间还隔着一条小河，他们到自家的地上去，要不就得绕几里地的远路，要不就得划船过去。万里梅的公公婆婆死活不肯要，怎么做工作也没有用，一定要队里给他们换，可队里其他的地块都已分掉了，谁也不肯跟他们换，事情就僵着了。八队队长绰号叫“软面酱”，你急他不急，正坐在万里梅家笑眯眯地抽烟呢。我赶到的时候，就看到万里梅的老公公万四豁子上蹿下跳地指着“软面酱”的鼻子骂人，万里梅的婆婆则坐在地上一边拿手拍着地皮，一边一把眼泪一把鼻涕地哭诉着队里是怎么欺负他们的，这对老夫妇的脾性和他们的儿子很不一样。围观的群众脸色各异，又想看热闹，又怕惹到自己身上，都远远地站着。万里梅的公公婆婆一看到我，像看到了救星，立刻止住了吵闹，一起冲着我说：“万医生，你来得正好，你给评评这个理。”我的妈，我哪里是个会评理的人，再说了，你们的媳妇万里梅都快不行了，你们还在争地皮，我赶紧对他们说：“先别说地皮的事了，万里梅住院了。”万里梅的公公婆婆好像没有听见我的话，继续冲着我说：“万医生，你是医生，这里只有你懂道理，我们家老的老，病的病，你看见了，队里就是这样欺负我们。”“软面酱”心平气和地说：“万四豁子，我可没有欺负你们啊，地是抓阄抓出来的，要怪，你只能怪自己的手臭。”说完了，他又回头看看我，想拉拢我，说：“万医生，你说是不是？抓阄是最公平的吧。”我也觉得抓阄是最公平的，但在这个时候，我分得清轻重，我不能站在“软面酱”一边，所以我说：“抓阄看起来是公平，其实是最没有水平的做法。”万四豁子一听我的话，顿时跳起来说：“‘软面酱’，你听到了没有？”“软面酱”仍然平静地说：“我听到了，我也承认抓阄是最没有水平的做法，但现在已经做了，难道还能重新分地？”万四豁子说：“为什么不能重新分，不公平就要重新分！”群众中顿时骚动起来，有的人家想重新分，有的人家抓到了好地，哪里肯重新分，顿时乱作一片，先是嘴上吵吵，最后甚至有人动起手来，推推搡搡，大哭小叫，我心里慌得不行，果然，“软面酱”说了：“万医生，你看看，你怎么处理？”我懵了眼，“软面酱”也不跟我计较，只是说：“万医生，你当你的医生吧，队长还是我来当。”我不好做声了。“软面酱”沉沉稳稳地从万里梅家的凳子上站起来，拍拍屁股。其实他不用拍的，凳子又不是地，不脏的，但他可能习惯了这个动作，他拍了拍屁股，一句话也没说，就扬长而去了。留在身后的万里梅的公公婆婆和正在吵吵闹闹的群众一下子止住了声音，呆呆地望着他的背影，片刻过后，有人才“哎”地一声喊起来。“软面酱”听到这一声喊，站住了，回头又走过来，大家以为他要重新发布关于分地的事情，心眼儿都吊到了嗓子口，可是“软面酱”看都不看他们，他慢慢踱到我面前，瞥了我一眼，低声地说：“万医生，地都分了，你怎么办啊？”他看我一脸不明白的茫然样子，又说了一句：“谁来养活医生啊？”说过这句话，他又慢吞吞地走了，除了我，谁也没有听清他说的什么，大家盯住我问“软面酱”说了什么，我是听清楚了“软面酱”的话，尤其听清楚了“软面酱”后面补充的那一句，但我听清楚了却没有听明白，所以我也不好转达给大家，我只是回头对着万里梅的公公婆婆说：“你们还是先顾万里梅的病吧。”万里梅的公公婆婆这才回过点神来，万四豁子一把拉住我，说：“万医生，万医生，我家媳妇她到底怎么样了？”我说不清楚，只好应付他们说：“医生说了，只要住院了，就能治好病。”他们将信将疑地看着我，我想安慰他们一下，跟他们说，现在到了大医院，有救了，但我说不出口，我说出来，就等于在打自己的耳光。

我从万里梅家回来，走到村口，迎面就看到裘二海过来了，裘二海老了许多，背也有些弓，精神状况不好，完全没有了从前的威势，看见人也不再横眉竖眼凶神恶煞了。我听说最近大队要进行改选了，裘二海肯定想拉拢群众投他的票，装出一副可怜相，做得慈眉善目的。果然，裘二海远远地看见了我，就笑开了，迎上来就拉住我的手亲热地说：“万医生，我正要找你呢。”说着，他的眼珠子四下一转，显得鬼鬼祟祟，四周又没有人，他还压低了声音说：“万医生，给你通报个信息，分了田，大家都不再记工分了，赤脚医生的报酬没有办法解决了，有人提出要把大队合作医疗关掉。”我说：“谁提的？”裘二海说：“那还用问，你的好邻居罢。”我就知道是裘雪梅，就是富农裘金才的儿子，曲文金的男人，他现在是大队长，正和裘二海激烈竞争呢，他志在必得地要把裘二海的支书位子夺过去。如果我不是我，而是另一个医生，此时此刻，我肯定会对裘雪梅产生愤怒，我会上裘二海的当，中他的挑拨离间的奸计，去和裘雪梅理论，或者发动群众不选他。这就是裘二海的目的。但裘二海恰恰弄错了，因为我是万泉和，我是我，而不是别的医生，你们都知道，我早就不想做医生，我知道自己不应该做医生，合作医疗关门，我正好无“医”一身轻，从此不用再提心吊胆，可以自自在在地过日子。所以我听了裘二海的话后，高兴得“啊哈”了一声，脱口就想说“太好了”，可话还没说出来，就被裘二海的话堵了回去，裘二海赤裸裸地说："万医生，我一直是支持你的，但是现在有人想把我挤下去，我如果下了台，就不会有人来帮你了。"我急不可待地想说："裘书记，我不用你帮，其实我早就不想当医生了。"但是话到嘴边，我立刻紧紧地闭上了我的嘴，把它们死死地关在里边。我觉得自己太沉不住气，再好的事情，现在八字也未见一撇，我就把自己的态度鲜明地表现出来，这不是给了裘二海防备的时间吗，这不是给了裘二海反击的机会吗？所以我强行地把那些话咽了下去。裘二海明明看见我的喉咙咕嘟了一下，咽了一口什么东西下去，他不知道那是什么，奇怪地看了我一眼，疑疑惑惑地走了。我偷偷地乐，心里说，裘二海，裘二海，你现在知道我是谁了？

万里梅住了半个月医院就弹尽粮绝出来了，但是每个星期都要去配药，可她家里已经穷得揭不开锅了，正是春天的时候，大家去镇上捉小鸡小鸭回来养，万里梅家连这点钱也拿不出来了。万贯财在村里到处问人家："不买小鸡小鸭，我们家万里梅的营养怎么办呢？"没有人能够回答他。眼看着配药的时间又到了，万贯财一急之下，就急昏了头，空着手就去了六院。他在六院看到其他病人高高兴兴地捧着大包大包的药从药房走出来，他却心情凄惨地无望地守在药房门口，两种情形一对比，把他对比得神经都错乱了，竟然伸手抢了别人抱在怀里的药，被抓到派出所。派出所从来没有处理过抢药的案件，调查了半天，才发现万贯财抢的药对他来说根本就没有用，人家是用来治外伤的。万贯财从派出所出来，去卖血，人家问他为什么要卖血，他这个人老实，说我老婆得了肝炎，没钱配药，所以来卖血。采血的人一听肝炎，把他痛骂一顿，赶走了。万贯财绕了一圈又去了，本来人家也没认出他来，但他还是老实，说，我刚才说错了，我老婆得的不是肝炎，是肠炎，你们让我卖血吧。你们想想，他这样能卖掉血吗？

万贯财坐在六院门口的地上，哭哭滴滴地说："我虽然叫万贯财，但是我一贯钱也没有了，我只能卖裤子了，我只能卖裤子了，谁要我的裤子？"大家都把他当神经病看，有人还朝他扔石子。万贯财对他们说："我不是神经病，我老婆要吃药。"后来有个好心人给他出了个主意，让他凑一点钱偷偷去河边乡下人的船上批一点橘子，再到城里钻小巷子把它们卖掉，这一转手，钱就来了。

万贯财虽然不敢相信有这么好的事情，但他还是决定听别人的劝，去倒卖橘子。他身边没有钱，只有一点粮票，他先用粮票去换了鸡蛋，又把鸡蛋卖了，再用卖鸡蛋的钱到农民的船上买了一个筐和一些橘子，就沿大街小巷卖起结子来了。

因为倒卖橘子，万贯财那一阵过得像个贼，躲躲闪闪，偷偷摸摸，每次回村子，都像从前的地主富农一样，夹紧了屁眼，闭紧了嘴巴，人家问他到底在干什么，他又像地下党一样咬紧牙关不肯泄露秘密。

谁也没有料到，万贯财这一步跨出去，竟然跨出了万里梅家的一片新天地，这是后话。

我还是回过来说我的事情吧，我正指望着裘二海早点倒台，让裘雪梅赶紧来关了我的门。那一阵裘二海在村里疯狂行动，采取了很多手段，但他的气数尽了，最后他还是被蒸蒸日上的裘雪梅取而代之，他连个副的也没当成，削职成了一个普通的农民，下台那天，他当场就失了态，竟然在大会上说："胡汉三回来了，你们竟然选富农当书记，天下到底是谁的了？"他的话说得很过分，完全是"文化大革命"的味道，引起一部分群众的恐惧，引起一部分群众的不满，公社下来宣布干部名单的领导也很生气，批评他觉悟太低，现在不是"文化大革命"了，已经改革开放了，地富反坏右也平反的平反，摘帽的摘帽，何况裘雪梅本来就不是富农，他只是富农的儿子。

裘二海还不服气，他垂死挣扎，声嘶力竭地说："我要到上面去告你们！"公社领导的声音更大，盖过了他，说："裘二海，你不用去告了，我们现在宣布第二个决定。"公社的第一个决定是决定由裘雪梅担任后窑大队的大队书记，第二个决定就是对裘二海的审查决定。公社领导说："裘二海，本来我们不想在公开场合公布的，既然你气焰这么嚣张，我们就要杀杀你的气焰，现在就让广大群众知道你的问题。"

你们如果记性好一点，可能还记得不久前裘二海已经被审查过一阵子，但最后不了了之了，那是裘二海收买了个别上级领导才混过去的。现在审查卷土重来，大家都预感裘二海逃得过一次，逃不过二次了，不说别的阴暗的问题，就是明摆着的，裘二海在后窑大队当了几年家，把原来一个中等偏上水平的大队折腾成了全公社的小末子，还欠了一屁股的债，这难道不是最大的问题？

由此看来，现在裘雪梅上台，虽然脸上光鲜，却也没有什么好日子过，光是裘二海欠下的债要他还，就够他受的。

裘雪梅上任后的主要工作就是查大队的账目，虽然裘二海曾经警告过我，裘雪梅会拿合作医疗开刀，但他暂时还没有来，可能还没有腾出手来。有人替我担心，可我倒是希望他快快地腾出手来处理我的事情。这期间我们的合作医疗站仍然开着，但是大队不再给我记工分，我拿什么来维持自己的生活呢？我犯了难，愁眉苦脸，农民也体谅我的苦衷，他们没有钱，就拿了鸡蛋或者蔬菜来看病，蚕豆成熟的时候，他们就一筐一筐地把蚕豆往我家里倒，倒得我家一地一屋子的蚕豆，我和我爹吃多了蚕豆，老是拉肚子。曲文金跟我说："万医心，医疗站不戏还有一些存药么，你给（开）给病人，可以提高一点价钱嘛。"我犹豫着说："这不大好吧，这是投机倒把吗？"曲文金说："你还已道投知（机）倒把呢，你再不投知（机）倒把，你和你爹喝西北风啊？"我又想了想，觉得心里还是不踏实，我说："那，到底卖多少钱呢？"曲文金说："介个我也不己刀，我问问我刁去。"不一会裘金才跟着曲文金一起来了，他说："万医生，我们文金很聪明的。"我说："可是我做起来心里不踏实。"裘金才说："你稍微提一点，也不要提得太高。"我说："那到底是多少呢？"裘金才就凑到我耳朵边上跟我说了一个数字，我这个人对数字向来不敏感，他说了一个百分比，但我搞不太清楚，后来曲文金说："你算不清楚的，让我刁帮你算，我刁年轻的时候，人称什么的？"裘金才眉开眼笑地看着儿媳妇，说："我是铁算盘嘛，也有人叫我铁公鸡。"在他们公媳两个一唱一和的鼓励下，我终于决定这么做了，因为除此之外，我没有第二条路可走。我想早点关门的，但裘雪梅不来找我，群众也不让我关门，我又没有钱过日子，只好听了曲文金的话，把合作医疗的药提一点价，这样我和我爹才能有口饭吃。我在做这件事情之前，也曾经犹豫过，但我想反正曲文金是裘支书的女人，她说的话等于就是裘雪梅说的，我就照她说的做了。

裘金才说到做到，他帮我把合作医疗所剩的药品全部重新核了一下，提了价，重新标上标签。等到裘雪梅终于腾出手来的时候，合作医疗站存余的药品已经被我卖得差不多了，但病人仍然源源不断地来找我，我开始变卖家里的一些东西来支撑自己的日子，我把我家的一台半导体收音机卖给了万林生。收音机是我爹生病后我特意去买来的，一直放在我爹床头边，我天天开着让我爹听，我不知道我爹能不能听见，但我坚持每天播放。现在我要卖收音机了，我征求我爹的意见，我爹眨巴了一下眼皮表示同意，我知道，我爹也要吃饭，我爹和我一样知道吃饭比听收音机重要。接着我又把我娘留下来准备给儿媳妇的一副金耳环贱价卖了，裘凤珍买了我的耳环，到处吹嘘自己怎么用最低的价格从我手里买得了这副成色很足的金耳环。有人还专门跑来告诉我，说我上了裘凤珍的当，卖贱了。

曲文金隔三差五从家里偷一点米给我，她到镇上买肉，也总是买一大一小两块肉，小的藏在大的下面，到了家，先不进自己的屋，先跑到我这里，把那块小肉从底下抠出来，塞到我家灶头上，然后赶紧走开。一来两往的，别人倒没注意，被一直最关心曲文金的裘金才发现了，裘金才到底是富农，比较小气，心疼了，但他又一向对曲文金听之任之，所以现在他处在两难境地，又想劝曲文金，又不好开口，不劝阻曲文金吧，天知道曲文金还要拿什么好东西送给我。所以裘金才思来想去，只有来找我，叫我让曲文金别再送东西给我。这事情太滑稽了，我怎么可能叫曲文金不送东西给我，我都馋得要吃人了。但是看到裘金才焦虑的脸色，我嘴上还是答应了他。他知道我老实，放心地回去了。下次曲文金送东西来的时候，我跟她说，叫她隐蔽一点，曲文金下回就改了方式方法，和我约定，把东西放在既不是我家也不是她家的第三个地方，让我在规定的时间里去取，就这样我们像地下工作者交换情报一样，保守着我们的秘密。也有一次，我被病人拖住了走不开，曲文金藏的东西被别人发现了，顺手牵羊拿走了，那天我知道有肉，一边给病人看病还一边想象着红烧肉的美味，结果没有拿到，差一点伤心得哭起来。我们真是哑巴吃黄连，有口难言，被人偷走了还不好作声，倒挑了那个狗东西。幸好这样的事情并不是经常发生。

家里的东西眼看着越来越少，曲文金的支持也日渐虚弱，我正在担心往后的日子怎么过，裘雪梅来了，我以为他是来处理合作医疗站的善后，心里一乐，就有心情跟裘雪梅开个玩笑，我说："裘书记，我跟你做了这么多年的邻居，平时很少看见你，你倒像阴暗角落里的老鼠，现在可以见阳光了。"

裘雪梅这个人我从前确实没有提起过他，原因就是我说的，他一直不出面，除了劳动，平时也不知道他躲在哪里干什么，但是有一点感觉我特别深刻，就是我知道他很像一个人，这个人就是他的儿子裘奋斗。裘奋斗现在已经是初中生了，他生着一张阴险的脸，话很少，要么不说，一说就说在点子上，他要是打蛇，肯定一下子就会打中七寸的。我还记得他小时候万小三子欺负他，他再怎么疼也不吭一声，总是瞪着阴险的眼睛仇恨地看着万小三子。裘雪梅和裘奋斗真是嫡亲的父子。

裘雪梅听我这么跟他开玩笑，他露出一丝看不出是善意还是恶意的笑容，说："万医生，有群众反映，合作医疗把公家进的药提了价再卖给群众，现在大队要来合作医疗查账，希望万医生好好配合。"原来他是查账查出瘾来了，查到合作医疗站来了，我说："我肯定配合，但我提价卖药也是没有办法的办法，如果不提价卖药，这里就要关门了，我和我爹就要饿死了。"裘雪梅收敛了那一丝丝的笑容，一点也不顾及老邻居的面子，说："我知道你会说这样的话，但饿死是饿死，私卖公药是私卖公药，两回事。"我乖乖地把账单拿出来交给裘雪梅，裘雪梅接过账单看了看，又朝我的脸看了看，说："万医生，有时候我以为你比较傻，现在看起来，你不仅不傻，还挺聪明的。"我说："我不聪明，我从小就不聪明。"裘雪梅皮笑肉不笑地说："不聪明？不聪明怎么知道把公家的药卖了钱归自己？"我说："我虽然不聪明，但我知道我会肚子饿，我爹也会肚子饿，我知道我和我爹都要吃饭。"裘雪梅说："那你是傻进不傻出。"我想，傻进不傻出也是你女人教我的，你女人不教我，我还想不到这一招呢，但我不能说出来，说出来很没意思，我是一个讲义气的人，我只好硬着头皮自己承担，我说："裘书记，你看着办吧，该怎么处理就怎么处理。"裘雪梅严正地说："你别以为你是医生，你也别以为你是我的邻居，我就会网开一面，不——"他的话被走进来的曲文金打断了，曲文金激动地说："说话要凭娘（良）心，人不能没娘（良）心。"我估计曲文金刚才一定在门口偷听了一会才进来的，所以她一进来就直指裘雪梅说他没良心。裘雪梅见是曲文金，皱了皱眉说："这里没你的事，你先出去吧。"曲文金说："怎么没我的戏（事），提药价的戏（事）就戏（是）我的戏（事），李（你）要处女（理）就处女（理）我好了。"裘雪梅说："你捣什么乱，走走走。"曲文金偏不走，说："不光提药价戏我的主意，卖药的钱我也分到了，李（你）要戏处女万医心，李（你）就要处女我，李（你）处女了我，李（你）就戏贪污分己的家属。"这是曲文金编造出来的，我想解释，但曲文金不让我说话，只等裘雪梅的下文。她的这句话我以为会吓着裘雪梅了，哪知裘雪梅和裘奋斗一个样，不吃吓唬，裘雪梅冷笑一声，说："你要是真拿了，你以为我不敢处理你？"曲文金毕竟不是裘雪梅的对手，两个回合下来，眼看着就败下阵去了，这时候又一个帮手到了，他就是裘雪梅的爹裘金才，裘金才对儿子说："这件事情，是你爹的主意，而且你爹也搅在里边了，药提的价，都是我帮着万医生核定的，你说你爹能摆脱得了关系吗？"裘雪梅果然愣了一愣，但是他愣过之后意志更加坚强。他就应该是这样坚强的，如果不这样坚强，他就不是裘雪梅而是裘金才或曲文金了。裘雪梅再次冷笑了，说："王子犯罪，与庶民同罪。"曲文金和裘金才目瞪口呆了半天，曲文金迸出一句粗话来："你，你混蛋！"因为口齿问题，她说出来的是："李，李闻蛋！"曲文金刚闻过蛋，裘雪梅毫不客气地抬起手来打了她一个耳光，裘金才扑了上去，揪住儿子的衣领，学着曲文金连声大骂："你混蛋，你混蛋，你混蛋——"裘雪梅正要挣脱开他爹的拉扯，曲文金拔腿就朝外走，裘雪梅只作不见，裘金才倒急了，放开了裘雪梅去追曲文金，连声地说："文金，文金，你到哪里去？你到哪里去？"曲文金也不理他，只顾往前走，几步就走出门去不见踪影。裘金才像被一棍子打蒙了，待在那里，过了半天才自言自语地喃喃道："她回娘家了？回娘家也得收拾点东西呀。"裘雪梅恨恨地说："回娘家我也得查账，回哪里我也得查账。"

曲文金真的回了娘家，裘金才的脸色难看得要命，裘雪梅却只当家里什么事也没有发生，一如既往坚定不移地做他的大队支书。他家里的两个小孩子对这件事也参与了意见，裘奋斗真是他爹的亲儿子，支持裘雪梅公事公办，而裘奋英则站在母亲和爷爷一边。现在曲文金走了，她接替了她的妈妈，偷偷地给我送东西帮助我，我曾经问过她，是不是曲文金走之前关照她这么做的，裘奋英笑说："不是我妈关照的。"我说："那是你自己想出来的，你一个小孩子，怎么知道照顾别人？"裘奋英说："也不是我自己想出来的，是有人叫我这么做的。"我说："是谁？"裘奋英古怪的一笑，说："人家不让告诉你。"我蒙在鼓里，日子的艰难让我暂时顾不上追问裘奋英除了曲文金还有谁在帮助我。

我的问题最后还是被不依不饶的裘雪梅查清楚了。在裘雪梅查账的过程中，许多人都跑到裘雪梅那里去替我说话，甚至还有人威胁裘雪梅。可裘雪梅是个软硬不吃的家伙，他到底坚持查清了我的问题，虽然问题并不大，构不成什么罪名，就是我的名声难听一点。但是出了这个事情，我也不能再当医生了。

其实，即使我没有贪污药款，后窑大队的合作医疗站也要关门了，八队长“软面酱”的话我是相信的。我早就说过裘雪梅这个人阴险，他查出我一点点屁账，就可把合作医疗站关门的责任都推到我身上了。

那天裘雪梅来通知我的时候，竟对我说：“万医生，这正中你的下怀吧。”我心里一惊，他竟然能够看出我的心思，不等我回答，裘雪梅又似笑非笑地说：“这样说起来，你还得好好谢谢我呢，万泉和。”他真讲政策，已经改口叫我万泉和了。

被人喊了多年的万医生，突然成了万泉和，一时还真有点不习惯呢。

合作医疗站关门了，医疗站的这间屋子仍然是我和我爹的家，我们的灶间放到东厢屋，也就是涂医生曾经住的那地方。我们住得宽敞多了。隔壁马同志家的那间屋子和院门口的墙门间，队里收回去，分还给了裘金才和另一个摘帽富农万同坤。

现在我又要重新画我们院子的平面图了。

现在的平面图应该是这样子的：

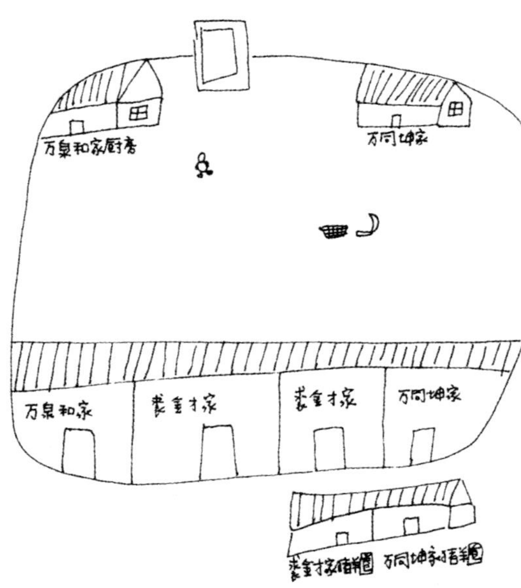

第十章 你猜我爹喜欢谁

我和我爹分到一亩田，种种吃吃也够了，就是手头紧一点，我看到有些人家种了蔬菜挑到街上去卖，回来手里就有钱了，我也学着他们，卖了几次，卖到一些钱，我又买了一台收音机，仍然放在我爹床头，天天开给他听。不过我仍然不知道他能不能听见。

虽然合作医疗站关了门，我也不再当医生了，这是一个明摆着的道理，但农民有时候是不讲道理的，他们心里只有一根筋，不会拐弯，也不肯拐弯。他们可以不承认明摆着的事实，只认自己心里的那个理。他们觉得自己心里的那个理，就是真理。比如说，他们知道万泉和是医生，万泉和就得是医生，从前是，现在也是，以后还是。他们有了病，就沿着自己心里的那根筋仍然走到我家来敲我的门，我躲在屋里不开门，他们就喊我万医生，一直喊到我在里边开口说我不是万医生，他们就说你是万医生，他们甚至一点点小病就在外面喊我救命。有人还说,万医生,我已经跪在你家门口了。我也看不见他到底跪了没有。当然最后多半是以我的失败告终。我的失败就是最后把门打开了，替他们看病，然后把家里仅剩的一点药开给他们。如果小伤小口，我就替他们处理一下，擦点红药水紫药水，如果情况比较严重，我让他们去公社卫生院。他们也很听我的话，我叫去就去了。其实他们可以直接到公社卫生院去的，可他们偏不，偏要先到我这里来报个到，好像一定要我开了口，他们才能去公社卫生院。

可是现在我有田地，我要自己种田养活我和我爹，我更多的时间不是躲在家里，而是在田里劳动，他们就跑到田埂上来叫我回去，他们还抱怨我，说找我找了大半天，还批评我不应该不管他们的死活，只顾自己种田。我跟他们说，你们这是自找麻烦。但他们不怕麻烦，不仅麻烦自己，也麻烦我。我有时候不肯走，因为活正干到一半，不能走，他们就叫一个人来帮我劳动，硬把我拉回去，一般都是我走在前面，他们走在后面，好像押犯人似的，怕我逃走。

我觉得这样很麻烦，心里也懊糟得很，我狠了狠心，在我家门口贴了张纸头，严正声明我不再看病了，家里也没有药可配了，叫大家别再来找我，找我也是白找。可第二天我出门的时候，就发现我贴的纸条被遮盖住了，用来遮盖我的纸条的，竟是当年万全林请蒋先生写的“妙手回春，华佗再世，手到病除，扁鹊重生——谢万医生大恩人”。这副对联已经好久不见了，我早就忘记了它的存在，不知道是谁从哪里捡回来，但是红颜色已经褪得差不多了。我看了哭笑不得，不由又想起许多流逝了的时光。

有一天我正在街上卖菜，有人拍我的肩，我一抬头，竟是涂医生。涂医生瞪着我说：“你竟然卖菜？”我顾不得跟他解释，高兴地说：“涂医生，好久不见你了，你要买菜吗？”涂医生不理睬我的问候，很凶地说：“你怎么好意思站在这里，做起小贩子来了？你是医生！”我说：“涂医生你可能不知道，我现在不做医生了。”涂医生说：“你不做医生也不能站在大街上卖菜。”他见我还要辩解，就抬手制止我，不让我说话，只许他自己说话，他说：“你丢不丢脸？你丢了我的脸！人家说起来，涂三江怎么有这么个学生。”我支吾着，涂医生的话是不错，但是我想手里有点钱花花也不错呀，现在农民的日子比过去好多了，谁手里没有个三钱两钱可以花花，为什么我就不可以有。涂医生拉过我的菜筐，又踢了一脚，菜筐滚到一边，他从口袋里摸出点钱来，塞到我手里，说：“回去吧。”我有点生气，他把我当成要饭的叫花子了，我抢过我的菜筐，说：“我不要你的钱。”涂医生一愣，说：“我又不是送给你钱，我买你的菜。”我说：“不对，你买菜也不用买那么多，你家有多少人，吃得下这么一大筐菜？”涂医生说：“我爱多买，你管得着我？”我说：“你爱多买我还不肯多卖给你。”涂医生愣住了，过了一会他笑起来，说：“万泉和，你现在像你爹了，不像我了。”我赌气地说：“我本来就像我爹。”涂医生说：“你爹还没有爬起来吧？”我说：“涂医生你要嘲笑就嘲笑我好了，你别嘲笑我爹。”涂医生说：“要我不嘲笑万人寿是不可能的，但是我会把他的事情挂在心上。”我没听明白涂医生这话是什么意思，我爹的事情？我爹天天躺在床上，能有什么事情，他不把我的事情挂在心上，倒去牵挂我爹，我有点不解。涂医生又说：“回去吧，回去吧，下次不要出来卖菜了，哪天我有时间去跟你们裘雪梅说说。我早就看出来，裘雪梅是个人物。喜欢躲在阴暗角落里的人，总是不同于一般的。”他这话我同意，我还补充说：“是的，他们家裘奋斗也是这样。”涂医生说：“那小子今后也是个人物。”我们说了说裘雪梅家的事情，话题又回到我身上，涂医生说：“你给我听好了，不许再到这里来卖菜，不要再给我看见你卖菜，你如果实在要卖，死到别的地方去卖，不要给我看见，不要丢我的脸！”我只好说：“好吧，下次我到别的地方去卖。”涂医生气得“阿扑阿扑”直吐气，却拿我没办法。

我回家刚进院子，曲文金就刁着舌头告诉我，裘雪梅让我赶紧到大队部去一趟，我问什么事，曲文金还不肯告诉我，但从她口气中，我似乎预感到有什么好事等着我。我赶紧跑到大队部，意外看到了好久没见的万小三子，他长得又高又大，像个人物了，正人模人样地和裘雪梅谈话，我高兴地说：“万万斤，你回来了？”万小三子跷着二郎腿坐在椅子上抽烟，点着头慢慢地说：“我是不想回来的，可是你们裘支书一定要请我回来。”裘雪梅证实说：“万小三子是个能人，我请他回来当我们塑料用品厂的采购员。”我说：“你不当木匠了？太可惜了。”我言外之意是你不当木匠让我当就好了，可是他们没有听出来，他们早已忘记了我早年的心愿。裘雪梅求才心切，赶紧言归正传，他拿出一张写好字的纸，要和万小三子签订协议。万小三子说：“慢着，我的条件你得答应我，你要是不答应，我拔腿就走。”裘雪梅说：“我答应，答应还不行吗？”万小三子狡猾地说：“口头答应不算数，也要写上协议才行，你的事情要写协议，我的事情也要写协议。”裘雪梅面露难色，犹豫了一阵，说：“你能不能换个条件？”万小三子说：“换个条件那还叫条件吗？”我觉得一向作风强硬的裘雪梅今天有点儿低三下四，难道万小三子这个人才真的这么重要，裘雪梅还非要用他不可吗？我插嘴问道：“万万斤你要什么条件？”裘雪梅好像到这时候才突然发现我在场，赶紧说：“对了，我特意把万泉和叫来了，你叫他自己说，他是不是想当医生。”万小三子立刻说：“裘支书你叫错了，他不叫万泉和，他叫万医生。”我听不懂他们的话，好像他们在说什么暗语，我又问：“你们开厂，做采购员，跟我有什么关系？”裘雪梅说：“是呀，我也想不明白，他回来当采购员的条件就是要让你继续当医生。”我觉得奇怪，同时心里一阵失望，难道曲文金兴致勃勃叫我赶紧过来，就是要叫我再重新当医生？想到这儿，我的头皮一阵发麻。但这事情我说了不算，我只有拿希望的眼神看着裘雪梅，希望他能够推翻万小三子的条件。可我发现裘雪梅的意志并不坚强，他犹犹豫豫地说：“这个事情我们是不是再商量？你在外面见多识广，你知道的，现在不是从前了，当医生要考证的，不是谁想当就能当的，你也不想想，万泉和能考得上吗？”万小三子说：“万医生要是能考上我还跟你谈什么条件？”裘雪梅说：“你这是为难我了，要让我犯错误。”万小三子说：“犯什么错误呀，又不是要你盖章出伪证，一切跟你无关嘛，行医证的事情我来解决，你呢，只要眼开眼闭就行了。”裘雪梅说：“那怎么行，万一出了事情，不就查到我头上了？”我也乘机说：“还会查到我头上呢。”裘雪梅回头看看我，带点威胁的口气说：“第一个就是查到你头上！”万小三子拍了拍胸说：“你们放心，有事情了，你们往我头上一推，我那时候呢，正千山万水跑塑料粒子，谁也找不到我在哪里。”万小三子到底还是万小三子，虽然他人长大了，人模人样了，但他的脾气习性，仍然是从前的那个小万小三子，这么大的事情，在他嘴里轻得像根灯草，把一向按章办事的裘雪梅也弄得头昏，拿他没办法。先前裘二海让后窑大队背了一屁股的债，现在裘雪梅急着要办厂赚钱，要帮裘二海把这些欠债还掉。所以虽然大家都认为是裘雪梅战胜了裘二海当上了大队书记，但在我看起来，裘雪梅倒像是前世欠了裘二海的债，这世里来帮他还了。花钱的是裘二海，还钱的却是裘雪梅，裘雪梅而且还那么急切那么认真，到底是谁赢谁输，谁说得清啊。裘雪梅反复权衡了利弊，觉得还是办厂挣钱还债事大，让我重当医生的事稍小一点，他竟忍辱负重接受了万小三子的条件。

万小三子说到做到，不知从哪里搞来一张行医证，上面端端正正是万泉和的名字，裘雪梅看到了，赶紧移开眼睛，说：“我没有看见啊，你们都可以证明，我没有看见。”万小三子帮我把行医证挂到我家墙上，我家又成了医院，我又是万医生了。

在我的人生道路上，万小三子一而再再而三地推动我当医生，虽然他也曾经跟我解释过这件事情的缘由，且不说他从前的那些解释牵强附会，现在他又是为了什么呢？我想来想去，觉得他没有理由再为我当不当医生的事操心。但没有理由的事万小三子还是做了，而且做成了。他把我的行医证挂上墙以后，转身就走，去跑裘雪梅的塑料粒子了。

奇怪的事情再次发生了，万小三子刚刚走开，另一个人就像天兵天将临空而降地来到了。这个人就是已经消失了几年的马莉。

马莉的突然到来，让我怀疑起万小三子这一次的行动，我旁敲侧击地问马莉："你最近见过万小三子吗？"马莉笑道："万泉和啊万泉和，你还是那么笨。"我还觉得我挺聪明呢，她却说我笨，我不服，说："我怎么笨啦？"马莉说："你这么多年没见我了，第一眼见到我，也不夸夸我长成个大姑娘了，也不说几句我长得如何漂亮，却问我万小三子，万小三子关我什么事。"马莉仍然是从前的脾气，但我听出来她毕竟文雅些了，要是在从前她会说"万小三子关我屁事"，现在她把屁咽了下去，说"万小三子关我什么事"。马莉见我胡思乱想，又不满意我，说："喂，万泉和，你真没道理，这么多年也不来看看我。"我说："我是想去看你的，可我不知道你在哪里。"其实我也不是一点都不知道马莉的情况，村里有人跟马莉家有联系，他们说马莉念了三年的医专，又到什么地方进修了一阵，她很快就可以正式当医生了。曲文金还说，难怪她小时候一直泡在合作医疗站不肯走，原来她喜欢当医生。我们还一起回忆起她在院子里种山茱萸的事情。现在想起来，我觉得这些事情既近又远，要说近吧，近得就好像在眼前，要说远呢，好像是上辈子的事了。

我们都以为马莉从此就在城里当医生了，像城里大医院里的那些漂亮白净的女医生一样，穿着白大褂，戴着白口罩，坐在桌子后面，胸前挂着听诊筒，眼睛看得你头都不敢抬，却不料马莉又跑回来了。她拿出一张证照在我面前晃了晃，说："万泉和，从今以后，我们就合伙啦。"我拿过那张证照一看，上面竟写着"万马联合诊所。"我再笨，也知道这个"万马"，就是万泉和和马莉。我急了，说："马莉，你是城里的医生，怎么跑到我们乡下来？"马莉不客气地说："万泉和，我告诉你，你没有资格管我！"她一冲动，我就抓住了她的把柄，我说："你刚才还说跟我联合诊所呢，我连说话的资格都没有，还联合什么呀？"我的话果然让马莉愣了愣，她让了点步，说："好吧，你说的也有道理，既然是联合诊所，两个人都可以说话，但总得有一个人做主，你看是我做主还是你做主？”她一下子又反败为胜了，而且还偷换了主题。我知道我是说服不了马莉的，她小的时候，我就不能对付她，现在她长大了，我还能拿她怎么办。

我们“万马联合诊所”如马莉之愿开出来了，我们的院子里又发生了变化，已经分还给裘金才和万同坤家的大屋和墙门间是不可能再还给我们了，我和我爹又回到屋子的后半部分居住。前半部分是联合诊所，我和我爹让出东厢灶屋给马莉当房间，我们的灶屋再次搬到了走廊上，记得刘玉来的那时候，我们的灶屋就是在走廊上的，许多年过去了，谁想到我们又走上了老路。

我们的诊所开张以后，涂医生也来过一趟，他四周看了看，他是想来挑剔点什么的，结果竟然没有挑得出什么毛病来。既然挑不出毛病，表扬的话他是不肯说的，他就不再说话了，但他带来七贴中药，叫我煎了给我爹吃，并让我过七天再去找他开药，我说：“涂医生，你改中医了？”涂医生说：“万泉和，你瞧不起我，我会改中医吗？我们卫生院来了个老中医，专治瘫病的，我替你爹在他那里开的药。”我谢过涂医生，涂医生又进去看了看我爹，我爹不理他。涂医生出来跟我说：“万泉和，你爹被你伺弄得还不错，还蛮有血色的，不过你要记住，每天不仅要替他擦洗，不让他长褥疮，还要给他按摩，尤其是腿脚。”我有点不解，一个瘫倒不能动的老人，按摩他他也没有感觉，不是白按摩吗？涂医生看出了我的想法，跟我说：“你不了解你爹万人寿，老东西鬼着呢，你和我，谁都猜不准哪一天他就会发生些什么变化。”我听了涂医生的话，一知半解，但我还是按照涂医生的话去做了，每天不仅替我爹擦洗干净身子，还给他按摩腿脚。那天涂医生走了，我煎了药端到我爹床边时我说：“爹，涂医生来看过你了，这个药也是他带来的。”我爹眼一闭，不肯吃涂医生的药，我没办法，又不能硬给他灌下去，只好放弃。过了两天，我又给他煎了一碗药说：“爹，这是我替你去抓来的药。”我爹就乖乖地喝下去了。其实我心里很怀疑，我爹可能知道这个药就是涂医生带来的那个药，但我说了涂医生，他就不喝，我不说涂医生，他就肯喝，你看我爹，都瘫倒了，还那么倔，幸好我不像我爹。马莉看到我这么做，跟我说：“万泉和，你是个孝子。”

从前曾经有过的辉煌似乎又回来了，我们的医院门庭若市，生意兴隆。但我要说明的是，现在的诊所和过去的合作医疗站并不相同，而且差不多是本质上的不同。过去农民看病不要钱，赤脚医生不收他们的钱，赤脚医生的工资由队里记工分，年底和社员们一起分红，但现在队里不记工分了，我们就不得不收他们的钱。有的病人家里很穷，别说是药钱，连一毛钱的挂号费也付不起，对这样的人，我一点办法也没有，只能自己贴钱给他们看病。这样一贴两贴的，事情很快就传了出去，有人赞赏我，也有的人就乘机来揩油了，他明明口袋里有几毛钱，却也愁眉苦脸地说自己的日子怎么难过。我这个人你们早知道了，心肠软，见不得别人的苦，有时候明明知道是苦肉记，也会被打动，也会被他骗。马莉坚决反对我这么做，但是我这么做的时候，往往是乘她出诊不在家的时候。回来她跟我清算账目，一清算我就露馅了，马莉生气地说："万泉和，你要是敢再犯一次，我马上就走。"我不说话。我心里其实很复杂，我甚至都不知道自己到底是怎么想的，有时候我希望马莉待在这里，永远待下去，因为只有马莉在，我的心才是踏实的，有人喊我万医生，我会爽快地答应他。只要一想到马莉有朝一日不在了，我的腿肚子就哆嗦。但有时候我又希望马莉快点走掉，早走早好，她走了，我就关门，就不用操那么多的心了。我就是这样，一会儿这么想，一会儿那么想，想得神经都快失常了。

后来我渐渐地发现一个秘密，虽然马莉怪我不收别人的挂号费和药钱，还威胁我，但有几次她也一样没有收钱，她还怕我知道，偷偷地从自己口袋里掏出钱来塞到我们诊所的抽屉里，被我发现了，我没有指出来，因为我也是这样做的，我指出来了，就等于自己跟自己过不去。

我们两个医生，就这样一个明一个暗地拿联合诊所的钱做好人，做着做着，就收不了场了，因为后一个病人会拿前一个病人作比较，他一肚子委屈地说，我家比他家还苦呢，你们怎么不收他的钱反而又收我的钱。这话一说出来，你还能怎么样？诊所的大好前程就这样被我们的好心葬送了，诊所渐渐地困难起来，马莉来的时候，是带足了钱和药品的，她是充满信心的，似乎这些钱和药品一辈子都用不完，哪知没过多长时间我们就快要弹尽粮绝了，我们的钱越来越少，药品也越来越少。眼见着我又要重复走自己的老路了，我第二次给我爹买的收音机又要被第二次卖掉了。马莉没让我这么做，她骂我没出息，只会卖家当，不会想办法。马莉回去了一次，她没有找马同志和黎同志，因为他们正在到处找她呢。马莉偷偷地找了她的哥哥马开，马开给了马莉一点钱。但是马开告诉马莉，他的支持只有这一次，绝不可能再有第二次。我觉得马开是对的，老话都说，救急不救穷，难道我们的联合诊所，永远都要靠马开来支持？马莉拿了马开的钱，开了一张清单，就到医药公司去进药了，可到了那里才发现马开给她的钱不够她一花的，进了这种药就进不了那种药，马莉急得把清单一扔，说一声“我不要了”，转身就走。

马莉这一走，也不知道她走到哪里去了，她有好几天没有回来，我又不敢到马莉家里打听，因为我知道马莉是偷偷地瞒着马同志和黎同志下乡来的，我急得想去报警，又怕马莉反对我报警，正像热锅上的蚂蚁乱转呢，马莉却回来了，她满面春风，抱着一大堆的书，我一看，尽是些中医中药方面的书，我说：“马莉，你改中医啦？”

已是年底了，以我的观察，马莉大概不准备回城过年了，我也不想委屈了她，但她在我这里过年，可没有什么好吃的。我正这么想着，曲文金就端着米糕和团子来了，她看我们一点也没有过年的样子，生气地说：“万医心，今天已经戏连（年）二十戏（四）了，李（你）们什么也不准备，不过连（年）了？”马莉看到热气腾腾刚出笼的团子，连谢也不谢一声，抓起来就吃。我看她吃得高兴，赶紧问她：“马莉，你打算怎么办？”马莉仍然没理我，吃掉一个团子，又吃了一块糕，才朝我翻了个白眼，说：“不用你管。”

马莉果然不用我管，她开始进行她的自制中草药试验，她在我家的两亩田里种了各种中草药，然后开始研究怎么将它们制成中药，熬成药汤让人喝下去。这期间马莉东奔西走，四处学习，一向瞧不起人的马莉，变得谦虚起来，只要是和中医中药有关系的人，她看到了就上前请教，有一次甚至跑到我爹床前，问起我爹来。我暗暗好笑，马莉竟然也走到了我的老路上，当年我没有办法的时候也是进来请教我爹，现在马莉也求助于我爹。但在我爹面前她不如我聪明，更不如我了解我爹，她就想不出让我爹眨眼皮之类的办法，最后垂头丧气地出来了，还把气撒到我头上，说我是个不孝子，我爹瘫了这么多年我也没替我爹把瘫病治好。

说心里话，虽然马莉念过医专又进修过医大，现在又在自学中医中药，她还有正式的行医证，跟我相比，她是名副其实的医生，但我始终不太敢相信她。也许在我的眼里，她还是那个只知道瞎胡闹的女孩子，所以看到马莉煎出一药罐一药罐黑乎乎的汤药，准备给病人喝，我很担心，我想反对她，想阻止她，但又怕伤了她的自尊心，所以犹犹豫豫不知道该怎么开口。可马莉早就看穿了我，她朝我翻了个白眼，说："这有什么可怕的，你不放心病人喝，你就自己先喝。"她说得有道理，从前我们学针灸的时候也是这样的，先在自己身上扎，扎过觉得没问题，才敢给病人扎，现在喝中药也是一样的道理。可是马莉她自己为什么不喝要让我喝，她是拿我做试验品呢，我不能心甘情愿，但我又不能表现得太自私，我找了个理由说："我喝是可以喝的，但我喝下去舒服不舒服难过不难过都是我的感觉，你怎么能知道我的感觉呢？"马莉又白我一眼说："死心眼啊，你的感觉你不会说给我听吗？你说给我听了我不就知道了吗？"我一下就被她问住了，再也没有话好说了，我就以大无畏的精神，横下一条心端起那碗黑乎乎的令人生疑让人害怕的汤药，准备灌下去。不料马莉手脚麻利地从我手里夺走了那碗药，说："你太笨，我还真不放心你的感觉，我也不放心你对自己的感觉的描述。"结果她把那碗药喝下去了。我呢，只来得及"哎哟"了一声，赶紧紧张地观察马莉的脸色和神情，还做出了随时准备抢救马莉的样子。马莉生气说："你看什么看，我又不是喝的砒霜。"我鼓足勇气说："那我也喝一碗。"我以为马莉一定会阻止我，我才这么说的，可我失算了。马莉说："你当然要喝，两个人喝了，两个人的反应加起来看，才更准确。"马莉又从药罐里倒出一碗药来，我把它喝了，不一会，肚子就咕噜咕噜地响起来，我惊喜地说："马莉，你听，有反应了。"马莉自己也有反应了，她比我先喝，反应比我快，她的肚子已经咕噜过了，咕噜过后，她突然就放了一个响屁，我毫无思想准备，被吓了一跳，我忍不住说："这么响？"话音未落，我的屁也来了，比马莉的更响。我又忍不住说："我的更响。"其实也应该是我的更响，我是男的呀。此时马莉脸都已经笑歪了，她笑着笑着，流下了眼泪，她边哭边笑的样子，比狼外婆还可怕，但我不敢说她可怕，我只是别过脸去不敢看她。

就这样，在那一段时间，我和马莉都喝下了大量的中药，从早到晚那些汤药把我们的肚皮都灌饱了，马莉一边皱着眉头喝药，还一边自嘲说省下饭钱了。那些日子，我们两个丑态百出，一会拉肚子，一会儿打嗝，要不就是放屁，不停不息的连环屁，这些屁响而不臭，每放出一个，身体就有一阵舒服轻松的感觉，这种现象，一般说明药是有效果的，所以马莉高兴地说："放，放，继续放，继续放。"只是邻居裘金才曲文金以及来看病的一些病人觉得奇怪，听到我们两个一边看病，一边说话，一边轮番放屁，好像比赛似的，他们笑得前抑后扬，连自己的病痛都忘记了。

那一段时间，也是我们最顺利最开心的时间，因为我们的村子里，到处弥漫着中草药的香味，这种味道，让我感觉很温馨，很温暖，人像是回到了童年。我们在村里走来走去，走到哪里，都能看见路上有倒掉的药渣。马莉的情绪十分的好，又唱起歌来，现在她经常挂在嘴边唱的已经不是“万泉河水清又清”，而是另一支和万泉河有关的歌，就是“我爱五指山，我爱万泉和，双手接过红军的钢枪——”初中生裘奋英从小就追随万小三子和马莉，现在她虽然长大了些，但仍然习惯追随马莉。她说：“马莉姐，这支歌真好听，你教教我吧。”马莉就教她，她们两个都没有唱歌的天赋，嗓音低而细，像两只小苍蝇，每天反反复复地在我耳边蝇蝇嗡嗡，而且马莉教裘奋英的总是那两句：“我爱五指山，我爱万泉和，双手接过红军的钢枪——”裘奋英已经将这两句学得烂熟，她要求马莉继续往下教，马莉说：“下面的我不会了，我只会这两句。”裘奋英也不是个勤奋好学的孩子，两句就两句，马莉不教她也就不往下学了，所以她们两个每天蝇蝇嗡嗡的就是那两句“我爱五指山，我爱万泉和，双手接过红军的钢枪——”我听得心烦，批评她们，我说：“你们两个，不会唱点别的歌？一支歌再好听，让你们这么翻过来翻过去唱，唱得跟狗屎一样臭了。”马莉说：“万泉和你说对了，我们就是喜欢臭狗屎。”然后她和裘奋英两个，笑得弯腰跺脚的，她们肯定是在笑话我，但我不觉得我有什么好笑的，我倒是觉得她们好笑，你们看看，这两个人，一个都已经大学毕业当了医生了，还这么没头没脑没心没肺，另一个呢，因为她有一个裘奋斗那样的精明厉害的哥哥，她就更显得傻不拉机，我不大敢讥笑马莉，就拣软柿子欺，我说：“裘奋英，你这么傻不拉机的，有哪个男人会看上你，以后你就别想嫁人了。”裘奋英被我说恼了，反击我说：“你还是撒泡尿照照自己的脸吧，这么老了，脸上一条条的机耕路，都可以开拖拉机了，你还有脸说我呢，你才一辈子找不到老婆。”裘奋英的话让我很生气，但没想到更生气的却是马莉，她刚刚还和裘奋英一唱一和地讥笑我，这会儿说翻脸就翻脸，厉声呵斥裘奋英：“裘奋英，你嘴巴放干净点！”裘奋英摸不着头脑了，支吾着说：“我，我说什么了？”马莉说：“你说万泉和一辈子讨不到老婆。”裘奋英说：“是呀，他都这么老了，还没有结婚。”马莉说：“老又怎么样，老了就不能结婚吗？”裘奋英说：“老了谁嫁给他呀。”马莉说：“我。”马莉话一出口，我和裘奋英就同声大笑起来，笑得上气不接下气，肚子都痛了。马莉本来是板着脸的，看到我们笑她，她更生气了，差不多要发脾气了，要骂人了，但不知怎么，骂人的话到了嘴边，却又骂不出来了，她收了回去，竟然跟着我们一起笑起来。

有病人来，马莉就去忙工作了，我和裘奋英你看看我我看看你，我这才感觉到了我的荒唐，我跟着她们两个一起傻笑，岂不是显得我跟她们一般水平吗，我得扳回一点面子，得让她们知道，我跟她们不一样，但我想了想，还是不敢惹马莉，我还是攻击裘奋英吧，可还没等我想好词，裘奋英却先来攻击我了，她说：“万医生，你不会想马莉姐想得发花痴吧。”我没想到她会这么说，说得我张口结舌，但她也没想到马莉正好走出来听到了这句话，马莉立刻接过她的话说：“裘奋英，告诉你一个好消息，万小三子结婚了。”马莉的话一出口，就看着裘奋英的脸色变了，越变越青越变越紫，最后竟有点青面獠牙的样子了，然后，渐渐的，有两行眼泪从裘奋英黑洞洞的眼睛里慢慢地淌了出来，淌在她又青又紫的脸上，显得十分恐怖，谁要是在晚上看见了，准被吓个半死。一向刻毒的马莉也没有料到她这句话会造成裘奋英如此的反应，从来反应灵敏的马莉一时半会儿倒也不知道该怎么办了。我就更不用说了，张着嘴，呆站着，活像个傻瓜。最后倒是裘奋英自己先反应过来，她知道自己失态了，丢下三个字拔腿就走。她丢下的这三个字是“不可能”。当然，她说是万小三子“不可能”结婚。

现在轮到我和马莉面面相觑了，停了半天，我问马莉：“万小三子真的结婚了？你怎么知道？”马莉没心没肺地说：“我瞎说，气她的。”你们看看，这哪像个大学毕业的女医生。

可谁也没想到，马莉瞎说的事情竟然就是一个事实，万小三子真的结婚了。他当了采购员，采购了好多塑料粒子，再转手倒卖，赚得腰包肥肥的，讨到一个城里的女人。只是现在我们大家还都不知道，留在后面再说吧。

马莉一闲下来就捧着她带来的那些书看，很快书就看得差不多了，马莉开始嘀咕，我听出来，她还想再买书，但是没有钱了，心情不怎么样。我赶紧想办法拍她的马屁，我想到我爹的《黄帝内经》，就去找了出来交给她。我说：“我这里也有一本，可惜有错别字。”马莉接过去一看，朝我翻了个白眼，说：“这是文言文的，我看不懂。”我有些失落，但还不甘心，我翻了翻给她看，说：“可是这里边，还有好多我爹写的东西。”马莉一翻就看到那首唐伯虎的诗，念了起来：宝塔尖尖三四层，和尚出门悄无声。一把蒲扇半遮面，听见响声就关门。念过了，又研究那四个字“小儿尿闭”，我看得出她也和我一样研究不出来，我心中暗喜，知道我也笨不到哪里去，她也聪明不到哪里去。马莉皱了一会眉，忽然站起来，拿来自己的一本书，翻了翻，顿时“哈”了一声说：“猜到了，是田螺。”原来唐伯虎写的是一首药谜诗，谜底就是田螺。本来马莉也是猜不到的，她在另一本中医书上看到有田螺加盐加葱捣烂后敷在小孩肚脐上治小孩尿闭的疗法，才猜到唐伯虎的诗写的就是田螺。马莉一脸的得意，等着我吹捧她呢。可我心里并不服气，如果我也可以参考其他书籍，我就和她一样聪明了。

不知是不是马开透露了马莉的行踪，马同志和黎同志突然找来了，可是直到他们走到我们院门口的时候，他们的脸色还是疑疑惑惑的，他们并不相信马莉大学毕业又跑回后窑大队来了。但他们在院门口一站，朝里一望，一眼就看到正坐里屋里给病人打针的马莉，马同志和黎同志异口同声地“噢”了一声，他们的声音异常的响亮，惊动了院子里所有的人，当然也惊动了我。我回头看到是他们两人，心里就特别觉得奇怪，因为我发现马同志和黎同志有了变化，从前他们在我们这里下放劳动的时候，两个人的脾气都很好，说话都是轻声细气，待人接物十分和蔼，现在他们居然发出了这么响亮的声音，不知道他们是不是像陈世美那样，地位变了，心肠和脾气也变了，还是让马莉给气成这样的。院子里所有的人都被他们响亮的声音弄得有点惊讶，只有马莉完全不动声色，她继续替病人打针，缓缓地将针筒里的药水一点一点推进去，然后再轻轻地让人毫无察觉地拔出了针头，用消毒棉花按住屁股上的针眼，按了一会，再将棉花头交给病人，吩咐说：“自己再按一会。”不急不忙地做完这一切，马莉才起身，笑眯眯地走到院门口，说：“爸爸，妈妈，你们进来呀，这就是我们从前的家嘛，你们怎么不进来？”

马同志和黎同志怎么想也想不明白马莉为什么又跑回后窑来了，他们从女儿身上得不到任何的信息，最后终于把怀疑的目光投到我身上来了。我感觉到他们的目光像四道冰剑，在那一瞬间，我浑身不由自主地颤抖起来。

马同志和黎同志终于找到了罪魁祸首，那就是我。他们最后得出的结论就是我影响了马莉，是我让马莉神魂颠倒，黑白不分，所以才会一次又一次地做出有悖常理的事情。他们从头开始数落，几乎是从马莉很小的时候，他们就发现了马莉的种种不正常，比如赖学，天天泡在合作医疗站，比如在院子里种山茱萸，黎同志还回忆说，小莉那时候天天唱“万泉河水清又清”，什么是万泉河，万泉河不就是万泉和吗？他们还记起一些事情，比如马莉唆使万小三子攻击涂医生，把涂医生赶走，后来马莉上农高中却又不肯住校，天天回来，风吹雨打也不怕，马莉还不肯上本科，宁可去读医专，她甚至大学毕业放弃城里的工作又回到乡下来，这一切，都是因为我。

他们一件事一件事地回忆着，他们回忆得一点不错，如果不是因为我，如果不是受我的影响，马莉的这一系列行为，就完全无法解释。这许多年来，马同志和黎同志一直苦苦地想解开马莉的这个谜，但他们一次次地失败，一次次地陷入更深更难解的谜团里，现在他们终于找到了答案，解开了谜团，谜底原来就是我。

他们以为终于抓住了有力的武器，足以对付我和马莉了，他们一桩一件地数落完了以后，就狠狠地瞪着我，看我怎么回答。见我不说话，马同志就忍不住了，催我说：“万泉和，过去我们称你万医生，是尊重你，现在我们不能称你万医生了，你不配我们尊重。”我说：“你们还是叫我万泉和吧，叫我万泉和我心里踏实。”马同志说：“想不到你的皮这么厚。”马同志这话倒叫我吃了一惊，他想不到我，我还想不到他呢，想不到他说话这么无礼。其实不仅是马同志，黎同志说话也一样无礼，她指着我的鼻子说：“万泉和，你愚弄了我们这么多年，到今天我们终于看清了你的真面目。”他们的脾气真的变了，说话的口气也变了。我无法和不讲理的人说话，就闷住了。马莉朝我眨眨眼，说：“更年期了。”说着又回头朝马同志和黎同志说：“爸爸妈妈，你们也够笨的，这么多年才发现了一个秘密，要是我有许多秘密，那你们几辈子加起来也破不了。”马同志和黎同志激动地异口同声说：“我们猜对了，我们猜对了，就是万泉和影响了你！”马莉说：“你们真是小儿科——你们只是找对了人，却没找到事情的根源——”她朝我笑了笑，又拍了拍我的肩，说：“连你都不知道吧？”我是云里雾里，完全不知东南西北。马莉又说："事情明摆着么，你们怎么都看不见呢？"大家急等她的下文，她却不说了，竟然唱起歌来："我爱五指山，我爱万泉河——"马同志急得说："你唱什么歌嘛，你快说呀，还有什么根源？"毕竟黎同志是个女的，心细一点，她似乎听出来些名堂来了，她一旦听出了名堂，脸色顿时大变，本来就很难看的脸，现在简直让人不敢看了，她冲到我面前，她的脸都歪到一边，语无伦次地说："万万万，万泉和，万泉和，我们还以为你做赤脚医生影响了我们马莉，哪里想到你竟然勾引我们马莉——"马同志大吃一惊，说："勾引我们马莉？"黎同志大声嚷嚷："怎么不是，怎么不是，要不是他勾引，我们马莉怎么会爱上他？你听她唱的，'我爱五指山，我爱万泉河'。"在场的所有人都目瞪口呆，只有马莉哈哈大笑，说："妈呀妈呀，还是我妈最了解我。"

我彻底地懵了，我赶紧努力回忆，我记性不好，许多事情我实在想不起来了。马同志说："万泉和，没看出来你还很会装蒜。"我觉得冤枉，正想申冤，马莉却朝我摆了摆手，说："不怪你，不是你勾引我，是我勾你的。"马同志和黎同志一听马莉这话，又跳起来，连声地说："不可能，不可能！"马莉笑道："怎么不可能，我有证人呢。"马莉朝曲文金招招手，曲文金走过来，马莉说："曲文金，你还记得吧，那天刘玉走了，万泉和蹲在院子里哭，我问他为什么哭，他不告诉我，你告诉我，因为他女人走了他才哭的，我就对他说，别哭，我长大了嫁给你，事情就是这样，你们听明白了吧。"要不是看到马同志和黎同志怒发冲冠，我差点要喷笑出来了，刘玉走的时候，马莉才多大点儿？我想算一算马莉那时候多大，却算来算去算不清楚，马莉对我说："你不用算了，那一年我十二岁。"我"啊哈"了一声。马莉朝我翻个白眼说："你啊哈什么？十二岁怎么啦？"我嘲笑她说："十二岁也没怎么啦，十二岁就是一个小孩。"马莉说："有的人活一辈子也不懂事，有的人小时候就很懂事，我不像你们这些人，活了这把年纪都不懂事，我十二岁的时候，就比你们现在都懂事了，我就决定嫁给万泉和了。"听到这儿，不仅马莉的父母吃惊不已，我更是惊讶后怕，难怪这么多年在马莉身上发生了那么多古怪事情，现在都二十好几了，也不谈对象，也不结婚，她想干什么？不会真的要想嫁给我吧？我又慌乱又紧张，但又不敢问她，憋得好难受。马莉知道我在想什么，又变本加厉地说："一个人说话要算数，既然当时我讲过那样的话，我就要兑现。"大家再一次愣住了，过了好半天，曲文金小心翼翼地试探说："马妮（莉）马妮（莉），及（其）实，及（其）实，小银（人）讲的话可以不算数，可以不当灯（真）的。"马莉生气地回击她说："你可以不当真，但我要当真的！"

马同志和黎同志经过了整整十年的苦苦追寻和争夺，到现在他们才终于明白，这个女儿他们虽然是找到了，但却是无法争夺回去了，他们彻底放弃了最后的努力，他们承认了现实。这个现实就是，他们的女儿马莉不是个正常的孩子，是个小邪头，就像当年的万小三子。和一个小邪头，是无理可讲的，马同志和黎同志的理也讲够了，讲尽了，他们再也不想和她浪费任何口舌了。最后他们无望地离开了后窑大队。就在他们离开的那一天，后窑大队又恢复了早先的称呼，改称作后窑村了。但对于马同志和黎同志来说，这是没有任何意义的，反正他们的女儿是误入歧途了，这个歧途就是后窑，它是一个大队也好，是一个村也好，它都是马莉人生的陷阱，马莉掉进去，再也出不来了。

马莉得胜了就人来疯，乘胜追击我说："万泉和，你怎么说？万泉和，你怎么说？"我有点吃不透她的"你怎么说"到底是要我说什么，我想借故逃开，但是马莉不让我走，她甚至向我伸出手来，好像她的手要把我的答复捧过去似的，她的身子也向我逼近了一点，我不由得往后退了一步，但我已经没有退路了，再往后，就是我和我爹住的那半间房了。马莉还在继续咄咄逼人，我站在里外两个半间相通的地方，回头看了一眼躺在床上的我爹，我灵机一动，赶紧对马莉说："这么大的事情，我自己不好作主，我得问问我爹。"马莉一愣，倒也不好反对我，她说："那好，我和你一起去问。"我赶紧挡住她，哄她说："不行不行，你不能进去，我爹有个毛病，凡是他不认得的人走近他的床，他就会尿裤子，你去不得。"马莉将信将疑地看看我，最后还是放弃了跟我一起进去的想法，只是说："你快点啊！"我赶紧逃进里间，关上门，走到我爹床前。其实我那话是随口编出来骗马莉的，我又不是毛头小伙子了，我的婚姻，应该不用我爹作主了，何况我爹是这么一个爹，他想做主也做不了。可是我一进里间，一看到我爹躺在床上眨巴眼皮，不知怎么的，我就突然产生出一种强烈的欲望，我忽然很想听听我爹的意见，我附下身子，凑到我爹耳边说："爹，是我。"我爹眨巴了下一眼皮，表示他知道是我。我又说："爹，马莉，就是那个马莉，就是下放干部的女儿马莉，你还记得吗？"我爹又眨巴眼皮，表示他知道。我再说："爹，马莉现在长大了，长得这么高了。"我做了个手势，又觉得不太准确，重新又做了一下，其实现在马莉比我还高一点呢，但我没有把她比划得那么高，太高的女人对男人来说也许会有一种压迫感，尤其是我爹躺在床上，没有高度，就更不能把女人比划得太高。我没料到在我说了马莉的高度后，我爹就停止了眨巴眼皮，我心里一紧，赶紧又说："马莉长大了，长得很漂亮哎，脸是——"我一时不知道该怎样形容马莉的脸，只好又比划了一下，但一边比划，我一边就想起那个词来了，我说："爹，爹，是鹅蛋脸。"我爹对鹅蛋脸毫无兴趣，睁着眼睛死死地看着我的嘴巴，我的嘴巴不停地蠕动，急着给我爹讲马莉的事情，而我爹的眼睛却一动不动，一眨不眨，像着了孙悟空的定身法。我更急了，又添油加醋地说："爹啊，你没有仔细看一看如今的马莉，你要是仔细看了，你肯定会欣赏的。"我爹的眼睛像死鱼的眼睛，直翻白，一眨不眨。渐渐的，我终于有些明白，我爹大概不喜欢听马莉的事，但我没有办法，马莉还在外面守着我等我的答复呢，我只好硬头皮把话说下去，我说："爹，我就是来听你意见的，你觉得马莉好不好？要是你觉得好，你就眨一下眼皮，要是你觉得不好，就眨两下眼皮，好不好？"说完这话，我一眼不眨地盯住我爹，就怕错过了他的眼皮的眨巴，可我盯得自己的眼睛又酸又累，也没有看清楚我爹的眼皮眨了还是没眨，我想这是我爹在拒绝回答我的问题，我正要重新再想办法对付我爹，在外面偷听的马莉忍不住了，冲了进来，直扑到我爹床前，说："万人寿，你说话呀，你说话呀！"我爹仍然不眨眼皮，纹丝不动，马莉又想了一招，她阴险地说："我知道了，你不眨眼就说明你同意了。"我爹没有受她的激将法的影响，仍然不理她，马莉又动了动歪脑筋，她估计到我爹的眼皮撑了这么长时间肯定快撑不住了，接下来肯定要眨巴了，她赶紧说："那我们就倒过来，你要是同意，你就多眨几下——你总要眨眼皮的，我就不相信你永远不眨，你眨呀，你眨呀——"可我爹简直像个白痴，什么话也听不懂，但他的眼皮就是不眨，眼睛瞪着，就算我用手将他的眼皮合上，他也会硬硬地撑开来。马莉也终于泄气了，对我说："算了算，你问他有什么用，就算他眨了眼皮，你也不知道他什么意思，你不要自己骗自己了。"一气之下马莉回东厢房去了，我也该安顿我爹睡了，我端来热水替我爹擦背洗脚洗屁股，这些年来，我把我爹伺候得比我自己还干净，一点褥疮也不长，手脚面孔都还红彤彤的，血脉畅通，我虽然尽心尽力地替我爹擦洗，但我心里是有气的，我爹居然这样对待我的婚姻大事，他不会以为我还小吧，我忍不住自言自语道 ：“你以为你儿子是什么宝货，还挑肥拣瘦。”我爹没动静。我又说 ：“你连马莉都不喜欢，你眼界也太高了。”我爹仍然不表态，我再说 ：“那你到底喜欢谁，这个不喜欢那个不喜欢，难不成你喜欢刘玉？”我一提刘玉的名字，发现自己心里还是有气，虽然我当初当时就原谅了她，但到现在我才发现，这口气其实一直还在我心里。

我当然是赌着气说到刘玉的，哪知我的话音刚落，我就听到一阵很响的“叭嗒叭嗒”声，我惊异地抬起头来，又惊异地发现，这“叭嗒叭嗒”的声音竟然来自我爹的眼皮，我爹正在眨眼皮。我爹竟然能让自己的眼皮眨出这么响的动静来，我惊呆了，同时我也大吃一惊，原来我爹竟然喜欢刘玉？

第十一章 小哑巴不是我的儿

那天晚上我和我爹说到刘玉，我爹将眼皮眨得叭嗒响之后，我心里暗暗奇怪，我爹竟然喜欢刘玉。大约过了三四天，这天天气很好，虽然是冬天，但太阳照在身上暖洋洋的，照得心里也暖融融的。马莉到地里去弄草药了，我把我爹抱出来，放在藤椅上，让他晒太阳。安顿好我爹，我直起身子还没来得及喘一口气，眼前一闪，就有两个五六岁的小男孩直扑而来，他们动作刷刷齐，双双地奔到我腿边，一左一右死死地抱住我的两条腿，我还没来得及看清楚眼前发生的一切，就听到两张小嘴里齐齐地喊出两声又古怪又瘆人又结巴的声音——“阿——爸，阿——爸。”听起来那个“阿”字特别长，而“爸”字又特别短。

我在顷刻间的感觉，这是两条小蚂蟥，叮在我的腿上，要吸我的血，我想赶紧甩掉他们，但我又不敢太用劲，毕竟他们不是蚂蟥，而是两个小孩子。我不敢用劲，他们却用了吃奶的劲来抱我，我就这样被他们死死地抱着，动弹不得，我急得说：“哪来的孩子，哪来的孩子，搞错人了，搞错人了！”两个小孩却嬉皮笑脸，将鼻涕都擦在我的裤腿上，我说：“你们脏死了。”他们嘻嘻笑着，动作整齐划一，松开了我的腿，又一同扑向坐在藤椅上的我爹，起先他们是要想抱我爹的腿的，后来发现我爹的腿蜷缩在那里，他们大概没有见过这样的腿，觉得不好抱，同时愣了一下，一个说：“阿——爸。”另一个也说：“阿——爸。”他们交换过眼色，一齐抱住了我爹的胳膊，一人一条，又一齐发出了那个古怪的声音喊："阿——爸。"当他们抱住我的腿喊"阿——爸"的时候，我还以为他们搞错了人，把我当成他们的爸爸了，现在才发现，他们喊我爹也是"阿——爸"，对于他们这种古怪的喊法，我想了一想，明白了，我脱口说："你们，你们是哑巴？"两个孩子一边兴奋地乱点头，一边仍然紧紧地抱着我爹的胳膊，连声地"阿——爸"，只见我爹的眼皮一阵乱眨，脸色顿时红润起来。

到这时候我才渐渐地看清楚这是一对双胞胎，两人就是一个模子里刻出来的，一模一样，都是小眉小眼，但眼睫毛又黑又长，下巴尖尖的，从他们的眉眼和下巴上，我忽然地想到了一个人，就在我想到这个人的时候，这个人竟然就真的出现了，她站在我们的院门口，笑眯眯地看着院子里正在发生的一切。

你们猜到了吗，她就是刘玉。我已经有好多年没有见到她了，但我还是一眼就认出她来了。

难道真是心有灵犀？我和我爹这么多年都没有谈论过刘玉，就那天晚上说了一下，多年不见的刘玉竟然真的出现了。刘玉斜靠在院门框上，她的身子比从前粗壮多了，但仍然是那种软不拉几没有骨头的样子，她的脸也老了一点，但奇怪的是，她的眼睛一点也没有变，眼毛还是那么的黑那么的长，眼睛还是那样忽闪忽闪的，眨起来还是那么快速那么生动美丽妩媚，像在挥舞两把黑扫帚。我正看得发呆，刘玉笑着开口说话了："万医生哎，我回来了哎。"我仍然发着呆，因为我对她的话听不太明白，我不由地问道："你回来了？回到哪里来了？"刘玉笑是更欢了，边笑边说："万医生，我回到你身边来了呀。"我猝不及防，又慌不择词，我说："你，你，你怎么会——"刘玉说："万医生，你是最了解我的，我这个人容易犯错误，当年我跟你谈对象的时候我就犯错误了，你还记得吗，我跟吴宝好了。"我怎么会不记得呢，我想说，要不是你跟吴宝那样，这一对双胞胎就是我的儿子了，现在他们虽然喊我"阿——爸"，但他们到底不是我的儿子呀。刘玉继续告诉我说："我又犯了像上次一样的错误，我男人出门的时候，我们村上有个人要跟我好，我就跟他好了。"刘玉的两个双胞胎儿子终于放开了我爹的胳膊，两人一起手舞足蹈起来，他们的手势我看不明白，一会儿用手指着自己的屁股，脸上做着大便的表情，然后又拿自己的脚用力地踩着地，又是吐口水，我不懂哑语，不知道他们是什么意思，只是看到他们的动作永远都是那么的整齐划一，好像一直有个人在给他们喊口令。刘玉看我不明白，“格格格”地先笑了一阵，才说：“万医生，你虽然是医生，你却不懂哑语，我来告诉你吧，小哑巴说，跟我好的那个男人，是踩大便叔叔。”哑巴双胞胎高兴的“阿——爸，阿——爸”地叫，又点头，又跺脚，刘玉笑道：“去，踩大便是他的绰号，他的名字叫蔡大宝，有人口齿不清，叫得含糊，就变成踩大便了。”我对踩大便没有兴趣，只是觉得奇怪，怎么跟刘玉好的男人，都带上一个宝字，我脱口说了出来，刘玉忽闪着长长的眼毛朝我笑，笑得我直觉得骨头里一阵一阵地发酥，嘴唇的感觉就像吃多了河豚一样发麻，刘玉笑着笑着，就觉得自己站不住，跑过来，把头软软地靠在我肩上，说：“早知道这样，你爹当年应该给你取名叫万泉宝。”她正说着，我们就听到双胞胎同时“阿——爸”一声，院子里顿时安静下来，一安静下来，就有一阵叭嗒叭嗒的声音传到我的耳朵里，我看都不用看，就知道是我爹在眨巴眼皮，但是刘玉和双胞胎是第一次看到第一次听到，他们惊讶地叫了起来。哑巴双胞胎不会说话，他们表达任何感情都是“阿——爸”，而刘玉则惊讶地说：“咦，咦，眼皮响了？”我很生气地瞪着我爹，因为先前我试探他的时候，已经知道他喜欢刘玉，现在刘玉真的来了，我爹该不会要我和刘玉结婚吧？我不好明说，赶紧走到我爹身边，朝他挤眉弄眼地暗示他，但我爹熟视无睹，根本不理我的茬，只顾着眨巴眼皮表达他内心的欢乐。幸好刘玉和双胞胎并不知道我爹眨巴眼皮的秘密，刘玉过来拉了拉我爹的手，说：“爹啊，万医生伺候你这么多年了，也该我来伺候你了。”我赶紧说：“刘玉，你说什么呢。”刘玉说：“万医生，我知道你不会计较我犯错误的，当年我犯了错误，你还叫我不要走呢。”我说：“当年是当年，现在是现在。”刘玉说：“现在我又犯了错误，被我男人赶出来了，我爹又不肯收留我——”我心里更气了，原来你没处去了，就想到我这里来了，难道我是收容所吗？刘玉几等聪明，还没等我表达出来，她就抢着说了：“万医生，我是没地方去了，才想到你这里，一想到你这里，我心里就特别温暖，还有我们家牛大虎和牛二虎——”我混浊的脑子里忽然闪过一个亮点，我记起了什么，我立刻戳穿她说：“不对，你嫁的男人明明姓吕，你还告诉我，不是驴，是两个口叠起来的吕，小哑巴怎么会姓牛？”刘玉又笑：“万医生你记性真好哎，可姓吕的是我第一个男人，牛大虎和牛二虎的爸爸，是我第三个男人。”我生气地说：“那你第二个男人大概姓猪吧？”刘玉又笑得浑身乱颤，又站不动了，不过这回他没有靠到我身上，却靠到了我爹身上，眼毛则朝着我乱扫，说："万医生，你都知道，你都知道，你一直在关心我吧，肯定是的，你连我第二个男人姓朱你都知道。"我气得"哼"了一声再也说不出话来了。刘玉摸了摸两个小哑巴的脑袋继续说："两个小东西也是奇怪，我跟他们说，走，我们到你万医生叔叔家去，他们就在前面跑，他们居然认得路，比我跑得还快，万医生你说怪不怪，这不是有缘是什么？"她这边说着，双胞胎齐齐地丢开了我爹，又朝我扑过来，这回他们不再抱住我的腿，而是一前一后吊住了我的脖子，吊得我气都透不过来，他们齐齐地喊："阿——爸。"我没接嘴，只觉得越来越憋气，刘玉笑着说："你要是不答应他们一声，他们会一直吊下去的，两个小东西，跟我一样的脾气，黏糊。"我为了透气，只好"哎"了一声，双胞胎果然放开了我，他们好像知道自己的任务完成了，就不再抱腿吊颈了，自顾自地在院子里玩起来。我想跟刘玉说点什么，但是当着小孩的面不大好说，虽然他们还是小孩，虽然他们都是哑巴，但我觉得他们很机灵，好像什么都懂，所以我等他们走开了我才说："刘玉，你大概还不知道吧，你到东厢房门口朝里看看，是谁住在里边。"刘玉果然过去看了一下，说："我知道了，是马莉。"我说："你知道就好，马莉已经当了医生，但她又回来了。"刘玉"哎哟"了一声，说："万医生，马莉回来跟我回来可不一样，我回来是要和你一起过日子。"我又果断又坚决地说："是马莉先回来的。"刘玉一听，又弯腰跺脚地笑起来。我说："你笑什么？"我以为她会嘲笑马莉或者攻击马莉，可刘玉却说："我高兴呀，我回来了我高兴呀，万医生，你看看我们这一家人，你，你爹，我，双胞胎，多完美，多般配。"她硬要把我们家和她的家搞在一起，她就是这样一个黏糊的人，我还试图跟她把话说清楚，让她别胡思乱想痴心妄想，但我这个人你们知道的，我说话一般不想伤害到别人，我对我要说的话得反复考虑、经过筛选才能说出来，可刘玉的情形和我恰恰相反，她说话总是不假思索，所以她每次都能抢在我的前面，果然她又说了："万医生，我一走进来，就感觉到，这就是我的家。其实也不是今天，其实早在当年，我走进来就有这种感觉了——"我想反驳她，你当年有这种感觉怎么还跟吴宝好呢，可我的心里也许是这么刻薄，但我的嘴上刻薄不起来，我生生地把话咽下去，因为这句话很刺，它刺伤了我的喉咙，让我感觉喉咙很疼，闭不上嘴。刘玉看我张着嘴，以为我要插话，就赶紧用她的手上来捂住我的嘴，说："万医生，我知道你是个好人，我也知道你还没有结婚，你有这么好的条件，我为什么不来啊？"我被她说得哑口无言。刘玉见我没话可说了，她觉得她的事情成功了，就丢开了我，跑到我们走廊上的灶头边看了看，说："今天我烧饭，从今以后，我天天烧饭给你吃。"

很快刘玉就烧好了饭菜，摆上了桌子，又去院子里把我爹抱了回来，我爹躺在她的怀抱里，幸福得像个孩子，像刘玉的孩子。双胞胎也饿了，一齐地爬到凳子上，跪在那里，眼睛巴巴地望着桌上热腾腾香喷喷的菜，但他们还是蛮有规矩的，刘玉不发话，他们只管咽唾沫，却不开吃。刘玉让我爹坐稳妥了，还拿来个枕头给他垫着，我爹还真坐得很稳当，我看了心里暗暗奇怪，我爹这么多年，一直是躺在床上由我喂他的，我也好多次想让他坐起来试试，但是他坐不起来，硬把他扶起来，他就往下滑，找东西垫着也没用，可到了刘玉手里，怎么的一弄，他就坐稳了。我心里正奇怪，刘玉又给我拉凳子，按着我的肩让我坐，我已经被她搞得晕头转向，被她一按，就真的坐下来了。刘玉看看我，看看我爹，再看看双胞胎，高兴得眉开眼笑说："多好，多好，瞧我们这一家人，团团圆圆的多好。"双胞胎小小年纪就会鉴貌辨色，赶紧拍马屁，连声地喊我"阿——爸"，也喊我爹"阿——爸"。

这里正热闹着，门口有了动静，我知道是马莉回来，心里一慌，好像自己做了什么坏事，不知该怎么面对马莉了，脑子里正寻思怎么跟马莉解释，马莉已经到了门口，朝屋里一望，就明白了一切，她的脸上顿时上了一层霜，还结了冰，脸皮动也不动，我呢，浑身都被冰冻了，不会站起来，也不会说话。倒是刘玉一脸的笑，满腔热情地迎过去拉住马莉的手，笑意都喷到了马莉脸上："哎哟，马莉回来了。"马莉鼻子里"哼"了一声，把刘玉的笑意喷了回去，又把刘玉的手一甩，转身背对着刘玉。刘玉一点儿也不在乎马莉的态度，热情地凑到马莉面前，说："马莉，你不认得我啦，我是刘玉呀？"马莉朝她翻个白眼："刘玉？谁是刘玉，没听说过。"刘玉指着自己的脸说："马莉，你再仔细看看，刘玉，我是刘玉，你忘记啦，你那时候还小，才这么高，扎两个小辫。"马莉仍然冷着脸说："不认得，从来没听说过，什么刘玉刘宝，我不知道。"谁都看得出来马莉是有意冷淡刘玉，但刘玉偏偏感觉不到马莉的冷淡，又凑上去说："马莉，你比小时候漂亮多了，你看看你的胸，多挺括，多漂亮，马莉你应该感谢我呢，小时候你胸小，我跟马同志说，小女孩要想长胸，要给她炖黄豆猪脚吃，你妈给你吃了吧，现在你的胸真大哎。”我都被她说得脸红。可马莉不脸红，马莉不光不脸红，还脸黑，她黑着脸说：“那你是吃了什么东西呢，吃的猪毛吧，眼毛长得比腋毛还长。”刘玉真是热面孔碰上冷屁股，连我也觉得马莉过分了一点，不管怎么说，既然刘玉上了门来，这么热情，还带了两个小孩，总要给人家一点面子，但马莉偏不给，甚至还去刺激两个小孩，她问他们：“这是你们的妈妈吧，知道你们的妈妈是什么人吗？”双胞胎顿时兴奋起来，齐齐地站到凳子上，又开始打哑语，他们一会拉扯自己的脸皮，一会儿又做些其他怪异的动作，我和马莉张口结舌，刘玉替他们做翻译，刘玉说：“他们说我是烂货。”我们更是目瞪口呆，只有刘玉哈哈大笑，说：“他们爸爸这么说的，他们就跟着学了，小东西，真聪明。”我手足无措地看了看马莉，马莉“呸”了一声，说：“什么东西！”起身就要往外走，说时迟那时快，双胞胎齐齐地从凳子上跳下来，齐齐地扑过去，一人一手拉住了马莉的两只手，亲热地喊道：“阿——爸——”一瞬间马莉愣住了，但也只是在这一瞬间，很快她就恢复过来，嘴上说：“神经病啊。”将双胞胎的手甩掉，一步跨了出去。

马莉真是个铁石心肠，连孩子的面子也不肯给。我赶紧端了一碗饭追出去，马莉坐在台阶上生气，看到我出来，她气呼呼地问：“她来干什么？”我说：“我不知道呀，上午我让我爹出来晒太阳，忽然间两个小的就扑过来抱住我的腿，还——”下面喊我“阿——爸”的话我没敢说，但是我不说马莉也知道的，她说：“喊你阿爸，你高兴了吧。”我说：“我高兴什么，又不是我的儿子，马莉你别往心上去，这是两个小哑巴，他们说任何话都是‘阿——爸’。”马莉刻毒地说：“那是活该，他们的阿爸太多了嘛。”她停了一下，阴险地盯了我一会，又说：“是你叫她来的吧？”我说：“冤枉，我根本就不知道她在哪里，我怎么会叫她来。”马莉又盯了我一会，大概想看穿我说话诚实不诚实，我被马莉看得心发慌，一个诚实的人也经不起她这么看呀。还好马莉放过了我，接着就开始攻击刘玉，她说了刘玉一大堆的坏话，说了又说，说得嘴边都起了白沫，我看到那堆白沫，心里有点痛，我想劝马莉别说了，说别人的坏话，自己也伤神伤身体的，我不想马莉伤神伤身体，但我又不敢劝她，我知道这时候我开口，说什么都是错的。比如我说你别跟刘玉一般见识，她就会觉得我是在护着刘玉，不让刘玉受到伤害；或者我说刘玉只是回她娘家路过这里来看看而已，她就会说，我早知道你们是串通好了的。总之这时候从我嘴里出来的任何话都是臭的，我只好闭上我的臭嘴，任马莉的嘴边起了一团又一团的白沫我也没有办法帮助她。可我不劝马莉，马莉就更生气了，嗓门也越来越大，我担心刘玉和双胞胎在里边听到了不太好，马莉虽然是城里的孩子，但她懂事的过程却是在乡下度过的，所以她也传染上一些农村泼妇的风格，骂起人来，嘴比刀子还厉害。我做了一个动作，把眼睛朝屋一瞄，又把手指放在嘴边"嘘"了一声，这个动作大大地惹恼了马莉，她的声音更大了，几乎在吼叫了："为什么要轻一点，我怕她吗？这些话，当了面我也敢指着她的鼻子说！"马莉这话倒是不错，她了解刘玉，当然我也了解刘玉，即使马莉指着她的鼻子大骂，刘玉也照样会朝她笑，她的皮就是这么厚。

马莉大声嚷嚷，把邻居都惊动出来了，曲文金和裘金才最早跑出来，他们一看这情形，不用说话，已经明白了几分，曲文金急得直跺脚，说："这戏（是）不可能的，这戏（是）不可能的。"她的话，内容含含糊糊口齿又不清不楚，要是有陌生人在场，肯定是听不懂的，但好在在场的都是熟人，大家都听懂了她的意思，她是说，刘玉不可能带着两个孩子住我家来的。曲文金说的是一个事实，因为我家里住不下。从前面的平面图中你们都已经看到，我们院子里的情况，容不下刘玉和她的两个孩子。曲文金不停不息地嘀嘀咕咕，好像接下来就会挤着她似的，忽然间她又大声地叫起来："要喜（死）了，要喜（死）了，怪不得这个女人会来，万医心你把两把扫帚放在一起了。"她赶紧过去把两把搁在一起的扫帚拿开了。但我知道扫帚拿开了刘玉也不会走的，她根本就不管我们商量什么，叽咕什么，已经动手收拾屋子了，她到我和我爹的半间屋里看了看，出来说："万医生，你的床大一点，牛大虎和牛二虎跟你睡。"又把医院的病床看了看，说："我就睡这里好了，有一股药水味道，我最喜欢闻这种药水味道了。"大家看着我，我知道都在等我表态呢，我不好表态，也不知道说什么，想了半天，才逼出几个字："被单不干净。"刘玉赶紧打开自己的包裹，说："我有干净的被单。"一边说，一边就动手换被单了。我瞥了马莉一眼，马莉脸色铁青，我心头一紧，赶紧阻止刘玉说："哎，你干什么？"刘玉说："咦，万医生，你说被单不干净，我换上干净被单呀。"马莉一赌气，转身进了自己的东厢屋，“碰”地关上了门。我小心翼翼地走到东厢屋的窗口，轻轻地喊道：“马莉，马莉，今天她们没地方住，先让他们将就一个晚上，明天我就去找她爹，让她回去。”马莉不吭声。我又说了一遍，马莉还是不吭声。我又跟马莉说：“两个小孩子，这么晚了，又这么冷，我不好把他们赶走呀。”马莉仍然不吭声，我只好采用她自己惯用的办法来对付她，我说：“马莉，你不说话，我就当你是同意了。”马莉果然被我激将了，隔着窗子在里边闷声闷气地说：“房子又不是我的，你爱让谁住就让谁住，我管得着吗？”我听了马莉的回答，起先心头一喜，觉得马莉通情达理了，但紧接着我头皮一阵发麻，因为我忽然明白，马莉要是通情达理了，她还是马莉吗？有她这句回答，看起来今天晚上我可以心安理得地安置刘玉娘儿三个了，但实际上却让我更加担心起来，因为我知道马莉发生了变化。马莉分明是在认输，是在服软，是拿我拿刘玉没有办法了。马莉是一个从来都不肯认输的人，马莉一旦认了输，我不知道接下来会发生什么事情。

这一夜，我几乎没有好好睡，双胞胎睡觉不安分，不是踢我的腰就是踢我的屁股，我还怕自己翻身压疼了他们，提心吊胆了一夜，到天蒙蒙亮时，我自己对自己说：“天一亮我就出发。”

我说的出发，就是到刘玉娘家去，我要去说服刘玉的爹，让他的女儿带着两个讨嫌的哑巴双胞胎外甥回家吧，我是不可能接纳他们的，就像曲文金说的，万医心凭什么要讨个二婚头，还有两个拖油瓶，还是两个哑巴拖油瓶，这种孩子，养大了也没有用的。

我到达刘玉娘家的时候，刘玉的爹正好要出门，他一眼看到了走得很匆忙的我，赶紧热情地打招呼：“万医生，出诊啊？”我说：“我不出诊，我是来找你的。”刘玉的爹顿时警觉起来，收敛起热情，快要拉下脸来的样子，生硬地说：“你找我干什么，我又没有生病，我家也没有人生病。”我说：“我是为你女儿来找你的。”刘玉的爹果然拉下脸来了，说：“女儿？万医生，你搞错了，我没有女儿。”我急得说：“怎么可能呢，就是刘玉呀，刘玉不是你女儿吗？”刘玉的爹口气坚决地说：“我不知道刘玉，我们家没有女儿的。”我觉得刘玉的爹这样做太过分了，我的口气也重了一点，我说：“你连亲生女儿都不要了？刘玉现在碰到了困难，她被男人赶出来了，还拖了两个孩子，你不让她回家，她怎么办？”刘玉的爹看了看我，说：“万医生，你可别上她的当，这个女人狡猾得很，你弄不过她的。”不等我说什么，他又补充道：“不光你弄不过她，连她爹都弄不过她，我都上过她无数次的当了。”我一听刘玉的爹这样说，更着急了，我说：“不是我想上她的当，可她现在带着两个孩子住在我那里。”刘玉的爹往后退了一步，好像不退这一步，我就会拖住他赖住他似的，他退到离我两米的地方，说：“万医生，这就是你自己的事情了。”说了这句话，他拔腿就走，一边走一边说：“万医生，我可是提醒过你了，刘玉肯定是有什么事情要用你，才会住到你那里去，你自己小心着点，到时候别怪我没提醒你啊。”

我一无所获往回走，心里乱糟糟的，我不知道回去该怎么面对那一个乱摊子，刘玉和她的小哑巴肯定是不能住在我那里的，但除了我那里，他们也肯定没有别的地方住，这样的难题我肯定是处理不了的。

我沮丧地回来了，马莉不在，刘玉也不在，曲文金裘金才他们都到田里劳动去了，也没有病人来，院子里很安静，我先走到我爹房门口，想看看我爹怎么样。哪料这一看，吓了我一大跳，我爹斜靠在床上，正在笑呢。我大吃一惊，这十几年来，我爹的脸从来都没有一点点表情，涂医生在的时候，曾经发誓说过要治好我爹，他帮我爹针灸，还使用了各种药物和其他各种治疗方法，但我爹的脸始终没有表情，不笑，不哭，不喜，不怒，最后涂医生泄气地说：“老顽固，我是拿你没办法了，你自己活该吧。”可这会儿我爹他竟然笑了？一开始我以为自己眼睛花了，揉揉眼睛，再仔细看，怎么不是，我爹真的在笑，眉开眼笑。我压抑住狂跳的心，顺着我爹的笑眼看过去，才发现我爹的笑产生于那对双胞胎。此时此刻，他们正在我的床上翻跟斗，他们的动作整齐划一，翻跟斗一起翻，跌跟斗也一起跌，他们双双从床上跌下，又双双从地上爬起来翻到床上，我爹的眼睛就顺着他们的动作一会上一会下，我爹的笑就在这时候产生出来了。因为他们是哑巴，所以他们虽然在折腾，却没有声音，看起来他们不像是自己在玩耍，倒像是为我爹在表演节目。整个院子里始终是静悄悄的，却不知在这静悄悄中，发生了多么大的变化：我爹会笑了！小哑巴的表演让我爹多年麻木不仁的脸上有了表情。

我感觉到我的眼眶湿了，我知道自己要哭了，赶紧退出来，就看到马莉和刘玉一起走了进来，两个人脸上的表情却是天差地别，马莉的脸发黑，一脸的愤怒，刘玉呢，脸白白胖胖，高高兴兴地笑着，她们的后面，还跟着裘雪梅。刘玉一边走，一边放慢脚步，等着裘雪梅，尽量要和他走在肩并肩的位子上，裘雪梅呢，看得出来，尽量要避开刘玉一点。我这才知道，马莉和刘玉原来是去找裘雪梅解决问题了，我想她们这样做也对，裘雪梅是村支书，又是村办企业的厂长，只有他能解决我们的难题。裘雪梅进来后，四处看了看，指着那张病床问马莉："你是说，她就睡在这上面？"马莉说："脏了我们的病床。"马莉的话有点恶毒，但刘玉无所谓，她拉着裘雪梅的手让他去摸那个被单，还说："裘书记，你摸摸，不脏的，我特意换的干净被单。"裘雪梅抽回手，看了看病床，点了点头，他也觉得刘玉睡在医院的病床上不像样子，但裘雪梅是会做工作的人，他会换个方向做工作，他很关心地对刘玉说："你睡在这里不是个办法，你想想，昨天晚上虽然没有发生什么事，但万一哪天夜里有病人来急诊，不就影响你的休息了么。万一病人多起来，天天晚上来折腾你，你受得了吗？"刘玉眼睛忽闪忽闪，赶紧握住裘雪梅的手说："谢谢裘支书，你真是关心老百姓的好书记，不过裘支书你放心，我没事的，有病人来，我就让他们好了。"裘雪梅再一次抽开自己的手，退了一步，说："你不能正常休息，身体吃得消吗？"刘玉往裘雪梅面前靠了靠，做了个身体很好的样子，她的长长的眼毛差点要扫到裘雪梅的脸上了："裘支书，你看不出来吗？我身体很好的，几晚上不睡觉都不要紧。"裘雪梅在后窑可算是个强硬人物，要不然他一个富农的儿子，怎么能当上大队书记？可他现在被刘玉的长长的眼毛搞得也有点头晕，有点拿不定主意了。从前他没有和刘玉正面接触过，他听说过刘玉的一些事情，对刘玉的印象肯定是不好的，所以他先前是拿定了主意要来赶刘玉走的。想不到现在正面接触了刘玉，刘玉竟是这样的好脾气，很懂道理，很通情达理，裘雪梅反倒不知道怎么处理了，他运了运气，说："要不这样吧，你住在这里确实不方便，我大队部有一间空房间，你可以暂到那里住，你家里的工作，我会抓紧去做，做通了，你就回家，好不好？"他居然这么客气地和刘玉说话，平时他对我们说话很厉害，很自以为了不起，对刘玉的态度却那么低三下四，那么谦和，难怪马莉气得鼻子里"哼"了一声，转身就走。

刘玉高兴得又去扭裘雪梅的胳膊，嗲声嗲气地说："裘支书哎，你真是我的救命恩人，你要我拿什么感谢你，你说，你要我拿什么感谢你。"裘雪梅一向是个严肃的人，这会儿听刘玉这么说，他的脸都红了，居然说不出话来。这让我不由想起一句老话“英雄难过美人关”。刘玉又说：“我搬到你那里睡，但我们家牛大虎牛二虎还是睡在万医生这里吧，他们住到大队部，乱跑乱吵，对你影响不好。”裘雪梅也觉得有道理，就同意了刘玉的办法，对我说：“两个小孩子就暂时放在你这里了，你好好照管他们。”刘玉说：“万医生，白天我会过来的，帮你们烧饭，打扫卫生，你看看你们这里多脏，马莉从小也没做惯，她又不懂家务，诊所弄得像个猪圈。”裘雪梅点头说：“这样也好，这样——”马莉在外面大声道：“这是我们的医院，轮不到你来指派！”裘雪梅说：“是你叫我来处理的嘛。”马莉刻毒地说：“现在好了，刘玉住你那儿，你可以天天处理她了。”

曲文金知道了这件事情，她脸上白一阵青一阵，舌头都刁得不能动了，看到刘玉，只会朝她翻白眼吐唾沫，别的什么话也不会说。刘玉却一点也不生气，拍曲文金马屁说：“曲文金，我就是喜欢听你说话，你说话的腔调特别嗲，别说男人听了会喜欢，我这个女人听了，心里也麻酥酥的。”曲文金不是个凶恶的人，她虽然气愤刘玉的行为，但架不住刘玉的皮厚，更架不住刘玉这么吹捧她。她从小到大，都是因为刁舌头被人嘲笑的，现在这刁舌头却得到了刘玉的夸奖，曲文金心里很开心，虽然表面上不能表现出和刘玉和解的样子，但心底里，她也已经原谅了刘玉。

刘玉娘三个就这样蛮不讲理地住下来了，刘玉晚上去大队部睡，一早上就过来，帮我们的医院忙里忙外，一直忙到吃过晚饭，两个小哑巴上床了，她再回大队部去。马莉虽然气得不轻，但她也不至于硬将刘玉娘三个扫地出门赶到露天去睡。有一天马莉心情好起来，还跟我说，看这两个小哑巴，哑的情况并不是太严重，也许能治得好。马莉这么一说，我忽然想起刘玉爹说过的话，他叫我小心上刘玉的当，他认为刘玉肯定是有事情要赖到我身上才会跑到我这里来的，现在马莉的话和刘玉他爹的话像两根电线一搭，就擦出了火花，这个火花就照亮了我的思想，我忽然猜想，会不会是刘玉要让我们治她的哑巴孩子呀？我没敢把我的猜想告诉马莉，我迂回曲折地说：“治哑巴用针灸最管用了。”马莉看了我一眼，说：“你会？”我赶紧说：“我不会，你会。”

马莉很讨厌刘玉，也不喜欢小哑巴，但她毕竟是个医生，她有医生的天性和天责，她看到两个小孩子只会“阿——爸，阿——爸”，心里很不舒服，好像那是她的过错造成的，她开始研究针灸和其他治哑巴的方法，只是每当她要给小哑巴治病的时候，小哑巴就要逃走，他们被马莉手里长长的银针吓坏了。马莉毫不留情地抓住他们，针得他们“阿——爸、阿——爸”乱叫。马莉在小哑巴面前始终是板着脸的，但是小哑巴却很喜欢她，不停地喊她“阿——爸”，有几次马莉实在绷不住脸了，学着他们喊“阿——爸”，结果两个小哑巴兴奋过头，喊了一整天的“阿——爸”。

奇怪的是，马莉用心替小哑巴研究针治哑巴的事情，却遭到了刘玉的反对，但刘玉不敢反对马莉，她只是不停地跟我说，让我去劝马莉，她说这两个小东西，是没用的东西，这辈子她也不想指望他们了，她要我去劝劝马莉，不要白费功夫了。我去跟马莉说，马莉不解，我也不解，我们都想不明白刘玉这个母亲是怎么回事，难道小哑巴不是她的儿子？

刘玉不要我们治小哑巴，她自己却要我们给她治病，她嗲兮兮地倚到我身边，说：“万医生，你给我看看吧。”我上上下下打量了她，没看出她哪里疼哪里痛的，我说：“你怎么啦？”刘玉扭了一下粗粗的腰身，说：“万医生，我妇女病。”我刚要说我不会看妇女病，马莉已经跳了起来，冷着脸说：“妇女病归我看。”看得出刘玉有点怕她，但又不敢反抗，只是拼命朝我挤眼睛，我知道她不敢让马莉看病，但马莉不由分说，就把我赶出去，她在里边给刘玉检查。等允许我进去的时候，已经检查好了，马莉开好方子交给刘玉说：“你先去抓齐这些东西，拿回来我替你配制。”可刘玉磨磨蹭蹭一直不走，我知道她是在等马莉走。果然，后来马莉到地里弄中草药去了，刘玉把病历和方子给我看，说：“万医生，什么是外阴湿疹啊？”我只好说：“大概是皮肤病吧。”刘玉“呲”了一声说：“皮肤病还长到那里去了？”我闹了个大红脸，支支吾吾，她还笑眯眯地嘀咕说：“皮肤病？我皮肤这么好，怎么会有病……”我又看了看马莉开的药方，上面写着：“四黄油：黄芩25克，黄柏12克，黄连30克，大黄连素5克。”后面还有配制方法：“四味药中加入生菜子油浸泡七天搽于患处。”我爹是中医，但可惜我从小并没有想当医生，从来没有留心过我爹的开药用药，我这是头一次听说“四黄油”，我还有点不放心马莉，我跑到里屋去问我爹，我话音未落，我爹眼皮就重重地眨了一下，我没想到马莉的中医水平也这么高了，心里很高兴，出来跟刘玉说：“去配药吧。”刘玉笑道：“马医生说我不讲卫生，我以后要讲卫生了。”她皮真厚。

就在刘玉娘三个住下来不久，万里梅又来了，现在她不再“喔哟哟喔哟哟”地说心口痛了，她只是有气无力，发低烧，吃不下东西，马莉看了看万里梅的舌苔，让我也看了看，她的舌苔又粗又厚，像豆腐渣一样，我只知道这是食积肠胃的表现。马莉说：“这是腐苔，万里梅，你是不是吃多了不消化？”万里梅说：“我几天也吃不进东西了。”马莉摇了摇头，又皱了皱眉，她停了一下，又翻了翻万里梅的眼皮，又把了把万里梅的脉，她很泄气，也不再叫我去重复把脉翻眼皮了，她变得和万里梅一样的有气无力，说：“万里梅，你的病，我没办法了，我这里只有中药，你就别再吃了吧。”万里梅赶紧说：“我要吃，我喜欢吃中药。”马莉说：“中药那么苦，谁会喜欢吃中药呢。”万里梅说：“哎，我就是奇怪，我就是喜欢中药的味道，我家老公公老婆婆起先还以为我在喝糖汤呢，他们偷我的药吃，才知道是苦的。”马莉说：“你没有味觉吗？”万里梅说：“马医生，我有味觉的，我有味觉的，你拿糖给我吃，我知道是甜的。”马莉说：“那就是了，有味觉的人，哪个不知道中药苦？”本来马莉一直在大力推广中药，可万里梅一来，她却大谈中药的不好，我知道马莉这么做是为了让万里梅到大医院去治病，可万里梅还是坚持要马莉给她开中药，她讨好马莉说：“马医生，我无所谓的，我已经吃了几十栲栳药，大不了再吃几十栲栳。”我觉得万里梅这话不仅在打我爹的耳光，也在打她自己的耳光，还在打我和马莉的耳光，一个病人，吃药吃掉了几十栲栳，病还没好，反而还加重了，你们不觉得这些开药的医生有问题吗？你们知道什么叫栲栳吗，简单地说，就是能够放下一两百斤米的藤编的容器。这么算起来，这些年来，万里梅吃掉的中药，比她吃掉的米都多啦。果然马莉一听万里梅说几十栲栳药，就像真的挨了耳光一样，脸色大变，指着万里梅道：“万里梅，你嘲笑我？”万里梅正在拍马莉的马屁呢，哪里想到马莉会突然翻脸，她被吓愣了，一向能说会道的一张嘴，什么也说不出来了。马莉的手仍然抬着，似乎还要指责万里梅，但话到了嘴边没有出来，变成了两道眼泪从眼睛里淌了下来。万里梅一看慌了，赶紧说：“马医生，我没有说什么啊，我没有说——”马莉打断她道：“我不能给你看病了。”万里梅有点大义凛然的样子，昂了昂头说：“不看就不看。”马莉说：“可你的病不能不看啦！”万里梅听了马莉这话，愣住了，不知是不是马莉的眼泪感染了她，一向都不知愁苦乐呵呵的万里梅也哭了起来，边哭边说："马医生，我不是想看病，我没有钱看病啊。"马莉立刻停止了哭泣，眼睛一瞪说："你早说呢！"最后马莉和我一起带着万里梅去了市里的大医院，我们给她垫付了医药费，让她住了医院。

那一天，安顿好万里梅，我和马莉一起走出医院，我听到马莉重重地叹了一口气。

这是我认识马莉以来，头一次听到马莉叹气，当时我还没有什么感觉，事后回想起来，马莉的叹气，就是一个预兆。

万里梅住了几天医院，病情好转了，她出院回来的时候特意绕到我们诊所来向我和马莉表示感谢，马莉心情不好，反倒生气了，说："你用不着来摆显，城里医生的水平是比我高，西药的效果是比中药好，我比你清楚。"万里梅好冤枉，但看着马莉难看的脸色，她忍住了多嘴饶舌的习惯，也忍住了一肚子的感谢的话，赶紧溜了。可万里梅还欠着我跟马莉的医药费，她提也没提，一直到后来万里梅也没有还我们。我一直记在心上，有一回我跟马莉说起，马莉说我小肚鸡肠，目光短浅，只知道算计小钱，不知道发展大事业。

马莉的大事业就是在农村行医，可据我观察，自从把万里梅送进医院以后，马莉的情绪变得很不稳定，有时候信心百倍，有时候心事重重，她自己辛辛苦苦种植中草药再配制中药，是想减轻病人的经济负担，但是中药的效果毕竟不如西药那么快那么明显，何况马莉又没有学过中医，本来就底气不足，只要有人不小心提到中药效果之类的话题，她就立刻联想万里梅说吃了几十栲栳的药，她的心理状态就会变得很不好，或者很烦躁，或者很沮丧。她的坏心情无法对别人说，只有经常无缘无故对我发火，我成了她的发泄对象。好在我这个人脾气好，心胸宽广，不计较她的态度。但是我的忍让并没有让她的心情好起来，她发作的频率越来越高，程度越来越严重，最后我没有办法了，只好跟她说："马莉，你吃一颗安定吧。"我是好心，有些人到了更年期，也会无缘无故地发脾气，医生就建议他们吃一颗安定镇定神经，可我这话一说，马莉一跳几丈高，指着我的鼻子说："万泉和，你少暗示我什么。"我不知道我暗示了她什么，可她不依不饶，怒火冲天。

那时我不知道这也是一个预兆，因为我早已习惯了马莉的作风，我能够忍受得了，所以我就忽视了隐藏在表面现象背后的实质性的内容，马莉的暴躁和她的叹息一起，正酝酿着一场大的变动。只是我这个人比较麻木，比较愚笨，对即将到来的事情常常没有感觉。

就在这个过程中，我们诊所遇到了一件大事情，有人告了我们的状，说我们非法生产药品，我们受到了上级药监部门的审查和处理。这一审查，事情就更大了，很快就顺藤摸瓜发现我的问题，我的问题就是我不是我，我是假的，我是一个假医生，因为万小三子给我弄的那张行医证是假的。一旦发现了我的假行医证，他们甚至对马莉也产生了怀疑，差一点把马莉的行医执照给吊销了，幸亏马莉求母校的老师托人找了关系，才保住了她的行医证。最后的结果是勒令我们停止自配中药，停业三个月，还罚了我们一笔巨款。这笔罚款把我们彻底打倒了。我本来就没有什么财产，现在就是家徒四壁了，马莉更是倾家荡产。马莉怀疑是他的爸爸妈妈揭发了她，我说不会的，马莉再无人可怪，就骂我，说事情都是被我搞糟的，要不是我，她不会落到今天的下场。

对马莉的指责我唯唯诺诺一应俱收，倒是曲文金看不下去了，曲文金说："马妮（莉），这就戏（是）你没道尼（理）了，戏（是）你自己追奶（来）的，又不戏（是）万医心（生）叫你奶（来）的，怎么能怪万医心（生）呢。"马莉气急败坏地说："曲文金，你不站出来多嘴也就算了，你既然站出来，我就要问一问你，我们的事情是不是你去告的状？"我以为马莉生了气乱栽害人，怎么可能怀疑到曲文金身上去呢，我正想批评她，却发现曲文金的脸一下子变得通红通红，这引起了我大大怀疑。果然，曲文金又急又乱地说："我，戏我，不戏我，我戏戏后才已刀的——"曲文金果然知道？这事情顿时把我吓出了一身冷汗，只觉得背上凉飕飕的，好像有把钢刀对在那里，我胆战心惊地说："曲文金，你会做这样的事情？"曲文金说不出话来，马莉替她说了："不是她，是裘雪梅！"曲文金说："我叫他不要说的，我叫他不要说的，可戏，可戏上面查得紧，他要戏不说出来，查到了他就要处女（处理）的。"马莉"哼"了一声，说："我早就知道，你们裘家的人，个个阴险毒辣，当面是笑面虎，背后是中山狼，肚皮里边做文章，你们裘雪梅，还有你们裘奋斗，我一看就知道不是好鸟！"马莉终于又骂了人，曲文金本来生出来的愧意反被她骂跑了，就变成了对马莉的气愤，她说："马妮（莉）李（你）变了，以前我觉得李（你）

这个人还蛮讲道尼（理），蛮讲义气的，现在李（你）看看，李（你）像什么样子，刘玉都比你好。”不说刘玉也罢，一说刘玉，马莉得更生气，她先是眉眼倒竖，变成个凶神恶煞，片刻过后，又换了副嘴脸，脸上挂上了冷笑，说：“曲文金，我没想说你，是你逼我说的。”曲文金说：“我有什么好说的。”马莉说：“你刚刚嫁过来就吃万泉和的豆腐。”这话一出口，把曲文金闹了个大红脸，舌头更刁了，结结巴巴说：“李（你），李（你），李（你）说什么话？”马莉指着她的胸脯说：“我看到你把万泉和的头按在你这里！”曲文金更是大窘，说：“我不跟李（你）说，我不跟李（你）说。”马莉继续冷笑，说：“就是因为不让你得逞，我才说我要嫁给他的。”这里正吵得热闹，刘玉跑了进来，大声地告诉我们：“哎——小哑巴会说话了。”双胞胎跟在她的背后，也是一脸的兴奋，又蹦又跳。刘玉回头对他们说：“来，牛大虎牛二虎，说一个给叔叔阿姨姐姐听。”小哑巴异口同声地说道：“阿爸。”我们差一点喷笑出来，只是顾虑不应该嘲笑聋哑人，才忍住了嘲笑，但我还是忍不住对刘玉说：“哪里会说话，仍然还是那两个字嘛。”刘玉却认真地说：“不对，原来他们是这样说的：阿——爸，现在是这样的：阿爸，你们听出来没有，中间没有停顿了，他们会直接喊出阿爸来了。”她正说着，小哑巴突然就双双地跪在马莉面前，头像捣蒜般地往地上“咚咚”地磕着，嘴里还喊着“阿爸”，小哑巴这是在感谢马莉呢，肯定又是刘玉指使的，马莉皱了皱眉，想说什么却没有说出来了，只好转身让开了。小哑巴站起来，没等他妈指挥，就直奔里间，喊我爹“阿爸”去了。

在关门停业的日子里，我们几乎要面临忍饥挨饿的生活了，刘玉还带着她的两个小哑巴住在我们这里蹭吃蹭喝，马莉还继续给小哑巴针灸，在最困难的时候，万小三子给我们捎信来了，说他很快就要衣锦还乡了，等他做完手里这笔大买卖，他将用最大的力度来支持我们，让我们重振雄风。

我们在黎明前的黑暗中等啊等啊，天天朝村口的大路望啊望啊，望得脖子都长了几公分。我们等到的最后结果，是万小三子败走麦城的噩耗。原来万小三子联系上了东北的一个塑料粒子大户，拼上了几年来辛苦挣下的所有钱财性命，又通过裘雪梅向银行借了一笔的资金，以很低的价格大口吃进塑料粒子。如果事情按照万小三子的意志发展前进，万小三子一转手，就不知道是几位数的进账了。可是天有不测风云，这不测的风云又偏偏刮到了万小三子身上，就在万小三子集中全力进这批低价粒子的过程中，不幸的事情发生了，因为同类的厂家上马过多，产品大量积压，几个月前还奇货可居的塑料粒子一下子成了三钱不值两钱的废物，找个地方存货还得出租金呢。

万小三子输惨了，他欠了一屁股的债，眼看着无法偿还了，早已经在外面的世界混得人模人样的万小三子，关键的时刻没有挺住，又恢复了从前的本性，拍拍屁股逃走了。

不说村里怎么处置万小三子的债务了，我们自己的事情已经够头疼的了，马莉的恶劣情绪像夏天的电闪雷鸣，说来就来，我理解她的心情，可以不跟她计较，但她心里难过，我心里也不会好受，所以我小心翼翼地劝她："马莉，你走吧，这里终究不是你待的地方。"马莉生气骂我："我刚来的时候你怎么不叫我走，现在我失败了你叫我走？"天地良心，她刚来的时候，我可没少反对她，可我能反得掉她的决心吗？我又换个说法来劝她，我说："马莉，我跟你不一样，我是本来就是这里的，你本来不是这里的。"这句话果然把马莉说闷住了。我乘胜追击说："你想想，知青走了，涂医生走了，你爸爸妈妈哥哥都走了，你最终也是要走的。"马莉还是不吭声，我继续说："就是本来在这里的人，也都在往外走了，万小三子不是走了吗？裘奋斗考上大学也走了。"马莉听我这么说服她，似乎有点动心了，她的口气也缓和多了，说："既然万小三子走了，裘奋斗也走了，你也可以走的。"我笑起来，说："我走到哪里去，我在这里都混不成个样子，走到外面更不像样了。"马莉微微动容说："那倒也是的。"我见她听得进去，赶紧继续再做工作，我推心置腹地说："马莉，你应该是最了解我的，这么多年，你看着我一直在出洋相，我是不能当——"我的脸上还赔着笑呢，话还没说完，马莉说变就变，脸一沉，眼一瞪，说："你废话真多！"

就在这一刹那间，我似乎从马莉的眼睛里看到了什么，但我不敢说。

我们就这样在艰难的日子里挨过了三个月，眼看着我们的诊所快要重新开张了。马莉这几天精神好像好起来，情绪也稳定一些了，不再随随便便发脾气，她已经在开始做一些准备工作了。可我心里不行，你们知道的，我心里的阴影更浓更重了，重新开张有什么用，我相信我们的日子只会越来越难过。可我不敢跟马莉说，就算我说了，马莉也不肯承认，她就是这样偏执，对明摆的事实可以视而不见。

正式恢复营业的那一天，我还记得清楚，是初夏的一天，天已经有点燠热，早晨起来，我到院子里准备烧早饭的柴火，我注意听了听马莉屋里的动静，但马莉屋里没有动静，平时这时候马莉都该有动静了，她会一边梳洗一边哼唱“我爱五指山，我爱万泉河——”何况今天重新开业，马莉应该早点起来才对。不过我没有去惊动她，说实在的我始终有点怕马莉。我烧好了早饭，把小哑巴喊起来，又喂过我爹，马莉仍然没有动静，我对小哑巴说：“你们去敲敲门。”小哑巴一齐跑过去，跑到门口还没敲门就“阿爸阿爸”地叫喊起来，我跟过去一看，门根本就是开着的，屋里没有人，不过也没有什么变化，一切都是原来的样子。我说：“叫什么叫，马医生大概到地里去了。”我一边说一边走开了。小哑巴却不肯相信我的判断，不知道他们是凭什么感觉到事情已经发生了变化的，也许是凭第六感觉吧，反正我是没有这种感觉的，他们是哑巴，哑巴要比正常人聪明一点。他们感觉到马莉出了什么事情，就奔过来抱住我的腿喊“阿爸”，我说：“你们喊‘阿爸’干什么？”小哑巴硬把我拖进马莉的房间，我进去看了看，因为一切都是照旧的，所以我仍然没有什么预感，小哑巴牛大虎从桌上拿过几本书交给我，我一看，是几本关于治疗聋哑的书籍，还有一本是马莉的记录本，上面记录着从第一天给小哑巴治疗以来每一天的详细内容，有治疗方法，有小哑巴的反应和变化，还有她自己的心得体会。她还写道：“唯一不能把握得很准的，就是两个小哑巴之间的差别，哪个效果更好些，哪个效果稍差些，始终不太清楚，因为两个小哑巴长得太像，常常搞不清楚哪个是哪个。”我接过那几本书的时候，还没有什么想法，等到我接过了这本笔记，翻看了两页后，我的心猛然间跳起来，只觉得心脏又慌又乱，抓不着靠不住，就像那些得了心脏病的病人跟我诉说的感觉一样，我慌了，捂着心口蹲下去，说：“我得心脏病了，我得心脏病了。”小哑巴用他们稚弱的手臂硬是把我从地上撑起来，就在我站起来的一瞬间，我知道，马莉走了。

自从马莉开始研究中药，我们又恢复了我爹从前的老习惯，在院子门口放一口药茶缸，到了夏天，就把自制的中草药汤放在里边，让大家喝下去消暑健脾。马莉离开的这天上午有个农民来喝我们的汤药，可药茶缸里没有药了，农民进来责问我，我没好气地说：“马医生都走了，你还来喝汤。”农民却不讲理地说：“马医生走了汤也得喝，不喝汤，身体就不好，身体不好，夏天怎么过？”

我气得说粗话："你去粪坑里喝汤吧。"农民倒不生气了，朝我看看，说："跟你这样的人合伙，一百个马医生也要走。"我没想到没文化的人说话也这么尖刻。

果然，一直到这一天的下晚，马莉仍然没有回来，裘雪梅从大队下班回来时，对我说："万泉和，既然马莉走了，你也可以休息了。"这我知道，马莉走了，我又没有行医证，我当然只能休息了。可裘雪梅这时候不关心马莉的下落，倒来说这样的话，显得他这个人心肠很硬，虽公事公办，但也太不近人情。曲文金听了心里就不高兴，说："马医心人都不见了，李（你）不想办法叫大家去找找？"裘雪梅说："万泉和都没有着急，别人着的什么急。"曲文金说："马医心也没有告诉万医心她到拉（哪）里去了。"裘雪梅说："可万泉和心里有数。"裘雪梅真是个聪明人，他还不怀好意地问我要不要向派出所去报案，要不要到街上去贴寻人启事，要不要村里的大喇叭广播，我摇了摇头，说："不用了，马莉走了。"

马莉是不辞而别的。

虽然这一阵以来她情绪都不稳定，我也劝过她早点离开，但她并没有答应我，从来没有提过一个"走"字。我知道她是一个固执的人，脾气倔得像头驴，认准了一条道，哪怕走到黑，也是不肯回头的。可是后来她实在坚持不下去了，她要回头了。她一回头，她就不是她了。所以她回头的时候，不能让我看见，不能让熟悉她的人看见，不能让任何人看见，她只好悄悄地走。说得好听一点是走，说得不好听一点，她溜了。

也许大家都会理解，都会说，马莉毕竟是城里人，早晚要回去的。但我心里明白，马莉是因为对我的失望，她一直以为我是个有水平的好医生，后来才明白这是她小时候的错误的理解，是她的幻觉幻想，我根本就不是个好医生，不仅不是，我还比一般的人笨一点，许多别人能做到的事情，我都做不到。马莉知道自己犯了一个大错，这个错误已经耽误了她好多年的青春年华，她不能再赔下去了，再赔下去，她就跟我一样了。

马莉走了，她不会再回来了，我心里很难过，同时也放下了一块重重的石头。说实在的，要不是因为她，我心理压力不会有这么大，现在她带走我心里的压力，我的心轻松了，剩下来我要做的事情，就是告诉大家，我们关门了。

这是我从一开始就想要做的事情，中间波波折折，几经反复，现在终于实现了我的心愿。可是除了少数像裘雪梅这样聪明而且阴险的人才会知道我的内心世界，别人都不太了解我，包括一直看着我生活和工作的曲文金裘金才他们都不能看到我的内心去，他们以为我痛心疾首，就怪马莉不讲信用，而且说着说着，他们调转了方向，矛头对准了刘玉。

矛头对准刘玉也是有道理的。要不是刘玉带着两个小哑巴住到我这里来，马莉也不会生那么大的气，她的情绪也不会那么差，即使碰到困难，以她的个性和能力，应该能够对付过去。但刘玉的到来，破灭了她内心最后的一点希望。

那一阵子，不光我们后窑村，方圆几十里的人，听说我们的诊所关了门，个个对刘玉怀着一肚子的仇恨，他们看到刘玉，不是侧过脸去不要看她，就是朝她板脸翻白眼，有的甚至还吐唾沫。我觉得这有点过分，因为我知道马莉不是因为刘玉来了才走的。可农民没有我想得那么远那么深，他们只看眼前的利益和事实。眼前的事实就是，刘玉来，马莉走，诊所关门，他们没地方看病。他们不恨刘玉还能怎么样呢？好在刘玉这个人脾气好，性格柔软，你不理她也好，你朝她板脸翻白眼也好，甚至你骂她她也朝你笑眯眯的，她甚至还会将软绵绵的身子凑到你跟前跟你笑，看上去就要瘫倒在你身上了，有的男人被她这么一来，倒不好意思再朝她板脸了，但是许多女人不吃她这一套，她们骂道，我又不是男人，你脱裤子给我我都不要看。

诊所没有了，给大家带来不便，大家开始是批评马莉不负责任，后来又转移目标怪刘玉不好，最后连我自己也没有想到，他们的怨气发泄到我身上来了。他们说我这个人真没意思，放着个城里的大姑娘不要，却要个二婚头，还要两个不会说话的拖油瓶。我急了，跟他们争辩，我说，二婚头怎么啦，老古话都说二婚头贴肉呢。

我这么一说，曲文金也急了，她要我别相信老话，老话不可靠，可她自己却说了一连串的老话，什么“做买卖不着苦一时，讨家婆不着苦一世”，什么“会拣拣人头，不会拣拣门头”，好像刘玉就是一个最坏的人头，她又说了许多二婚头的坏话，说哪个哪个村的二婚头怎么狡猾，哪个哪个村的二婚头怎么恶劣，还说哪里哪里的二婚头二婚没满一年就离了。总之，当马莉走了，大家知道我和刘玉的事情没有了障碍，他们估计我们很快就要结婚了，就迫不及待地疯狂地反对起来。可惜他们的反对是螳臂当车，没有用的。我暗暗观察刘玉，发现她这一阵神采奕奕又神神秘秘，好像在做着什么准备工作，我心中暗喜。

当然我也不应该怨恨曲文金他们，我知道大家都是为我好，可你们是饱汉不知饿汉饥，你们二十郎当岁就结婚，隔一年就抱儿子，家里不是三世同屋就是四世同堂，我呢，已经多少岁了，你们又不是不知道，我谈过多少次对象你们也都一清二楚，不能永远让我竹篮打水一场空呀。我这么想着想着，心里渐渐的也有了点怨气，虽然我这个人很少抱怨别人，但在个人问题上，我这么大岁数想结个婚，你们就这么反对我？我心里不平衡了，你们说刘玉不好，我还偏觉得刘玉也没什么不好的，她虽然犯过错误，后来又犯过错误，但犯过错误又怎么啦，还不能改吗？更何况，我还有我爹的支持呢。说到我爹，我心里忽然亮堂起来，这世界上看起来还只有我爹和我站在一起，或者说，也只有我爹是和我心灵相通的，我喜欢刘玉，我爹也喜欢刘玉，我们的喜好惊人的相似。到现在我可以坦白地说出来了，从刘玉第一次踏进我们的院子，我第一眼看到她，我就喜欢上她了，哪怕她当着我的面和吴宝调情的时候，我也是喜欢她的，因为我感觉她是在和我调情。刘玉就是这样一个女人，她明明跟别人好了，却还是让你觉得她对你好。所以我可以一次次地原谅她，所以我宁肯得罪马莉也要让她和她的两个小哑巴住下来，我不知道我爹有没有能力看穿我的内心世界，但至少在这个问题上，我的内心世界和我爹的内心世界是一致的。

小哑巴好像也被我们的即将到来的幸福生活熏染了，成天到晚就听得他们连声地“阿爸阿爸”地喊，而且他们现在又有了进步，除了“阿爸”外，他们又会喊“阿爹”了，刘玉也觉得奇怪，说：“小东西，你们倒会喊阿爸阿爹，怎么不会喊妈妈？”她用心地教他们喊“妈妈”，可他们怎么学也学不会，喊不出“妈妈”来，硬逼着他们喊出来的，仍然是“阿爸”和“阿爹”，尤其是当他们学会了新词“阿爹”以后，喊“阿爹”比喊“阿爸”更多一点，他们常常扑在我爹身上喊“阿爹”，把我爹的脸乐得像一朵菊花。

马莉走后，刘玉就从大部队搬到马莉的东厢房睡了。晚上我躺在床上，听着我爹和两个小哑巴的呼噜声，我的心痒得受不了，忍不住偷偷地从小哑巴身边爬起来，来到东厢房，我轻轻地敲门，门就自己开了，我摸进去，借着月光看到床上刘玉躺着，头蒙在被子里，我轻轻地喊刘玉，但是刘玉没有答应我，我正想去推她，就听到小哑巴出来撒尿了，“唰唰唰”的尿声把我吓了一跳，我赶紧溜回自己屋去了。

可是我仍然睡不着。奇怪了，马莉睡在东厢房的时候，我的心里从来没有混乱过，现在刘玉一住过来，我就乱成了一锅粥，真没出息。可是我不想有出息。我又忍不住第二次跑进去，床上的人仍然蒙着头，我喊：“刘玉，刘玉，是我。”刘玉不吭声。我又说：“刘玉，不是别人，是我，是万泉和。”刘玉仍然不吭声，一动也不动，我急了，靠近床边，伸出手去一摸，我的妈，我灵魂出窍了，掀开被子一看，哪里是什么刘玉，这个人根本就不是人，是枕头做的一个假人。我失声大叫，把院子里的人都惊动起来了。

裘雪梅第一个冲进来，看了看刘玉的床，又看了看我，阴森森地问道：“你进来干什么？”我张口结舌，回答不出。裘雪梅有点恼怒，又想批评我，曲文金却不依了，她的脸涨得通红，说裘雪梅：“关你什么事，关你什么事！”我只觉得双腿打软，一股久违了的却又很熟悉的感觉又来了，我又想哭了，就像当年刘玉跟吴宝走了一样。曲文金拍着我的背说：“万医心，不急不急，我们不霸（怕），她的小哑巴还在这里呢。”到这时候我才回过神来，两个小哑巴正眼巴巴地望着我呢。曲文金又说：“小哑巴在我们袖（手）里，看她干（敢）怎么样？看她干（敢）不回奶？”我心里一热，曲文金这几天一直在激烈反对我和刘玉结婚，这会儿她应该庆幸刘玉逃走才对，可她为了安慰我，就自己打自己的耳光，又希望刘玉会回来了。她真是善良。可是善良有什么用啊，善良又不能变成一个女人给我当老婆。

正在这时，小哑巴“阿爸”起来了，他们从桌上拿起一个信封，将里边的东西倒了出来，我伸头一看，竟是一张永久牌自行车票和一张蝴蝶牌缝纫机票，还有一些全国粮票。我一看这些东西，顿时又冲昏了头脑，欣喜若狂说：“是刘玉给我的，是刘玉给我的，她让我准备结婚用的，你们看，你们看，永久牌的。”当我看到大家看我的目光时，我才知道自己又错了。果然，曲文金说了：“可戏蝴蝶飞走了呀。”这会儿她的嘴巴倒不怎么刁了。

我真是驼子跌跟斗，两头不着实，而且两个女人竟然像是商量好了的，采取一样的办法，都不辞而别了。

我在事实面前闭上了眼睛，我内心希望曲文金安慰我的话是对的，小哑巴在我手里，不怕刘玉不回来，可一等再等，刘玉的风声却离我越来越远了。我彻底失望了，曲文金他们见我想清楚了，开始轮番来劝我，说刘玉这样的女人走了才好，要是她不走，要是我真的跟她结了婚，以后苦的还是我。他们都认为刘玉是留不长的，我现在好歹还是个未婚，跟她结了婚，过几天她走了，我的未婚就没了，下次再结婚，就是二婚了，二婚就不如未婚值钱了。他们费尽口舌，说的都是道理，可他们就是不明白我心里的道理，我喜欢刘玉。之所以这么多年谈了这么多的对象不能成功，也许就是因为我心里始终是有刘玉的，可刘玉来了又走，走了又来，来了又再走，她像个狐狸精一样，带着一阵阴风刮来刮去，把我刮得晕头转向，按理我是要恨死她了，可我心里却仍然不恨她，仍然想念着她，我还希望她能再回来。也许你们觉得我傻，可我心里就是这么想的，因为我是有根据的，刘玉虽然走了，两个小哑巴却留下了，她没有带走他们，她是母亲，母亲不可能把孩子扔下自己走的，她早晚会回来的。我拉过小哑巴问他们："你们的妈妈,会回来的吧？"小哑巴嘴里"阿爸阿爸"地叫唤，乱做手势，可我看不懂，我继续问："她走之前跟你们说什么了？"小哑巴又是一番手脚并用，又拍手又跺脚，我还是看不懂。大家说万医生你算了，小哑巴也不会知道什么秘密，就算知道，他们也不会告诉你的。我不甘心，我带小哑巴到乡卫生院，请涂医生替我找了一个懂哑语的医生，他帮我把小哑巴的话翻译出来,小哑巴牛大虎说："爸爸,这是我爹我妈商量好的。"小哑巴牛二虎说："爸爸，这是我妈的主意。"牛大虎和牛二虎争相告诉我，他们的爸爸妈妈要到南方去打工挣钱了，带着小哑巴不方便，可他们的公公婆婆又不肯替他们带小哑巴，就想到我了。牛大虎说："我妈说，有个人可以托付的。"牛二虎说："爸爸，这个人就是你。"

我听了他们的哑语，只觉得魂飞魄散，愣怔了片刻后，魂和魄才回来，一回来我脑子就清醒了，我二话不说站起来就走，我站得迅速走得更迅速，却没想到两个小哑巴动作比我更快，他们一齐扑过来抱住我的腿，就像那天他们到来的时候一样,齐声喊着"阿爸"。我想抽出自己的腿,但他们的手像四根钢钳，虽然细小却很有力，我掰不开来，我跺着脚说："你们走，我不是你们的爸爸，我不要你们。"小哑巴打着哑语说："爸爸你要我们的,爸爸你不会丢掉我们的。"我生气地说："谁说的？"小哑巴说："妈妈说的，你会留下我们，因为你舍不得赶我们走的。"那个会哑语的医生只是被涂医生请来替我做哑语翻译，并不知道内情，看到这情形，还以为我这个当父亲的黑了良心要丢掉自己的儿子，他有些不高兴地对我说：“你这就不对了，他们虽然是哑巴，但毕竟是你的孩子呀，你怎么可以丢掉他们，这样做是犯法的，你知道不知道？”我说：“他们不是我的孩子。”会哑语的医生说：“你这就更不对了，难道因为他们是残疾孩子，你就不肯承认他们是你的孩子？世界上竟有你这样的父亲？”我还想再跟他解释一下，可忽然间我瞥到两个小哑巴得意地交换着胜利的眼光，还打着我看不懂的手势，似乎在嘲笑我的失败，把我气得差点一人踢他们一脚，但幸好我没有踢，我要是踢了，那个懂哑语的正义感很强的医生肯定要把我抓到派出所去了。

我只好带着小哑巴又回来了，一路上我就想起了刘玉她爹跟我说过的话，他提醒我小心刘玉，他说刘玉肯定是有什么事情要求我了，才会来找我的，他觉得我会再一次上刘玉的当。当时我还觉得这个当爹的也太过分了，不肯收留自己的女儿也就算了，他不应该再把女儿说得那么坏。但现在的事实证明了刘玉他爹并没有说坏刘玉，刘玉做的事情，比他爹想象的还要坏，我虽然一手拉着一个小哑巴，心里却很窝囊，越想越觉得自己太冤，我把小哑巴领到院子门口，甩开他们的手，我拿自己的两只手撑住门框，拿身体挡着院门，把小哑巴挡在外面，我说：“你们两个听着，今天晚上，我再给你们吃一顿，吃饱了，你们就给我走。”我本来是要叫他们“滚”的，但“滚”到嘴边，还是变成了“走”。可是小哑巴对我的话没有丝毫的反应，他们的兴趣在我身后，他们的眼睛直瞪瞪地看着我的背后，我被他们看得背心头皮又发凉又发麻，以为有什么东西附上了我的身，我浑身一哆嗦，回过头去一看，我的妈，呵不，是我的爹，我的爹他竟站起来了！他直笔笔地站在走廊上，朝着两个小哑巴微笑。

第十二章 我自己也成了二婚头

我的躺倒了十几年的爹竟然站起来了，而且是他自己站起来的，在一个关键的时刻，就是我下决心要丢掉两个小哑巴的时候，我爹站起来了。事后回想起来，我才明白，这至少说明我爹不想丢掉小哑巴。那许多年他一直躺在床上，不会说话，也不知道他能不能听得懂我的话，更不知道他知道不知道世界上发生了许多事情，他说不定和乡卫生院那个懂哑语的医生一样，以为小哑巴真是我的儿子呢。我要丢掉我的儿子，也就是我爹的孙子，我爹当然要急了，我爹一急，竟然站了起来。站起来了的我爹，比躺着的我爹厉害多了，他虽然还是不能说话，但他能做手势了，他的手势不是哑语，我基本上能看懂，我从他的手势里，我知道我爹要我留下小哑巴。我不敢违抗我爹，因为我爹经过十几年的磨难，终于能够站起来了，我怕万一违背了他的心愿，他一生气，又气躺下来，那就麻烦了。我赶紧答应我爹，我说："爹，你放心，只要你不让小哑巴走，我就留下他们。"我爹满意地笑了。我说："但是我得给你说清楚，这不是我的孩子，你别以为他们是我生的。"我爹还没有表达他的意思，两个小哑巴却再次紧紧地抱住了我的腿，同声喊道："阿爸"。

以后我们家庭，就成这么一个奇怪的家庭，一个没有女人、只有四个男人的家庭，当然有两个男人还不能算是男人，他们只是小男人，但有一天他们会长大的，长大了他们就是男人了。四个男人的家，十分贫困，也十分平静，我觉得这要归功于我。

我爹躺了十几年，却没有生一点点褥疮，两条腿居然还能站起来，说明我平时对他的伺候是多么的尽心尽力，我天天给他擦背，天天给他按摩，让他在有朝一日站起来的时候像个健康人一样。虽然给我爹按摩是涂医生当年给我出的主意，我不贪涂医生的功劳，但天天按摩毕竟是我做的事情，涂医生是不会天天来给我爹按摩的，就算他能来，我爹也不会要他按摩的。

再说两个小哑巴，在漫长的贫困的日子里，我没有钱也没有本事给他们治哑巴，虽然马莉留下那些书和笔记本，为的是让我继续给他们治哑巴，可我没有这个能力。其实马莉在走的时候，也已经认识到这一点，但她还是留下了书和笔记，她还侥幸地希望在我这里能有奇迹发生。可奇迹是不会有的，你们早就知道，我不是一个好医生。我不能给小哑巴治疗，在闲得无聊的日子里，我就教小哑巴说话，这一点我能做得到，我先教他们喊“妈妈”，可是怎么教也不会，他们的舌头绕来绕去，他们的嗓子憋了又憋，但就是说不出这两个字来，我只好放弃了，重新开始，教他们说“谢谢”。为什么那么多的字和词我不教他们，先要教他们说谢谢呢？因为我觉得他们首先得学会说谢谢，学会了首先就应该谢谢我呀。我是做好了长期作战和死马当作活马医的思想准备的，不料学“谢谢”这两个字，小哑巴学得飞快，我们只纠缠了一个晚上，开始我说“谢谢”，他们就说“借借”，但到了第二天，早晨起来，我就清清楚楚地听到他们对我说：“谢谢。”

我不知道是马莉的治疗帮助了他们，还是我语言疗法起了作用，小哑巴会说的话越来越多了，而且越学越快，有的词根本用不着我教第二遍，他们就已经会说了，我的心里渐渐地浮起了一个疑团，这个疑团在我心里慢慢地化开来，化开来，越化越大，我本来想将它隐藏得深一点，但我这个人向来没有城府，心里关不住东西，这个疑团就从我的眼睛里流露出来，并被小哑巴看到了。小哑巴一看到我的怀疑，立刻警觉地闭上他们的嘴，我再教他们，他们就跟我耍花招，他们还自以为聪明，自以为蒙蔽了我，其实他们不知道，他们这样做，恰恰引起了我更大的怀疑。我的心底深处，这一个谜团怎么也拿不掉，但我现在解不开它，我也不知道这个谜到底有没有谜底，如果有谜底的话，我也不知道什么时候才能揭开它。

我爹躺了十几年以后坐起来站起来了和小哑巴学会说话的两个消息迅速传

遍村村队队，方圆几十里甚至更远的农民都跑来了，他们站在我们的院子里，直瞪瞪地，像看西洋镜似的看我爹和看小哑巴。他们先是认真地看着我爹的脸，又看我爹的手、脚，我爹身体的每个部分，只要看见的，都被他们一一看过来，有的还忍不住上来摸一摸，看到之后，摸过之后，他们就啧啧称赞，他们就感叹不已，一个人忍不住说，到底是万医生有本事啊，他爹都躺倒这么多年了，到底给他看好了。他这一说，立刻引起大家的赞同，大家七嘴八舌地称赞起我来，有的回忆我小时候的事情，说起我的“鬼眼”故事，还说我从小就有当医生的天赋，也有人回忆我当赤脚医生时的事情，总之说来说去，都是说到我的成功的事例。我听到最后实在不好意思听下去了，因为在他们嘴里，我简直成了大仙，至少也是个半仙了。然后他们又去逗小哑巴讲话，小哑巴因为会说话了，总是兴致勃勃，叫他们说什么，他们就说什么，甚至有个人教他们说“你好”“吃过了吗”这样简单的话，我生气了，我说：“他们不是八哥，他们是人哎。”农民却说：“他们像八哥一样聪明哎。”我气得要轰他们走，小哑巴却乐此不疲，拉住人家不让走，他们喜欢别人戏弄他们，真是很贱。

大家摸过我爹，又逗过小哑巴，更加觉得我了不起，再掀起一个称赞我的高潮。等到他们把称赞我的话说了一大箩以后，他们忽然发现了一个事实：既然我的水平这么高，既然我治好了我爹的瘫病，又治好了小哑巴的哑巴，我为什么不肯给他们看病？现在他们看病，要跑到邻村去，要跑乡卫生院，要跑到很远的大城市去看，要花很多的钱，还很麻烦。所以现在他们齐心一致要我把医院重新开出来让他们看病，我赶紧解释说我爹的病不是我看好的，小哑巴我也只是教他们说话，没有给他们治哑巴。可是我早就说过农民的脑子是一根筋的，他们只认自己脑子里的那个道理，不知道世界上有许多道理。他们认为他们的道理就是世界上唯一的道理，这唯一的道理就是：我既然给我爹看病，又给小哑巴看病，就一定要给他们看病，否则他们就怪我不讲义气，不讲道理，他们哪里肯相信我的解释，我有一百张嘴也跟他们说不清的。最后他们是高高兴兴而来，灰心丧气而走，都觉得万泉和这个人没道理，不讲义气。他们生了我的气，也就不再说我的好话了，他们临走的时候甚至互相安慰说，算了算了，他可能真的没有本事，要是有本事，他能把八队的万里梅看成那样子？

我好久没有提到万里梅了，我实在没有脸再提她，她到我这里看了十几年的病，越看越重，我也不敢去打听她最近的情况到底怎么样了，现在听农民一说，我忍不住喊住他们问万里梅怎么样了。一个农民回答我说：“从医院里抬回来了。”我急得说：“是不是没钱治了？”另一个农民说：“他家现在有钱了，可有钱也治不好了，医生说，你回去吧，想吃什么就吃什么。”还有一个农民好心地解释给我听：“医生的意思是说没几天了。”我听了他们的话，心里很难过，我跟我爹说：“我去看看万里梅吧。”我爹虽然能够坐着，还能够站起来，但他仍然不说话，他眨巴了一下眼皮，表示同意，我就到八小队去看万里梅了。

万里梅家里到处弥漫着浓浓的橘子的香味，离她家大老远香味已经飘出来了，我走进去，看到万里梅和她的公公婆婆都在剥橘子吃呢，他们见到我，赶紧把橘子塞到我手里让我也尝尝，我没有客气，就尝了一只，甜蜜蜜的，我又尝了第二只，还是这么甜，难怪万里梅一家人脸上都是甜眯眯的样子。我吃过橘子，定了定心，才发现万里梅家发生了很大的变化。从前他们家给万里梅的病折腾得一穷二白，差不多要卖房子了。我还记得那一次万里梅的老公公万四豁子为了一块地和八队队长“软面酱”吵得不可开交，可现在他们竟然造起了新房子，我还在他们家看到许多好吃的有养营的东西，万四豁子看到我吃了几个橘子还在咽唾沫，就大方地把那些东西拿给我吃。他们告诉我，这是万贯财托人从城里捎回来的，买得太多了，万里梅一个人吃不下，他们跟着一起吃，也吃不下，不如让我也帮着他们吃掉一点。我一听心里又难过起来，一个人没救了，医生就会说，回去吧，回去吧，想吃什么吃什么。这就是最后的几天日子了。我小心地看了看万里梅的脸色，可奇怪的是，万里梅的脸色并不像要死的样子，脸上甚至比从前还滋润了些，只是说话还不太有力气。

为了让万里梅安心休息，万四豁子把我拉到外面跟我说话。我们走到院子里，我才注意到他们院子里晒了许多橘子皮，我问万四豁子晒橘子皮干什么。万四豁子说，可以卖到药材店去，自己也可以泡茶喝，再放点糖，那才好喝呢。我说这么多橘子皮你们喝得了吗，万四豁子说，我们天天喝。看他说话时那满足的样子，我心里倒有些不平衡起来，万里梅的公公婆婆竟然跟着万里梅的病享起口福了？

说来话就长了，不知道你们还记不记得，当初我和万贯财一起陪万里梅到市六院去看肝病，万里梅已经病得很重，万贯财没有钱给万里梅抓药，他去卖血也卖不掉，就去倒卖橘子，倒着倒着，万贯财就发财了，几年过去了，他现在在城里的农贸市场有了很大的名气，还有了个响当当的绰号，叫“万年桔”。城里的小商小贩要批橘子，没有不找万年桔的。有时候万贯财抽空回来看看老婆父母，人还没到家，电话就紧紧地追来了。万四豁子一家人，也因为长期有橘子吃，个个维生素 C 充足，老皮老脸都变得水淋淋的了。农民妒忌心重，就给他们一家起绰号，叫他们“上海人家”，因为在农民心目中，上海人脸上都是水淋淋的。万四豁子说话时一直紧紧握着我的手，他家里发了财，他也变得文雅礼貌起来，握手是城里人做的事情，他现在也学会了。他握着我的手感谢我，说要不是当初我带他儿子媳妇进城，他儿子就不会去倒卖橘子，他们家就不会有今天的好日子。我一边替他们高兴，一边替自己抱屈，心里窝囊得不行。

万里梅很想和我说话，但她光听到我和万四豁子在外面嘀嘀咕咕，最后终于着急了，在里边大声喊：“万医生，万医生——”我们赶紧进去看她，万里梅生气地对她公公说：“你都说了半天了，该让我说说了。”万四豁子就退到一边，让万里梅跟我说话。万里梅笑眯眯地跟我说：“万医生，我在前福村给你说了一个，是个二婚头，小孩判给前面的男人了，她还能再给你生小孩。”我赶紧说：“万里梅，你是有病的人，我不能麻烦你。”万里梅笑了一下说：“为什么是二婚头呢？因为人家都说你喜欢二婚头——哪天等我有力气了，我陪你去。”我还来不及说客气的话，万里梅又说：“万医生，你要是性急，等不及我好起来，我让他——”她指了指万四豁子说：“让他陪你去相亲吧。”我激动得说不出话来了，只知道点头。万里梅看出了我的感激心情，又说：“万医生，其实你不用感谢我，我也不要贪天之功，这回不是我去找人家的，是人家听说了你的大名，主动找来的。他们知道我跟你关系好，就叫我做媒人了。”万里梅的公公婆婆在旁边都朝我笑，我的虚荣心得到了极大的满足。

说实在话，我本来是带着给万里梅送终的痛苦和惭愧的心情来的，哪里想到结果却是这样，我又惊又喜，知道了我的即将到来的老婆叫柳二月。

曲文金又来干涉我了，她刁着舌头说：“我们不合算的，我们不合算的。”我不光不理睬她，心里还暗暗嘲笑她，谁跟你是“我们”，我跟柳二月才是“我们”呢。曲文金又说：“我们戏童男己（是童男子）呢，我们戏童男己呢。”我到底忍不住了，笑得喷了出来。曲文金黔驴技穷，恼了。不过我并不知道，那一阵我眼睛里只有柳二月的笑脸，没有曲文金的恼脸。委屈了裘金才，看了曲文金好一阵的脸色。

柳二月成了我的老婆。我就不详细介绍我们的恋爱过程了，反正这个过程并不长，很快我们就进入了实质性的阶段，现在我要一心一意地享受我的美好的婚姻生活了。对了，我得告诉你们，我的新房，就是我们的东厢房。这东厢房这许多年来真是派足了用场，它先后几次做过我们家的灶屋，后来马同志一家也住过，涂医生住过，马莉又住过，刘玉也住过，最后它成了我和柳二月的新房，这世界上的事情，谁想得到啊。

在我们的婚姻生活中有一件事情常常令我有些尴尬，就是我在喊柳二月的时候，有时候喊得急一点，或者含糊一点，也有的时候是一失嘴，喊出来的柳二月听起来就像是刘玉。开始柳二月并没有在意，可时间一长，她似乎有所察觉，她生气地跟我说："我不叫刘玉，我叫柳二月。"我赶紧辩解："我没有喊刘玉，我是喊的柳二月呀。"柳二月朝我看了看，说："你下次口齿清楚一点，我是月，不是玉，月和玉是不一样的。"柳二月虽然来之离我们后窑村不远的前福村，但她不是我们的当地人，她是从外地嫁到前福村的，我就跟她解释说："在我们这地方，月和玉是差不多的。"柳二月又看了我一眼，说："就算月和玉是一样的，但我中间还有个二字呢。"我喊她的时候，常常把她的二字吃了下去，是我不好，我可能就是有意的，因为吃掉了二字，柳月就跟刘玉是一样的了。我见柳二月还盯着我，心里一阵发虚，赶紧支开去说："二月，你姐姐叫一月吗？"柳二月果然中计，说："不对，我姐姐叫七月。"我奇怪地"咦"了一声。柳二月说："我们那地方的风俗，是根据出生的月份叫的，我二月出生，就叫二月，我姐姐七月出生，就叫七月。"这件事情就这样被我糊弄过去了。

日子过得很甜蜜，我高兴的时候，就忘了形，忘记了我的那些丢人现眼的事情，跟柳二月吹嘘我当医生时的许多事情。柳二月撅了撅嘴，不相信我。我脸上下不来，就跟她急，说："你撅什么嘴，你不是听到了我的事情才来找我的吗？"柳二月矢口否认说："什么呀，什么呀，那时候我根本就不知道你是谁。"我更急了，说："万里梅明明告诉我，你知道我当过赤脚医生，你知道我爹也当过医生，你还知道我爹是名医，我们家是祖传的医生。"柳二月愣了一会，忽然笑了起来，说："跟你开玩笑的，我当然知道啦，要是不知道，我怎么会到你家来？”她真是出尔反尔，说话不算数。不过后来我也原谅她了，因为她没有文化，不懂什么道理，我就不跟她计较了。当初介绍的时候，万里梅就跟我说，柳二月不识字，只认得自己的名字和钱。我没在乎这一点，别说她能认得钱，她就是不认得钱，我也不会反对自己和她结婚的。我早已经饥不择食了，这一点不用我说，你们也都知道。

柳二月也有忘乎所以的时候，那时候她的出尔反尔就更厉害了，她追着我说：“我早就听说你和你爹是神医，我还知道你家有祖传的包治百病的秘方，是不是？是不是？”我本来只是想吹嘘几句抬抬自己的身份而已，结果被她这么一追究，我反倒说不出话来了，我家哪里有什么包治百病的秘方，要是真有，我怎么能让我爹在床上躺那么久？可柳二月却不依不饶了，她委屈地说：“我都是你家的媳妇了，你还瞒着我，说明你根本没把我当自己人。”她说得也对，都是自家人了，没有什么可隐瞒的。可我冤得很，我拿不出秘方来证明我跟她是自己人呀。我就去问我爹，我问了半天，我爹硬是不理我，眼睛连瞄都不瞄我一下，我知道我爹是生气了，但我又不知道我爹为什么生气，不知道他老人家是生我的气还是生柳二月的气。

有了这一次的开头，以后隔三差五，柳二月总是有意无意地把话题扯到秘方上去，我拿不出来，她就生气，不理我。我想我这下子为难了，也许我爹真的有秘方，可我爹不肯拿出来。也有的时候柳二月会脱口说出一些很有知识的话，比如她说，出门千里，不吃枸杞。或者说，九折臂而成良医。其实就是我们平时说的久病成医，可从她嘴里说出来，虽然意思是一样的，却显得特别文绉绉的，好像她自己就是一个医生，至少也是一个赤脚医生。还有几次我看到她在翻涂医生丢下来的那两个笔记本，我奇怪地说：“你又不认得字，你翻本子干什么？”柳二月说：“我看看里边有没有图画。”一边说一边就把笔记本丢开了。我也没往心上去，她大概以为那是连环画呢，不认得字的人，就是喜欢看连环画。又有一次她翻出了我爹的那本《黄帝内经》，她很激动，一激动她就脱口将“黄帝内经”四个字念了出来，我一时还没有反应过来，倒是小哑巴明白了，将我又是扯又是拉的，又对着书指指戳戳，又对着柳二月的嘴指指戳戳，才让我明白过来，我说：“咦，二月，你认得字嘛。”柳二月脸一红，但很快又退了，眼睛白翻白翻地说：“我不认得字。”我没有再戳穿她，心里暗暗好笑，她们老家那地方，真是封闭，都什么年代了，还相信女子无才便是德？

也许因为生活的单调，柳二月老是在我家偷偷摸摸地翻箱倒柜，大概想翻出点西洋镜看看，给生活增添一点乐趣。但我家实在太寒酸，实在没什么东西能让她翻出来。渐渐的，我感觉出来柳二月对我的热情有点消退，而且她还老是嫌我笨，老是不满意我，弄得我有点不知所措，不知道自己错在哪里。我左思右想，后来终于让我想到了一个原因，也许是因为孩子，我和柳二月结婚有一段时间了，一直不见柳二月的肚子大起来，可能柳二月心里急，嘴上又不好直说，所以就情绪低落了。

关于我们一直没能有孩子这个问题，开始的时候，曲文金还忍得住不说话，只是天天拿眼睛看柳二月的肚皮，后来她到底憋不住了，就老是在我面前说，二胎是最容易怀的，二胎是最容易怀的。不止是曲文金这么说，村里的妇女也都这么说，说得我也有点着急了，既然是最容易怀的，为什么柳二月就怀不上呢？我忍不住问柳二月，柳二月听了，先是愣了一愣，随后就哈哈大笑起来，笑痛了肚子，还一手捂肚子一手指我说："你真逗，你真逗。"我不知道我"逗"的什么，但我知道这是她的家乡话。柳二月笑够了后，反问我说："我生不出来怎么办呢？"我急得说："你既然跟前面的男人生过孩子，为什么跟我就生不出？"话一出口，我觉得这是自己打了自己一个耳光，我以为柳二月会立刻反过来指责我的生育能力有问题。不料柳二月却说出了一句让我如雷击顶的话来："我早就结扎掉了，你还让我生小孩，怎么生？放到你肚子里生啊？"我一听，真是灵魂出窍，说话都结巴起来了，我说："不对的，不对的，万里梅说你能生的。"柳二月还在笑，说："万里梅说我能生，她自己怎么不生一个给我看看？"柳二月这话说得太不厚道，万里梅病了这么多年，一条命还保着，已经是上上大吉了，何况她如今早已不是新娘子，她已经四十多岁了，柳二月还让她生孩子？我赶紧说："这跟万里梅没关系，你骗了万里梅，你跟她说你还能再为我生一个孩子。"柳二月说："你说得轻巧，你自己做赤脚医生的，你又不是不知道计划生育的厉害，那一阵，公社宣传队天天到我们大队演出，演的全是计划生育，我是共青团员嘛，就只好带头结扎了，要是不结扎，他们就天天在我家门口敲锣打鼓。"

柳二月这话不假，公社为了做好计划生育工作，让吴宝带着他的队员们整天唱唱跳跳，他们一字排开，跺脚拍胸，做着统一的动作，嘴上念道：共产党员——刮刮刮！共青团员——扎扎扎！就是吴宝想出来的。一想到吴宝，我气就不打一处来，他先是勾走了刘玉，现在又把柳二月给结扎了。我也不知道自己哪里得罪了吴宝，只能想，他跟我大概就是前世的冤家吧。

柳二月不能生孩子，好在我们还有小哑巴。小哑巴的爸爸妈妈一去不返，音讯全无，小哑巴就等于是我的孩子了，眼皮薄的人还羡慕我呢。所以我也丢开了柳二月不生孩子这件不愉快的事情，我们的日子过得照样甜蜜。我爹看到小哑巴总是眉开眼笑，就像裘金才看到曲文金一样，永远也看不够。柳二月对小哑巴也不错，吃饭的时候，她总是抢着替他们盛饭，还给他们夹菜，睡觉前，她又热情地给他们铺床，但是小哑巴的表现并不好，他们不配合柳二月，还作弄她，有一次捉来一只癞蛤蟆塞在柳二月的被窝里。他们到底年纪小，考虑不周全，他们没想到柳二月的被窝就是我的被窝，柳二月不怕癞蛤蟆，还倒提着癞蛤蟆的腿在我面前晃来晃去，把我恶心得半夜不敢进被窝。当然也有几次小哑巴的阴谋得逞了，他们弄得柳二月很尴尬。我替柳二月抱不平，我知道小哑巴不喜欢柳二月，因为他们觉得是柳二月挤占了他们妈妈的位置，真是猪脑子。

我劝慰柳二月说："别跟小孩子计较，后妈本来就是难当的。"我这么一说，柳二月更恼了，说："你还说他们不是你的孩子，不是你的孩子你怎么叫我后妈？"我真是有口难辩，好冤枉。

有一次我和柳二月的饭碗已经端到桌上，我又出来到走廊的灶上给小哑巴盛饭，柳二月却推我走，说让她来盛。我往屋里走了两步，不知怎么就下意识回头一看，正好看到柳二月朝两个小哑巴的饭碗里各吐了一口唾沫，我只作不见，赶紧跑进屋子，恰好又看到小哑巴对着柳二月的饭碗擤鼻涕。我夹在中间，不好说话。结果他们吃饭的时候，吃得喷香，我倒差一点吐了出来。

由于我的姑息养奸，他们互相间的恶作剧愈演愈烈了。小哑巴很有想象力，柳二月也不比他们差到哪里去。有一次小哑巴搞来一些柳条，按照粪缸的大小，做一个圈，搁在粪缸的缸沿上，大便的人坐在那个圈上，比直接坐在粪缸沿上舒服多了，也不那么凉屁股了。我开始不知道是谁做的，回来还跟柳二月说，谁做了好事也不留名。柳二月一听就明白了，说是小哑巴阴损她，她还奇怪地说："他们怎么知道我的柳就是柳条的柳？难道小哑巴认得字？"我没敢说是我教小哑巴认的字。柳二月对付小哑巴的办法也不少，最拿手的就是骂他们，骂过以后又嘲笑他们说："我骂你们了，你们也骂我呀，骂呀，骂呀，骂呀！"气得小哑巴"阿爸阿爸"地乱叫。

他们斗了一阵，不分胜负。老话说城门失火殃及鱼池，我就是鱼池，我还是鱼池里的鱼，被他们的火烤得眼睛都翻白了。最后小哑巴大概没有耐心继续玩了，他们继承和发挥了他们的妈妈刘玉的水平，赖皮赖脸把事情做到绝处，他们把自己当成了癞蛤蟆，而且是两只巨型的癞蛤蟆，钻到我的被窝里。你们知道，我的被窝就是柳二月的被窝，柳二月不怕真的癞蛤蟆，但她不能和假癞蛤蟆睡一个被窝。

最后的结局你们也许已经猜到了。

凡是和我有关系的女人总是待不长。刘玉走了，马莉走了，最后柳二月也走了。她们三个，如出一辙，都是偷偷摸摸，不敢面对我，说明她们心里有愧于我。但有愧有什么用，哪怕她们把肠子都愧绿愧烂了，哪怕世界上有成千上万的人有愧于我，最后倒霉吃亏的还是我。

但是柳二月的走和刘玉马莉的走毕竟还是有些不一样。刘玉和马莉走的时候，我觉得我是理解她们的，我基本上能够接受她们的离去。柳二月不一样，我们做了这么一段时间的夫妻，我以为我已经很熟悉她了。等她忽然走了，我回头再细想，想来想去，又觉得我好像根本就不认得这个人，对她的面目甚至都忘记了，不像刘玉的长眼毛和马莉的大白眼那样深刻地留在我的印象中。这样我反而无法接受柳二月的离去了，因为我不相信她走了，我还没有了解她呢，她怎么就走了呢。

我去找万里梅，按说我不应该去打扰一个病人，但是田鸡要命蛇要饱，我不得不去麻烦我的媒人万里梅。万里梅家依然橘子飘香，让我惊奇的是，万里梅的病情每况愈上，大大好转，万四豁子又握住了我的手，说："万医生，万医生，托你的福，医生说我们家里梅是个奇迹。"他们真是善良，不仅愿意把好事情与人分享，还要归功于别人。但对于万里梅的病我是很不得其解的，我说："医生怎么说了，是怎么治好的？"万四豁子要跟我细细道来，还好万里梅比她的老公公聪明，她阻止了万四豁子，问我说："万医生，你找我有事吧？"我虽然脸上无光，但也只好硬着头皮说出来："柳二月走了，我想去前福村找她，可我不知道她是前福村哪一家的。”万里梅愣了一会，说：“你找不到的，连我都不知道，是我家一个亲戚介绍的。”我沮丧地说：“那怎么办呢，不找了？”万里梅跳了起来：“谁说不找了，我带你去。”看得出万里梅的公公婆婆都不愿意万里梅出去受风寒，可是他们阻止不了万里梅。就由我推着自行车，万里梅坐在后座上，我们一路到了前福村，先找到万里梅的亲戚，再由万里梅的亲戚带着找到了柳二月前夫的家。

一路上万里梅跟她家的亲戚吹嘘我，说她的病就是我治好的，她家的亲戚走到半路就停下来，说：“万医生，我右边这里有个硬块，你替我摸摸，他们说你的手一摸，硬块就没有了。”万里梅说：“你说得出，万医生是医生，又不是仙人。”他这才放弃了在路上就要我治疗的荒唐想法。

我们一起来到柳二月前夫的家里，柳二月的前夫一脸横肉，听说我们来找柳二月，更是气势汹汹起来，我心想，怪不得柳二月要和他离婚，没等我想完自己的心思，就听他吼了一声，说：“死了！”我吓坏了，心怦怦乱跳，柳二月才回来几天，怎么就死了，难道没脸见人自杀了？正胡思乱想慌得不行，就听万里梅说：“死了，你家死了人，怎么不见吊唁奔丧的人？”那男人道：“你家才死了人，我们家没死人，柳二月早就不是我家的人了。”他说得也对，既然他们已经离了婚，柳二月死与他家是没有关系了，倒是与我有关系呢，因为我还是她的正式丈夫呢。我更加慌了，赶紧说：“那，那她在哪里？我是说，她死了，死在哪里？”柳二月的前夫横了我一眼，说：“你是谁？”万里梅说：“他就是万医生，你们柳二月就是嫁给他的。”那男人又横我一眼，怀疑地嘀咕了一句“万医生？”紧接着一阵狂笑，哈哈了半天才说：“哪来的万医生？柳二月嫁的可是个杀猪的，她就是被那把杀猪刀捅死的。”

我和万里梅以及万里梅的亲戚目瞪口呆面面相觑，过了半天，还是万里梅先回过神来，唠唠叨叨说：“怎么可能，怎么可能，她说她是柳二月嘛。”她朝我看了看，又说：“万医生，你跟她一起过了这么长的日子，你知道她是谁吗？”我彻底地愣住了。万里梅的话也印证了我对柳二月的印象，怪不得柳二月走了以后我总觉得哪里不对劲，心里怪怪的。急中生智，我赶紧掏出随身带着的我和柳二月的结婚照，递给柳二月的前夫一看，下面的事情就不用说了，你们肯定都知道了，嫁给我的那个人，不是柳二月。

万里梅和她的亲戚都慌了，万里梅急得问我：“家里少了什么没有？她偷走了什么东西？”见我不说话，万里梅更急了，催我：“赶紧回家仔细查一查，她偷了什么。”其实我回家也不用仔细查，可怜我的贫困的家庭，没什么让她偷的，想想她冒名顶替来到我家，做了半年的妻子，也真不容易，结果什么也没偷着，我的家让她失望了，让她失算了，真有点对不起她。

当然假柳二月也不是一无所获的，她带走了那本《黄帝内经》，里边还有我爹写着的一些纸，不过我并不知道那些纸有什么用，比如用唐伯虎的诗治小孩尿闭，这都是古代的事情，现在时代也进步了，科学也发达了，完全不需再用古代的办法来治现代的病。

现在我又是单身汉了。有人嘲笑我是竹篮打水，可我不这么认为，虽然柳二月是假的，但她作为我的老婆却是真的，虽然我们在一起时间不长，但我到底是尝到了做夫妻的滋味。只是曲文金又为我抱不平了，她嘀嘀咕咕说：“我们不合算的，我们不合算的，现在我们已经不戏童男已了。”

曲文金说得不错，如果我再婚，我也是二婚头了。

第十三章 万万斤和万万金

万小三子又回来了。

他发胖了，微微仰着身子。他本来就长着一个朝天的鼻孔，还这样仰着，你就光看见他的两个黑洞洞朝你张着，深不见底。万小三子见到每个熟悉的和不熟悉的人，都说："嗨，我回来了。"认得他的人和认出他来的人都说："哎呀，万小三子你胖了。"万小三子跟我说："万医生，你看他们还是叫我万小三子，从小时候到现在，只有你叫我万万斤，不过现在我得告诉你一下，我仍然叫万万金，不过不是从前那个斤斤计较的斤，是金碧辉煌的金，是金榜题名的金。"我说："我知道，是金子的金。"我又补充说："但嘴上叫起来还是一样的，斤和金，一样的。"万小三子摇头说："虽然叫起来一样，但意思可大不一样，万万斤，万万斤不就是粮食大丰收吗，可万万斤粮食才值几钱，万万金可就不一样了。"我说："万万金，我听说你现在真是万万金了。"万小三子假作谦虚地一笑。我看得出来他内心很骄傲，当然他也是值得骄傲的，当年他买了那么多的塑料粒子没倒卖掉，背了一屁股的债逃走了，也不知道吃了多少苦头，现在他终于又出头了，成了远近闻名的企业家，他有一个很大的建筑公司，人家都叫他万总。我也替他高兴，跟他说："万万金，你总算苦出头了。"万小三子说："我回来碰到这么多人，也只有你能说出如此有水平的话，我的头是苦出来的，可人家都不这么想，人家都说，万小三子，你运气真好，也有人说，万小三子，你是怎么混出来的，所以万医生，我小时候就没看错你。"我说："你小时候我已经长大了，只有我看你，怎么你看我呢？”万小三子说：“小人就不能看大人吗？”他这话有道理，我是个认道理的人，所以我问他：“那你小时候是怎么看我的呢？”万小三子说：“我小时候就看出来你是个忠厚老实的人。”我心里一笑，心想我的狡猾你可看不出来，但我没有这么说，我只是憨厚地一笑。万小三子被我感动了，说：“万医生，我这次回来，在路上我就想好了，我第一个要报答的人就是你。”他这话让我想不通，他应该报答他爹他妈，还应该报答一下裘雪梅，如果当初裘雪梅把万小三子逃走的事情去报了案，立案通缉了，万小三子以后的日子就难说了，如果还被警察追捕到了，可能会判刑，如果判了刑，那他现在回来就是刑满释放人员，而不是拥有万万金的企业家了。听说当年万小三子他爹万全林跪在裘雪梅面前不肯起来，裘雪梅把万全林拉起来，万全林又跪下去，再拉起来，再跪下去，最后裘雪梅说：“好吧，我们不报案了，这笔欠款我先替万小三子搪着，但以后一定要还的，这是公家的钱。”所以万小三子应该感谢他爹，他爹为了他竟给人下跪，他还要感谢裘雪梅，裘雪梅因为包庇他，还差点被拱下村支书记的位置，可现在万小三子却说第一个就要感谢我，无功不受碌，我不可以接受万小三子的感谢。万小三子看了看坐在椅子上晒太阳的我爹，看了看两个在院子里调皮的哑巴，又看了看我的家徒四壁的家，他说：“万医生，你怎么混得这么潦倒？”我有点惭愧，我说：“万万金你知道的，我这个人，没有本事。”

万小三子也没有再多说什么，我以为他会给我一点钱，我想好了，他给我钱我是坚决不要的。但万小三子并没有给我钱，隔了一天。他给我拿来一张行医执照，跟几年前一样，帮我挂到墙上。不同的是，几年前他是自己动手挂的，现在他不用自己动手了，他有随从的人，他说什么，他们就帮他做什么，而且做得干脆利索滴水不漏。其中的一个叫大黄的大个子和一个叫丹皮的小个子还抱来两个大纸盒，上面用纸盖着，抱到我跟前，万小三子揭开盖着的纸，我伸头一看，里边装满了各种药品，我心里“咯噔”了一下，万小三子又要逼我重走老路了。我赶紧拉住大黄的手说：“这个我不要，我家四个人，吃不了那么多的药。”大黄朝万小三子看，万小三子说：“万医生你知道这药不是给你吃的。”我说：“万小三子，你不知道，马莉来的那一阵，可把我给害惨了。”万小三子说：“不就是那张假行医证吗。”我下意识地去看墙上那张新的执照，万小三子说：“你看都不用看，当年的万万斤，是只有本事给你搞张假证，如今的万万金，你要什么证我都能给你搞到，绝真，如假包换，不信你问问大黄丹皮。”大黄赶紧说：“是的是的，我们万总连飞机票都能造出来。”他的话露了馅，被我抓住了把柄，我说：“造出来的飞机票，那不就是假的。”万小三子说：“大黄不会说话，你也不会听话，所谓造出来，就是想办法弄到手，你以为飞机票是身份证，可以造假，飞机票你要是造了假，上了飞机照样被赶下来。”我哑口无言了，万小三子见多识广，他坐着飞机飞到东飞到西，我只在隔壁人家的黑白电视里模模糊糊看见过飞机，我无法跟万小三子较真，但是万小三子要让我重新当医生开诊所，这是我万万不能做的。我赶紧跟他说明白：“要我重当医生，是万万不行的。”万万金说：“我说行就行，万万行！”他的霸气终于又暴露出来了。他从前是人小心眼多，现在他人长大了，心眼仍然多，而且还多了一样更重要的东西，就是钱。有了钱，没有办不成的事情，这就是万小三子哲学。所以他现在有句口头禅叫“分分钟”，在别人看起来非常麻烦很难办到的事情，他只用三个字：分分钟。意思就是他分分钟都能搞定，为什么，有钱嘛。我虽然对他的想法有想法，但我不可能去反对他的想法，更不可能否定他的想法。为什么，因为我没有钱，没有钱的人在有钱人面前，总会自然不自然地低下头去。有的人虽然心里不想低头，但在气势上，你压不过人家的。

万小三子早就猜到我不肯就范，他也早有准备，他说他手下的几个人，可以让我挑一两个，给我当助手，我看了看他们，不是傻大黑粗憨不溜秋，就是贼眉鼠眼心术不正，我想起从前我要当医生的时候，我爹嘲笑我“学究论书，屠夫论猪”，现在轮到我嘲笑万小三子和他手下的这几个人了。我毫不客气地说：“你不是开玩笑吧，这是当医生，不是当屠夫啊。”万小三子说：“你小瞧人了吧，他们个个都是有医学院毕业文凭的大学生呢。”我说：“文凭你也能弄到啊。”万小三子说：“万医生，你不如从前忠厚老实了。”我得意了，说：“时代在变化，人也在变化嘛。”万小三子喊大黄说：“大黄，说说你的情况。”大黄说：“我在南州市二院当过三年外科医生，拿掉过六十七个病人的胆，让他们成了无胆英雄。”接着丹皮和另一个叫白茅根的也介绍了他们的情况，几乎都是从医院出来经商的。一直到这时候，我才发现，万小三子手下的这些人，他们的名字都是中药的名字，大黄、丹皮、白茅根等等，我就更奇怪了，我说：

“万万金，我听说你开的是建筑公司，怎么你手下都是这样的人？”万小三子说：“你刚才说了嘛，时代在变化，人也要变，公司也要变，多元化嘛。”我不懂什么叫多元化，我说：“既然如此，既然你一心要在后窑恢复诊所，你就让大黄他们在这里开，我还是当我的农民。因为他们都是学医的，还开过那么多刀，我连手术刀什么样子都没有见过。”万小三子见我这么固执，觉得在手下面前丢了面子，似乎有点恼了，我正寻思他会不会对我发脾气呢，就见裘奋英从外面进来了。我发现她走路腿好像有一点瘸，我赶紧问：“裘奋英，你的腿怎么了？”回答我的却是万小三子，说：“她腿上发炎了。”我奇怪万小三子怎么会知道裘奋英腿上发炎呢？万小三子也朝我看看，说：“你觉得奇怪吗？有什么好奇怪的，裘奋英是我老婆嘛。”我只觉得头脑里“哄”的一声响，这话真像一个巨雷从天而降，把一句话从我嘴里打了出来，我脱口说：“你包了二奶吗？”说出来我就知道自己不对，赶紧在心里打了自己一个嘴巴。万小三子和裘奋英却不恼，还笑眯眯的，裘奋英说：“我们万小三子不包二奶，他离婚了。”万小三子拍了拍裘奋英的肩，说：“还是我们奋英好，那个女人，像朱买臣的老婆，我倒霉的时候，她就跟别人跑了，等我好了，她又来了，要她干什么？”他居然还知道朱买臣。虽然万小三子和裘奋英把这事情跟我解释清楚了，可我心里仍然有疙瘩，我皱了皱眉，对万小三子说：“万万金，我不是对你和裘奋英有意见，我是对曲文金裘金才他们有意见，他们瞒得真紧，我们是多年的老邻居了，为什么这么保密呢？”万小三子笑道：“你别乱想，不光你不知道，奋英家里人也一样不知道，我们是秘密结婚的。”裘奋英说：“我从家里偷了户口簿出去跟他结婚的。”我说：“为什么？”裘奋英说：“我怕我爹不同意，干脆先斩后奏了。”万小三子说：“先上床再办酒。”

这段姻缘事先我倒是没有看出来，也因为万小三子多年不见面，裘奋英呢，高中毕业就跑出去了，谁知道他们早在外面勾搭上了。不过我又想了想，觉得我这想法也不对，并且他们不是现在在外面勾搭上的，早在他们还很小的时候，裘奋英为了保护哥哥裘奋斗，就去拍万小三子的马屁，天天跟随着万小三子，从此成了他的忠实走狗，也许从那时候起，他们就产生了一些感情吧，也算是青梅竹马了。我正在胡思乱想着，就听到万小三子说：“我们就是回来补办喜酒的。”

裘奋英的眉头越皱越紧，还“丝丝”地倒吸着冷气，我让她撩起裤管看看，才发现她的小腿前侧又红又肿，皮肤发亮，确实像是有炎症。我说：“你在哪里伤着了？”裘奋英似乎有些茫然，想了想说：“没有呀，从来没有碰撞过什么东西。”万小三子也弯下身子看了看，说：“你肯定撞到哪里，自己没有注意。”裘奋英说：“撞到哪里肯定会痛的，我怎么没感觉到痛呢。”大黄也替裘奋英看了看腿，大黄说：“问题可能在里边，这不是外伤。”我开始还以为大黄多有水平呢，他这废话一说，我就见着他的底了。

裘奋英见大家的注意力都到了她腿上，赶紧把话题扯开去说：“万医生，我们的酒席办在镇上的大鸿运饭店，到时候，我们派车来接你和你爹。”我说：“车子大不大，我们还有两个小哑巴也要一起去，坐得下吗？”万小三子坏笑道：“万医生，你对小哑巴这么好，小哑巴会不会真是你的儿子。”我说：“不可能。”万小三子说：“怎么不可能？你跟刘玉好的时候，刘玉老是钻在你屋不出来，干什么呢？”我上了他的当，赶紧说：“不对的，时间不对的，你也不算算，那是什么年份，小哑巴今年才几岁。”我这一说，就暴露了我自己，我也有可能和刘玉生小孩的，但结果没有生。万小三子见我中计，高兴得哈哈大笑起来，他手下的那些中草药，并不知道先前发生过什么，见老板笑，他们也跟着笑，我觉得他们够傻的，我不能想象他们身穿白大褂，手拿手术刀时的肃穆神情。

万小三子和裘奋英的婚礼很讲排场，这是万小三子荣归故里第一次公开露面，他曾经被大家骂作小棺材，后来又骂作脱底棺材，骂来骂去骂的都是棺材，反而把他骂得发了财。现在他鸟枪换炮，当然要回来炫耀炫耀。他们摆了八九十桌酒，差一点点就满了一百桌，把该请的人都请了，不该请的人也请了。临到开席了，大约有一两张桌子没坐满，有人因故缺席了，万小三子觉得脸上无光，吩咐大黄丹皮说：“你们到街上给我去拉人。”大黄几人面面相觑，不知道去拉谁，万小三子说：“你们脑子里有屎啊，不管什么人，拉进来的就是我万万金的客人。”大黄他们就到街上去拉人，但街上的居民警惕性比较高，这种不明不白的饭他们是不敢进来吃的，结果拉来一帮外地民工，喜出望外地进来填满了所有的桌子，其中一个有一点文化知识的民工问：“今天干什么？拍电视吗？”

婚礼迟迟没有开始，万小三子特意从城里请来一个电视台的女主持人替他当婚礼的司仪，主持人在路上堵了车，来迟了。现在我们只能干瞪着眼面对一桌子丰盛的美味佳肴。小哑巴从来没见过这么大的场面，更没见过这么多的菜，馋得唾沫都咽不下去，从嘴里淌了出来。同桌上的其他大人明明自己也在咽唾沫，却还摆出一脸瞧不起小哑巴的意思，朝他们斜眼睛，给我爹看到了，我爹生气，费力地努着嘴，用嘴指着桌上的菜，意思是让小哑巴先吃，我赶紧说："爹，还是按规矩吧，人家都没有动筷子呢。"我爹瞪着我，张了张嘴，好像想批评我，但我知道他说不出话来，小哑巴乘机夹了一块红彤彤的酱鸭塞到我爹嘴里。

司仪终于到了，走上临时搭建在餐厅的舞台，对着麦克风"卟"了两声，婚礼就开始了。司仪按照事先安排好的程序，一一介绍重要来宾，这跟我没关系，我的眼睛正盯着我爹的嘴，那里边有一块肥美的酱鸭，我爹正在品尝呢，随着我爹嘴巴的蠕动，我也咽下了唾沫。就在这时候，我听到了司仪美丽的声音："现在，我们请出新郎万万金和新娘裘奋英的婚姻介绍人万泉和，请万泉和先生上台。"我还没有反应过来，婚姻介绍人万泉和？我还不知道是在说我呢，我只是觉得这个名字好熟悉，好亲近，就在我发愣的那一刻，小哑巴的四只小手用力地推着我的腰，让我站起来，他们又着急地比划着，"阿爸阿爸"地表达着，催我快快上台，到这时候我这才忽然醒悟过来，原来婚姻介绍人万泉和先生就是我。

我被小哑巴推着，走上前几步，司仪就过来引我，我被司仪的白嫩的纤纤细手牵着，心里却疑疑惑惑，我疑疑惑惑地被牵上台去，就听得一阵热烈的掌声，在热烈的掌声中我听到有许多人在说："万医生，万医生。"

我就这样作为"万医生"又被牵到了台前，司仪介绍说，她根据新郎的意思，特意介绍我作为一个乡村赤脚医生的一些事例，其实这些事情与今天的婚礼完全无关，后来连司仪也觉得这样的主持词有点走调，好在她是个聪明的主持人，最后又把话题扯了回来："万医生不仅是个好医生，他还是个成功的红娘，万万金先生和裘奋英小姐的婚姻，就是万泉和医生介绍的。"我心虚地四下张望，发现坐在亲属那一桌上的曲文金裘金才又惊异又不满地看着我。我知道他们的意思，他们以为这桩婚事真是我撮合的，他们并不反对这桩婚事，但他们对我向他们隐瞒事实感到气愤。尤其是曲文金，这么多年来对我和我家没少关照，到头来我做了这么大的事情却瞒着她，她实在想不通。可不光她想不通，我也一样想不通，因为我觉得我太冤枉，我明明不是他们的红娘，他们是自己勾搭上的，硬要给我安上一个红娘的名分，我要是当场否认，推掉这个名分，就是不给他们面子，我要是不推呢，大家又会误解我，别说曲文金和裘金才，连一向沉着冷静的裘雪梅也有点坐不住了，他朝我这边张望着，正好和我的眼睛对上了，我赶紧避开，心里咚咚地乱跳，好像要出什么事情了。

当然那是我瞎紧张，我没见过大场面，更没在大场面上露过脸，现在让我这样暴露在光天化日之下，让大家崇拜地看着，我肯定是受用不了的，所以我心慌慌意乱乱，想找个地洞钻下去。新郎万万金及时地站了出来，他本来是和新娘手拉手站在一边的，还没有到他们出场的时候，可他等不及了，抢先独自出台了。他沉着冷静地走上台，往台中央过来，连司仪都愣了一愣，本来闹哄哄的台下立刻鸦雀无声，谁也不知道万小三子要干什么，大家目光跟随着万小三子的脚步和身影，离我越来越近，越来越近，最后万小三子走到我身边，向我伸出手来，他是要和我握手，把我吓了一跳。农村里的人不讲究礼仪什么的，见了面从来不会谁跟谁去握手，要是谁跟谁客气地握手，他们会遭到嘲笑，被说成是“洋腔怪调”，所以当万小三子在大庭广众之下要和我握手，我就觉得这事情特别别扭，我下意识地缩了一下手，万小三子却将自己的手伸得更长，硬是拉住我的手，认真地把我的手晃了又晃，然后他转身面向台下，认认真真地向大家宣布了一件事情。他说：“我现在正式宣布，我要在我们后窑村投资创办一所万氏医院。”

没等大家反应过来，万小三子一口气就把“万氏医院”的规模、范围等等各方面的设想和规划一一地说了出来，最后他还说到了大家最关心的出资的问题，他报出了一个数字，结果这个数字把大家都吓了一大跳。你们都知道后窑的合作医疗站曾经办过好多年，可无论是早年我爹一个人的时候，还是后来涂医生来了的时候，或者是再后来我和涂医生吴宝一起当赤脚医生的时候，这几经周折的过程中，有一点却是不变的，合作医疗不用花很多的钱，这不光因为大队里没有钱，也不光因为农民没有钱，更主要的是大家觉得，乡下的医院就应该是那样子的，只要有一间屋子，架一两张病床，再进一点普通的中药西药、再有几支体温表有几个针筒就不错了。现在万小三子狮子大开口，他到底想要办一个什么样的医院，难道跟城里的那些大医院一样，难道会有X光？万小三子知道大家的想法，赶紧说：“不光有X光，还要有B超。”有人不知道B超是什么，大家议论纷纷吵吵嚷嚷，万小三子又耐心地解释给他们听，他说：“你们可能不知道什么是B超吧，B超就是能超出肚子里的孩子是弟弟还是妹妹。”许多人都笑起来，有人开玩笑说“那万总你赶紧超一超新娘娘肚子里弟弟还是妹妹。”万小三子说：“超过了，是龙凤胎。”听万小三子这么说，我心里忽然一动，想起以前大家传说我小时候闹鬼眼的事情，现在好了，不用鬼眼了，机器就是鬼眼，机器什么都能看出来。

当大家还没有完全清醒过来的时候，裘雪梅已经鼓起掌来。一个人没有无缘无故的爱也没有无缘无故的恨，没有无缘无故的支持也没有无缘无故的反对，裘雪梅这么迅速地鼓掌支持和欢迎万小三子的投资当然有他的原因，有他的道理。自从马莉走掉、我们的万马联合诊所关门以后，后窑村的农民就医问题就成了裘雪梅的偏头痛，不知什么时候就会发作一下。谁家病死了人，谁家有人得了急病没有及时医治使得病情加重了，谁家有人看病看得倾家荡产等等，都会迅速地反映到裘雪梅那里，要求裘雪梅处理。他们甚至会赖在村部不走，裘雪梅要下班回家，他们挡在门口不给他走，裘雪梅如果躲在办公室里不出来，也不开门，他们就守在门口等他，就像当年我关了合作医疗，病人守在门口等我一样。当然，他们所谓的处理，其实就是要钱。无论是死了人，还是病情加重了，要钱总是不错的道理，有了钱，也就有了讲道理的前提。可裘雪梅是一个有原则的领导，他不像从前的裘二海，想怎么样就怎么样，想照顾谁就照顾谁，想欺负谁就欺负谁。裘雪梅和裘二海最大的不同就是，他是一个公事公办的人，也是一个认死理的人，他觉得问题的关键不在于给谁谁谁赔偿或补贴多少钱，问题的关键是后窑村现在没有诊所，农民看病不方便，这就有可能把小病拖大，把大病拖严重，把严重的病拖死，也就有可能本来可以少花些钱，现在弄得倾家荡产了。裘雪梅跟他们说，你们的要求都不在路子上，要想办法把诊所重新恢复起来，才是解决问题的根本办法。可农民总不如支书看得远想得深，更不可能像支书那样大公无私，他们才不会为别的农民今后生不生病考虑，他们只关心自己的眼前利益，他们只知道向裘雪梅要钱。裘雪梅不能满足农民的无理要求。裘雪梅的儿子裘奋斗还在大学学习法律的时候，就为这事跟父亲较了真，他甚至帮一个农民把事情捅到报纸上去了。结果县委看到报纸，派了调查组来，把裘雪梅气得偏头痛大发作。只是县委的调查组调查了一番，就发现这不是个别的情况，也不是后窑村一家的情况，推而广之，他们甚至觉得全中国的农村都有这样的问题，既然全中国的农村都有这样的问题，他们肯定是没有能力处理的，这要国务院总理去处理，所以最后事情就不了了之了。这下轮到裘奋斗生气了，他也发了偏头痛，他抱着脑袋发誓说："我要为中国成为一个法治社会而奋斗终生。"裘雪梅说："你也不要终身不终身了，你要是有本事，现在就帮帮忙，帮我们把后窑的诊所恢复起来。"裘奋斗说："你错了，没有法,开了诊所还会倒闭,有了法,没有诊所也会有办法开出来。"裘雪梅说："要等你的法开出来，病人都等到棺材里去了。"裘奋斗说："我懒得跟你说，你不懂法。"

所以，此时此刻，当万小三子在他自己的婚礼上向大家宣布要独资开办万氏医院时，正中了裘雪梅一直以来的下怀，裘雪梅赶紧鼓掌，他一带头，大家也跟着鼓起来，一时间全场掌声雷动，大家甚至暂时忘记了桌上还有那诱人的菜肴。其实万小三子这个时候宣布这件事情并不是好时机，你们想想，在喜庆的婚礼上，却宣布成立一个医院，迷信的人肯定会觉得不吉利。但万小三子不信邪，因为他自己一直就是个棺材，小时候是小棺材，长大了是脱底棺材。等到掌声落下来，我以为大家会议论一番的，却不知现场一时竟没了声音，我知道，大家又在打小算盘了，农民就是这样的，他们小肚鸡肠，他们觉得万小三子这样做让我沾了大便宜了，他们没沾到，就心里不平衡。果然，过一会就有人忍不住站起来说："万总，干脆就叫万万金医院，不要叫万氏医院。"万小三子说："万万金医院？太难听了，哪有这种叫法的？"那个人说："可是，可是叫万氏医院，人家以为是万泉和的医院呢。"万小三子说："为什么你会觉得万氏医院是万泉和的医院呢？是不是因为万泉和是医生啊？"那个人一时回答不上了，支支吾吾地说："反正，反正，不是我一个人这么想，大家都这么想。"万小三子朝我看了看，我不想接他丢过来的球，就赶紧把眼睛移开。万小三子说："就算人家以为是万泉和的医院，又怎么样呢？"那个人又有话说了，赶紧道："明明是你万总出的钱，可是面子和里子都被万泉和占去了，你不是不合算吗？"万小三子认真地解释说："其实不光万泉和姓万，我也姓万呀，是不是？不能因为我当了老板就不姓万吧，所以这万氏医院，还是对的嘛，我是万氏医院的老板，万医生是万氏医院的医生，加起来也还是姓万，叫万氏医院再合适不过了。”大家无话可说了，我却急了，我感觉万小三子一直在给我下套子，那天他刚回来，就跟我说这事情，还叫大黄之类的给我当助手，我没有同意，现在他居然在自己的婚礼这么大的场面上将我的军，他太了解我了，他知道我不可能当场驳他的面子，我如果当众不驳他的面子，哪怕我不吭声，也就等于我承认了。想到这里，我说：“万万金，我没有答应你。”没想到小哑巴够不是东西，他们不帮我，反倒去帮万小三子，他们一人一手拖着我，把我拉回座位上让我坐下，还“阿爸阿爸”地干扰我说话。万小三子的态度更气人，他明明听见了我说话，却只作没听见，理都不理我，走到裘雪梅面前，又去握他的手，他握着裘雪梅的手跟裘雪梅说：“地点呢，我已经想好了，仍然在老院子里。”我忍不住在座位上说：“老院子没地方了。”他们没听见我说话，没理我，万小三子继续对裘雪梅说：“你家快要造新房子了，你们去住新房子，你们的那间老屋让给我。”裘雪梅被万小三子说中了暗藏的心思，脸上有点挂不住，说：“你说什么呢？”万小三子自顾往下说：“你家一间老屋，万泉和家一间老屋，再拿下万同坤的墙门间，再加上东厢屋，总共两大间两小间够当个医院了。”万小三子自说自话，东头这间大屋和东厢房是我和我爹的，他竟然也把它们加到一起算他的了。裘雪梅说：“你比我这个当书记的计划得还要周全啊。”万小三子说：“你以为当老总比当书记容易啊？”裘雪梅说：“那你以为当书记比当老总容易啊？”两个人在个人意气上互不相让，但在开办医院的事情上却高度一致。

我看着万小三子像个干部似的握住裘雪梅的手谈话，我被他们的样子迷住了，我甚至忘记了我面临的危险，我觉得万小三子今天特别出众，他穿着深色的西装，结着鲜红的领带，听说是名牌，因为对我名牌不感兴趣，所以我没有去打听到底是什么牌子，我只是觉得今天的万小三子真是光彩照人，连一向不服人的裘雪梅都不得不说：“万总，你给我们后窑村争光了，你是令我们后窑骄傲的人物。”

就在裘雪梅真心地说过这句话后不久，另一个给后窑村争光、令后窑村骄傲的人物也出现了，他就是已经当上律师的裘奋斗。裘奋斗因为当天有个案子开庭，等他开完庭从城里赶回来，结婚仪式已经开始了，他走进来的时候，正好看到万小三子和他的妹妹裘奋英在“夫妻互拜”，裘奋斗脸色阴沉，一点也不像来喝喜酒的，倒是像来寻仇的，他冷冷地看着“夫妻对拜”，拜完了，一对新人又重新面对观众，他们一眼看到了裘奋斗，同时“哎”了一声。万小三子跳下台，奔过来握裘奋斗的手，裘奋斗却沉着脸，抽出了自己的手，冷冰冰地说：“不用拉，我自己会走。”

以我看起来，这就是裘奋斗的不是了，这么多年了，他还在跟万小三子作对，自己的妹妹都嫁给万小三子了，他还记恨万小三子，甚至到了万小三子的婚礼上，他也不肯给万小三子面子。可万小三子也不是好惹的，小时候他就是个小棺材，现在长大了，发财了，表面上看他懂礼貌多了，像个人物了，但他的骨子里的东西我可是知道，现在他是个大棺材了。裘奋斗不给万小三子面子，万小三子立刻就报复裘奋斗，他笑里藏刀地说：“当然当然，我知道你会走路，但拉你一把是我的责任嘛。”裘奋斗怎肯输给万小三子，更何况，他手里正捏着万小三子的一个案子，万小三子是被告，而裘奋斗则是原告的律师，你们想想，这不是有好戏看吗？裘奋斗说：“万小三子，我告诉你，你别以为你娶了我妹妹，我就会放你一马。”万小三子说：“裘舅子的公正正义，早有所闻众所周知，你一定不会因为小时候我捏过你的脸蛋就耿耿于怀徇私枉法，是吧？”裘奋斗气得脸色更阴沉了，万小三子却还不罢休，继续跟他纠缠：“你还记得小时候我是怎么捏你的脸蛋的？你不会忘记了吧，你忘记了也不要紧，我可以提醒你，是这样的——”他边说边伸出两只手去好像要捏裘奋斗两边的脸蛋，裘奋斗立刻警觉地往后一闪，万小三子笑了起来，说：“我不会捏的，现在你是大律师了，我怎么敢捏你的脸蛋。”跟在后面的裘奋英没有听清万小三子说的什么，只听到一个蛋字，赶紧问：“你们要吃什么蛋？”万小三子高兴得哈哈大笑，说：“问你哥哥吧，问他是个什么蛋。”裘奋英果然傻乎乎地看着裘奋斗，等他说什么蛋呢。裘奋斗无奈了，他从小到大，对妹妹一直是呵护有加，他大概不想让裘奋英夹在他和万小三子中间里为难，暂时放弃了和万小三子争斗，一转身看到了我，就走过来对我说：“万泉和，以后要是有什么事，你要负责任的。”你们看看，裘奋斗就是这样不讲理，而且我觉得他的话太晦气，人家结婚的大好日子，他却说以后要出事情，哪有这样说话的？他这话本身也太没道理，万小三子和裘奋英的缘分根本不是起源于我，而是起源于他自己，我只是一个见证人而已。现在他却要把事情推到我头上。我开始还以为当律师的人都是最讲道理的，因为我在电视上看到的律师就是跟人讲道理，个个能说会道，但接触了裘奋斗，我才知道，原来不讲理的人才能当律师，因为他们会把天下所有的事情都说得错在别人对在自己，我这样的想法不知有没有道理，难道真正讲理的人反而当不好律师了？我不敢这么说，但至少我接触了裘奋斗律师以后，我才知道，裘奋斗最大的道理就是不讲道理。

婚礼继续进行，所有的仪式都完成了，下面就是开吃，大家早已经垂涎三尺，听到司仪说举杯时，都来不及举杯而举了筷子了，小哑巴更是风卷残云，一眨眼就把桌上的冷盘扫了个精光，他们个子小，够不着的地方干脆站到凳子上，筷子使得不顺手，干脆把冷盘端过来，往自己碗里一倒，剩下个空盘子再回到原来的位子上，同桌的人都瞪着眼睛看他们，他们只作不知，狼吞虎咽，吃得满嘴油光，满脸放光。桌上有一个人是小学的老师，懂一点文化和礼貌，终于忍不住跟我说："万泉和，你怎么教育你的孩子的？"我说："他们不是我的孩子。"他说："不是你的孩子你还带来抢菜吃？"我也觉得小哑巴这样太丢人，我批评他们说："你们听听胡老师的意见，你们要虚心接受，等一会热菜上来的，不许先抢，让大人先吃。"小哑巴"阿爸阿爸"地乱摇头，表示他们听不懂胡老师和我的话，我知道他们是假装的，我跟胡老师说："胡老师你放心，等一会菜上来我按住他们的手，让你先吃。"胡老师听我这样说，反而不好意思了，说："不是我要先吃，我是说小孩子要懂道理，要懂礼貌。"胡老师到底是知识分子，面皮薄，就算自己想吃，也要找个借口掩饰一下，如果换了个农民，他们才不用找借口呢，他们最好我按住小哑巴的手，封住小哑巴的嘴，让他们吃饱了，吃不下了，再给小哑巴吃。我正寻思着知识分子和农民的不同，热菜上来了，是一道清炒虾仁，炒得油光闪亮，大家赶紧动手，动勺的动勺，动嘴的动嘴，我是说到做到，去按住小哑巴的手，小哑巴急得"阿爸阿爸"乱叫，别人呢，都只顾自己吃虾仁，哪顾得他们悲惨的叫声。正在这时候，意想不到的事情发生了，我爹开始动作了，我看到我爹伸出手来，用那把舀汤的大勺子，以既准又快的动作给小哑巴一人舀了一大勺虾仁，他这两下子，把一大盆虾仁舀去了一大半，有一个人急得脱口说："万人寿，这是舀汤的勺子，你怎么可以拿这个勺舀虾仁，拿这个勺，多少虾仁也不够你——”但他的话没说完，忽然停下了，因为他看到大家都愣在那里盯着万人寿看，他也愣住了，过了片刻，他忽然惊叫起来：“万人寿，你的手能动？！”他这一说，我们一个个才惊醒过来，本来我爹的手是不会动的，坐到酒席上，也要我一口一口夹了菜舀了汤喂到他嘴里，怎么这会儿来了一盆虾仁，他竟然动起手来了，我一看这情形，顿时喜出望外地大叫起来：“爹，爹，你能动手了！”小哑巴却没有感觉，他们既不像我这样兴奋，也不像别人那样惊讶，他们的注意力全部集中在自己碗里，闷头吃着我爹替他们舀的虾仁，连滋味都没有好好品咂品咂就生吞吞地咽下去了。我赶紧说：“爹，你再替自己舀一勺呀。”我爹却不动手了，他只是看着小哑巴吃，好像只要这么看着，他自己也就尝到了虾仁的美味。胡老师说：“万人寿看到小哑巴吃就等于自己吃了。”我爹听胡老师这么说，十分满意，直朝胡老师点头。胡老师又说：“万人寿你真是菩萨心肠，宽阔胸怀，不是自己的孙子，当成自己的孙子，比自己的孙子还喜欢。”我爹依然笑着，他又要动作了，他还想给小哑巴再舀一点虾仁，可是装虾仁的大盆子已经空空如也，连剩下的一点油汤都被他们刮得干干净净，我爹的眼皮眨了一下，又朝厨房的方向看看，我明白他的意思，他是在安慰小哑巴，叫小哑巴别着急，后面还有菜呢，但小哑巴可能不明白，在坐凳上跳上跳下，“阿爸阿爸”地叫唤，他们以为没有菜了呢。

新郎新娘一桌一桌地给来宾敬酒，敬到我们这一桌的时候，大家都吃得很饱了，就可以腾出精神来和新郎新娘闹酒，可万小三子已经喝得舌头都大了，走路东倒西歪，裘奋英一只手操在他的腋下，尽量地架着他，向大家求饶说：“别灌他了，他喝多了。”大家看万小三子也确实多了，就起哄要媒人代喝，我也觉得这个主意好，正四处张望找媒人呢，发现大家都朝我笑，才想起媒人就是我，我赶紧说：“我不行，我不会喝酒。”万小三子大着舌头说：“你不会，有我呢，我替你喝。”他酒精中毒思想糊涂了，应该是我替他喝酒的，反过来他又要替我喝酒，如果是一个讲义气的人，在这个时候就算不会喝酒，也应该挺身而出保护万小三子，可我不是一个很讲义气的人，我是一个比较实在的人，不能喝酒就说不能喝酒。大家见劝不动我，就把目标对准了新娘裘奋英，可怜的裘奋英一只手要架住沉重的大胖子万小三子，一只手要给男客们点烟，哪有第三只手来拿酒杯，大家仍不肯放过她，有人干脆就把酒杯替她举起来，一直送到她的嘴边，裘奋英只好奋不顾身，张着嘴，等那个人把酒给她灌下去。说时迟那时快，裘奋斗一步跨了过来，横了一眼要灌裘奋英的那个人，伸手把那杯酒接过去，脸仍然阴沉着，也不说话，就一仰脖子把酒喝下去了，拿手抹了一下嘴，说："谁还要喝？我跟他喝。"真是胆大的吓死胆小的，桌上也有几个好酒量的，但他们不摸裘奋斗的底，就不敢应战。农民是最讲实惠的，酒虽然好喝，香，但喝多了伤身体，而且喝了酒的人，吃菜就吃不出好滋味，所以他们都不吭声了。裘奋斗撇了撇嘴，正要走开，万小三子说："舅子，我欠你一次。"裘奋斗说："我不是替你喝的，我是替我妹妹喝的。"万小三子说："替你妹妹喝就是替我喝，奋英你说是不是？"裘奋英永远是万小三子的跟屁虫，赶紧回答说："是的是的，替你喝就是替我喝。"她连拍马屁的话都说反了。万小三子很得意，直朝裘奋斗傻笑，裘奋斗说："你欠的东西多了，我会一样一样跟你清算。"裘奋斗说这话，其实是有所指的，他接手的万小三子的那个案子，就是万小三子跟别人的一笔搅不清的债务，裘奋斗已经做了大量的复杂艰苦的取证工作，掌握了大量的事实和证据，足以证明万小三子"欠的东西多了"。裘奋斗的话是实有所指的，但此时此刻恐怕除了万小三子，旁人是听不懂的，连裘奋英也不知道，我们都以为裘奋斗心胸狭窄，对小时候的事情耿耿于怀呢。

万小三子办完了婚事，又来磨我，他说这件事他已当场宣布，如果我不答应，他的医院开不出来，他的脸就给我丢尽了，因为人家不会怪我，肯定以为他万小三子说话不算数，他要是有了这样的臭名声，以后他的生意还做不做了，还怎么做？他把大帽子往我头上一套，想逼我就范，可我有我的鬼主意，我跟他说："你先把你答应的事情办起来，你结婚那天宣布，你要买X光，还要买B超。"万小三子看了看我，他好像不相信我对这个事情这么热情。我被他看得有点心虚，确实我是有私心的，我的如意算盘就是，只要万小三子真的买了X光和B超之类，我就有借口了，因为这些东西我不会弄的，我从来就没有学过。当年在公社卫生院跟涂医生的时候，涂医生只是教我怎么给跌断了的腿上石膏，或者清理弄破了的伤口，涂医生也教过我看X光片，可我看出来就像野地里骨甏上架着的死人骷髅骨，要叫我在死人骷髅骨上研究来研究去，我觉得怪瘆人的，弄不下去。涂医生一眼就看破了我的诡计，他戳穿我说，不是你看不下去，而是你看不懂。所以我就一直没有学会看X光片，更不要说到机器里去帮病人拍片了。万小三子要进X光和B超，除非他再送我去学校，可我这把年纪的人了，文化程度又低，脑子又笨，哪个学校肯收我呢，除非他万小三子自己再开一个医学院。只要这些条件不成熟，我就可以把事情推得一干二净，与己无关，反正他有大黄丹皮之类的人现成的就可以用起来。万小三子不知是洞察了我的诡计还是为他自己的什么诡计得意，他狡猾地朝我笑了笑，跟我说："这个你不用担心，X光啦B超啦，分分钟的事情，我正在和医疗机械厂谈价钱，一谈妥了，马上就进。"我倒相信了他的鬼话，心里一急，问道："什么时候？"万小三子说："什么时候进来就不用你管了，难道X光和B超不进来你就不能看病吗？"我说："没有X光，我又没有鬼眼，我怎么看病呢？"万小三子说："那你从前当医生是怎么当的呢。"他的话说到这份上了，我似乎不能再推托，再也找不出什么借口了。万小三子也失去了耐心，他告诉我他已经决定了万氏医院开张的日子，他还请了领导和专家来参加万氏医院的开张仪式，万小三子见我目瞪口呆，他问我："你知道这叫什么吗？这就叫逼宫。"我虽然文化不高，但小时候看过古戏，逼宫我知道，就是逼皇帝，我急得说："我怎么是皇帝呢？"万小三子贼皮贼脸地说："你就暂且地当一回皇帝吧。"

万氏医院就这么开张了，我又重蹈覆辙重吃二遍苦，病人多得像蚂蟥一样盯着我，他们都知道万总这里的药便宜，因为万总外面路子多，他的进货渠道畅通，比大医院和药店的药价低得多，许多人都过来抢便宜货，甚至有的人家根本就没有人生病，听说有便宜的药配，也来占便宜，就怕便宜全给别人沾去了。我跟他们说："没病也来配药，你们也不怕触自己的霉头？"他们却不理解我的好心，还狡猾地观察着我，他们以为我舍不得把便宜的药配给他们，想留着自己用。我心里来气，心神不宁，出了一个医疗事故，还好不算大，那个病人说自己感冒咳嗽，要配感冒药，我就开了感冒药让他回去了，不料过了几天病情加重了，送到乡医院，才知道得的是肺炎。他的家属来找我算账，还怕事情搞不大，去把裘支书叫来，裘雪梅来了就批评我说："万医生，自己没有把握的病，还是不要乱诊断乱开药。"我说："他自己说他感冒，他自己要开感冒药。"裘雪梅说："医生都听病人的，还要医生干什么呢？"我一听他这么说，正中我下怀，我说："我也是这么想的，你们就别用我这个医生了。"裘雪梅还没来得及对我的话表示态度，立刻引起周围其他病人的围攻，他们一边指责肺炎家属，一边指责裘雪梅，有一个妇女甚至上来拉住我的衣服，好像我说走就要走，好像我一走，他们就没命了。

裘雪梅只能无奈地摇头，我知道他对现状不满，但他又改变不了现状。我也一样对现状不满，可我不想像裘雪梅那样无所作为，听之任之，我要努力改变现状。我到处寻找大黄丹皮他们，医院是他们的老板开的，他们凭什么不闻不问？可到这时候我才发现，大黄丹皮他们早就没了踪影。

我慢慢地回忆起来，自从医院开张过后，他们就再也没有出现过。我觉得他们是有计划的逃跑，我要找万小三子问清楚这件事情，可我同样找不到万小三子，他带着裘奋英到城里去了。最后我只好盯住曲文金，叫她把万小三子交出来。曲文金跟我说："万医心，李向我要万小三已，我还想要李把他交出奶呢，他把奋英就这样带走呢，也不回奶看看，也不已刀奋英肚皮大了没有，也不已刀日已过得好不好。"我安慰她说："万小三子那么有钱，日子肯定是好的。"曲文金说："不见得有钱就戏好日已，万小三已戏脱底棺材。"我又劝她："你放心，万小三子不是花擦擦，也不是没良心的。"曲文金仍然担心，说："可戏我们奋斗说，万小三已在外面瞎搞，被告到法院呢，万一他真的出了问题，我们奋英怎么办？"本来我要找她帮我的忙，不料她却准备了这么多的担心要塞给我，好像她的这些担心还都是我造成的，弄得我很心虚，也很内疚，还要好言好语相劝她，费了半天口舌，连万小三子一根毛也没看到。

没想过了不几天，万小三子却主动送上门来了。他一踏进院子，我和曲文金同时迫不及待地问他，我问的是"大黄丹皮呢？"曲文金问的是"我们奋英呢？"万小三子却不急着回答我们，他拉了一张凳子在院里坐下来，点了烟，翘了二郎腿，长长地吸进去一口烟，再收拢嘴巴，将嘴里的烟雾圈成一个圆圈，慢慢地吐出来，他还很有兴致地看着小哑巴玩那个烟圈，直到那个烟圈消失在空气中，他才满足地说："你们都听说了吧？"我和曲文金都摇头，我们没有听说，我们也不知道应该听说什么。万小三子撇了撇嘴说："乡下真闭塞，我的官司搞定了，难道消息没有传下来？"这回曲文金反应倒很快，立刻说："那就戏说，我们奋斗输了？"万小三子说："他不输谁输啊？"曲文金急了，赶紧问："我们奋斗输了多小（少）钱？"万小三子说："裘奋斗这回惨啦，又输钱又输人，真是赔了夫人又折兵。"我觉得万小三子有点夸大其词，打官司总是有输有赢的，再厉害的律师也不能保证百分之一百赢官司，何况裘奋斗毕竟还年轻，输一场官司也是正常的，输和赢都是他工作中的一部分，如果输一场官司就输一次人，那么官司输多了，他也没那么多人来输呀。所以我忍不住说："输官司不等于输人吧？"万小三子一脸瞧不起我的样子说："怎么不输人，他这一次搞得很臭，原告方输了官司，怀疑他和被告方窜通黑吃原告，他们正在搜集证据，准备再反过来和裘奋斗打官司。他们来找我，要证实裘奋斗到底是不是我的大舅子，我说裘奋斗当然是我的大舅子，如假包换，啊哈哈，裘奋斗真是有嘴难辨，谁让他是我大舅子呢，人家不怀疑他和我勾结还怀疑谁？"我虽然不太喜欢裘奋斗，但我看到曲文金眼睛里噙着泪花，我心里一软，就跟万小三子说："你应该给他证明，他接手这个案子的时候，你还不是他的妹夫呢。"万小三子说："这家伙一心想盯死我，他给人家下了死保证，保证打赢，你们说说，打官司怎么能用'保证'这两个字？哼，跟我斗？"曲文金本来是个好脾气的人，但万小三子打败了裘奋斗，还来耀武扬威，她脾气也不好了，生气地说："我们家奋斗从小就很中（聪）明的，要戏他不中（聪）明，能考响（上）大学，能当响（上）律师吗？"她话中有话，分明是在讽刺万小三子。万小三子连高中都没考上，别说大学了。她讽刺万小三子的话又被万小三子抓住了，万小三子说："考大学、当律师，然后输官司，多好的人生道路。"曲文金说不过他，气得嘴唇都哆嗦了，我劝曲文金说："你别生气了，裘奋斗会吸取教训的。"万小三子还不过瘾，继续说："这家伙就是个不会吸取教训的蠢货，别说我成了他的妹夫，就算我成了他爹，他也不会撒手，他要咬死我，他才不用避嫌疑呢。"曲文金两眼噙泪简直就不知道再说什么了。

正好裘雪梅回来了，曲文金觉得救兵来了，赶紧要把这个事情告诉裘雪梅，可她还没开口，裘雪梅就朝她摆了摆手，不要听，他已经知道了，而且他知道了还无动于衷，平平淡淡地说："这是他自己的事情。"说了就往屋里去，边走边问："饭好了没有，我饿了。"曲文金追在后面说："李（你）说什么话，李（你）说什么话？儿已不戏你已已的？"裘雪梅含糊了一句，好像是说："女儿也是自己的嘛。"曲文金又追着说："人家干部都介（在）外面气（吃）饭喝酒，你这个干部，怎么天天回奶气（吃）——"后面的话就听不清了，更没有听见裘雪梅是怎么回答的。

现在院子里剩下我和万小三子两个人，万小三子坐着，我站着，我像他的随从。事实也是这样，他开医院，我替他打工，可我实在打不好这份工，我只好哀求老板说：“万万金，大黄丹皮他们到哪里去了？”万小三子似乎没有听懂，看了看我，说：“谁，大黄？丹皮？谁是大黄丹皮？”停顿一下，他笑起来，说：“他们是人吗？怎么都是中药的名字呢？”我说：“你别开玩笑，当初你带他们来，说他们都是从医院出来跟你做的，你说你开了医院他们会来工作，现在你连他们是谁都忘记了，你这样说谎太过分了。”万小三子被我揭穿了，但他没有一点点害臊之心，毫无廉耻地说：“哎呀，你真是老实，你也不想想，我开的是建筑公司，手下的人，不是包工头就是泥瓦匠木匠，哪里会有医生来给我干活呢？再说了，我也根本不知道他们叫什么名字，只知道其中一个姓黄，我就顺口叫他大黄吧，另一个跟着就叫丹皮吧，都是中药名字，哄你开心开心嘛，有什么不好。”我心里虽然吃惊但也不能显得自己太笨，我赶紧说：“我当时就怀疑过。”万小三子说：“你怀疑是怀疑过，但是你被我的气势唬住了，没有怀疑到底，就上了我的当了。”我说：“那大黄丹皮他们到底是谁？他们现在在哪里？”万小三子说：“说实在的，我也不知道他们是谁，我也不知道他们现在在哪里，我是临时雇来用的，用完了给了工资就走了。”我说：“用？用他们什么？”万小三子嘴一歪，我看到他这样的笑容，才醒悟过来，不就是用来骗我的吗？我又气又急，既然不存在大黄丹皮，就不可能有人帮我，既然没有人帮我，我就决定炒老板的鱿鱼了。这么一决定了，我反倒不急不躁了，我冷静地说：“我现在就辞职了。”万小三子说：“你是医生啊，你说话不算数？”我不吃他这一套，反过来向他逼宫，我说：“你当初还宣布过要买X光B超，你也一样说话不算数。”我以为万小三子又会搪塞我，不料万小三子根本就不再搪塞应付我，他说：“你怎么这么多年也不进步，为什么我说什么你就相信什么呢？我说买X光就买X光啊？你知道X光多少钱一台，你知道B超多少钱一台？你都不知道多少钱你还在等我的X光呢——”我说：“这也不能说明我笨，这只能说明你这个人说话不算数。”万小三子倒抽一口冷气说：“你连这种骗局都识不了，你都蠢到裘奋斗那份上了。”他见我气得不说话了，又补充了一句说：“你真以为我是雷锋啊，这样的做法，一千个雷锋也不够你们用的。”我说：“不光是我，裘支书他们都在等你的X光和B超呢，他的上报材料都写好了。”我说到这儿，万小三子跟我彻底没了耐心，只听他咳嗽了一声，就有两个人应声从院子外面进来了，他们和当初的大黄丹皮一样，抬着两个大盒子，我不看也知道里边是药。万小三子说：“这两个人的名字要不要给你介绍一下？”我说：“不要了，肯定又是地鳖虫鸡纳金之类。”万小三子说：“你又错了，我知道你为什么老是会出错，因为你是惯性思维，还自以为聪明，上次来了大黄丹皮，这次你就沿着你的惯性思维以为他们是地鳖虫鸡纳金，偏偏我这个人的特长是跳跃性思维，飞跃性思维，不确定思维，上次怎么样，这次偏不怎么样，这两个人啊，你再仔细看看，你都认得的嘛。”我定睛一看，才发现果然是我面熟的人，经过确认，知道都是我们后窑村的人，一个叫万一峰，一个叫袭四眼，现在都在万小三子公司里工作。万小三子说：“这才是我派给你的助手，以后你有什么事，尽管指挥他们，千万不要客气，他们在我公司里，都是骨干分子，都是表现最好的员工，是最勤劳肯干的，要是到了你这里反而养成了懒惰的习惯，这就是你的领导能力问题了。”万一峰和袭四眼都向我微微躬着腰齐声说：“万医生，有什么事情你尽管指派，我们归你领导。”我虽然哑口无言，心里却是受用的，有人这么心甘情愿甚至有点低三下四地愿意接受我的领导，我还没当领导就有这么高的威信，这让我的虚荣心得到了比较大的满足，我本来是决心辞职的，可忽然又来了两个助手，我竟然也可以指挥人了，我的私心一膨胀，脑子一发热，就又一次答应下来，也就又一次埋下了错误的种子。

第十四章：有人在背后阴损我

我重新当医生了，少不了又要和我的老师涂医生打一些交道，有时候我要陪病人到乡医院，哪怕不是看伤科，我也要去麻烦一下涂医生，由涂医生跟那个科的医生打个招呼。这样我们看病时至少不会因为不懂医院的规矩而被吆来喝去，甚至被凶一点的护士骂得狗血喷头。有了涂医生的关照，我们的待遇好多了，不光我的感觉好，连我带来的病人，他们也觉得自己比别的病人高人一等，心情一好，病情也顿时减轻了几分。我们听到护士和医生在交流说，这是涂医生介绍的人，我们心里总是喜滋滋的。

可是涂医生心情并不好，他在乡医院好多年了，一心想提到副院长，却提不上去，现在在任的副院长就有好几个，后面排队等着的也有好几个，轮到他涂三江，早该过年龄杠子了。于是退而求其次，想提伤科的主任。本来院里已经初步讨论过，有了比较明确的意向，虽然院长还没有找谈话，但大家都已经在恭喜涂医生了。却不料半路又杀出个程咬金，立刻就毁灭了涂医生的升迁梦想。

原来我们的乡医院早就扩大了范围，把邻近几个乡的卫生院都并了过来，力量壮大了，却一直评不上二级医院，而县里其他几个医院，早就上了二级，有的都已经升到二级乙等了。乡医院咬紧牙关加大财力添置硬件，又不惜代价引进人才。结果涂医生所在的伤科，引来了一个博士生，他不光要高报酬，还要放在伤科主任的位置上。就因为这个程咬金，涂医生只能永远待在副主任的位置上，一直到退休。现在单位里的升迁，拼的都是年龄，伤科主任的年纪几乎比副主任小一半，副主任还有什么盼头，安安心心地等退休了。涂医生大学毕业就来到乡卫生院，中间虽然两次下放到村里当赤脚医生，但后来还是回来了，算是乡医院里最老的资格了，最后却停在了一个小小的副主任的位置上，还要受一个小一辈的主任领导，以涂医生这样的脾气，怎么咽得下这口气？可就是在这时候，我还一次次去麻烦他，我能有好果子吃吗？他一看到我来，就没个好脸色。我讨好地说："涂医生，你是我的老师，学生碰到困难，只有找老师帮助呀。"涂医生说："我有你这样的学生，不气死也得气疯了。"我仍然笑眯眯地拍他的马屁，我说："涂医生，我知道你是老资格了，现在医院里的领导也好，医生也好，护士也好，都是你手把手教出来的，都是你看着他们长大的，你只要一句话，我们看病就方便多了。"涂医生心里虽然憋闷，但马屁还是愿意吃的，脸色眼看着就好转一些，他说："你也总算会说两句人话了。"我就继续舔着脸吹捧他，他呢，继续沉着脸挖苦我，但是到最后，我知道涂医生还是会把我介绍到其他科去。有时候他心里烦，不想动，就打个电话过去，也有的时候，他心情好一些，还亲自领着我和我的病人一起去。医院里其他科的医生护士都很认涂医生的账，也许大家觉得涂医生受委屈了，是医院的牺牲品，也是大家的牺牲品，所以对他特别客气，凡是涂医生托付的事情，他们都认真对待，这就很造福于我和我的病人了。

有一天我又陪一个病人去乡医院，我们在水码头等船，大家有一搭没一搭地说着话，忽然就听到七队的老周"哎呀"了一声说："不对呀，今天七男一女，不能走。"大家顺着他的话把各人和自己都看了一遍，果然是七个男的一个女的在等船。老周的脸就拉了下来，说："不行，这样不行。"他指了指那个女的说"要不你去搭拖拉机吧。"女的说："我才不，我不喜欢拖拉机，颠得屁股痛。"老周的脸又拉了拉，说："要不你再等一等，搭别的船吧。"女的又不依，说："我有急事，我不能等，要等你自己等。"这时候船来了，大家都抢着上船，没有一个人肯拉下来等下一趟，船家也不肯开船，说："八仙过河？我这小船怎敢载你们？"我灵机一动，赶紧说："加上你，就是九个人，不是八仙了。"船家说："我不算的。"老周也说："他不能算的。"农民就是这样认死理，七男一女就是八仙，谁也不敢和八仙比高低，又怕得罪了八仙，又不肯牺牲自己一点点，哪怕比别人晚走几分钟也像是吃了大亏似的。我倒没他们这么顽固，我可以让出来让他们先走，可我的病人不同意，还批评我不顾他的死活，真是拿他们没办法。

结果大家就僵着了，幸好不多久后又来了一个人，是个女的，她站在岸边，既不上船，也不走开，我起先也没注意她，后来定睛一看，才认出她是吴宝的女人。但我没想到她变得这么厉害，脸色憔悴，神情恍恍惚惚，船家问她上不上船，她有点语无伦次地说："我来看看，我来看看。"不知道她来码头这里看什么，要是她想看看吴宝有没有搭船回来，也应该在下午来看呀。后来大家就动员她上船，大家跟她说，你要是想找吴宝回来，等是等不来的，只有主动到乡里去找。吴宝的女人听了，一边呆呆地摇头，但她的脚却不由自主地跨上船来了。她这一上来，船上就是七男两女，不再是八仙了。船家也没再说什么，就开船了。

涂医生不在门诊上，我熟门熟路去病房找他。正好那天伤科病房在撤换病房用具，老的病床一律换成那种可以摇起来放下去的多功能新床。涂医生对我说："万泉和，听说你们的医院也扩大了，我们这里的旧床不要了，你拖几张回去吧。"我看看那些床，涂医生说："说是旧床，其实用了没多久呢，领导翻新花样，要跟人家比硬件，又要换掉它们。"我赶紧上街找村里摇船或者开拖拉机出来的人，要他们帮我搬床。在街上我又看到了吴宝的女人，她茫然四顾，目光游离，不知道在看什么，我明明已经走到她身边了，她也看不见我，我上前喊了她，她才醒悟过来，认得我了，但说话却还是语无伦次："万医生，我没什么事。"我并没有问她有什么事，她却显得心虚，好像有什么事要隐瞒我。其实她也不用隐瞒，她的事情，后窑村的人没有不知道的。吴宝如今年纪也一大把了，还是不改花擦擦的毛病。他过四十岁生日那天办生日酒席时，有人阴险地送了一副对子给他，上联是"阅尽人间春色"，下联是"尝遍天下美味"，还有横批："三花烂漫"。

这"三花"是有典故的，从前裘二海当大队支书的时候，也喜欢女人，他还跟吴宝暗地里较劲，最后经大家评比，裘二海只有"二花"——心花卵花嘴不花，而吴宝则胜他一筹有三花——嘴花心花卵更花。吴宝接到这副对子，笑眯眯地照收不误，还夸人家句子写得好，字也漂亮。不过吴宝现在也多少有些改变，过去他喜欢大姑娘，但现在大姑娘少了，他就跟有夫之妇好。但不知道这样麻烦更多，大姑娘出了事情，一般家里都不敢吭声，吭了声就难嫁人，就像当年的刘玉，最后被嫁得那么远，听说她第一个姓吕的男人绰号叫吕麻子，我没见过，不知道是不是真的有麻子，如果真的有麻子，刘玉可就亏大了，真是鲜花插在驴粪上。后来刘玉带着小哑巴住在我家的那一阵，我几次曾经想问她，但终究没有问，万一人家真是个麻子，我不是有意戳刘玉的心境么。

而有夫之妇的情况就不一样了，男人知道了，谁肯善罢甘休？很多次吴宝家被人吵上门来。每次有人吵来，吴宝就溜走了，只有吴宝的女人出面接待，总是好烟好茶相待，笑脸赔尽，好话说尽。人家好歹看在吴宝女人的面子上，一次次饶过了吴宝。

其实吴宝的女人早在嫁给吴宝之前就已经了解了他的脾气和习惯，这么多年也相安无事，吴宝在外面花擦擦，她安心在家里带女儿，吴宝回来也好，不回来也好，她都不闹意见。不像有的女人，知道了男人婚外的那些事情，闹得天翻地覆，寻死觅活。但是近一两年情况发生了变化，大家经常看到吴宝的女人到处跑，她丧魂落魄，跌跌冲冲，明明是在找吴宝，她却不肯承认，总是说自己没有事没有事，让人看了心里很不好过，都觉得吴宝做事情太过分，老都快老了，还不肯悔改，不知以后会不会遭报应，也不知道会遭什么样的报应。

吴宝的女人跟我说了“我没有什么事”后，就急急地走开了，我心里有些不忍，追在后面说：“吴宝在影剧院。”我没有瞎说，早晨上街的时候，我听我的病人说的，吴宝最近和影剧院的收票员好上了，天天泡在影剧院，像上班一样准时。吴宝女人停下了脚步，好像在想什么，过了一会她转过身来问我：“万医生，你是不是知道我在找吴宝？”我差一点说：“不光我知道，大家都知道。”不过我没有忍心说出来，她却自己说了：“我知道，其实大家都知道，我在找吴宝。”我忍不住说：“这么多年了，你也没找过他，现在为什么要找他呢？”吴宝女人没有直接回答我，目光散乱地喃喃自语：“女儿要有爸爸，人家小孩都有爸爸，我们家媛媛没有爸爸，我要把爸爸找回家。”我才想起，吴宝的女儿吴媛媛已经长大了，大概妈妈能够忍受的事情女儿不能忍受了。这也难怪，以吴宝这样的名声，吴媛媛以后找对象都不好找。吴宝的女人真是个奇怪的女人，过去为了男人，她可以忍辱负重，现在为了女儿，她又要含辛茹苦。我真想劝劝她，可是我劝什么呢，我什么话也不好说。我眼看着吴宝的女人听了我的话往影剧院去了，一直等她走远了，我才想起我把自己的事情给耽误了，我赶紧回到医院，我怕那些不出钱的床会给别人抢去。果然，涂医生一看见我，就说我："万泉和，你到哪里去了，要不是我替你守着，这些床早被别人抬走了，你找到船了吗？"我只好骗他说："我找到了，不过现在正在派用场，下午空出来就来装床。"涂医生说："我没时间替你守了，你自己守着吧，你走开了，别人拿去我可管不着了。"涂医生走后，我就留下来守在床边上，一步也不离，有两个住院部的护工，很眼红，他们想把我哄走，可以乘机把床搬走，一会问我饿不饿，叫我去吃饭，他们愿意替我守着的。我心想你们还不是黄鼠狼给鸡拜年，我说我不饿，他们不相信，都快一点钟了，肯定饿了。我说我是饿了，麻烦你们给我带份盒饭来吃，他们的阴谋没有达到，就支支吾吾地不肯。但是我这样一直守下去也不是个事情，没有人会来接替我，更没有人会来帮助我把床搬回去，我正心急如焚，忽然就看到吴宝的女人在门口朝里张望，我喜出望外，赶紧喊她，吴宝女人一看到我，赶紧过来谢我说："万医生，谢谢你，吴宝真的在影剧院，我找到他了，他答应今天晚上回去，明天我们家媛媛过生日。"我心想吴宝的答应你能相信吗，但看吴宝的女人那么高兴，我也不忍心泼她的冷水，何况我还惦记着我的床呢，我请吴宝女人替我看一下，我要去找船，吴宝女人说："不用找了，船已经停在码头了，下午四点钟回去。"她找到了吴宝，情绪明显地好起来，主动帮我去叫了几个上街办事的男劳力，替我把床装到船上，吴宝女人还替我带了一份盒饭，我要给她钱她也不肯收。我在心里盘算了一下，一共有四张床，可我那里最多可以放下三张，还多余一张，我跟吴宝女人说："我多一张床，你要吗？"吴宝女人不敢相信，疑疑惑惑地说："万医生你真的送给我？"我说："我只要三张。"那几个男劳力也很想要，但我先开口给了吴宝的女人，他们心里痒痒的，就希望吴宝的女人让出来，可吴宝的女人欢天喜地地摸了摸床，说："谢谢万医生，我们家一直少一张床，我们媛媛一直睡在竹榻片上，一翻声就吱嘎吱嘎响，冬天冰冷冰冷的，现在好了，我们家媛媛有床睡了。"吴宝的女人真喜欢女儿，她的喜欢从内心溢出来爬满在脸上，就像我爹喜欢小哑巴一样，他说不出来，意思就从脸上露出来了。

我们回到后窑，先到医院，把我的三张床放下，然后船开走了，最后那张床，是怎么搬进吴宝家的，我没有看见，但我可以想象吴宝女人在给女儿搭床时的高兴，我想着想着，自己也高兴地笑了笑。大概一般的好人都是这样的，别人高兴，自己也会高兴，如果是坏人，就反过来了。

我的床也受到了小哑巴的欢迎，他们现在不用跟我挤在一张床上了，他们还可以每人有一张床，我嫌他们烦，想乘机把他们的床搭到墙门间去，可小哑巴坚决不同意，一定要和我、和我爹挤在一起，一间屋子里搭了四张床，真是济济一堂。

第二天是吴宝的女儿吴嫒嫒过生日，我也不太清楚她有多大了，按时间算恐怕也快二十了吧，而且我也记不得这事情，虽然头一天吴宝的女人跟我说过，因为吴嫒嫒过生日，吴宝答应回家，但毕竟他们家的事情离我比较远，我也不会放在心上的。可没想到到了这一天的下午，吴宝家就出事情了，吴嫒嫒喝农药自杀了。

先是一群慌慌张张的农民奔跑着把吴嫒嫒抬来了，可我一看她的样子，我的心和手都抖得把握不住了，我虽然心慌意乱，但还知道这时候应该立刻给她洗胃，可吴嫒嫒的眼睛瞪得大大的，牙关却咬得紧紧的，怎么也弄不开，我就不知道怎么办了。紧接着吴宝的女人也追到了，她扑通一下就跪在我面前，上牙敲着下牙说："万医生，万医生，救救嫒嫒，救救嫒嫒，嫒嫒没有了，我也不活了——"再紧接着裘雪梅也闻讯赶来了，一看这情况，知道不对头了，果断地说："万泉和不行的，马上送乡医院。"但是送乡医院用船用拖拉机都太慢了，裘雪梅赶紧差人去借了一辆摩托车，吴宝的女人已经吓傻了，只会紧紧抱着吴嫒嫒哭，大家叫她放开女儿，先坐到摩托车后座上，再把女儿交给她抱着，可她却抖得怎么也坐不住，坐上去就跌下来，更不要说再抱这么大个女儿了。裘雪梅赶紧换了个办法，由他抱着吴嫒嫒坐在摩托车后座去医院，吴宝女人还紧紧抱着女儿舍不得放开，最后裘雪梅凶狠地大喝一声："你要不要你女儿的命了？"她才吓得放开了手，这时候第二辆摩托车也来了，就这样裘雪梅抱着吴嫒嫒在前面那辆车上，我和吴宝的女人挤在后面这辆车上。我很少有机会这么紧密地坐在女人身后，因为后座本来是坐一个人的，现在坐了两个人，就挨得紧紧的，前胸贴后背了，贴得我心里乱起来，手心里直冒汗，就在我纷纷乱的时候，忽然间听到了吴宝女人的抽泣声，我猛地一惊，清醒过来，赶紧在心里打了自己一个耳光，又骂道："都要出人命了，你还下流！"打过骂过之后，我的心老实了一点，我赶紧屏息凝神，集中注意力，让自己心里只有一个念头：快点！快点！

摩托车飞快地到了乡医院，正是下班的时间，还好医生和护士都被我们堵住了，没走得了。人抬到急救室的时候，还清醒着，眼睛也还睁得大大的，大家一直吊在嗓子眼上的心稍稍地放下了一点，医生护士态度并不好，一个硬呛呛地问："什么病？"一个硬呛呛地答："喝药。"那一个说："又喝药？"这一个说："他们喜欢喝罢。"那一个又说："他们喜欢喝自己喝就是了，喝下去就别来找我们。"这一个说："今天又要加班了。"他们就像在拉家常，既不着急，也不担心，我听了他们的对话，觉得心里怪不好受，觉得他们对一个生命垂危的人没有多少感情，可他们还在议论，这一个说："喝药也会传染吧，今天这是第三个了。"那一个说："嘿，他们就这样，明明不想死，偏要吓唬人，要是真想死，你不能躲起来喝？"我听了后又觉得挺理解他们的，在农村的医院工作就是这样，除了正常的看病，抢救自杀的人也成他们的日常工作，家常便饭了。在乡下农民自杀似乎是一件很普通的事情，投河上吊，尤其是喝农药，当饮料似的，一点小事想不通，拿起来就喝，真是给医院增添了许多麻烦。

医生护士一边议论着，一边开始抢救吴嫒嫒。抢救的办法我知道，就是洗胃灌肠，把药水灌下去，吊她的胃，让她胃里难过，就把喝下去的农药全吐出来，只要毒性没有进到血液和心脏，人还有得救。可谁也没想到，人还清醒着的吴嫒嫒却紧咬牙关，坚决不松口，拒不接受洗胃灌肠。吴宝女人看到这情形，又"扑通"一声给我和裘雪梅跪下了，说："裘书记，万医生，求求你们快去把吴宝找来，吴宝不来，我们家嫒嫒不肯洗胃。"还是吴宝的女人了解女儿，医生护士都在骂人，我们眼看无计可施，裘雪梅拉了我一把，说："走，找吴宝去！"我们一路奔出来，两辆摩托车载着我们在街上乱冲乱撞，我们跑到文化站，问吴宝在哪里，文化站的人光是挤眉弄眼，坏笑，我急得说："你们别卖关子了，吴宝的女儿喝药了，吴宝不到，她不肯洗胃。"文化站的人这才告诉了我们。我们按照他们的指点，去敲那个影剧院收票员家的门，开始里边没有声音，我在外面大喊吴宝，我说："吴宝，我知道你在里边，你快出来，你家里出事了。"我还担心直接说了吴嫒嫒喝药会吓着他，所以只是含糊地说了一下，但吴宝仍然不出声，裘雪梅也厉声喊了起来："吴宝，你给我出来！"我们又拼命敲门，大约过了几分钟，吴宝慢慢吞吞开了门出来了，看到我和裘雪梅，还恬不知耻地笑着说："裘书记，你是后窑的书记，捉我的奸捉到街上来啦？这里不归你管呀。"他的身后站着一个女人，脸上也是笑眯眯的。一向有风度讲道理的裘雪梅气得上前一把揪住吴宝的衣服，拖着他就走。吴宝说："干什么干什么？你是派出所啊，派出所也不捉婚外恋。"裘雪梅脸色铁青地停下来，也放开了吴宝的衣襟，一字一句地跟他说："吴宝，你听好了，我只说一遍，你女儿喝药了，现在在乡医院，你不到，她就不肯接受抢救，你自己看着办吧。"说完这句话，裘雪梅不再看吴宝一眼，转身就上了摩托车，我看到吴宝的眼色有些慌张起来，好像想问我什么，我也向裘雪梅学习，丢下冷冷的一眼，上了另一辆摩托车，跟裘雪梅走。吴宝在背后说："嘿，是我老婆找你们的吧？想把我骗回——"但是他说了半句，就不吭声了，我们的摩托车发动起来，刚窜出去了一段，吴宝已经追上来了，他扯住裘雪梅的摩托车，把摩托车手和裘雪梅都拉了下来，自己开着车一下子就窜出去老远，很快就把我们扔在了后边。等我们赶到医院时，就看到吴宝跪倒在女儿面前，紧紧抓住女儿的手，女儿的嘴已经被撬开了，药水也灌了进去，也吐过了，但人却昏迷了，医生直摇头，吴宝的女人已经晕过去了，躺倒在地上，也没人来得及顾她了。

吴媛媛终因抢救太迟，没能救得过来。他们家那天到底发生了什么事，在很长的时间里没有人知道，因为吴媛媛死后，吴宝的女人就走了，谁也不知道她到哪里去了，吴宝到她的娘家去找过，也没有找到，她彻底地失踪了。而吴宝自己，更不可能向别人提起这个话题，也没有人忍心去问他这件事情。这件事情就像一个谜，一直埋在大家的心里。

后来吴宝彻底地变了一个人，他不再花擦擦，也不再到处乱混，他离开了乡文化站，重新找了一份工件，省吃俭用，几年后把家里的房子重新翻造了，又去领养了一个三岁的女孩。做完这些事情，他把养女暂时寄养在哥哥家里，自己就出去寻找女人。吴宝在外面找了几年，最后到底把女人给找回来了，可是女人已经疯疯傻傻，老是叫养女"媛媛"，老是说："我真恶，我从来不骂她的，那天她过生日我骂她干什么？"就像大家知道祥林嫂说："我真傻，我以为冬天没有狼。"她自己也说，我像祥林嫂了。吴宝的女人是有点文化的，可怜的她，就因为年轻时没有听爸爸妈妈的话，死心塌地地跟了花擦擦的吴宝，不仅背井离乡，远嫁异地，结婚几十年吴宝脾性不改，她只能以泪洗面。后来有了女儿，她的人生总算有了光明和安慰，谁知最后连唯一的女儿也离开了她。她的一生也就此了结了。

吴宝带着她到处治病，她的病是个无底洞。吴宝是个能人，会挣钱，但他挣多少，就用多少，全部用在给女人看病上了。几年以后，他们的养女也长大了些，她很懂事，知道安慰妈妈，这使得吴宝女人的病情慢慢地有所好转，她开始点点滴滴把当年的事情说了出来。虽然她说话前言不搭后语，但听的人大概都听懂了。吴媛媛过生日那一天，吴宝回来了，还给女儿买了生日礼物，可后来忽然来了一个电话，吴宝就魂不守舍了，说有重要事情要走。吴媛媛说，我知道又是野女人找你了。吴宝说，你妈都不管我，你管我？吴媛媛威胁他说，今天你要是走，我就死给你看。吴宝还嬉皮笑脸说，你死了我再养一个。就真的走了，吴媛媛也就真喝了农药，医生说得不错，喝药水的人有许多是不想死的，吴媛媛也不想死，所以她喝下农药后对妈妈说："妈妈，你们要是不想我死，就赶快给我灌肥皂水。"她说的是"你们"，但当时她身边只有她妈妈一个人，应该说"你"，她却说"你们"，可见爸爸在她心目中的位子。

这是好多年以后的事情了，我还是回到现在吧。吴媛媛的死，本来跟我们万氏医院是没有关系的，即使我能够临危不乱，立刻实施抢救，吴媛媛也一样会咬紧牙关不让我给她洗胃，所以我救不了她，就和乡医院救不了她一样。

我们都没有犯错，但令我料想不到的事情却还是发生了。开始我还没有注意到什么，是小哑巴启发了我，以前病人比较多或者说我们的营业比较正常的时候，小哑巴是不干预我的医疗工作的，他们该干什么干什么，对我们的病人他们基本不屑一顾，但不知从哪一天开始，小哑巴就守在了我们院门口，像两只呆头鹅，伸长了脖子朝来路上望，从早望到晚，一看到有病人来了，他们就兴奋地"阿爸阿爸"着冲上前去，一人一只手，拉住病人，然后又一路"阿爸阿爸"地叫唤着把病人拉进来。渐渐的，坐在院子里边的我，每天就像是等待小哑巴的信号，听到"阿爸阿爸"就知道来病人了，再渐渐的，"阿爸阿爸"的叫唤声越来越稀少，我开始还纳闷呢，怎么小哑巴的兴趣又过去了？后来才渐渐地发现，原来是我们的病人在减少，我坐在院子晒太阳的时间多起来。后来天气有点阴了，曲文金到前院来收衣服，看我还呆呆地坐在那里，她忽然既没头没脑又支支吾吾地问我："万医心，小哑巴没心（生）病吧？"小哑巴好好的，吃得下睡得着，她这话又是从何问起的呢。我反问她："你说哪个，牛大虎还是牛二虎？"结果曲文金说了一句更莫名其妙的话："他们两个不都戏睡的医院丢掉的壮（床）吗？"我说："是呀，怎么啦？"曲文金这话大概已经在肚子埋藏了好久，现在既然憋不住说开了头，就不再遮遮掩掩了，她刁着舌头激动地说："万医心，我还戏告诉李吧，村里好多人都在讲，吴媛媛的死跟李有关系。"我以为他们怪我没有当时就抢救她，我有点急，也有点冤，我赶紧解释说："曲文金，你那天也在场，你都看到的，吴媛媛不肯接受抢救，最后才——"曲文金说："不戏说抢救的事情，戏说喝药水的事情，一个大姑良（娘），好日己还没开头呢，怎么忽然就走了绝路呢？"我说："那我也不清楚，据说是气她爸爸——"曲文金说："她气她爸爸也不戏一天两天了，再说了，要说气，应该吴宝的吕银（女人）更气，她怎么没有喝药水，反倒吕（女）儿喝了？"说到这儿，曲文金的眼睛里流露出恐惧和鬼鬼祟祟的神色，她还四下看了看，还压低了声音说："万医心，那天晚上，她睡了那张壮（床）。"我一时没有明白，还问："哪张床？"曲文金说："就是李从医院里拖回来送给她家的那张壮（床），他们都说，那张壮（床）不干净。"她说出来的时候，浑身一颤，我听她说出来，也是浑身一颤，还起了一身鸡皮疙瘩。因为我知道曲文金所说的"不干净"，可不是一般意义上的脏和不干净，而是一种迷信，说白了就是他们认为曾经有人死在这张床上，而且是冤死的，冤死的人鬼魂是不肯走的，要向下一个人索命，吴媛媛的命就被索去了。我虽然浑身起了鸡皮疙瘩，但我不服气，我说："那我们家小哑巴睡的也是医院的床，怎么好好的呢？"曲文金说："他们说，有的壮（床）干净，有的壮（床）不干净，他们还说李把干净的壮（床）给自己留下，把不干净的壮（床）送给了吴宝的吕（女）人。"我更不服气这种说法，我说："天地良心，床都是一模一样的，我怎么知道哪张床干净哪张床不干净？"曲文金张了张口，却没有把要说的话说出来，但我看得出她还有话说，她不说出来，我心里更着急，我赶紧跟她说："你说，你说。"曲文金下了下决心才说了出来："他们说，他们说李小时候就是鬼眼，李能看得见——"她的话还是没有说完，但她的这半段话已经让我浑身又起了一层鸡皮疙瘩，加上前面起的那一层，有两层鸡皮疙瘩盖在我身上，我浑身麻酥酥的，感觉脑袋都麻木了，鬼眼看得见什么？就是看得见鬼罢，再说得白一点，他们认为我看得见那张床上死过人，我看见那张床上有鬼盘踞着不肯走，所以自己不用，送给了吴宝的女人。我觉得这太冤枉了，本来就是迷信的事情，本来就很荒唐，还被他们说得这么有板有眼，有根有据，还拿出我的“历史问题”加以证明，我一气之下追问曲文金：“谁这么瞎说八道？”曲文金说：“他们个个都在说，说得我也有点相信了。”我说：“你告诉我，到底是谁先说出来的？”曲文金说：“是胡喜（师）娘。”我说：“胡师娘？多年不见她个鬼影子了，她不是早就出去走江湖了么，怎么又回来了？”曲文金说：“我没有看见她，戏他们说她回奶了，吴宝的刁（爹）妈去请她，她到吴宝家一看，就看明白了。”我说：“曲文金，想不到你也会相信。”曲文金说：“我本来戏不相信的，可是他们越说越像真的了，还说胡喜（师）娘能够看见那个死鬼的样子，是个大肚比（皮）女人。”我说：“胡说，这床又不是妇产科的，是伤科的，是涂医生送给我的，怎么会有大肚子死在上面？”曲文金摇了摇头，噤若寒蝉。我自己话一出口，也已经察觉到了自己的荒唐，我不是不相信迷信的吗，怎么会说出这种话来，以我这样的想法，如果胡师娘说床上的死鬼是个伤科病人，这说法不就成立了吗？我跟曲文金说：“难怪你也被弄糊涂了，就是我，被你们这么说来说去，脑子也乱了，也会犯错误。”一阵阴风吹进院子，连桑树地里的“沙沙”声也跟着进来了，曲文金打了个冷战，说：“我吓丝丝的，我进去了。”急急地逃进屋去。我心里还有许多话憋着，曲文金走了，我只得喊住小哑巴，我问他们：“牛大虎，牛二虎，你们说，这世界上到底有没有鬼。”小哑巴相视一笑，笑得鬼鬼的，他们又把我拖到屋里，拍着那两张从乡医院拖回来的床，他们拍一拍，我的心就跳一跳，他们乐得又是比划又是“阿爸阿爸”，我知道他们在嘲笑我，害得我疑神疑鬼，差一点把那两床给扔了。但最后我没有扔掉那两张床，要是扔掉了床，小哑巴就挤到我的床上，他们天天晚上踢我的屁股踢我的腰，他们正在渐渐地长大，力气也渐渐地大起来，一脚踢上来，还真厉害呢。

虽然吴宝没有听信胡师娘的话来找我算账，可我心里却隐隐约约地结下了一个疙瘩，我自己怎么解也解不开这个疙瘩。有一天我出诊经过胡师娘住的那个村子，经过胡师娘家，我有点意外，大家都说胡师娘在外面跳大仙跳发财了，我以为她家已经造起了新房子，可到了跟前一看，仍然是那座又低矮又破烂的老房子，我不知道胡师娘是装穷还是没有钱造新房子，如果她真的没有钱造新房子，那说明她跳大仙的效果并不太好，所谓“跳大仙跳发了”就是吹牛吹出来的。说心里话，我看到胡师娘家的破房子，心里颇觉安慰。你们会以为我这个人眼皮薄，看不得别人发财过好日子，可胡师娘不是别人，她是胡师娘，她要是发了财，就证明有许许多多的老百姓上了她的当，受了她的骗，所以我的思路就是这样，别人家应该造新房子，胡师娘家就算了吧。

我看到一个老太太坐在门前，我知道她是胡师娘的老娘，我还是上前跟她打了个招呼，我说我是万泉和，是万泉和万医生，她却告诉我说，她妈妈胡师娘不在家。我忍不住哈哈地笑出声来，明明她自己是胡师娘的妈，她却管胡师娘叫妈。这种跳大仙的人家，我搞不懂他们，朝他们屋里看看，阴森森的，一副破败没落的样子，我既有点发怵，也有点于心不忍，本来我经过胡师娘的家时，肚子里装着一大包的气，现在想想也算了，跟胡师娘生的什么气呢，她本来就不是一个讲人话的人。我这话并不是骂人，这是胡师娘的职业，她是代表大仙说话的，所以她说的不是人话。可令我没想到的是，胡师娘的老娘却对我说：“我妈妈让我转告你，虾有虾路，蟹有蟹路，人不犯我，我不犯人。”我觉得真是莫名其妙，这话本来应该我对她说的，现在反而她对我说了，我听了还心虚。

我只好抱着这两句至理名言回去了。还没有走进院子，就听到曲文金在院子里刁着舌头大声说话，听得出她很兴奋，我跨进院子一看，原来是裘奋英回来了，裘奋英喊了我一声万医生，我说：“万万金呢？”裘奋英说：“他工作忙，抽不出空。”裘奋英老是皱着眉头，她的腿病越来越严重了，隔三差五就会流脓淌血，治疗一阵，就好了，但过一阵又来了，好好坏坏，没完没了。我跟她说：“前次你们回来结婚的时候，就已经这样了，你怎么不到城里的大医院去治好它？”裘奋英摇了摇头，说：“治过好多回了，发起来就要住院，一住院就是十多天，把万小三子的钱都花掉了。”裘奋英又说：“医生说，这病是小时候落下的，小时候可能跌了跟斗，跌破了，没有处理好伤口，就留下了病根，慢慢地就变成了骨髓炎，骨髓炎是很难治好的。”裘奋英的话一出口，我不由自主地“哎呀”了一声，我的眼前，立刻浮起了一幕往事，裘奋英小时候跌破了腿，我给她清洗了一下伤口，简单包扎，我还吓唬她，不许她哭，最后我配了几颗土霉素给她吃。说来也是奇怪，我不是一个记性很好的人，过去的事情我记住的并不多，最多也只是一些依稀往事，可裘奋英的这个事情却那么清晰那么明白那么顽固地浮现在我的眼前，这个回忆就成了一个铁的事实压在我的心上了。

曲文金和裘奋英并不知道我“哎呀”的什么，我心虚地瞄着她们，她们却担心地看着我，以为我哪里不舒服了，曲文金还摸了摸我的额头。我本来是想隐瞒的，可曲文金的手往我额头上一放，我隐瞒不住了，还差一点掉下眼泪来，我难过地说：“裘奋英，对不起，是我害了你的腿。”裘奋英和曲文金同时“啊哈”了一声，曲文金说：“什么呀，万医心李说什么呀。”我说：“医生不是说，这病是小时候留下的祸根吗？”裘奋英说：“小时候留下的祸根跟你有什么关系嘛。”曲文金也异口同声说：“戏呀，跟李没关系的嘛。”我不知道曲文金和裘奋英是真觉得跟我没关系还是她们心地善良试图安慰我，总之她们一点都没有责怪我的意思。曲文金还跟我说：“万医心，李不要承担责任的，我们奋英戏骨髓炎，不是撞邪，跟李没关系的。”

对待这样的群众，你说我能怎么办，我只能哭笑不得。

第十五章 祖传秘方在哪里

前次裘奋斗输了官司的时候，有没有咬牙切齿地说过“走着瞧”之类的话，这我不知道。但我想，以裘奋斗的性格，他肯定咽不下这口气，他一定会继续盯住万小三子、盯垮万小三子、盯死万小三子。而万小三在这样的时候，应该倍加小心才对。但万小三子毕竟只是一个初中生，思想境界和处世水平明显比不过人家，他一下子就被胜利冲昏了头脑，狂妄起来，只不过赢了一场小小的官司，他就以为天下任何事情，只要有钱就能摆平。因为他在和裘奋斗斗输赢的过程中，尝到了摆平的甜头，以后他还要继续尝下去。据说后来万小三子发展到胆大妄为，甚至有点无法无天胡作非为了。不过这些事情我并不知道，别说我了，连曲文金裘金才也都不知道，裘雪梅也许听到一点风声，但他不好多说，毕竟万小三子是他的女婿，而且是一个因为有了钱就更加气壮如牛的女婿，他能说什么？更何况，裘雪梅现在已渐渐地失去了早年的风采，虽然他身上仍然散发出阴险的老谋深算的气息，但这种气息已经吓唬不到人了，他开始老去了，曾经红红火火的后窑村的村办企业也开始跟着裘雪梅的年龄一起走了下坡路，基本上是日落西山的状态了，而这时候的万小三子正是蒸蒸日上的万小三子，他见到老丈人裘雪梅，总是笑哈哈地拍着他的肩，称兄道弟，还给他派红塔山香烟。

但有一个人始终关注着万小三子，你们已经猜到了，他就是裘奋斗。

裘奋斗是一个律师，但后来他几乎成了一个私家侦探，没有人雇他，他自已雇了自己去侦察万小三子的问题。万小三子的问题，就跟万小三子的自我感觉“分分钟”一样多，万小三子觉得，只要有钱，分分钟都能解决难题。而裘奋斗呢，只要有决心，分分钟都能抓到万小三子的问题。最后裘奋斗终于抓够了万小三子的问题，打出了一记重拳。

其实，此时的万小三子，已经不堪一击，就算裘奋斗不击，万小三子也会倒下去，但在关键的时候恰好被裘奋斗猛击了一下。裘奋斗以为是他击倒了万小三子，终于吐出了一口又长又恶的气。

万小三子的情况套用麻将桌上的一句话就是，辛辛苦苦大半天，一夜回到解放前。万小三子当然不止辛苦了大半天，从他去东北跑塑料粒子算起，他已经辛苦了十多年了，也照样一夜回到解放前。最难过和最不知道如何是好的是曲文金和裘雪梅，他们把这件事情放在手心里掂来掂去，最后还是觉得裘奋斗太过分了。先前的一次打官司，虽然万小三子让裘大律师丢了脸，但丢了脸好找回来，丢了钱可不容易再挣回来。再说了，那也是因为裘奋斗记小时候的仇，找上门去纠缠万小三子的，责任也不全在万小三子。裘奋斗就因为那次丢了点脸，竟然让万小三子倾家荡产，使得裘奋斗的亲爹亲妈，想起这个儿子，都觉得他像条狼。

倒是万小三子自己想得开，他从城里回来了，大家到我们院子里来看落难英雄。万小三子表现得非常好，真像个英雄，他豪气万丈地劝慰丈人丈母娘说：“多大个事，不就是钱嘛，钱是什么，钱不就是一张纸吗，生不带来死不带去的东西。”但曲文金和裘雪梅并不认为这是件小事，尤其是曲文金，双目乱晃，胆战心惊，好像在等待着更大的事情发生。万小三子知道他们担心什么，他安慰他们说：“裘奋斗以为是他扳倒了我，其实哪里是他，我的倒跟他是没有关系的，他想扳我是扳不倒的，是我自己气数到了才倒的。”他能这样想，曲文金和裘雪梅多少松了一口气，因为他们确实很害怕万小三子再咬牙切齿地去对付裘奋斗，那就冤冤相报没个完了。

万小三子本来就是一无所有的人，他是白手起家，现在又回到从前，他又可以重新开始，只不过是给自己增添了一份人生经历而已。万小三子并没有觉得自己遭遇了灭顶之灾，但他觉得在整个事件中他最对不起一个人，这个人是谁？你们能猜到吗，这个人就是我。等大家散了以后，他推心置腹地跟我说：“万医生，你别拿同情的眼光看着我，我本来就是个脱底棺材，你了解我的，倒下去，我再站起来，站起来，我还会倒下去，倒下去，我又站起来，我倒的时候，你别看轰轰烈烈，对我来说，就像被蚊子叮了一口而已。但我非常对不住你，我倒了，我们的万氏医院就开不下去了，你这医生也就做不下去了。”我赶紧说：“我没事，我没事，我当不当医生都是一样的。”万小三子说：“对你来说是一样的，对我来说可不一样，我能为你做的最后一件事情就是，我手里还抓着一批没有来得及倒腾出去的药，算我送给你的最后一笔心意吧。”我想说，你这点心意，也帮不了我多久，但我没有说出来，我不想拂了万小三子的好意，我收下了他的最后一笔心意，这笔心意让我的医生生涯多维持了两个月。

当时我也不知道万小三子的药是从哪里来的，就不客气地收下了。我这个人你们知道是没有什么政治头脑的，也没有什么经济头脑，更没有什么法律头脑。事后我才知道，万小三子出事，就是因为他采取非法手段买卖药品，从中谋取暴利，裘奋斗也正是从这里打开了缺口，搞倒了万小三子。我拿了他的药，没有出事，也算是我的大幸了。但万小三子明明是搞建筑的，怎么会去倒卖药品呢？这事情说起来又和我有关。当初他衣锦还乡，为了开办万氏医院，他开始接触买卖药品的事情，天生长了一颗经商脑袋的万小三子，立刻从中嗅出了商机，开始了他的“两手抓”，一手继续抓建筑，一手抓药品买卖，一直忙到最后跌倒。这些年许多事情环环相扣，周而复始，因果报应，让我想起来就觉得心里寒丝丝的。

万小三子彻底地跌倒了，我也再一次结束了我的医生生涯。说实在，这些年来，我这个医生当得并不顺利，也不理想，更没有水平，但是时势造英雄，是时代和个人的综合力量一次次把我推到医生的岗位上，又一次次地把我掀下来。

现在我又一次被掀翻在地。这没有什么，农民本来就是在地上的，农民不在地上，那倒是不正常了。我当医生是件不正常的事情，现在我正常了，难道不好吗。虽然有不少人替我惋惜，但我自己想得通，我向万小三子学习，万小三子倾家荡产都当是蚊子叮一口，我不当医生算什么呢，至多只能算是一片树叶砸在头上吧。所以，这医生，不当就不当吧。

不当医生，我就没有了直接的经济收入，但我家还有地，我只要把自家的地种好，全家人也饿不着了，何况像我们这样的贫困户，村里肯定会照顾我们。果然不出我所料，我下台后不久，裘雪梅就安排我进了后窑村的村办企业，这是一家食品厂，做饼干。这个食品厂的前身，就是早年靠万小三子从东北倒腾来的塑料粒子发展起来的塑料用品厂，后来裘雪梅学着别人转产，生产乳胶手套。乳胶手套生产过剩后，裘雪梅把老机器卖了，引进了新机器，改为生产纺织品，这一转两转的，把前面赚的钱全转没了，裘雪梅每一次都等于重新起家，他仍然信心十足，但后来纺织品又卖不出去了，裘雪梅又转了一次，那一次转产的时候，信心就差一点了。裘雪梅还说，转过这次我再也不转了，再转下去，我都不知道自己在干什么了。可后来他还是又转了，又生产过小家电，又生产过长毛绒玩具等等，裘雪梅的精神气也在这一次次的转产中越转越低沉，越转越没落，转到最后，也就是现在，塑料厂变成了食品厂。如果要总结多年的经验教训，说出来，人家会奇怪，哪有塑料厂生产饼干的？这饼干人家敢吃吗？

看着其他村子都发展起来，我们后窑仍然落在贫困线下面，老百姓也都议论纷纷，他们怪裘雪梅不会当干部，人家都说，面孔红彤彤，年终好分红。可裘雪梅想不通，办厂为什么非要请人喝酒、给人塞红包？他就不信这个理。人家来谈生意，他也不摆宴席，人家来提货，他还跟人家斤斤计较，把客户都赶到别的地方去了，结果苦了后窑的老百姓。大家向他提意见，他还犟着脖子不服气，说："我要是面孔红彤彤，你们就要骂我鱼肉百姓了。"大家却说，你鱼肉了百姓，百姓才有鱼肉吃。你们听听，这叫什么觉悟？裘雪梅说："你们说得好听，我要是鱼肉你们，你们就要吃我的肉了。"乡下人确实就是这样的，前福村的一个面孔红彤彤的村长，把村办企业办得火红的，结果却被腰包鼓起来的老百姓告发，撤了职，气得中了风，醒过来后只会说三个字——"王八蛋"。

不过话说回来，也幸亏裘雪梅这么多年不怕麻烦一次次地转产，使得我们后窑村的村办厂好歹还在办着。我进了村办厂，每天上下班可以领工资，加班还可以领加班费，我手头就灵活多了，再说我们家又没有什么大的开销，小哑巴要求也不高，只要喂饱他们就可以了，有条件的时候我就上街给他们买点肉吃。现在乡下条件比过去好多了，许多人家开始办各种各样的酒席，喜宴、寿宴、满月、丧宴、上学、毕业，家里有人外出回来是欢迎宴，或者有人要外出就是欢送宴，总之是争取一切的机会让大家吃一顿，你吃我我吃你，吃来吃去，还争相比阔，甚至摆丧宴吃豆腐饭也要比一比。这样一比，就把宴请的水平提高了许多。逢到有人请，我总是带上我爹和小哑巴，让他们饱餐一顿，可以管上一两个星期呢。开始大家还跟我很客气，可时间一长，他们看不惯我了，总是说我，万泉和，总是你吃我们，还要多带三张嘴，我们什么时候才能吃到你？我总是说快了快了，其实我是应付他们的，因为我自己也不知道我有什么事情快了。

总之你们不要替我担心，我虽然不当医生了，但我家的情况并没有一落千丈，甚至还有了些起色，我爹的身体是一日好似一日，他能撑着拐杖走几步路了，他的手也能动了，能给小哑巴搛菜吃，他的眼皮越来越神奇，隔着好几米，都能听到他眼皮的眨巴声，他的脸色也越来越滋润，看着我爹的好精神，有人甚至跟我说，万泉和，你去照照镜子，你看上去比你爹都老了。我总是在想，说不定有一天我爹突然就恢复成了从前的我爹，但我不知道我爹如果恢复成从前的我爹，他还能不能当医生。除了我爹的身体正在朝越来越好的方向发展，我们的小哑巴也一天天长大起来，很快他们就是劳动力了，而且现在他们越来越聪明，我教他们说话，一学就会，而且咬字又准确又清楚，有时候连我都怀疑起来，觉得他们太聪明了。可是只要我脸上露出一点点疑惑的神情，也就是说，当我刚一发现小哑巴聪明的时候，他们马上又笨起来了，又开始"阿爸阿爸"地乱叫，你怎么教他们说人话，他们都学不会了。他们以为这样我就不怀疑了，其实他们的这种举动，让我的怀疑日甚一日，只不过我没有露出声色给他们知道。他们到底还小，以为玩过了我，其实他们是还玩不过我的。最后要说的就是我了，我不当医生了，许多人认为我失落了，其实我不失落，如果一定要说有所失落的话，那我失落掉的只是负担，只是提心吊胆，我得到的是宁静太平和心安理得。

好日子正在向我们走来，可有一天我做了一个噩梦，梦见小哑巴掉河里了，许多人围在岸上看，指指戳戳，哇啦哇啦，却没有人救他们，我爹站在一边号啕大哭，我怎么劝我爹也劝不住，我心里一急，就醒了。醒来我才发现真是我爹在哭，他坐在自己的床上，看着小哑巴的床，不出声地哭着。天刚蒙蒙亮，我借着微弱的光线看到小哑巴床上空空的，他们所有的东西全部不在了，他们甚至还拿走了我和我爹的一些东西。我跳了起来，大声喊："牛大虎！牛二虎！"

可是没有人会答应我，倒是隔壁曲文金一家被我吵醒了。

天亮起来了，我在村里到处找小哑巴，一路喊着他们的名字，我觉得自己的声音像冬天的西北风，我甚至连村里的每一口水井都找过了，我头朝下，对着井底喊："牛大虎！牛二虎！"回答我的只有我自己的声音，我的声音从井里绕了一圈又回上来的时候，产生了共鸣，使我听起来，觉得这声音颤抖着很厉害。曲文金裘金才他们帮我一起找小哑巴，他们有的跟着我走，有的分头去找，最后我们又都回来了，谁也没有找到小哑巴，我爹的没有声音的哭刺痛了我的心，但同时也提醒了我，我突然想到了我的梦，在我的梦里小哑巴是掉在河里的，虽然我们都知道反梦反梦，但在走投无路的情况下，我尝试着到河边去打捞小哑巴。我借来了长竹竿，在河里掏了又掏，我还让曲文金和裘金才也去借长竹竿帮我一起掏，裘雪梅说："万泉和，你吓糊涂啦，你掏什么掏，小哑巴肯定不在河里。"我确实是吓糊涂了，我说："可我梦见他们在河里。"裘雪梅说："投河的人，或者不小心掉进河里的人，怎么会带上行李包裹呢，他们肯定是逃走了。"到底裘雪梅有经验，我听裘雪梅这么一说，才醒悟过来，我赶紧把好消息去告诉我爹，可我爹仍然哭个不停，我想我爹也许不是在哭小哑巴的死，他是在哭小哑巴的逃走。想到这里，我的五脏六腑都被气愤填满了，小哑巴真不是东西，是两头白眼狼，我和我爹对他们那么好，他们说逃走就逃走，还偷了我和我爹的东西逃走。我一气，就跑到刘玉她爹那里，问他要人，刘玉她爹说："万医生，我早就告诉你，叫你小心刘玉。"我说："你的意思，小哑巴逃走，是刘玉的主意？"刘玉的爹说："那还用问。"我虽然能够接受刘玉她爹的判断，但我心里仍然想不通，我说："既然要逃走，当初又把他们留下干什么呢？"刘玉的爹说："当初他们两口子要出去打工，带着两个孩子不方便，现在他们把天下打下来了，当然要把孩子接过去，你以为你白得两个儿子？"我说："可他们是哑巴，残疾人，刘玉会对他们好吗？"刘玉她爹说："万医生，我说你会上当的，你又上当了吧，牛大虎牛二虎根本就不是哑巴，全是刘玉培养出来的坏种，装哑巴骗取你们的同情，你到底还是没有记住我提醒你的话。"我这才恍然大悟，事后诸葛亮地说："我说呢，怎么有的时候我教他们说话，一教就会呢。"

和我们朝夕相处了几年的小哑巴彻底地从我们身边走掉了，我和爹重新回到了寂寞的日子里，本来我还以为我爹有朝一日就会开口说话了，但现在这个希望离我远去了，我爹不仅紧闭着嘴巴，他连眼皮都不肯眨巴了，就算偶尔眨一下，也完全没有了以往那响亮的声音，这个家里只有靠我多说话，虽然我爹不回答我，甚至不愿意理睬我，但我得说话，要不然，家里就更冷清了。时间一长，我就养成了自言自语的毛病，对我爹说："爹，这样好，我们还省点开销呢。"我又说："爹，还是这样好，刘玉她早晚会把孩子偷回去，要是她再晚几年来，我们陪得更多亏得更大。"我还说："爹，还是这样好，现在小哑巴还没有长大，还没有他们的娘那么聪明，他们只知道偷走你的收音机和我的夹克衫，要是等他们长大了，长得更聪明了，他们把你和我卖了我们都不知道呢。"可无论我说什么，我爹就不反应，我没辙了，就试着反过来说，说说小哑巴的好处，当然我是违心的，但是为了讨我爹的开心，我也只得违心了，我说："唉，要是小哑巴还在多好，小哑巴虽然不是哑巴，是假哑巴，但有他们在，我们家就很热闹。"我爹终于露出了一丝久违的笑容，我知道了我爹的毛病，就有了对症的药，我专拣小哑巴的好处说，有时候被曲文金和裘金才他们听到了，都觉得我很奇怪，以为我出了什么毛病，他们不知道是我爹出了毛病。

我以为小哑巴的逃走，已经是我家走到绝境的尽头了，哪知屋漏还遭连夜雨，不多久我的工作也成了问题，我们后窑村的食品厂因为销售过期食品被查封，最后终于资不抵债倒闭了，裘雪梅也被轰下台去。由前任支书裘二海的孙子裘幸福接替他担任了村支书。至此为止，裘雪梅已经担任后窑村支部书记十多年了，十多年里，他办了一厂又一厂，同时也赔了一厂又一厂，这跟裘雪梅的个性不无关系，裘雪梅自己不喜欢喝酒，就不肯面孔红彤彤，每天都回家吃点粗茶淡饭，结果年终就不好分红了。这分明是裘雪梅跟不上形势，可别人这么说他，他不服，还嘴硬说，什么叫形势，这叫形势？这种形势我宁可不要。结果他就白白忙活了十几年。他真是和他的儿子一样的倔。

裘雪梅下台那天，心情沮丧地回到院子里，可偏偏迎面就给我碰上了，我不忍心看到他下台的样子，想躲开，不料他却喊住了我，跟我说："万泉和，别的没有什么遗憾，唯一的遗憾就是我在职期间没能把我们村的医疗诊所重新恢复起来。"我"咦"了一声，心里顿觉奇怪，裘雪梅一向是反对我当医生的，现在他居然说出当年万小三子说过的话，万小三子被裘奋斗整垮的时候，也是觉得最对不起我。他们翁婿两个，现在倒是心往一处想了。我赶紧拒绝说："裘书记，我不当医生活得更自在，你看不出来吗？"裘雪梅说："万泉和，你错了，我不是为你，从前我反对你当医生，现在我仍然反对你当医生，但是我反对你当医生，并不等于我反对村里建诊所。"裘雪梅又说："我现在很惦记万小三子，也不知道他跑到哪里去了。"我说："说不定哪一天他又大腹便便地回来给我们派烟了。"裘雪梅说："我真希望他能够东山再起，派烟事小，我要求他帮我们把医疗站重新建起来。"我说："裘书记，我们都知道你，这么多年办了一厂又一厂，做了一事又一事，是想给村里多挣点钱。"裘雪梅说："可是我好心做不成好事，我落伍了。"裘雪梅还是个倔，明明是落伍了，但别人说他他不承认，只有他自己可以说自己。裘雪梅当支书比前任书记裘二海当然要好得多，但他毕竟也还是个土八路，死死抱紧怀里的鸟枪，不肯换炮，终于被时代抛弃了。只是等他认识到这一点，已经迟了。

裘雪梅虽然下台了，但他最后还是帮了我一把，他把我介绍到邻村的一家工厂工作，邻村的厂办得比我们村的厂兴旺，收入还高一些。虽然裘雪梅下了台，我却因祸得福，也就不再为裘雪梅下台沮丧了。

裘雪梅在给我做介绍的时候，关照过我，到了那边厂里，可千万别说自己有初中的水平，更不能说当过医生，而且也不要多嘴，因为这家厂只收没有文化的农民，文化越低越好，文盲还最受欢迎，你一多嘴，就会暴露出你的水平。我觉得不可思议，听说外面都已经到了"知本"时代了，他们怎么反而要文化低和没文化的人呢，我问裘雪梅，裘雪梅也搞不清楚，他是只知其然不知其所以然。等我到了那边的厂里，才发现事实果真如此，厂里几乎都是清一色的文盲妇女，男人很少。厂长看到我时，似乎犹豫了一下，他问我："是裘雪梅介绍你来的吗？你读过书吗？认得字吗？"我赶紧按照裘雪梅教的说："我没有读过书，但我认得字，我认得自己的名字。"厂长一双尖利的眼睛对着我看半天，最后他大概被我傻乎乎的样子征服了，朝我点了点头，又问："听说你还没有老婆呢？"我有点紧张，不知道他问这句话是什么意思，裘雪梅事先也没有提醒我碰到这一类的问题我应该怎么回答，我愣住了，脸也涨得有点红，我以为厂长会发现我假冒的身份。不料厂长却满意地笑起来，我从他的笑意才明白过来，他大概觉得，一个人到这个年纪都没有老婆，看起来也不会聪明到哪里去，他可以放心地用我了。果然，厂长就派我的活了，厂长说："你到三车间，到了车间,派你做什么就做什么,别多问。"看我不明白的样子,他又补充一句："祸从口出，听说过吗？"我当然听说过，刚想点头，但随即想起了裘雪梅的关照，赶紧茫然地摇了摇头，我不知道什么叫祸从口出。

三车间是一个灌装车间，有一根粗大的管子从另一个车间通过来，通到我们这边的流水线上，又从无数根的小管子里流出来，我们的工作，就是将小管子里流出来的液体装进一个个的瓶子里，这些黑乎乎的令人生疑的液体让我想起了往事，想起马莉自己配制的那些中药，那些中药曾经让我们放了一个又一个的响屁，那是我们最充满信心最快乐的时候，我们曾经以为响屁能够拯救一切，但最后的事实证明响屁拯救不了任何东西。现在我又看到了这种黑乎乎的液体，我不知道这是什么，是药，还是饮料，或者是什么化学原料，我想问问我的同事，可是裘雪梅和厂长的关照让我闭上了嘴，我的同事，那些不识字的农村妇女，她们更是一个一个的咬紧牙关，别说我问她们她们不会回答我，就是我拿铁橇来撬她们的嘴，她们也不会说出来的。凡有新人进来的那些日子，车间里只有机器的隆隆声和液体流出来的哗哗声，没有人说话的声音。

可我毕竟是个有文化有知识还当过医生的人，我有时候笨，有时候也不算太笨，做了几天工作，我就知道经过我的手灌装的是药液，但我还没有搞清楚这是什么药，是治什么病的，因为除了我们做灌装的第三车间，后面还有一个四车间，那里才是最后的一道关，就是给药瓶子配标签，再加外包装，我只有看到了四车间的情况，才能知道我们生产的是什么药。可我又不能在厂里乱跑，厂里的规章制度很严，不许我们离开自己的车间一步，所以在我亲手灌装了无数瓶药以后，我还没有知道我到底在干什么呢。

可不管怎么说，我还是觉得事情很奇巧，命运把我扔来抛去，事情被我搞来搞去，怎么我总是跟医药有不解的缘分呢？

后来时间长了，当我已经不是新人的时候，我渐渐发现，我的同事原来很喜欢说话的，只是她们不说厂里的事情，她们只说厂外的事情，只说与厂无关的事情，于是，在我们渐渐熟悉以后，有一件事情就成了她们在某一段时间里的中心议题，那就是我的婚姻问题。她们闲操萝卜淡操心地议论我的终身大事，议着议着她们就生起气来，最后矛头一致指向了我，批评我对自己的终身大事不关心，说我是一个没有责任心的人，我觉得她们个个都是万里梅的姐姐妹妹，一谈及这个问题，她们都目光炯炯，抛却了自己的一切烦恼。我忍不住说：“你们很像我们后窑村的万里梅。”我又说：“万里梅有严重的肝病，可这么多年，她对我的婚姻比对自己的肝还关心。”那时候我一点都不知道，我这话一说出来，我的机会立刻就来到了，因为立刻就有人说：“肝病吗？你向老板要一点药给她试试。”可她的话音刚落，她的脸就立刻变得煞白，伸手打了自己一个嘴巴，手起声落，旁边所有的人，顿时都哑巴了。

从此这个妇女就再也没有来上过班。倒是让我知道了我们厂是生产肝药的，后来我还知道了这种药的药名叫特肝灵，除了药液，还有冲剂，都是治肝病的特效药，据说销路非常好，常常供不应求，所以我们也常常加班。我加班的时候，曲文金裘金才他们会替我照顾我爹，我爹现在身体也好多了，能吃能站，还能撑着拐杖自己挪到院子去晒太阳，就差不会说话了。有时候我休息，碰到曲文金裘金才他们也有空闲，我们就在院子里聊聊天，他们很想听我说说我们厂的事情，可是我像我的同事们一样，咬紧牙关，不会告诉他们的。有一次曲文金疑惑地跟我说：“你进的戏保密厂吗？”她这一问，倒把我吓出一身冷汗，事后想想，也颇费思量，一个生产药品的厂，为什么要如此这般地保密呢？这个问题在我心里结下了一个死结，而且越结越大，结得我都透不过气来，我试图解开它，但我不知道怎么去解。

不久我又发现一个比较特殊的情况，我们厂换员工换得特别勤，一般的工人都不会做过半年就走了，不是这个原因，就是那个原因，到时候总会有办法叫你走，再小心谨慎的人，也会有意想不到的问题被抓住。到了我进厂快半年的时候，我正担忧会不会也像别人一样被开除，果然有一天厂长来找我了，跟我说：“你进厂有半年了吧？”我心里一沉，赶紧说：“还没到，还差十几天呢。”厂长说：“你不用紧张，我不会叫你走的，你是裘雪梅介绍来的人，虽然裘雪梅不当支书了，但他从前对我有恩，我答应报答他的。”我放了点心，厂长又说：“其实从你进来那天，我就开始考察你了。”我心里又是一惊，背上觉得寒丝丝的。厂长笑道：“我考察了你半年，觉得你是可以信赖的。”我大觉意外，受宠若惊地说：“其实厂长，我也没有做什么。”厂长说：“在我们厂工作，关键不在于做什么，关键在于不做什么，现在看起来，不应该做什么你都很清楚，你北那些多嘴多舌的女人明白多了，这就是我要的标准。”我不敢吭声，但心里很慌乱，好像做了贼似的。厂长又说：“所以裘雪梅对你的介绍是准确的。”我想问问裘雪梅说了我什么，但是我知道这个厂长不喜欢别人多嘴，我就压住了在肚子里乱跳的好奇心，没有问，结果厂长自己说了出来：“裘雪梅说你有点笨。”这下我有点急了，一急就沉不住气，闭不住嘴了，我说：“我其实也不算太笨。”厂长说：“可是笨的人才正中我的下怀，我就喜欢笨的人。”我赶紧说：“是吗是吗，那我确实是个很笨的人。”厂长高兴得大笑起来，拍了拍我的肩，说：“厂里决定提你当项目经理。”我不知道“项目经理”是什么，又不敢多问，我闭紧了嘴巴，看厂长满意地点头，我偷偷地想，说我笨，也不知道到底是谁笨呢。

当了项目经理，我就不在三车间灌药了，而是坐上厂里装货的卡车，和司机一起去送货。根据厂长告诉我的意思，我琢磨出来，我的工作，说得好听是陪在司机身边，说得不好听是押在司机身边。但我不太清楚这“押”是什么意思，难道厂长怕他开着一卡车的药逃走吗？我们从厂里一直开到南州市，头一次我以为是开到某个药店或者某个医院去，结果发现卡车开到了一个仓库，早有人在那里等候，见车来了，也不跟司机说话，也不跟我说话，就挥挥手挥来几个壮汉，把卡车上的货卸下来，再抬到仓库里，抬完后，拿一张单子交到我手上，就挥挥手让我们走了。我才知道“项目经理”就是押运员的意思。

有一天我们下了货，司机说他在城里有点事情要办，不想我跟着，叫我过两个小时到什么地方上车。我没事可干，顺便在南州城里转了转，没想到没走出几步，就发现前边不远处是同方医院，也就是原来我陪万里梅来看过肝病的第六医院，现在改名叫同方医院了。我看到医院门口是门庭若市，还有很大的广告牌，写的是肝病专科，写着从哪里哪里请来了什么什么样的肝病老专家，但最醒目的三个大字并不是老专家的名字，而是一个药名：特肝灵。

我觉得这个药名好面熟，好像在哪里见到过，定了心仔细想一想，脑袋里豁的一亮，恨得就一拍自己脑袋，我怎么这么蠢，特肝灵，这不就我们厂生产的药吗？我兴奋得失声喊了起来：“是我们厂的，是我们厂的——”旁边的人冷眼看着我，都离我远远的，以为我是个骗子呢。

我兴奋之余，冷静下来想了想，才明白我们厂长为什么要搞得这么神神秘秘，原来厂长真是在做保密工作，怕别人偷去了秘方。我坐车回到厂里，已经到了下班时间，我本来应该往外走了，可又觉得心里的高兴还弥漫着不肯离去，我想我是不是应该把好消息告诉厂长，就朝厂部办公室那边走，走了几步，又停下来，想到厂长不喜欢我们多嘴，所以我就犹豫了，不知道该朝哪个方向去了。正在这时候，我看到一个熟悉的身影从厂部办公室里走了出来，虽然背对着我，但我还是一眼就认出来了！对，你们猜对了，肯定是个女的，如果不是个女的，我不会这么激动，而且她肯定跟我有点关系，不然我也不会这么兴奋，你们猜她是谁呢？刘玉？马莉？不对，你们猜错了，不是刘玉，更不是马莉，她是柳二月。

我一激动，扯起嗓子大声喊："二月，二月！"柳二月头也不回地往前走，我又喊："柳二月，柳二月！"她仍然不理我，我有点伤心，虽然我们现在分开了，但毕竟我们恩爱过一阵子，在一口锅里吃过饭，在一张床上做过梦，现在怎么弄得跟仇人似的，喊她她都不肯理我？我站在那里愣了一会，忽然才想起来，她不叫柳二月呀，柳二月是那个被屠夫捅死了的倒霉女人呀。你对着一个不是柳二月的人喊她柳二月，她当然不会理睬你。我一边埋怨自己蠢一边拔腿要追过去。刚跑出两步，就见我们厂长从办公室出来，挡住了我，说："万泉和，你干什么呢，在厂里大喊大叫的。"我说："我看到柳二月了，我看到柳二月了！"厂长皱了皱目，说："谁是柳二月，我们厂里有柳二月这个人吗？"我才又清醒过来，赶紧说："不对不对，我看见不是柳二月了。"厂长朝我瞪了瞪眼睛，说："你把我当猴子耍啊，有你这样说话的吗？"我早已经知道自己说得不对，赶紧再解释清楚："我看到一个女人，是我的女人——"厂长说："她叫柳二月吗？"我说："她不叫柳二月。"我看到厂长的脸上开始有了笑意，当然那是嘲笑的意思，果然，厂长笑着说："那她叫什么？你的女人你不知道她叫什么吗？"我张口结舌，愣了半天也不知道该怎么回答。厂长就替我说了："想泡女人也不是这么个泡法，改天我教教你。"我的妈，厂长以为我想勾引假柳二月呢。

厂长走了后，我狼狈地站在厂办公室门前那片空地上，我觉得自己像一头饿狼，又像一头蠢驴，总之我在心里把自己臭骂一顿，明明是我的女人，我却连喊她一声都不行，你们说世界上有我这么窝囊的人吗。

我站得腿都麻木了，天也黑了，厂子里负责看门的老头过来跟我说："万泉和，都说你傻，你这傻胆子也太大了，人家那是厂长的老婆，叫白善花，你要叫她柳二月，还说是你的女人，你吃了豹子胆了？厂长没叫你滚，算你运气大了。”

我这才蒙头蒙脑地出了厂门，开始有点迷糊，后来还是辨清了方向，踏上了回家的路程。一路上我就听到桑树地里一阵又一阵的“沙沙沙”的声响，响得我背上一阵一阵起鸡皮疙瘩，颈脖子里也凉飕飕的。我虽然一向对别人的迷信思想嗤之以鼻，但我知道自己也有同样严重的迷信思想，更何况，除了怕鬼之外，我还恰到好处地想起了背娘舅。虽然这些年农村的经济形势好转多了，背娘舅的事情越来越少，但越来越少不等于就一个没有。再说我们这一带的人都知道我在药厂工作，以为我赚了大钱，他们瞎议论倒没事，万一被背娘舅听到了，今天晚上来找我，可正是大好时机。我从恶鬼想到背娘舅，又从背娘舅想到恶鬼，想着想着，那东西还真出来了，它不是在我的背后袭击我，却不远不近地在我前面守着我，天已经擦黑，我看不清它是个什么东西，硬着头皮往前走，它也不动，走到快跟前了，才发现是个人，再往前凑近了看，才认出是吴宝。吴宝蓬头垢面，目光散乱，根本就没有认出我来，我上前跟他打招呼。他愣了半天，才想起我，说：“是万医生。”我说：“吴宝你到哪里去？”吴宝说：“我找我家女人。”吴宝的女人常常犯病，隔三差五就跑出去，也不跟家里人说一声，有时候出去一两天就回来了，有时候几天也不见个人影子，最长的一次，过了一个多月才回来。每次她走了，吴宝就到处寻找，大家都劝吴宝算了，一个疯子，你找回来也没有用了。可吴宝不听，他已经习惯了四处寻找的生活，哪一阵女人在家待着不走，吴宝反而会觉得丢失了什么，无处着落，不知道怎么过日子了。

我很想帮助吴宝，可是我无法帮助他，我要走了，又有些于心不忍，回头再看一眼吴宝，看到黑暗中吴宝的眼睛里闪着幽幽的光，把我吓坏了，脚晃跟跄地逃走了。

看门老头说得不错，我的运气真好，厂长没有开除我。第二天我仍然来上班，第三天我也仍然来上班。我琢磨着看门老头的话，心里也颇奇怪，厂长对我怎么就那么好呢，如果他知道白善花跟我有过一段夫妻生活，他还会对我这么好吗？我想不明白，就不去想它了。这一点你们都了解我，我这个人比较懒，不喜欢动脑子，能不想的事情就尽量不去想它。

虽然有柳二月和白善花这样的事情，但毕竟都是过去了的事情，我不太当回事。我还特意到万里梅家去了一趟，告诉她有一种治肝的特效药，就是我们的特肝灵，效果特别好，我建议她到第六医院去配一点来吃。万里梅纠正我说："万医生，那里已经不叫第六医院，叫同方医院了。"我听出来，万里梅已经去过了，我说："你吃过我们的特效药吗？"万里梅笑眯眯地捧出一些药来，我一看，不正是我们厂生产的吗。万里梅又拿出同方医院的化验单，我一看，从前化验单上的（+），现在大部分都变成了（-），我心里一激动，忍不住骄傲地说："我们厂有秘方的，我们厂有秘方的。"万里梅和她的公公婆婆都感激而又崇拜地看着我。万里梅说："万医生，我早就想来谢谢你了。"我说："怎么谢我呢？你是在同方医院看好的，你虽然吃了我们的药，但要谢也应该谢我们厂长呀。"万里梅说："万医生你就别客气了，大家都知道是你拿家里的祖传秘方给了厂长。"

这下子我又懵倒了。

我觉得我不能再偷懒，该想的事情得仔细想一想了。结果我想得头都痛了，终于在我的混乱的思想里整理出一条清晰的路来：假柳二月为了偷我爹的祖传秘方，和我做了假夫妻，最后她到底偷走了我爹的秘方，交给她的男人，也就是我们的厂长，最后他们生产出了治疗肝病的特效药。

但是我爹哪来的祖传秘方呢，我爹根本就没有祖传秘方呀。假柳二月溜走后我曾经仔细检查了家里的东西，只丢失了一本《黄帝内经》，难道那本《黄帝内经》就是祖传秘方？那也太好笑了。《黄帝内经》是一本书，正式出版的，那就是公开的，算不上秘方。我带着这些疑问去问我爹，我爹瞧不起我，不搭理我，我又去问裘金才和曲文金，他们不来回答我的疑问，倒一叠连声地嚷了起来，尤其是曲文金，刁着个舌头不停地说："万医心，李气鬼（吃亏）了，万医心，李气大鬼了！"裘金才顺着他家媳妇的口气更进一步说："万医生，你应该跟厂长提出来分红，而不是像现在这样拿死工资。"我开始还没有听明白他的意思，朝他看了看，他给我解释说："你这是技术入股。"倒让我对他刮目相看，他也懂技术入股了。

我被裘金才的技术入股弄得心里痒痒的，但我心里的疑团仍然存在，而且像滚雪球一样，越滚越大，我爹明明没有秘方，为什么大家硬说我爹有秘方，如果假柳二月真的偷走了我爹的秘方，她又怎么会说出来，弄得大家都知道，她不是不打自招吗？

我真的头痛起来，到乡医院去看病，在医院门口我看到涂医生和他的女儿涂欢欢在吵嘴。涂欢欢现在在大城市里工作，难得回到乡下来一趟，涂医生还跟她吵架，他真是身在福中不知福，不知道像我这样当没得爸爸的苦恼。我走到他跟前他眼中也没有我，只听他唠唠叨叨地道："一件衣服三千八，一件衣服三千八，你气死我，你气死我。"涂医生的女儿都已经嫁人了，女婿也不是穷人，他竟然还管女儿买衣服。涂欢欢不高兴地说："是我自己的钱买的，我又没用你的钱。"涂医生大急说："谁的钱不是钱啊？你这样大手大脚，我看见了心里不得过！"涂欢欢说："那你就别看见，我又没有让你看见，是你自己要看的。"我听他们一闹，头也不痛了，忍不住"扑赤"一声笑了出来。涂医生恼了，说我："万泉和，你笑个屁，没你的份。"原来他眼睛里还是有我的。我说："涂医生，我是来看病的，听你们一吵，我倒没病了。"涂医生"呸"了我一声，说："呸你个乌鸦嘴，难道我们是你的灵丹妙药？"他说到药，停顿了一下，问我："万泉和，听说你开了一家药厂了，难怪好久不见你了？"我的妈，乡下的风气就是这样，村东头的羊放个屁，到了村西头就是原子弹爆炸了。我心里正考虑怎么向厂长提出分红的要求，涂医生这里已经把我当成厂长了。

涂医生见我愣着，直朝我撇嘴，说："你就这么防我？你放心，我要饭也不会要到你厂里去。"我急了，说："涂医生，你误会了，我没有开厂，我只是一个普通工人。"我急急忙忙把事情的前前后后、包括假柳二月的来与去、包括我爹的根本不存在的秘方等等等等，都向涂医生一是一二是二地说了，涂医生倒是耐心地听进去了，他真是难得对我如此讲礼貌的，中间甚至都没有打断过我，只问了我一句，你爹真的没有秘方？我红口白牙赌咒发誓后，他就点了点头，继续听我说。说到后来，我觉得涂医生的眼睛老是盯着我的嘴角，我怀疑可能我的嘴边有什么东西，我用手擦了一下。涂医生说："不用擦，没有什么。"我说："涂医生，你相信我说的话吗？"却眼见着涂医生心情沉重起来，他继续盯着我的嘴角，答非所问地说："噢，原来是这样。"可我却不知道涂医生说的"原来是这样"是什么意思。

虽然我从涂医生这里仍然没有得到答案，但我轻松多了，因为我觉得我已经把我心里的疑团扔到涂医生心里去了。涂医生不是一个容易接受别人的困难的人，但现在我把我的困难扔给他了。

我轻轻松松地回去了，头一点也不痛了。

第十六章 谁的阵地是谁的

我听说胡师娘回来了，她不再到处流浪，在自己家里摆了场子跳大仙，生意很兴隆，像城市医院的专家门诊，要预约，还要排队呢。不过这跟我没关系，只是当他们说胡师娘神乎其神的故事时，我有些不以为然，我不是吃醋，我是不相信迷信。可我不相信迷信也没有用，很多人相信迷信。连一向崇拜我的曲文金也开始跟着大家一起传说胡师娘的故事了。

曲文金一相信胡师娘，裘金才也就毫无原则地迷失了方向。自从他的儿子娶了曲文金以后，裘金才就失去了自我，像一只跟屁虫，像一只应声虫，永远跟在曲文金后面唯唯诺诺。我们的院子，和村里其他地方一样，都成了胡师娘的广告部。裘雪梅是最坚定的无神论者，他听曲文金裘金才他们绘声绘色说胡师娘的故事，气就不打一处来。但现在他也无能为力，他早就不是村支书了，他曾经去找过现任的村支书裘幸福，可裘幸福说："裘雪梅，你不当支书不知道当支书的难处，我要管许多头等大事，哪有时间去管这些小屁事情。"裘幸福连声老支书都不喊，就直呼其名，裘幸福真不懂礼貌。

其实裘幸福也有他的苦衷，他刚顶替裘雪梅当上村支书的时候，是很知书达理的，他尊称裘雪梅为老支书，可是裘雪梅架不住别人的尊重，裘雪梅没有摆正位子，已经不当支书了，他还以为自己是支书，有事没事往村部去，看到什么问题，都要指手画脚，还要裘幸福听他的，如果裘幸福表示不能听他的，他就生气，说，你不是叫我老支书么，你既然叫我老支书，你就得听老支书的。

害得裘幸福以后再也不敢知书达理喊他老支书，裘雪梅也再不能倚老卖老到村里去指手画脚了。

但裘雪梅毕竟做过那么多年的支书，要彻底忘记自己是支书这个事实、彻底摆正位子，也不是一天两天能做到的。平时村里没有什么事情，太太平平的，他也不觉得自己有什么责任，一旦村里发生了事情，裘雪梅当支书的感觉又会及时地回来。自从胡师娘回来定居，专心在后窑村以及方圆数百里的范围内跳大仙搞迷信，把生了病的群众都弄到她家去乖乖地送钱给她，还对她顶礼膜拜，裘雪梅就要挺身而出跟她过不去。

裘幸福的断然拒绝不仅让裘雪梅大大地丢了面子，也让裘雪梅失去了方向，他本来想把这付挑子撂到裘幸福的肩上，他可以借裘幸福之手去处理问题。可裘幸福硬是不接，结果这个挑子仍然搁在裘雪梅肩上，裘雪梅撂也不是，不撂也不是。他来找我诉苦，他跟我说："万泉和，你难道看得下去？"对于我，其实不存在看得下去看不下去的问题，因为我和裘雪梅不同，我根本不看。我早就说过，胡师娘的事情与我无关，我最多撇一撇嘴而已。裘雪梅对我的态度十分不满，说："万泉和，你和别人不一样，别人可以与己无关，你不能。"我明知故问说："为什么？"裘雪梅说："你是医生。"我"啊哈"了一声。裘雪梅说："你难道能够否认你是医生吗？医生怎么能眼看一个不是医生的骗子给人看病？"我又"啊哈"地笑了一声，裘雪梅从来没有承认过我是医生，这么多年来，别人都喊我"万医生"，唯独他从来没喊过。他对我的不信任，一直是写在脸上，挂在嘴上，从不隐瞒的。现在奇怪了，我明明已经不是医生了，他却硬说我是医生，他真是病急乱投医了。

我不想理睬他。我现在有工作，有饭吃，厂长看得起我，提我当项目经理，我决不会上裘雪梅的当。我想起胡师娘的老娘跟我说过的一句话，虾有虾路，蟹有蟹路，各走各路，我觉得这是有道理的，就拿出来抵挡裘雪梅。哪料裘雪梅听了，脸色立刻沉下来，批评我说："万泉和，你的思想觉悟太低了，虽然虾有虾路，蟹有蟹路，但那都是歪路斜路小路，真正的大路只有一条，她占了，你就走不上去，你占了，才能挤走她。"裘雪梅的话听起来怎么这么熟悉？过去他们经常说，那什么阵地，无产阶级不去占领，资产阶级就要占领了。但是我从来搞不清楚谁的阵地是谁的。我倒是听出裘雪梅的口气，感觉出他要我重新当医生了，我顿时吓出了一身冷汗，这时候我们看到一个女孩子奔到了我们院子门口，立定了直喘气。裘雪梅比我先说出来："是吴丽丽。"我心里想，我也认出来了，你何必非要抢在我前面？

吴丽丽就是吴宝领养的女儿，也就是吴宝的女人始终坚持喊她媛媛的那个女孩，现在她已经长大了，跟当年的吴媛媛一样漂亮可爱。吴宝的女人虽然经常犯疯病，但只要丽丽喊她一声妈妈，她再抱住丽丽喊一声媛媛，她的神志就立刻清醒了。丽丽是个很懂事的女孩子，她知道自己是为了一个死去的叫媛媛的女孩才来到这个家庭的，所以养母喊她媛媛，她都答应。早几年，吴宝也曾经想纠正这个事情，想让女人彻底地从吴媛媛的阴影中摆脱出来，他会在女人情绪正常心情好的时候告诉她，这是我们的丽丽，不是媛媛，可他的话音未落，女人顿时号啕大哭，疯起来就不可收拾。吴宝试了几次，以后就再也不敢提了。

此时吴丽丽神色慌张地看看我，又看看雪裘梅，犹豫了一下说："我找裘支书。"裘雪梅赶紧说："我是。"我提醒他："你不是，裘幸福才是。"裘雪梅脸上一阵发红，他尴尬地跟吴丽丽解释说："我从前是支书。"吴丽丽说："他们让我来找老支书，他叫裘雪梅。"裘雪梅顿时神采飞扬说："正是我，正是我。"我说："吴丽丽，他现在不是支书了，你到底是找裘幸福还是找裘雪梅？"吴丽丽想了想，还是坚持说："是裘雪梅。"裘雪梅赶紧问她："是不是发生什么事情了？"吴丽丽茫然的眼睛里渗出了泪水，她说："我爸，我妈，我爸，我妈——"只看见她的眼泪掉下来，也不知道她要说什么。裘雪梅说："是不是你妈又犯病了？"吴丽丽说："胡师娘要往我妈头顶心上钉钉子，要钉死她。"裘雪梅顿时大怒说："谁让她干的？"吴丽丽说："我爸。"裘雪梅拔腿就跑，吴丽丽紧紧跟着他，边跑边哭："裘支书，救救我爸，裘支书，救救我妈！"我虽然也很慌乱，但我的神志还清醒，我觉得奇怪，人家明明是要钉死她妈，她为什么要说救救她爸？裘雪梅跑了几步，刚要出大门，又停了下来，回过来拉我，说："万医生，走！"我这时候头昏了，我也不知道我该不该去，我去干什么？我去了有什么用？一连串的念头还没来得及在我的脑子里理顺，就听裘雪梅说："万医生，我现在无权无势，没人会听我的话，我还不如你呢，你到底还是万医生。"他的话是事实，他如今确实还不如我呢，我毕竟还是"万医生"，他却早就不是"裘支书"了。他说这话，也分明是贬低自己抬举我，但他不会说话，他的话总是说得不好听，让人听了心里有点别扭，总觉得有什么地方不对头。我说："什么叫还不如我？"裘雪梅说："求求你了万医生，跟我一起去吧，我感觉到要出事情了，我心里急呀！"

我本来是不想去凑热闹的，胡师娘治得了治不了吴宝的女人，她朝不朝吴宝的女人头顶心上钉钉，都跟我没关系。当初胡师娘陷害我，说是我送给吴宝女人的床害了吴宝的女儿，害得我的名声扫地，一落千丈，那一阵还有人躲着我走。但除此之外，毕竟胡师娘跟我没有什么利害冲突，我们只是意识形态不同罢了，我没有必要跟她那样的半人半鬼似人非人的人去较真。但是裘雪梅的焦急打动了我，他确实无权无势，说话没人听，但他没有放弃自己的较真。我知道我较不过他，他要我去，我是逃不走的。我也知道，裘雪梅找我给他助阵，也是没办法的办法，因为除了我，其他人大概都相信胡师娘能够救吴宝的女人。

我们和吴丽丽一起上路了，我们都预感到，今天在胡师娘家，要有一场血腥的战斗了。

来到胡师娘所在的村子，远远地看过去，我简直怀疑自己走错了地方。几年前我来过这里，那时候胡师娘的家虽然破破烂烂，但毕竟还是砖瓦房。几年过去了，她家的老房子拆了，但并没有造新楼房，却在原地搭建了开间很大的土墙草顶房，而且看上去还不像是新造的，弄得很旧的模样。这种房子几十年前在村里就已经绝种了，现在又重新造出来，土墙上贴着各种各式的鬼脸，让人觉得很鬼魅。裘雪梅也看出破绽来了，说："她干什么，装穷啊？"我说："谁知道，反正她的想法跟我们不一样。"吴丽丽告诉我们，胡师娘跟群众解释说，造了新房子，大仙就请不来了，因为大仙走不过马赛克，也不能穿透玻璃，新房子的建筑材料会阻挡大仙到来，只有土墙草顶才能请大仙进来。群众很相信胡师娘的说法，他们还说，胡师娘是真的代表大仙给我们治病，她不喜欢钱，喜欢钱的人，早给自己造新楼房住了。

胡师娘就是这样欺骗群众的。说实在的，她以为自己手段高明，但也只能骗骗没有水平的觉悟低的群众，像我这样的群众，她是骗不了的。

我们到的时候，胡师娘正在指挥着几个人烧一些东西，我看了看，是一块黑布，一块白布，还有一些锡箔，再就是一套厚厚的男式的棉衣棉裤，点火的时候，胡师娘喃喃道："张宝志，你来拿去吧，拿去穿上你就不冷了——"我不知道她说的张宝志是谁，我想了想，没有想起自己是不是认得这个张宝志。

由于我们的到来，使在场的群众起了一点波动，他们本来要看胡师娘怎么救吴宝的女人，现在突然杀出一个气势汹汹的裘雪梅和一个从容不迫胸有成竹的我，他们感觉到事情更复杂了，情况将要发生一些变化了，所以他们的情绪也发生了较大的变化。但在场的所有人中间，没有因为我们的到来而发生情绪变化的有三个人，一个是胡师娘，还有就是吴宝和吴宝的女人。胡师娘根本不把我和裘雪梅放在眼里，而吴宝和吴宝的女人，则是互相把心思放在对方身上。

因为有热情和多嘴的群众，我们很快就知道了事情的经过，原来吴宝一直在替女人治疯病，治来治去治不好，最后只好求助于胡师娘。胡师娘做了许多关目，等到大仙一上身，她就看清楚了，有东西附在吴宝女人身上。这个东西是一个叫张宝志的冻死鬼，她要把铁钉从吴宝女人的头顶心钉下去，才能将那东西钉死。胡师娘还征求吴宝的意见，吴宝说，只要你治好她的疯病，你干什么我都没意见。

几根生了锈的铁钉已经搁在桌子上，虽然群众对我们的到来有些小小的轰动，但胡师娘连正眼都没有瞧我们一下，她正跪在一尊泥塑像前，口中念念有词。我看了看泥塑，我也不认得他是谁，我问了一个群众，群众说："我也不知道，可能是华佗吧。"我一听到华佗两字，忽然就想起了当年，万小三子的父亲万全林送给我一幅对子加一个横批："妙手回春，如华佗再世，手到病除，似扁鹊重生——谢万医生大恩人。"我想起这些往事，有点心酸。胡师娘和"张宝志"交谈过后，为了让群众相信她，她先将烧成了灰的锡箔拌了水喝下去，在群众"噢噢"的敬佩声中，胡师娘开始和吴宝的女人说话，她满嘴理论说："吴宝告诉我，你经常做梦，是不是？做噩梦？是吧，有人追你，有人骂你，是不是？你不要怕，到了我这里，我替你请了大仙，钉死了张宝志，你就再也不会有噩梦了，你听懂了吗？"她细声慢气地劝说着，吴宝倒不耐烦了，急躁不安地说："她听不懂，你快钉吧。"胡师娘"嘘"了一声，说："安心听我说，我们都知道，事物分内因和外因，我现在替你钉死张宝志，小事一桩，但这只是外因，你的内因，要靠你自己努力，怎么努力呢？一个人要是能够保持一种宁静的心态，就可以达到无梦或少梦的境界，也就是我们佛家所讲的入静上乘功夫——"我一听，头都大了，胡师娘一会儿内因外因，一会儿又变成"我们佛家"了，真是胡言乱语。但她的满嘴胡诌，却蒙蔽了相当一部分群众，他们听了胡师娘的“深刻”道理，频频点头，连连称是。胡师娘又进一步发动群众说：“现在我们都知道，卖药的都做假广告，说的比唱的好听，一盒见效，国内首创——”大家都“嘘”起来了，还有一个人说了粗话：“放屁！”胡师娘要的就是这个效果，再煽一把火说：“还有，著名医药博士某某某尽毕生精力研制成功，治愈率达98%——”引来更多的更大的“嘘”声。胡师娘乘胜前进，又从口袋里摸出一盒西药来，举给大家看：“你们看看，这是什么？”有人认出来了，说：“这是罗红霉素。”另一个懂一点医药的人说：“这是消炎抗菌的。”胡师娘点了点头，又变戏法似的又变出了七八个盒子，然后照着每个盒子念到：“罗力得、迈克罗得、严迪、郎素、罗过新——”最后她冷笑了一声，说：“知道这是什么吗？”大家说：“不知道。”胡师娘说：“这都是罗红霉素，一药多名，干什么？骗人啊！尤其是骗我们乡下人。”群众愈发哄然了，胡师娘说：“所以我跟你们说，不能相信啊，现在什么东西都不能相信，只有相信大仙，才是出路，才有救——”我发现胡师娘的水平还真不错，宣传迷信还懂得结合当前形势，难怪群众被她骗得团团转。我急得对裘雪梅说：“你打算怎么办？”裘雪梅立刻就上前对胡师娘说：“胡师娘，不许你害人性命！”胡师娘仍然不看裘雪梅，继续念念有词。雪裘梅愣了愣，不满地看看我，说：“万医生，你说话！”我硬着头皮说：“胡师娘，你这算是在给人看病啊？”我的面子比裘雪梅大一点，胡师娘听我说话，就停止了念叨，从地上站起来，看了看我说：“是万医生？你说我不是给人看病，你是给人看病吗？”我说：“现在说你的事情。”胡师娘说：“我的事情跟你的事情是连在一起的，如果你在后窑好好当医生，大家都到你那里治病，还有我什么事？”她简直是倒打一耙，自己封建迷信图财害命，还把罪责推到我头上，开始还从容不迫的我，一下子就沉不住气，甚至有点气急败坏了，我说：“胡师娘，你现在这么气势汹汹，你忘记当年斗你的时候，你装成一只狗，在地上爬，狗还会说话，你汪汪地叫着说你不是人，也不是东西，你是狗，你还说你是骗子，你说你……”我一气一急，就忘了揭人不揭短的道德，揭起胡师娘从前的伤疤。可胡师娘面不改色心不跳，好像我根本就不是在说她，她用鼻子里的气把我的话喷走了，然后冷笑一声，问我：“万泉和，你比狗强多少？”我说：“人和狗不能作比较。”胡师娘说：“那就是人不如狗，一只狗，你教它看门，它就会看门，你教它咬人，它就会咬人。你呢？你当了这么多年医生，你还在公社卫生院进修过，你学会了什么？”我理直气壮地说：“我会打针配药治病，我不会装神弄鬼。”胡师娘说：“你治好了谁的病？万里梅？你给万里梅吃的药，堆起来比我这座房子都高了吧，把万里梅吃成个老妖精，还有你们村那个万小弟不是你弄死的？万小弟要是活着，早就结婚生儿子了。”胡师娘说得我脸上红一阵白一阵，她还不甘休，继续攻击我说：“还有你爹，你爹明明活着，你偏说他死了，你还要活埋你爹呢，幸亏涂医生及时来了，才救了你爹一命，你厉害，你能干，你比一条狗能干多少啊？”胡师娘说得口角边尽是白沫，我看到这两团白沫才猛然惊醒过来，我从来都没把胡师娘放在心上，更没有把她当成一个对手，她却早已经把我当对手了，竟然准备了我的这么多黑材料，多少年前的事情她都一一记在账上，真是用心歹毒啊。可我面对胡师娘的歹毒用心却哑口无言，因为这些事情确实是我做出来的，我确实还不如一条狗。这一点胡师娘说得有道理，一条狗你喂饱了它，只要不让它学说人话，其他你教它什么它都学得会，可是我怎么就这么笨？我没话说了。裘雪梅生气地瞪着我，我知道他怪我无用，但事到如此，怪我也已经迟了。裘雪梅丢开了我，又去阻挠胡师娘，他说：“胡师娘，你别以为现在你可以无法无天了，现在还是共产党的天下呢。”胡师娘说：“是共产党的天下，可不是你裘雪梅的天下了。”裘雪梅吃了一闷棍，挣扎着说：“好，我去找裘幸福，看他怎么治你！”裘雪梅话说到这儿，我知道他也快黔驴技穷了。

大家都在等着事态的发展，我很担心最后裘雪梅会和我一样下不来台，可就在这时候，有一个人站出来说话了，他就是当事人吴宝。

胡师娘要给吴宝的女人头顶心上钉钉，这是吴宝唯一的也几乎是最后的希望了，现在眼看着大功就要告成，却跳出了我和裘雪梅横加阻挡，吴宝当然着急，他一着急，扑通一声就给我们跪下了，他眼泪鼻涕胡子拉碴，老得像他女人的爹，吴宝给我们磕头，嘴里含糊不清地道：“大仙，大仙，求求你了，大仙，求求你了，救救媛媛，救救媛媛……”看热闹的群众中有人差点笑出来，但毕竟没有忍心，善良地将笑声咽了下去。胡师娘的脸色越来越不好看了，厉声地纠正吴宝说：“吴宝，你说错了，不是媛媛，是媛媛她妈，你要是说错了，大仙会生气的，大仙一生气，就不来了。”吴宝吓得趴倒在地上，涂了一脸的泥，说：

“大仙，大仙，你别走，你别走，你等等我，你等等我——”胡师娘又生气了，说：“吴宝，在大仙面前不许乱开口，只有我能说话，大仙只听我的话。”吴宝转过来向胡师娘磕头，说：“你就是大仙，你就是大仙——”我看着吴宝的样子，心里有点异样的感觉，我又看看被胡师娘绑住的吴宝的女人，她虽然眼睛里含着眼泪，但脸色却是平静的，一点也不像吴宝那样疯狂混乱，我怀疑起来，我说：“你们两个，到底谁是疯子？”我只是脱口说了一句心里话，没想到这竟是一句真理，在场的群众竟然有人拍起手来，说：“万医生，我早就想问了。”顷刻间，我们就听到吴丽丽“呜呜呜”地哭开了。吴宝的女人说：“丽丽，不哭，不哭。”我们听得分分明明，吴宝的女人明明叫的是丽丽，而不是媛媛。我再仔细看吴宝女人的神态，我看不出她有什么病态，我对丽丽说：“你妈的病好了？”丽丽一听，哭得更号啕了，她边哭边说：“是我爸疯了，是我爸疯了，我爸要胡师娘钉我妈的头——”

全场忽然就安静下来了，大家回头看着吴宝，吴宝仍然疯疯傻傻地趴在地上，仰着一张泥脸，目光呆滞地朝大家看着。丽丽赶紧解开了绑住母亲的绳子，胡师娘见势不对，又见风使舵，一把揪住吴宝，让吴宝跪到泥像面前，她自己闭上眼睛，口中念念有词，过了一会，浑身开始颤抖，声音也变成了另一个男声，说：“张宝志，你去就好好地去了，还回来折腾什么，这里没有你要的东西了，走吧，走吧——”她抖到最厉害的时候，声音戛然而止，猛地睁开眼睛，我一看，吓得差点昏过去，她的眼睛里全是眼白，没有眼黑，她的一只黑手掌猛地朝吴宝的头顶心拍下去，同时大喊一声：“张宝志，看你往哪儿跑！”

大家都明白胡师娘的意思，她借了大仙的眼睛看到附在吴宝女人身上的东西，现在到了吴宝身上，胡师娘吩咐几个人用那根绑吴宝女人的绳子把吴宝绑上了。

一场戏转眼间就换了主角。盲目崇拜胡师娘的群众也开始有些疑惑了，胡师娘为了稳住阵脚，只有寄希望于疯了的吴宝，她阴险地跟吴宝说：“吴宝，大仙没那么多时间等你，你到底治不治？”吴宝点头嘟哝说：“治，治，再不治好她，我也要疯了。”

其实，吴宝早就疯了。倒是吴宝的女人比吴宝清醒得多，她说：“吴宝，我们的媛媛早就死了，但是我们的丽丽就是我们的媛媛，你醒一醒吧。”吴宝却醒不过来，他瞪着眼睛说：“你说媛媛死了？你疯了吧，你个疯女人——胡师娘，胡大仙，我给你钱，你赶紧钉啊！”

胡师娘要动手了，她取过那几根铁钉，叫人举起了铁锤，悲剧眼看着就要发生了，可就在这时，悲剧忽然转成了喜剧，我恍惚间看见那个泥塑的像动了，再定睛看，才发现不是泥像动了，而是泥像背后的那块黑布动了，黑布一动，就露出一张老脸来，这张脸我见过，她是胡师娘的老娘，也就是那个早就得了老年痴呆症管胡师娘叫妈妈的老太太。老太太挑开黑布站了出来，朝着大家做手势，我开始没有看懂，后来稍一思索，似乎明白了一点，她在告诉我们，胡师娘的脑子有问题。胡师娘及时地一回头，老太太赶紧收回自己的手，说：“妈，我没说你脑子有问题啊。”她真是此地无银三百两。胡师娘气得说：“你脑子才有问题，你老年痴呆症。”胡师娘又对大家挥挥手说：“别把我妈当回事，我妈有病，医生说，这种病发展起来很快的，最后会把鞋子煮了给我吃，她还说我爹躲在床背后。”老太太说：“他是躲在床背后，我去找他，他就钻到床底下去。”我只觉得脑门子里一阵发热，心里一阵发凉，一个胡师娘装神弄鬼已经够呛，又来了这么个不知是真糊涂还是假糊涂的老太太，她们两个，一个装神，一个装傻，一起糊弄人。乡下人也真够蠢的，竟然也有人敢相信她们。

胡师娘正要赶走老太太，老太太却变戏法似的举出一个录音机来，苦着脸对胡师娘说：“妈妈，机子坏了。”胡师娘脸色大变，也顾不得钉吴宝的钉子了，赶紧推着老娘往黑布后面去，老娘偏不肯走，说：“这里好玩，你不让我玩？我不走，我要在这里玩。”大家都在发愣，还是我和裘雪梅眼明手快，我们俩同时一个箭步抢上前去，裘雪梅扯住了胡师娘，我呢，则立了大功，从胡师娘的老娘手里夺过那个录音机，按了两下，录音机并没有坏，大仙的声音就从录音机里传出来了：“张宝志，你去就好好地去了，还回来折腾什么，这里没有你要的东西了，走吧，走吧——”

老太太“嘿嘿”地笑了，说：“妈，我骗你的，机子没有坏，你听，它还会说话呢。”胡师娘气急败坏地说：“各位乡亲，我今天感冒了，有病的嗓子是不能代大仙说话，所以我才借用了录音机，其实我真的能替大仙说话，你们不相信，我就表演给你们看。”她把录音机关了，让一个助手拿走，掀开黑布让大家看清楚后面再也没有东西藏着了，然后她又跪到泥像前，闭上眼睛，口中念念有词，开始浑身发抖，一个男人的声音果然从她的嗓子里发出来了：“张宝志，我就不相信对付不了你，你要的东西都已经给了你，你还不肯走，就别怪我不客气了——”

但是更多的群众不满意了，他们说，今天的戏不好看，假戏戳穿了。开始渐渐地散去。乘着混乱，吴宝的女人和丽丽一起替吴宝解开绳子，搀着吴宝走出去。吴宝高兴地摸着丽丽的头说：“媛媛，你回来啦，你妈想你想得好苦啊。”吴宝女人对丽丽说：“以后爸爸喊你媛媛，你就答应他。”丽丽懂事地点头说：“妈，我知道了。”

高潮还没有到，戏就结束了，我觉得很没趣，裘雪梅也觉得没有发挥出他的水平，所以当群众扫了兴渐渐散去的时候，我们并没有走。不过我们留下来到底要干什么，我和裘雪梅都不知道，只是觉得在一大群群众中，我们是两个人物，我们不应该和群众一起撤离。

我听到胡师娘的老娘对胡师娘说：“妈，药煎好了，我端过来给你喝吧。”胡师娘说：“不行，煎药不能移地方喝，在哪里煎就要在哪里喝。”转身就往灶间里去，她倒比我这个中医世家的人还懂中医的规矩。我奇怪了，说：“你也要喝药吗？”胡师娘轻蔑地看了我一眼，爱理不理地说：“你懂什么，大仙感冒了，我是替大仙喝的。”她的话完全自相矛盾，刚才说自己感冒了，不能替大仙说话，现在又说大仙感冒了，要替大仙喝药，这种漏洞百出的话竟然有那么多人相信，我想不通，现在的人怎么这么好哄。胡师娘的老娘看到胡师娘进灶间去喝药了，赶紧跟我们说：“你们别听她的，大仙不是我爹。”我正要跟她再纠缠几句，从她嘴里探出更多的实情，忽然就有人拍了拍我的肩，我一回头，看到是裘幸福在拍我。我说：“裘支书，你怎么才来？”裘幸福面孔通通红，嘴里喷着酒气，横着眼睛向四周看了看，说：“你们耸人听闻，哪里出人命了？”我急了说：“是有的，可是刚刚散了。”裘雪梅冷哼了一声：“等支书姗姗来迟，几条人命都丢掉了。”裘幸福说：“在哪里呢，我倒要看看，人命在哪里？”裘雪梅说：“有人替你处理了，当然就没出人命啦，你这个现成支书不就是这么当的吗？”裘幸福生气了，攻击裘雪梅说：“要是你能处理得了人命关天的事，干脆重新让你当支书得了。”想想还是气不过，又说：“就算给你当，你当得来吗？你知道当支书最重要的是什么吗？就是让老百姓富起来——”裘雪梅说：

“我怎么没有，我怎么没有，这么多年，我办了一厂又一厂——”裘幸福说：“你是办了一厂又一厂，可你的厂是张公养鸟，越养越小。”裘幸福揭了裘雪梅的伤疤，裘雪梅不吭声了，裘幸福乘机贩卖他的富裕经，他说刚才他正在和人谈判一个大项目。当然我们都知道，裘幸福所说的谈判，就是喝酒，说得好听一点，是边工作边喝酒。他上任以后，吸取了裘雪梅的教训，开始试验“面孔红彤彤，年终好分红”这句话到底有没有道理。现在他告诉我们，他要在后窑村建一个生态农林大世界，以种植中草药和瓜果蔬菜为主，既有实用性，又有观赏性，还美化环境。我是个容易心动的人，自然被裘幸福的美丽图画吸引了，不由就想起了往事，想起当年马莉在我家的自留地种中草药，被大家不理解，这么一晃，竟然一二十年都过去了，但在我眼前晃过的马莉，还是当年那个伶牙俐齿凶巴巴的小丫头。

裘幸福说了一大堆生态农林大世界的未来美景，但最后我们才知道他的谈判并没有成功，人家不满意后窑的大环境，走了。裘幸福酒也白喝了，他心情不好，最后又把失败的怨气归结到我和裘雪梅身上，说我们以区区小事影响了他的头等大事。幸亏还有几个没有及时走掉的群众为我们作证，我们一起添枝加叶把胡师娘的行为丢给了裘幸福。

裘幸福两眼瞪得滚圆，还撸起了袖管。我知道，现在好了，他对我们的怨气，转到胡师娘身上去了。果然，裘幸福大喝一声：“胡师娘，滚出来！”胡师娘乖乖地滚出来了，在充满阳刚之气的裘幸福面前，她全没了那股神气，身上的阴气也减弱了。裘幸福也不多说话，一只手朝胡师娘一伸，我们都还没有明白他要干什么，胡师娘倒已经知道了，她说：“裘支书，我今天还没有开张呢，拿什么交你的罚款？”裘幸福说：“你不是有大仙吗，你没有钱，叫大仙替你罚罢。”胡师娘阴险地说：“裘支书，什么人都敢得罪，可不敢得罪大仙哪。”裘幸福说：“胡师娘，你在我面前还敢说迷信？你活得不耐烦了？”胡师娘表面上唯唯诺诺，但嘴里说的话还是很凶险：“裘支书，你真是虎胆英雄，连大仙都敢惹，不怕大仙找你？”裘幸福百无禁忌，扯着嗓子喊道：“大仙？好啊，你叫他来找我好了，我正等着和他谈个判呢！”说了还不过瘾，又补充道：“对了，麻烦你告诉他，我住在后窑村第四村民小组，桃花湾九号，叫他别找错了人家。”

裘幸福这话说坏了。不久以后，他家就出了事情，他爷爷裘二海碰上了大麻烦。当然，这也是后话了。

从胡师娘那儿回来后，我们村的一些群众都跟着裘雪梅和我进了我们的院子，院子里热闹起来，好久都没有这样的现象了。大家就着胡师娘的事情议论了一番，得出的意见是一致的，村里没有医生，胡师娘当然生意好，所以还是得想办法请医生来。话说到这儿，就有人开始朝我看了，我赶紧逃开，裘雪梅一把拉住我，骂我说："万泉和，你真是个不负责任的东西。"我说："裘雪梅，这跟我有什么关系，是他们自己要找胡师娘，我又没有叫他们去。"裘雪梅说："你是明知故说，你明明知道我们没有办法，城里的大医院，我们看不起——"一个群众说："开个阑尾炎，白种一年田。"另一个群众说："救护车一响，老母猪白养。"我没想到他们一字不识当扁担，却学会了这么多的顺口溜。裘雪梅也趁热打铁说："镇上的小医院呢，像屠宰场，医生护士像屠夫——"又一个群众说："上次一个护士把针打到我裤子口袋里去了。"我也忍不住说话了："大医院贵死人，小医院马虎死人，胡师娘钉死人，反正是个死人。"裘雪梅说："你能够救人你不救，胡师娘是图财害命，你是不图财也害命。"我赶紧说："你想让我当医生啊？可从前你是最反对我当医生的。"裘雪梅被我问住了，愣了半天，才说："你，你好歹也比胡师娘强些吧。"裘雪梅真不会说话，这话说得好勉强，我听了心里就不高兴，我说："我只好歹比胡师娘强一点点，你们另请高明吧。"裘雪梅又说："现在暂时没请到高明，你就先将就一下，先将诊所开出来，就拉住了许多跑到胡师娘那里去受害的群众。"我听了又觉得不高兴，什么叫将就一下，裘雪梅还是不会说话。但说实在话，我心里又动摇了。你们早就看出来，我这个人，就是耳朵根子太软。要是换了以往，我保不住已经答应裘雪梅了，不过现在和以往有所不同，现在我是有工作的人，我不想丢了我的工作，我对裘雪梅说："我明天要上班。"裘雪梅奇怪地看了看我，又奇怪地一笑，说："那你这两天怎么没上班呢？"我说："前一阵我们加班，厂长说我们辛苦了，给我们放几天假，工资照发。"裘雪梅说："还工资呢，还放假呢，你们厂都放了羊了。"我以为他心里不平衡攻击我们厂，我不跟他计较，如果我跟他换一个位置，他在厂里上班拿工资，我在家里一无所获，我也会不平衡的。但是他怎么就忘了，我的工作还是他给我介绍的呢。我也攻击他说："裘雪梅，当初你要是不介绍我去，你自己去，今天就轮到我眼红你了。”裘雪梅说：“眼红你什么，眼红你生产假药害人啊？”他已经不再冷笑，脸色严厉起来，又像从前他当支书那时的样子，他严厉地说：“万泉和，人家没有找你的麻烦，算你命大，你们厂长生产假药，害了人家性命，枪毙了。”

我一听，吓得就哆嗦起来，哆嗦了片刻，才想到不能光听裘雪梅一家之言，得去看个究竟，拔腿想走。裘雪梅说：“你想快点的话，借我家的自行车吧。”我听出了他的幸灾乐祸，但为了快点知道厂里的真实情况，我还是骑了裘雪梅家的自行车往厂里去了。

其实你们都知道裘雪梅说的是真的，其实你们可能早就预感到我们的药厂有问题，但是我不知道，我没有感觉，我这个人，反应天生要比别人慢一点，这是没办法的事。

最后我才知道，揭发我们厂生产假肝药的其实就是我自己。虽然不是我亲自揭发，但那天我把有关秘方的疑团扔给了涂医生，你想涂医生是什么角色，当时他就起了怀疑，后来他又利用我弄到了一点药液，送去有关部门检验，于是就真相大白了。我们非法生产的特肝灵，只是用了一点价格低廉的板蓝根和少量金银花加上色素再用臭河浜里的水混合出来的。白善花有意宣扬她得到了我爹的祖传秘方，让许多人对他们的假药信以为真。你看这事情绕来绕去又绕到我身上。我这个人命中注定是个是非之人，但好事情总轮不到我，坏事情又总是少不掉我。我不知道有关方面怎么没来找我，难道他们已经了解到我也是受害者，或者他们觉得我不能算个人物？

裘雪梅说出了事实的真相，但其中有一点却不是事实，那就是关于厂长的事情。他说厂长被抓起来枪毙了，其实根本就没有，厂长和他的老婆白善花一起携巨款逃走了。到底他们携了多少款，老百姓中说法不一，相差甚大，但即使是他们传说中的最小的数字，也能把我吓个半死。

我站在贴了封条的药厂门口，百思不得其解，我不明白做假药骗人怎么就这么好骗，我也不知道裘雪梅的消息怎么这么灵通，厂门上的封条糨糊还没干呢，他倒已经什么都知道了。

这两个问题我以后会找到答案的。但现在我的心情沮丧得像一条瘸了腿的狗，我一跛一拐地回家去，先前在裘雪梅面前我的骄傲，早已经化成一摊烂糟糟的情绪像烂泥一样沾在我的鞋上，我怎么甩也甩不掉。

裘雪梅已经在路口等我了，我以为他迫不及待来嘲笑我了，却不料裘雪梅拉着我就往院子里走，走到我家门口，我愣住了，裘雪梅已经乘我出去的这会儿功夫，把我的家又重新打扮成诊所的样子了。我爹舒舒服服地坐在椅子上，腿上暖暖和和地盖着毯子，手里捧着热水焐子，他面无表情地看着裘雪梅乱忙乎，我从我爹的脸色上看不出他是高兴还是不高兴。

我也不知道自己到底是为了和胡师娘作斗争，还是为了虚荣心，或者是为了别的什么原因，反正我糊里糊涂身不由己觉得自己又要当医生了。整个过程都是裘雪梅在操纵着，地方仍然是老地方，就在我家，执照也仍是老执照，就是从前万小三子替我搞的那一张，我也不知道这个执照还管不管用。裘雪梅只张罗了小半天，事情就准备得差不多了，现在是万事俱备，只差东风，东风是什么，东风就是钱。我没有钱进药。开诊所没有药，不就等于开米店不卖米？裘雪梅说：“走，找裘幸福去拿钱。”听他的口气，好像他有钱寄存在裘幸福那里。

裘幸福不在村委会办公，会计裘方说裘支书有两天没来上班了，他家里好像出了什么事情，这几天闹腾得凶。我们就往裘幸福家去了。裘幸福的家是个大家庭，爷爷裘二海奶奶裘大粉子爸爸裘喜大妈妈万菊花弟弟裘发财都住在一个屋檐下。裘幸福常常拿自己家的例子教育全村的老百姓，要尊老爱幼，几世同堂。可是现在尊老爱幼的家里到底出了什么事呢。我们到达的时候，他家里冷冷清清，只有裘二海的老婆裘大粉子一个人在家，她冻着一张脸，什么表情也没有，我们问裘幸福在哪里她不说话，问裘二海在哪里她也不说话，要不是最后她咬牙切齿地说了“天打雷劈”四个字，我们还以为她哑巴了。当然，除了这四个字外，她就是一个哑巴，所以我们也无从知道她这四个字是送给谁的。从道理上分析，可能是送给她的老伴裘二海的，因为他们夫妻之间，许多年来一直打打闹闹，没有安分过。从前裘二海当干部时，裘大粉子还惧怕他几分，也知道给他在群众面前留点面子。后来裘二海不当干部了，裘大粉子和裘二海的矛盾就公开化了白日化了。

我们一无所获地从裘幸福家出来，不过我们不用担心打听不到裘幸福家的事情，因为农民的舌头都长得很长，无论男女，都习惯咀嚼别人家的事情。这不能怪他们，因为他们的业余生活比不得城里人丰富，不说说东家长李家短叫他们怎么把日子打发掉？我和裘雪梅在裘幸福他们村民小组转了一小会儿，就不费吹灰之力地知道了裘幸福家发生的事情，是一个件很丑的事，裘幸福的爷爷裘二海染上了性病。

我的天，我一听差点喷笑出来，我在心里算了算，裘二海没有八十也有七十了，这么老还染性病，难怪裘大粉子的脸打上了一层霜，结了一块冰，她实在是无脸再用自己的那张脸见人了。其实，我倒觉得裘大粉子不必这么难为情，得性病的又不是她，是裘二海，以她和裘二海这么多年的仇恨和势不两立的关系，她应该幸灾乐祸才对。

我把我对裘大粉子的不理解跟裘雪梅说了，裘雪梅却白了我一眼，说："你关心人家这事情干什么，你应该关心关心你自己。"我有什么好关心的，我连女人都没有，我说："不用关心自己，我不会得性病的。"裘雪梅说："谁跟你说性病，我是说开诊所的事情——"他的目光有点沮丧，我也知道找裘幸福要钱的事不是那么容易的。从前我没有看出裘雪梅是个急性子的人，从前他当大队支书的时候，是沉得住气的，是从容不迫的。原来一个人的性格跟他的地位有关系。我又想到了我，那么我的性格呢？然后我又想到我的地位，我的地位又是什么呢？我正在胡思乱想，忽然见裘雪梅跺了跺脚，转身就往村委会跑，我跟在后面，一边追一边问："裘雪梅，你干什么？你干什么？"

我们跑到村委会，裘雪梅直奔那台通向全村各个角落的播音器，打开了开关，敲了两下，又咳了一声，开始喊话了："后窑村的全体村民注意了——"会计裘方扑过来"啪"地关掉了广播，说："老、老支——裘雪梅，你干什么？"裘雪梅用手扒拉他，想把他扒拉开，裘方却牢牢地站定，护着播音器，裘雪梅扒不动，就说："你让开，我叫大家来开会。"裘方说："开会只有支书能叫，你不能叫的。"裘雪梅说："你们村委会不是聘我当顾问的吗？顾问就可以开会！"裘方也跟他纠缠不清，只是简单地说："顾问不可以。"裘雪梅说："哪里规定的？党章规定的，还是宪法规定的，你拿出来我看看。"裘方倒被他问住了，裘雪梅又逼进一步说："裘会计，我告诉你，这可是人命关天的大事，你阻挡了，出了事情你负责？"裘方是个老实胆小的人，一听出事情出人命之类的话，就慌了，一慌，就乱了阵脚，连什么事情都不问清楚就想推托责任，哆哆嗦嗦道："跟我没关系，跟我没关系。"裘雪梅要的就是他这句话，赶紧说：

“只要你让开，就跟你没关系，你不让开，就跟你有关系。”裘方想了想，大概权衡了一下事情与事情的轻重，最后觉得还是守护好广播事大，他拿起电话打裘幸福的手机，可是裘幸福的手机打不通，说是不在服务区。裘方最后败下阵去，任由裘雪梅广播通知开会了。

半小时之后，开会的群众都来了，他们没有看到裘幸福，却见裘雪梅站在会场的前台，有一个自以为聪明的人抢在别人前面说：“啊哈，裘雪梅又当支书了。”没脑子的人就信以为真了，他们立刻开始拍裘雪梅的马屁。其实拍裘雪梅的马屁就算了，拍也是白拍，可他们一边拍这个一边还要损那个，他们说了很多裘雪梅的好话，又说了很多裘幸福的坏话，幸好裘幸福当时不在场。不过我心里还是有点担心，不知道裘方会不会告密，我暗中记住了那些说裘幸福坏话的人，我想如果以后他们吃了苦头，那就是裘方告了密，裘幸福报复了他们。

闻讯赶来的其他几个村干部，到这里一看场面这么混乱，听群众称裘雪梅支书，都搞不清楚怎么回事，问裘方，裘方哭丧着脸说：“我也不知道，我也不知道，一下子就这样了。”村长万能胡小心地看了看裘雪梅，其实裘雪梅心里正窝囊，他并不想把事情搞成这样，他也和裘方一样，不知道怎么会变成这样。他没好气地对万能胡说：“你看我干什么？”万村长小心地试探说：“是不是，是不是上级来了精神，有文件吗？”裘雪梅说：“你问我？我还问你呢，你是村长我是村长？”万村长又试探说：“那么，那么裘、裘支、裘支——裘幸福他人呢？”裘雪梅说：“我正要找他呢。”裘方赶紧说：“打不通，打不通，不在服务区。”这么乱哄哄闹了一阵，才渐渐地平静了一些，大家的头脑也冷静下来，裘雪梅乘大家冷静了赶紧先说明自己的情况，他说：“你们误会了，我没有重新当支书，支书还是裘幸福。”群众一听，“哄”的一声炸开了，有的说上当了，有的说家里正有事放下了赶过来的，有的也不说话，起身就走。万村长赶紧喊住大家，说：“支书虽然没有变动，但会还是要开的。”裘方不明白，说：“今天没有安排会呀。”万村长说：“既然群众都来了，就开会吧，正好村里也有几件事情，一起说说。”裘方小心翼翼问道：“裘支书不在，开会吗？”万村长气道：“群众来了，再把他们赶走？”他回头问裘雪梅：“你什么事情？”裘雪梅说：“胡师娘折腾出人命了，你们都不管，我来管。”万村长说：“那太好了，我们正头疼她呢，你想怎么管？”裘雪梅说：“办合作诊所！我们家奋斗告诉我，现在其他地方有不少村子，又和从前一样，开始办合作医疗了。”万村长疑惑地看了看他，又看了看我，我赶紧说：“不关我事。”万村长对裘雪梅说：“办合作医疗？怎么办？情况你又不是不知道，过去赤脚医生记工分，大队付钱，现在怎么办，医生的工资谁出？”裘雪梅说：“这就是我今天要开会的目的，大家凑份子，每家出一点，我就不相信我们后窑这么大个村子，养不起一个医生？”他这话一说，不光万村长，其他村干部的眼光都朝我来了，我很心虚，好像是我出的主意要大家出钱养活我似的。我又要解释，裘雪梅却不让我说话，制止我说：“你别插嘴，不是你的事情。”听他的口气好像他还是村支书似的，不过我对他的怨气没有群众的怨气来得快来得大，群众一听要每家拿钱出来，顿时哗然，七嘴八舌乱嚷嚷，我也听不清到底说的什么，反正大概的意思能够知道，他们说裘雪梅这个顾问是胳膊肘子朝外拐，不给老百姓顾点好处来，反而要从老百姓头上刮油，他们要问一问这个顾问，顾的是什么问？裘雪梅赶紧给他们解释，可是他怎么说，他们也根本听不进去，仍然自顾自地嘤嘤嗡嗡，像一大群苍蝇飞在一起。我见裘雪梅面色不好看，情绪低落下去，我赶紧安慰他说：“其实你看，来的大多数是老人和妇女，老人和妇女，你就别指望他们怎么样啦。”裘雪梅趁着我的口气说：“目光短浅，目光短浅——”他长长地叹了一口气，又进一步数落道：“真是落后，真是愚昧，想不到我们后窑的群众觉悟这么低，这么多年一点进步也没有。”我暗想，你自己当十几年的支书，都没有把群众的觉悟提高一点，你应该首当其冲挨批评。可惜人一般都是像裘雪梅这样的，看得见别人的缺点，看不到自己的错误。

群众一哄而散，万村长想说几件事情也没说得成，他只好摇了摇头，说：“只有裘幸福来骂，你们骨头里才舒服，才服帖，客客气气对你们，你们就翘尾巴，自由主义。”群众也不理他，都散走了。裘雪梅目光散散地看着散去的群众的背影，越想越不甘心，对我说：“我们裘奋斗明明跟我说，可以考虑走这条路，他说这是出路。”我没好意思说，裘奋斗说出路就是出路啦，他又不是当年的毛主席。我的话咽了下去，裘雪梅的眼睛却忽然亮了起来，他好像想到了什么好主意，从衣服口袋里摸出一部手机来。我还不知道他有手机呢，我一高兴说：“你是什么牌子的手机？”裘雪梅没有回答我，就拨打了手机，见我还想和他说话，就朝我摆手，意思让我别出声，好像手机那边是个人物，怕我惊动了他。

我听到他说："奋斗啊——"才知道他是给儿子裘奋斗打电话，果然是个人物。裘雪梅有气无力地"哼哼"了两声，说："奋斗啊，你爹病了，病得很重啊——"他见我惊讶地张大了嘴，赶紧朝我挤眼睛，我听不见裘奋斗在手机那头说什么，只听裘雪梅又说："不用了，不用了，你工作忙，不用回来看我了，什么，你汇点钱过来，不用了吧，我有钱用。"我这时才知道裘雪梅在骗儿子的钱，他比我狡猾，明明想骗钱，却不直截了当，嘴上还说假客气的话："你自己省着点——什么？算是你的一片孝心，那你要汇多少啊？那好吧——我就收了你的一片孝心了，你记得快点把孝心汇过来啊。"裘雪梅把手机关了，我说："你骗人可以，骗钱也可以，但不作兴拿自己的身体瞎说。"裘雪梅就朝地上吐了几口唾沫，又打了打自己的嘴巴，说："这样就等于没有说。"我没想到一个老支书也相信这种小迷信，那也难怪胡师娘有市场了。

裘雪梅从裘奋斗那里骗来了钱，先让我进了一些常规的药品，我的万氏诊所又开张了，我老病人又回来了，裘雪梅比我兴奋得多了，他从早到晚待在我们的诊所，看着我给人诊断，给人开药，给人打针，还指手画脚地指点我。有些病人觉得他有点奇怪，我就跟他们解释，我说裘雪梅是我的老板，我这么说，裘雪梅不反对，他还很受用。但是这对我很不利，因为他越是兴奋，就越看我不顺眼，一会嫌我动作太慢，一会儿说我脑子不清。但其实他不应该怪我的，不是我不努力，我毕竟好些年没当医生了，我年纪也大了，打钉的时候我手都抖了，我心里尽量地骗自己，这不人的手臂，这是茄子，这不是人的屁股，这是冬瓜，可是真正一接触到皮肤的时候，我还是知道那是人肉，我就抖起来。裘雪梅气得说："万医生，你打摆子啊？"他老是打扰我，我也生气了，我说："那你来打吧。"裘雪梅挖苦我说："我是万医生吗？"

这么凑合了几天，我觉得我比以前更不会当医生了。从前我给人看病，肚子不舒服的，吃食母生，拉不出屎的，牛黄解毒丸，有了炎的，最多也就给几颗什么素。农民平时不怎么用药，一点普通的药用下去，就像是大仙给的灵丹妙药，药到病除。可现在不一样了，现在的人生病，跟以前大不一样，稀奇古怪，说不出名堂，现在的药也跟以前不一样，用下去怎么也不见反应。我不明就里，老是嘀嘀咕咕埋怨，也不知道自己在埋怨谁。裘雪梅自以为比我见多识广，还来指点我，说我跟不上形势，时代变了，病也变，他说从前是饿出来的病，后来是吃出来的病，现在呢，是吓出来的病。他这话虽有些道理，不过说出来也没什么了不起，他不说我也知道。

涂医生也来过一次，他已经退休了，在镇上开了个私营诊所。他现在终于当上了领导，我们都客气地叫他涂所长。可涂医生这个人的毛病你们是知道的，我跟他客气他就跟我不客气，他看到我给病人都开中成药吃，撇嘴说："你们中医不是最讲究个体吗？每个病人的药方都不一样，都有或大或小的区别，中成药都和西药一样生产，还讲什么个体？从前你爹跟我说，十个胃病十个样，十个伤风还十个样呢，每个人开的药方都不一样，你现在都给他们吃一样的中成药，这不是打你爹和你自己的耳光吗？"他这一番话攻击我也就算了，结果害得那个配药的农民也对我有意见，以为我弄耸他，说："万医生，我还以为你跟胡师娘不一样呢。"真不讲理，就算我给他开中成药，我跟胡师娘也是不一样的，可他却这么想我。我看见涂医生在一边歪着嘴脸嘲笑我，我赶紧说："涂医生，反正你也退休了，反正你也开了私人的诊所，干脆你把诊所开后窑来吧，我仍然做你的助手。"不料我这话一说出来，涂医生拔腿就逃走了。

碰到疑难的问题，我也没有什么新的伎俩，我再用从前的一招，去问我爹，让我爹眨巴眼皮。可我爹却不再理我。我想我爹是在怪我让小哑巴走了，他不肯帮我了，我又想，其实可能我爹也不知道这是什么病，也不知道这病应该怎么治，他是老革命碰到新问题了。这么想了，我心里也好过些。

我不懂的东西，只能紧闭嘴巴，什么也不说，开一点吃不死的药给他们糊弄糊弄。你不能怪我不负责任，我确实水平有限。大家都有意见，说我像哑巴，哪有当医生不说话的。我想起我爹从前的规矩，我跟他们说："我最烦看病时病人啰唆。"一个病人不同意我的意见，说："万医生，不是我啰唆，是你太不啰唆。"我说："啰唆不啰唆，是人的个性，也是人生的自由，我不干涉你，你愿意说就说，但你也不要干涉我。"他以为自己有知识，还跟我争辩说："医生多说话，对病人有好处。"我没听说过这个道理，过去我爹总是不说话，也不让别人说话，难道现在反过来了？我就反问他："为什么医生说话对病人有好处？"他说："医生的话能让病人产生信任，病人的脑子里就会出现一种化学的东西，帮助减轻病情。"我没听过这种说法，我说："你听谁说的。"他说："我看报纸的。"我说："那你找报纸给你看病吧。"他很生气，但又不得不忍气吞声，因为他还得求我给他看病。

裘幸福终于出现了，我不知道他有没有处理好他的家事，不知道裘二海的性病有没有治好，反正我知道，裘幸福来，是来找我算账的，因为我的执照不合法。裘幸福拿来一个管理条约给我看，说我没有行医资格，要我重新去考试，考到那本证书，才能行医。他还打击我说："我劝你就别考了，你考不上的。"他其实根本用不着打击我，那个管理条约上参加考试的四个条件，哪一个我都不符合，所以不是我考得上考不上的问题，人家根本就不会让我参加考试。裘雪梅见裘幸福来刁难我，他不高兴了，说："前湾村的李医生没有考，不是照样拿到行医证了？"裘雪梅难不倒裘幸福，裘幸福早有准备，他说："我就知道你们会这么说，可李医生满足了一个条件，行医二十年以上的，可以免试。"裘雪梅说："那就太好了，万泉和行医也超过二十年了。"可裘幸福还继续有对策，他说："但他中间是断了的，他是断断续续的，我请示过了，中间断过的不算。"裘幸福真是有备无患，什么难题也难不倒他。虽然裘雪梅还不甘心，但我早就没了兴趣，我倒是还关心着裘幸福的爷爷，我问他："裘支书，你爷爷怎么样了？"裘幸福脸上浮起了一片红色，但随即就消失了，他说："你先别管别人的事情,你自己的事情先管好了。"我跟回答裘雪梅一样回答他说："我连女人也没有，我不会得性病。"裘幸福不理睬我，说："你考不考？"我把球踢还给他，我说："裘支书，你说呢？"裘幸福说："你不考，我就得替你担肩膀，出了什么事情，我是第一个要受处罚的。"裘幸福当支书几年，得了个绰号叫罚幸福，无论碰到大事小事，到了他手里，处理的方法只有一个：罚。有钱的罚钱，没钱的罚给村里干义务活，再不行的，就搬走你的家当扒你的房子。裘幸福说："我是和国际接轨，你们都知道新加坡吧，新加坡好不好，新加坡怎么会好的，罚出来的。我们后窑村老百姓的幸福，就是要靠罚。"结果大家就叫他罚幸福了。现在裘幸福要替我担肩膀，愿意自己挨罚，我很感动，毕竟人家是支书，思想境界真高，我赶紧抓住机会说："那就说定了，我当医生，出了事故你负责。"裘幸福朝我愣了愣，想反驳我，但这话是他自己说出来的，他无法反对。

我以为自己对付了裘幸福，就得意起来，哪料这得意还没在我家过夜呢，就出大事情了。半夜里惊心动魄的敲门声响了起来，前福村的一个产妇，生不出孩子，前福村的医生打催产针，还是生不下来，又打了一针，结果孩子倒打下来了，可大人孩子都没了气，在送乡医院的路上，他们急疯了，竟然想到了我，想到我爹的祖传秘方，竟然来敲我的门，求我救命。你说我能救得了他们吗？结果这件事情不知怎么被捅了出去，一直捅到了中央电视台的焦点访谈。当然这样的事情在全国肯定不是绝无仅有，但偏偏我们的前福村给他们抓住了。这下子麻烦大了，我们这里成了重灾区，全国人民都来拷问我们农村医生的素质和水平。

当然，你们猜都不用猜的，我的医生生涯又一次结束了。

这事情虽然与我无关，但像我这样的人肯定是首当其冲。不过我心里还算过得去，没有很多的不平衡。因为在我们乡甚至我们整个县里，像我一样遭遇的医生还有好多呢，就连前湾村那个连续行医二十多年真有本事的李医生也一样下了岗。

不久之后，我们那一带药王庙的香火又旺起来。我小时候就知道药王庙，我听我爹说，药王庙进香的日子，街上的药铺减价三天呢。那时候我爹要到街上去买减价药，我就跟着村里的大人去看药王庙。庙里有一个泥塑的像，回来问我爹它是谁。我爹说，是一个医生，叫孙思邈。不等我再问什么，我爹就说，你就别再问了，我说了你也不懂的，那个邈字你也不认得，就算我写出来让你看，你也不会写。我想不明白，又问我爹，这个姓孙的人，既然是一个医生，怎么会变成菩萨呢？我爹又说，你不懂的。看我爹说话那样子，我觉得他以后也会变成菩萨的。

可惜我爹到底也没有成得了菩萨，农民没来给我爹磕头，都去药王庙了。他们有了药王撑腰，见了我就爱理不理了。农民就是这样的德行，说翻脸就翻脸，以为你行的时候，即使八竿子打不着，绕很远的路都要绕到你面前，假装正好碰到你，吹捧你几句。以为你不行了呢，你就是瘟神了，看见你就赶紧躲得远远的，真是没涵养。出事后的那几天，我走在村子里，竟然就碰不见一个人，好像前福村那个打针打死了孕妇和小孩的医生就是我。后来我去自家的田里扶麦，好不容易我看到了一个万同坤，他家的田在我家田紧隔壁，他也在田里弄麦秆，不过他弄麦秆跟我不一样。我是要把麦秆排整齐了捆扎起来挑回去做柴烧，而村里大部分人家，都用煤炉了，有条件好的，甚至已经跟城里人一样用上了液化气，他们到镇上买来液化气的钢瓶，用完了再去换。可我不行，我家穷，还和从前一样。从前说煮豆燃豆萁，我们是煮麦燃麦秆。万同坤家条件好，他不要麦秆，他是来烧麦秆的，他带了打火机，可他正在咳嗽，咳得腰都弯下去，头也低下去，点火的时候手一颤一颤的，怎么也点不起来。我就走过去，想帮他的忙。万同坤一直低着头在咳嗽，没有发现我，等我走近了，他先是看到了我的脚，再猛一抬头，看见是我，吓了一大跳，又猛咳起来，脸都咳得发紫发青了。我好心地说："万同坤，你咳得厉害，要不要给你开点咳嗽药？"万同坤拔腿就走，边走边嘀咕："找你还不如找胡师娘呢，她还比你便宜。"

我情绪低落，只扶了几捆麦，就怏怏地回去了。还没踏进院子的门，就听到了裘雪梅兴奋的声音："太好了，太好了，裘支书，这是你当支书以来做的第一件正确的事情。"我进去一看，裘雪梅、裘幸福都在，裘幸福边上，还站着一个四十开外的男人，样子挺憨厚，他们一看到我进去，先互相使了个眼色，以为我不知道，其实我看得清楚，我又不是瞎子，我不客气地戳穿了他们："你们别使眼色，你们把我卖了我也没意见的。"裘幸福说："万医生，我们又请来一位医生。"我知道就是站在裘幸福边上的那位，我朝他看了看，这是我期盼已久的人，可是当他真的来了，我心里却酸酸的，很不是滋味，我知道我是吃醋了，我看他的时候，目光很不友好，我显得小气了。不过他对我倒是很友好，他笑着过来跟我握手，自我介绍说："我姓王，三横王，叫王会一。"我也不好意思板着脸了，跟他拉了拉手，说："我叫万泉和。"王会一说："刚才已经听裘支书介绍过了，您是万医生。"我说："你来了，我就不是万医生了。"王会一听了我这话，似乎有点紧张，朝裘幸福看，我就知道裘幸福是他的后台，我说："你别看裘支书的脸，这事情我做主，我本来就不是医生，现在我又可以做回我的万泉和了。"裘幸福说："万医生，虽然有了王医生，但你还是可以协助王医生做点工作的。"裘幸福大概还觉得给足我面子了，等着我感激涕零呢，可我听了并不高兴，我才不稀罕，我端着架子说："不必了吧，我还有我的事情要忙呢。"裘幸福说："得了吧，你忙什么忙，你又没有地，你又没有女人，也没有孩子，你有什么好忙的。"我说："我有个爹呢。"裘幸福说："别以为我官僚主义，你爹现在好多了，都能自己吃饭了，就差不肯说话。"裘雪梅是一向站在裘幸福的对立面的，但这一回他帮了裘幸福来说服我，他说："万医生，王医生新来乍到，情况不熟悉，你先帮他一阵，也是为大家嘛。”裘雪梅这么说了，倒堵住了我的嘴，我如果执意不肯，显得我心胸太狭窄，不肯为人民服务。我勉强地点了点头，说：“我只帮一阵，等你熟了，我就不干了。”给自己一个台阶下。

我们的诊所换了执照，换了医生的名字，村里人有了病都来找王医生，我听他们王医生王医生的喊，心里怪不是滋味，而且竟然还有一个不懂道理的人跟我说：“万医生，你现在当护士了？”我气得说：“是呀，只有医生当护士，没有护士当医生。”他还笑，说：“从前说，只有丫头升太太，没有长工做老爷。”

不知道是在城里的医院受过排挤还是别的什么原因，王会一一空下来就向大家历数现在城里医院的种种不好，他还总是要我配合他，比如他问我：“万医生，你猜猜一把手术刀多少钱？”我当然说不出来，他就显得比我见多识广了，他告诉我们，一把手术刀要几千块钱，成本只要几十块，而且用一次就丢掉了，你要是舍不得钱，想用普通的便宜的刀，医生就吓唬你，问你命重要还是钱重要，几千块钱的那把刀，割开肉来，连血都不会流一滴。王会一又问我：“万医生，你说医生好当不好当？”我当然摇头，摇了一下我觉得我摇错了，又胡乱地点了点头，王会一一看我点头，他又赶紧爬着杆子上去了：“万医生，你真是明白人，现在的医生好当呀，现在城里大医院的医生不要太好当噢，他连看都不用看你一眼，闭着眼睛就开方子，叫你三四百块钱当三四毛钱一样用。”咽了口唾沫又说：“从前赤脚医生还知道叫你张开嘴巴啊一声，看看喉咙呢，万医生你说是不是？”

王会一的话，句句说在大家心坎里，他简直就是乡下人的救星。

有一天来了个病人说头晕，脸红，我觉得像高血压症状，王会一大概也看得出来，因为他替他量了血压，量过以后，停了一会，他又量了一次，我正奇怪他为什么要给人家量两次血压，王会一就喊我了：“万医生，你来给他量一量。”我暗想，哼，你还想考验我？应该是我考验你才对，毕竟先入山门为大么。不过我也只是气不过想想而已，并没有说出来。我量了病人的血压，说了出来，王会一点点头，好像很赞许我，好像我通过了考验。他记在病历上，我伸头一看，就是我说的那个血压，看起来王会一还蛮信任我的。

后来有好几次给病人量血压都是这样，他先量，然后叫我量，我量过说出来，他就记上我量的数字，我就有点奇怪了，这考验还没完没了了？而且怎么光考验量血压，其他不考验呢？我心生诡计，跟他使了个法，就瞎说了一个数，明明那个病人上压125，下压97，我给他倒过来说，上压152，下压79，这样一倒，相差很大，我还以为他会指出我的错误，结果他想都没想就照我说的记到病历上去了，我过去一看，心里大吃一惊，王会一没有看见我的心，他还笑眯眯地跟我说，没错吧。我简直怀了疑，他自己测量的结果在哪里呢？难道他根本就没有量？但我明明看到他量的呀。

我虽然心存怀疑，但这个怀疑无从说起，何况大家都那么信任王医生，所以我的怀疑只好先埋在心里。裘雪梅现在每天踱到我们诊所来，有事没事一坐就是半天，好像诊所是他的一个新生儿子，怎么看也看不够。有时候王会一去出诊了，他就跟我聊天，说 ：“奇怪了，奇怪了，这么有本事的医生怎么肯到我们乡下来，这么辛苦，做这一点点微利？”我说 ：“也许我们碰到了活雷锋。”裘雪梅听出我话中的刺，批评我说 ：“万泉和，你的心态有问题。”我说 ：“不知道谁有问题。”裘雪梅朝我看看，他不知道我是什么意思，我也没有跟他多说，他又不懂医，跟他说了他也不懂。

但是我得给自己的疑惑找一条出路，要不然它老是在我心里窜来窜去，弄得我很不舒服。我用了用心，就想出了一个对付王会一的办法。过了两天，王会一果然又叫我量血压了，我假装没听清，说 ：“王医生，你大声点，我没听见。”王会一就大声地说了，我假装才听见，“噢”了一声，就愁眉苦脸地对他说 ：“王医生，我这两天耳朵疼得像虫子在咬，根本就听不清楚声音，听你说话也像蚊子嗡嗡叫，我不能量血压。”王会一朝我看了看，我装得比较像，一会儿用手捂住耳朵，一会儿又按一按耳朵，他没有怀疑，就自己写了，我一看，他写了两个字 ：正常。这下我倒没办法了。就这样过了几天，他一直这样对付我，我觉得这不是个办法，正寻思着换一个法子跟他玩，正好万九根来了。

万九根是个老高血压病人，得高血压多年了，因为舍不得花钱吃药，药总是用用停停，所以他的血压越来越高，情况也越来越不好。这天他进来的时候，我吓了一跳，他摇摇晃晃，站都站不稳了，脸红得发紫，我估计他的血压又高起来。可王会一给他量过血压后，又写上了“正常”两字，我一急，跳起来说 ：“我耳朵好了，我来量。”我重新给万九根一量，听到血压器里“扑扑”的声响，把我吓得魂飞魄散，万红中的上压已经到了1 7 5，非常危险了，我把他的病历拿起来朝王会一挥动起来，气得大喊道："王会一，你搞什么鬼？！"王会一朝我看了看，似乎有点慌张，但没有回答我的话，还回头好声好气地对那个脸上挂着眼泪正要打针的小孩说："不怕不怕，就是蚊子叮一口。"他的态度简直就是雷锋，他一哄小孩，小孩子果然就不哭了，勇敢地挨了他一针。我却继续气愤地大声道："王会一，你别装聋作哑，万九根的血压已经——"我说不下去了，因为我眼看着万九根慢慢地在往下瘫，往下瘫，我扑过去想扶住他，可是万九根很胖，我扶不动他，反倒是他把我弄倒了，最后我和万九根一起倒在了地上，他压在我身上，压得我喘不过气来，我大声喊救命，王会一也慌了，赶紧过来拉开万九根，先把我扶起来，我说："你扶我干什么，我不是喊你救我的命，你要救万九根的命！"王会一把了万九根的脉，赶紧拿了药，加上我，再加上那个生病小孩的父亲，我们三人一起掰开万九根紧咬的牙关，把药弄了下去。

过了一会，万九根的脸色渐渐好了些，气也透出来了，我松了一口气，正要责问王会一，隔壁裘雪梅听到我的喊声，赶了过来，问我什么事，我把情况跟他一说，他想了想，似乎想不通，走到王会一面前问他："王医生，你会量血压吗？"王会一说："你什么意思，血压都不会量，还能当医生？"裘雪梅愣了愣，回头朝我看看，瞪了瞪我，我知道，他又在怪我心态不好，吃王会一的醋了。我不服气，明明王会一有问题，怎么就抓不住他呢？我没法可想了，最后只剩一个办法，那就是求教于我爹。

我爹虽然不会说话，但我知道我爹心如明镜，他什么都能看得见摸得透。可当我一走到我爹房门口，一看到我爹沮丧的脸，一看他朝我翻白眼，我一下子就泄了气，我知道我爹不肯帮我，他记恨我，这都怪两个小哑巴。我正想转走开，可忽然间似乎有什么东西扯住了我的腿，我停顿下来，眼前的我爹的脸，竟然变成了小哑巴的脸，两张一模一样的坏笑着的脸，这让我想起了跟小哑巴打手势过日子的情形。忽然间，我开窍了，我惊喜不已，但我没露声色，赶紧回出来，把裘雪梅拉到一边，我们俩就背对着王会一，我大声地说："王会一不是医生！"裘雪梅像个白痴似的看着我，没有明白我要干什么，我又说："我就是试试他的耳朵，你要配合我。"裘雪梅才明白了，说："好，我配合你，看看他到底是怎么回事。”我们都大声说话，而且离王会一很近，和平时完全一样，唯一不同，就是没有面对他，我们说了一会话，都是说的王会一的坏话，王会一果然毫无动静，我干脆说得更凶一点，我说：“王会一是个骗子，是个大骗子！”说过后，我们一起回头看王会一，王会一看我们看他，还朝我们笑着直点头呢。

真相终于大白了，王会一是个聋子，他是靠看唇语听别人说话的，只要背对着他，说什么他也听不见，我们让他给蒙了，差一点害死了高血压的万九根。

王会一见自己暴露了，也不再谦虚地微笑了，他还嘴凶，说：“我耳朵不好怎么啦，我能望能切，比我差的医生多的是，望闻问切一样都不懂的医生照样在给人看病。”他又说：“你们这是歧视残疾人，现在全社会都要爱护和照顾残疾人，你们这样做，我要到残联告你们的状。”

王会一卷铺盖走人的那天，村里人都过来看热闹。王会一还说：“你们今天叫我走，说不定哪一天你们又来求我。”裘雪梅生气地说：“我们后窑再穷，也不会请个聋子来当医生。”王会一的话更气人，他说：“你们不请聋子，聋子还不买你们的账呢，我现在要去的那个村，比你们条件好多了。”他还责问我们：“你们还瞧不起聋子，除了聋子，谁来给你们当医生？”支书裘幸福始终没有出现，他大概认识到自己做了件太没名气的事情，也没脸再到诊所来了。

王会一走了。这么多年，涂医生走了，吴宝走了，马莉走了，谁都走了，只剩我和我爹没有走。我们也不是不想走，可我们没地方可走。每次有人走了，我的麻烦就开始了。农民是惯性思维。他们不管你们谁走了谁来了，昨天来你这里看病，今天还来你这里看病，我跟他们说，医生走了，你们别来了。他们很生我的气，说我不负责任，我关了门，他们就敲门，一直敲到我开门为止。从前涂医生走后，马莉走后，都是这样的情况。所以，如果有人说历史是循环往复的，我同意这样的说法。

第十七章 向阳花心里的隐秘之花

我以为厂长逃走了，假药的事情就结束了。其实你们都知道我错了，事情还没有开头呢。厂长和白善花逃走了，可还有没逃走的人呀，比如我。

我是厂长最信任的人，我还是项目经理，我又贡献了我爹的秘方，人家不找我找谁呀？那天裘雪梅还说他们不来找我的麻烦算我命大呢，看起来裘雪梅的消息虽然灵通却不够完整。

过了几天就有人来找我了，他们穿着制服，我以为是警察来了，吓得腿肚子打抖。裘雪梅认真地朝他们的制服看了一会，安慰我说：“别害怕，不是警察，是药监所的。”药监所的人听裘雪梅这么说，分明有点不把他们放在眼里，他们不对裘雪梅生气，却冲着我来了，说：“万泉和，别以为只有警察对付得了你。”我赶紧说：“是的是的，你们也能对付我。”你们都知道，我是个老实人，说的是老实话，但他们却以为我在讽刺他们，生气地说：“你不交代的话，就得跟我们走。”我哆嗦得交代不出，裘雪梅插话说：“坦白从严抗拒从宽。”我没想到一个共产党的老支书会说出这样的话来，虽然他的话对我没有针对性，根本帮不了我什么忙，但是我从心底里感激他，心里的感激一涌上来，我就觉得我的日子到头了，我跟裘雪梅说：“我走了以后，我爹托付给你了。”裘雪梅对我的耷样很不满意，说：“你托孤啊？你托孤我也不会接受的。”我小时候在古戏里看到过托孤这样的事情，那一般是指长辈的要死了，向别人托付照顾自己的小辈，可我这是向裘雪梅托付照顾我老爹，这样倒过来的事情能不能叫作托孤我不知道，我只是没想到裘雪梅这么冷酷无情，我心里很难过，束手无策说："那我爹怎么办啊？"裘雪梅说："不是我不照顾你爹，你根本不用跟他们走，他们没有权力带你走。"药监局的人听裘雪梅这么说，互相使了个眼色，其中一个说："我们早就料到这一着了。"另一个说："你们等着吧。"这个人的话音刚落，村口就传来了呜呜的警笛声，这一回我输给裘雪梅了，他反应比我快，他说："麻烦了，他们叫了警察来。"

村里人都来给我送行，比开群众大会还到得齐，他们对我真好，安慰我说："万医生，你放心，我们伺候你爹，保管比你在的时候过得还好。"又说："万医生，你就把钱交出来算了，你没有钱，我们养活你和你爹。"他们以为我从厂长那里得了好多卖假药的钱呢。

警察是药监所从镇派出所请来的，他们个个拉长了脸，尤其是一个年轻的小警察，表情阴沉得像一头狼，我不知道是对我有意见还是对谁有意见，我也不敢看他们的长脸，只能把眼睛投向车窗外，路两边那些桑树整排整排地朝后退去，这时候我听到那个小警察说："李所长，按道理，凭这么一张烂纸头，我们是不能帮你们带人的。"我回头看了看那个脸色尴尬的小矮个子，才知道他是个所长呢，真是人不可貌相。李所长赶紧摸出烟来，点头哈腰地给警察递过去，还给他们点上。警察点了烟，脸色仍然不好看。我赶紧收回了自己的目光，怕惹火上身。

我一直在想警察说的"一张烂纸头"是个什么东西，到了派出所，我才看到了那个东西，是李所长拿给我看的，他在我面前扬了扬说："万泉和，铁的证据摆在你眼前，看你还怎么抵赖？"我一看，果然是一张发了黄的烂纸，上面写着"板蓝根、金银花"等字，我刚想说这跟我有什么关系，眼睛忽然就瞄到了纸头的最下方，那里写着："万人寿敬录万氏家传秘方于丙戌年腊月二十三。"我一急，想从李所长手里拿过纸条看个清楚，李所长警觉性非常高，他往后一退，厉声说："你想撕毁证据？"我说："我没想撕毁，我只想看看我爹的字写得怎么样。"小警察说："我看他没有动粗的意思。"李所长说："你年轻，没有经验，这种人我看多了。"小警察不服气了，说："你别以为现在的群众都好糊弄，你最好别让我们吃苍蝇。"他回头朝我看了看，说："万医生，我认得你，你是后窑的赤脚医生，当年我妈的腰子病，就是你爹万人寿给看好的。"

我听了他的话，又喜欢又有点失落，如果他说“当年我妈的腰子病，就是你给看好的”，那我就更光彩了，不过现在我也很光彩，我爹的功劳跟我的功劳也差不多嘛。小警察又说：“你怎么搞的，搞到假药事件里去了？”我正要辩解，李所长却抢在我前面说：“这是我们在药厂除了假药以外搜查到的唯一证据。”小警察回头朝李所长看看，说：“是你问还是我问？”李所长才想起这是在派出所，是警察的天下，他朝后退了一步，说：“你问，你问。”我以为小警察要来审问我了，心里慌得不行，不料小警察只朝我看了一眼，脸就转向了李所长，他竟问起李所长来了，而且看他那神态，好像他们用警车带来的不是我而是李所长，倒让我很过意不去。小警察问李所长：“你说这是你们在药厂拿到的唯一证据，那么其他证据呢？”李所长说：“其他证据都被犯罪嫌疑人带走了，比如，大量的钱款，比如——”小警察挥了挥手说：“既然他们带走了除这张纸外的所有证据，那他们为什么要留下这张纸给你们呢，难道他们东西太多带不走了吗？”我差一点笑出来，因为我听得出小警察是在嘲笑李所长，这又小又薄的一张烂纸头，他们要想带走的话，随便往哪里一塞就带走了嘛。李所长还没有作答，小警察又说：“你不觉得这是他们有意留下来让你们上当、转移你们视线的东西吗？”我一听，对小警察佩服得五体投地，到底是干警察的，嗅觉比狗鼻子还灵呢。我赶紧说：“警察同志说得对，这是厂长和白善花有意留下来陷害我的。”李所长听了我们的话，犹犹豫豫地朝自己手上的纸条看了看，又朝我和小警察轮番地看过来，我看得出来，他现在左右为难，不知道该相信谁好了。过了半天，他才疑疑惑惑地说：“但是怎么才能证明这是他们陷害万泉和呢？”他的话音刚落，我们就听到门口吵吵嚷嚷，我们到窗口朝外一探头，我顿时激动地喊了起来：“涂医生！裘雪梅！”

原来裘雪梅找来了涂医生，他们还带来了我爹的手迹，和烂纸头上的笔迹一对照，简直是牛头不对马嘴。那白善花也太愚蠢了，仿冒我爹也该仿冒得像一点嘛，狗爬似的几个字，如果让我爹看见了，说是他的字，我爹不气疯了才怪呢。涂医生还指出了烂纸条上的另一个错误，他说：“万人寿决不会写出敬录这两个字来，因为他对谁也不敬，哪怕对自家的老祖宗，他都不会敬的，他只敬他自己，他认为天下只有他自己最了不起。”涂医生真是了解我爹。只是我心里奇怪，裘雪梅和涂医生怎么知道要拿我爹的笔迹来救我呢，难道他们事先都已经听说了这些事情？

李所长收起了那张纸，对我说："我本来也不相信与你有关系，如果有关系，你怎么不逃走？"他现在来放马后炮了，我不想理他，我想对他板脸，但又想到他们也是做好事，是追查假药制造者，我不应该对他们有意见，虽然他们冤枉了我，但他们也是上了人家的当，被人摆布了，最多只能怪他们经验不够，所以我不仅没有板脸，反而劝慰他说："李所长，没事的，我不在乎的。"哪料我不板脸他倒板起脸来，气势汹汹教训我说："你什么觉悟，你不在乎？你们厂生产了那么多假药害人，你们厂长卷了那么多赃款携逃，你竟然不在乎？"真是狗咬吕洞宾，他捉不到犯罪嫌疑人，就来咬我了。我呢，也是活该，还是老话说得好，人善有人欺，马善有人骑。

涂医生和裘雪梅救了我，他们可以走了，我还得留下录一点口供。裘雪梅临走前告诉我，涂医生因为检举假药厂有功，得了大笔的奖金，他退休了，正好拿这笔钱在镇上开了私人诊所。裘雪梅觉得涂医生应该给我回扣，还应该给他回扣，因为药厂的事情是我透露给涂医生的，而我进药厂又是裘雪梅介绍的，我们之间有扯不断的关系。裘雪梅的话不无道理，但不知道涂医生有没有这样的想法，我现在还不能去问涂医生，因为小警察要叫我录口供，他一直对我很好，我不能不给他面子。

等我录了口供，已快到中午了，我从派出所出来的时候，太阳照在脸上，眼睛有点花，迎面就看到一个女的过来了，我一看之下，慌得心都狂跳起来，脱口喊道："马莉？！""马莉"本来正向派出所里进去，虽然我与她擦肩而过，但她的眼睛里根本就没有我，她已经要走过我的身边进去了，听到我喊"马莉"，她忽然停下来，因为停得太猛，就有一阵风刮到了我身上，风一吹，我头脑冷静了一点，再定睛一看，哪里是马莉，这姑娘看起来二十岁刚出头呢。我赶紧说："对不起，对不起，我看错人了。"为了防止人家误会我图谋什么，我拔腿要溜，不料姑娘却挡住了我，朝我看了看，说："你叫她马莉？"我愣了愣，不知道她这话什么意思，想了半天，我才小心地说："我认得一个叫马莉的人，但不是你。"姑娘又说了一遍："你叫她马莉？"我更觉莫名其妙，我只得也同样莫名其妙地反问她："难道她不叫马莉？"她听了，奇怪地挑了挑眉毛，又看了看我，她的眼光，好像我不是我，而是动物园的猴子，等她看够了我，又说：

“你认得马莉？你叫她马莉？”我不知道她怎么老是这么问，我只得再说：“难道她不叫马莉？”姑娘说：“她当然叫马莉。”我说：“那我还是叫对了。”我觉得这个姑娘不大懂礼貌，但是我是懂礼貌的，我客气地问她：“你认得马莉吗？”她好像要笑了，脸嘻了一嘻，却没有笑出来，说：“对，我也认得马莉。”我高兴地说：“那我们有一个共同的熟人。”

小警察走了出来，看到那姑娘，眉开眼笑地说：“是小向吧，县局老王说你要来了解点情况，我还怕你早到了呢。”他看到我还没走，就问我：“你认得她？”我茫然地摇了摇头。小警察不满地说：“你不认得她，马总你总知道吧？”我也不知道马总，但是从小警察的口气和脸色来看，好像所有的人都应该知道马总。但偏偏我不知道。小警察撇了撇嘴，好像我不知道马总，他就不愿意再跟我说话了，他准备带着小向姑娘进去了。倒是小向对我还有点兴趣，走了几步，又停下来回头和我说：“马总就是你喊的那个马莉嘛。”我这才猛醒过来。其实我应该知道马总的，村里人都知道马莉现在是大人物了，大人物当然是马总而不是马莉，当初万小三子还没当多大的人物呢，就已经是万总了。我赶紧说：“我知道马总，我认得马总。”小警察说：“你既然认得马总，你就看不出小向是谁吗，眼力真差劲，小向是马总的女儿嘛，人家都说活脱脱地像呢，就你看不出来？”我其实早就看出来了，我甚至还把她当成了马莉呢，我很激动，我想去和小向握手，但结果我只是把自己的右手和左手搓了搓，说：“你是马莉的女儿，你叫小向？我是万泉和。”小向说：“万泉河？上次去海南岛，听他们说有万泉河，不过我们直接到三亚海边，没见着万泉河。”我说：“我是和平的和，不是一条河的河，你妈没跟你说起过我？”小向的眼睛似笑非笑，让我捉摸不透她的内心世界。我有一点失落，想起当年马莉把我的名字挂在嘴上当歌一样的唱，难道她在女儿面前口风就这么紧？我知道马莉是对我有意见，她对我有意见也是应该的，那时候她怀着满腔热情从学校毕业又回到乡下，一心要在那里做医生，可是我不能好好地配合她，我还把刘玉和两个小哑巴留下来气她，最后害得她败走麦城，她有理由恨我。我这样想了，心态就调整好了，失落就变成了动力，我主动向小向介绍说：“小向，我就是后窑村的呀。”我自己都觉得我的话里充满了感情，可小向没有感情地反问我：“后窑村？后窑村怎么啦？”我说：“从前你妈还有你外公外婆还有你舅舅，都在后窑村待过，后来他们都走了，后来你妈又来了，但是最后——”小向接过我的话说：“最后我妈又走了。”我惊喜地说：“小向你真聪明。”小向说：“我可不聪明，比起我妈来，我是个大笨蛋，不对，是小笨蛋。”她朝小警察笑，小警察也跟她一起笑。我不知道他们笑什么，想了想，我就说：“你妈当赤脚医生的时候，还给小哑巴针灸，想治好他们的哑巴，可是小哑巴是假哑巴——”小向对小哑巴是真哑巴或假哑巴没有兴趣，但她听到“赤脚医生”几个字，情绪就激动起来：“赤脚医生，赤脚医生，到底是什么东西？”这个问题看起来简单，但我一时却说不清楚。我也可以简单地告诉她，赤脚医生就是赤着脚不穿鞋子的医生，但她肯定不会满意我的解释。医生是最讲究卫生的，干什么都要消毒，医生怎么可能赤着脚，多脏。好在后来我发现小向其实并不需要我的回答，她抢在我前面说：“都是因为赤脚医生，我才有了这么古里古怪的名字。”她朝我翻翻白眼，好像她对自己的名字不满意，是我的罪过。我有点怵她，不敢问她到底叫什么名字，我瞥见小警察在偷笑，但他表面上却装得很正经，说：“小向，你的名字蛮好的嘛。”小向道：“蛮好的？那我跟你换吧，我叫何正，你叫向阳花。”我这才知道了小警察叫何正、小向叫向阳花。我同意小警察的意见，向阳花有什么不好。小警察何正笑道：“我还求之不得呢，我有这么个妈，不要太幸福噢。”小向冲着我说：“我从小到大，一直和我妈作斗争，要把名字改掉，可是我拗不过我妈。”我赶紧说：“你这个名字是纪念赤脚医生的。”小向说：“赤脚医生纪念向阳花？牛头不对马嘴，我妈就是不讲理，她自己为什么不能叫向阳花。”我说：“可你妈不姓向。”小向说：“她可以叫马什么嘛，马兰花，马兰草，马兰头。”我说：“马兰头不对的，小向你可能没有听过一支歌，唱赤脚医生的，就叫赤脚医生向阳花。”小向听了，忽然“嘻”地笑了一声，说：“赤脚医生向阳花？真会编，我给你再编几个，解放战争喇叭花，抗日战争牵牛花，‘文化大革命’癞痢头花……”我和小警察何正一起笑起来，小向说：“你们没有摊上这么个妈，你们不知道我的日子——”她气愤地说了几句，又看了看我，暗淡下去的眼睛又一次亮堂起来，闪烁着狡猾的光芒，她问我：“喂，万泉和，你们后窑村有几个赤脚医生啊？”一听她问这个，我的兴趣来了，我说：“好几个呢，你让我算一算。”我在心里算了一下，有我爹万人寿，可是我爹万人寿后来瘫痪了，不能算赤脚医生了，还有涂三江涂医生，可是后来涂医生穿皮鞋，也不当赤脚医生了，还有吴宝，吴宝是因为抢了我的女人才走的，总之我们后窑村的农村诊所命运并不好，我把这些情况都跟小向说了，不过我隐瞒了吴宝抢我女人这一节。小向很有兴趣听我介绍，还希望我介绍得细致一点，但奇怪的是，我说着说着，她就会跳出来反对，好像许多事情她比我更清楚似的。比如说到我爹万人寿有多大年纪，她说“肯定不对”。我不知道她的“肯定不对”是什么意思，难道她比我更了解我爹的年纪？再比如我说到涂三江回公社卫生院了，她又说“也不对”。我没敢问，难道涂医生没有回公社卫生院？接着我又讲到吴宝，为了讲清楚吴宝的事情，我不得不把刘玉说出来，只是我没有说刘玉是我的对象，我只说她已经有对象了，却又跟吴宝好了，后来吴宝就走了。小向听了吴宝的故事，很不以为然，说：“想不通，好了怎么样呢，好了就要走吗？”我回答不出。向阳花又说：“是不是这个吴宝脸色很薄啊，他觉得无脸见人了？”恰恰相反，吴宝的脸皮比城墙还厚。不过我还没来得及说出阴损吴宝的话来，小向又问我了：“吴宝后来有没有再回来？”我说没有，他到公社文化站去了。小向说：“我也觉得他不会回来，不是他。”我也不知道小向嘴里这个“不是他”的“他”到底是谁。

我说完了，停下来了，可小向却意犹未尽，还有点遗憾，说：“就这些了？”我又想了想，差一点忘记一个最重要的人物，我赶紧说：“还有马莉。”说出马莉的名字，我觉得嘴里打了个疙顿，赶紧纠正说：“就是马总。”我想好好地说一说马莉，可小向不要听，她朝我摆了摆手，说：“马总不算。”我说：“马总为什么不算，她在我们后窑当医生，农民都认得她。”小向说：“我说不算就不算。还有其他人吗？”我说：“就这些了。”有一阵万小三子曾经给我派过两个助手，但他们不能算赤脚医生，他们什么也不懂，我不能把他们算在里边。小向眼睛里的亮光又暗淡了下去，她泄气地摇了摇头，说：“搞不懂你们。”她说的没头没脑，我不能理解她，但我希望她的眼睛再亮起来，我很想为她做点什么，我看出来她想了解什么，但我又不知道她到底想要了解什么，我说了这么多，都不在点子上，都不中她的意？

小警察何正早就不耐烦了，本来他接到了小向就可以和她面对面地谈事情了，哪知半路上横出一个我来，小向看到了我，倒把他晾在一边，喋喋不休跟我聊了起来。这会儿见终于有了片刻的停息，他赶紧插上来说：“小向，你要了解的情况，我已经替你调出来了，一起进去你看一看？”小向说：“好。”就跟着何正要进去了，我知道我和小向的故事就要结束了，心里有些不舍，说：“那我走了啊。”脚下却不肯动弹。小向说：“你不走你还想干什么呢？”但她好像还是不想放我走，重新又上上下下地打量了我一番，问道：“那你是干什么的呢，你是农民吗？”我赶紧说：“我是农民——不过，我从前不是农民，我从前是赤脚医生。”小向立刻“咦”了一声，说：“你也是？刚才你还说没有了呢，你们到底有多少赤脚医生？”我说：“刚才我把我忘了，除了刚才说的那几个，除了我，就再也没有了。”我虽然没有当好赤脚医生，但是在年轻漂亮的向阳花面前，我得争一点面子，我说：“我还正经在公社卫生院培训过呢，我比我爹强，我爹是自学的。”小向说：“你跟我妈是同事？”我说：“我们乡下不叫同事。”小向不跟我纠缠叫不叫同事的问题，她继续问我：“你是哪年跟我妈同事的？”我又算了算，算准确了才告诉小向。小向好像不相信我的话，盯着我看了好一会，又问：“你跟我妈同事的时候，你们那里还有其他赤脚医生吗？”我又努力回忆，说：“没有，肯定没有！”小向眼睛忽闪忽闪，我以为她还有问题要问我，不料她却忽然对我说：“万泉和，肚子饿了吧，我请你吃饭。”我又猝不及防又受宠若惊。小警察何正也奇怪地看了看小向，说：“小向，你不调查了？”小向说：“回头我下午再来找你吧。”就拉着我走出了派出所，我不回头看，也知道小警察何正对我有点恼火。

小向对我们这个镇子似乎比我还熟悉。这也难怪，我一个乡下人，又没有什么钱，好久都不到镇上来了。这就是我们的穷乡僻壤，现在像个大城市了，我当然认不得它。小向是从城市里来的，只有她才认得长得跟城市差不多的镇子。她带着我来到一家装修得很豪华的饭店，一走进去，把我吓一跳，迎面我竟然看到了我爹，我又惊又奇，差一点说，爹，你怎么也来了？但定睛一看，才发现对面那个人不是我爹，而是我。原来饭店进门的地方安一个大镜子，我在镜子里看到的我，竟然像我爹了。平时我在家最多也只是拿家里的小镜子照一照脸面，这样全身照镜子我有好多年没照了。我有点难过，我原来都这么老了，穿得又那么土，站在我身边的小向，那么年轻，穿着时髦的衣服，她带我来吃饭，真是让她丢脸了。

果然周围有好些人都朝我们看，我有点不自在，怕小向不高兴。小向却直朝他们翻白眼，翻得人家不敢再看我们了。小向对我说：“别理他们，当他们不存在，我们谈我们的。”小向这么说了，我觉得小向很直率，我知道她请我吃饭是想在吃饭的过程中套我的话。我乐意让她套，我乐意说给她听，我没有什么好隐瞒的。何况小向是个漂亮的姑娘，我是最吃不住美人计的，美食又加美人，毫无疑问她要听什么我就给她讲什么，连她不要听的我都会给她讲。

我一边品尝美味，一边把小向要套的内容说出来，我看得出来，小向一边听，一边忍着笑，她早就想放声大笑了，可是她怕打断我，为了继续听下去，她一直忍着，不让自己笑出来，等我说到我和马莉喝了自制的中药，不停地放屁的时候，小向终于忍不住了，她“哎哟哎哟”地叫唤着，说：“笑死我了，笑死我了，我的妈，我的妈，我的肚子要笑断了，我的肚子要笑断了——”我从来没有听说过肚子笑断了这种说法，我认真地说：“小向，人不会笑断肚子的，要么是笑痛了肚子，要么是笑断了气。”小向看我认真的样子，更是笑得前抑后仰，手指着我，上气不接下气地说：“隐秘之花，啊哈哈，隐秘之花，啊哈哈——”我听不懂，我不知道她为什么那么好笑，我更不知道什么是隐秘之花，我摸不着头脑地问她：“小向，你刚才说什么？隐秘之花，那是什么？”小向终于渐渐地停止了这种莫名其妙的疯笑，但她还觉得没笑够，还拍着自己的胸说：“笑死我了，笑死我了，什么叫隐秘之花，你就是隐秘之花。”我仍然听不懂，茫然地看着她，她又要笑了，说：“什么叫隐秘之花，就是你心里想着谁，但是嘴上不说出来，那个人是谁呢，就是你想嫁的人。”我说：“不对呀，我是男的，我不可能想嫁给谁。”小向说：“我是打个比方，这是对女人而言，对你们男人来说嘛，你想娶谁做老婆，但你不好意思说出来，就是你的隐秘之花啦。”我听懂了，随即我就“啊呀”一声说：“那对我来说，我的隐秘之花就是刘玉呀。”一说出刘玉的名字，我立刻又“啊呀”了一声，我不打自招地告诉了小向，吴宝勾引的就是我的女人，我真丢脸。好在小向早已经丢掉了刘玉丢掉了吴宝，她的兴趣只在我身上。她根本就不吃什么东西，只是坐在我的对面看着我，研究我，后来她甚至还站了起来，围着我绕了一圈，最后她重新坐定下来，仍然没吃东西，先是手指“的的的”地敲着桌子，似乎不知道怎么办了，后来她掏出手机给谁打电话说：“我回来告诉你啊，我回来告诉你啊，竟然喜欢这样的——我啊？我嘛你还不知道，我喜欢成熟型的男人嘛。”她这句话一出口，我就看到有一团红色的谜团从她脸上滚过去。我觉得奇怪，小向一直在说话，表情也一直在变化，不是喜就是怒，但她的脸却始终白赤赤的没变色。现在我却看到了一团红，当然这个红谜团很快就滚过了小向的脸颊，最后来到了我的脸上。小向说她喜欢成熟型男人时，眼睛一直看着我，我不知道她是不是在说我，我红着脸想，我年纪大，肯定是成熟了。

小向收了手机，红色谜团早就滚过去，一点点残留也没有，她那似笑非笑似的狡猾又显出来了，她说："万泉和，我告诉你，这是我有生以来最开心最过瘾的一天，你知道为什么？"我不知道。小向说："正是因为你什么都不知道，我才更高兴。"她的话越说越饶舌，我越听越不明白。但是我还是没敢摇头。

小向要了一桌子的菜，但她自己一口也没有吃，只喝了几口白水，我一边打着满足的饱嗝，一边觉得很不过意，无功不受禄，我得想办法替小向做点什么事情，做点什么贡献才好，否则这一肚子的美味我怕受用不了。我小心地问小向："小向，你到我们乡下来找派出所，是不是有什么事情，要不得要我帮忙？"小向说："我要到派出所核实一下，后窑村的八小组，有没有一个叫万里梅的人。"我心里"怦"地一跳，我知道我有机会帮助小向了，我赶紧说："你不用去核实了，我认得万里梅。"小向奇怪地"咦"了一声，然后问道："你认得万里梅家吗？"我言过其实说："闭着眼睛也能走到。"

我就要带着小向回后窑村了，小向问我有多少路，我说不远，大概十几里路，走一个多小时差不多就能到了，小向朝我翻个白眼说："走一个多小时？你当我是长跑运动员？去叫辆出租车。"我赶紧叫来一辆机动三轮车，小向皱着眉头看了看，说："这是出租车？"我说："这里只有这种出租车。"小向勉强地爬了上去，这时候她的手机响了，她接手机说："是何正啊，我不去派出所了，家里有急事，我赶回南州去了，下次再来找你吧。"她说谎的时候，怎么那么顺溜，全部的谎言像是事先准备好的，不假思索就出来了，我守在一边倒红了脸。

我们上路后，小向又抱怨我，说我们乡下真落后，柏油路铺得像泥巴路，坑坑洼洼，颠死人。我不敢多说什么，我也不敢向她解释，倒是司机说了一句："比从前好多了，从前还没有路呢。"司机乱插嘴，惹得小向不高兴，她嘲笑说："没有路？没有路人怎么走路呢？"司机说："坐船罢。"小向觉得自己没知识了，翻了翻白眼，说："你这也叫出租车，这是癞头车。"没等司机再说什么，小向已经转向我批评说："万泉和，你这个人一点好奇心也没有。"我赶紧说："我有的，我有好奇心的，我正想问你为什么要找万里梅呢。"

我没有想到我的这个简单的问题，会引出小向那么长的故事。小向说："那年我考大学，我妈一定要我填报医学院，我偏不——你不要问我为什么，我不知道为什么，我生下来就是要跟我妈作对的，当然我斗不过我妈，但斗不过我也要斗。"小向的这段话我听不太懂，我张了张嘴，但没有说什么。我知道小向不喜欢我插话。我却很喜欢听小向讲话，她讲话的时候，太像从前的马莉，那种只顾自己不顾别人的习惯，简直和马莉一模一样。小向继续说："我妈曾经放弃了读本科的机会，去上了三年的医专，这是我外公活着时候老是在唠叨的一件事情——"我又忍不住了，因为小向说到了我的故人、熟人，我赶紧说："你外公我认得，是马同志。"小向对我板了板脸说："你别插嘴——我外公觉得我妈应该为此后悔终身。可我妈说我外公的话没有什么道理，一个人完全不必为他年轻时做的事后悔一辈子。当然是我妈的话更有道理，但外公的话却给了我一点启发，也许正是因为我妈没能正规地上过医大，她只念了三年专科，又在中医院经过一段培训，但这两项加起来也抵不上一个医科大学的大学生，所以她把自己的心愿寄托在我的身上？我妈真是太没道理了，想起来都后怕，幸好我妈的心愿是当医生，如果她想当特务，那我还非得去美国中央情报局进修呢。"

司机不解地嘀咕："你妈这么厉害，你妈是干什么的？"我立刻讨好说："你连她妈你都不知道，就是马总呀，马总——"小向横了我一眼，我就立刻住嘴了，我知道，关于马总的事情得由小向来说，果然，小向又说了："我妈是房地产商人，但是不知道为什么，我总觉得，做房地产生意、挣许多钱，这不是我妈真正想做的事情，一直到后来，我妈忽然宣布在她的房地产公司下面，成立了一个山茱萸药业有限公司，开始研制生产中药饮片和中药保健饮品——"我又忍不住"咦"了一声说："做西药才挣钱，你妈怎么做中药呢？"小向说："你不用咦，我妈说，西医头痛医头，中医微言大义。其实就算我妈不说话，事实也会证明，任何对我妈的决策的怀疑都是错误的。我妈说，你们还不明白，这是一个朝阳事业。"

小向终于停顿了一下，她说了这么多话，肯定渴了，可是车上没有水，小向咽了口唾沫当水喝了，继续说：“可是今天我终于看到了我妈的隐秘之花。”我四顾张望，说：“在哪里？”小向一下子被自己的唾沫呛住了，呛得眼泪都淌了下来，我被小向的故事吸引住了，我和小向一样走远了，我们都忘记了我的问题，忘记了小向为什么要找万里梅。我现在急切地想知道小向的故事的结果，我问她：“你到底有没有学医呢？”小向耸了耸肩说：“我干什么要学医，我连普通大学都没考上，我还能考上医学院吗？”我一急说：“小向，你不是故意考砸的吧？”小向狡猾地反问我：“你说呢？”我从她的口气中判断不出我的猜测是否正确，但我奇怪历史怎么会这么相像，我忍不住说：“当年马莉也——”小向朝我摆手，她不要再听我炒冷饭，她说：“我跟我妈不是一回事，我学了三年法律专科。”我也马上丢开了医生，表示出我对法律的尊重和崇拜，我说：“你想当律师？当律师好，我有个邻居就是大律师，赚了很多钱。”小向对我的邻居不感兴趣，她脑子里只有她自己，所以她继续沿着自己走下去：“一个专科生想当律师可不容易，如果没有我妈，我恐怕至今还拿着简历在人才招聘会上赶来赶去。虽然我和我妈作对，但我妈还是帮了我一把。我进了一家颇有名气的法律事务所，它的全称是：名家合众法律事务所。我第一次听到名家合众这个名字的时候，差一点笑出声来，心想，你还不如叫‘人文荟萃’呢。我很快就取得了律师资格，我还当了同方医院的法律顾问。”我又插嘴了，我说：“同方医院？就是原来的第六医院，专治肝病的。”小向说：“你知道的还真不少。”我说：“我陪我们村的一个病人来过好多次。”我说的就是万里梅，我到这时候才又想起了万里梅，我想很快我的话题就可以引到万里梅身上了。但是小向看了看我，好像想问我什么，但最后还是没有问，仍然说她自己的故事：“我最终还是没有逃脱我妈的手掌心。我没有学医，但是绕来绕去我又和医院连在了一起。”

司机缩着肩说：“现在的医院好可怕，我娘去开阑尾炎，结果医生把她的胆给拿掉了。”司机说得不错，这正是医患纠纷风起云涌的年代，不是这里砸了医院，就是那里杀了医生，不是这里差几块钱不给救人，就是那里把死婴当垃圾丢在垃圾筒里。小向听了司机的话，忽然怪怪地笑了一声，笑得像个猫头鹰。司机在“突突突”的发动机声的干扰中，仍然听清了这一声怪笑，司机又一缩脖子说：“你别吓唬人，这条路，冤死鬼很多的。”我怕吓着小向，赶紧说：

“你别听他，乡下人就是迷信。”司机却不服，说：“我不是乡下人，我是镇上人，我知道你们后窑这条桑树路——”我赶紧打断他，不让他说下去。好在小向也没有打听这条桑树路到底发生过什么，小向告诉我们，同方医院的肝病专科，几年前承包给了外地一家医院的著名肝病专家。专家倒是位货真价实的专家，会治肝病，但他的助手不地道，瞒着专家瞒着医院在附近乡下开了个假药厂，专门生产特肝灵假肝药，从肝病患者那里骗了许多钱，最后携巨款失踪。两边的医院以及那位老专家最后都目瞪口呆，束手无策，糊里糊涂成了被告。

我心里一阵乱跳，脱口说：“这个假药厂就是我揭发出来的。”话一出口我就吓坏了，完了，到现在为止，外面还没有人知道是我出卖的，现在我自己却坦白交代出来了。小向果然很惊讶，说：“原来是你啊，人家还说是药监局派了卧底进去才揭发出来的呢。”就没了声音。我等了半天，忍不住了，说：“小向，你不高兴啦？”小向却若有所思地说：“命运这东西谁也违抗不了，你知道吗，那个厂被我妈买下来了。”我很惊讶，我说：“你妈怎么知道这个厂？”小向说：“有一天我在饭桌上随意说了说我的工作，我妈立刻触类旁通，还问我药厂在哪里，我以为我妈只是随口一问的。哪知过了几天，我们主任就告诉我说，你妈动作真快，这边的案子还没开庭呢，她已经把那个药厂买下来了。我虽然有点意外，但我知道我妈也没有错，这个厂原来确实是生产假药的，但药是假的，厂却是真的，有货真价实的机器设备和厂房，我妈正在准备生产药品，她没有理由不去买下它来。我妈的行为在别人看起来也许有一点趁火打劫的意思，但对拿不出钱来赔偿患者损失的被告方来说，我妈就是他们的救星了。我妈出价很低，但除了我妈，谁敢要一个臭名昭著的假药厂？”

我又心生疑惑，可还没轮到我说话呢，司机又抢先了：“听说假药的官司还没有开打呢。”小向说：“我就是来做打官司的准备的。”司机一听，忽然就停下车，回头朝小向瞪着眼：“你是替医院打官司吧？”小向说：“我是他们的法律顾问嘛——”话音未落，司机“噔”地一下熄了火，说：“你们下去。”我急了，说：“还没到呢。”司机说：“那你得加钱。”我说：“刚才谈好了价钱的，凭什么现在忽然要加钱？”小向拉了我一把，说：“下去就下去。”先跳下了车，我不想下去也不行了，也下车来，我认得路，我们已经到了后窑的地盘上了。我朝司机说：“你以为难倒我们了，我们已经到了，但是你中途拒载，我们就可以拒付。”司机说：“你那脏钱，给我我还嫌脏了手呢——”他又指了指我说：“我认得你，你是万医生，人家都说你对农民好，现在我才知道，天下医生是一家。”我好冤枉，却无法向他解释，我心里正盘算，为了一个不讲礼貌的小向，背这样的黑锅到底值不值？小向却掏出一叠钱来，往司机手里一塞，说：“别嘴硬了，拿着吧。”司机一捏钱，觉得挺厚的，赶紧往口袋里一放，说：“拿就拿，我还怕你们？”我急了，说：“小向，你给了多少，不用给那么多的。”司机猛地调转车头，一溜烟地开走了。

就这样，在这个初冬的下午，我把小向带回来了，我把她介绍给我爹，我爹正坐在院子里晒太阳，我只说她叫向阳花，是律师。我没有告诉我爹她是马莉的女儿，因为我爹从一开始就不喜欢马莉。我爹听我说向阳花，他混浊的眼睛似乎清亮了些，眼皮眨巴作响，向阳花三个字也许让他想起了他当医生的辉煌的年代。

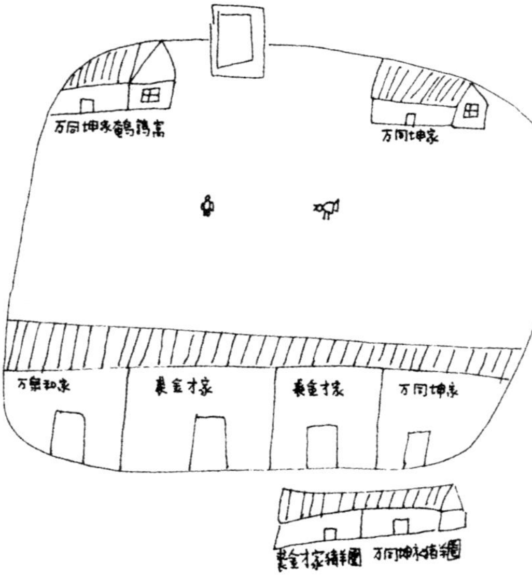

小向看了看我们院子，我们的院子现在是这样的情况：

小向说：“当年我妈住在那里？”我指了指破旧不堪的东厢房，说：“你妈住那里，你要不要过去看看？”东厢房里有“咕咕咕”的声音，小向从窗口朝里边望了望，一股臭气差点把她薰倒了，小向退出老远说："什么东西，什么东西，鸽子吗？"我说："是鹌鹑，万同坤家养的鹌鹑，会下鹌鹑蛋。"我还想告诉小向，东厢房是我租给万同坤的，他一个月只肯付五十块钱房租，我正准备跟他谈提价的问题，小向忽然却又没了那个兴致，挥挥手说："算了，我不管我妈是否住过鹌鹑窝。"我觉得小向的情绪很不稳定，我猜想，也许因为同方医院的案子压在她的心上，让她透不过气来。果然我的猜测没错，小向跟我说："你这么热情地给我帮忙，你知不知道我在做什么？我是在替一个既触犯了法律、又触犯了众怒的被告说话，我心里明明知道他们是错的，应该重判重罚，但嘴上还得替他们说好话，好像要从腐尸里找出一片鲜肉来，真叫人恶心——"我很同情小向，我点了点头，表示我能够理解。小向又说："当然，这个事情还涉及律师的职业道德等许多其他问题，比较复杂，我说不清楚，不说也罢——"我赶紧点头赞同，因为我也是这样的，说不清的事情，就让它去了。小向说："原告方是弱势人群，他们无力支付高昂的律师费用，这个消息被媒体曝光后，南州市法律界最具实力的大律师裘奋斗主动站了出来，免费帮他们打官司——"一听到裘奋斗的名字，我激动起来，打断了小向说："裘奋斗，我认得他！"说出这句话的同时，我脑袋里一亮，忽然就想起来，当时我们厂被贴封条的事情，我都没知道，裘雪梅倒先知道了，原来是裘奋斗在给他通风报信呢。

就在我听到裘奋斗的名字激动的时候，我忽视了小向，后来我才发现，小向比我更激动，她竟然一把抓住了我的手臂，我明显感觉到她的手在抖动，小向说："你认得裘奋斗？你怎么会认得裘奋斗？"我指着裘金才家的老屋说："裘奋斗从前就住这里。"我看到小向的脸色大变，大红，比刚才滚过的那团红色谜团厉害多了，它滚到了小向脸上就再也不下来了。小向红着脸问我："这么巧？"她好像非常怀疑我的为人，又责问我："你到底是谁？怎么事事都跟你有关联？"我竟然张口结舌，竟然说不出我的名字叫万泉和。

过了好一阵，小向才渐渐地平静了一点，她没有深究裘奋斗到底是不是曾经住在这里，她说："裘奋斗大名鼎鼎，颇具威望，正义在他那里，民心也在他那里，于法于情，胜数都在他手里握着。其实这个案子根本就用不着裘奋斗这样的大律师出来，就算我去替他们当律师，也是必胜无疑的，可裘大律师偏偏站出来了，他从从前到现在，面对的都是强劲的强大的对手，可这一次完全不同，他的对手早已经跌入了墙倒众人推的绝境。裘奋斗真是牛刀杀鸡高射炮打蚊子大材小用了。我敢肯定裘奋斗是作秀，我决定与他来个短兵相接刺刀见红，我直接去找他，我要通过正面冲突刺探他一下，可他听说我是同方医院方面的代理，根本就不跟我见面，我让他的手下进去告诉他，我是马总的女儿，他的手下出来回他的话说：马总，马总是谁？”我发现小向的脸都气青了，赶紧劝慰说：“你别理他，裘奋斗这个人从小就——”小向又一次无礼地制止我，不许我说话，她自己激动起来，身子向我这一边倾斜过来，我顿时感觉到她身上散发出一阵一阵的气浪，我都差不多要闻到她的鼻息了，小向喷着一股热气，恶狠狠地说：“我恨上他了——万泉和，你知道当我恨上一个人，会发生什么事情吗？”我吓得浑身一哆嗦，结结巴巴说：“我，我，我不知道，你，你，你不会——”小向说：“我当然不会杀了他，我才不会为我恨的人去犯法呢，傻子才会那样干。”我这才稍稍地松了一口气，赶紧捧她：“小向，你懂法律的。”小向说：“那你知道我会干什么呢？”我担心地问：“你会干什么？”小向说：“你听说过美国的辛普桑案件吗？”我没有听说过，连谁是辛普桑我都不知道，我怎么会知道他的案件。小向泄气地“哼”了一声，不跟我说辛普桑案件了，我估计这辛普桑的事情说起来太复杂，她怕我听不明白，她还是不要扯得那么远，回过来说同方医院的事吧。

小向说：“同方医院的官司是输定了，有我没我，结果都是一样。但我不甘心让裘奋斗赢得那么顺利那么得意，我要让他吃点苦头——”小向说到这儿，我忽然又起了疑惑，我隐隐约约地感觉到，小向不是小向，小向好像是什么人的使者，有人派她来跟裘奋斗纠缠，会是什么人呢，难道是万小三子？

不知道小向通过什么恶劣的手段，她竟然得到了裘奋斗为这场官司准备的受害患者证人的名单，一共是八个人，小向一个一个找到他们，想从他们那里搜寻一点裘奋斗的漏洞，结果被他们一一臭骂轰走，有人甚至还要打她，最后就剩下我们后窑村的万里梅了。

小向终于把她找万里梅的理由讲清楚了。接下来就是我的事情了，我要带她去后窑村第八村民小组找万里梅。但是现在我也左右为难了，我明明知道小向做的事情不太好，但我又忍不住要帮助她。如果你们觉得我这个人经不起美人计，在美人面前我就没有了道德和正义感，你们这么想也是对的。

万贯财靠倒卖橘子起家，发了财，在城里买了房子，买了户口，大家说万贯财要包二奶了。可是万贯财没有包。他从前怕万里梅，现在仍然怕万里梅。万贯财把万里梅接到城里去住，住了几天万里梅又回来了，她见人就嚷嚷，闷死人的，闷死人的，像住在棺材里。哪有说自己男人的房子像棺材的？可乡下女人说话就这样口无遮拦，牙齿缝像毒蛇一样丝丝地吐信子。

我和小向找到万里梅家的时候，万里梅正和我爹一样舒舒服服躺在躺椅上晒太阳，她老远就看到了我，又是向我招手，又朝我笑，她笑得很灿烂，神清气爽，身上一点也没有长期患病的那种晦气。小向走到她跟前时疑惑了一下，又问我：“她是万里梅吗？”我还没回答，万里梅就指了指小向手里的患者名单说：“是，我是万里梅，你那上面写的就是我。”小向可能有点出乎意料，她大概以为一个长期患肝病的农村妇女肯定是奄奄一息了，她还没有来得及调整台词，万里梅已经抢先跟我说起话来：“万医生，我昨天晚上做了个梦，梦见我拾到一块镜子，老话说，拾得镜子招好妻——”她又要说我的婚姻问题了，可她也不想想周全就说，拾到镜子的又不是我，跟我有什么关系？可万里梅总是想方设法要把话题扯到我身上，我不想让小向知道我的失败的婚恋史，我赶紧制止她说：“万里梅，今天不谈我。”万里梅却不依，说：“为什么不谈你，不谈你谈谁？”我说：“我没心思谈这个问题，我都已经这么老了。”万里梅不同意我的说法，说：“老什么，五十五，下山虎嘛。”我狠着心肠切断她的思路说：“万里梅，向律师是来找你调查假药问题的，你还是和向律师谈吧。”

小向急着要言归正传，她才不管我有脸没脸，更不管我有老婆没老婆，她扬了扬手里的患者材料对万里梅说：“这上面记着，你的年龄是五十四岁？”万里梅扳着指头算了算，说：“这是六年前的。”小向说：“你六年前就在同方医院看病了？”万里梅说：“那时候他们还不叫同方医院，叫第六人民医院，后来变成私人的了。”小向觉得万里梅回答正确，满意地点了点头，又说：“从医院的记录上看，后来你的病就好了？是同方医院治好的？”万里梅躺着不动，朝屋里喊：“爹，把我的病历拿出来。”万四豁子应声从屋里出来，手里拿着万里梅的病历和化验单，恭恭敬敬地交给小向，小向看化验单的时候，我也瞄了一眼，看到上面尽是（-），我激动地说：“好了，好了，你看都是（-）哎。”我觉得小向应该很兴奋，无论怎么说，无论那些肝药是真是假，万里梅的病确实是在同方医院治好了嘛。哪知小向情绪却忽然低落下去，把我拉到一边说："你不懂就不要乱说，这化验单是假的。"我吓了一大跳，医院的化验单怎么会是假的。小向说："造假药的串通了同方医院化验室的医师，不是把人家的阴性改成阳性骗人吃药，就是把人家的阳性改成阴性，骗人家说病治好了。"听得我云里雾里，还以为自己在做梦呢。万里梅虽然不听见我们走到旁边嘀咕什么，但她久病成精，猜也猜得出来，为了证明她的病确实是好了，她在那边大声对我们说："我都是减，我都是减，我男人带我去过好几家大医院化验过，都是减。"这回万四豁子不等万里梅吩咐，已经进屋又去拿出一沓化验单，我和小向一看，傻了眼，其他医院的多张化验单上竟然同样全是（－），我说："奇怪了，奇怪了——"小向也是一脸的茫然了。她原来以为万里梅肯定是被同方医院的化验室骗了，现在看起来，万里梅的病真的治愈了，这让小向心里又燃起了一点希望。说心里话，我觉得小向的这种希望是不道德的，她希望同方医院卖假药害人的恶劣行径可以因为万里梅的病情好转而反败为胜。但我不敢指责小向。

小向疑疑惑惑地将这些化验单看来看去，万里梅不知道她疑惑什么，她很想帮助小向，但又不知从何帮起，忍不住问我道："万医生，向律师是帮谁的？"我赶紧批评万里梅说："你没有知识不要乱说，法律上的事情，不能用谁帮谁来解释的。"万里梅心服口服地点了点头说："我知道，谁帮谁是乡下人的说法。"她想了想又对小向说："我知道，你不是裘奋斗一边的，我就帮你吧。"小向大吃一惊，脱口说："可裘奋斗是为你们说话的。"小向的话一出口，我就知道聪明人也傻帽了，她虽然说的是真话，可真话不是人人能说的，尤其给人家当律师，要是句句都说真话，官司还有赢的时候吗？小向也不管自己犯傻不犯傻，她要把她的那一点点希望燃成大火，就算烧不死裘奋斗，也要烧得他哇哇叫。她在那一丝丝的缝隙里追着万里梅问："你的病确实治好了，你一直是在同方医院治的吧？"万里梅朝我看看，说："是的，万医生说同方医院会治肝病，我就一直在那里治。"小向说："他们给你开过特肝灵吗？"万里梅说："开过呀，特肝灵两年前就有了，就开始给我配了。"小向"咦"了一声，说："这就奇怪了，人家吃了同方医院的特肝灵，个个病情加重，怎么唯独你，反倒吃好了呢？"万里梅"扑赤"一声笑了出来，开口要说什么，看到万四豁子守在旁边，她赶他走："爹，你进去吧，我跟向律师说话呢，律师不喜欢人多。"万四豁子就乖乖地进去了。万里梅压低了嗓音说："我告诉你们吧，我根本没吃过特肝灵。"她看我们不明白，又神神秘秘地说："其实我的病早就好了，可我男人老是不放心，还要叫我再巩固，再检查，啰里啰嗦，还叫他老爹老娘盯住我，定期让我去医院配药，我懒得跟他们废话，就定期去配药，但配回来我不吃的。"

我听到小向长长地叹了一口气，我知道她彻底失望了。小向的情绪跟着事情的进展一会儿高一会儿低，现在她知道自己到了谷底，再也爬不上去了。她这个人不怎么讲理，自己泄了气，就把情绪放到我身上，说："万泉和，你们乡下人觉悟真低。"我被她说得愣头愣脑，觉悟都没有了。万里梅的反应却比我快，她说："咦，你们律师说话都一样，裘律师也这样说，他也说我们觉悟低。"小向一听到她的仇人的名字，又从谷底努力地昂起头来，抱着最后的一丝丝希望，像捞着一根救命稻草，问万里梅："裘奋斗来找过你，他跟你说了什么？"万里梅说："他告诉我同方医院的药是假的，我说我已经在电视里看到了。"小向又往上爬了一点："他还说了什么？"万里梅说："他问同方医院有没有给我开过特肝灵，我说开过的，他问我家里还有没有这种药，他要带一点走，我就给了他一盒。"小向见万里梅不说下去，又问："后来呢？"连我都能够回答她，后来裘奋斗拿了药就走了罢。小向却微微皱眉说："他拿你的假药去干什么？"我急于想替小向解决问题，猜测说："也许他想多搜集一点证据。"小向不满意地白了我一眼说："假药多得仓库里都堆不下了，还需要再来这里取证？"小向一反驳我，我就不敢多嘴了。万里梅却"扑赤"一声笑了出来，说："我根本就没有吃过那种药，裘奋斗拿去干什么呀。"万里梅的一声笑，让小向顿时跳了起来，跳起来以后，她的脸大放光彩，比年轻时的马莉漂亮多了，看得我都呆掉了。

这件事情真是一波几折，我被折得晕得转向。当然我晕头转向不要紧，关键是小向不能迷失方向。你们可别以为小向有敬业精神，此行的目的是为同方医院来寻找证据减轻罪责的，她才没那么傻，她是恨上了裘奋斗，来找裘奋斗的茬子的。

我和小向从万里梅家出来，走到村口，那里围满了人，正在等我们呢。大家听说马莉的女儿回来了，都来看热闹，好像村里来了马戏团似的。我张开双臂赶他们散开一点，我说：“小向要走了，再不走赶不上末班车了。”但是大家不肯散走，有人指责我说：“凭什么你能跟她说话，我们就不能。”另一个人走到小向跟前跟她说：“你娘马莉，我在电视上看到的，现在是大人物了。”另一个人也凑到小向面前说：“他瞎说，你娘从来不上电视，她是躲在幕后的，是不是？是不是？”又一个人从后面挤上来，摸着小向的衣服说：“你这身衣裳，要多少钱？几千块吧？”另一个人说：“你懂什么，几千块算什么，恐怕要几万块呢。”小向任是机灵尖锐，也架不住这么多没有文化知识的乡下人围着她恭维，她起先还保持着一点优雅，后来终于急了，说：“你们干什么，你们拉我的衣服干什么？”她不说，倒只有一个人摸了摸她的衣服，她这一说，大家“噢”的一声都挤上来拉扯她的衣服，说：“真的几万块啊？真的几万块啊！”小向气得说：“不是几万块，是几十块，地摊上买的。”大家一听，愣了愣，很快又有人说：“我说的吧，有钱人反而穿得蹩脚，没有钱的人才往自己身上贴金呢。”我真替他们丢脸，马莉的女儿回村里来，他们也不知道叙叙旧情，只知道讲钱讲衣服，我正想批评他们，哪知他们已经得寸进尺了，一个女人上前拉住了小向的手，小向想甩开，但毕竟抹不下脸，只好任她拉着。女人亲热地拉着小向的手说：“我家小孩大学要毕业了，你帮他找个工作吧。”小向说：“我哪里找得到工作。”女人说：“就到你妈公司里吧。”小向本来还想反抗，但是看眼前这情形，她知道反抗是没有出路了，她急于想脱身，应付说：“我回去跟我妈说吧。”女人兴奋得脸都红了，头都昏了。可旁边有个人却头脑清醒，他提醒她说：“你要主动跟她联系的，你向她讨一张名片呀。”看得出女人很想要名片，但不太敢开口，提醒她的那个人自己更想要，也不敢，就鼓励女人说：“你讨呀，你讨一张名片，你讨呀。”那女人在别人的鼓励下，终于鼓起勇气向小向讨了一张名片。小向大概以为给过名片就能脱身了，赶紧掏出名片来。

你们都知道小向错了，就在这个女人接过小向名片的同时，许多只手都伸了过来，一片嚷嚷：“我也要，我也要！”大家一哄而上，抢了起来。我看不过去，说：“又不是钱，你们抢什么抢？”一个人生气地对我说：“你懂什么，名片就是钱。”

小向气得花容失色，名片也不发了，干脆掏出钱包，抽出钱包里所有的钱死劲往天上一洒，大声地说：“拿去吧！”大家愣住了，就眼看着那些红色的百元大钞一张一张从天上飘落下来，飘了一地，却没有人去拣。

小向拔腿就走，大家才醒过来，七手八脚拣起小向的钱，递给我，我追上去交给她，说："你数一数。"小向莫名其妙地看着我，我说："乡下人不敢要天上掉下来的钱。"

没过多久我们厂长和白善花就被捉拿归案了。假药案开庭那天，我没有去。我原以为至少有一方会来请我当证人的，可是没有，我有点气闷，难道我连万里梅都不如？万里梅还有人请她当证人呢。

这个案子小向早就说过，是没有悬念的案子，胜负早已经决出来了。但是在这个大的定局中，因为有了万里梅这个证人，却害得裘大律师马失前蹄，摔了个大跟斗。他举证万里梅吃了同方医院的假药特肝灵，是受害者，辩方律师向阳花站起来说，万里梅从来没有吃过特肝灵，她的肝病两年前就好了，那时候还没有特肝灵呢。向律师所说内容，当场得到了万里梅的证实。裘律师万万没想到自己大风大浪都经历过，结果却在小阴沟里翻了船，大丢脸面，居然支撑不住，当场要求休庭。那时候有人在旁听席上拍手拍脚大笑，法警几次警告无效，最后这个人被轰出了法庭。

你们猜得到吗，这个人就是万小三子。

不过这些事情都是我听来的，不足为证。

他们还告诉我一件事情，说假柳二月竟然在法庭上为自己辩护说，本来他们也没有想造假药，他们是想到万人寿那里去弄秘方的，但是万人寿和万泉和太狡猾，不肯把秘方拿出来，他们没有办法，只能造假药了。按她的说法，好像造假药还是我和我爹的罪过。我没敢告诉我爹，我怕我爹听了气得重新又瘫倒了。我只想哪天见到假柳二月，义正词严地责问她一番。

过了些日子，小向竟然出现在我们院子里，我以为她是来感谢我的，哪知她理也没理我，就直接奔进裘奋斗家的老屋里去了。我想起当初她恶狠狠地说恨上一个人会怎么样，我吓得心又乱跳起来，赶紧追进去。就听曲文金刁着舌头在说："我们不己刀的，我们不己刀的。"裘金才已经很老了，几乎不能走路了。从前我爹瘫痪的时候，他是那么的生龙活虎，跟着曲文金走到东走到西。现在我爹已经站起来了，撑着拐杖也能走几步路，生活也能自理了，而且还越来越有精神，裘金才却躺倒不干了，他再也不能跟着曲文金后面寸步不离了。好在曲文金有良心，她现在伺候裘金才就像当年裘金才呵护她一样，尽心尽意。裘金才现在躺在床上也仍然眉开眼笑，比我爹躺在床上的时候开心得多了，他仍然能够和曲文金一搭一挡配合默契地面对任何事情。这会儿他紧接着曲文金说："裘奋斗的事情，你别来问我们。"小向的脾气再丑，面对这一个老老头，一个小老太太，她也不能发出来，只得和气地问："那他在哪里？"曲文金说："他不在乡下，他在城泥，他戏捏戏（律师）。"小向不知道曲文金是大舌头，以为曲文金有意弄怂她呢，丑脾气到底出来了："捏什么鬼戏，我到处找遍了，没找到他，才会追到乡下来。"曲文金一听，哆哆嗦嗦说："他不见了？他会不会，他会不会——"我赶紧安慰她："他肯定是出差了。"小向白了我一眼，没说话，但她的意思我明白，她不要我多管闲事，没有我说话的份。

小向气愤地出了院子，又返回来，丢给我一大包东西，我打开一看，是一包中药饮片，小向说："这是我妈的山茱萸公司生产的中药饮片，给你们带一点试试，上面有说明。"其实我们乡下都已经知道了，马莉生产的药价廉物美，在农村大受欢迎，马莉又赚了个锅满瓢溢，还得了个先进的称号，真是又有面子又有夹里。我乐颠颠地问小向："你跟你妈说起我了吗？"小向说："我说了，可我妈说：万泉和？不认得。"我吃一大闷棍，半天回不过神来。

不过后来我很快就想通了，马莉虽然忘记了我，但她没有忘记没钱看病买药的农民，她的中药饮片虽然给她自己挣了许多钱，但毕竟也给生了病的农民一条路走。所以我一点也不怪她。我刚刚在心里原谅了马莉，小向却又笑道："郁闷了吧，骗你的，我妈忙得个把月都没见人影子了，大概又到美国去了，难道要我追到美国去跟她谈论你？"我看着小向不诚实的眼睛，实在不知道她哪句话是真哪句话是假。

那天小向没找到裘奋斗，灰溜溜地走了后，裘奋斗却忽然冒了出来，他好像在和小向捉迷藏，冲着小向离去的方向说："哼，你以为这是辛普桑案？"我记得小向也说过辛普桑，看起来这个辛普桑知名度很高，可惜我一个乡下人，孤陋寡闻，没有听说过。

在这桩假药案中，裘奋斗赢了官司，却丢了脸，他一如既往地要把丢了的脸找回来。他不相信万里梅这么严重的肝病，没怎么治疗没怎么用药它就自己好了？裘奋斗到处请教专家，自己也潜心钻研，好长一段时间里，他差不多成了一名肝病研究员，最后裘奋斗终于得出了他的独家结论，他回来的时候，把结论告诉了我们，说万里梅是吃橘子吃好的。我听了差一点喷笑出来，连我都不会说出这么没水平的话，裘大律师这是怎么啦，给小向气糊涂啦？裘奋斗见我们都不服，又添油加醋说：“万里梅这几年吃的橘子不是一般的多，她吃了很多很多的橘子，她几乎年年月月天天在吃橘子，橘子里有大量的维生素 C，对肝脏有维护作用，加上万贯财有了万贯家财却没有包二奶，还买许多营养品给她吃，万里梅心情愉快，她又不用劳累干活，轻轻松松，富贵病富贵起来就没了病。”

我们都怀疑裘奋斗的研究结果，但谁也没有证据反驳他。我只是希望你们千万不要对裘奋斗的结论偏听偏信，得了肝病还是要去医院治疗，如果你们听了他的话，不去医院，光买橘子吃，最后怎么样可不管我的事，要找责任人也得找裘奋斗去。不过我还得劝你们一句，找裘奋斗你们可得小心一点，虽然他在肝病研究上没有水平，但他打官司是有水平的，他是大律师，他要想赢就能赢。你们要做好心理准备再去找他。

裘奋斗见我们面露不以为然的神色，他架起了二郎腿，说：“你们不懂了吧，我分析给你们听，100 克橘子里，含维生素 C——”他正得意洋洋要给我们介绍他的研究过程，只见小向一阵风地冲了进来，指着裘奋斗大声说：“你以为你躲得过我？”裘奋斗吓得魂不守舍，站起来就往屋里走，走了几步，觉得不对，又返身往院子外面跑，小向紧紧追上他，扯住他的手臂说：“裘奋斗，你跑不掉的！”

我们都不知道发生了什么事情，目瞪口呆，只有曲文金情绪激动，她的脸都气白了，追着他们大声说：“拉拉扯扯，拉拉扯扯，我们奋斗可是有老婆的人，他女儿都七岁了。”曲文金因为又气又急，舌头更刁了，她将这句话说成了：“那那者者，那那者者，我们奋斗狗戏有脑波的银，他驴儿都急醉了。”开始连我都没有听懂，反复砸巴了一会，才砸巴出曲文金的意思来。我一旦想明白了曲文金的意思，就听到自己心里“怦”地一跳，我想起小向跟我说隐秘之花的时候，说过她喜欢成熟的男人，我还自作多情地以为她说的是我呢。

原来裘奋斗是向阳花心里的隐秘之花。

可是我又不明白了，小向怎么会有这么一朵隐秘之花？她不是很恨裘奋斗、让他在法庭上最风光的时候出了大洋相吗？难道是因爱生恨，或者是因恨生爱？我头都昏了，小向的思维我永远都跟不上。从前马莉的思维我也跟不上。我只想起一句老话：不是冤家不聚头。

第十八章 裘二海怎么成了我爹

裘二海的性病一直没治好，还越来越厉害了，连手上脸上都开始出疹子了。裘二海倒还有脸在村子里东转西转，还看女人，还腆着脸朝她们笑。村子里不光女人见了他都躲得远远的，男人也不理他，甚至有一只狗见了他，也赶紧绕道走了，还有一个人远远地朝他吐了一口唾沫。

裘大粉子气得吐了几口血，她要儿子裘喜大去请教胡师娘，裘喜大还没有去，就被裘幸福知道了，裘幸福生气地跟他爹说："你敢去，你前脚进去，我后脚就把她的窝给端了。"裘喜大是个窝囊的人，又怕爹又怕娘又怕儿子，别说大儿子当了村支书他怕，就是那个一天到晚无所事事的二溜子小儿子裘发财他也很惧怕，裘发财只要朝他一伸手，他就乖乖地掏钱给他。

过了几天，裘幸福出差了，裘喜大赶紧到胡师娘家去，问胡师娘能不能治。胡师娘说能治，只要心诚，没有不能治的病，叫他们把病人送来。裘喜大回来跟裘大粉子商量要把裘二海弄到胡师娘那里去。裘大粉子不同意，裘大粉子说："不要再丢人现眼了，多给点钱，悄悄地请胡师娘上门吧。"就趁着黑夜把胡师娘请来了。

裘大粉子偷偷请胡师娘来，却不知道全村的人都已经知道了。农村可不是个保密的好地方，农村的消息是跟着风走的，没有风的时候它们跟着空气走。

胡师娘跳大仙，从来都是轰轰烈烈吵吵闹闹的，可这回她多拿了裘大粉子的钱财，只能听裘大粉子指挥，准备不出动静地把大仙请来，让大仙悄悄地把裘二海身上的脏东西捉走。可是到了那时辰，才发现大仙还没到，看热闹的群众却已经到了一大群。胡师娘跟裘大粉子说：“既然已经公开了，就公开做吧，大仙喜欢热闹，这么默默无闻，大仙他老人家不一定肯来呢。”裘大粉子也无可奈何了，说：“反正脸都给死鬼丢尽了，再丢吧。”胡师娘就在村支书裘幸福家大摆一场请大仙，喇叭喧天香烟缭绕闹了大半夜。大仙来了又走，走了又来，把裘二海累得鼻涕眼泪都流下来了。

胡师娘真是吃了豹子胆，她敢在老虎头上拍苍蝇，她是有意在挑战呢，你裘支书不是说要端我的窝吗，我就到你的窝里来闹腾，看看农民到底听你的还是听我的。这件事情经过农民的嘴把它夸大了，又随风飘出去好远好远，一直飘到了镇党委。裘幸福人还没回家，就接到了镇上的电话，要他回来说清楚。

村支书裘幸福检查了几次没过关，还惊动了县纪委，据说他到县委痛哭流涕，把县领导的心给哭软了。最后上级以治病救人的政策，没有撤裘幸福的职，给了一个党内警告，把裘幸福小命吓掉了半条。回到家里大发雷霆，说：“罚，罚，你，你，还有你——”他指着奶奶裘大粉子、父亲裘喜大、母亲万香草，让他们罚款。他们气不过，说：“你怎么罚我们？”有些话当着裘二海的面没有说出来，其实言下之意很明白，得性病的是裘二海，应该罚裘二海，怎么罚别人呢。裘幸福说：“村支部决定罚谁就罚谁，没有你们说话的余地。”他收了罚款，交到会计裘方那里，正好上级卫生防疫部门来村里检查工作，中午就拿这些罚款请他们吃了一顿。

经过这一阵的折腾，其他一切都渐渐平静下来，唯一没有平静的，就是裘二海的病。裘喜大见老爷子的模样越来越骇人，悄悄地去问过胡师娘，怎么大仙没有把老爷子身上的脏东西捉走，胡师娘气道：“你还敢怪大仙？你们家的人，对大仙如此不恭，大仙生气了，昨天七组的老六病了，我诚心请大仙来，大仙都不肯来了，我还没有找你们要赔偿呢。”裘喜大还想解释什么，胡师娘根本不想理他了，朝他摆手说：“回吧回吧，大仙没再降罪给你们，已经对你们够仁慈了。”吓得裘喜大回去赶紧跟裘大粉子汇报。裘大粉子听了，气得“呸”了一声，说：“我日他的鬼大仙。”话音未落，两眼一翻，气晕过去了。

裘二海知道自己给支书孙子惹麻烦了，还差点害得孙子下台。裘幸福罚了家里其他人的款，却偏不罚他这个当事人的款。弄得裘二海心里上上下下的不安。罚了款的人，心理压力反而减轻了，不几天裘幸福也就依然跟他们有说有笑，没有被罚款的裘二海，裘幸福始终连正眼都不看他一下，裘二海知道裘幸福瞧不起他，他也不敢跟裘幸福说话，去跟裘大粉子说："你跟他说，我宁可罚款的。"裘大粉子答得干脆："你没资格。"

这些事情当然不是我亲眼所见，是我在风里听到。村里所有的人，都在风里听到了这些事情，哪怕是裘二海家里发生的最秘密的事，风都能把它们带出来，带到全村人的耳朵里。

裘二海遭到全家人和全村人的歧视，就来找我了，他以为我是好欺负的，进来就说："万泉和，你他妈的真不是东西，当年我那么抬举你，让你当赤脚医生，你现在看我的好戏？"我说："裘二海，我没有要当赤脚医生，是你一定要叫我当的。"裘二海说："你还狗咬吕洞宾，我实话跟你说，有人为了当赤脚医生，都跟我睡了，我照样没有给她当，还是让你当了。"我不知道他说的是谁，反正裘二海睡过的女人多了去，是谁也无所谓。我说："你跟谁睡觉不用告诉我的。"裘二海说："妈的，早知道我那时就把刘玉睡了。"他见我两眼直瞪，又不怀好意地挑衅我说："你以为我不敢？你以为她不肯？"他拣最刺我心的话说，我不想看他的嘴脸，扭头就走，裘二海在背后说："喂，你到哪里去？"我说："你管我到哪里去，反正我到哪里也不会给你治病的。"我的话音未落，就听到身后"扑通"一声，我还以为裘二海摔倒了，回头一看，他并没有摔倒，而是自己跪倒在我身后，看到我回头看他了，他就开始打自己的嘴巴，右一下，左一下，再右一下，再左一下，打得"啪嗒啪嗒"响，看得出他是下死劲打的，因为眼见着他两边脸都红起来。我本来下决心不理他，随他去作践自己，作践得越厉害越好，可听到那"啪嗒啪嗒"的声音，我心里不好过，好像打在我自己的脸上，也是奇怪，我跟他非亲非友，他打自己关我什么事？都怪我娘，生下我，给了我这么一颗软不拉叽的心肠，我只好上前拉住他的手，说："你干什么？"他也打累了，说："你叫我别打，我听你的。"趁势就停了下来。我说："打自己的脸就能打好你的性病？"裘二海二话没说，"咕咚"就朝我磕了一个头，大概自己也没有想到磕得那么重，磕疼了，"啊哇啊哇"叫了几声，摸着脑门直咧嘴。我看到他脑门上顿时起了一个大包，想笑，但是没有笑出来。我说："你想要我治你的病，可你知道的，我不是医生，我不会治病，我还治死过人命。”我把自己的问题说得严重一点，想把他吓走，不料他一点也不怕我，还说：“你家是世医，你爹会治病——”我打断他说：“你还有脸说我爹呢，当初要不是你那一脚，我爹今天就能给你治病了。”裘二海跪得膝盖好疼，想站起来，但我偏不开口，他挪动一下膝盖与地面的接触点，结果觉得更疼了，他只得熬下去，说：“你爹是中医，你爷爷是中医，你爷爷的爹也是中医，你爷爷的爷爷是什么我就不知道了，反正你们家肯定是三代以上中医，你应该近朱者赤。”我说：“我近的是一个躺在床上几十年的瘫子，那是赤吗？那是灰，是灰（晦）气！”裘二海龇着牙说：“万泉和，万医生，我跪不动了，可是，可是，你不答应我我就坚决不站起来。”我说：“我答应你有什么用，我给你开什么药，你要什么药？砒霜？”裘二海说：“好的好的，砒霜也好的，以毒攻毒。”我简直拿他没办法，他的脸皮那么厚，他的膝盖还那么吃硬，现在他膝盖的疼痛传染给我了，我觉得自己的双膝又疼又麻。裘二海继续开导我说：“万医生，老话说，救人一命，胜造七级浮屠。”我立刻刻毒地说：“你这条命，还算是人命？”裘二海说：“救猪一命，救狗一命，胜造六级浮屠。”我没有听过这种说法，这是他自己编出来的，我斗嘴斗上了瘾，还想继续跟他斗下去，我想说“你觉得自己是猪是狗？”可是我的膝盖已经受不了了，我赶紧说：“算了算了，起来吧。”裘二海不起来，说：“你答应了，我才起来。”我只好先骗他说：“我答应了。”裘二海才要站起来，可是他站不起来，他虽然一世人生潇洒快活，不显老，但毕竟也有七老八十了，我还得把他扶起来，小心地呵护着，怕他真的摔倒了。裘二海好不容易站稳了，他想揉揉自己的膝盖，可是腰弯不下去，我只好蹲下去替他搓揉，就像这许多年来，我天天给我爹搓揉麻木的双腿一样。搓揉了一阵，裘二海感觉好些了，长长地叹了一口气，说：“我跟你说实话吧，我这许多年，做人也算是尽兴了，想干什么干什么，风流一辈子，活也活够了，我现在就是想，别再给小辈的丢脸了。”我听了这话，心里有点难过，我也相信了他的话，他这把年纪，从前还当过不可一世的大队支书，现在之所以不顾人格地跪在我面前，可能确实是不想再给裘幸福惹事了。

每次我心一软，就会让自己处于尴尬的境地，甚至走入绝境。现在历史又重演了。我答应给裘二海治性病，可我从来没有治过性病，以我所了解的有关性病的知识，就只知道开点抗生素消炎药之类，但这些普通的治疗方法，裘二海早用过多回了，根本不见效。裘二海比我明白，他启发我说：“你爹从前治过杨梅疮。”我说：“那是从前，现在你得的是新世纪的杨梅疮，别说我不懂，就算我爹还在当医生，恐怕他也无处下手了。”裘二海说：“我一直在看西医，可是西医不灵，骗了我一万多块也没看好，才转看中医，所以我是寄希望于你的。”他见我答应给他治病，口气渐渐地又老卵起来了，他跟我说：“从前你爹活着的时候——”我气得说：“你胡说什么，我爹什么时候死了吗？”裘二海奸笑说：“你爹老是躺在床上，我还以为他早就死了呢——你爹从前一直跟我孔夫子放屁，说什么妖姬美女是砍伤性命的利斧，美味和酒肉是腐烂肠子的毒药，可我宁可害了性命烂了肠子，也不能没有美女和美味呀。”我没有理睬他，都病成这样了，还不知道后悔反省。

我翻出从前马莉留下的一些中医中药书籍，裘二海坐在一边无所事事，他知道我要用心给他治病了，又有点得意忘形，跟我说：“万泉和，我给你说说我的故事吧。”我说：“你什么故事？”裘二海坏笑道：“我还能有别的什么故事？”我说：“我不要听。”裘二海说：“你口是心非，你嘴上说不要听，但是你的眼睛告诉我，你心里很想听。”这老东西，还能从我的眼睛看到我的心里，但我毕竟心虚，赶紧躲开了他的注视。他又说：“说我的风流史，其实也是给你传授一点经验，我又不收你学费。”我不说话，也不看他。裘二海说：“你记住了，像你这样的人，小姐最喜欢。”他这样一说，我又忍不住看他，因为我不明白他的意思。裘二海又说：“小姐喜欢老的。”我觉得不可思议，想了想，我明白了，我说：“年纪大一点成熟，是不是？”我又想到几句词，赶紧补上说：“还稳重，可靠，是不是？”裘二海“嗤”了一声说：“不懂装懂，我告诉你——老的上去，一会儿就下来了。”我还是没有明白，又去看裘二海，裘二海一脸的异怪样子，笑着继续说：“不像那些小的，趴在上面折腾半天不肯走。”我终于有些明白了，我脸红了红，但还嘴硬，说：“年纪大些的男人是成熟嘛。”裘二海扮着鬼脸说：“小姐管你成熟不成熟，无论你是熟烂了的桃子，还是青番茄，她最好你快快了事，给了钱走路——呵不，下次再来。”我也忍不住笑起来，两人正在兴头上，裘雪梅进来扫兴了，他看到裘二海在这里，就站得离他远远的，很不以为然地说：“万泉和，你做老军医啊？”我知道他不愿意我替裘二海治病，挖苦我。我说：“我不给人看病，你说我不对，我给人看病，你又说我不对，你早就不是支书了，你说话不算数。”我们说话间，裘二海将一根烟塞到裘雪梅手里，还赶紧要给他点烟，裘雪梅吓得手一缩，烟掉在地上，好像裘二海的性病，手上也会传染，裘雪梅就这样缩着手逃跑了。

为了治裘二海的病，我只好去看我爹的冷脸，我走到我爹面前，讨好地朝他笑，我以为我爹又会和以前一样朝我闭眼睛，不理我，我准备学裘二海皮厚，守住我爹，他不理我，我就不走开。不料我爹这次却没有朝我闭眼，他似笑非笑地看着我，我顿时大喜，说："爹，裘二海你还记得吧，他得了性病，过去叫杨梅疮，现在他们说叫尖锐湿疣，你没听说过吧，尖锐湿疣。”我爹虽然不会说话，但除了会眨眼皮，他又进步多了，他的嘴唇也会蠕动了，他可以用嘴唇示意我干什么，我看到他的嘴朝桌上努了努，我看了看桌子，桌子上有纸和笔，我忽然异想天开，难道我爹会写字了？我赶紧把笔和纸拿过来，还真应了我的异想，我爹真的能写字了，只见他一笔一画地写下了几个字，我急急拿过来一看，我爹写的是“脑膜炎”。

我不理解这是什么意思，难道裘二海得的不是性病而是脑膜炎？我又把笔和纸放到他的手边，要他再写，他却不写了。我求他说："爹，我不明白，你再说清楚一点。”我爹决定不再理我，他坚决地闭上了眼睛，还撇着嘴，好像在说，哼，你要我写我就写，哪有那么便当的事情？

我只好仔细地琢磨这三个字，但琢磨来琢磨去，也琢磨不出是个什么道理，最后我只有退一步设想，我爹会写字，也可能是下意识无意识的，可能他根本就不知道自己写得什么，这样想了，我就没有再把我爹写的字放在心上。

我疏忽了，这也是造成后来那个大事故的一个重要原因。其实我爹早就预感我会出事情，他想阻止我，可惜我太愚笨，不知道他的用心。

我丢开我爹的脑膜炎，潜心地研究出一味药，裘二海的病情顽固，他又说自己心里有火烧，大便大不出，小便小不出等等，我估计他是热毒攻心，我在药上多加了分量，慎重地开了方子，交给裘二海。裘二海拿了方子去镇上的药店配药，药店的人看了半天，才说，这个人没有处方权的。裘二海回来跟我说了，我才醒悟过来：原来我不是医生。

一计不成再生一计，反正我和裘二海计策多的是，我们想到了涂医生。我和裘二海密切配合，去涂医生的诊所偷了涂医生盖过私章的处方，终于让裘二海配到了药。

这件事情后来还牵涉到涂医生，差点害涂医生吃了冤枉，幸亏我这个人人品素质好，挺身而出承担了自己的责任，涂医生才得以很快解脱。

你们一定已经猜到后来发生了什么事故，当然就是医疗事故。裘二海服了我开的药，瘫痪了。据说喝药的当天晚上，裘二海好不快活，他本来被便秘和尿闭折磨得痛苦不堪，可那天晚上他拉了一次又一次，大便小便一起下，风雨交加，他还坐在马桶上唱了妹妹你大胆地往前走，风雨一直到后半夜才停息下来，裘二海高高兴兴地擦干净屁股上了床。第二天早晨醒来时，他发现身下湿淋淋的一摊，又骚又臭，才知道自己尿床了，气得骂了自己一声“王八蛋”，想赶紧爬起来换短裤，可是他爬不起来了。

我不明白是怎么回事，经过医疗事故的鉴定，我才知道，原来我开的药里，有白僵蚕、大黄、连翘、土茯苓，大都是凉性解热的，我用的量很大，想把裘二海的毒攻下来，结果攻过头了，毒倒是下来了不少，但他老人家身上的元气也被我攻得差不多了，一个七老八十的老头，这么多年拈花惹草寻花问柳还赔上了身子骨，他经不起这么折腾了，结果就被我的一帖药放倒了，腰部以下再也不能动弹。他倒了以后我去看过他，我还掀开被子看了看他的两条腿，就像两条巨大的白僵蚕，看上去怪怪的。

裘二海辗转了许多医院，最后得到的都是大同小异的结论，医生们说，这把年纪了，站不起来就站不起来吧，站起来也不能干什么了，小的们，别跟钱过不去了，看也是白看，回去给他弄点好吃的给他吃吃算了。

裘二海回家那天，裘大粉子和她的儿媳妇万香草在门口放鞭炮庆祝。她们庆祝什么呢，是庆祝裘二海回家吗，还是庆祝裘二海瘫痪？有人甚至还去问裘大粉子。农民就是这样，一点也不懂含蓄。裘大粉子说是去去晦气，其实大家都相信是婆婆媳妇心里太高兴了。以前裘二海对儿媳妇也要动手动脚，现在裘发财也快娶媳妇了，裘大粉子和万香草庆幸裘二海瘫得正是时候。

多少年风水轮流转，裘二海竟然转成了我爹？

当然我说裘二海成了我爹，不是说他就是我爹，而是说他像我爹一样瘫痪了。

还有一件事情，说出来你们肯定不相信，就在裘二海瘫痪的那一天，我爹丢掉了我精心给他打做的拐杖，他能够自己走路了。可这么巧的事，竟然谁也没有在意，谁也没有往心上去。主要是因为我爹这些年身体每况愈上，情况一天比一天好，他早已经能吃能坐能站，他竟然还能写字了，虽然还不能像正常人一样蹬蹬蹬地走路，但村里好像已经没有人把他当成病人，更没有人把他当成瘫子了。所以，我爹丢掉拐杖，和裘二海倒下去，在村里造成的影响是不一样的。也可以说，裘二海在鞭炮声中轰然倒下，而我爹是悄悄地迈开了他的脚步。

当年裘二海就是怕当我爹，才被万小三子讹诈勒索，派我去学医。不料许多年过后，裘二海却被我的一帖药给弄瘫了。而我爹当年因为护着裘二海，反而被裘二海一脚踢瘫了，又偏偏在裘二海瘫下去的时候，我爹能够走路了。

我没想那么多，因为我爹会走路了，我高兴得也买了几串鞭炮放了，村里人说，万医生，你要时来运转了。我也有这种预感。

没过几天裘奋斗又回来了，他慌慌张张，情绪混乱，说话前言不搭后语，像刚刚越狱的逃犯。他出现在院子门口的时候，还不敢一下子就进来，先探了探头，四处张望了一下，才犹犹豫豫地走了进来。我们都觉得奇怪，这么多年，裘奋斗基本上已经从我们的生活和我们的眼睛里消失了，连曲文金也不再跟我们提起他了，因为他是城里的大律师，他已经跟我们没有关系了。前一阵为了假药案，他回来过几次，但假药案早已经过去，他怎么又回来了呢？

其实裘雪梅家早就搬新房了，老院子里只有裘金才住着，但奇怪的是，他们家的人好像对老院子倍有感情，放着新楼房不待，常常聚到老屋这边来。现在我们大家仍然像从前一样坐在院子里聊天，只是情况又发生了很大的变化，现在躺在躺椅上的不是我爹，而是裘金才。我爹已经可以在大家身边走来走去，开始我们都为我爹的康复兴奋不已，希望我爹多绕几个圈子，可是我爹为了显示他的健康，也不控制一下自己，不停不息地在我们身边绕圈子，干扰了我们的谈话，最后终于绕得大家都心烦了，我忍不住说："爹，大家都知道你会走路了。"我爹立刻瞪了我一眼，幸好他还没说话呢，他要是能说话了，肯定骂我。

曲文金给裘奋斗端了凳子坐下，裘奋斗却将凳子转了个向，朝着了大门，他的眼睛盯在大门那里，而且他坐着的样子也很奇怪，只在凳子上放了半个屁股，两脚用劲地蹬着地，有点像运动员赛跑前的起跑姿势，让人感觉到他好像随时在准备跑步。那时候我们正在谈论裘二海的事情，裘二海的事情令大家兴奋不已，谈了一遍又一遍，还有外村的农民，不太了解真实情况的，还专程追到我家来，要听我说故事的全过程呢。裘奋斗坐在一边听了一会，起先他并不做声，听曲文金说："谁叫他醉（睡）那么多驴（女）人，现在好呢，想干（看）驴（女）人都干（看）不见了，裘大粉子和万香草都不给他送换（饭）。"现在裘二海每天只能看见一个人，他就是永远哭丧着脸的裘喜大。裘二海每天看着裘喜大的苦脸，生气了，说："真晦气，每天看你这张脸，你就不能带着点笑，是我瘫了，又不是你瘫了。"裘喜大每天喂他吃喝，给他端屎端尿，还要被他批评，裘喜大也不高兴，回答他说："你能看到我这张脸也算你福气了，你就不要再挑肥拣瘦了。"闷得裘二海半天说不出话来。可怜的裘二海曾经猖狂一时，最后落到这个地步，连最老实的裘喜大都可以欺负他。

开始的时候，裘奋斗脸上还挂着笑，像农民一样的幸灾乐祸的笑，可听着听着，他的笑意渐渐地少了，越来越少了，最后，他不再看着曲文金，而是回头盯着我看。我被他看得心里发毛，我说："你看我干什么？"裘奋斗说："竟然没有人找你？"我说："谁找我？"裘奋斗"蹭"地站了起来，激动地说："愚昧，愚昧，无知，无知！"我以为他说我呢，我辩解说："我文化水平是不高，可我好歹——"裘奋斗说："裘二海应该告万泉和，百分之一百赢的——万泉和你麻烦大了，这是严重的医疗事故！"大家正在享受着裘二海的痛苦，这不能怪大家心狠毒辣，实在是裘二海自己应得的，裘奋斗却突然把矛头对准了我，他这话一说，大家都愣住了，脸色也变了，过了半天，曲文金气道："李（你），李（你）做捏戏（律师）做分（昏）了头，裘二海靠（告）万医心？没人靠（告）他算他福气呢。"裘奋斗强调说："你们难道连这个都不懂，这是医疗事故，严重的医疗事故！"曲文金说："这戏裘二海叫（遭）报应，他躺倒了，村里大家高兴，连他己（自）家人都放鞭炮呢。"裘奋斗说："妈，你不懂法，你们完全不懂法，法盲！"裘金才见裘奋斗说曲文金是法盲，很生气，说："裘奋斗，别以为自己念了几年书，当了律师，就了不起，没有你妈哪来的你？"裘奋斗莫名其妙地看了看爷爷，说："你不要胡搅了，跟我妈没关系，是万泉和闯了祸，医疗事故要赔偿的，严重的还要判刑。"我大觉冤枉，我说："又不是我要替他治病，他一定要我替他治，还跪在我面前不肯起来，我没有办法，只好给他开药。"裘奋斗看着我只是叹气摇头，说："万泉和，你惨了，你要倾家荡产了。"

裘奋斗一说这话，大家更是哄闹起来，纷纷指责裘奋斗。裘奋斗也知道跟农民讲不通道理了，他无奈地摇摇头说：“跟你们说不清，不跟你们说了。”拔腿就走，曲文金追着喊：“李（你）到拉（哪）里去？”他头也不回。可一到了门口，裘奋斗却像见了鬼似的跌了回来，脸色铁青哆哆嗦嗦地对曲文金说：“妈，她来了，她来了——”话音未落他像只老鼠一溜烟地溜进了黑乎乎阴森森的老屋里去了。

小向像从天而降的仙女，笑盈盈地斜靠在我们的院门上，妖里妖气地喊道：“裘奋斗，看你往哪里逃？”可是哪里有裘奋斗的影子。曲文金急得去推她：“李（你）走，李（你）走，李（你）不要破坏我们奋斗的家庭。”小向嬉皮笑脸说：“咦，怎么是我破坏，苍蝇不叮无缝的蛋，裘奋斗答应要离婚，我才会跟他的。”曲文金急得骂人了：“李（你）放屁，李（你）放屁，我们不离分（婚）的。”小向朝她翻了个白眼，说：“你再说，我就喊你妈啦。”曲文金吓得住了嘴，裘金才气不过了，说：“比马莉还凶啊？”小向一听高兴了，回头对裘金才说：“我比马莉凶吗？哈——”哈了半声，发现曲文金裘金才是在使缓兵之计，她一跺脚就追进了裘金才的老屋子。

不过你们放心，小向找不到裘奋斗，裘奋斗溜走了。我们都知道，要从后门溜走，必经之路就是他家的猪圈，堂堂裘大律师也不嫌臭不嫌脏，宁可与猪为伍也不能被小向追上，真够惨的。

后来我们才知道裘奋斗逃走以后去了裘二海家，教了裘二海怎么告我。难怪曲文金和裘金才都骂他是吃了狼奶的。他们骂人的时候怎么没想到，这样骂他，不等于在骂曲文金是狼吗。可农民的脑筋向来是一根筋的，直来直去，骂人就骂人了，不会拐那么多弯，不像我们这种小知识分子。

我只是想不到裘奋斗被小向追得屁滚尿流，还不肯放过我。

对这件事情裘雪梅的态度一直是暧昧的，也许他从道理上觉得儿子是有道理的，但从感情上他接受不了，所以他一直支支吾吾，不肯表态，为此我对他很不满意。

那天裘奋斗跑到裘二海家，裘大粉子问他来干什么，裘奋斗说：“我来帮助裘二海。”裘大粉子顿时慌了，裘二海好不容易太太平平地躺下了，现在裘奋斗却要来帮他，万一经过裘奋斗的帮助，他真的又站起来了，那可怎么办？

裘大粉子把裘奋斗挡在门外不给他进去，说 ：“我们不要你帮助。”裘奋斗皱了皱眉说 ：“匪夷所思，匪夷所思，我是来帮他打官司的，告万泉和医疗事故，官司打赢了，裘二海可以获赔好多钱呢。”裘大粉子一听不是来治裘二海的病，而是来帮裘二海弄钱，顿时又紧张又兴奋，一时不知所措就回头朝屋里喊 ：“裘喜大，裘喜大！”把裘喜大叫出来告诉了他，裘喜大苦着脸往后退 ：“我不知道的，这个东西我不知道的。”裘大粉子气道 ：“你知道什么？什么东西是你知道的？”裘大粉子想要靠裘二海赚钱，又不知道这事情做得做不得，心中无底无数，得找个懂事情的人咨询咨询，可裘幸福这一阵又出差去谈生意了，裘喜大是个没主意的人，最后就只剩下小孙子裘发财可以教导她了。裘大粉子差人到镇上游戏机房把裘发财叫回来。裘发财花完了钱，正打算回来朝裘喜大伸手呢。裘大粉子跟他说 ：“有件事情想听听你的意见。”事情没说完，裘发财眼睛发亮说 ：“能赢钱？能赢钱还不快告他，还等什么？”裘大粉子说 ：“我心里觉得不踏实，不知道能不能做？”裘发财说 ：“你不踏实我踏实，你不做我来做，钱我和爷爷平分了。”回头又问裘奋斗 ：“能赢多少？”裘奋斗说 ：“这是一个法律问题，主要是告万泉和医疗事故，到底能赔偿多少，要经过法院审理，过程很复杂很麻烦的。”裘发财说 ：“只要有钱，我不怕麻烦。”

事情就这么决定了，由裘奋斗代理裘二海告我。结果是明摆着的，医疗事故千真万确，我除了输官司，还能有什么出路？果然我被法院判了，伤残费、医疗费、误工费、损失费七七八八加起来，我要赔偿裘二海五万五千八百二十三元一角六分。我不知道怎么还会有分头，现在连乡下小店里卖东西分头都不用了，法院居然还用分头，真是落后。

我没有这么多钱，我只能采取耍无赖的办法，拖。但是法院也有办法治我这种人，他们封了我和我爹的房子，六万块钱卖给了同村的万一江。我还拿回了四千一百七十六元八角四分，再支付律师费用四千零五十元，最后我到手了一百二十六元八角四分。从法院出来的时候，我经过一家电器商店，想到我爹的收音机坏了，我进去替我爹买了一个新的，花了四十三元。

我把租给万同坤养鹌鹑的东厢房收了回来，万同坤还嘀嘀咕咕说我违反了合同，还没到期就收屋子了，他的鹌鹑没地方住了。真是朱门酒肉臭，路有冻死骨，他觉得他的鹌鹑比我和我爹还重要。

现在我和我爹住到东厢房，再从院子里绕进屋，不太方便，我们就把原来的那个门封上了，在朝南的地方开了个门，我们和这个院子就隔开了，不过我们还有一个朝西的窗，只要这个窗不封上，我们还能看见院子里发生的一切。

现在我们院子的平面图是这样的：

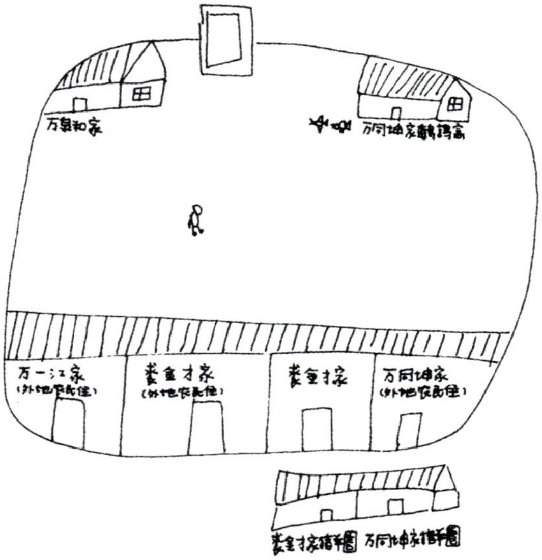

你们看到我们院子里的情况发生了很大的变化，裘金才、万同坤、还有拿走了我和我爹房子的裘二海，他们现在都有了新房子，所以又分别将这几间多余的老房子租给了外地来的农民。

对这些外地来的农民我也想不通，他们也是农民，为什么要背井离乡到我们这边的农村来当农民，弄得村子里乱七八糟，有钱的人家提心吊胆的。还好我和我爹没有钱，我们家是可以夜不闭户的，我一点也不提心吊胆。关于背井离乡的问题，我问过外地来的农民，他们说他们那里的地，种不出粮食来，种也白种，就到这边来种地了。这边有许多农民进了工厂，进了城，就不种地了，把地租给他们种，大家都觉得这样很正常，我也没有什么话好多说的。我只说了一句，你们那里叫地，我们这里叫田。

冬天到了，我和我爹坐在朝南的门口晒太阳，大家走过的时候，都同情地看着我们，有的心肠软的人都不敢跟我们说话，怕有什么话不小心刺激了我们。其实我的心态很好，房子住得小一点，对我们来说不是什么大事情。只是我爹仍然不高兴，始终板着脸，不过我知道他并不是怪我把房子输掉了。

裘二海家赢了一笔意外的钱财，把裘大粉子高兴坏了，她真是一箭双雕。可怜的却是裘二海，他就算赢到了钱也无法去花。裘大粉子说话算话，把一半的钱自己掐紧了，另一半给了裘发财。裘发财有了钱，就从游戏机房出来，进了赌场。裘幸福叫他把钱还给我，兄弟俩为我大吵了一架，裘发财还把这事情捅到镇党委，说村支书知法犯法，镇党委派人下来调查，明显是裘幸福理亏，他竟然和法院对着干，镇上没有支持裘幸福。虽然我没有拿回钱和房子，但我还是很感激裘幸福。我很想当面谢他几句，可是他走过我们村子的时候，远远地看到我，就急急忙忙地逃开了，他怕见我。

裘发财年纪也不小了，很快就要结婚了，家里正在准备造新房子。我自我安慰地想，无论怎么样，裘发财的新房子至少有两间是我贡献的。

就在裘大粉子和裘喜大他们张罗着给裘发财造新房的时候，万小三子又回来了，他几经磨难，现在终于明白了一个道理，不要朝秦暮楚，安下心来干自己的老本行。他的建筑公司又重整旗鼓，他接的第一单活，就是给裘发财造婚房。

万小三子回归老本行，如鱼得水，裘发财的婚房很快就造好了，裘大粉子一家人再怎么精明，拿着放大镜也找不出他一点点瑕疵。大家都说，万万金到底是万万金，命中该他有金，逃走了还会再回来。我不喜欢听这种话，也不喜欢听他们叫万小三子万万金，万小三子落魄的时候，他们从来不叫他万万金。这是势利眼。可他们就是这样。

裘大粉子真是心花怒放，心想事成，人逢喜事精神爽，自己老大一把年纪了，造裘发财的婚房，都是她一手操持的，裘发财自己连个人影子也不见。为娘的还嘀咕几句，裘大粉子却劝万香草说："随他吧，小孩子玩心重，等结了婚，自然就好了。"说话间就把裘发财的婚房给弄起来了。

新婚的日子也定下来了，新娘子正急巴巴等着新倌人去接呢，农民们都等着在裘发财的喜宴上大吃大喝呢。不过我和我爹可能吃不着喜宴了，他们不会请我和我爹，他们拿走了我们的房子，不会有脸再来请我们了。我倒希望他们脸皮厚一点，一视同仁来请我们，这样我和我爹在喜宴上拼命吃他的喝他的，多少还能扳回一点点损失。

可过了些日子，并不见动静。有一天早晨，我刚打开门，就看到裘喜大站在我们屋前，苦着脸，想跟我说话，又不敢说，犹犹豫豫的样子。我是小人不计大人过，我主动跟他搭话说："你有什么事？"裘喜大脸色蜡黄萎靡不振地说："万医生，你不知道我们家出事了——裘发财不见了。"我说："你开什么玩笑，裘发财又不是小孩子，难道还会迷路？"裘喜大说："其实也不是不见了，是他不肯回来，他在杨湾村赌场里已经待了十多天了。"我吓了一跳，杨湾村的赌场名气好大，在我们这一带，没有去过澳门的人，都以为杨湾村赌场跟澳门赌场差不多。那里可不是打打麻将小来来，那是正宗的赌博，什么赌法都有，二八、索蟹、轮盘，押大小，掷骰子，不仅造成了影响，还形成了风气，城里人都开着车到这里来赌。我见裘喜大痛苦的样子，一时间竟忘记了他们拿走我房子的事情，我同情地说："你怎么知道你们裘发财去了那里，那地方可不是随便什么人都能进的。"裘喜大说："我也是听人说的，我没敢告诉我娘和裘支书，就和我女人寻到那里去，我的妈，赌场守门的人一身黑衣服，还戴着墨镜。"我说："像电影里黑社会的马仔吗？"裘喜大说："像，一模一样的像，他们根本就不许我们进去，靠近一点都不行，我求他们叫裘发财出来一下，可裘发财就是不出来，还叫他们打发我们走，我们没办法，只好守在门口，就坐在地上等，我想他总要出来的吧。可他就是不出来。一直等到天黑，赌场老板发脾气了，他大概怕惊动政府，叫裘发财出来打发我们走，我这才见了裘发财一面，把我吓了一大跳，青面獠牙的，两个眼睛凹得像两个坑。我女人一看就呜呜地哭起来，裘发财还骂我们，说都是我们害得他心神不宁，晦气！钱全输光了。我女人不敢哭了，收了声音，我赶紧告诉裘发财，家里新房造好了，亲家也来问过了，要定日子结婚了。"我说："裘发财怎么说？"裘喜大苦着脸摇头说："裘发财两手向我一伸。"我说："他又向你要钱？你给他吗？"裘喜大说："我为了和他多说几句话，只得把身上所有的钱都掏出来给了他，可他一拿到钱，转身又要进去，我赶紧又说了一遍：你的新房子造好了！裘发财面无表情，只嘀咕一句知道了，又回进去，就再也没有出来。"我摇了摇头说："你们也没有办法了。"裘喜大说："我们像两个傻瓜还站着不肯走呢，戴墨镜的人赶我们走，还说：懂规矩吧？我们哪懂什么规矩，木头木脑地看着他，他朝我们挥了挥拳头：只要你们敢说出一个字，你家的人就回不去！吓得我们赶紧闭着嘴巴逃走了。”

裘喜大万香草两人回家不敢说出来，又担心，又憋气，尤其是裘喜大闷得脸色蜡黄，他以为自己得了什么病，就跑到我这里来看病了。曲文金从我们的西窗看到了他，对他横眉竖眼说：“裘喜大，你还有脸来找万医生？”裘喜大哭丧着脸说：“我觉得我得了黄胆肝炎，请万医生看看。”我说：“你先别说你的黄胆肝炎了，人家不许你说，你却说了，裘发财的小命不就从你嘴里跑出来了啊？”裘喜大说：“可后来大家都知道了，裘支书也知道了。”最后是裘幸福派人到杨湾村去把裘发财抓了回来。裘发财好汉不吃眼前亏，嘴上答应哥哥再也不去了，乖乖地在家睡了半天，可是天一黑，乘家里人一个不留神，又逃去了。

裘发财在赌场里一败涂地，写下许多欠条，不停地有人拿着裘发财的条子来向裘喜大要债，家里的钱全拿走了，就搬东西，很快，值钱的东西也都搬得差不多了，眼看着屋子就空空荡荡起来。裘大粉子一屁股坐在地上要起无赖来，她一把眼泪一把鼻涕揩在讨债人身上，她跟他们说：“要钱没有了，要命我有一条，你们把我这条老命拿去吧。”可是人家不要她的老命，过了两天，就送来一根手指头，包在一张报纸里，裘大粉子不知道那是什么，还小心地打开来看，一看，她就晕过去了。

这个手指头其实也不是裘发财的。是砍了另外一个欠债人的手指来吓唬裘喜大和裘大粉子的，要不是裘发财还有个哥哥裘幸福在当支书，这根手指头就肯定是裘发财的了。

裘大粉子哭哭啼啼，万香草眼泪汪汪，裘喜大的脸更苦了，倒是裘二海没有事，他一个人躺在黑屋子里，也没人跟他说话，他只是感觉家里出了什么事，就在黑屋子里拼命喊，他说：“我只是瘫了，我又没聋没哑，你们为什么不跟我说话。”在这一点上，他确实比我爹幸运些。可裘大粉子气他说：“你虽然不聋不哑，但告诉了你又能怎么办，你爬起来解决问题？”

裘发财从来就不是个好好过日子的人，但以前好歹还在镇上有个工作，还知道上班下班，无非下了班去玩游戏机。现在倒好，进了赌场就一条路走到底了。裘大粉子百思不得其解，去求教胡师娘，胡师娘作了一会鬼，感觉看到了什么东西，却不直接说出来，她启发裘大粉子说：“坏东西在你家的东南方向。”裘大粉子就往东南方向想，想过好几家人家，又想过一两个小村子，胡师娘都摇头，最后就到了后窑二村。你们都知道，后窑二村就是我们村。到了我们村，就到了我们院子，因为我们的院子，就在我们村的村口上，到了我们的院子，胡师娘“啪”地一拍巴掌。裘大粉子就知道了，是我作的鬼。

我当然会作鬼，我想作谁的鬼就可以作谁的鬼。你们还记得吧，我小时候就有“鬼眼”，能看到孕妇肚子里的孩子是男是女。

那我为什么要作鬼呢，原因也很简单，因为裘二海告我医疗事故，让我把房子都赔掉了，我怎能不作鬼咒他们家？裘大粉子赶紧带着裘喜大万香草来找我，三个人二话不说就给我跪下了，我真是莫名其妙，手足无措地说：“你们干什么？你们干什么？”裘大粉子说：“万医生，万医生，你就饶了裘发财，救救我们吧。”我是丈二和尚摸不着头脑。曲文金却高兴了，她在我们的西窗里看，觉得不过瘾，特意从院子里绕出来，绕到我们的前门，说：“裘大粉子，当初你数万医生卖房子的钱，没有跪着数吧。”裘大粉子因为给我下跪没有起作用，心里正发毛，曲文金还来讽刺她，她是村支书的奶奶，何曾受过这样的气，“腾”一下就站起来，指曲文金说：“曲文金，我知道，是我家裘幸福抢了你家裘雪梅的支书，你一直记恨在心，你还假心假意同情万医生，要不是你家裘奋斗，我们怎么会去告万医生？这账应该算在你家头上，算在你们裘奋斗头上。”曲文金没想到裘大粉子这把年纪脑子还转得这么快，一秒钟前曲文金还在看别人的热闹，一秒钟以后她自己成了矛盾的中心，曲文金一急，舌头更大，说话更刁，但思想却短路了，她只会反反复复地说：“李（你）说什么？李（你）说什么？”

裘大粉子倒是一下子自己给自己找到了灵感，她朝裘喜大万香草挥挥手说：“走，我们进城找裘奋斗去！”裘喜大张了张嘴，也许他觉得找裘奋斗是没有道理的，但裘大粉子这时候早就不讲道理了，家都要败了，还讲什么道理？曲文金眼看着他们一阵风似的走了，只能自我安慰了：“李们不爸麻换，就去找我们奋斗麻换吧，看我们奋斗不麻换喜李们（你们不怕麻烦，就去找我们奋斗麻烦吧，看我们奋斗不麻烦死你们）——”她绕口令似的，口齿又不清楚，但我习惯了她的思维方式和说话方式，我能听得懂，我就顺便拍了她一句马屁，我说：“他们找裘奋斗，不是自找苦吃吗？”曲文金朝我看看，她好像觉得我话里有话，她心里有亏，就不说话了。

我并不知道裘大粉子带着儿子媳妇去找裘奋斗有没有找到苦吃。过了一天，小向却来了，这回她没有进院子找裘奋斗，而是直接找到我家来了，我奇怪道：“小向，这两天没见裘奋斗回来呀。”小向笑着说：“怎么，我就不能来看看你啊？”我心里一高兴，但随即就警惕起来，我知道他们当律师的，在法庭上个个都是冷面狼，在私底下，个个又是笑面虎，所以小向一笑，我就要当心。我小心地试探说：“小向，你怎么会跟裘奋斗——”小向“呸”了我一口，说：“都怪你！”我不知道她喜欢裘奋斗怎么怪得上我，我又没做他们的媒人。小向说：“都怪你家是中医世家，又是假冒的中医世家。”我想了半天才明白过来，原来小向的想法和白善花的想法差不多，因为我们是中医世家，白善花才会来我家偷祖传秘方，哪知我家又是冒名的世家，没有秘方，白善花就冒名顶替做起了假药，要是没有假药，小向就不会和裘奋斗打交道，小向不和裘奋斗打交道，她就不会喜欢上裘奋斗，这么一路想过来，责任还真的在我身上了。我赶紧说：“小向，你现在如果不想喜欢裘奋斗，还来得及呀。”小向说：“你怎么知道还来得及？”我说：“裘奋斗也没有离婚，你也没有结婚嘛。”小向说：“你怎么知道——”话才说了一半，曲文金正好到我的西窗口，朝里一看，顿时紧张地“啊呀”了一声，回头朝着自己家喊起来：“刁，刁，不得鸟呢（不得了了），不得鸟呢，你快奶，你快奶看谁奶了！”裘金才听到曲文金叫唤，赶紧撑着我爹用过的那副拐杖过来了，他们公媳两个一起站到我的窗口朝我的小屋里看，我的小屋平时灰头土脸，但现在有小向站在里边，就蓬荜生辉了。可这回小向是来找我的，他们这么起劲干什么呢？他们想得些什么好处呢？果然，他们的好处说到就到，小向看到他们，朝他们点了点头，喊了一声“爷爷”，又喊了一声“妈”，曲文金一听，差点岔过气去。公媳俩互相搀扶着逃走了。

难道裘奋斗真的被小向追到手了？我正疑惑，小向却“嘻”地一笑说：“看他们吓的。”原来小向是吓唬他们的，他们也真不经吓，看他们逃走的样子，恐怕连苦胆都已经吓破了。小向把曲文金裘金才吓走后，回头就来收拾我了，她和颜悦色跟我说：“万泉和，听说你收拾裘奋斗收拾得很惨，你到底是怎么收拾他的？”小向的到来，就已经让我觉得奇怪，小向这话一说，我就更不明白了。本来大家只是说裘发财进赌场跟我有关，现在怎么又牵连上裘奋斗了呢，裘发财进赌场输掉的是裘发财的钱，又不是裘奋斗的钱，裘奋斗有什么可惨呢？小向对我很不满意，说：“万泉和，想不到你还真会装蒜，难道不是你让裘大粉子一家去纠缠裘奋斗的吗？他们现在吃住在裘奋斗家，裘奋斗不答应，他们就不走。”我糊里糊涂地说：“他们要裘奋斗答应什么？”小向说：“你还明知故问，解铃还需系铃人，他们要裘奋斗来求你——”我“啊哈”一声说：“裘奋斗怎么肯来求我？”小向点了点头，她对我渐渐地满意起来了，停了片刻，忽然神神秘秘地四下看了看，还压低了嗓音问我：“喂，万泉和，你告诉我，你到底是怎么收拾裘发财的？”小向立刻把她自己给暴露了，我就猜想到她是为裘奋斗来的。难道裘奋斗真的给裘大粉子一家纠缠得吃不消了，他竟然差一个小向来探我的虚实？他也太小瞧我的实力了，小向怎么可能探到我什么，我多么的老奸巨猾，她一个黄毛小丫头，差远了。

裘二海家的几间老屋也给裘发财输得差不多了，现在只剩下给裘发财造的新婚房了，如果这房子再给输掉，裘二海一家五口，就得住到大孙子裘幸福家去。裘幸福的女人急了，说：“你让他们住进来，我就走出去。”她吃过裘二海的暗苦，嘴上说不出来，但心里跟他们家是势不两立的。现在裘二海虽然瘫了，她还是惧怕他的咸猪手，万一裘二海哪天忽然又站起来了呢。裘幸福在后窑一向是霸气十足，现在竟然连父母爷爷奶奶住的房子他都守不住，哪里咽得下这口气，他气急败坏，跑到镇党委去指责镇领导对地下赌场开只眼闭只眼，任其发展。领导哪能承担他这种无理的指责，生气地说：“裘幸福，你自己的家人带头赌博，还把责任推到上级领导身上，你支书不想干了是不是？”裘幸福是想干的，但这时候被逼上墙了，不得不说硬话：“不干就不干，有什么了不起！”镇党委立刻就开会，研究撤销裘幸福后窑村支书的事情。

裘幸福回来，直接就跑到我家来了，他站在我家的小破厢房门口，敲了敲门，我就走出来，我发现裘幸福个子好像矮了一点，当然我知道不是他人矮了，是他的精神气矮了。裘幸福低三下四地说：“万医生，人家都说是你的原因，现在害得我要下台了，你希望我下台吗？”我想了想，觉得裘幸福当村支书还说得过去，虽然他像他的爷爷，身上有恶霸气，但至少他的人品比他的爷爷裘二海好，他的能力也比裘雪梅强，除了他，我还真想不出村里哪个人适合当支书呢。我赶紧说：“我没希望你下台。”裘幸福说：“那你就放我们一马，让裘发财从赌场回来吧。”我说：“我很愿意放你们一马，可是我怎么放呢，我没有抓住你们的马呀。”裘幸福说：“我知道我们家做的有欠缺，不应该逼你卖房子、拿你的赔偿款。”我说：“那是法院判的，不拿是违法的。”裘幸福说：“他判他的，我们做我们的，农民的事情，都可以私下里协商的，不必闹到法庭上。”我宽大地说：“这事情已经过去了，就不要再提了。”裘幸福说：“可你并没有放过我们，万医生，你就把你的咒语给解了吧。”他这话一说出来，我差点急晕过去，堂堂一个村支书，竟然也认为是我下了咒语裘发财才去赌博的，他竟然堕落到这个地步了？简直不可思议。我说：“我可以对天发誓，我没有下什么咒语，我也不会下咒语，我又不是胡师娘，裘支书你如果要相信迷信，你应该去找胡师娘。”裘幸福长叹了一声，说：“万医生，我也知道这很荒唐，但我实在是没有办法了，倾家荡产不说了，连我的名声我的职位都被他们搞得精光了。”我说：“裘支书，我是爱莫能助。”裘幸福愣了好一会，最后说：“那我干脆去镇党委辞职了，多少还给自己挣一点面子，免得给他们免职了，面子里子都没有。”

裘幸福前脚走，万小三子后脚就来了，他得意地给我派烟，现在他抽的是中华烟，他还冲着裘幸福的背影吐了一口烟圈。我说：“其实也不能怪裘支书，他当时就反对他家里人的，可是他们裘大粉子太厉害。”万小三子“嘿嘿”地奸笑说：“听你的口气，还真是你做了手脚？”我说：“万万金，我要是会做手脚，我不如把我和我爹的房子做牢了，不让他们拿去，何苦要多这么一番手脚，害得两家人家都没有房子住，倒便宜了赌场老板呢？”万小三子说：“那你觉得是怎么回事呢？”我说：“我哪里知道。”万小三子满眼睛的坏笑，我看不懂他的坏笑，也听不懂他的问题，我说：“这是明摆着嘛，裘发财想赌，谁有办法？”万小三子说：“你不觉得奇巧吗？他们告了你，让你卖了房子赔钱，他们拿了你的钱自己造新房子，新房子还没造好，裘发财就赌上了，现在老房子没了，眼看着新房子也要没了，大家都说是报应，你不觉得是报应？”我点了点头，我也觉得是报应，但我这个人心肠软，好说话，虽然他们告我罚我，叫我和我爹挤在东厢房里，但我也没有希望他们倾家荡产不可收拾，所以我说：“就算报应吧，可报应到这一步也差不多了吧。”万小三子说：“你觉得教训得够不够了？”他的话我又觉得奇怪，报应和教训是两个不同的词，虽然结果是一样的，就是裘二海家倾家荡产，但这两个词却是不一样的，一个是被动的，是一种无形的力量在惩罚他们，但教训这个词就不一样了，它是一个主动性的词，难道是有人在教训裘发财、教训裘二海一家？难道就是万小三子，难道是万小三子让裘发财去赌博的？我的思想不够用，我就不去用它了，我还是回到万小三子的问题上来，我想了想，说：“够了吧。”万小三子说：“你说够了，我就放他们一马。”我想，原来马在万小三子手里，但我事先没有看出来。

下晚时，我端着饭碗在门口吃饭，看到一辆车开到了村口，从车上下来两个人，我一看，竟是裘幸福和裘奋斗。原来裘幸福并没有去镇党委辞职，他跑到城里去纠缠裘奋斗，他竟然也和他奶奶裘大粉子一样，把责任都归到裘奋斗头上。他们甚至翻出了上百年的老账，说裘奋斗的太爷爷就是因为赌博吊死的，一定是裘太爷爷缠上的裘奋斗，裘奋斗又作鬼作到了裘发财身上，要不然，裘奋斗好好地在城里工作，作威作福当大律师，怎么忽然就跑到乡下来唆使裘大粉子告万泉和呢？这实在是让人想不通的。

裘幸福去纠缠裘奋斗，那肯定是一场很好看的戏，你们想想，一个共产党的村支书，一个科班出身的大律师，竟然为了一个迷信的话题争来争去，不是要笑煞了人吗？可裘奋斗的阴险和铁石心肠你们是早就领教了的，一个水平有限的村支书远远不是他的对手，别说裘幸福带着一家人赖在他家不走，就是带着全村人来住，裘奋斗也不会就范。但是老话早就说过，卤水点豆腐，一物降一物，裘奋斗无法无天，但这世界上毕竟还有一个人能够治他，你们想到这个人是谁吗？她就是向阳花。

小向一直在追裘奋斗，牛屎里都追出马粪来了，还没有停息。其间小向已经多次改变方案，现在她的方案是通过接触裘奋斗的女儿接触裘奋斗，她把裘奋斗的女儿哄得像个傻瓜似的，天天在爸爸面前念叨小向阿姨。裘奋斗预感大事不妙，只得放下架子去找马总了。

马总对付裘奋斗的办法和当初裘奋斗对付小向的办法是一样的，她没有和裘奋斗见面，裘奋斗让马总的秘书告诉马总，是裘奋斗来了，马总的秘书进去汇报后又出来，说，马总说，裘奋斗？不认得。真是一报还一报。裘奋斗气得要一走了之，但一想到小向的狰狞面目，他停下了气愤的脚步，宁可去看马总的冷脸。他堂堂一大律师，竟然也学着农民的无赖，像裘大粉子一样，守在马总的办公大楼不走。结果他看到了一个最不想看到的人。

万小三子笑眯眯地朝裘奋斗走来，裘奋斗扭过脸去，不想理他，可万小三子皮厚，硬凑上来说：“裘大舅子，你满脸死气，撞邪了吧。”裘奋斗说：“是呀，我不撞邪邪还来撞我。”万小三子说：“你是说向阳花吧，那小丫头真是你前世里的冤家，我看你是逃不脱她的魔爪了。”本来裘奋斗是一脸冷酷，但一听万小三子说到向阳花，裘奋斗顿时乱了阵脚，说：“我正要找马莉，我正要找马莉——”万小三子说：“马莉也是你叫的？”裘奋斗愣了愣，语无伦次地说：“莫名其妙，莫名其妙——”完全没有了当大律师的派头。万小三子阴险地一笑，乘胜追击说：“裘大舅子，不瞒你说，大家都觉得缠上你的不是向阳花，而是——”万小三子阴险的笑变成了鬼笑，把裘奋斗惊出一身冷汗，急问道：“是什么？是什么？”万小三子说：“你是大律师，你不会相信的，但是有些事情你不信也得信，向阳花对你穷追不舍，你不是觉得很莫名其妙吗？既然莫名其妙，里边就有问题，裘大舅子，你好好想想，你是不是做了什么不应该做的事情，现在来了因果报应啊？向阳花是谁派来惩罚你的吧？”万小三子话音一落，裘奋斗“噢”了一声，拔腿就走。万小三子说：“裘奋斗终于被我点悟了。”

当然，这些事情我没有看到，都是事后万小三子告诉我的，到底属实不属实，那得问万小三子。我还是先来说一说眼下发生了什么事情。眼下我就看到裘奋斗和裘幸福一起从车上下来，到我家来了，我觉得不可思议，裘奋斗居然也被这些人缠昏了头脑，此时此刻他竟跟个要饭叫花子似的，跪在我的面前。真是折杀我了，裘奋斗是什么人，他能给人下跪，而且是给我下跪，真是古今中外都不会发生的事情。他人精瘦的，分量倒很重，我拉也拉不动他。我这一辈子的风光加起来，再加上我爹一辈子的风光，也没有这两天热闹。可惜的是，我真的不知道我做了什么。我什么也没有做，可他们不相信。我掏心掏肺地跟他们说：“你们是不是搞错了，是裘发财在赌场，你们应该去找裘发财，怎么都来找我呢？”裘幸福以为我记恨他，说的赌气话，可我觉得好冤，我是那么小心眼小气量的人吗？裘奋斗跪在我跟前跟我说：“万医生，忘记过去意味着背叛，忘记过去意味着幸福。”这么有哲理的话，我咀嚼了半天也没有弄明白。

他们就守在我家门口演这出漫长的没有尽头的戏，我风光了一阵子，就觉得嫌烦了，因为大家把希望寄托在我身上，可我无法满足大家的希望。这时候我想到了万小三子，我想只有他能够救我，可他这会儿人影子也不见了。我只得硬着头皮继续看裘幸福和裘奋斗的演出。他们的演出感染了许多人，尤其是曲文金，看到她的骄傲的儿子竟然跪在我的面前，她哭了起来，跟我说："万医心，万医心，我也要跪了。"裘金才一听曲文金要给我下跪，先是涨红了脸，好像要骂我，但转而一想，不敢骂了，也跟着说："万医生，我也给你跪下吧。"群众都轰动起来，比给胡师娘顶礼膜拜的场面还感人，我都差一点掉下眼泪来。

到了炉火纯青的时候，万小三子终于出面了。他威风凛凛地站到了演出的前台，朝闹哄哄的群众咳嗽了一声，大家就安静下来。万小三子看到他的死对头大舅子裘奋斗也下跪了，他觉得事情发展得差不多了，可以适可而止了。他朝大家挥了挥手，像当年毛主席站在天安门跟红卫兵挥手似的，说："同志们，大家回吧，明天太阳出来，一切都恢复正常了。"

大家都目瞪口呆，不知道该不该相信他。万小三子懒洋洋地说："散吧散吧。"好像这件惊天动地的大事情，到了他的手里，就变成了鸡毛蒜皮的小事，经不住他轻轻一挥手就解决了。

演戏的和看戏的都渐渐散去，曲文金要替裘奋斗揉揉跪酸了的膝盖，裘奋斗脸色铁青地把她推开了，裘金才气得忘记了裘奋斗的身份，过去拍了他一个头皮，骂道："小棺材，你敢推你妈？！"大家哄然大笑。我也觉得奇怪，小棺材这个骂名，一直是骂在万小三子身上的，现在用来骂一个大名鼎鼎的裘大律师，实在有点滑稽。

等人散尽后，万小三子从身上摸了一个小包包，打开来给我看，我一看，是一颗泥巴做的色子，六个面，每个面上都是一点，我正奇怪，怎么六个都是一点。万小三子说："裘二海家造新房的时候，我让木匠把这个东西放在裘发财新房子的梁上。"我惊奇地说："把这个泥巴放在梁上，裘发财就去赌了吗？"万小三子挤眉弄眼地朝我笑，说："而且每赌必输——你说是不是呢？"我说不出来，努力地想了想，也想不出来，又问万小三子："你既然把它放上去了，怎么又到了你手里？"万小三子说："裘奋斗下跪了，我就叫木匠师傅去把它取下来了。"我说："取下来又怎么样呢？"万小三子说："裘发财今天晚上就会回来了，最迟在后半夜。"我当然不会相信他。可是事实偏偏就证明了他。第二天一早，裘大粉子就带着裘喜大万香草到我家来了，我开了门他们又要下跪，我赶紧挡住。原来后半夜裘发财回来了，他把自己的两根手指头斩断了，少了这两根关键的手指，他想赌也赌不起来了。

大家又把裘发财浪子回头的事情归功到我头上，我受用不了。我不相信迷信，可这些奇奇怪怪的事情，在以后很长很长的时间里，让我想起来就胆战心惊。

裘幸福总算保住了他的村支书，但是他写了检查，还在群众大会上公开念了检查。不过和保住位子相比，写检查念检查又算得了什么。他回头认真地总结经验教训，把事情追根索源，从头想起。他毕竟是共产党的村支书，很快就从迷信的阴影里走了出来，他发现事情还是出在农村医疗上，如果不是因为后窑村没有医生，裘二海就不会来找我治他的性病，如果裘二海不找我治病，我就不会犯医疗事故，裘二海就不会告我，法院就不会判我罚款，我就不会卖掉房子，裘发财就不可能一下子拿到那么多钱，没有那么多的钱在手，裘发财就是想进赌场也进不了，就不会有后来倾家荡产的事情。这么一路想下来，裘幸福终于理清了头绪，吸取了教训，他在大喇叭里通知全村的农民，村里要办合作医疗，请大家有钱的出钱，有力的出力，没钱没力的也要出主意。

没钱没力的就像我和我爹这样的家庭，我正在想我们能出些什么呢，裘雪梅过来串门了，裘雪梅已经老糊涂了，他比他爹裘金才还糊涂，他傻乎乎地冲着我咧嘴笑，说："万医生，你又要当医生了啊？"我傻了眼，正想怎么反驳他，忽然一眼瞄到村口的大路上，正走来一个人，我的眼睛顿时一亮。对了，你们猜对了，是一个女人。我和裘雪梅一起叫了起来："柳二月。"我们本来是要比谁快的，结果两个人同样快地错了，她根本不是柳二月，她是假柳二月。裘雪梅知道自己错了，赶紧说："假的。"我也赶紧说："是白善花。"虽然我赢过了裘雪梅，但我心里很不舒服，因为她不是善花，她是恶花，我应该叫她白恶花。可是这个恶字我叫不出来，我连想都不能想，想到一个恶字，我就像吃了一碗苍蝇似的恶心，我就觉得脏了我的嘴，脏了我的心，所以我还是叫她白善花吧，虽然她一点都不善，但是谁让我自己心里有洁癖呢。

白善花和她的丈夫一起被判了刑的，怎么又来了呢，白善花看出了我的怀疑，说："我不是逃出来的，我在里边表现好，减刑了，正式放出来的。"她还拿了刑满释放证给我看。我才不要看，倒是裘雪梅接过去仔细看了一会，说："现在什么都有假的。"白善花说："我虽然会做假药，但这种假证我不会做的。"裘雪梅说："谁知道呢。"白善花一点也不尴尬，我倒替她脸红。我阻止了裘雪梅的继续攻击，问白善花："你又来做什么？"白善花说："我听说后窑村要建立合作医疗站了，我来应聘当医生。”她的皮真厚，这回我不再给她面子了，我毫不客气地说：“白善花，你想都不要想。”裘雪梅也说：“你还是乘早死了这条恶心。”其实你们都知道白善花是当不了后窑的医生的，但是我和裘雪梅还是中了她的计，被她的无耻气坏了，我为了让她知道她的阴谋不可能得逞，又多说了一句：“就算我做也不能让你做。”这之前白善花一直是笑眯眯地朝我们陪笑脸，可我这话一说，她跳起来了，她指着我说：“万泉和，你能做医生？”白善花一跳起来，裘雪梅也跟着跳了起来，说：“万泉和为什么不能做医生，我们就是要叫他做医生。”我头皮一麻，回想起裘雪梅当支书的时候，后窑村他最不满意的事情就是我当医生，他还千方百计地让我当不成医生，他现在真的老糊涂了，从前的事情都忘记了。

白善花一声冷笑，从随身带着的包里拿出一件东西，我一看，正是我爹的那本《黄帝内经》，我说：“你还给我爹。”白善花说：“我会还的，但我得先念一段东西给你们听听。”她翻开书来，从里边取出一张纸。我记得我爹在这本书里是夹了许多纸头，我早先怎么不知道仔细地看一看呢，我只看过唐伯虎的一首田螺诗。白善花没头没脑地就照着念了起来：“王大夫说，危险期过去了，但是会留下脑膜炎的后遗症，今后你们大人要注意，他的脑子受了影响，智力会比一般人低，以后只能干简单的粗活，动脑子的事情他做不来，你们做家长的要有思想准备，别对他期望太高了。”念到这儿，白善花停了下来，我和裘雪梅奇怪地互相看看，裘雪梅还“咦”了一声说：“这是谁呢？”我还故意引火烧身说：“不会是我吧？”白善花又是一声笑，说：“不是你是谁，小泉。”我不知道她是在叫我小泉，我还在想，小泉不是日本首相吗？难道白善花和日本首相都勾搭上了？裘雪梅到底还是比我聪明一点，他问白善花：“那上面还写了什么？”白善花说：“万人寿说他当年因为出诊给人看病，耽误了自己孩子小泉的病，小泉得的是脑膜炎，差一点死了。”裘雪梅急了，一把夺过白善花手里的纸，认真地看了一会，对我说：“这是你爹的字，是万人寿的字。”他还念出了上面的日期。这个日期离现在很遥远，我也懒得搞清那到底是什么年代。只见裘雪梅扳着指头算了算日子，脸色大变，十分痛苦地指着我说：“万泉和，是你，是你，你三岁。”我一听，差点气晕过去。

这就是说，我三岁的时候得了脑膜炎，差一点死了，后来抢救过来，但是我的智力受到了影响，我几乎就是一个傻子？我爹这玩笑开得也太大了——

我忽然想起来，难怪我爹当年死活不肯让我学医，大家还怪我爹吃我的醋呢，我爹啊我爹，你怎么这么迷信那个什么王大夫，你真以为我的脑子被烧坏了？我实在想不通，我爹自己就是个名医，而且心高气傲，从前他能够行医的时候，从来没有把哪个医生放在眼里，可他竟然把王大夫的话原原本本地记下来，这不是存心要等我长大了出我的洋相吗？

你们凭良心说，我像个智力不健全的人吗？我不要太聪明噢，我只是不喜欢当医生而已。

我们吵吵闹闹的时候，我爹一直在屋里不出来，我不知道他有没有听到我们的争论，如果他听到了，却不肯出来为我正名，我就——我就不叫他爹了。

我爹始终没有出来。

倒是裘雪梅比我爹还关心我，他气势汹汹对白善花说："你走开，后窑没有你的立足之地，就算让脑膜炎做医生，也不要你来做医生。"他虽然关心我，但他也已经认定我是脑膜炎了。

白善花把《黄帝内经》还给了我，临走时她说："你们裘支书不是说要公平竞争吗？既然公平竞争，我就要来参加竞争，我本来就是医生，后来改做药，有了更丰富的经验，现在我又要回头做医生了。"

裘幸福终于召开了全村的大会，他要在全县带头搞一个三结合的试点，由镇政府贴一部分，村里贴一部分，农民自己再出一部分，组成一个新型的合作医疗诊所，凡是小毛小病，就在合作医疗诊所就诊，大病住院可以报销百分之四十。裘幸福告诉大家，他的方案被镇政府理论上同意了。我一听就不理解，什么叫理论上同意，真没听说过这个词。我问裘幸福，裘幸福不满意我的追问，他说："人家都不问，就你问题多。"但他还是给大家作了解释，就是镇政府同意这么做，但镇政府暂时拿不出钱来支持我们，让村里先垫上，他们只给了裘幸福一张欠条，写明了欠后窑村多少钱。裘幸福捏着镇政府的欠条，心里就踏实了，他把村部办公的房子抵押出去贷了款，拿了银行的钱，就召开群众大会了。

我听了以后，心里忽上忽下，无处着落，但不知道问题出在哪里。还是老支书裘雪梅厉害，他一眼就看出了问题的根本，他说："裘幸福，镇上不会还你钱的，你把办公室抵押了，到时候银行就来收你的房子。"裘幸福正在兴头上，被裘雪梅浇了一头冷水，热情却没有被浇灭，他不屑地看了看裘雪梅，大无畏地说："有什么了不起，大不了以后到田埂上办公。"他连这话都说出来了，真有一点着地滚的泼皮精神。

裘幸福不再理睬我和裘雪梅的干扰，他向群众公布了三结合方案后，农民开始考虑合算不合算，吵吵闹闹。不是我贬低农民，但是农民的眼睛天生比较近视，不如城里人看得那么远，无病的人不会想到今后会不会有病，自己没病也不会想到家里人会不会有病，而有病的人呢，就怪没病的人心太黑，总之是公有公理婆有婆事，吵得不可开交。有几个外来的农民也来探头探脑，被大家驱赶，说，没有你们的份，我们还没沾到光呢，你们就想来揩便宜。外来的农民说，可是我们也生病呀。但大家都不理睬他们，他们后来只得快快地离开了。裘幸福有意无意地看了看我说："我还要争取给医生买社保呢。"大家立刻又乱哄哄地反对起来，说，我们自己都没钱买社保，凭什么拿我们的钱给医生买社保。

一开始的时候，裘幸福还是讲民主的，他让大家商量、讨论。但是既然讨论不出个结果来，他的霸权主义又出来了，他决定强制大家出钱，不肯出钱的，裘幸福只给他两个字：罚款。罚款的决定一出来，农民都乖乖地接受了裘幸福的三结合。

又到了万事俱备，只差东风的时候。东风是什么？东风有时候是钱，有时候不是钱。现在的东风是医生。最后需要商讨和决定的，就是请谁来当后窑村合作医疗诊所的医生。商讨开始时，我逃走了。

我一路逃，一路听到两边桑树地里又响起"沙沙沙"的追赶声，我魂飞魄散，不敢停下脚步，更不敢回头张望，只顾着自己的身体往前奔，也顾不上那个丢在路上的魂了。

我狼狈不堪逃回家的时候，看到我爹坐在院子里晒太阳，那一瞬间，我被我爹的平静的目光打动了，我长长地吐出一口气，挨着我爹坐下来。我的魂也回来了。我真没有出息，现在村子里的人都不守在家里了，外出的外出，进城的进城，开店的，开车的，反正干什么的都有，我却回来了，和我爹一起，呆呆地守望着村前的这条路。

坐在我家的院子里，可以守望我们村通往外面世界的这条路。

我和我爹一起守望着村口的大路。

这条路就是许多年来许多人来了又走走了又来的路。

村里有个人走过，他停下来朝我们看看，他说："万医生，你看上去比你爹还老一点。"乡下人就是这样说话，不顾忌别人的感受。

后来又有一个人走过，他也看了看我们，说："万泉和，你和你爹真孤单，几十年前你们就是两个人，现在还是两个人，从前你爹还会说话，现在你爹话都不说。"我想起了我小时候我爹跟我讲过的一个故事，我就跟他说了，我说，从前有一个和尚，耐不住庙里的寂寞，出来跟女人结了婚，生了三个儿子，最后他的女人死了，他家里一无所有，他又带三个儿子一起去当和尚了。

他没有听懂，朝我看看，走了。

我和我爹继续坐着。

慢慢的，慢慢的，就看到远远的有两个身影，渐渐地近了，更近了——不对，这回你们猜错了，不是女人，是男人，是两个年轻的小伙子，他们一般高矮一般胖瘦，他们穿着一样的西装打着一样的领带，开始他们走得比较慢，当我和我爹依稀看到他们以后，他们就像两只大鸟一样飞扑了过来，一个扑到我跟前，一个扑到我爹跟前，他们跪在地上大声喊道："爷爷——爹——"

这时候我听见我爹喉咙里咕噜了一下，随即他声音洪亮地喊了起来："牛大虎——牛二虎——"

我一激动，也跟着我爹喊："牛大虎——牛二虎——"

我竟然忘记了，我爹几十年没有说话了。